响水塬

张才旺 著

中国社会出版社
国家一级出版社·全国百佳图书出版单位

图书在版编目（CIP）数据

响水塬／张才旺著．—北京：中国社会出版社，
2016.11
ISBN 978－7－5087－5485－7

Ⅰ.①响…　Ⅱ.①张…　Ⅲ.①长篇小说—中国—当代
Ⅳ.①I247.5

中国版本图书馆 CIP 数据核字（2016）第 257293 号

书　　名：响水塬
著　　者：张才旺

出 版 人：浦善新
终 审 人：王　前
责任编辑：王晓燕　　　**责任校对：**熊兰华

出版发行：中国社会出版社　邮政编码：100032
通联方法：北京市西城区二龙路甲 33 号
电　　话：邮购部：（010）58124848
销售部：（010）58124845
传　真：（010）58124856
网　　址：www.shcbs.com.cn
shcbs.mca.gov.cn
经　　销：各地新华书店

中国社会出版社天猫旗舰店

印刷装订：中国电影出版社印刷厂
开　　本：170mm×240mm　1/16
印　　张：35.75
字　　数：662 千字
版　　次：2016 年 11 月第 1 版
印　　次：2016 年 11 月第 1 次印刷
定　　价：78.00 元

中国社会出版社微信公众号

目　录

一、一个美丽的传说

时令已是谷雨。

黄土塬上的塬县草儿青青花儿艳艳鸟儿啾啾。

塬县的庞家窑在春风细雨的滋润下，褪去了一冬的暮霭灰蒙，变得清丽秀气了。

突然，一声胎娃的哭声从村里传出，确切地说，是从一个三间青砖大瓦房里传出来的。这在一片黑口口的窑洞洞的庞家窑，这三间青砖大瓦房十分扎眼。这里不是别的家，这里是庞家窑的村长庞瑞珩的大儿子庞永荣的家。

胎娃的哭声清脆婉转悠扬，就像一首甜美的歌谣在山村里滚动。歌谣滚过院落村街麦场，又像风筝在泛着绿色的大沟里飘摇，后来风筝就飘着摇着住到了村民的心里。大家知道那是老庞家的长孙庞永荣的媳妇春花，经过十个月的孕育，历经“九九八十一难”，终于修成“正果”！现在，她正为老庞家添丁加口哩……

庞家窑在县城的西北处，距离县城十里地，是一个依靠在沟塄塄上的小山村。村里的人都姓庞，庞氏先人山坡坡上沟坎坎下挖窑洞而穴居，所以村名就叫了庞家窑。

庞家窑隐匿在山旮旯里，不经意是看不到的。只有到饭时，沟边上飘起缕缕炊烟才能看出这里是个村子。庞家窑的地都在沟里，沟坡地很零碎，土地贫瘠收成不好，所以庞家窑是个穷地方。这里坡陡沟深，街斜窑寒，人穷马瘦，五谷歉收……说到这里大家不禁会问：既然这么一个穷的鸟不拉屎的地方，庞家窑的人为什么还要住在这里？说起来话就长了，这里边有着一个一辈辈一代代的人都在传说着的故事。这个故事很久远，有些自欺欺人，说白了只是一个没有根据的民间传说。但就是这么一个传说，说的久了就影响了一方人，这个传说给了庞家窑人一个精神上的长远而满意的慰藉。所以他们不但不会嫌弃这里反而以居住在这里为荣了……

传说远古年代，塬上缺雨少水，地里没有收成。生活在荒塬上的人们食不果腹面黄肌瘦，这里人烟稀少鸡犬不鸣市井萧条。塬上的荒芜贫困被巡视天下的观音菩萨看到了，救苦救难的观音菩萨就把这里的情景奏告给了玉帝。玉帝下旨给观音菩萨，让她想法解决民间疾苦。观音菩萨领旨后，立即脚踏祥云手持柳条宝瓶来到中条山之巅，注目细察后，只见柳枝轻轻地一点一扬，巍峨的中条山里就冒出了一股清泉，泉水蜿蜒而下汇集了山沟里的溪水，变成了一条小河在塬上潺潺流淌。河水拯救了塬上的人们，大家靠着河水生存，开沟挖渠，引水浇田，耕种两岸土地。大家见河水清澈透明，就给它起了个名字叫“清水河”。至此，塬上的百姓告别了苦难。

说来也神，这河水不仅甘甜味美还能祛病消灾，人们喝着河水就会变得身体强壮貌美漂亮。说来也奇，这河水浇过的土地十分的肥沃，种上麦子，麦穗颗粒饱满，似大海里的珍珠；点上玉茭，穗子又粗又长，似胖娃娃的胳膊；撒上谷子，那谷穗儿抽的比狼尾巴还长。神奇的河水给塬上的人们带来了幸福带来了欢乐。

有一年，河水更清了，也更甜了，塬上的人更高兴了，也更勤快了。塬上的庄稼长得异常喜人。塬上百姓的脸上整天挂着笑容。

就在这年 7 月的一天，意想不到的事情发生了。河水在赐给人们福气的时候，也带来了祸患。只见河水猛涨，黑浪翻滚，咆哮的河水淹没了两岸的庄稼，河水退后，田野一片荒芜。更为奇怪的是人们喝了这样的水，一个个驼背弯腰，面容丑陋。不仅身躯变形，而且四肢乏力，步态不稳。塬上的百姓，不明就里便寄托神灵。大家杀猪宰羊祭拜天地祈求上苍保佑，但是枉费心机徒劳无果，河水依然如故，人们照样不得安逸。

一天，一位古稀老人来到河边，望着悲凉萧条的家乡，看着病态缠身的乡亲，想着昔日的繁荣兴盛，不由得老泪纵横。老人对着浊浪翻滚的黑水哀呼：“清水河呀，清水河！你到底怎么啦？为啥变得这样混浊！为啥害得我们这么的苦！”老人声嘶力竭的哀呼凄凉悲哀，直冲云霄。三声哀呼过后，老人无力地晕倒在河边。这时，只听“哗”的一声，黑乎乎的水面突然闪出一道金光，金光闪闪中跃出一条尺把长的金鱼。金鱼对着老人开了口：“老人家，快去求龙王爷吧，是龙王爷的儿子小黑龙，耐不住天上的寂寞，偷偷下凡来到人间，在河的上游洗澡玩耍，这才弄污了河水。”老人大吃一惊，眨眨眼睛再看时，那闪闪的金光已逝，那跳跃的金鱼儿也扎入水中游走了。老人顿悟，这是上苍的神灵在指路啊！他不敢懈怠急忙奔回村中，呼邻唤友拢群结伙把众人招呼在一起。老人把金鱼的告知说给了大家，经过一番商议，大家鸣锣击鼓扛着彩旗抬着供品来到河边的龙王庙，请求龙王爷管束自己的儿子，还清水河两岸百姓的幸福。

龙王庙里供奉的龙王爷听罢众人的诉苦，大为发怒，他闪出神像化为人形，怒目圆张向东方望去，果见小儿在上游嬉戏玩水，河水由清变黑污浊不堪。龙王爷跳下神座拔剑在手：“乡亲们在此稍等，我去教训教训那个不知好歹的儿子。”说罢腾空而去。霎时，只见东方天际云层翻滚电闪雷鸣。又过了一会儿，东方天际渐渐平静，天空中龙王爷飘然而下，他对跪在庙前的乡亲们说：“我已斩了那个私自下凡违反天规不听劝告祸害百姓的逆子。现在河水已与过去一样，浇地可得丰收，饮用可祛百病。各位乡亲，速回安生！”说罢，龙王爷就进了庙，像清风一样闪进了百姓为他雕塑的神像里。

人们又惊又喜，又惧又疑。敬畏之际不免有些怀疑，难道龙王爷真的能为黎民百姓杀了自己的亲生儿子？这时那位老者开口了：“乡亲们，大伙儿都去河边吧，看一看不就什么都清楚了吗？”人们来到河边，河水果然变得清澈了。大家争相品尝，喝一口甘甜无比，与过去不差两样。那位老者又说：“乡亲们，龙王爷大义灭亲还百姓幸福，功德无量！功德无量！我们要记着他的大恩大德，每年二月二龙抬头的时候，大家都要来这里供奉龙王爷，让他永享人间的香火！”

至此，这里又恢复了老样子，百姓们吃喝不愁生活幸福。清水河像一条玉带在塬上蜿蜒流淌，河水使塬上花红草绿粮丰，人们的生活富裕闲适安康。

这就是庞家窑的后人们说起先人住在这里的依据。其实这里自古就是旱塬荒坡，岭秃沟深吃水如吃油！说到这里，人们还是奇怪，庞家先人为什么非要在这里居住呢？其实原因很简单，这里之所以能留住人，是因为这里确实有一条传说中的清水河！这条百姓依赖生存的清水河不在塬上，而在村北的大沟里。为什么不在塬上而在大沟里呢？这里边还有一个故事……

话说龙王爷斩了自己的儿子小黑龙，还清水河于百姓，塬上就恢复了老样子，风调雨顺五谷丰登粮食满仓。塬上的人们尽情地享受着上天赐予的幸福，生活无忧无虑。几辈人过后，粮食越打越多越存越多，多的吃不了没地方放了。这里的人们开始变了，他们忘记了过去的苦难，他们不再珍惜粮食，他们生活铺张而且胡乱糟蹋粮食。好好的庄稼眼睁睁地看着烂在地里也不收割。仓里的粮食任凭虫蛀霉烂也不管不问。人们用五谷杂粮喂牛喂马，用白花花的馒头喂猪喂狗，更有甚者，有些人家生了孩子，拿白面烙成的饼给孩子垫屁股当尿布擦屎擦尿……有了好日子的人们啊并不知道这是在作孽！一天，观音菩萨又到这里巡视，看到这里的人们这样糟蹋粮食非常心疼，就把这里的情况又奏告了玉帝。玉帝听后就又下了一道谕旨，命令山神河神移山改道，他要教训这里的百姓，没有辛勤的劳作就没有好收成。没有好的收成就没有好的生活。要有好的生活就要珍惜来之不易的粮食。自此，这里的地貌就发生了变化，丘陵起伏沟壑纵横。这里的气候不再风调雨顺，变得十年九旱缺雨少水。那条塬上人们依赖生存的清水河就被山神河神移到了庞家窑村北的大沟里。塬上的人们用自己的罪孽换来了上天的惩罚！塬上的庄稼再也得不到清水河的浇灌，就连人畜吃水都要到深沟里去挑。这里不再是五谷丰登粮食满仓，这里的一切都在改变，慢慢地就变成了庞家窑现在的样子。

庞家窑村北的这条大沟东西走向很长很深，就像是中条山脚下裂出的一条口子，这口子东高西低一下子裂出六十多里地，裂到了紫金山脚下的白水镇，然后向北一拐就出了山，出溜到了一马平川的浍河平原。大沟的沟底有条干河床，河床不宽，布满了大大小小的拳头般的鹅卵石。这条河床冬春干枯，夏秋两季下雨后河床才有水。如果下大雨暴雨，这条河就会发水，洪峰下来也很猛，波涛汹涌势如破竹。这里常年雾霭蒙蒙，只能在好天时，才能看到沟底。沟的缓坡处是村民们开垦的梯田，梯田一层连着一层铺到沟底，沟陡路窄弯多，人们做活只能手提肩扛牲口驮。每天清晨，村民们都要下沟挑水，小路人迹不断，招呼声吆喝声在大沟里传得很响。春夏秋三季沟是绿的，那些乔木灌木山花野草，长满了塄塄坎坎。那嫩嫩的青青的幽幽的绿互为映衬，也是生机勃勃。冬天，这里是一片灰黄，青灰笼罩着沟里的一切，一切生命都终结在灰蒙蒙中。然而，如果是雪天，却是另一番景象，白雪覆盖了大沟，大沟好似铺盖了一层厚厚的棉花。这个时候是村民们狩猎的好时候，背上土枪钢叉，领上活蹦乱跳的狗，蹚着没脚的雪，寻觅在沟沟坎坎，一天下来，收获颇丰。太阳出来后，那满眼的耀眼的白，刺得人睁不开眼，太阳下，能听见雪化的吱吱声，老人们会说，那是地在喝水呢！

庞家窑村北有一条小路可以下到沟底。沟底有一池清水，一丈见方三尺深余，池底有三个拳头大小的泉眼咕嘟咕嘟往上涌水。村民们特别珍惜这一池清水，把它尊为“龙泉”。这泉水长年不断，再旱的天，也不会干涸。喷涌的泉水形成了小溪流淌到那条干河床里，冬春两季这条夹在大沟底的线儿般的溪水经不住旱塬的吸吮，流经不到五里便干涸了。夏秋两季，旱塬如火，这条小溪就更短了，即便是这样，村民们也会自豪地告诉你，这就是传说中的清水河。

龙泉属于庞家窑。这里是庞家窑的风水宝地，是庞家窑立村的根据，也是村民们心中的圣地。不知有多少年了，村民们自发地集资筹款在这里做了许多善事。在泉水的东边池水的上方，村民们夯土为台，用青石铺底青砖垒墙，修筑了一座三进三开坐东向西呈方形建筑的龙王庙，庙里白灰抹墙雕梁画栋，龙王爷的神像就端坐在正中，面容慈祥地看着眼前的一池清水。神像前是一个三尺宽六尺长的青石供桌，供桌上有青石雕刻的香碗，再靠前就是人们祭拜的跪垫。善男信女在此燃香摆供祈愿。龙王庙的屋檐立有吉祥兽，屋脊正中竖有金顶。庙门正中有块红底金字的匾，上书“风调雨顺”四个大字。龙王庙红墙绿瓦金光罩顶，威严地坐落在泉边。村民们还在泉边立了个碑，上书“龙泉”两个大字。村民们很用心地在泉的四周用青石砌了个三尺高的圈，只留下西边的出水口，这样一来可以把水蓄住，形成一个一丈见方深两米的水坑。人们挑水时不再泥一脚水一脚。在西边出水口的两边，村民们摆了几块青石，好在这里洗漱。池水的一圈是几棵水桶般粗细的老柳树，也许是得到了龙泉的滋润，柳树虽然年代久远，但依然郁郁葱葱。离出水口不远的南边，南来北往的小路要经过那条干河床，村民们修了个石拱小桥，为的是雨天发水时，照样可以通行。桥的北头，村民们修了个六角的亭子。亭子上端是一个大红珠子，红珠下边是六条飞檐，飞檐下有六个柱子顶着，柱子下有六个石鼓衬着。亭子南边有六级台阶，可以拾级而上到亭里。亭子东西北三边用青砖和石鼓砌在一起，有二尺高低，过往的人们可以在此打坐歇息观风景。亭子有匾，匾上有“龙亭”二字。石拱小桥的西边，是村民们开出的藕地。偶有微风拂来，飞檐下的铜铃便会叮当作响。庙宇亭台，清溪小桥，荷红柳绿，泉水涟漪，这里是庞家窑最美的地方。

每逢农历的二月二，周围十里八庄的乡亲们都会到泉边祭拜，村民们上供烧香，祈求龙王爷保佑。庞家窑庞氏后人更是上心，不仅杀猪宰羊蒸花馍炸油糕上最好的供，还要烧水煮茶款待拜神的信男信女。他们组织村人清扫神庙龙亭，擦拭神像供桌，整理小桥流水，把龙泉龙庙龙亭打理得一尘不染神圣庄严。他们在利用这个机会对神灵表示虔诚。他们要用自己的行动感天动地。要知道，在这滴水如油的旱塬上，守着这口泉，就是守护着自己的性命！庞家窑的人说，自己就是龙王爷派来的守泉人！这泉水比金子还珍贵呢！其实，住在这沟塄塄上的人们靠得就是这口泉。有了龙泉这块风水宝地，才留住了庞姓这群人。有了庞姓这群人，才有了庞家窑这个村。

一个美丽的传说留住了一群人。按说庞家窑的村子建在龙泉是再好不过了，不但用水方便而且环境宜人，更确切地说能直接得到龙脉对子孙后代有好处。但是庞家窑的村民们不能住在龙泉。这里有两种说法：一种是因为龙泉是风水宝地，是龙王爷留宿的地方，神仙的居所就要保持圣洁。如果凡人居住，不仅扰乱玷污了神灵，而且会给自己带来灾难。所以庞家窑没有人敢去龙泉居住。为了保持龙泉的圣洁，每年的二月二之前，村里都要把龙泉修缮一番，这个规矩雷打不动。村里还有一个习俗，就是村民们都自觉自愿地为龙泉做点事，大家觉得这是行善积德，所以村里也不派工，每年的龙泉修缮都是村民自愿为之。村民们日日到此挑水，日日整理打扫，龙泉也就日日清新，没有污秽之物，是真正的神仙清静之地。另一种是村里有一条规矩，就是庞家窑的子孙，一定要牢记那个流传了千百年的传说，辛勤劳作珍惜粮食，不能贪图享受，不能铺张浪费。住在沟塄上，劳作在沟里，就是在苦修行，修行的目的就是得到上天的宽恕，就是保住了这口泉。不然的话，玉皇大帝再移走这口泉，村民们可怎么活呀！为了证实自己的恒心，庞氏先人改姓明志！他们认为有了龙泉就是龙的传人，龙的传人就要像龙王爷一样广行善事，“广”和“龙”合成一个字为“庞”！所以就改姓为庞。由此庞家窑清一色的庞姓。这规矩在庞家窑一直延续至今，再苦再累大家也都没有到龙泉居住的念想，大家觉得守着这口泉就是一种幸福，所以庞家窑的子孙就一直居住在沟塄塄上，即便是很艰苦，大家也怡然处之，时间长了也就释然了。

龙泉是大沟的一颗明珠，大沟也因为龙泉有了名气。这条大沟起初就叫龙泉沟，只是后来才改叫郭家沟。为什么呢？是因为与庞家窑相对的沟北边有一个叫郭家庄的村子。郭家庄和庞家窑各自在沟的南坡和北坡垦田种地，同喝沟底那眼泉水，鸡犬相鸣，相安无事。

说不清楚是哪一年，这个村子里出了一名秀才，后来秀才在县衙当了县太爷。这位县太爷为了日后的荣华富贵，就请了一位资深的风水先生到家里看风水。风水先生看过后惊讶地说，自古衙门朝南开，郭家庄就是衙门村，坐北向南，后有靠山前有龙泉，大山护佑龙脉滋润，士民有福官人辈出，这里人杰地灵是个上好的风水宝地！

为了证实自己的见解，风水先生拿秀才作例，他说秀才能坐上县太爷的宝座当上父母官，凭的就是得了龙脉。县太爷听后说，龙泉是好，可龙泉是庞家窑的呀！风水先生明白县官的意思，就说龙泉是庞家窑的不假，可大沟不是呀！把龙泉沟改成郭家沟，龙泉在郭家沟里不就是你的了吗？你的子孙不就可以世世代代永续龙脉了吗？

县太爷心里舒坦！他犒劳这个说出他心里话的风水先生。后来县衙普查地理，这条原名龙泉沟的沟，在官衙的图文版本中也就写成了郭家沟。为了向世人宣示，他还在村南下沟的路旁立了个石碑，上边刻有“郭家沟”三个大字。

为此，庞家窑血气方刚的汉子们曾经闹过一番，龙泉沟就是龙泉沟，自古就是这个叫法，为啥现在改叫郭家沟？无奈，村小被人欺，无钱没人理！庞家窑无权无势，汉子们闹腾了一阵破费了一些银两后也就不了了之了。

不过这事也怪，自从龙泉沟改成郭家沟后，郭家庄也真的兴旺起来。人口越来越多，村子越建越大，慢慢地有了商铺驿站，慢慢地有了街道集市，不知不觉中繁华起来，逐渐地成了一方重镇。大家都说郭家庄之所以兴旺，是因为风水好，是因为沾了龙脉……真真假假有人信有人不信。再后来，有位有学识的人作了考证，你别说也真是这么个理。郭家庄的院子房子，基本上都是坐北朝南，典型的中国北方的四合院。北房是主房，东西是厢房，院门开在南边。这样的房子，随着太阳四季运行的轨迹，冬天可以充分享受阳光，夏天却比较凉爽。其实，都是村子所处的地势造成的。郭家庄北边是山坡，南边是沟，建院盖房只能这样，就是挖窑洞，也是把北边的山坡削下去，把土填到南边的坡下，自然就形成了一个院，省工省力，经济实惠。不管怎么样，这些说法，都迎合了村民的心理，人们都想得到龙脉，沾宅基地风水的光。这样一来，在郭家庄就有这么一怪：东西大街北边房，南边是人家的北房墙。就是说：街都是东西走向，北边全是门面，南边人家窑洞的上边就是街面。这样顺着山坡一层层下去，一条街比一条街低，家家都是坐北朝南，户户都是阳光灿烂，非常适合人们居住生活。站在院内，视野非常开阔，好天时，都能看清沟对面的庞家窑。你还别说，正是这样的风水地理，郭家庄还真能出人，在县城当官做买卖的不少，有出息的还到了省城京城。

相比较而言，庞家窑就非常寒酸。这个有着龙泉宝地的村子却没有得到龙脉。这个依靠在沟塄塄上的村子，就像大风中树上的鸟窝。从地理上讲，这个村南边是山坡，北边是沟。依着山坡挖的窑，大都是坐南向北，冬天窑里见不到太阳，北风却一个劲往内灌，成了名副其实的寒窑。这个村的街道没有走向，短而弯曲，零乱地随着地势而设，由南向北全是下坡道。村里有百十户人家，多半以上是庞姓自己家族的人，还有一部分村民是山东河南逃荒过来的难民，属于迁徙过来的外来户。因为没有土地，这部分村民大都到郭家庄做长工。时间长了，庞家窑好像成了郭家庄的佃户村。

庞家窑隶属塬县管辖。塬县县城不大，县城南北长东西窄是长方形。是沿着一条南北走向的古车马大道分布排列的。城的中间有一条东西走向的大沟，把县城分成南北两部分。沟上有一个青石筑就的名字叫“青石拱桥”的拱桥。这座青石拱桥把南街和北街连接在一起。青石拱桥的两端立有石碑。南端一碑铭记着建桥的年代以及建桥的官宦和资助建桥的乡绅志士。北端一碑记下了建筑青石拱桥的功绩。有一首诗，诗曰：青云缥缈深无底，石垒彩虹变通衢，拱手相祝众乡亲，桥惠万代青史垂。据说南碑是官家所立，桥建好就立上了。北碑立得晚，是民间所立。诗其实是歌谣，是藏头诗的那种歌谣，是塬县百姓对建桥的丰功伟绩给予的歌颂，也是对青石拱桥名字来历的诠释。塬县县城有东西南北四条大街。四条大街在青石拱桥的南端交会，十字路口的青石拱桥也成了塬县的一景，日出日落月隐月显阴天晴天刮风下雨，站在青石拱桥的不同位置，都有着不同的景致。

塬县县城有四座城门。出东门抬头就是中条山，这里有一条山道通往中条山里的土亘县。这条路山高林密断崖峭壁险得很，交通不便利来往的山民居多，因此东门和东大街不热闹。西门和西大街也不热闹，这里有一条通往紫金山和新田的路，只因紫金山沟陡路窄，道路崎岖不畅，雨雪天气更难行走，因此来往人员不多。北门是热闹的繁华的，这是因为北门连着通向大邑新田平阳的古车马大道，而且北门外地势很平坦。出北门一马平川三十里到薛庄，过了薛庄再走十五六里平路到黄土坡，黄土坡傍山依沟弯弯曲曲约十里，下到坡底路就好走了，平平坦坦一直到大邑。这一带土地肥沃，粮棉丰盛，是塬县的米粮川。北门外和北大街道平路宽，视野开阔。因此，北门和北大街也就成了塬县的经济、政治、文化的中心。达官贵人、富商绅士、名店豪宅都云集在这一带。南门比较特殊，南门连着通向涑水潞村的古车马大道。南门屹立在黄土崖上，这里地势险要，出南门就下坡，而且坡路很长，弯弯曲曲二十里才到塬下的木黄镇。要命的是南门外大路的西侧，那个突兀的刻有响水塬三个朱红色大字的石头后就是一条大沟。这条大沟深不见底，沟壁上长着一些灌木野草。大沟依着古道，古道并着大沟，可谓沟深道险。这里经常闹土匪，常有骡马车辆、细软货物被抢。别的地方是“望山跑断腿”，这里却有“望门跑断腿”的说法，这是因为南门是建在高高的塬上，在坡下远远地就能看见，但你要走到南门，却要费很大的劲。南门是通向山外的大道，来来往往的人很多，出门的，要在这里停留一下，检查检查车马行囊，打听打听路途消息，盼个下坡顺利，车货安全；进门的，上了二十里坡，紧绷着的弦松弛了，人困马乏，需要休息一下。南门和南大街一带各色人员杂居，也有茶馆酒肆饭店。

塬县位于中条山的西北麓，这里是典型的中间高四边低的黄土塬地势。恢宏的黄土塬像一头莽撞的野牛从中条山奔出，一头扎到浍河河谷。在黄土塬的西端，兀然凸起一座孤山，就像是牛头伸到浍河里饮水。这座孤山在庞家窑的西边，山上遍布褐色的石头，太阳一照，云蒸霞蔚紫光闪闪，所以就叫紫金山。塬县东边是土亘县，西边是新田县，北边是大邑县，南边是涑水县。塬县四分塬六分山，山指的是中条山和紫金山，塬指的是这条从中条山奔出的野牛。塬县县城就坐落在这高高的牛背上。这里自古干旱缺水，但是这个缺水的黄土塬却有一个别样的名字——响水塬。

在塬县有这样一种说法：塬县出了三股泉，没浇塬县一亩田。此话虽说有些夸张，但也是客观和真实的写照。

翻阅塬县的地图和县志，可以查到在塬县确实有三股泉水形成的河流，这些河流都是一些季节河，冬春两季基本上是枯河，夏秋两季河水就大了。即便是水大了也是不能浇田，因为这三股泉水形成的季节河都在深山峡谷里。由于塬县特殊的地理环境，三股泉水没有给塬县带来实惠。

第一股泉发源于塬县东南铁岭关。铁岭关是中条山的一座高峰，也是通往山里山外的一个关卡。铁岭关西边有一个山沟。在一个长满香椿树的山坳坳里有一眼泉水，这泉水如面盆粗细，昼夜不停地翻涌，泉水在山沟里蜿蜒曲折地向西流去，出山以后就到了涑水县境内。这条由泉水汇集沿途的溪水形成的河流叫涑水河。

第二股泉发源于塬县东北大山里的续家峪一个断崖下。泉眼有碗口大小，碗口大小的泉水在山沟沟里不显眼，汇集了别的山泉溪水也不大，静静地像一条玉带绕在大山的腰间。这条小河平时没多少水，就像一位温柔的姑娘。夏秋两季就不同了，发水时姑娘就失去了温柔，波涛汹涌一泻千里。河水冲毁河边的土地，淹没两岸的庄稼。这条坏脾气的河流叫蟒河。蟒河不留恋塬县，在山沟沟里流淌了十多里地就到了大邑县地界。

第三股泉就是我们上边说到的庞家窑沟底的那眼泉。泉水形成的河流很短，生在这里隐在这里，可以说就不是条河。但这里的人们却把它看成宝贝视为神圣。因为它温柔甘甜无私，把自己的一切都奉献给这里，它给这里的人们带来了希望和欢欣，旱塬上的人们爱它捧它，敬重它，喜欢它。这就是传说中的清水河。

生活在旱塬上的人们不愿意看着河水在脚下白白流走，都有过引三泉浇田的想法。但恶劣的地势阻止了人们的脚步，时间长了，就有了上面这样一个说法。是哀叹是自嘲还是无奈？五味杂陈只有生活在这里的人们知道。

也不知哪一年，一位新的县太爷上任了，他是县衙历史上第一个想把河水引到塬上的县太爷，而且是历任县太爷中第一个付诸行动的人。他的想法颇有道理，就是利用山势在铁岭关修一道大坝，把涑水河水蓄起来形成一个高山湖泊抬高水位，再沿着山势修渠架桥，把深山里的涑水河水引到旱塬上，然后再在塬上开渠引水浇地，让涑水河在塬上蜿蜒流淌，让传颂了祖祖辈辈的清水河的梦想在他这里实现。可谓计划宏大意义深远福泽乡里。但是他的治水方案没有实现，工程浩大人工欠缺银两不足，煞费苦心劳民伤财后一病不起。弥留之际，他提笔在纸上颤颤巍巍地写了三个字——“响水塬”。有人说，这是这位清官大老爷对只能看到水而用不到水的尴尬的一种自嘲！也有人说，这是这位清官大老爷治水不成的一种心灵的慰藉！但更多的人认为，这是这位清官大老爷对后人的期盼，希望后任能继承他的遗志，引水上山让哗哗的水声响彻旱塬，把这个贫瘠的地方变成水乡江南！但是坊间也有另一个说法，说响水塬的“响”是县太爷在弥留之际把字给写错了，应该写成“想”才对，就是盼水的意思，盼水上塬才是本意。不管是杜撰还是传说，在塬县县城的南门外大道西侧，浑厚的黄土中突兀地涌出一块大青石，石头十丈宽厚五丈高低，犹如一柱直抵苍穹，石头上刻有“响水塬”三个苍劲大字，字迹的凹槽里填满了朱红。据说朱红乃朱砂研磨而制，色泽鲜艳经久不衰，因此字迹醒目远远地就能看到。字为隶书，笔画颤抖字迹有些不整，笔画之间虽然轻缓有序重淡自然，但笔画之间的空隙犹如那深沟里的溪水时断时续，透露着一种凄凉和悲苍。民间有说法，说这字就是那位想把河水引到塬上的县太爷所书，是这位清官大老爷临终前留给后人的最后墨迹。但不管怎么说，这青石上刻着的三个大字就是告知天下百姓，到了塬县县城的南门就到了响水塬地界。

到了响水塬必然要说到庞家窑，说庞家窑就是要看看那个在塬县很有名气的龙泉。到了龙泉必然要说到庞家窑的一户人家。因为这户人家在塬上有着平展展的一百亩平地，因为这户人家在村里盖有青砖大瓦房。因为这户人家父亲的父亲是族长，这户人家的父亲是村长。因为这户人家的父亲还有四个传接香火的儿子。因为这户人家连着两代捐献银两主持修缮龙泉宝地。这一百亩平地给了他们丰厚的回报。这青砖大瓦房给他们的是脸面。这族长村长给他们的是尊严。这传接香火的儿子给他们的是骄傲。这龙泉宝地的修缮给了他们美名。

在庞家窑，这户人家是大家的主心骨。在这个小山村里，这户人家的日子过得闲适而清静。然而这几天，这户人家却一反常态，这户人家的父亲的父亲，这户人家的父亲，这户人家的儿子，都患上了一种焦虑症！吃喝不下辗转不眠。是啥搅动的祖孙三人心神不宁茶饭不香呢？原来这家的大孙子媳妇近日就要生娃娃，祖孙三人都盼望着老天爷能给庞家送个男娃娃！因为这个娃娃是他们的长重孙、长孙和长子。这对他们这个家至关重要。

自从大孙子媳妇怀上娃娃，庞家就格外的操心，吃喝拉撒睡谈吐行走玩事事周到处处小心。什么算卦的下神的，什么和尚道士，什么神汉神婆，该请的都请了，该做的都做了，但愿苍天保佑心想事成生个男娃！庞家在做这些事的时候，可以说没有少花钱，他们信的是心诚则灵嘛！因为花了钱拜了神许了愿，庞家也就觉得一切都在掌控之中，一切都万无一失了。可是到了即将分娩的最后时刻，他们心里还是有些不放心，他们生怕出错，老庞家什么事情都走在人前，在生娃娃方面也不能落后。头胎是男娃不仅仅是传宗接代后继有人，更重要的是给老庞家的脸上又一次增加了光彩。老庞家的脸面重要啊！所以在这关键的当口儿，祖孙三人自然有些六神无主有些茶饭不香了，甚至比即将临盆的大孙子媳妇还要着急上火。祖孙三人的愿望能实现吗……

二、庞姓人家

都说女人生娃娃是过鬼门关哩！这话不假。

现在，春花正在鬼门关里挣扎！她的胎儿有些不正，血水流了老半天了，肚子一阵一阵地疼，娃娃就是生不下来……几回回下来，春花没有了招架之力，浑身稀软气若游丝，连说话的力气都没有了。她想到了死，感觉自己的魂儿在飘离，她没有办法抓住它了，她在等着阎王爷的召唤……她开始虚脱，渐渐的意识有点不清了，她拿捏不住自己了，眼前出现了幻觉，她觉得自己飘了起来，接下来眼睛一黑就什么也不知道了。

春花醒过来时，就看到眼前有张渗满汗珠的老女人的脸，脸上的眼睛焦急，有声音传来："过来啦！过来啦！"接着就是一阵忙乱。春花感到有手在自己肚子上轻轻地揉摸，揉摸使她感到很舒服。在这舒服的揉摸中，她听到一声声温暖的嘱咐："使劲，再使劲！"春花在这温暖的嘱咐中又凝聚了力量，突然，她感到一阵撕皮裂肉的痛，下身犹如决堤的洪水，"呼哧"一下一个鼓鼓的东西涌了出来……春花感觉到了从未有过的轻松，肚子一下子空了，浑身的骨架就像酥了一样，身子软塌塌地一动也不想动了……春花分娩不顺利，几番挣扎几次昏死。撕皮裂肉的痛苦后，春花两鬓水湿，额上布满汗珠，汗水合着泪水滚到耳边，浸湿了头下的绣花枕头……

"母子平安！"一阵忙乱后，接生婆撩起门帘对外面候着的家人说。

"男娃女娃？"刚为人父的庞永荣急着问这个。

"女娃……"接生婆回答的有些怯声怯气。

"啥！女娃！……这怎么可能！你没弄错吧……"庞永荣不客气地训斥接生婆。

"大少爷，是……真是个女娃，老妇亲手接的生，不会弄错。"接生婆小心地回答着。

"这……这怎么可能……怎么可能！"庞永荣对着内屋吼，他没有进去安慰刚刚生产完的妻子和刚刚来到这个世上的亲骨肉，而是像木棍一样戳在那里，不分青红皂白地发怒发火。

春花听到了丈夫的吼叫，不情愿地扭过了头，心痛胜过了伤痛，泪水涌了出来。在鬼门关走了一遭的春花还没来得及端祥一下自己的宝宝，就开始为她的将来熬煎了。

胡乱埋怨了一阵后，庞永荣还是回到了现实。接生婆的回答似五雷贯顶，庞永荣一下子木了蔫了，就像霜打的茄子没了精神。他撂下媳妇娃娃不顾，头晕晕地身子软软地步履跌撞地来到父亲家里，他把媳妇生了个女娃的事情告诉了在这里等信的父亲和爷爷。

“啥……是个女娃?”孩子的爷爷庞瑞珩皱起了眉头。

“这……这不可能呀!”孩子的太爷爷有点不相信自己的耳朵。

父亲家的堂屋宽敞，正中的八仙桌上摆着甜点和糖果，还有用作庆贺的红皮鸡蛋和鞭炮。老庞家的亲戚和村民们都聚集在这里等着庆贺，听了庞永荣的话，院里屋里立刻炸开了锅，大家七嘴八舌地议论开了。

“邪啦邪啦!不是郎中看了神婆算了都是男娃嘛，怎么生出来就变成了女娃……”知道些根底的人这样说，他们觉得事情邪乎得真有点丈二和尚摸不着头脑。

“这可咋办……这老庞家的脸儿往哪儿搁呀……”满院的人都有同感，老庞家咋收场!

春花的肚子真会骗人!怀胎十月，无论是肚形吃相，还是胎动反应，都是男娃的状态。家里人为了证实她肚里的娃是男是女，请郎中看请神婆算，钱花的不少路跑的不少，郎中神婆也说得挺好……在一片恭贺声中，老庞家从上到下心知肚明，大家奔走相告兴高采烈地做着精心准备，欢欣地等待着这个老庞家的长重孙的到来!谁知，事与愿违，春花的肚子骗过了所有人，包括春花自己和她的丈夫庞永荣。谁能料到这世上的事情就是这么怪!就是这么拧!就是这么不如人意!

时间是一九一七年的四月十九日，这是老庞家长重孙女的生日。

“这个不争气的媳妇!”庞永荣觉得在众人面前丢了人，媳妇生了个女娃使他抬不起头，心里憋着一肚子火，握着个拳头放出了狠话:“中看不中用的东西，生娃娃也糊弄人……这个怂媳妇，看我怎么收拾她……”庞永荣当着众人的面在天井里转圈发泼狠话连篇显示自己的能耐。

“胡咧咧啥哩……”庞瑞珩厉声喝断儿子的话，“胡说八道!回屋里去!”

庞永荣还是害怕父亲的，灰溜溜地回到屋里，不敢胡说八道了。

爷爷庞瑞珩还是见多识广的。事情出人意料，他要在众人面前挺住。他这个一家之主一村之主在突发事情面前首先要稳住神不能失去风度。他喝住儿子就是生怕儿子经不起众人的话干出傻事来。他整理整理衣襟，用五指理理有点谢顶的花白头发，他的头脑在急速地运转。几十年的经历告诉他，这世上的事由不得人，命里注定的是啥就是啥，有些事情就是出乎人的预料，比如说春花这次生娃——万无一失的事却出了差错。他觉得真丢脸面，可是他不能像儿子一样冲动，家里上有老下有小，他要是不稳住那可咋收场呀？纷乱中他冷静了，冷静中他有了理智。他现在想的和儿子不一样了，既然已经生了，就不去追究生啥了，现在是生啥都无所谓，关键是母子平安！他知道，媳妇的娘家人也在等信呢！埋怨媳妇生女娃的话要是传过去，或者因为媳妇生娃娃出了意外，都是不得了的事！再因为媳妇生了个女娃，儿子和媳妇弄出个三长两短，那可是天大的事了。媳妇的娘家在乔村也是大户人家，他们也不是等闲之辈，他们是不会忍气吞声不会善罢甘休的，这样一来，还不知道要闹出啥麻烦呢？庞瑞珩觉得当务之急是不能由着儿子的性子胡闹，他要把他的火压下去……当然了，他也希望是男娃，但事实却不是，不是咋办？庞瑞珩是明白人，识时务者为俊杰，满屋子的人都看着呢，他是有头有脸的村长，他要瞻前顾后方方面面都要考虑到，当前首要的是给众人一个说法，给众人一个说法首先是自家人要把这件事情看开……再说这是头胎，谁敢断定日后不会有男娃呢？他看了一眼年轻气盛有点沉不住气有些失态的儿子说："你急个啥？怨天怨地怨媳妇？怨不着！稳稳的，稳住神沉住气。这是头胎，也许二胎就是男娃呢！"

"这话说得对。"孩子的太爷爷说话了，"咱老庞家在庞家窑是个大户人家，十里八庄的人都另眼相看高抬着呢。大户人家就要有个大户人家的气度。生孩子是大事，不能有闪失，照看孩子也是大事，也不能马虎，月子里的事一定要招呼好！关键是母子平安，不能因为媳妇生了个女娃就羞辱打骂媳妇，要是媳妇的娘家怪罪下来，咱老庞家的脸往哪里放？众乡亲也会说我们老庞家没家教，也会说老庞家的孩子没教养！"太爷爷不愧是太爷爷，他是族长经常处理一些难办的事，所以他办事都是从最坏处着想，往最好处努力。大孙媳妇生孩子，他从心里都盼着是个小子，但生下来不是，这种出乎意料他心里有准备，所以能扛得住。他同意儿子的说法，儿子的随风转舵是成熟的表现，他觉得儿子这个村长当的还行。可是他又不能满足这种现状的，他眯着眼噘着嘴吹燃了纸绳，然后咕噜咕噜地吸了一阵水烟，鼻孔里冒出一阵青烟后又捏起一撮烟丝在手指间团揉，揉了一会儿他把烟丝球放到烟嘴里说："头胎是啥都不怕，假如二胎三胎还是女娃，那就……不就是几口袋麦子百十块大洋嘛，咱给娃再娶回个二房……还怕生不下个男娃……再说这样做也是为了老庞家后继有人，到那时谁还会说啥呢……"说到这里，太爷爷的下巴颤抖起来，那撮白里泛着黄的山羊胡子也跟着颤抖起来："哈哈哈哈……没啥没啥……大家同乐……同乐……"太爷爷笑出声了，笑声能听出有些苦涩但也透亮。太爷爷的脸跟着笑声在抖动，那双眼泡很大混浊的老眼在环视着大家。太爷爷谢了顶的头上扣了个黑缎子的瓜皮帽，瓜皮帽下的后脑勺上的那条灰白的小辫跟着太爷爷的笑声也在抖动。

“是呀是呀，父亲说的在理。”庞瑞珩应和着父亲，看着儿子说，“别吊着个脸，打起精神回去吧，好好招呼你媳妇和胎娃，有啥好歹我可不饶你。”

“唉！就是高兴不起来嘛……”庞永荣还是很沮丧，“你说这是啥事？”他信的还是那句老话：添丁加福，添女加愁。可现实呢？他们老庞家是望丁眼穿，心愿没圆。

“你个憨娃，不高兴也得高兴，啥事？听天由命的事！老天爷给的能不要？说到底这是咱老庞家的骨肉！是我的重孙女！”太爷爷一边笑着训斥着自己的大孙子，一边把甜点糖果红鸡蛋分给众人，又叫人把鞭炮在大门前放了。有碍于孩子的父亲是长孙，有碍于孩子的爷爷是村长，有碍于自己是孩子的太爷爷又是族里德高望重的长辈，不管怎么说也是添人加口四世同堂的喜事啊！该庆贺还是要庆贺。

庞瑞珩也笑着给亲朋好友打着拱：“男娃女娃都一样，母子平安就好，母子平安就好……”

庞永荣跟着也笑了，虽然笑得有些勉强，但还是笑了：“一样，都一样……男娃女娃都一样……”

祖孙三人的笑就是接纳的意思。于是家里的空气活泛了，人们的脸上荡起了笑容，言语亲切温和……全家人和庞氏的直系亲属以及来道贺的村民们都欢天喜地接纳了这个“正果”。

按照风俗，老庞家在孩子满月的时候，照样搭了棚子垒了锅灶买了酒肉，照样请来了说书的请了唱戏的，照样宴请亲朋好友和众乡亲，还特地请来了和尚道士念佛使法，保佑老庞家子孙满堂后继有人。连续三天，庞家窑像过节一样热闹，堂屋院里门前门后都是欢歌笑语和祝福声。

也许这就是人们常说的命！老庞家从庞瑞珩这辈上延三代单传，到了庞瑞珩这辈有了四个儿子。老庞家心里想的盼的就是庞瑞珩的儿子们这辈多生几个男娃。谁知事与愿违！庞瑞珩的大儿子庞永荣的媳妇头炮就没有打响。太爷爷觉得这件大事没有像自己想的那样心想事成。嘴上说没事，心里老是拧着劲过不来。他要给自己一个解脱，于是就去找儿子和他说和他谈。哪知儿子和他一样，心里也过不去这个坎。爷俩谈呀说呀，几回下来，爷俩总算是想到了一块儿：那就是纵观大千世界，万事都不会一帆风顺！多少年来多少岁月，有几个心想事成的？芸芸众生不都是在难过和不满意中度过一生吗？有谁能说清楚呢？命里没有莫强求，强求得来不幸福！上苍赐给女娃，那就是天意，天意不可违呀！在太爷爷和爷爷的关爱下，“正果”变成了“宝贝疙瘩”，全家人也都认了这个理。

小女娃天生丽质，白白净净，眉清目秀。六个月后，已活脱的人见人爱，十个月后，已开始蹒跚学步牙牙学语，两只小手比来画去，聪慧精明已在其中。父母见孩子乖巧，恰好生在燕子归来时，于是给孩子起了个小名叫燕儿。燕儿的慧颖乖巧一扫家人的不悦，周岁生日那天，太爷爷把村里的教书先生请来给孩子起大名。教书先生查阅了庞家的家谱，孩子这一辈是“秀”字辈。教书先生又查阅了孩子的生辰八字，觉得这孩子的生辰八字不错。教书先生又细细地看了看孩子的脸，天庭饱满五官端正，真是大贵大福之相。于是他捻着胡子摇着脑袋给孩子起了个非常好听非常好记的名字——秀秀。意思是这是一个漂亮的孩子，这个漂亮的孩子会有一个幸福的前程。

秀秀的家在庞家窑是个大家。之所以是个大家，这与秀秀太爷爷的能耐分不开。秀秀的太爷爷凭着勤劳和聪明，在村南塬上置下了一百亩好地，成了庞家窑第一个拥有塬上平地的人。没几年庞家就盖起了青砖大瓦房，有了牛马牲口，还雇了长工，这在庞家窑也是头一份。秀秀太爷爷的能耐得到了村里人的公认，再加上他热心族里的事，关心邻里，尊重乡亲，处事公平，待人热情，慢慢地威信越来越高，庞家窑非太爷爷当家不可，在老族长提出退位的时候，自然而然被族人们推举为族长。庞家窑因为有了太爷爷这个族长，三庄二岭周边村庄不敢再小瞧庞家窑，庞家窑的村民也能在人前挺起腰抬起头说起话，有了自己的尊严。

秀秀的太爷爷生性聪明，幼年时就表现出与同岁小孩的不同。那时候庞氏家族在祠堂里办了一个私塾，凡是庞姓的后代都可以去那里读书，但要交纳一定的费用。当时去读书的孩子并不多，大多是家里舍不得一年三斗麦子的学费。秀秀太爷爷的父亲生性吝惜过日子节俭，他认为庄稼娃念书没有用，念来念去还不是种地！其实他是舍不得那一年三斗麦子的学费。于是他就没有送秀秀的太爷爷去读书。太爷爷知道了却不同意，吵着嚷着要读书。八九岁的小孩跟父亲拧着脖子论理。他说，郭家庄的郭秀才之所以能当上县太爷，是因为他读书读得好，他如果不是秀才，能当父母官吗？他还说，万般皆下品唯有读书高。太爷爷的父亲问他咋知道这些？他说是听说书的说的。太爷爷的父亲大为震惊，小小孩儿竟能说出这样的大话！震惊之际他看到太爷爷方阔的额头上那颗痦子，觉得祥瑞缭绕红光四射！于是他顺从了，敬畏了……心里那个秘密告诉他，这是神的旨意！头顶三尺有神灵，神的眼睛是雪亮的，神的召唤他不敢不从。于是他恭恭敬敬地虔诚地送孩子去念书。

秀秀的太爷爷读书了，书读得很刻苦，深得先生的喜爱。父母问他为啥？他会摇着脑壳一板一眼地说，小小读书不用心，不知书里有黄金，自知书里黄金贵，夜点明灯下苦心。父母以为儿子只是说说而已，哪知他还真的做出了许多头悬梁锥刺骨的事。

秀秀的太爷爷真是没有辜负父母的期望，不仅书念得好，而且懂人情世故。腿脚勤快脑子好使嘴巴会说话。十八岁便跟着大人到内蒙古贩皮子，二十岁便独自一人到西安做买卖，三十岁左右便在村南置下了百亩平展展的塬地，不到四十岁就在庞家窑当了村长。太爷爷的父母高兴啊，高兴之余禁不住又想起太爷爷身体表象的一些特征，这些特征的作用只有他们知道，是他们一生要保守的秘密，就连太爷爷本人都不能知道。他们不能告诉任何人，为的还是太爷爷一生的顺昌和庞氏家族的兴荣。现在特征显灵了，老庞家有福了！父母三缄其口虔诚无比守口如瓶直到老死。他们觉得是上天的神灵附在了孩子的身上了，所以孩子才有这么大能耐。

太爷爷生下就与众不同。国子脸盘浓眉大眼，最醒目的就是他的眉宇间有颗红痱子，最奇特的是他的屁股蛋蛋上一左一右有两块红色胎记。这两个胎里带来的东西是祸是福？自然也就成了太爷爷父母的心病。他们常见的是黑色的痱子和紫青色的胎记，这红色的可真是太稀罕啦！父母担心这些东西会给孩子带来厄运，深思熟虑后决定请神婆给孩子看一看，烧香拜佛花钱免灾保佑孩子一生平安。

那是一个阳光灿烂的日子，白晃晃的阳光透过窗户把土炕照得暖烘烘的。太爷爷的母亲坐在炕沿上，敞着怀在给太爷爷喂奶。家里很安静，小院很干净，一条小花狗卧在窑门口伸展着四肢在晒太阳，窑门上边的窗格上有个燕子窝，啾啾的燕子飞来飞去，忙碌着在旧窝上重筑新巢。

太爷爷吃饱了，两个小手在触摸妈妈的乳房，小脸上荡漾着幸福的笑容。此时，太爷爷的母亲心里非常美，小娃娃的手在鼓囊囊的乳房上滑动，就像触动着她心灵上的神经，麻酥酥的格外舒坦。她索性任由娃娃去抓，挺挺腰把那对白胖白胖的奶子送到孩子的脸前，红红的乳头抵在娃娃圆乎乎的脸蛋上……太爷爷睡着了，五个月的小人吃饱了就睡。太爷爷的母亲小心翼翼地把他放到炕上，扯了一床小被盖在他的身上，她要自己的宝贝好好睡一觉。

太爷爷的家在村子里还能说得过去，有着三孔大窑和几亩沟地。太爷爷的母亲生了太爷爷后保养得很好，脸色红润肤色白净。已是四月底快五月的天气，她还穿着薄棉衣裤。宽宽的裤腿在脚脖子处扎起来，就像两个长圆形的灯笼搁在三寸金莲上。她的薄棉袄大襟耷拉在一旁，两个雪白大奶从胸前垂下，白莹莹的晃来晃去……她弓着腰凝视着太爷爷，她在看太爷爷额头上那颗红痱子。红痱子在两个眉心的中间，有豆粒大小，衬在白白的小脸上很是醒目。她把儿子翻了个身，两个屁股蛋蛋上对称着有两块胎记，红红的就像两片火烧云。

太爷爷的母亲长得很美丽。有着乌黑的头发，绾着高高的发髻。她的脸蛋白里透着红，眼睛很大，睫毛很长，鼻子不高，嘴巴不大。她施了一点脂粉，身上有着隐隐的香味。

太爷爷的家坐西向东，取意紫气东来。是把西边的山坡削下去的土垫到东边自然形成的一个院。这里地势高，可以看清沟里的一切。五月的大沟姹紫嫣红，沟坡坡上开满了各式各样的花，沟塄塄上野草蓬勃一片葱绿。

院门“咣啷”地响了一下，接着便有了人声。

“娃他娘，我回来了！”声音高亢浑厚透着喜悦，“快来快来，我把郭家庄的杜大娘请来了。”说话的是太爷爷的父亲，一个额头光亮，脖缠大辫，肩搭布褡裢，五大三粗身强力壮的庄稼汉子。

“来啦！”太爷爷的母亲喜睦睦地迎出窑洞，“快！快请窑里坐。”她声音甜甜地招呼客人。

太爷爷父亲的身后跟着一个老女人。老女人五十岁左右，脸皮白净富态，头上戴了一个黑缎子做就的头箍，头箍二寸宽窄，正面绣了一朵牡丹。她的脸皮有些松弛，脸蛋有些下坠，方脸大盘两手纤纤一看就知道是个不干粗活会享福的人。

“你老请！”太爷爷的父亲转身把老女人让到前头。

“哎哟！总算到了，我的脚可受不了了。”老女人说着话往里走，一颠一颠扭腰晃臀。尖尖的小脚上穿着绣花鞋，身子罩着红袄，穿着绿裤的双腿有点罗圈，整个人臃肿中有着富态，富态中露着些许妖娆。

“大娘！劳你的大驾，慢点慢点。”太爷爷的母亲接过老女人的包袱搀扶着她往窑里走。

“好媳妇！”老女人把包袱递给太爷爷的母亲，上下打量了一会儿说：“柳眉杏眼，慈眉善目，身段窈窕，模样俊俏，皮肤白灵灵，大眼水汪汪，一看就知道人好心眼好，真是人见人爱，谁摊上是谁的福！”老女人不愧是神婆，嘴巴子真甜，专往好处说。

“看大娘说的，我有那么好？”一片红晕飞上太爷爷母亲的脸庞。

窑里有张桌子，桌子上放了四样点心，有涞水的煮饼太谷的饼，城里老高家的细点和老马家的豌豆糕。太爷爷的母亲热情地倒了一杯热茶放到老女人面前：“大娘，累了吧！你先歇歇吃点东西。”说着把各样点心都取了一块放到老女人面前的盘子里。

“吃吧吃吧，没什么好东西，下坡上坡的看把你老累的，实在对不住啊！”太爷爷的父亲在一边谦让着。

“见外了，见外了，本来要骑驴的，想想很近，下坡上坡就到，骑驴怪麻烦的。”老女人喝了一口茶吃了几口点心说，“按说我这个年纪是不出门的，是我觉得你们老庞家厚道才来的，我家里的活多着呢！”

“对着呢！是我硬把老人家拽来的。”太爷爷的父亲应诺着，“孩子小，路上不方便，所以只有苦了你老人家了。”他没有说出给了老女人两块银元的事。

“大娘，你先歇会儿，我去做饭！”太爷爷的母亲觉得得留老女人吃午饭。

“去吧去吧，做打卤面，给老人卧两个鸡蛋！”太爷爷的父亲嘱咐着。

一会儿饭菜就好了，两热两凉四个菜还烫了一壶酒。热菜是回锅肉和炒豆腐，凉菜是拌猪肝和拌莲菜。这都是夫妻俩提前准备的。

杜大娘好胃口，吃肉喝酒样样都行，酒足饭饱后抽了几口旱烟，就眯瞪起眼睛打起盹来，细纹皱皱的面皮泛着酒晕，有点人面桃花的意思。

太爷爷醒了，小家伙可能是饿了，“咿咿呀呀”咧着嘴哭起来，太爷爷的母亲赶紧抱起他喂奶。

杜大娘醒了，酒后这一觉好爽快，若不是太爷爷闹腾她还不醒呢！太爷爷的母亲责怪太爷爷的父亲给她喝酒，太爷爷的父亲说：“人家是神婆，就这样款待人家还不想来呢！”

杜大娘觉得该办事了。她来到炕前，仔细地打量着太爷爷，好久才说：“快把我的包袱拿来，不得了了，我得上香，得感谢上苍，感谢众神灵……”

太爷爷的父母听得不明不白，赶紧把杜大娘的包袱递过去。

杜大娘从包袱里取出几道黄表纸，上边有一些大家看不明白的字。她说这是符。然后叫太爷爷的父亲取来香碗和香，在刚才吃饭的桌子上设了神位。一会儿香便燃了起来，袅袅的烟雾在窑里弥漫。杜大娘虔诚地跪在神位前，两手合十嘴里念叨着什么，然后慢慢地磕了三个头。磕完头后，就把那几道黄表纸的符给烧了。

杜大娘坐到炕沿上，又重新打量起太爷爷，摸了摸他屁股上的火烧云和额头上那个红痱子说道：“你们家出贵人了，恭喜恭喜！”说着两手合十在胸前直晃。

“出贵人了？”太爷爷的母亲看了一眼怀中的孩子，两眼透着不解。

“出贵人了？”太爷爷的父亲同样很惊奇：“怎么个说法？”他想知道原因。

“天机不可泄露！你们得对我保证两件事，我才能告诉你们。”杜大娘故弄玄虚，显得很神秘。

“只要对孩子好，别说两件就是十件我们也答应！”太爷爷的父母十分认真地回答。

“第一是要对神灵虔诚，以后每月的初一十五都要焚香敬神，正常情况下雷打不动不得有误。第二是知道了这个秘密要守口如瓶不得张扬，张扬法术就不灵了，还会给孩子带来灾难。你们能做到吗？”杜大娘说出了两个要求后，特意追问了一句，语气和脸色立刻凝重起来。

“能做到！能做到！”太爷爷的父母小心地应承，语气诚恳脸色凝重。

“好！我告诉你们。”杜大娘依然神色郑重表情严肃，“你这孩子应了两位大仙的体征表象，一位是天上的二郎神，一位是地上的孙悟空。二郎神眉宇间有一颗红痣，其实那是一颗天眼。孙悟空是猴子，猴子的屁股是红的。这两位可都是天地间的大神仙，你们想想，我说的对不对？你们的孩子是不是应了这两位大仙的体征表象？”

“是呀！我们怎么没想到呢？”太爷爷的父亲惊诧地说。

“呀！真是！”太爷爷的母亲又是看孩子的脸又是看孩子的屁股：“敢情这是真的！像！真像！这红靥子是天眼，你看，正在两眉中间。画儿上二郎神的天眼不就在正中间吗？还有这红胎记，真像猴的屁股，火烧猴屁股红红的……”太爷爷的母亲恍然大悟有些喋喋不休。

“正是应了两位天地间大神仙的体征表象，这孩子便沾了大神仙的光，所以这孩子将来一定会大富大贵。他会像二郎神那样沉稳英俊智慧无敌，也会像孙悟空那样灵活机动善变勇敢。不得了啊！天降贵人！庞家从此要大发啦！”老女人在叙述自己的见解，也在证实自己的能耐，她要的是对方完全臣服在自己的故弄玄虚中，她觉得是自己看出来了这种体征表象，这就是神算！她想这样的好话说上三遍就是真理，好话谁不爱听？

“大娘贵人吉言，我们给你磕头了。”太爷爷的父母赶忙俯下身子给杜大娘磕头。

“好啦，我该走啦。”杜大娘看火候正好要抽身走人。

“别急别急，天还早哩！”太爷爷的父亲赶忙塞给她两块银元。

“记住天机不可泄露！要装在心里，到死都不能说！心诚则灵！”杜大娘把两块银元放到衣兜里，“人活一世，草木一秋。生生息息，福祸相依。善到祸去，德到福留。积德行善，辈辈平安！”老女人说完一颠一扭地出了窑，绫罗绸缎在夕阳的余晖下颤悠着闪着光亮。

“大娘别急，累了半天了，骑上……骑上我的驴走……”太爷爷的父亲想得很周到，这可是上上上的神卦，哪能让人家再走着回去，谢还谢不过哩。他拦住老女人，把自家的新褥子铺到驴背上，他要持缰牵驴亲自把老女人送回郭家庄。

神婆杜大娘走了，太爷爷父母的心稳下了。他们反反复复地把孩子看了一遍又一遍，抚摸着思考着，往日隐在心里的茅塞顿开，喜悦的心情就像五月灿烂的阳光。他们把这两样胎里带来的东西视为宝贝，同时也更加疼爱太爷爷，认认真真地按照杜大娘的安排，每月的初一十五燃香敬神雷打不动。

世上的事就这么怪，不管是神婆杜大娘瞎掰掰，还是太爷爷父母对神虔诚，也许是真应了神婆的说法，太爷爷真的是沾了二郎神和孙悟空的光。有这两位大仙的护佑，太爷爷从小到大就是和一般人不一样，干啥都成做啥都有样，一生命运顺昌大吉大利财源滚滚，在庞家窑的一群后生中出类拔萃鹤立鸡群！

老庞家虽然富了，衣食不愁有头有脸，但也有不尽如人意的地方，那就是人丁不旺。秀秀太爷爷父亲是独子，太爷爷这辈也是独子，太爷爷目前只有一个儿子就是秀秀的爷爷。太爷爷致富后想得最多的事就是多生几个孩子。因此，他在这方面就格外的用心。但是，不管他用什么办法，太奶奶就是不怀胎。太爷爷读书识礼是忠厚人，按说有家有业再娶几房太太也无妨，忠孝两全多子多福嘛！但是太爷爷不为世俗所动，他有自己做人的原则，他知道打理这番家业的不容易，没有太奶奶的鼎力相助是一事无成的。他们相依为命相亲相爱。太爷爷也就一直没有再娶妾纳小。太奶奶是聪明人，相夫教子持家理财内内外外都没说的。她懂得太爷爷的心思，也想给庞家多留后，于是就和太爷爷多处打听怀胎秘方，上山求过神，庙里拜过佛，卦摊上抽过签，各种各样的秘方丸药吃了不少，啥法都想了啥招都用了就是不管用。后来到五台山求子，有位高僧指教，说是在村南的村口立一个石牌坊，就能感天动地，包你怀胎。于是，太爷爷就在村南村口立了个石牌坊，是那种常见的四柱三门冲天式石牌坊。石牌坊是那种简易的粗放的，虽然简易粗放也雕刻了奇花异草仙人神兽。石牌坊中间大门上嵌了个石匾，上边刻了庞家窑三个大字，两边的小门上也有匾，左边刻有五谷丰登右边刻有民康物阜，进村的大路从中间的大门穿过。匾上的几个字是太爷爷精心琢磨反复推敲而定的。他不能明着说要孩子，那样也太没有城府了。他希望庞家窑五谷丰登民康物阜就暗含了多子多福这样一个初衷。这样一做，不仅庞氏家族内部满意，那些外来的徙族也无话可说。指路扬名，这个石牌坊就成了庞家窑的招牌，这在周围村庄甚至塬县都是独一无二的，看到石牌坊就知道到了庞家窑。

花钱做了件善事，赚到了不少赞誉。但是，老庞家真实目的没有达到，太奶奶的肚子还是不见大。人们常说，七十还结个大倭瓜呢！太爷爷正值四十岁左右，按理说正是房事强盛的时候。他心里当然不服，起初隔上一段时间，还能勉强同房，但是同房却不能持久。不管咋说，房事还能凑合，后来就越来越不行了。越是这样太爷爷就越着急，换着花样几经尝试，结果都是功亏一篑。房事本应是愉悦的，他们体验不到了，常常是累得一身臭汗兴趣全无。男欢女爱之事力不从心索然无味，就谈不上再让太奶奶怀孕生子了。这回是太奶奶不服气了，人还没老咋会这样？二话没说拉着太爷爷进了城，找了一家最好的中医堂给太爷爷看病。中医堂坐诊的老中医白胡子一把，戴着一副高度近视的石头老花镜。他眯着眼一边听着太爷爷太奶奶的叙述，一边给太爷爷把脉，良久甩下一句话：这娃阳器不举，房事不行了。太奶奶忙问：咋是阳器不举？老中医歪头看了她一眼：阳器就是男人的命根。他指了指太爷爷两腿之间的地方说：那东西是生娃娃的本钱，你男人的东西是勃而不举，举而不坚……太奶奶流下了眼泪：老先生，你说的极是，是病就能治！求你给个方儿，只要能治好，我就给你磕头！说着就双腿跪地头伏到了老中医的脚下。老中医费力地扶起她摇了摇头：过度操心劳累所致！性脉细软纤弱，肾衰肝衰，精血不足，性功能丧失殆尽，已是病入膏肓，没得治了……太爷爷扶着几乎晕厥的太奶奶回了家。时间一长，太爷爷太奶奶不再想这事，两口子就把心事全部放在独生儿子庞瑞珩身上，他们希望他比自己更有出息。

太爷爷读过一些史书，想从历史典故中寻求一个教戒后代的方法。他想过孔融的四岁让梨，曹植的七步诗，也想过《弟子规》，还有人们挂在嘴上的仁义礼智信，后来他又查阅了蒙学四篇，细细品味《三字经》《千字文》《名贤集》《增广贤文》，在《名贤集》里找到了这样一句话：积善之家必有余庆；积恶之家必有余殃。意思是坚持做好事积多积久的人家，必定有后富。不断做坏事积多积久的人家，则必定有后患。他觉得这两句话挺符合自己的想法，他觉得庞家之所以发了，是祖上行善积德，是祖上的阴德护佑了自己，所以才干啥成啥！自己虽然有了一份不错的家业，但毕竟是人丁不旺，守住这份家业就得小心行事。小心行事最大的一点就是慈悲为怀与邻为友不做坏事。他要教育儿子行善积德不做坏事，于是就请人把这句话书写了条幅，装裱了后做了个镜框挂在书房，他要儿子庞瑞珩看在眼里记在心里。没事的时候他也与儿子在一起讨论孔孟之道和仁义礼智信，他觉得这些都是从大处规范人们的行为规则，是庞家后代必修的课程，然而从一个家庭来看，行善积德才是维持家族长盛不衰的基石，有了这块基石，老庞家才能得到村民的拥护，才能与大家和睦相处。就这样，太爷爷把这句话作为老庞家的家训传给儿子庞瑞珩，也希望儿子传给他的儿子，老庞家的后代们代代相传遵照执行。

太爷爷太奶奶的希望没有落空，他们的真诚和敦厚真的感了天动了地，五台山的高僧没有打诳语，建石牌坊能怀胎也不是妄语，只是高僧的指教和他们的希望没有应在自己身上，而是应在了他们的独生儿子庞瑞珩身上。

秀秀的爷爷叫庞瑞珩，也是一个饱读诗书的精明能干的庄稼人。他确实比父亲有出息，不仅全部继承了父亲的思想和能耐而且会武术，真正的能文能武。最值得骄傲的是，他的下一辈不再是独子，他还有四个儿子。

庞瑞珩小时候也是聪明过人，母亲专门为他请了教书先生，在家里开了私塾，教他四书五经，学习孔孟之道。庞瑞珩没有辜负父母的期望，刻苦用功，不仅书读得好，地也种得好，还长成一身好骨架，五大三粗的，非常强壮。他比父亲有能耐的是他喜爱武术。他觉得没有兄弟姐妹的帮衬，自己很难撑起这么一个家，亏得老天爷给了一身好骨架，再不会些武艺咋能护家保家呢？于是他特地到平阳府拜师学了太极和八卦，到嵩山少林寺学了拳术棍术，心灵身强能吃苦，练了一身好武艺，十八九岁就在这一带有了名气。也许是独子的缘故吧，他爱交朋友，愿意结识天下好汉。他欣赏《水浒传》中的英雄好汉，特别喜欢及时雨宋江。久而久之他就养成了仗义行侠、乐善好施、打抱不平的性格。庞家窑村小，常受邻村一些无赖和地痞的欺负，庞瑞珩便把村里的年轻人召集起来，教他们习武，没事强身健体，有事护村护院。一时间，在庞家窑男女老少习武成风。练武使庞家窑的人很抱团，时间长了，庞瑞珩就成了大家的主心骨和武术教头，会武术的村民自然而然地成了庞家窑的护村护院的村丁，一家有事，大家相助。从此以后，很少有人敢到庞家窑来滋事。他的一些见识和勇气，得到了族人们的赏识，也得到了父亲的认可。这时，庞氏家族的老族长去世了，庞瑞珩的父亲按照老族长的遗愿当了老庞家族的族长，为了护卫村子和村民的生活，也是父亲年事已高腿脚不便，再当村长心有余而力不足。在父亲的举荐下，三十岁出头的儿子庞瑞珩当了村长。老庞家父子成了庞家窑的顶梁柱和庞氏家族的掌门人。

庞瑞珩婚姻是父母包办的，定的是娃娃亲。亲家是郭家庄刘四的大闺女。刘四家在郭家庄也是一财主，他和庞瑞珩的父亲是朋友，经常在一起喝酒，年轻人气盛，喝醉后口无遮拦，那时他们都刚成亲，便夸下海口，生下孩子，如果有男有女，便是亲家。为了日后不反悔，还找来笔墨写了字据。后来，庞家这边生了个小子，刘家那边生了个女儿，因为门当户对，两家都没说什么，欢欢喜喜地为他们办了婚事。刘四的大闺女叫刘莲花，也是个漂亮懂事的女孩。十八岁过门到庞家，孝敬公婆，伺候丈夫，粗活细活都拿得起，很得庞家人的赏识。刘四的大闺女到了庞家后，按照当时的习俗姑娘出嫁后不再叫娘家的名字，人们习惯的叫法是取夫姓和娘家的姓，后边加一个氏字，这样刘莲花就叫成了庞刘氏。

就在庞瑞珩当上村长那年，他的第四个男孩出生了。庞瑞珩成了四个孩子的父亲，庞瑞珩的父亲成了四个孙子的爷爷。老庞家的宿愿实现了，三代同堂人丁兴旺啊！庞瑞珩和父亲不惜花钱甩出了大把银元，北上五台还愿，专门给高僧捐了丰盈的香火钱和唱了三天大戏。在庞家窑，他们置办了美酒佳肴摆了三天流水席请全村人喝喜酒。高兴之后，庞瑞珩的父亲要给孙子们起大名，为什么现在才起大名？当地有个习俗，为了孩子好养活，习惯给孩子起小名，小名随口拈来，锅碗盆勺鸡狗马牛啥贱叫啥，说名贱命贱阎王爷不收。庞瑞珩的父亲由此也给孙子们起了小名，老大叫牛蛋，老二叫驴蛋，老三叫马蛋，刚出世的老四叫狗蛋。小名不雅，一串蛋蛋外人老叫错，没个大名还是不行，于是他才给孙子们起大名。孙子这一辈是“永”字辈，苦思冥想了几天，他想了四个字，并且和村里的教书先生商榷了一番，他希望自己家世世代代“荣华富贵”，按照这个想法和这四个字的顺序，他给四个孙子分别起名“永荣、永华、永富、永贵”。

庞瑞珩的父亲还为后来的孙子孙女想好了名字——“永喜和永盈”，意为“喜事盈门”。他盼望有孙子，有孙子后又盼望有孙女，所以他起的“永喜和永盈”两个名字也下了一番功夫，不仅男孩女孩都能用，还能表达他的迫切心思。他图的是儿女双全。

世界上的事情就是那么怪，就是不尽如人意。越是想啥，越没有啥。这可能就是人们常说的世上没有十全十美的事吧。庞刘氏连着生了四个儿子后再也没有怀胎，“喜事盈门”的含义成了庞瑞珩父亲心中的一个空想、一个遗憾。

一九一九年，庞瑞珩六十岁的父亲因疾去世。庞瑞珩的母亲在两月后，也患疾离开人世。时年，庞瑞珩四十三岁，长子庞永荣二十二岁，二子庞永华十九岁，三子庞永富十六岁，四子庞永贵十三岁，大孙女庞秀秀两岁。庞瑞珩厚葬了两位老人，继承了全部家产，按照辈分，父亲去世后，他就成了族里辈分最高的人，再加上他是村长，在族人们的推举下自然而然地接了族长的班，成了庞家窑新一任也是独一无二的族长和村长一人担两职的人。

三、爷爷庞瑞珩

庞瑞珩成了庞家窑的领头人，他的能耐不次于父亲，他干得顺风顺水，庞家窑在他的治理下，村民安居乐业，村子太太平平。然而就在他干族长村长的第五个年头，他遇到了一件事，这件事使他对世事有了新的看法，这件事也成就了他在塬县的好名声——塬县的及时雨宋公明。他也因此开始安排一些外来徙族在庞家窑安家落户。从此，庞家窑不再是庞姓一个姓的村子，外来徙族打破了这里千百年的封闭，动摇着庞氏的家族管理，庞家窑不知不觉地开始出现了一些微妙的变化。

这是一九二四年的春天。开春后的头场雨是在天快亮时下的，那种掺和着泥土味的湿气弥漫在浮尘老厚的塬上。天一擦亮，庞瑞珩就起来了。按说像他这样的人，舒舒服服地睡个懒觉是再美不过了，但是庞瑞珩不是那种自己惯自己的人，他是族长也是村长，操劳着村里的大小事情，多年养成的早睡早起拉架势练武的习惯没有改变。再加上他一身兼两职，就更不睡懒觉了。他拉开门，天空灰蒙蒙的一片，细细的雨丝密密匝匝。

“下雨了！”庞瑞珩来到院里，仰头看着铅灰色的天，毛毛细雨洒在脸上凉凉的十分舒服。“下雨了！下雨了！”他高兴地喊着，“好雨啊，好雨！”

早春的北方，天气还是比较冷的。庞瑞珩头上黑白混杂的头发已被雨水打湿。庞瑞珩酷似他的父亲，宽大的前额下有一双浓眉，浓眉下是一双炯炯有神的大眼。高鼻梁，厚嘴唇，阔嘴巴。这个人腰粗膀圆，两臂如檩，簸箕般的大手握起来就像两把铁锤。也许是他从小吃喝不愁又喜好练武，他发育得很好，不仅仅是强壮，他的个头比父亲还要高出半头，一米八的汉子站在那里就像一座铁塔。他扬起双手，摸了摸头上脸上的雨水，思想着村南那一百亩好地——春雨贵似油！有了这比油还贵的及时雨，那还不净等着吃白馍馍吗！

庞刘氏起来了，丈夫兴奋她也兴奋。她和丈夫一样为这场春雨高兴。她不睡懒觉，每天早上收拾妥当后，就爱在院里看丈夫习武练拳。看到丈夫已被雨水淋湿就喊道：“快回来吧，别淋着了。”

“没事没事……”庞瑞珩在院里转悠，隔着院墙可以看到大沟。细细的雨丝飘飘洒洒，静幽的大沟灰灰蒙蒙，村庄和田野都笼罩在灰灰的雨幕中，春雨挡住了村民的视野挡住了村民的脚步，春雨像一只无形的温柔的大手轻轻地拍抚着小村，小村还在梦中……

庞刘氏是那种品行兼优温柔贤惠的女人。她不爱说话，一天到晚不闲着，她在娘家读过私塾，有一些文化。她长得匀称自然，眼睛不大不小，身材不胖不瘦，个头不高不矮。也许是不经常下地，她的手有些纤细，身子有些单薄，脸皮儿白净细嫩。她有一双会说话的眼睛，眼睛在长长的睫毛下忽闪忽闪地发着指令，表达着自己的意愿和诉求。据说庞瑞珩不是拜倒在她的石榴裙下，而是拜倒在她的忽闪忽闪的杏仁大眼下。她衣着洁净得体，言语含蓄谨慎，举止磊落大方。她的气质浑然天成，完完全全配得上族长和村长夫人的名号。总之，她和庞瑞珩有着明显的反差，一个高大粗壮，一个小巧玲珑。两个人各有各的本事，一个主外，把一个村治理得顺顺当当平平安安；一个主内，把一个家操持得齐齐楚楚干干净净。

“淋淋痛快!”庞瑞珩回到窑里，用布巾把头上的雨水擦干净，“啊！真舒服!”

早饭早已摆好，一碟葱炒鸡蛋，一碟油泼辣椒，一碟自家腌的芥菜疙瘩。庞刘氏把芥菜疙瘩切成丝，拌上点自家酿造的柿子醋，也很可口。庞家虽然很殷实，但生活还是很节俭，从不铺张浪费。主食是馒头和玉米面糊糊。

庞家有个习惯，父亲练完拳后，孩子们必须起来，洗漱完毕与父亲一同吃早饭，然后等教书先生来上课。在他们吃饭的时候，庞刘氏是不吃的，她在旁边看着，时不时地给他们递馍舀饭。等他们吃完后，她才开始吃，然后再收拾碗筷。庞家是应该也能用起佣人的，庞瑞珩也同意，庞刘氏不愿意，她觉得自己还能干，不想铺张。现在孩子们都大了，老大老二老三都已成亲分开过了，老四在城里念书，家里就她和丈夫，就更不用雇人了。但是她还保持着原来的习惯，丈夫练完拳后，她会把饭菜摆好，和丈夫一块儿吃。

吃完饭，雨也停了，庞瑞珩看看天，似乎不下了，他对庞刘氏说：“我到村里转转，再到南塬麦地看看。”说完戴了一顶草帽走了。

自从父亲去世后，当了族长和村长的庞瑞珩就有了一个习惯，就是每天早上要到村里转一圈。他要视察视察他管辖的庞家窑这块领地，在他看似不经意的观察中和与村民的招呼中他就可以把村里的状况掌握个八九不离十，他每天要办的第一件事，就是根据自己掌握的情况发号施令，保障自己的臣民安居乐业。

他先到祠堂，祠堂是个四合院子，在村子的中间，坐西向东。西边的主房摆着庞氏家族的家谱，香案后摆着庞氏家族历代祖宗的牌位。祠堂里有看门的值更老汉，每天早晨，他都要把祠堂里里外外打扫得干干净净。庞瑞珩净手后点了一炷香，恭恭敬敬地给祖宗们磕了个头，这是他每天早上的必修功课。烧香磕头后他会到北房稍坐片刻，这里是族人们议事的地方，一般人不能随便进入，进入的都是族里德高望重的长辈和族里管事的人。南屋是伙房和库房还有两间是客房，客房有一排通铺，能睡二三十个人，主要是护村队的队员们值更时在此歇息，平常这里并不住人。庞瑞珩喝了口值更老汉送上来的茶水，随手带上了北房门，然后走出了祠堂。

庞瑞珩站在祠堂门外，他每天早上都爱在这里站一站。这里地势高，向北可以看到村北下沟的那条小路和小路西边那两棵古柏树。向南可以看到村南口那个庞氏家人引以骄傲的石牌坊。村北的古柏树虬枝盘曲郁郁葱葱与村南口的石牌坊高耸巍峨庄庄严严相映生辉，成了庞家窑的地理标志和独特的风景。村北的小路是热闹的，小路上来来往往的有不少村民，那是大伙儿下沟挑水哩。沟底的龙泉宝地这里看不见，但从下沟挑水的村民的情绪就能看出龙泉宝地是否平安。他习惯往这里看，他也每天到龙泉挑水，龙泉的巡视也是他生活的一部分。古柏树的西边有个平坦的打麦场，打麦场上有年轻人在舞刀弄棒打拳摔跤，他知道那是护村队的小伙子们在练武。

“二弟！你早啊！”庞瑞珩遇上了本家的一位兄弟。

“大哥！你早！”这位兄弟向他问好。

“这雨好啊！”庞瑞珩说。

“雨是好雨，就是小了点。”这位兄弟说。

“还是很管用的，没上地里看看?”庞瑞珩问。

“就去就去。”这位兄弟边说边走了。

大街上人多起来，庞瑞珩跟大家打着招呼，在闲聊问候中不知不觉在村里转了一圈，村里平安，一切如故，他很得意，哼着小曲不由自主地来到村南，来到那片给庞家带来无上尊荣的百亩塬地。

庞家窑在村南塬上本来就没有地，这里的地都是乔村的。乔村和庞家窑相隔三里。乔村的地一直延伸到庞家窑村口。庞瑞珩的父亲跑生意做买卖挣下钱后，发誓要在村南买一块平展展的塬地。事情巧得很，乔村一个财主家门不幸，孩子赌博输了个精光，为了还债只得忍痛卖地，而且这块地就在庞家窑村的南门口。这可真是天意，瞌睡给了个枕头，地理位置正合庞瑞珩父亲的心思。于是他便倾其所有买下了这百亩塬地。现在庞瑞珩和孩子们就精心地伺候着这片土地，因为这地里不仅仅是打粮食，这地里还有着老庞家的荣耀和尊严。

南塬的地里种的是麦子，绿绿的一大片，麦叶上净是水珠，风儿吹来，晶莹的水珠亮闪闪地洒下一地。地边的路上已没有浮土，雨水把地面全打湿了，只有低洼处，才稍显一点积水的痕迹。此时天还没有放晴，到处都是湿漉漉的潮气，远处中条山又涌出一些阴云，遮住了金光闪闪的朝阳，微风轻轻袭来，不知能否再下点雨。

“好雨知时节，当春乃发生。随风潜入夜，润物细无声。”庞瑞珩触景生情念了一首唐诗，他觉得挺有味。他蹲下来用手指在地里抠了抠说：“才下了三指厚，是小了点。”他站起来眯眼看天，天上的黑云在翻滚，有的地方泛出了白色露出了青天，太阳又从中条山上露出来了，透过乌云折射的金光洒在原野上，湿漉漉的潮气散去了，塬上清亮了……

“旱了一冬了，雨是小了点，但总比不下强……”庞瑞珩觉得这场雨来的还是很及时。看着满地绿油油的麦子，麦苗儿在微风中不停地弯腰直腰，他感觉到了麦苗儿在向他招呼，不由得弯下腰抚摸起来：“好好长吧!”就像大人关爱小孩脱口说道。他觉得万物都有灵性，麦子也通人情。

在和麦苗儿的对话中，他围着自家的百亩塬地走了一圈，他把自己的地和三个儿子的地都细细地看了一遍，麦子长势都很好，他心里满意脱口说道：“庄户人家嘛，这还像个样!”

不知不觉，他又返回到村口。在石牌坊下，庞瑞珩站住了，每到这里他都感慨万分。父亲在世时立了这个石牌坊，父亲没有告诉他立石牌坊的初衷，但告诉他创业难保业更难。父亲去世了，他当了家撑起了门户，石牌坊给了他荣耀和体面，他在享受荣耀和体面时也体会到了父亲的苦心，如何使家业长青?这在他心中是一份沉甸甸的责任。他凝视着被雨浇湿的石牌坊，石牌坊在雨后的清晨显得肃穆庄严。他想到父亲，这石牌坊不就是父亲的化身吗？与此同时，他耳边想起了父亲的教诲：积善之家必有余庆；积恶之家必有余殃。他在心里对自己说：“石牌坊呀石牌坊，你是老庞家的象征，你是老庞家的荣耀！父亲呀父亲！我不会辜负你的希望，我会使老庞家家业永远昌盛!”

就在这时，一群衣衫褴褛的人从前面坡上下来。他们有的拄着拐棍，有的相互搀扶着。他们破鞋上沾着泥土和草叶。这群人面带菜色神态疲惫步履不稳，可以看出他们走了好长的路和好长时间没吃过饭。

“干什么的?”庞瑞珩大喝一声站在路中，在石牌坊下拦住这群要进村的人。时局动乱土匪成灾，他不允许这群陌生人进村。

“我们是……是河南逃荒的。”人群中走出一位老者，黑黄的脸上嵌着很深的皱纹，弯着腰拄着一个拐杖，脑后那根花白的辫子又细又短，稀稀松松随着老者的脚步在晃动。这群人随着老者在庞瑞珩面前站了一片。

“河南人？河南哪里的？怎么到这儿来了?”庞瑞珩觉得蹊跷，河南离这儿好几百里地，他们到这里干啥?

“唉……咋说呢?”老者那双混浊的眼里涌出了泪水，泪水在眼窝里打了个转，从眼角下边流出，滴到灰白杂乱的胡须上。

“我们是河南郑州的，去年秋天，黄河发了水，淹死了好多人。今年春上，又闹蝗虫，地里的庄稼都叫虫子吃完了。家里实在待不下去啦，我们就逃荒过来了。”老者说明了因果。

“逃荒就逃荒嘛，咋就弄成这样?”庞瑞珩看他们衣衫褴褛疲惫不堪行走不稳心里疑惑。

“逃荒本来就是受罪，谁知我们又遇到了土匪！你看看，我们身上都有伤。”老者拉起破棉袍，大腿处裹着的纱布上血迹斑斑，怪不得老者拄着拐杖，走路一瘸一瘸的。人群中，几位青中年解开衣服，肚子上、肩膀上、后背上，一道一道青的紫的血疤。

“在哪儿遇到的？还把人打成这样!”庞瑞珩有些不解。

“是在县城南门外的黑松崖，土匪看我们没油水，就打我们，打完了就饿我们，整整饿了两天才放了我们。”听老者说到这里，庞瑞珩才明白，原来他们遭了难，他心里不由得产生了怜悯。他数了数，这群人共二十一个，年轻的占多数，他们的表情麻木。

“是这么回事啊!”庞瑞珩叹了口气，怜悯转为同情，他觉得自己应该为他们做点什么。

“乡爷，我们已经几天没吃饭了，你能给我们弄点吃的吗？我们给你跪下了。”说着话老者和这群人“扑通”一下七扭八歪地都跪在他面前。

“起来！快起来!”庞瑞珩手忙脚乱赶紧往起扶他们，这么多人给他下跪他觉得承受不起，慌乱中这个扶起那个又跪下，折腾一番后反而不知如何是好了。

“乡爷，看得出来你是个忠厚之人，你就行行好吧，救救我们，我们实在是饿坏了，连走路的力气都没了，你大慈大悲，菩萨心肠，将来一定大富大贵，我们给你磕头了。”老者说着就把头重重地磕在地上，其他人也都把头重重地磕在地上。一阵“扑通”声后，这群人歪歪扭扭地躺了一地。

庞瑞珩哪里见过这场面，从书中他知道，只有皇帝、圣人才能接受众人的磕头，他一个小山村的小小村长，怎能接受外乡众人的磕头，那是折寿呢！不过也能看出来，这些人也是没有办法了，他们确实饿坏了，他们给你磕头就是想请你帮他们。庞瑞珩想通了，他本来就是个心地善良的人，行善积德是祖上的教诲，况且别人还给他磕了头，心里一热，于是说道：“快起来，快起来，都跟我回村去。”

其实这些人并没有什么大毛病，主要是饿的。庞刘氏听庞瑞珩说了情况后，就生火熬稀饭，她要多熬一些熬稠一些，因为太饿的人第一顿饭千万不能吃饱，不然的话会撑死人的。她让庞瑞珩先给这些人喝点水，缓缓再喝粥。不大一会儿，这些人都缓了过来，也有了精神。按照庞刘氏的安排，一人一个大碗，这些人太饿了，大口大口地喝，一锅稀饭很快就没了。看得出他们没有饱，庞瑞珩叫来老者，说明了第一顿饭不能吃得太饱，不是自己吝惜粮食，撑着会出事的。然后，叫这些人到后院窑里歇息。

后院，西面的崖下有一排五间的窑洞，这些窑洞都闲置着，北面有一排五间的柴房，两间是马房，喂着两头骡子一头牛，剩下的三间放一些农具饲料。这些人就睡在窑洞里，他们在地上铺了厚厚一层麦秸，不太暖和也不冷。他们喝了稀饭身上有了热气躺下就睡着了。

村民们都围在庞家大院看热闹，小村子一下子来了这么多生人，大家都很稀罕。热闹劲一过，大家便琢磨开了，这是一群什么人？他们是干什么的？要是坏人咋办？村里有头有脸的人干脆问到庞瑞珩脸上，不明不白的大家不放心。

庞瑞珩召集村里要人到祠堂开会，他把怎样遇到这些人的事情给大家细说了一遍，他本意是想救人，没有想那么多，这些人怎么办呢？他想让众人给出个主意。

“既然他们是路过，就让他们赶紧走，二十一个人，一天要吃多少粮啊，青黄不接的，谁家有那么多余粮。”这是一些人的意见。

“兵荒马乱的，土匪满天飞，这些人来历不明，别再引来祸事，给点衣服，给点钱，还是早点打发走为上策。”这是一些人的认为。

“行善积德，救人还是首要啊！”村里一位老者说。

“厚德避祸，我们是不是想得太歪了？”村里另一位老者说。

“如果是一群坏人咋办？大意可要失荆州的！”有人这样反驳。

“救人没错，就怕是引狼入室就不好办了！”有人这样担心。

“不管是行善积德，还是厚德避祸，日前世道不太平，小心不为过，我看咱们还是暗地里做些准备，多点心眼多留一手，一旦有事也好有个防备。”村里又一位老者说。

“这就对啦，我赞成这个说法，瑞珩救人没错，但我们也不能大意，大意失荆州嘛！为了村里安全，我们不能胡思乱想但也不能麻痹大意，护村队的青壮年要有个准备，一旦有事也好应付。”村里另一位老者说。

庞瑞珩抽着旱烟静静地听着大家的议论，他也在检讨着自己的鲁莽和过失，光想着行善积德做好事救人了，脑子一热就把人领进村领进家了，对后边的事他确实没有考虑，大家这么一议一论，他的脑瓜清醒了思路清晰了办法也有了。等大家都说完后他说：“大家说的都很对，我是一时着急欠考虑，光想着救人了，别的都没有想。说实在的，事后我也有担心，这么一群生人来到村里，一旦有事可担待不起！刚才大家议了议，我也有了主意，我不会让全村人跟着受罪！不过，大家也别慌乱，要沉住气稳住神，在自己村里还怕翻了船？一切听我安排。”庞瑞珩也觉得这是一件大事，想想刚才大家的建议，他胸有成竹了。

这些逃难的人可真能睡，也许是吃了饭有个遮风挡雨的暖和地方，总之，他们睡得很熟。庞瑞珩不忍心打扰他们，索性让他们睡个够。晚饭是白面和玉米面掺和在一起的二面馍，稀饭和熬白菜，白菜里放了点红辣椒。这两顿饭下来，用去好多粮，庞刘氏有点心疼，家里从来就没有这么多人吃饭，猛的这么一闹，还真的不适应，忙碌碌乱慌慌地打破了往日的清静。

这群河南逃荒人没有想到睡醒后还有饭吃，感动地直说：遇到好人啦！遇到好人啦！他们吃饭很规矩，话也不多说，也不多吃多占，互相关心，很有礼貌。如果不是破烂的衣服，很难把他们看成逃荒要饭的。吃完饭后，几个年轻人刷锅洗碗，拾掇得干干净净，然后回到窑里休息，不吵不闹，安静的就像没有住人似的。

“这些人咋办？”天黑下来后，庞刘氏问丈夫，忙了一天啦，她心里还是个闷葫芦。

“你说咋办？”庞瑞珩想听听妻子的看法，他点着一锅旱烟，靠在椅子上，这一天忙的，他也有点累。庞刘氏端来两杯茶水，这是那种砖茶，放在开水里先煮一会儿，然后再盛到茶杯里。这种茶味很浓，两杯茶往桌上一放，满屋都是茶香。

“他们跟你咋说的？”庞刘氏问。

“说是路过。”庞瑞珩答。

“那就让他们快走。”庞刘氏说。

“是得让他们走，但也不能快！请神容易送神难，得想个好法子……咱们是有家业有家室的人，不能和逃难的比，光脚的还怕我们这些穿鞋的？……他们两手空空无家无业，惹翻了还不是咱们吃亏？再说神我们请了，粮我们出了，累我们受了，现在要送神要退出咱们得想个万全之策。送要送得利落，退要退得光彩。不然的话，是要惹人笑话的……”庞瑞珩说的是心里话。

“你呀，这件事做的是有点鲁莽，这群人的真实底细你清楚吗？”

“不清楚，当时那个乱劲，一大群人给你磕头，光顾着拉人了，没有细问，他们说是逃荒的。”

“不能光听他们说，真实底细还是不清楚。我觉得在没搞清楚前，咱们要有防备。害人之心不可有，防人之心也不可无啊！”

“说的极是，我也觉得应该有提防。”庞瑞珩说。

“可是他们又不像是坏人。”庞刘氏想了想说，“不知你注意了没有，他们很有规矩，说吃就吃，说睡就睡，干啥都不出格，好像有人管着，这倒叫人摸不着壶把了，土匪强盗哪有这么规矩的？”

“是呀！我也有同感。”庞瑞珩想起这些人一天的作为，的确是很有规矩，不像土匪强盗，也不像什么坏人，究竟像什么呢？他说不出来。可是想到后院柴房那二十一个河南汉，吃饱喝足后会形成多么大的力量，如果真是坏人，一个家算啥，一个村都挡不住。

“这可叫人两难了……不防备吧，怕是坏人，防备吧，如果不是坏人又显得我们过于小心了……”庞刘氏有些犹豫不决。

“多想想不是坏事。不管是匪是盗还是什么的，咱们都得防备。老话说得好：小心没大错。这些我已经安排好了。”庞瑞珩吸了两口烟说。

“怎么安排的？”庞刘氏急着问。

“我叫老大召集护村队的人，今晚都住在祠堂，派一些人前后左右藏在我们家周围，监视这些人。老二老三回来和我们一起住，一旦有事，里应外合，不至于吃大亏。”

“这样做妥当。”庞刘氏赞成。

“另外……”庞瑞珩想了想说，“你准备一些酒菜，我再找那位老者聊聊，我有种感觉，总觉得他们不是等闲之辈，到底是一些什么人呢？咱们要摸清他们的底细，弄清究竟是怎么回事，不能不明不白地在这吃在这住，糊里糊涂行事我这心里也不踏实……”庞瑞珩说。

夜深了，庞家窑村隐没在夜色中，偶尔的几声狗吠，在旷野中传得很远。庞瑞珩家的堂屋南间里还亮着灯，炕上摆了一张小饭桌，桌上有四碟下酒菜。一碟是葱炒鸡蛋，一碟是醋拌莲菜，一碟是油炸花生米，一碟是猪头肉。热水盆里还烫了一壶酒。

这里是庞瑞珩的书房。北面墙上靠西墙的地方开有一门，这里和堂屋连接，门上挂有绣了图案的门帘。掀开门帘进屋。迎面南墙有一排书柜，摆了好些书，大都是一些四书五经，封建伦理道德之书，农村常见的《三字经》《千字文》《弟子规》《名贤集》《增广贤文》摆在显要处，也有《三国演义》《隋唐演义》这些小说，西面正墙上就是那幅中堂“积善之家必有余庆；积恶之家必有余殃”，墨迹苍劲有力熠熠生辉。中堂下有一张书桌，桌上还有文房四宝。东面靠着窗户盘有火炕，现在火炕上摆有一张小饭桌，庞瑞珩就端坐在一边，静候老者。

老三庞永富按照父亲的吩咐，把老者叫到南间。庞瑞珩热情地让他坐到炕上，然后斟满两杯热酒，端起一杯递给老者说：“老人家，初次到寒舍，照顾两根铁轨伸向远方，偌大的火车在上边轰隆隆跑得飞快，“呜——呜——”的鸣叫震得耳朵嗡嗡直响。当时就感到很新鲜，站在铁路边看了老半天。他挖了一锅烟，对着油灯抽着，看着老者，他要听他讲完。

“你知道吴佩孚吗?”

“吴佩孚？不知道。”

“吴佩孚是个大军阀，双手沾满了工人弟兄的鲜血。”老者说，“我们就是京汉铁路大罢工后，逃出来的工人弟兄。去年的二月四日京汉铁路总工会一声令下，长达一千二百多公里的铁路顿时瘫痪了。那气势多么鼓舞人心，受苦受难的劳苦弟兄多么扬眉吐气。”老者说到这里，脸上放着光彩，就像小孩子一样高兴。停了一会儿，他的脸又沉了下来：“大军阀吴佩孚不高兴了，这个标榜保护劳工的大军阀大买办翻了脸，因为罢工严重打击了他的反动统治，损害了他的经济利益，也妨碍了帝国主义列强在中国的掠夺。二月七日，在帝国主义的支持下，吴佩孚在汉口、郑州、长辛店等地同时对罢工工人进行血腥的镇压，这就是震惊世人的二七惨案。我们的工人弟兄们被打死打伤了无数。当时的场面惨啊，血流成河！为了保存革命力量，在中国共产党的领导和组织下，许多工人弟兄转移到外地，我们就是从郑州转移到洛阳的一部分。但是，在洛阳又受到军阀的追捕，又转移到乡下，没想到又是旱又是涝，年景不好，收成没有，所以才离开洛阳到山西。一路上翻山越岭受尽了苦难，还遭到了土匪的打劫，好不容易才到了这儿。”老者一口气说完，长长地嘘了口气，而后，静静地看着庞瑞珩说：“这就是我们的底细。”

“你们准备怎么办?”庞瑞珩听得入了迷，就像传奇故事一样，什么铁路工人，什么军阀买办，什么帝国主义，什么大罢工，什么二七惨案都是第一次听说，他感到新鲜好奇。

“我们准备到新田去，那里有我们的联络点，在新田休整一段时间，然后北上平阳太原，联系组织劳苦大众，发展我们党的组织，实现党的纲领，完成党的任务。”

“党，什么党?”

“中国共产党!”

“中国共产党?”庞瑞珩更感到新奇。自他懂事以来，就知道国家很乱，外国列强在中国肆意掠夺，各路军阀混战，国家贫穷，民不聊生。后来他长大了，知道的事也多了，他去过新田、平阳、潞村、西安、太原，看到那里兴新学、办工厂，很受启发。他知道，孙中山搞了个国民党，今天，又听说了共产党，而且还是中国共产党，他更感到好奇，很想继续听下去。

在庞瑞珩恳求的目光下，老者详细地向他介绍了什么是中国共产党，什么是中国的无产阶级，中国共产党的最高纲领和最低纲领是什么，等等。庞瑞珩是接受新事物的开明人士，虽然他听得一阵明白一阵糊涂，他还是能接受老者的说法的。

“老先生，你是共产党吗？”

“不瞒你，我是共产党！而且，在京汉铁路大罢工中，我是一个工会分会的领导人。”

“哎呀，真是怠慢了你！”庞瑞珩又是作揖又是打拱，“有眼不识泰山，有眼不识泰山……”

“可别这么说，我姓乔，是教书的出身，你就叫我乔先生吧。”

“哦？乔先生，你需要我做些什么？就照直说吧。”庞瑞珩觉得热血涌头，他虽然还不太懂乔先生说的一些道理，但直觉告诉他，他们是了不起的英雄好汉，他是愿意结交天下好汉的。于是，他觉得应该帮助他们。

“村长大人，我们确实需要你的帮助，我们太累了，需要休整两三天，这一年多，多处转辗，受尽磨难，我们非常需要一安全的地方静养调理。”

“乔先生，如果不嫌弃，就在寒舍住下。我们这儿是个偏僻的小山村，村里都是我们庞姓自家人，一般不会有事。”

就这样，这群所谓的河南逃荒的，在庞瑞珩的帮助下，在庞家窑住下了，第一天平安无事，第二天也很顺当，哪知第三天晚上发生了一件意外，险些弄出人命，惊得大家出了一身冷汗。

俗话说：百密也有一疏。就在庞瑞珩忙活着安置河南人吃喝住宿时，一个叫王三的土匪正好混在村民中，他盯上了庞瑞珩。他觉得庞瑞珩为什么要收留他们，其中必定有利可图，世上没有不吃腥的猫，他肯定赚了不少银子，不然他会伺候这些河南人？王三连着两天都在庞家窑转悠，摸清了庞瑞珩家的周围环境，决定在第三天晚上打劫庞瑞珩。

庞瑞珩家的院子很大，坐西向东，分前后两个院。地理位置是过了风水先生眼的，风水先生说这是个大富大贵的地儿，每天早上太阳从东山升起，首先照到的就是这里，蕴含紫气东来、辈辈富贵的意思。庞瑞珩父亲的父母那一辈生活在依崖而挖的窑洞里。到了父亲这辈，就在窑洞的前边又盖起了一个四合院，这样就形成了前后院。庞家的人就从窑洞里搬出，都住在前院的青砖大瓦房里，后院除了五间窑洞保留原样外，在北边又加盖了几间厢房做柴房，喂养牲口和置放农具什么的。现在河南人就住在后院窑洞里。

土匪王三选择进院的地方就在后院。后院窑洞的上边是山坡，山坡上没有人居住，长着一些酸枣树。他决定从这里下去直奔前院，劫持庞瑞珩获得钱财。因为他知道，庞瑞珩的三个儿子都已分家另居，偌大的院子就庞瑞珩两口子，凭他的功夫不会有什么意外。

庞瑞珩也真是有些大意了。弄清这些人的底细后他那根绷紧的弦也松弛了，儿子和护村队的人员都回家了，庞家大院和往日一样隐没在黑暗中。庞瑞珩关好院门来到后院，窑洞里的河南人都已入睡，因为明天他们要赶路到新田去。

“是东家！还没睡?”黑暗中传来乔先生一声问候，他的称呼改变了，显得亲近。

“没睡！你也没睡?”庞瑞珩答道。

“过来坐吧，这有凳子。”黑暗中乔先生在窑口把凳子移到庞瑞珩的脚下。

“今天的天可真黑！一颗星星都没有，天阴得挺厚，可能要下雨，这旱塬盼的就是多下雨。”庞瑞珩在窑口坐下说。

“下点雨好啊，塬上地旱庄稼缺雨，下点就解决问题。”乔先生答道。

“点着灯吧！怪黑的。”庞瑞珩想给他说说话，递上旱烟袋说。

“省着点吧，摸黑不影响说话。”乔先生接过烟袋抽起来，烟锅一明一暗在黑暗中很醒目。

“明天什么时候走?”庞瑞珩问。

“天麻麻亮就走，从沟底那条小路往西到白水镇，再从白水镇下山到新田，大概得走一天。”乔先生说。

“没什么给你们带的，庄稼人还有点粮食，我给蒸了两锅二面馍，每人两个，够一天吃的啦。”庞瑞珩说。

“太谢谢你啦，打搅了三天，本应给你钱的，无奈，我们分文没有，于心惭愧啊！你的大恩大德怎么报答呀！”乔先生说。

“什么报答不报答的。我庞瑞珩最喜欢水浒梁山的英雄好汉，最崇拜及时雨宋公明，比起他呀，这点小事算什么！你看我这庞家窑，外来户越来越多，都是冲我们老庞家来的。我父亲看不得别人受苦受难，我这个人也看不得别人受苦受难，逃荒的要饭的，凡是到了庞家窑，我们老庞家都设法接济，愿意留下的就在沟边挖窑栖身，在沟里开荒种地。操好心办好事是我们老庞家的做人原则。”庞瑞珩说的是心里话。

“难怪你办事不俗，出手大方，原来你是学习及时雨宋公明……现在这样的人太少了，难能可贵难能可贵！恕我大话，你就是塬县的及时雨宋公明。”乔先生很感动，脱口称赞道。

“看你说的，我可没有及时雨宋公明那么大的能耐，我只是做一些力所能及的小事。”庞瑞珩打断他的话说，“这里有十块银元，你们路上用得着。”

“不要不要！打搅了三天已经很麻烦了，哪里还敢要钱！”乔先生推辞。

“就这样吧。”庞瑞珩放下钱，“明天还要赶路，你也早点睡。”他看看天，不周，现在夜深人静了，没人打搅了，咱俩坐会儿，好好说说话……”

“村长大人，你这是羞杀老朽了，救命的大恩大德未报，哪敢享受如此礼遇。”吃饱饭洗漱后的老者完全摆脱村外那副邋遢劲，他不失礼节说着又伏下身子磕头。

“老人家，快起来，不要行此大礼，出门在外谁敢说没事？来来来，喝酒喝酒，我敬你一杯。”

“这……这……这叫我受用不起啊。”老者满眼泪水，“你真是个好人啊，你的好心必有好报。”老者含泪饮了一杯酒，然后斟满，双手举过头，跪着递给庞瑞珩说：“老朽借花献佛，回敬一杯，我等逃荒要饭的，承蒙村长大人看得起，日后有缘定要厚报，请！”

“好！我喝！”庞瑞珩没有推辞，一仰脖喝干。然后扶起老者说：“老人家，不必这样，请坐！”

三杯酒下肚，两人的脸上都泛起了红光。老者行为得体，文儒风雅，举止中透着大气。他谈吐不俗，言语中有着机智，根本不像逃荒要饭的粗人和土匪流氓之辈，倒像是见过大场面做大事的人。这更坚定了庞瑞珩的判断，这是一群不寻常的人，这是一群有来路的人。也更加促使他，一定要弄明白这些人的底细。

“老人家，鄙人很少出门，穷乡僻壤，外面的事知道的很少。你们从河南过来，外面都有哪些新鲜的事，讲给我听听。”庞瑞珩客气地说着话试探着对方。

“村长大人，不瞒你说，今天这个酒你摆得可有来头。”老者环视着书房，等看到那幅字时，两眼放光，他在细细品味，让他想不到的是他在穷乡僻壤看到了这么个儒气浓厚的村长，让他始料不到的是在他们这群人穷困潦倒时遇到这么个古道热肠的好人，不能不倍生感激，人说宝玉出深山，贵人在山野，这话不假呀！

“来头，什么来头？”庞瑞珩觉得自己的心事被人看穿。

“别急，别急，听我说。”老者给庞瑞珩斟满酒，“你是一位村长，深更半夜给一个叫花子摆酒，这能说没有来头吗？我们这群逃荒要饭的吃在你家住在你家，你不害怕吗？”老者几杯酒下肚后话也多起来：“我们也是明眼人，我们看得出，你确实是一个好人。我也不想让好人心里纠结，我要让你行事办事心里明白……有些事本来不想让你知道，怕传出去对你不利，既然你看得起我们，不把我们当外人，我们也就没有什么可瞒你了。说实在的，我们不是逃荒要饭的，我们是京汉铁路大罢工的铁路工人。”

“铁路工人？什么铁路工人？”庞瑞珩一脑瓜子糨糊。他在新田见过铁路，天上一颗星星也没有。“阴的老厚，兴许真能下点雨……唉……下雨路可不好走啊！”说完就回屋了。

“真是好人啊！”乔先生在心里默诵。

院里又恢复了安静，窑洞里鼾声此起彼伏。乔先生不放心又在院里巡视了一圈。多年养成的警惕性使他很警觉，这些人都是从刀山火海里逃出来的，是革命的种子，他要保护好他们，把他们安安全全地交给新田的组织。在庞家窑休养三天，同志们的体力恢复得很好，一些小伤都已痊愈，明天就要走了，他有些恋恋不舍。他敬佩这个庞家窑的村长庞瑞珩，山野村夫却是明理仗义的君子！悬壶救世效仿古人不能不让人敬佩！想到这儿乔先生觉得应该为庞瑞珩做点什么，他叫醒了一个壮年汉子：“大河，起来！”

“什么事？”叫大河的壮年汉子翻身坐起。

“那把左轮呢？”乔先生问。

“在这儿呢。”大河从腰里摸出一把手枪。

“还有几颗子弹？”乔先生接过手枪说。

“就五颗了。”大河回答。

“我想把它作为礼物送给庞村长，没有他帮助我们，我们可能就抛尸荒野了。”乔先生说。

“咱们就这一把枪，再说路上也许还用得上。”大河舍不得。

“滴水之恩当涌泉相报！人家舍粮舍钱款待我们，我们不能无情无义呀！庞村长施恩不图报，我们不能知恩不报。怎么报答？现在我们两手空空，只有这把左轮还像个礼物，所以……”

“不用说了，我同意。”大河打断了乔先生的话。

“那好，就这样定了，明天早上把枪送给庞村长。”

起风了，风儿肆无忌惮地扫过沟沟坎坎，窑前那棵核桃树，被风吹得乱摇晃，有几滴雨滴落了下来。乔先生闭上了窑门，紧了紧衣服想睡一会儿。突然，风中响起轻轻的脚步声，脚步像风一样飘到前院。

“大河，听到什么没有？”乔先生一个激灵坐起。

“好像有人从窑顶下来到前院去了。”大河小声说。

“不好！庞村长可能要出事！”乔老先生说。

前院还亮着灯。庞瑞珩和庞刘氏在给布袋里装馍。馍是晚上蒸的，蒸了两锅。装到布袋里好让河南人带。

屋门被轻轻推开，一个黑影闪了进来，随后门又被轻轻关住。庞瑞珩两口子只顾自己忙活，没有注意土匪已经进了屋。

一把冰凉的匕首抵到庞瑞珩的脖子上：“不准动！动就杀了你！”

“啊！”庞瑞珩刚想叫，一只手堵住他的嘴：“放明白点，不准叫！”

“你……你是……”庞刘氏看清了面前这个人。个儿不高，身体精瘦，尖嘴猴腮，细眉鼠眼。

“哼哼，说了吓死你，我就是江湖上的独行侠！”王三把刀抵到庞瑞珩的腰上说，“今天到贵府，就是想借点钱花花，我可不想杀人，我想你们也不愿意这白刀子进红刀子出吧！”

“王三！你可真是个活鬼！竟敢找到我的门上。你不就是要钱吗！你看家里什么值钱，拿走就是了。”庞瑞珩知道这个土匪。王三有一身轻功，擅长飞檐走壁，喜欢独来独往。庞瑞珩也见过这个土匪，在郭家庄偷东西被人抓住，被打得鼻青脸肿。

“你知道我？”王三愣了一下，“少废话！快把钱拿出来，我要的是银元！”

“王三！我不愿意和你结仇。既然你来了，想要啥你就拿，这里还有五块银元，你拿去！”庞瑞珩心儿挺软，他觉得王三是过不下去了才来找他的，所以想给他几个小钱打发了了事。

“五块银元！打发要饭的！没钱你让河南人在你家住？骗鬼去吧！人为财死鸟为食亡，不图钱你图啥？这次你可发大了。我也不为难你，给我一百块银元，我就走人，不然可别怪我不客气！”王三顶了顶匕首，匕首的尖尖就要刺破衣服。他的背向着屋门，精力高度集中面对着屋里的老两口。他知道庞瑞珩会武功道行很深，稍有不慎就会被他反制。

就在这时，屋门悄悄地被推开。“不许动！”随着一声厉喝，大河闪身进来，眨眼间一把手枪顶在王三的后脑勺上。接着乔先生也进到屋里，他手里提着把镢头。

“这……这……”王三扭过头，看到一把黑黝黝的枪口对着自己的脑门，他知道这东西厉害，比刀子好使多了，手指一动“啪”的一声脑壳就会被打碎。王三心儿一颤僵住了。

“别动！动就打死你！”大河的枪口从后脑勺转到他的额头顶着他的眉心。乔先生上去一把拧下王三手里的匕首。

王三两腿一软“扑通”跪了下来，他没有想到这里还有埋伏。

“东家，你受惊了！”乔先生说。

“怎么是你们？”庞瑞珩有些纳闷。

“今天看到两个孩子回去了，我就多了个心眼，为了防止意外，我们自己加了岗哨，哪知就这么巧，还真抓住了。”乔先生说。

“都是我大意了，以为不会有事，哪知……”庞瑞珩说。

“这个人怎么处置？”大河问。

“放他走吧。”庞瑞珩看了一眼哆嗦成一团的王三。心想，冤家宜解不宜结，我也没受什么损失。可是又一想，无缘无故的他劫我干啥，心里纳闷就问：“王三，我没和你结仇呀，你小子怎么劫我呀？”

“小的财迷心窍，自以为河南人出了大价钱你才管他们吃住，所以临时起意，临时起意。”王三磕着头说。

“你小子劫财也不看看对象，我们是有钱的人吗？逃荒要饭的哪里有钱给东家！是东家怜悯施粥救了我们，你劫财害人也不看看对象，劫到了一个大善人，这是要遭报应的！”乔先生教训起王三来。

“算你小子命大，碰到了大善人，还不磕头谢罪！”大河还是用枪指着他，狠劲地踢了他一脚说。

“谢大善人不杀之恩……”王三趴在地上不住地磕头。

“以后不要再干打家劫舍的勾当了，那不是好营生……”庞瑞珩说。

“今天你碰上了大善人，算你命大。”乔先生怕是官府的探子，那样就会给庞瑞珩带来很大麻烦，所以他还是很小心地又问：“不过你得老老实实告诉我，你到底是什么人？为什么来这儿？说清楚才能放你。”他的语音不高但很严厉。

“小的真的是财迷心窍，小的以为大善人帮助你们是为了钱，所以才起了这个念头。”王三头磕着地说。

“你要说假话，就别怪我不客气。”大河用枪顶着王三的眉心：“说！是不是官府的探子？不说，我打死你！”大河听出了乔先生的意思，觉得有必要问清楚。

“哎呀！大爷们，可别提官府了，官府也在抓我呀！我真的是鬼迷心窍做了糊涂事，哪里是官府的探子……请大爷们饶命！饶命……”

“多少年不试身手了，反而叫这小毛贼劫了。王三，你就不怕栽在我手里？既然你来了就叫你开开眼，权当我练练手脚。”庞瑞珩说着拿起灶边的一个铁火柱，火柱有拇指粗细二尺来长。他把火柱尖对着地下的砖缝，右手掌对着火柱的顶，顶上有个圆圆的铁疙瘩，只听“啪”的一声，右手掌心拍到铁疙瘩上，“噗”的一下，火柱钻到地里，只留下铁疙瘩在砖缝上。

“小的有眼不识泰山……”王三擅长飞檐走壁的轻功，论硬功哪里是庞瑞珩的对手。看到这里，他浑身出冷汗只有不停地求饶了。

“说什么好呢？你可真是有眼无珠。”乔先生已看出王三就是个打家劫舍的小毛贼，所以也就不再追究。

“王三，从今天起你要改邪归正不要再做恶事。记着我这句话，好好做人。”庞瑞珩真是大度，在这荒山僻壤，杀死一个土匪就像捻死一只蚂蚁，无人知无人晓，但庞瑞珩不这样做，他想得深看得远，更不愿意随意杀人。为了日后不暴露他救河南人的事，他叮咛王三："今晚的事，你不准说出去，记住了吗？"乔先生他们露了枪，庞瑞珩担心王三告官，那事情就大了，所以他再一次叮咛。

"小的记住了，小的不会说出去。"王三连声保证。

"走吧，你捡了一条命。"乔先生赞同庞瑞珩的做法，但他还是要警告王三："不过我告诉你，你要是告官，不管你在哪里，我们都会找到你，我们河南人说话是算数的。"

"不会的，不会的……你们高抬贵手，我也不能不仁不义……我对天发誓，如果违背诺言，天打五雷轰，死无葬身之地……"王三的确是感到这些人的厚道，要在别的地方或者换成别的人，他不被打死也得脱层皮，多少年了，他遇到这样的事太多了，失手后的惨景历历在目。今天，他看到了庞瑞珩的为人，真的世上还有这样好的人！他感动地流下了眼泪。

"走吧！以后不要再做亏心事了。"大河开了大门把满眼泪水的王三送了出去。

"谢了……谢了……"王三连声道谢，弯腰退出大门消失在黑暗中。

"哈哈哈哈……"关了大门后，三人回到屋里，想到刚才的一幕，不由得笑出声来。

"菩萨保佑，菩萨保佑，有惊无险，有惊无险……"庞刘氏双手合十祈祷，看到他们在笑就说："哎呀！吓死我啦，你们还笑？"

"你呀……把心放肚里吧，王三是不会再来啦！"庞瑞珩自信地说。

就这样，这群河南人在庞家窑住了三天。那把左轮手枪庞瑞珩没有要，他觉得他们更需要。他是个练武的人，喜欢舞刀弄棒，使枪还不习惯。在三天的交往中，庞瑞珩知道了很多山外的东西，有些东西他弄不明白，但他隐约地感到世道在变化，他是无意中救了这群人，无意中了解到中国共产党，他觉得这群人和这个党将来能成气候，他敬佩他们，所以他也就对这群人格外的照顾。

俗话说：要想人不知，除非己莫为。世上没有不透风的墙，庞瑞珩帮助河南逃荒人的事，还是不胫而走。有人说他行善积德，有人说他施粥救人，很多人说他是塬县的及时雨宋公明。说得有板有眼，传得四面八方。这样一来，人们不仅知道他武艺高强，还是个有着菩萨心肠的大善人。有了这个名声，许多河南山东的逃荒人都来投奔他。原先他的父亲就好收留河南山东的逃荒人，现在盛名之下就更不好推辞，反正沟里有的是荒坡地，有力气就去开荒吧！他让他们在山沟沟开荒种地，在村边边上挖窑住人。没多长时间，庞家窑的住户增加了很多，村边布满了新窑洞。

杂姓不断增加，庞家窑村也不再是庞家一姓，随着时间的推进，庞家窑不断增加的新鲜血液，不断进来的文化逐渐地改变着庞家窑，庞家窑多年的习俗正面临着挑战。庞家窑村子变大了，人员增多了，原来的暮气沉闷变得生机勃勃了，这种变化是一件好事，也是庞瑞珩梦寐以求的。然而，庞瑞珩在喜悦自己接受外来人给庞家窑带来的变化时，也感到了一种危机一种压力，这种危机和压力常常使他喘不过气来。

四、一本不好念的经

按照常人的推理，庞瑞珩的日子可谓过得舒坦滋润。百亩塬地四个儿子，青砖大瓦房骡马大车，再加上村长的大权在握，人前有面子，人后有赞誉，真是心想事成万事如意。但是这个外人看着十分幸福的家庭，也有不周不全的地方，真是大有大的难处小有小的不足，庞瑞珩家里不是世外桃源，也有一本使他头疼的不好念的经。

庞瑞珩是个有心机很孝顺的人。父亲在世时就要他熟读《三字经》《千字文》《名贤集》《增广贤文》和《弟子规》，要他学习孔孟以来历代名人贤士的嘉言善行、为人处世、待人接物和治学修身。父亲还经常把他带到村南口，看着石牌坊看着百亩塬地对他说："创业艰难保业更难！我们老庞家的子孙要守住这份家业……"庞瑞珩理解父亲的良苦用心，他也经常把父亲说过的话一字一字地告诉给他的四个儿子。儿子们倒是点头了，也都还诚实厚道，没有干鸡鸣狗盗欺男霸女损坏乡邻之事。但是随着结婚成家，精神头儿不爽，霸气没有锐气不足，老大老二老三都是事不关己高高挂起，他们不热心村里的公事，一心只想着自家的老婆孩子热炕头，一门心思的是二十亩地一头牛。老四好像秉承了万般皆下品唯有读书高的教诲，一心只在读书上，不理不睬家事村事。庞瑞珩看在眼里急在心上，儿子们别说再创业了，就是能保住祖上留下的家业就算不错了。人常说：富不过三代！从父亲创业到自己保业已过去两代，难道到儿子们这一代真的要衰败吗？

庞瑞珩的担心是有原因的。

到庞家窑的逃荒难民，什么人都有，不能说藏龙卧虎，也有许多见过大世面的。他们大多来自山东河南，这两省在中国近代受封建主义、帝国列强、军阀混战创伤最重。多年来，天灾人祸使这里民不聊生，艰难的生活磨炼了这里的人民，锤炼了他们的性格，形成了百折不挠的民风。穷则思变！这些留在庞家窑的徒族外来户，在生活安定以后，思考的是怎样改变目前的生活，他们的孩子在一茬茬长大，新鲜的血液和新鲜的思想使他们不断寻求新的生活方式。这种新的生活方式冲击着老庞家固有的生活方式，影响着老庞家的权威。在他们的言谈举止中，虽然尊重老庞家族但也不愿生活在他们的桎梏中，他们就像早上八九点钟的太阳，朝气蓬勃锐不可当，他们就像大海中的雨燕，搏击风浪接受挑战。他们的朝气蓬勃和老庞家的暮气黯然形成了对比，这种朝气蓬勃必定战胜暮气黯然。庞瑞珩看到了这一点，而这一点也正是他最担心的地方。

庞家窑庞姓族人很少出门，外面的事情知道的很少，大山的闭锁，日出而作日落而息，小农经济的自给自足自生自灭，使他们的思想禁锢在以我为中心的圈子里。他们的性格敦厚但脆弱，他们的感情真挚但单纯，他们的思想封建还很固执。他们经不起事情，受不起折磨，一点小小的事情都会使他们左右为难。庞瑞珩的四个儿子是躺在祖上留下的财富上生活的，他们是温室的花朵不思进取保守自私，经不起大风大浪的冲击，他们会在不知不觉的抗衡中慢慢地萎缩衰落。庞瑞珩从孩子们的行动中感到了危机，他心里忐忑身心不宁，生活在惴惴不安中，他觉得如果不赶紧扭转这种局面，老庞家在庞家窑的位置就会被取代，自己的这份家业也会逐步滑落下去。

庞瑞珩的大儿子叫庞永荣，已经二十八岁了，长相与父亲酷肖。因为他是老大，庞瑞珩有意锻炼他，从小就把他带在身边，但是庞永荣性格内向自私，大事没有主意，不善于场面上的交际和应付。不仅辅助不了父亲，还要父亲处处关照。这一点庞瑞珩也看出来了，他觉得他是种庄稼的好手，管人管事就逊色多了。为了他日后有一个好的生活，庞瑞珩夫妇做主，十九岁那年与乔村姑娘陈春花结婚。二十岁上有一女，这个女孩就是前面说到的秀秀。这一年，庞瑞珩给他二十亩地一头牛，盖了三间青砖大瓦房，拾掇出一个院落分出去让他们自己另过。

二儿子庞永华比庞永荣小三岁。这个孩子谁都不随，个子挺高，细脖小脑袋，就像棵豆芽菜。他从小体质就不好，庞瑞珩惯着他，好吃好喝都先尽着他，也没把他养过来，反而娇惯的很懒惰，家里地里的活儿都不愿意干。庞永华胆子小，说话细声细气，举手投足没有男娃的气质。两口子拿他没有办法，十九岁给他找了个大他三岁的姑娘做媳妇。俗话说：女大三抱金砖。有个大媳妇管着他疼着他父母省心。媳妇姓郭名喜儿，长得胖胖的很强壮。媳妇的娘家在郭家庄，家境一般。郭喜儿从小就能干，里里外外一把手。庞瑞珩看上的就是这一点，好让自己的孩子少受点罪。二十岁那年，庞瑞珩也给了他们二十亩地一头牛，盖了三间青砖大瓦房，同样拾掇出一个院落分出去另过。

三儿子庞永富今年二十二岁。生的白净，五官端正，聪明机智，干啥像啥。十三岁就能帮妈妈管家算账，深得父母的喜爱。庞瑞珩看他有些本事，十六岁送他到城里做生意，本指望他在外谋事给庞家争光，没想到庞永富不是那块料，在县城跟一帮地痞土棍混在一起，生意没有做成，吃喝嫖赌却学了不少。两年下来，钱糟蹋的不少，生意没有做成，坏习惯却丢不了了。庞永富回村后，庞瑞珩按照前边两个孩子的办法，十九岁时娶本村姑娘任冬梅为妻，二十岁时给了他二十亩地一头牛，盖了三间青砖大瓦房，拾掇出一个院落分开另过了。

四儿子庞永贵已经十九岁，模样儿挺俊人也聪明，现在县城读中学。他行为端正知书达理，举止大方办事稳重。庞瑞珩看他与三个哥哥不一样，就尽力让他读书。他没有太大的奢望，就是希望老四顶门立户接替他当村长。但是老四好像不理解父亲的用意，一门心思全花在读书上，真有点两耳不闻窗外事，一心只读圣贤书的味道。对于父亲和他谈起的那些村里的事，他都是一推六二五，不管不问。这又使庞瑞珩陷到云里雾中，这个老四他要干啥？

人常说：龙生龙凤生凤，老鼠的儿子会打洞，木匠的孩子拉大锯，花脸的娃儿唱大戏。庞瑞珩就奇怪了，自己的娃们咋就没有一个像自己的！不光光是不吃苦不劳累不想着法儿走在人前头，就连生儿育女这些平常人最起码的事也是走不到人前。他感觉孩子这辈又是人丁不旺。三个儿子结婚多年只有老大有一女儿，老二老三跟前还没有娃。别人家的孩子结婚后，都是接二连三的一个劲儿地生娃娃，一大群娃娃少吃缺穿。他们家倒好，衣食不愁就缺娃娃，家里清静的让人喘不过气来，人丁不旺何谈家业长青？

庞瑞珩真的感到头疼的要死，这是那种不能告人的头疼。理一理顺一顺，理出头绪后还真的感到庞瑞珩头疼的有道理。庞瑞珩现在是村长，但已是知天命之年，他不可能一直干下去。他以后呢？他想得最多的就是这个。他不想把权力交给外姓人，目前，他急于考虑的是他的哪个儿子能当村长。他想把村长的权力交给自己的儿子，他要的是老庞家在庞家窑呼风唤雨的权威！这是他首先要解决的头疼问题。他还要解决的第二件头疼事情就是使他多次不好启齿的孩子们生娃娃的事。这个事情不能放着不管了，他觉得儿子这辈没什么大的指望了，他把希望的目光投到孙子辈上，他希望膝下孙子成群，人多力量大，丁多撑起家！众多的孙子肯定能保住家业，他要在成群的孙子们中间选择接班人。如果有一个，仅仅一个像他一样有心计的孙子，他会在有生之年尽全力培养，使他知书达理能文能武成为掌管村里大权的人，他幻想着一个有本事的栋梁之材接自己的班，幻想着这个孙子在保住家业之际再创业，使老庞家更加飞黄腾达！

一天晚上，庞瑞珩把自己的心事端出来，他要和妻子庞刘氏商量商量，他觉得自己不能一个劲地钻闷葫芦，心越烦越想找人说说话，他想通过说话验证自己的想法。妻子庞刘氏自然就是他说话的对象了。

“你说咱那四个娃，谁最有本事？”庞瑞珩这样问庞刘氏。

“那还用说，老四比他们都强。”庞刘氏不假思索地说。

“谁能顶门立户？”庞瑞珩又问。

“还有谁？老四呀！”庞刘氏说。

“老小不离家，这个我知道。我说的不是能撑起自家的门户，我的意思是他能当村长吗？”庞瑞珩进一步问。

“咋？你不当啦？”庞刘氏觉得奇怪，猛地抬头看着他反问：“出了啥事了？”

“别瞎想，没出事。”庞瑞珩说，“我是在想，我不能当一辈子吧，年纪大了干不动了不得换人？”

“你的意思……噢！我明白了……”庞刘氏说，“你想在孩子们中间选一个当村长。”

“对了，我是想在孩子们中间选一个当村长，这事已经考虑很久了。”庞瑞珩严肃地说。

“你别说，这还真是一件大事。”庞刘氏停下手中的针线活认真地看着丈夫。

“你看啊，老大内向自私，是干才不是帅才，干公事当村长做领头人他不行。还记得土匪王三闯进咱家的事吗？就是老大耳根子软没主意，他是护村队的队长，值了两天的更，大家说没事要回去睡觉，他就答应了。结果第三天护村队就没有值更，土匪王三才钻了空子。从小事看大事，护村队长都干不好，你说他能当村长吗？当村长要心细要吃苦要事必躬亲要有才有德有头脑，咱那大儿子不行。老二就别说了，身体弱胆儿小，啥事都是媳妇出头，他那个家，要是没那媳妇，我看咱们还得养着他。老三名声不好，在城里染上坏习惯后到现在都改不了，好逸恶劳，就是当了众人是不会服他的。现在就剩老四了，我是看好他的，他当村长准行。”庞瑞珩把自己的想法全说了出来。

“你别说，这老四还真行！尊老爱幼，识文断字，知道关心人帮助人，他当村长，众人会服的。”庞刘氏说。

“就说一件事，就看出这娃好。那年收麦，天突然下猛雨，大家都跑到窑里躲，可他偏跑了出去，把那把油布雨伞给了腿脚不好的王爷爷，自己淋了个精湿。知道顾老人孝顺懂事是个好孩子。”庞瑞珩说。

“事后，王爷爷见人就夸咱娃好，我脸上都有光哩。”庞刘氏想起来就高兴。

“只是村里的事有村里的章法，他得回村里来，要和大家黏糊在一起，不能光当白面书生，那样的话，就和大伙儿生疏了，就好像中间夹着一层纸，这心贴不到一起，咋当这个村长。”庞瑞珩说。

“你的担心有道理，就怕他念书念多了，心气儿高了，他愿意回村里吗？”庞刘氏说。

“是呀！他愿意回来吗？他愿意面朝黄土背朝天种地吗？他愿意管村里那

些婆婆妈妈的小事吗?”庞瑞珩心里没底，他以问带答等于没有答，他是剃头挑子一头热。

“不管他愿意不愿意，要保住村长的位置要保住这份家业他就得回来，这是头等大事!”庞刘氏倒是挺坚决。

“这人呀！不读书不行，读的多了也不行，常言道，读万卷书，走万里路。走万里路得知道多少事啊！我是真怕他读书读的心气儿高了，他能理会咱这个小山村的小事吗？他能看上这个小小的村长吗?”庞瑞珩没有庞刘氏那样自信，男孩志在四方，他年轻时候也有这样的冲动，于是不由得说出了自己的担心。

“读书明理嘛！很简单的事想复杂了，没有这个家作基础，啥事也办不成。还是回来保住家业，保住村长这个位置，这才是首要的，别的以后再说。”庞刘氏快刀斩乱麻给了庞瑞珩一个定心丸。

屋里静默了一会儿，庞瑞珩在考虑庞刘氏的话。强扭的瓜不甜！但是为了村长的位置，为了这份来之不易的家业，他必须果断地下定决心，就是瓜再不甜也比别人家的瓜好！他觉得庞刘氏给了自己一个主意，这件事有了处理的办法。

“你这个女人呀倒干脆，哪头重哪头轻挺明白。这接班的事嘛就老四了，抽空跟他说说，让他也有个准备，不要成天在外头不回来，时间长了和人都生疏了咋当村长?”庞瑞珩觉得纠结在心里的这块石头落了地，于是他又和庞刘氏聊起了另一个话题：“按咱们这年龄，早该孙辈绕膝一大群了，现在就秀秀一棵独苗还是女娃，娃们结婚多年了，咋就不生娃呢?”庞瑞珩说。

“真是弄不明白了，儿子们就像商量好似的，一个不生都不生。”庞刘氏也觉得奇怪。

“秀秀都八岁了，老大家两年一胎也该有四个娃了，老二老三跟着学似的，两个媳妇咋都不开怀呢？是不是有毛病？如果有毛病就抓紧看，要是没毛病就赶紧生娃娃！这屋里静得让人寒碜，没有娃娃闹腾哪行?”庞瑞珩说。

“这事你能安排?”庞刘氏看着他说，“这生娃娃哪是赶紧不赶紧的？再说，你咋给媳妇们说?”庞刘氏觉得公公婆婆不好问媳妇。

“不好说想法说，我有个办法，别问媳妇问儿子！这生娃娃是咱老庞家天大的事，从老大开始说。百善孝为先，孝，首先就得有子！没有子嗣，何以谈孝!”庞瑞珩说。

庞瑞珩老两口的着急是有原因的。媳妇们不生育他们确实很费解。庞永荣结婚九年了，只有一个闺女。庞永华结婚也有六年了，媳妇的肚子没见大。庞永富结婚三年了也是没有孩子。有人说媳妇胖了是油葫芦，肚子太油不好坐胎。那么大媳妇三媳妇都不胖啊！为什么也不坐胎？为这事老两口没少旁敲侧击，但是媳妇们就是不理不睬。现在只有在儿子们身上下功夫了，他们的第一个目标就是老大庞永荣。

庞永荣的家在村东，坐西向东一个小院。西边有三间青砖大瓦房，北边和南边又各盖了两间。北边的两间用做厨房。南边的两间，一间用做柴房放农具，另一间用做牛棚喂牲口。小院挺干净，新打的麦子在院里晒着，几只芦花鸡在墙角刨食，大黄狗卧在门洞下，照壁上的福字很醒目。

堂屋里，庞永荣的媳妇陈春花在做针线活，她与庞永荣同岁，人长得很俊，细眉大眼，皮肤白皙，是那种怎么看怎么顺眼的女人，加上一双尖尖的小脚，走路一摇一摆，丰韵美丽。

陈春花的父亲年轻时在潞村盐池闯荡，对办新学和西方先进的科学技术很感兴趣。他有一女二子，都送他们上新学。陈春花就是他的独生女儿。陈春花到郭家庄上高小在乔村是第一个。陈春花父亲和庞瑞珩是好朋友，经常在一块儿喝酒聊天。十八岁那年，陈春花的父亲托人说媒，庞瑞珩自然是高兴不过了，第二年就给孩子们办了婚事。

秀秀在睡午觉。六岁时，庞刘氏就吵着要给她裹小脚，遭到春花的反对，没有裹成。七岁时，庞刘氏非要给她裹小脚，春花心里反对嘴上又不敢说，就在丈夫跟前发牢骚，庞永荣经不住她的磨缠，就去找父亲，父亲也说服不了庞刘氏。庞刘氏说，女儿家不裹脚，找不下婆家，不等于害了她吗？春花不这么认为，自己就是小脚，家里还可以，外出非常不方便，况且现在已是民国了，山外都在提倡放足，自己再给女儿裹脚，那才是害了她呢！于是，她把秀秀接回来和自己住，但是，秀秀的脚已经叫奶奶用白布给裹了四个多月，除大拇指外，其余的四个脚趾都挝向脚心，脚趾骨已变形。春花给她解开裹脚布，她要给女儿放足，虽然不能放成天足，但至少不会成为三寸金莲。

庞永荣从地里回来了，春花对他说："爹让咱们过去一下，说有事。""啥事？"庞永荣问。"爹没说，过去不就知道了吗？"春花答。

下午，一家三口来到父母这边。父母的院里有棵沙果树，枝繁叶茂，每年都挂好多果。麦收时节正好收果，红红的沙果有核桃大小，甜甜的带点酸味。沙果树下摆了张小饭桌，桌边放有马扎和小凳。

庞刘氏切了个黑皮的西瓜。红沙瓤黑籽，她挑了一块籽少的，递给秀秀。秀秀一歪一歪地走过来，庞刘氏看着心疼，就说道："裹了就裹了，这一放，不更疼吗？"显然，她认为自己的做法没有错。

"娘！小脚有什么好的？"庞永荣说。

"女人裹脚是老辈留下的。娘的上一辈上上一辈，还有你媳妇，不都是小脚吗？不都过得好好的吗？孩子大了要找婆家，谁家要大脚媳妇？”庞刘氏说。

“好啦，这事不说啦。”庞瑞珩打断他们的话说，“今天叫你们来说两件事。一是秀秀上学的事，我和你娘商量了，秀秀要上学，上新学堂，到乔村她姥姥家上小学。脚不好先在姥姥家吃睡，这样少跑路，等脚不疼了再回来，三里路也不是个事。”

“你爹说啦，不念书就没有出息，就干不了大事，秀秀虽然是女娃，你爹不愿意耽误她，所以也要送她念书。”庞刘氏说。

“女娃家念什么书？白花钱！”庞永荣不太愿意。

“我是替你们着想，老庞家就这么一个孙女，就这么棵独苗苗，咱们可不能耽误了她。秀秀如果念得好，我还要送她到潞村，上山西女子第二师范学校，不是有这么一句话嘛，淑女不进二师范，虽读诗书也枉然。”庞瑞珩话里有话弦外有音。他的意思再明白不过了，就是要他们赶紧生娃。

“我同意爹的看法。”春花没有听出公公的弦外之音，搂着秀秀自顾自地说，“秀秀姥爷知道办学的人，她是河东名人景梅九的夫人，一个很能干的女人。”

“就你多嘴！”庞永荣听出了意思，斜了她一眼说道，“知道啥，瞎说！”

“谁瞎说？听秀秀姥爷说，那女人是大脚，走路可快啦。”春花没有多考虑随口说道。

“大脚大脚，不能不说吗？裹脚还裹下错啦！”春花无意的一句话，惹得婆婆生了气，庞刘氏很不客气地说春花。

“娘，可别生气，都是我这张嘴，不该说的乱说。”春花自知说漏了嘴，赶忙向婆婆赔不是。为了缓和气氛，她把秀秀往奶奶跟前一送：“乖乖女，跟奶奶亲亲，娘去做饭。”

春花去了厨房，看着儿媳丰盈的背影，老两口把目光转向儿子，庞瑞珩问道：“老大，咋不要娃呢？”

“娃？”庞永荣知道父母的意思，他不知如何回答。

“你这个榆木脑袋！秀秀都八岁了，老二呢？还要等到啥时候要老二？就不想想你多大啦！”庞瑞珩有些生气。

“这……”庞永荣嗫嚅。他怎么说呢？按说早该有老二了，可就是怀不上，春花就像那咯咯叫的母鸡，就是不抱窝。

“古人讲，不孝有三，无后为大。我的话一定要记住，趁年轻多生几个，咱们又不是养不起……”庞瑞珩开导他。

“听你爹的啊！要是有毛病就早点看，不要耽搁了，要是没毛病就趁着年轻早点生，多生几个，咱老庞家啥都不缺，就缺娃娃！”庞刘氏叮嘱他。

晚上到家，庞永荣把父母说的要娃的事，在枕头边上给春花讲了。春花听后说：“你怎么说，是说你不行还是我不行？”春花说着伸出胳膊搂住他的脖子，那对胖乳鼓嘟嘟地挤在他的胸前。

庞永荣摸着春花的腰说：“我咋说？我啥也没说，也没法说。”他兴奋了翻身把春花压到身下：“谁说我不行！”

一阵亢奋后，两人软绵绵地躺在炕上。春花摸着肚子说：“不怀孕是不是方法不对。”

“嗨！是人都这样！再说对和不对咋对人说，秀秀不也是这样怀上的吗？”庞永荣说。

“你说七八年了咋就怀不上呢？我也想多生几个呀！”春花说。

“怀不上就对啦，有人是花生有人是串生。你要是串生呢，还不一串女娃，那可不行！还不把爹娘急死！”庞永荣说。

“还对呢！我早就看出爹娘着急了，只是不便给我说。听说串生停上几年可能就是花生。我要是花生呢，老庞家不就有女有儿了吗？儿女双全多好啊！”春花在想象中感到满意和欢喜。

“也许这几年不怀娃就躲过去了，花生好！我就盼着给生个大胖小子呢。”庞永荣也爱这种令人高兴的想象。

“花生啊串生啊先别说，你说我咋不怀孕呢？是不是生秀秀胎位不正留下了病？留下了病我该知道啊！你看我能吃能睡身上没有不舒服的，咋会有病呢？我就纳闷了，为怀娃也没少费劲，咋就怀不上呢？”春花回到实际。

“要有病早就知道了，要不就是我有问题？不然的话，我找医生看看……”庞永荣怀疑自己。

“我看不像，你啥时候让人消停过？反正咱们也没有闲着，怀不上怨谁呢？难道我真是别人说的盐碱地，光见下种不见发芽？”春花说。

“谁说你是盐碱地，不要怨天怨地怨自己，要怨的话就怨我，是我没把地种好或者说种子不好。”庞永荣说着话又兴奋起来。

“对对对！我听街坊的娘儿们说过，有的男人是有精无子，不影响性事，但不会要孩子，你得看看医生，是不是你的精子有问题？”春花一本正经。

“我不说你也不想，我胡说了一句，你倒认真了，不信的话，咱就去看看！不过今晚还得……”庞永荣还想干。

“不要白费力气了，明天到郭家庄买俩牛鞭羊蛋，听说男人吃了那东西管用！”春花要他吃一些偏方。

“干脆看看医生，咱俩都看看，看了就放心了，也许我真是身虚肾亏有精无子。”庞永荣说。

小两口说到做到，第二天就去了郭家庄，他们找了医生开了药买了牛鞭和羊蛋……

山里人，晚上没事，就是上炕睡觉。躺在炕上，就想那事。因为吃了补肾养身的壮阳药，也是因为吃了牛鞭羊蛋，庞永荣的身体和意识都有了很大的转变，房事不仅频率增多而且强烈持久。夫妻俩重新感到了久违的新鲜刺激，就像回到新婚蜜月一样。

突然，有一天，喜从天降。这个朝思暮想迟来的“喜”春花非常非常高兴。按说，每月春花都会按时来红，可是这个月却没有。她心中暗喜，是不是有啦？但又不敢大意，因为过去也有推迟的现象。为了保险起见，春花没有告诉任何人，她想再等一两个月，如果不来红，就证明真正怀孕了。

又到了晚上，庞永荣鼓捣着又要干那事，春花一反常态拒绝了他。

“咋啦？不舒服？”庞永荣推她。

“睡觉！睡觉！”春花把背给他。

“睡觉？你说咋个睡？”庞永荣搬过她的身子摸她的奶。

“我累啦。”春花推开他。

“咋回事？”庞永荣嘟哝。

春花拒绝他也是好意，她怕房事使刚刚孕育的小生命夭折。她不愿意说明是怕不保险，多年没有怀孕，她心里也没有底，所以她就搪塞他。好在庞永荣也十分疼爱春花，春花说啥就是啥，他也不在意。春花不让碰她，他就乖乖地闷头睡觉。

说话间，两个月过去了，春花还没有来红，而且怀孕的特征和反应也出来了，她是真怀上孩子啦！春花心里高兴手脚勤快，做了几个菜灌了一壶酒，早早地摆在饭桌上。

“不过年不过节，做这么多好吃的干啥？”庞永荣问。

“不过年不过节，就不能吃好吃的啦？”春花笑嘻嘻地看着她。

“这太阳从西边出来了，你咋这么高兴？”庞永荣拿起筷子。

“两个多月了，都没让你碰我，你猜不出来？”春花抿着嘴眯着眼提醒他。

“噢……是……是有了吧……”庞永荣张着嘴瞪着眼直勾勾看着春花。

“告诉你吧，我有啦！”春花一脸笑容一脸灿烂。

“有啦？怀上啦？”庞永荣指着她的肚子问，“真怀上啦？”

“怕不准，等了两个月。”春花摸了摸肚子，“真怀上啦！”

“好我的媳妇哩，这才是天大的喜事！”庞永荣扔掉筷子搂过春花在她的脸上美美地亲了一口。

一九二六年六月，庞永荣二十九岁时，春花临盆，生了个大胖小子。这个大胖小子的到来乐坏了庞瑞珩。老天有眼，老天有眼啊！他在家里摆了道场请了道士作法，摆了佛坛请了和尚念经，搭了戏台请了戏班子庆贺。全村的人都来道喜，满月的时候，他把全村人都请了过来，大摆了三天的满月酒。高兴啊！庞家有后啦！他能不高兴吗？他请来村里那位给秀秀起名的教书先生，再给这小子起个名。教书先生看这小子块头挺大，是个舞棒弄刀的料，就给起了个名叫秀武。没想到，庞瑞珩不愿意，从他这辈子的经历来看，他还是崇拜有文化的读书人，远的不说就说近的吧，郭家庄的郭秀才因为书读得好，才在塬县当了县太爷。父亲就是因为书读得好，才在庞家窑一群子孙中脱颖而出，才置下了这份人人羡慕的家业。就拿自己来说吧，如果不是识字，也当不好庞家窑这个村长。现在老四书读得好，读到了城里，虽然没有回村的意思，但他的行为品质却像做官的坯子，不像自己那三个儿子，鼠目寸光只看到眼前针尖大的利益。“万般皆下品，唯有读书高。”他希望自己的大孙子能成为读书人成为干大事的人，于是他把这个名字改了个字，叫秀文。因为秀字不能动，按照家谱来排，这一辈是“秀”字辈。

说来也巧，生娃娃也扎堆儿串串儿。老庞家的儿媳妇，不生都不生，要生跟着生。一色的男娃！

在秀文一岁时，一九二七年六月，麦子熟的时候，二儿子庞永华二十七岁喜得一子。这一次，还是请教书先生起名，教书先生把那个秀文不要的武字给了这个孩子。教书先生的本意是庞永华身体不好，这孩子看着也不壮，武嘛就是强壮的意思，叫着叫着孩子的身体就会越来越壮。庞瑞珩同意这个名字。他按照父亲给孙子起名的方法，想了四个字“文武德智”给孙子们起名，这个“武”字正好给了老二的孩子。这“德智”给谁呢？他不知道，但他感觉庞家人丁会旺，这两个字也许不够用呢。

照例，秀武过满月，也摆了三天满月酒，全村人请了个遍。郭喜儿着实风光了一番。人本来就胖，两个大奶像面袋吊在胸前。奶孩子的女人不避人，可人家不像她，专拣人堆里喂奶。越是有男人，她越敞得大，引逗的那些不安分的男人们，有意无意地都想逗她怀里的孩子，其实趁机在她的大奶上摸一把。郭喜儿不恼也不烦，只是用手随便一挡，照样嘻嘻哈哈说笑打骂。她的用意是我会生男娃，我是好婆姨，她是用这种方法显示自己的能耐。

第三年也就是一九二八年，二十五岁的老三庞永富的儿子降生了。这一次，庞瑞珩没有请教书先生取名，因为在给秀武取名时，他已定了“德智”两个字，按照字的顺序，这个孩子该叫秀德。照例，庞秀德过满月，摆了三天满月酒，请全村人都来喝喜酒。

庞永富有儿子，功劳归于媳妇一家人。任冬梅的家是山东逃荒来的。父亲任贤亮是一个豪放汉子，因喜好练武，善于结交英雄好汉，所以与庞瑞珩是好朋友，两人无话不谈。任冬梅是他的独生女，比庞永富小两岁。人长得小巧玲珑，白净的脸盘，乌黑的头发，精干利落。对于庞永富她不太了解，父亲同意了，她也就同意了，毕竟是村长的儿子嘛，而且还有二十亩好地三间青砖大瓦房一处院落，这在当时农村已经是非常好的了。

庞瑞珩有自己的想法。按说自己本乡本土找个本乡本土的多好，考虑到庞永富的能耐，他想用对庞永华的办法，找一个有本事的亲家压住他，一个有能耐的媳妇调教他，慢慢地把他扳过来，一家人吃喝不愁无忧无虑就行。

实际上，一切都是按照庞瑞珩的想法在进行。结婚后，庞永富确实在变，任冬梅知冷知暖疼爱有加。再加上任贤亮这棵大树保驾，一些地痞无赖也不敢造次，慢慢的庞永富又回归到日出而作日落而息的老道上来。现在有了宝贝儿子，一家子其乐融融，大家喜欢这样的平静安详的日子。

日子就这样平静的像河水一样不停地流过。不知不觉间，庞永贵也长成大人了。这个庞永贵与三个哥哥完全不一样。在郭家庄念高小的时候，他认识了一个叫张格峰的老师，从他那儿看了一些进步的革命的书籍，受到了共产主义的启蒙教育。后来，他到县城上中学，张老师又把他介绍给赵璜老师。赵璜老师是一位共产党员，奉中共潞村支部的指示，秘密地到塬县发展党的组织。在赵璜老师的教导下，庞永贵进步很快，成了进步学生的骨干，不久便加入了中国共产党。中学毕业后按照党的安排，他又回到郭家庄教书，秘密进行党的工作。

庞瑞珩很喜欢庞永贵，喜欢他投足举止文质彬彬，喜欢他谈天论地满腹经纶，喜欢他待人接物礼貌诚恳。他觉得自己没有看走眼，只有庞永贵能使家业发扬光大。他在本村给庞永贵说了一门媳妇，目的就是要稳住他，拴住他，拉他回来当村长。但是庞永贵不同意父母包办自己的婚姻。

庞永贵在县城中学念书时，已经有了心仪的姑娘。姑娘叫刘英，长得漂亮大方，也是一位进步青年，他们经常出入赵璜老师的宿舍，看一些进步刊物，探讨中国革命的前景。庞永贵感到姑娘对他也有意，只是没来得及捅破这层纸，姑娘就被组织安排到新田工作了。分手后他们再没有见面，庞永贵心里念念不忘的还是这位志同道合的姑娘。

庞永贵的想法，作为父亲庞瑞珩是想不到的。自古以来，媒妁之言父母之命是天经地义的。况且自己为三个儿子操持的婚姻，都是完美的，并且在村里赢得了声誉，谁不夸庞瑞珩持家有方，儿子孝顺媳妇贤惠。他以为庞永贵不愿意，是他书读得多了，心气高了，看不起村里的姑娘了。他不能由着他，小孩子家懂个啥？他要尽父亲的责任，为他成家立业着想。

其实，庞瑞珩为老四找的这家媳妇，在村里也是不错的人家。这是一个河南来的马姓人家，姑娘在家排行老大，下边还有两个弟弟。姑娘叫马金叶，比庞永贵小六岁，天生一副富态形，面皮儿白净，杨柳细腰，细眉大眼，一笑俩酒窝。父亲马有福在村里是个有名能人，木匠铁匠泥瓦匠样样都会。马有福有脑子，舍得花钱供孩子们念书，马金叶就念到高小。马金叶虽然生得富态但不娇弱，也应了那句话，小姐的身子丫鬟的命。能吃苦肯干活，地里的家里的，都拿得起放得下。庞瑞珩看上的就是这一点。他觉得庞永贵书生气太重，得有一位贤妻良母式的妻子帮衬他，他才会在以后的事情上有所作为。他认为自己给孩子找的媳妇各方面都很周到。

庞永贵终究没有拗过父亲，拖了三年后还是与马金叶结了婚。婚后，按照当地风俗，老小不离家，他与父母生活在一起。第二年也就是一九二九年，庞永贵二十三岁时也喜得一子，按照原先定的字，取名叫秀智。满月时，照样请了三天的客，请全村人来喝喜酒。

有了秀智这个孙子后，庞瑞珩非常非常满意了。从一九二六年起，一年一个孙子，他能不高兴吗？庞家要的是啥？不就是人丁兴旺嘛！虽然孙子们来得迟了些，但总还是来了，他感谢老天爷的恩赐，他觉得他们老庞家这下圆满了，于是又一次请了和尚和道士，在家里摆了佛坛和道场，这次诵经作法比哪一次都长，整整用了半个月，还请了戏班子，请村里人看了几天大戏。感天谢地嘛，他在这方面舍得花钱。

四个儿子四个孙子，三辈同堂。四座院子四房媳妇，个个孝顺。四份家产四面发展，光宗耀祖。他的满意劲儿表现在，每天饭足茶饱后，他就喜欢到处溜达，专往人多的地方站，听到别人的赞扬，他便会眉开眼笑，合不拢嘴。他的满意劲儿表现在，从来不唱歌不哼曲的他，却也时不时地来上两句蒲剧或是豫剧，虽然不着调调，却有着发自内心的那股满意。

他觉得他完成了人生奋斗的目标，从父亲留下的一处院落发展到现在的四处院落，从原来自己独子一人，发展到现在的四个儿子四个孙子。真是人丁兴旺，事业有成，吃喝不用愁，花钱有银两。他享受着财富权力和天伦之乐带来的快感和满意。

他现在又在想一件事，也是他未了的心愿，就是老四怎么来接村长这个班。他是看好老四的，老四确实不错，哪方面都行。可是不管他怎么点拨，庞永贵就是没有回村的意思。时间长了庞瑞珩也犹豫了，他觉得供他读了那么多的书，就为了回来当一个小小的村长？是不是有点大材小用？可是，后来又一想，书读多了有啥不好，有个饱读诗书的村长，那村子还不越来越好？如果他真的是满腹经纶，真的心大了心野了村里容不下了，真的能在外头出人头地做官了，那他就去做他的官去！那才是大大的出息了。书香门第官宦人家，老庞家盼的不就是这个吗！

一九三〇年的一天夜里，庞永贵突然回来了。当他叫开门时，庞瑞珩老两口也醒了。庞永贵是很守规矩的人，这半夜三更地回来，肯定有事。于是他们把老四叫了过来。

“老四，咋半夜回来啦?”庞瑞珩问。

“没事，我回来拿点东西就走。”庞永贵说。

原来，共产党县城西关联络站的联络员叛敌了，为了保存革命力量，塬县党组织决定部分党员要立即转移。赵璜老师通知永贵，天亮前必须到指定地点与其他同志会合，由指定地点的同志负责送他们到刘志丹领导的陕甘宁边区革命根据地去。事情紧迫，时间紧急，他是天黑前接到通知，在学校处理了一些公事，就连夜回家，他想见父母和妻子一面，毕竟这一走，生死未卜。

“拿点东西，也不至于半夜三更回来吧?”庞瑞珩觉得奇怪。

“没有换洗衣服了，明天还有课，这才半夜回来。”庞永贵说。

“说假话都不会。”庞瑞珩看了儿子一眼说，“回你屋去吧。”

庞永贵看着父母，欲言又止。他真想把心中的秘密告诉给他们，但组织纪律不允许。父亲的话语他明白，是说他想媳妇啦。他也只有以这个借口来糊弄他们。想到这儿，他说道：“爹娘，那我过去啦。”

“去吧，去吧。”庞刘氏从丈夫眼里看出了意思，她是希望老四每晚都能回来，马金叶年纪轻轻，晚上老守空房怎么行?

庞永贵半夜回来，没有进屋就被父母叫了过去，这些马金叶都知道。她搂着秀智坐在炕上，静静地听他们说话，当听到公婆话语的意思时，她猛地感到脸一热，心儿怦怦地乱跳。

“回来啦。”看到庞永贵进来金叶问道，“饿了吧？我给你弄饭去。”金叶上了厨房，她荷包了四个鸡蛋：“快趁热吃，凉了就不好吃了。”说着话，金叶敞开了怀，她要给秀智喂奶。

庞永贵端起碗，看着碗中的荷包蛋，心中泛起一阵酸楚。怎么给金叶说呢?这一走也许妻离子散永世不再见面。他真为难，为难的是不能对金叶说真话。不说真话又觉得有歉意，毕竟是结发夫妻而且又有了孩子，庞永贵真有些难分难舍了。他夹起一个荷包蛋，咬了一口，鸡蛋浓浓的香味在嘴里弥漫，慢慢地沁入心扉，他感到舒服极了。温馨的家香香的荷包蛋，他在品味他在思想，他的难分难舍的情结在荷包蛋的清香中越凝越紧，他没了食欲，放下了碗筷，抬头看金叶。

秀智已经睡着了，金叶把他放在靠墙的一边。这边金叶已经铺好炕，衣服已经脱了，她赤条条地躺在那里，白白的皮肤衬着黑黑的头发，她的奶鼓鼓胀胀，双腿白皙修长，白皙修长的双腿下有一双如藕的小脚。金叶是那种好看耐看的女子，小嘴红红的翘翘的，小脸粉粉的嘟嘟的，那双黑黑的大眼闪着渴望的光，她在等着永贵。

金叶的身体唤起庞永贵的欲望，他觉得他应该满足她，因为他是她的男人。庞永贵紧紧地抱住金叶，慢慢地抚摩着她身体。想着即将的别离，想着过去对她的冷遇，庞永贵感到对不起她……

金叶感到了庞永贵的真情，结婚快两年了，他们的房事都很草率，庞永贵是没有动真情的。这一次不一样，她感到了庞永贵发自肺腑的情感，在热烈和兴奋中，他们的幸福胜过了洞房花烛夜。

鸡叫头遍了，庞永贵轻轻地推开拥在怀里的金叶。“天还早着呢，再睡会。”金叶把头贴在庞永贵的怀中。

庞永贵抚摸着金叶头发，头发散在胸前痒痒的，金叶的头发是用香叶水浸过的，一股淡淡的清香飘在鼻尖，庞永贵又紧紧地抱住她。重新温存后，庞永贵坚定地要起身，他知道不能再耽搁了。

“急什么?”金叶意犹味尽。

“天亮前要回到学校，还是早点好。”说着话庞永贵已穿戴好，想到这一别不知何时才能团聚，心里一紧鼻子一酸脱口说道：“以后，家里的事就靠你啦。”

“你又不是不回来，隔三岔五地回趟家，啥事也误不了。”金叶沉浸在温柔乡里，根本没在意庞永贵的话。庞永贵不好再往深说，轻轻地吻了她一下，拿上包袱走了。

庞永贵走了，这不辞而别的一走还真是杳无音信。庞瑞珩蔫了，儿子的出走没有给他留下只言片语。儿子不愿意回村他是知道的，他觉得没有提前下手才酿成了这个局面，他不能原谅自己，是自己的粗心大意失去了经营多年的梦想。庞永贵的出走在精神上把庞瑞珩彻底打倒了，他的寄托没有了，他的自尊心崩溃了，郁闷和忧愁占据了他整个心胸。一九三二年春，就在庞永贵出走两年后，在他五十六岁的时候，这个心强了一辈子的老人离开人世。去世那天，他两眼张得老大，喉咙里咯喽咯喽乱响，两只大手一会儿张开一会儿握住，甚是痛苦。老大庞永荣不知父亲何意，把头贴在父亲耳边，希望能听清父亲在说什么，但是父亲已不能说话，只是两手在空中乱划。最后父亲的手指着墙上镜框不动了，大家一看，那里有老四的一张照片，是老四在县城上中学的照片，照片上的老四戴着学生帽穿着学生装一脸灿烂的笑容。庞瑞珩接过老大递过来的相框，两眼突然暴出了光芒，直盯盯地看着，眼珠一动不动，少许大吼了一声："老四!"身子就僵住了，好一会儿没动，就在大家愣神的时候，只听"噗"的一声，庞瑞珩喷出一口黑血，身子直挺挺地朝后倒去。庞瑞珩的去世，庞刘氏感到天塌了，精神恍惚不再理事，后来人就糊涂了，屎尿不分胡言乱语，这年年底，她撒手人寰，随丈夫去了。

五、老大家的顶梁柱折了

俗话说：兄弟同心，其利断金。

庞家兄弟没有同心，就更谈不到合力断金了。

父母去世以后，庞家兄弟就是否接父亲的班在一起商讨过。庞永荣曾经想过在两个弟弟的帮助下自己当村长。但是他的想法没敢说出来。首先他的两个弟弟都不愿意操心村里的事情，更别说帮助他了。他们只想着有父母留下的好地好房，自己过自己的好日子就行了。再则，庞永荣和他的两个弟弟一样，他们没有父亲的本事，不敢出头当村长。老庞家兄弟没能耐，村民们不再把希望投向他们。村里不可一日无主，庞瑞珩去世一个月后，一个憨厚正直心地善良的山东汉子刘大牛被大家推举为新一任村长。庞瑞珩为之努力的目标没有达到，他所担心的事情变成了事实，外来的徙族在庞家窑掌了权。

没了权势的老庞家并没有失去庄稼人本分，庞家兄弟认真侍弄着自家的地，日出日落田园炕头，日子过得井然有序自然舒适。俗话说：月有阴晴圆缺，人有旦夕祸福。这话应到了庞家老大身上，庞瑞珩去世不久，一九三三年秋天，不幸就落到庞永荣的儿子七岁的秀文身上。

一天，庞永荣喂完牲口，搬了个板凳坐在太阳底下抽烟晒太阳。白露过了，麦子种下了，庄稼人闲下了，人和牲口都要歇歇。就在他眯瞪着眼似睡非睡的时候，蒙眬中看到秀文从屋里出来，秀文走到他跟前，伸手去抽他嘴里的烟袋，就在这时，突然秀文尖叫了一声，身子扑倒在他的怀里，接着就是腿脚抽搐两眼翻白口吐白沫。

庞永荣一下子吓醒了，双手下意识地抱住了秀文，嘴里在喊：“娃他娘！快来快来！你看，秀文咋啦?”他以为是烟袋戳着了秀文。

听到丈夫的喊叫，春花扔下手里的擀面杖急步跑了过来：“哎呀呀！这是咋啦！”春花被眼前的景象吓蒙了。

“谁知道啊！好好的倒下就成这样了！”庞永荣一边叙述刚才的情景，一边忙乱着又是捏腿又是擦脸，但不管他怎么弄，秀文还是抽搐还是翻白眼还是吐白沫。

“啊……这可咋办？啊……”面对突如其来的变故，春花不知所措放声大叫起来。

“都怨这烟袋，是它戳着了秀文。”只听“咔嚓”一声，庞永荣折断了烟袋。他悔恨自己为啥要抽烟呢！如果不抽烟也许没这回事。

就在两口子慌乱着不知所措时，秀文停止了抽搐翻白眼和吐白沫，缓过来的秀文精神疲惫四肢乏力两眼无神。秀文看着春花说："娘！我……头疼头晕……头疼头晕……"

"好娃哩，你是咋着啦？可吓坏了娘！"春花抱起秀文抚摸着他的头："娘给你揉揉，揉揉就不疼了。"

"这娃，真吓人！来，爹也给你揉揉。"庞永荣抱过秀文，一边揉头一边观察，他觉得烟袋并没有戳着秀文，这可就奇怪了，他疑惑着给秀文揉头，过了不大一会儿。秀文就好了。好了的秀文跟好人一样。

突如其来的尖叫翻倒吐白沫，虽然挺吓人，但并没有引起庞永荣和春花的重视。因为缓过来的秀文与以前一样，能吃能睡能闹能玩。起初，他们觉得庄稼娃谁还能没个头疼脑热，吃五谷杂粮哪有不得病的。他们觉得秀文的恶心呕吐是吃得不好了，也就没有在意。可是万万没有想到，这种症状接二连三发生，起初一两个月一次，后来就十天半月一次，而且一次比一次严重，他们不得不重视了。

庞家老大的孩子有病，全村人都在议论。有的说是神经病，有的说是羊羔风（方言，即癫痫），有的说是鬼缠身……不管说啥，他们都不愿意，可是，孩子的实情就是这样，不看是不行的，于是他们就带着秀文到郭家庄找了一个很有名的老中医看病。就在老中医的诊所，秀文又犯病了。老中医一看到这种情况就下了定论：这娃得了羊羔风！老中医一言九鼎，打消了他们原来还存在的幻想，两口子就像跌进了冰窖，身子凉透了。

庞永荣的宝贝儿子七岁的秀文得了羊羔风。突如其来的病魔好似一阵狂风，把老庞家的顶梁柱刮折了，把老庞家用于骄傲的资本刮跑了。老庞家的用以传宗接代的命根根不健壮，这可急坏了愁坏了庞永荣两口子。

郭家庄的老中医说，羊羔风很难治，县城也没有人能治好这种病。老中医劝说庞永荣不要耽搁了，赶紧到西安或者太原的大医院看看，这种病要早看早治兴许还能看好。庞永荣知道老中医的意思，他何尝不想早把娃的病看好！但是外出看病不是说走就能走的，庄稼人有庄稼人的累赘，地里的庄稼就拽扯着心肠。庞永荣还想在家治，这样两头都不误。他觉得秀文好好的壮小子还能看不好。他死磨硬缠要老中医开了几服药，秀文吃了后，真的不见好，而且越犯越勤。庞永荣又到城里找医生，大家的说法基本一样。庞永荣有些饥不择食，在集市上听信游医的海吹胡侃，花了不少钱，买了不少黑乎乎的药丸。一年后，一个胖乎乎粗胳膊粗腿的壮小子，慢慢地变得面黄肌瘦无精打采。

"唉！咋办呢？"一阵秋风刮来，卷起几片落叶。看到飘零的落叶，庞永荣觉得就是不祥的预兆！心里陡然一紧，言语有些伤感有些悲切："这娃的病，愁死人啦！"

"你看你，又唉声叹气啦，咱好好给娃治，还能治不好？"春花心里也纠结但还宽着丈夫的心，"正好秋后没事咱接着给娃看。"

"你说得轻巧！这治病得出去。出去治也不是一天两天的事，别的咱就不说啦，一走好多天，这地里的活咋办？"庞永荣觉得进退两难。

"是地里的活重要还是人重要！这娃可是老庞家的命根根！"春花心疼儿子鼓励丈夫，"人是吃五谷杂粮的，吃五谷杂粮的还能不生病？生了病还能治不好？我就不信了！"

"人是吃五谷杂粮的，吃五谷杂粮的还能不生病？"庞永荣嘟哝着这句话，"就是嘛，生了病还能治不好？可是这羊羔风是吃出来的吗？我就是弄不明白了，这娃咋得这种古怪病？"庞永荣说出心中早有的疑惑："咱家祖上没作孽呀，咋会有这样的报应呢？会不会是惹上啥了……"庞永荣没有了办法，就往这方面想了，他这个人就爱信神信鬼。

"是呀，千不该万不该也不该得这种病啊！"春花和丈夫有同感，神态也严肃起来，"是不是在哪里触犯了神灵鬼怪？要不，好好的不该呀。"春花也信这些。

"这可是个大事！要不咱们换个法给娃治治？"庞永荣说出自己的想法。

"换个法？对！得换个法！换啥法？请神汉神婆看看？"春花问。

"对！咱不找医生了，医生治不了娃的病。咱请神汉神婆看！"庞永荣说得很坚决。

"找神汉神婆，看看哪里不对劲了，咱好求个法破了它，兴许能治好哩。"春花同意丈夫的建议。

"找谁好呢？"庞永荣问，"哪里的神汉神婆名声大？"他觉得要找就找个神通大的，好祛病消灾。

"沟里村的二歪歪下神下得好，看病看得准。十里八村，名声大着哩！"春花说，"这一带请他下神看病的人可多啦，咱们也请他看看，兴许能行哩。"

二歪歪为什么叫二歪歪呢？是因为他的眼睛是歪的，嘴是歪的，两个歪，所以叫二歪歪。二歪歪呢？其实长得不难看。浓眉大嘴，高鼻大眼，加上满下巴的灰胡子，说他是绿林好汉倒有人信。二歪歪自有说法，他说他原来也不会下神，二十多岁的时候，一次他路过龙亭，坐着坐着就睡着了，这一睡就是一天一夜，醒来后，他的眼歪了嘴也歪了。虽然面相破了，但他的脑子却清醒了。知天文，懂地理，明前世，理后事。他说他拜的是东海龙王，法力无边，专为凡人排忧解难。

二歪歪说的话无从考证，但他的传说却很多。有人说他能掐会算可神了。郭家庄刘大水家里的牛被贼偷了。这牛是庄稼人的命根子，刘大水就去找二歪歪，让二歪歪给掐掐算算，看能不能找着。二歪歪先是到香堂点了三根香，然后叩头九拜，不一会儿，二歪歪便摇身晃脑起来，嘴里也含含糊糊地说一些听不懂的话。这些事情，用二歪歪的话说叫神附了身，他说的一些话都是神说的话。又过了一会儿，二歪歪恢复原状，然后根据你的要求说出对策来。刘大水是为了找牛，二歪歪便说，你的牛丢不了，你到东边的方向找一找。刘大水回来后，一直琢磨，这东边的方向是哪里？他就把他家和村子东边的地方找了个遍，也没找到。后来他细细一想，这东边的方向是不是指薛庄。对呀，薛庄不就在郭家庄的东边吗？薛庄是个古镇，比郭家庄大得多，薛庄的集市很大，山里山外的庄稼人都在这里进行交易，特别是这里的牲口市场，生意做得很大，山里山外的牲口贩子都到这里交易。会不会贼偷了牛拉到这里来卖？他觉得要去这里找找，兴许能找到。薛庄是二七集，就是每逢农历二和七，这里就逢集。这一天，刘大水找了几位本家的后生，一同来到薛庄。刚到牲口市场，就看到自己家的大黄牛拴在一棵大槐树下，他们赶紧围了过去，想人赃俱获。哪知，小偷也很精，天刚亮他就把牛拴在大槐树下，然后悄悄地躲在一边的小饭摊上，一边吃早饭，一边观察情况，如果主人找来，他便会弃牛而走，如果主人没有找来，他便会低价出手。今天，小偷运气不好，眼睁睁地看着刘大水拉走了牛，心里不服气，想搏一搏，看看刘大水身边的几位后生，又怕吃亏，只好忍气吞声地溜了。二歪歪帮刘大水找回了丢了的牛，经刘大水一宣传，沟里沟外前村后庄都知道了，后来经过一些人的添油加醋，把个二歪歪传得神乎其神。二歪歪也就顺水推舟云里雾里把自己吹得越来越玄乎。

沟里村顾名思义就是在沟里边的村子。从沟底的龙亭向西有一条小路，弯弯曲曲大约有五里地，在大沟靠北的一面，一块稍微开阔的地方有六七户人家。沟里的那条清水河能流到这里，这条小河给了沟里村实惠，村民们垒坝蓄水，在村前修有一坡池，坡池里蓄的是龙泉流到这里宝贵的水。因为小村的地大部分都在沟里所以能浇上。村民除了庄稼以外还种一些蔬菜，除了自家用外，大部分都挑到郭家庄去卖。因为有水，这个村果树比较多，桃李杏枣沙果核桃，绿油油的一片。

二歪歪的家在村中间，院子不大，北边依崖挖了三孔窑。中间那孔住着二歪歪一家人。东边那孔是二歪歪的香房，平时来人说事烧香下神都在这里。西边那孔里边放些农具，外边养了一头驴，平时二歪歪还是以种庄稼为主。小院里有一棵碗口粗的核桃树，油油的枝叶下结了不少青青的核桃，树荫把院子盖了个严严实实。

晌午的时候，庞永荣便来到了二歪歪家。刚好二歪歪从地里回来，挽着裤腿戴着草帽，胳膊上挎了个大篮子，里边是几穗玉米和几个南瓜。

“你找谁呀?”二歪歪看到门前站着的庞永荣问道。

“找你呀!”庞永荣从面相已知道是二歪歪，就两手相抱打着拱说，“请师父给娃看病。”

“噢！是给娃看病。”二歪歪说着话推开那扇用木棍做的篱笆门，很客气地把庞永荣让进院子，顺手塞给他个凳子，“哪村的？坐下说。”

庞永荣接过凳子坐下，他取下肩上的褡裢，从中取出二斤点心和两瓶酒说：“这些是给师父的。”

二歪歪一看，此人肯定有大事，连忙说：“请窑里坐。”说着起身打开了窑门，随手接过了点心和酒放到了桌上。

说是窑里坐，实际上是在炕上坐。因为碹窑的时候，门和窗户是连着的，靠窗户的这一边盘的是炕，图的是亮堂。炕上放有小炕桌，吃饭喝水办事都在这里。庞永荣被让到上座，二歪歪破例让婆姨给倒了碗茶水，他把烟叶盒推到庞永荣面前，盒里有一沓白纸，让他自己卷着抽。二歪歪说：“你说要给娃看病，那就说说什么事，我一定尽心尽力。”

庞永荣点着烟，便把秀文得病的事给二歪歪讲了。二歪歪听他讲完后说：“你是庞村长的儿子？哎呀，你看我这个人，整天不出门，连人都认不出来了！说起来我们还是世交呢，我父亲和你父亲是老朋友，当年，从山东来的时候，还是在你父亲帮助下，我们才在这儿安了家。这一晃两位老人都过世了，时间可真快呀!”

二歪歪的近乎，庞永荣不奇怪。父亲一辈子做好事无数，记是记不过来的。这里的山东、河南人大都接受过父亲的惠泽，他们的父辈和孩子都知道父亲的大恩大德。

二歪歪赶紧喊婆姨过来，他要婆姨认识认识恩人的儿子，他要婆姨烧火做饭，已是晌午了他要留庞永荣吃饭。庞永荣没有心思，他主要是给秀文看病，便谢绝了二歪歪的好意。二歪歪看他真的没有吃饭的意思，也就不勉强了，于是说道：“既然你着急，我马上给娃看!”

二歪歪说的“看”，实际就是下神。他把庞永荣领到东边的窑里，这是他的香房，是他下神施展法力的地方。窑里陈设很简单，主要是一张桌子，桌子就是香案，上边有个香碗，香碗里溢满了香灰，上边还有一把没烧到底的香根。香案后边挂了一块黄缎子布，上边用毛笔画了一些弯弯曲曲的条条道道和圈圈，说是神符。神符的周边挂满了红布和黄布，据说是一些人的心意满足了还的愿。四周还有一些牌匾和锦旗，都是一些颂扬的话语。可见二歪歪还真的有本事，这些匾牌和锦旗就是有力的证明。庞永荣在这种场合下，神情肃穆陡然起敬。他感到请二歪歪下神的打算是对的。

二歪歪拿出一把香，点着后插到香碗里，然后端端正正地跪倒在香案前，两眼微闭，嘴里嘟嘟囔囔地说着一些听不懂的话。庞永荣一看这架势，不敢怠慢，也赶紧跪在二歪歪的身后。大约有一袋烟的工夫，二歪歪突然站起身来，手舞足蹈地在窑里扭起来，嘴里咦咦呀呀地哼着一些听不懂的词词调调。又过了一袋烟的工夫，二歪歪慢慢地平静下来，他坐到香案边的椅子上，闭上眼摇着头，用戏文里道白拉着长调说："凡人听好——！你儿子的病根已找到——！他的头被野鬼打了——！"

庞永荣听到这儿，起了一身鸡皮疙瘩，他撅着屁股，头磕着地，嘴里求着："请……请大仙指点，小儿的头是在哪里被野鬼打了？怎样才能治好小儿的病？"

"凡人不要着急——，此鬼乃流浪之小鬼——，因衣着不暖——，饭食不饱——，在外寻找食物时——，偶遇你家小儿——，在讨食时与你家小儿发生争执——，失手打着你家小儿的头——，由此你家小儿便患上了此病——。"二歪歪言语颤颤的，长调直直的，有些瘆人。

"哎呀呀！大仙，这可怎么办？怎么办？"庞永荣越听越怕，有点语无伦次，一个劲乞求消灾除病的办法。

二歪歪张眼看了一下跪在地下的庞永荣，他觉得他确实很虔诚，便说道："凡人听好——，此病好治——，回家后——，到你家小儿打着头的地方——，好好地上上香——，献一献游神野鬼——，你家小儿自然会好——。"

"哎呀呀！大仙，小的还没听明白，小儿的头究竟在哪儿被打了？"

"回去好好想想吧——，是在被打的地方给打了——，好好想想吧——。"

又过了一会儿，二歪歪恢复了常态，虽然已是秋后，他却出了一身大汗。他扶起一直跪在地上的庞永荣。庞永荣起身后，拉着二歪歪的手还是问这问那，二歪歪笑了笑说："刚才说啥，我也不知，那都是东海龙王爷爷说的，回去细细地想想，按照龙王爷爷说的办。"庞永荣又是打拱又是作揖，感激不尽地离开了沟里村。

庞永荣回到家，把二歪歪下神的事，详详细细地给春花说了一遍。他就是弄不明白，这秀文的头啥时候被打过？春花听完丈夫的叙说，也很纳闷，她感到二歪歪说得有点道理，看来秀文真是被野鬼缠上了。可是在哪里缠上的呢？她想来想去就是想不起来，便说道："真是鬼打了娃的头？"

"那还有假，是东海龙王说的，二歪歪说东海龙王看咱们实诚，才给咱们指点迷津的。啥都别说了，好好想想，娃的头在哪里被打了？"

听丈夫这么一说，春花也没了疑惑。两口子就秀文从小到大的事一件一件搜索思考。忽然，春花想到一件事，她问道："咱爹是去年春天过世的吧？"

"是春天。"庞永荣说。

"咱娘是去年年底过世的吧？"春花又问。

"没错。年前年后，你问这干啥？"庞永荣说。

"今年春上特旱，麦子长得不好……"春花想着说。

"这与娃的病有啥关系？"庞永荣问。

"麦子不好，你不愿意下地，我和秀文到地里点玉米。中午时分，秀文上到树上摘青柿子玩。没想到一失手从树上掉了下来，头磕到了地上的锄把上，后脑勺上起了个大包，你说，会不会是那次？"春花想起来了一口气说完。

"哎呀！你这么一说，我也想起一件事。那是种完玉米后一个多月，我带秀文去锄草，也是中午时分，也是在那棵柿子树下，秀文被地塄绊了一跤，头磕到了树干上，额头上起了个大包。哎呀，你说，怎么那么巧！"庞永荣也说出一件事。

"是呀，两次都是一个地方，而且头上都起了包！"春花说。

"那就对了，就是在那儿被鬼打的。"庞永荣说得很确定。

"怪呀？这是野鬼吗？"春花说，"爹娘刚过世，秀文头就被打了，而且被打了两次……这……咋就这么巧……难道是爹娘？"她这么想着，身上起了一层鸡皮疙瘩。

"别胡思乱想了，咱爹娘亲娃还亲不过来呢！哪里舍得打他……"庞永荣嘴上这么说，身上也起了一层鸡皮疙瘩。

"我看还是多祭奠祭奠爹娘吧！他们在那边寂寞也许想娃呢？求爹娘保佑秀文吧！"春花说着泪流满面，她心里害怕，觉得是怠慢了过世的两位老人。

"祭奠爹娘是应该的，可咱们也没有怠慢呀！不要胡思乱想了，自家的老人还能害自家的孩子？"庞永荣不同意她的看法。

"咋就那么巧，打了两次，两次都在一个地方。"春花坚持自己的看法。

"是呀，咋就那么巧呢？这二歪歪算得还真准。"庞永荣心里也这么想。

"不管咋说，咱们都要去献一献，求爹娘和鬼神保佑我们的儿子。"春花说。

"好，此事宜早不宜迟，咱们马上准备供品烧纸，明早就献。"庞永荣作了决定。

春花没有意见，不管是爹娘所为还是孤魂野鬼所为，祭奠敬献都是应该的，人鬼同理，祭奠敬献总比不祭奠敬献好，何况是有求于鬼神。于是两口子连夜准备祭拜的供品，为了娃的病，他们一刻也不敢耽误，一晚上都没睡着觉。

第二天一早，庞永荣两口子就出了门。深秋天气，露水很重，当他们来到那棵柿子树下时，鞋和裤腿都已湿透。柿子树叶已经泛红，黄澄澄的柿子挂满了树枝。庞永荣在树下铺了块白布，在上方的部位放了个香碗，香碗里盛了半碗谷子，这是用来插香用的。春花从篮子里拿出四个瓷盘，放到香碗的下边，四个瓷盘里摆上了四样供品，这四样供品是点心一盘，猪肉一盘，白馍一盘，水果一盘。庞永荣点着三支香插到香碗里，又拿出厚厚一沓纸钱烧着，香和纸点着后，烟雾直直地升到了空中，久久地在头顶旋转，然后才慢慢地散去……庞永荣认为这直直的烟慢慢地散，是游神野鬼和爹娘接受了他们的诚意，赶紧和春花一道跪在香案前，行三叩头大礼。同时他们在嘴里默默地念叨着昨晚已想好的话，大意是，请云游四方的游神野鬼和极乐世界的爹娘享受香火供品，保佑儿子平安无事，保佑儿子早早康复云云。

就这样，庞永荣和春花为了儿子的病，多次请神敬神，花费了不少的钱财和精力，但是，儿子的病还是时好时坏。看到孩子犯病时磕得头破血流满嘴冒白沫不省人事的样子，两口子又很不甘心。这一年的冬天，他们放弃了请神汉神婆，卖掉了家里的粮食，凑够了盘缠到了西安。找了两家大医院给秀文看病，有西医也有中医。西医说是癫痫病，中医叫羊羔风。大医院的医生说，这种病不好看，需要很长时间住院治疗，大人小孩住的吃的再加上医疗费住院费要花很多很多的钱。庞永荣想这样哪行？这得多少银元？就是砸锅卖铁也不够呀！大医院的医生说，大城市哪儿都得花钱，看病这个窟窿有多少钱都填不满，羊羔风这个病就是花钱的病，一般的庄户人家看不起！大医院的医生给开了些药说，回家慢慢调养吧，找一些偏方试试，是好是坏就看小孩的造化了。庞永荣和春花自认倒霉，折腾来折腾去把家里折腾得底朝天，秀文的病还是不见好。时间久了，两口子也疲了，听天由命吧，命里有此，有什么办法呀！

庞永荣和陈春花为儿子看病的事，村里又传出话来，说是庞永荣带秀文到龙泉挑水，没看好秀文，秀文尿急，在龙泉边撒了泡尿，这泡尿污了圣地弄脏了龙脉羞辱了龙王。龙王大怒，降罪于庞家，孩子秀文才得了这个不治之症，不仅全家人跟着受苦受累，就是千金散尽也赎不了罪孽。

对于这些说法，庞永荣和春花缄口无言，嘴长在人家的脸上，爱怎么说就怎么说，他们管不着。但是有一点，他们做事格外小心，那就是敬神敬鬼，初一十五必献，上供烧香磕头，而且出门办事瞧皇历，动土盖房看风水，一点也不含糊。他们想用自己对神鬼的虔诚，祈求上苍赎罪去难，保佑秀文幸福平安。再就是对秀文的照看，吃喝拉撒睡都要顾到位，行走坐卧躺都要看护好，不能有半点闪失，他们希望在这样的呵护下，秀文能慢慢健康起来，他们指靠着他养老送终传宗接代哩。

六、情窦初开

人常说：山沟里边出凤凰。

秀秀也许正是应了这句老话，一九三四年，十七岁的她已经出落得十分漂亮。

她个头高挑，身体匀称，圆圆的脸盘，大大的眼睛。她是个率真快乐的女孩子。如果她站在你面前，你会觉得面前就是一尊圣洁的女神。秀秀很爱美，她的爱美与别的女孩不一样，不穿绫罗绸缎，不戴金银首饰，不施脂粉不抹胭脂。她穿的是布衣，爱的是简洁，这种素净衬着自身自然的美，没有多余的夹杂显得很清纯。她的性格中有女孩儿的温柔也有男孩儿的刚强。她给人的印象是活泼中有着矜持，矜持中有着大方，大方中有着明智。她生长在农村，但她与同龄的村姑又有着不同，不同的是她有着很好的修养和气质。她上过私塾，读过新学，她有农家女子的纯朴敦厚，也有着读书人的聪慧灵透。她的美就是那种双重的美。

庞永荣虽然重男轻女，但秀秀的出息对他也是一些安慰。有时他也为此骄傲，因为十里八村，都知道庞家窑有个才貌双全的女孩，这个女孩就是他的女儿，他就是这个女孩的父亲。高兴过后他也很失落，秀秀毕竟是女孩，迟早要嫁人，嫁出去的姑娘泼出去的水，就算秀秀是个宝贝，这宝贝也是别人家的，自己还不是白白养活十来年。他甚至有过这样的幻想，真想把秀秀和秀文换个个儿，那么，他会更下功夫，会更上心。儿子毕竟还是儿子，他指望他继承家业传宗接代光宗耀祖呢！女儿就是再好也不能一辈子待在娘家，女儿就是女儿，从古到今女儿是不能顶替儿子的。于是千方百计给秀文看病成了他的一块心病！只要能把秀文的病看好，叫他干什么都行！

庞永荣重男轻女的心事春花最清楚。作为女人，她也为秀秀担心，担心丈夫嫌弃秀秀。不过这秀秀也就是命硬，父亲越是重男轻女，她越是能耐过人。模样儿俊，小嘴儿甜，街坊邻居都说她好。因为聪明爷爷让秀秀和他的叔叔们一块儿在家念私塾，后来又送她到乔村上小学到郭家庄上高小。如果按照秀秀的聪慧，她完全有能力到县城念中学，甚至到潞村念二师范哩。没想到爷爷奶奶去世后，家境一天不如一天，弟弟秀文又得了这么个麻烦的病，父母的心事全用在弟弟的身上，她只好辍学在家，帮助父母种地和料理家务。

这天晌午，庞永荣从地里回来，看到秀文满脸污迹脏兮兮地躺在屋檐下，就粗喉咙大嗓门吼起来："谁看的娃，啊……咋看的！"看到秀文犯病他心里就不舒服，火起来后乱训人！

"咋啦？咋啦？"春花两手粘着面从厨房里出来："光顾做饭了，没看好娃。"

"你呀你，咋说呢！那是个人，你要精心呢！"庞永荣数落春花。

庞永荣这么一吵吵，秀文的病劲儿过去了。他拉着庞永荣的袖子让他坐到小板凳上说："爹，你坐下歇歇。"

"你咋躺这儿啦？怪冷的，看身上脏的！"庞永荣心疼他。

"我在这儿等爹等姐姐，等你们回来吃饭。"秀文说。

秀文的话使庞永荣百感交集。他觉得自己没有尽到做父亲的责任，真对不起这个娃，不由得一把抱过秀文，揽在怀里说："爹不累，爹不累。"说着庞永荣流下了泪："走，爹给你洗洗去。"

"爹哭啦。"秀文说。

"爹没哭。"庞永荣舀了瓢水倒到盆里。

"爹！姐姐呢？她咋没回来？"秀文洗完脸问庞永荣。

"你姐到沟里撸槐花去啦。"春花答道。

"我也想去，好长时间都没去过沟里了。"秀文说。

"沟里路不好，你姐可带不了你。"春花说。

这时，院门响了一下，接着声音就飘了过来。

"娘！我回来啦。"说话的是秀秀，她提着满满一篮子槐花进了院子。

"说曹操曹操就到。"春花接过那篮槐花看着秀秀说，"槐花好撸吗？"

"不好撸！都叫人撸光了，只有那些人到不了的地方还能撸一些。"秀秀答道。

"姐姐，我也想去撸。"秀文看着篮子里白生生的槐花，想让秀秀带他去。自从得病后，秀文成了家里的重点看护对象，一般情况下都不能带他到地里去，更别说带他到沟里了。

"好！姐姐带你去。"为了哄弟弟，秀秀爽快地答应了，"沟里的槐花可好了，你看多甜。"说着捏了一撮放到嘴里。

"我也吃。"秀文也捏了一撮放到嘴里，"就是好吃，真甜！"

"别这样吃，娘给你们拌上面蒸槐花骨朵菜吃。蒸熟后，捣点蒜泥，用酱油和醋拌好再淋点香油，那才香呢！"春花说着不由得咂了咂嘴巴。

看着娘仨快乐开心的样子，庞永荣也有了笑容："都过晌午了，大家吃饭吧。"说着话和两个孩子去了厨房。

"秀秀，你来。"饭后春花招呼她坐到自己跟前，她看见秀秀的头发有点乱，顺手摘下她发间里几个小槐花骨朵，她想给秀秀梳头。

“娘，我自己梳。”秀秀不好意思，解开头发自己梳。看着秀秀懂事的样子，春花心里很高兴，不由得说道：“这娃，从小就懂事，没让娘费过心。”

“这话不假，秀秀要是个小子该多好！就说种地吧，一个闺女家却很有心计，你要做的她都想到了，我就喜欢她做帮手。”庞永荣说的是心里话，“你看这撸槐花，她就比别的女娃撸得多。”庞永荣看着那一篮子槐花夸秀秀。

“是呀！就是撸的不少。秀秀，今天你和谁一块儿去的，咋就撸这么多？”庞永荣这么一提，春花也感到秀秀今天撸得槐花多了些，心中起了一些疑问。沟里的槐花都撸了好几天了，她怎么就撸了这么多？

“娘，我是和强强哥一块去的。你不记得啦，他家沟底那块地里有棵大槐树，因为长在悬崖边，没人敢撸，所以槐花可多啦，强强哥爬到树上把槐枝折下来，我在树下撸，所以撸得多。”秀秀说。

秀秀单纯率直的回答，庞永荣和春花反而大吃一惊。强强是个大小伙子，他们隐隐地觉得秀秀喜欢强强。强强为啥和秀秀一块儿撸槐花？偏僻地里大男大女在一块儿……他们不敢往下想又不得不想。

不是他们想得多扯得远，这辈子这种事儿他们看得太多了，农村的大姑娘小伙子长大了，闲下来的时候没有别的娱乐，村民凑在一起说的就是一些男女之事。这种消遣逗乐无形中传到渐渐长大的孩子们的耳里，有多少男孩女孩大着胆儿学着大人出了格吃了禁果。他们只顾着偷吃禁果的美妙和刺激了，没有想到这美妙和刺激后的后果，后果是不可想象的。到后来倒霉的还是这些大胆的孩子。这种出了格的事大都是男方出钱化解矛盾丢钱又丢人。然而女孩的损害更大，坏了名声找不到婆家一辈子抬不起头。要是女方大了肚子就更麻烦了，厉害的甚至出了人命！小山村里有点事儿瞒不住人，唾沫星子都能把人淹死，所以听到秀秀说和强强一块儿到沟里撸槐花，他们的心里就蹦出一串疑问，留下一堆担心，他们的害怕担心不是没有道理。

强强何许人士？为啥引起庞瑞珩和春花的担心？

强强是从山东逃荒来的张姓人家儿子。父亲会石匠活，大家又叫他张石匠。张石匠有一女一男两个孩子，女儿已经嫁人，这男孩就是强强。强强长得人高马大，天生就是打石头的料，张石匠的手艺他全部继承，而且青出于蓝而胜于蓝。

强强今年二十岁，在庞家窑他是娃娃头，也是护村队的主要成员。小伙子高个方脸大眼，光头上经常缠着个蓝道道的白布布手巾。布手巾在头前结了个结，尖尖的角角翘在额头两边，布手巾显然使用的时间长了，白布布有些发黑，发黑的布手巾映衬着那张被太阳晒得酱红色的脸，倒也不显得邋遢反而觉得刚强英俊。他的衣服是粗布缝制的灰色衣褂，上衣缀了一排布做的扣子，为的是练武时利落。裤子是那种宽裆的裤子，用两寸宽的布条子拦腰一系。肥大的裤腿在脚脖子处也用布带子系住，为的还是练武时利落。他的脚上穿的是一双千层底的布鞋，布鞋是用细细的麻绳纳的底，鞋面上用薄牛皮蒙着前脸，上面用针线密密地缝在一起，为的是结实耐穿。强强从小就跟着父亲打石头，打石头使他的身体很强壮。虎背熊腰，两臂似椽，只要他握起拳头，弯起小臂一使劲，大臂处便会隆起一块铁一样的肉疙瘩。强强力气很大，能举起百来斤的石锁，压麦的碌碡他都能搬起放下。有一年，他在郭家庄的集市上，认识了一个走江湖卖艺的武术高手，死缠硬磨跟着人家学了硬气功，一掌下去能打断十块青砖。强强心地善良，经常无偿给村里人打石料做石活，所以名声很好。强强好打抱不平，看不得穷人受欺负，为朋友两肋插刀赴汤蹈火在所不辞。强强的家很穷，窑洞被烟火熏得黑黑的，窑里摆设陈旧简单，院里放有几件农具和打石用的工具。还有就是用于练功的石锁和一杆红缨长矛。强强身上自带的一些作风，恰好和秀秀的爷爷庞瑞珩有些相似，这就使秀秀对他有了好感。她喜欢看他抡锤打石头，喜欢他舞刀弄棒的姿态，喜欢他直来直去的谈吐，甚至喜欢他咚咚的脚步声。

强强也到了结婚的年龄。庞家窑姑娘不少，但他对谁也不动心，唯独秀秀在心里总也抹不去。他只是暗恋，他知道秀秀家里有着青砖大瓦房骡马大车和平展展的塬地。门不当户不对强强不敢高攀。但是他非常愿意和她在一起，只要秀秀高兴，做什么都行。这两年，秀秀的父母为给秀文看病，误下的农活都是强强帮助干的。在秀秀面前，他显得腼腆温顺，又有点显能逞强。今天早上得知秀秀到沟里撸槐花，他二话没说，领着秀秀来到他家地里。这里有一棵大槐树，满满的一树槐花，原本是强强家留着自个用。但强强不管这些，他觉得这是自己有能力为秀秀做的一件事，所以他特别看重。他爬到树上，把长满槐花的槐枝折了一地，让秀秀撸了满满一篮子槐花。

这天晚上秀秀失眠了。她的思绪就像天上的月亮明朗清晰，白天的事一幕一幕出现在脑海，令她兴奋，令她回味……

早上，秀秀约了几个小姐妹到沟里撸槐花。在村北沟口那块平地，她们停住了脚步。今天这里很热闹，村上一群小子在比臂力。比赛的内容是，两手平提两桶水，然后屈膝成马步下蹲，看谁坚持的时间长。强强是其中的一位，他脱掉了上衣，两条粗壮的胳膊稳稳地提起两桶水，坚持到了最后。在众人的喝彩声中，秀秀她们几个小姐妹也过来看热闹，吵着要强强举旁边的一个压麦子的碌碡。这碌碡至少有二百斤，光溜溜的无法下手。强强好胜好强，不愿在姑娘面前丢面子。但面对光溜溜的碌碡要举的话确实不容易，于是他说：“这碌碡不好举，没有手抓的地方，我把它抱起来站直了，就算是举起来了，好吗?”说完，他朝人群里扫了一眼，正好与秀秀目光对上了。秀秀微笑着给了他一个鼓励的眼神。强强紧紧腰带，伸伸手臂扭扭腰肢活动活动腿脚，然后双手到胸前运气。过了一会儿，他弯腰伸出那双大手，紧紧地抱住碌碡两边，只听得一声“起”！碌碡离开了地面，贴在强强的胸前。又听见一声“走”！强强抱着碌碡迈开了步子，一步，两步，走到第三步时，他双手往前一推，只听“嗵”的一声，碌碡被扔到地下，把地砸了个坑。

“好！……”在大家的叫好声中，强强回到自己的水桶边，拿起放在扁担上的小褂擦汗。他满脸通红，胸脯一起一伏，他在喘粗气。

“强强哥，你真行!”秀秀走近夸他。

“不行不行！才走了三步。”强强有点不好意思。

“能抱起就不简单了，还走了三步，你可真有劲!”秀秀笑着看他。

“打石头的有的就是劲!”强强也笑着看她，“提个篮篮，撸槐花?”

“撸槐花，大家都去撸，我也去。”秀秀回答。

“沟里的槐花都叫人撸光了，你去还不是白去。”强强说。

“在家也是闲着，就当是耍，能撸多少是多少。”秀秀说。

“等一下，我把水送回去，咱俩一块儿去，我知道哪里槐花最多，保你撸上满满的一篮。”强强说完，挑起水一溜烟地跑回家。

秀秀站在那里，犹豫不决地看着几个小姐妹。几个小姐妹相互看了一眼说：“秀秀，你就和强强哥一起去吧。”说完挤眉弄眼地笑成一团先走了。

秀秀不好意思但又不能不等强强，她朝着他们的背影喊:“坏！叫你们坏!”

“哈哈哈……”一阵嬉笑飘来，“坏不坏，你知道，哈哈哈……”

秀秀和强强走在沟里弯弯曲曲的小道上。春天，沟里有着别样的景致，绿绿的小草配着红的粉的白的花，就像片片彩云飘落在沟里。小道也就在这彩云里时隐时现，时隐时现的小道上走着一对谈笑风生的年轻人……触景生情，强强不由得大喊一声：“嗳——!”沟里立刻发出了“嗳——嗳——嗳——”的一串串回音。

“你这嗓门，大的像老牛叫。”秀秀打趣。

“我不仅嗓门大，我还会唱歌呢。”强强逞强。

“你还会唱歌? 会唱啥歌?”秀秀不信他。

“我……嘿嘿……只会唱《憨憨女婿》……嘿嘿……”强强低头回答，脸红了。

“《憨憨女婿》，谁不会唱，还是我娘教我的呢。”秀秀没有多想说，“不会唱《憨憨女婿》，就不是咱塬上的人。”

“那我就唱一段。”强强又自信起来，“唱得不好，不要见笑。”说完就不顾一切地大着嗓门唱起来了，他唱的这一段是《娶媳妇》：

黄土坡坡灰灰驴，
娶媳妇美死了哥哥你。
小妹妹笑脸红艳艳，
小妹妹大眼忽闪闪。
头上戴着大红花，
身上穿着大红袄。
三寸金莲一点点，
杨柳细腰真好看。
哎咳噫哎哟……
手舞足蹈开怀大笑你说他憨不憨

《憨憨女婿》是老掉牙的民歌，有着蒲剧的韵味、豫剧的调调，还夹杂着一些眉户剧的腔，在这一带很流行。共五段：《娶媳妇》《回娘家》《元宵节》《三月天》《收麦忙》。基本上人人会唱，说的是一对小夫妻相亲相爱的故事。歌词幽默歌调悠扬。劳作间隙茶余饭后，男男女女都爱哼上几句。强强嗓子高亢沙哑，基本上是喊出来的。秀秀听着就想笑，接着，她唱了第二段《回娘家》：

黄土坡坡灰灰驴，
回娘家乐死了哥哥你。
小妹妹涂脂又抹粉，
小娃娃怀里睡得稳。
猪肉羊肉一吊吊，
花馍油糕一堆堆。
好烟好酒一包包，
麻叶麻花一团团。
哎咳噫哎哟……
提着抱着满头大汗你说他憨不憨？

秀秀歌喉甜润，歌声优美，美妙的歌声在沟里久久地回荡……强强目不转睛地看着秀秀，他惊呆了，他好奇极了，这秀秀不仅人长得漂亮而且歌唱得这么好，五音不全的强强自愧不如，第一次这样近距离听到秀秀的歌声，第一次这样清晰地看着秀秀的脸蛋，第一次这样亲切地感觉到秀秀的气息。他心潮澎湃又不甘落下，在心爱的姑娘面前，他要逞强，他要表现，于是自顾自地又唱了第三段《元宵节》：

黄土坡坡灰灰驴，
元宵节忙死了哥哥你。
小妹妹打扮赛天仙，
小娃娃笑脸似月盘。
花灯映月满街景，
人来人往他最忙，
元宵圆圆月圆圆，
欢天喜地心里甜。
哎咳噫哎哟……
拉大抱小顾前顾后你说他憨不憨？

秀秀没有管强强，她好像进入了歌词里的故事，神情关注地又唱了第四段《三月天》：

黄土坡坡灰灰驴，
三月天急死了哥哥你。
小妹妹送饭到地边，
小娃娃跟在身后转。
一年之计在于春，
季节来了不等人。
辛勤劳作流大汗，
一人顶做两人干。
哎咳噫哎哟……
起早贪黑受死受活你说他憨不憨？

强强听完这一段，歪着头看秀秀。秀秀抿着嘴笑着说他："这才是唱歌！你那是喊，是喊歌！"她知道强强在自己跟前是逞强是显摆。强强越这样她就越喜欢，于是她鼓励他说："强强哥，你喊得也不错，来来来，咱们一块儿唱。"两人于是唱了第五段《收麦子》：

黄土坡坡灰灰驴，
收麦子累死了哥哥你。
小妹妹挽袖跟着干，
小娃娃晒成黑蛋蛋。
双手磨出了血泡泡，
汗水湿透了红衫衫。

这可急坏了男子汉，
吹胡子瞪眼往家撵。
哎咳噫哎哟……
没日没夜风吹日晒你说他憨不憨？

蓝天白云，山沟沟里回荡着欢歌笑语。秀秀感到十分开心，这是她第一次使自己的性情随着自己的心情自由张扬，少女身上独有的迷人的风韵在这一刻绽放了。强强也是十分的开心，多少次梦里的情景竟然变成了现实，和自己心爱的姑娘游走在长满鲜花青草的小路上，在彩云般的山沟里放声高歌，他觉得他是世上最幸福的人了。

不知不觉间，他们来到强强家的地里。这块地在沟底的偏僻处，离村子最远，是他家两代人辛苦开出来的一块平地，约二亩大小。天旱时可以挑龙泉水浇地，旱涝保收，这块地是强强家的命根子。在地边悬崖上长了一棵碗口粗的槐树，正值花盛期，白白的槐花繁繁地压弯了枝头，槐花的香甜味老远就能闻到。

强强领着秀秀兴致勃勃地来到树下说："我上去折树枝，你在下边撸。你看，这一树槐花多美！"

"强强哥，你可要小心啊！"秀秀看了看树，树挺高，又长在崖边，她有点担心。

"没事，因为险才保住一树槐花。不然，早叫人撸完了。"强强说完，两手抱树，两脚夹树"噌噌"几下就上到了树上："怎么样？像猴不像？猴爬树也不一定比我强。"

"你可真厉害……那你就是猴哥了。"秀秀仰着脸夸他。

一会儿，他们就撸了满满两篮子槐花。经过这么一折腾，两人都感到有点热。秀秀脱掉了外面穿的夹袄，露出了里边的粉红碎花衬衣。这是庞永荣在城里商行里扯的洋布，春花给秀秀缝制了一件衬衣，衣服中间束了腰，突出了女孩的身材和腰条。秀秀的身体发育得很好，胸脯高高耸起，圆圆的轮廓坚挺自然……

强强专注地看着秀秀，女孩儿正在发育的身体是那么的玲珑剔透美丽动人。他也是发育中的男孩，这时的男孩对女孩的一切都在朦胧好奇中，朦胧好奇使他不由自主地专注起来，强强的专注让秀秀不好意思了，她赶忙穿上夹袄说："强强哥，时候不早了，咱们回家吧。"

"好，回家。"强强回过神，提起两篮子槐花说："这么快就到了晌午了？"他觉得时间过得太快。

在一个悬崖边上，长着棵桑树，桑树上有一些桑葚，黑红黑红的一串一串。强强爬上桑树，摘了一把又一把给秀秀吃，那模样，真像一个憨憨女婿。

想到这儿，秀秀禁不住笑出声来……这一晚上，强强的音容笑貌总浮现在她脑海里，举碌碡、唱民歌、撸槐花、摘桑葚，越想越觉得有意思……

秀秀确实长大了，体内荷尔蒙的增加使她的身体更加女人化，对男人的向往就像海浪一样不时地拍击她的心扉。不知道咋搞的，她总愿意和男孩在一起，即便他们粗狂不羁不喜梳洗臭汗难闻，她也喜欢和他们在一起。特别是强强，一天不见都想得慌。强强在沟里对她毫不掩饰的专注，使她心慌也使她高兴，女儿为悦己者容嘛！她的打扮穿戴不就是为了给喜欢的人看吗？强强这样看她，不就是喜欢她吗！秀秀躺在炕上，自言自语，久久不能入睡……难道说这就是爱吗？即便是刚刚起步，她也觉得让自己激动不已……自己这是恋上他了吗……他就是自己心中的那个人吗……想到这里，她就有些难为情了……哎哟哟……羞死人啦……秀秀觉得自己脸热乎乎的，心儿也在怦怦乱跳……她陶醉在自己对爱的美好向往中……

七、女儿家就得谨言慎行

越怕出事越出事！庞永荣和春花担心的事终于发生了。

清晨，村北沟口的柏树下聚了不少人。一个中年男人正在给大家传说："前几天，在这大沟里发生了一件怪事，两个大男大女在沟底槐树下的麦地里，大白天的脱光了衣服在那里干那事！……哎呀呀！真是不知廉耻呀！你说完事后，两个人该穿上衣服了吧，可是……"中年男人在关键地方停下了。

"可是啥！听得正美呢！"一个半大小子急着喊。

"胡编！光身子躺在麦地里，那虫子还不钻到肉里。"一个婆姨觉得不靠谱。

"野合还管那些。"有人这样答道。

"那也不会脱光衣服躺在地里呀！"那个婆姨坚持自己的理。

"哎哟！好像你干过？"男人起哄。

"回去问老婆。"那婆姨说得更直白，"褪下裤子就行。"

"哈哈哈哈……"众人大笑。

"别打岔了，听他说……可是什么呀？"那个半大小子还在催。

"好，我说。"中年男子狡黠地眨眨眼，"那男的捧住女子的奶，张口就叼住了奶头，大家猜怎么着？"中年男子又停住了口。他在要大家的猜想。

"挨打了吧！吃人家的奶。"有人说。

"太离谱了，女的愿意？"有人这样说。

"胡说哩，胡说哩……"有人起哄他。

"大家说的都不对。"中年男人看到火候了，就把笑料爆了出来，"那女的说，好我的娃哩，多大啦还吃娘的奶！"说完大笑起来。

"哈哈哈哈……真逗！真逗！"听他讲的人都跟着笑了起来。

"胆儿也太大了吧，在沟里野合，就不怕人看见吗？"有人这样说。

"色胆包天嘛，男女要干那事就会不管不顾！那是逍遥！"有人这样说。

"年轻人嘛，干柴遇烈火，谁到了那个时候谁都管不住自己。"有人也这样说。

"他说得和真事一样，这男的女的是谁呀？"大家都在问。

"胡编的你也信！别胡猜乱想了，没影的事，耽误工夫。"有人这样说。

"胡编也得有个说法，那咋不拿你说事？"有人这样反驳他。

“他说的不假，真有其人！”一个后生压低声音说。

“是谁？快说……”大伙儿围着他急着要结果。

“别急别急……”后生抬头在人群里看了看，见没有老庞家的人才说：“是秀秀和强强。”

“啊——！不会吧？那俩娃不错呀！”听到的人惊讶，“怎么会干出这样的事？”

“不会？咋不会！你是没看见他俩在沟里的热乎劲？伤风败俗不怕羞！”有人这么说。

“还在一起唱歌哩，敢唱《憨憨女婿》就敢亲嘴，敢亲嘴就敢干那事，不稀奇。”有人这样推理。

“怨不得，无风不起浪嘛！咋不说别人就说他俩。”有人觉得对。

“也是的，谁会空穴来风瞎编呀！”惊讶的人不惊讶了。

街角，有几个村妇在说悄悄话……

“看那男的，胡说八道满嘴放炮！你是看见了还是听见了？胡编乱造糟蹋人哩！”一个胖女人说，“那两个娃挺好的呀，咋会干出那种事？”

“我也觉得不可能，瞭天地里大白天的，脱光衣服弄那事，可能吗？除非是两个疯子！”一个瘦女人说。

“话不敢说死，秀秀和强强早就好上啦！强强三天两头给秀秀家挑水，秀秀家的农活都是强强干的，时间长了就好上了，好上了不就干那事！”一个高女人说。

“我看就怨秀秀，母狗不撅腚公狗上不去，母猫不跑骚公猫不发情。秀秀不愿意那强强敢干？借他两个胆也不敢！”一个矮女人说。

“别说了……”看见强强家的人来了，几个女人停住了话头。

祠堂门边，庞姓自家几个人在议论……

“丢人哩，丢先人哩！一个黄花闺女，咋就这么不知羞耻！……呸！不要脸的东西！”一个头上裹着布巾的老头儿在骂。

“我们找强强去，告官抓他，强奸民女蹲上几年大狱，让他知道老庞家的厉害！”一个牵着牛的中年人说，他好像很生气。

“告人家干啥？大姑娘脱光了坐在你怀里，你能坐怀不乱？除非你是骟了的男人或是阉割了的太监！这事不能怨强强只能怨秀秀。”一个扛着铁锨的后生说。

“等着看吧，姑娘肚子大了，老庞家可就丢大人了。子不教，父之过。庞老大庞老大，这就是你养下的闺女？唉……”一个白了头发的老人叹息。

“散了散了……”看见老庞家的人来了，几个人悄悄然地分开走了。

秀秀和强强两个年轻人单独下沟撸槐花撸出了问题。好事的添油加醋使闲话更加离奇荒诞，不好事的听了对秀秀有了怀疑。好奇打听编排传扬！于是，闲话成了故事，故事加插着人为的夸大，夸大的故事就成了村民茶余饭后的笑料沸沸扬扬不胫而走，小小的庞家窑几乎无人不知无人不晓。

一天，庞永华在地里干活，有人问他，什么时候秀秀订的婚？他说不知道。那人说，人家两个小孩那么好，相跟着一块儿到沟里撸槐花，还在一起唱《憨憨女婿》，在那没人的地方亲嘴干那事，没有订婚敢这样？接着那人就把那些难听的不堪入耳的话都告诉了庞永华。庞永华听得眼都直了，心也慌了，他觉得太不可思议了！太丢人了！

同样，庞永富在下沟挑水的时候，有人把秀秀的故事告诉了他，而且关心地说："管管秀秀吧！孤男寡女年轻气盛烈火干柴，别弄出什么事来，女娃娃的肚子大了，丢的可是老庞家的脸！"言语中透露的意思很明白，就是秀秀和强强干了男女偷奸交媾的那种污浊肮脏之事。

庞永华回到家里，一五一十地把闲话说给了喜儿。

庞永富回到家里，把听到的闲话给冬梅学了一遍。

两家人不约而同凑到了一起，他们感到事情太严重了，他们觉得自己这张老脸挂不住了，往后咋往人前站！指不定人家咋戳脊梁骨呢！他们商量了一下，决定去找老大，这关系到老庞家的声誉！他们要大哥大嫂给个说法，庞家的大小姐不光要有模有样，而且要行的端走得正，不能这么没有规矩，不能这样作践老庞家！他们商量好了，就是请大哥大嫂赶紧给秀秀找婆家。人常说：女大不能留，留下是非仇。这个老理还真对！老庞这一大家子脸面丢不起呀！

老二老三一说就通，他们去叫老四家的金叶，想三家一块儿到老大家说说。没想到吃了闭门羹，金叶不去。金叶早已听到了闲话，而且通过自己的弟弟了解了闲话的来龙去脉，并且把这件事的缘由全部告诉了老大。金叶非常了解秀秀，秀秀是一个非常懂事的女孩，纯洁的像龙泉的水。她相信秀秀不会拿自己的名声开玩笑。同时她也不想和老二老三掺和在一起，因为她男人老四一走多年没有音信，她是一个本分的女人，男人不在家，更应该谨言慎行，她不想跟着二哥三哥凑这个热闹，所以她不去。

庞永荣今天没有上地里干活，前几天他已经从金叶那里知道了秀秀的闲话和事情的真相。他震惊他愤怒，他摔了盆摔了碗，他抽了自己几个耳光后彻夜不眠地在想法儿，后来他战胜了自己，从震惊和愤怒转到清醒和冷静，自从父亲去世以后，这是他遇到的第一件棘手的事，而且关乎老庞家的声誉和秀秀的名声，现在他有了一个消除闲话的万全之策。他和为秀秀担惊受怕了几天的春花商量好了，正准备去找老二老三，全家在一起商量商量，研究出一个巧妙的退兵之策。正好老二老三来了，庞永荣和春花把他们让到屋里，两口子已从他们的表情看出他们的来意。

“外头在传秀秀的闲话呢！”庞永华不假思索开门见山一针见血。

“这个我知道！”庞永荣回答得很沉稳。

“秀秀和强强订婚了？”庞永富也是毫不掩饰直接就问。

“胡说哩，咋能和他订婚？”庞永荣回答的不紧不慢。

“那外头咋都说得有鼻子有眼！”庞永华进一步指问。

“谎话都得编的有鼻子有眼，不然谁信！说吧，都说些啥？”庞永荣也想多了解一些。

“说得可难听了……”庞永富一股脑把听到的都说了。

“放屁！都是一些糟蹋人的鬼话！”庞永荣没有想到这样污浊就骂道。

“打铁还得自身硬！骂别人不是能耐！还是说说自己吧！自己咋管教的孩子？”庞永华继续质问。

“发火没有用！为啥不说别人说秀秀？肯定是咱娃有问题！”庞永富直来直去往要害说。

“有啥问题啊……你们也不动动脑筋。”庞永荣瞪了他们一眼，“都是撸槐花撸出的事！秀秀到沟里撸槐花，碰上强强了，强强叫上秀秀去他家地里那棵槐树上撸，两个年轻人年少无知，高兴了在路上唱了几句老掉牙的民歌，那民歌谁不会唱啊，咱们年轻时不也是唱着这个歌过来的吗？可他们唱了就有事了……就这么惹出了闲话，污水泼向了咱老庞家。”庞永荣看老二老三当真急了，想想也是为自家好就说出了事情的缘由。

“好好的唱什么《憨憨女婿》，都怨这个强强，外来户的小子吃饱了撑的！”庞永华听了后发火骂道。

“妈的！这个混账小子，撸槐花叫人家女孩干啥？看来就没安好心，咱得好好收拾收拾他！”庞永富火气也挺大。

“怨他也没有理由，叫上秀秀撸槐花咋啦？人家还给我家挑水呢，我们出外给秀文看病，家里耽误的农活都是强强帮着干呢，说实在的强强这孩子不坏。但是，不管怎么说，这只是交情，只能是朋友不能是夫妻，更不能因此干出伤风败俗的事。我们老庞家给孩子找婆家，讲究的是门当户对，这一点强强家不行。但是，话又说回来，强强叫上秀秀撸槐花也是好意，年轻人在一起唱唱歌是高兴，再说咱们塬上的人不都喜欢唱《憨憨女婿》吗？老的少的男的女的谁不会哼上两句，这有了闲话就胡怪人不对，闲话就是胡说，我觉得是有人和我老庞家过不去，是编排闲话糟蹋我们老庞家哩！这个人是谁呢？我拿不准还在查。不过我们真的不能怪强强，怪强强怪的没道理，强强也是受害者。”

庞永荣说得很认真。

“这就奇怪了，不怪强强怪谁？”老二老三问。

“咋给你们说呢？咱们都是从年轻时过来的。因为男娃女娃到了这个年龄，就该谈情说爱了，就是是是非非的时候了。青年男女互相爱慕人之常情无可非议。但是你不能胡来呀，既要郎才女貌，也要门当户对般配得当，这些都是多少年来祖上留下的规矩。但现实中，年轻人往往把持不住，常常干下一些违背常理的事。这偷吃禁果遭殃的都是女的，想想也后怕。说到底呀，这事要怪就怪秀秀，一个女孩子不该一个人和强强到沟里撸槐花，更不该和强强在一起唱《憨憨女婿》！这下可好，弄出了一串闲话！”庞永荣说得很实在，如果女儿不主动，打死强强都不敢。他想了想说：“好在强强这孩子品质好，没有对秀秀动歪心，如果他使坏，真把秀秀那个了，那可真是麻烦大了……”

“我和你大哥也想了几天啦，强强这娃是我们看着长大的，要说般配不般配那是没得说，他和秀秀从小就青梅竹马，两人也投脾气。强强是个忠厚后生，村里人缘不错。可以看出，强强对秀秀是真心的好。但是，就是你大哥说得那样，他们不能在一起，因为强强家是外来的徙族，强强家太穷，我们两家门不当户不对。他们只能做好朋友，不能做夫妻……”春花打断了丈夫的话，生怕他不理智说出些不合适的话。她要维护姑娘的清白不希望点滴的脏水泼向她。她觉得要把自己和丈夫的想法给两个弟弟说清楚。

“那咋办？总不能让人胡说吧。”庞永华又着急了。

“咱得想个法呀，得把事情说明白，堵住众人的嘴。”庞永富也有些急。

“你们啦，听风就是雨！你们不知道自己家的规矩？不知道你侄女的秉性？别人说啥就是啥！也不动脑子想想，别人往你脸上捂屎，你脸上就有屎啦！”春花来了气，数落两个弟弟。

“嫂子，你别生气，我们也是为老庞家好呀！”老二辩解。

“说到底，也是为秀秀好啊！我们是一家人，不能让外人笑话。”老三不明白嫂子为啥说他们。

“好啦好啦，我们又不糊涂，为谁好，我们知道，怎么办？听你大哥的。”春花说。

“人活一张脸，树活一张皮。传说只是传说，闲话也只是闲话，关键是我们自己不能认同这件事，只要不认同，就能堵住别人的嘴。话又说回来，即便是两个孩子有相爱这个心，只要我们不答应他们也没这个胆，更不会让他们干出有辱门风出格的事！”庞永荣说。

这次秀秀在村里有了闲话，庞永荣震动最大，他没有想到有人会这样编排秀秀，说秀秀的闲话就等于说他的闲话，子不教，父之过！他觉得是自己大意了，大意在秀秀的管教上，就像一棵小树，任由它疯长，那还不长歪了！在自责和后悔中，他想得最多的是今后怎么办。首先要堵住全村人的嘴，不能让这种害人的闲话到处流传。堵住全村人的嘴先要堵住自己家人的嘴。想到这里他说："闲话已经出了，大家都很生气，我这个老脸更是挂不住！可是我们还得活呀，咋办呢？我觉得不能让唾沫星子坏了老庞家的名声！用什么方法堵住人家的嘴呢？……"庞永荣停住话，瞪着眼看着老二老三。

庞永华和庞永富只顾闷着头抽烟，他们提出了问题，但没往解决问题这方面想，听到老大的问话，他们就没了主意。他们还是依赖大哥的，自从父母去世后，老庞家的大事都是大哥拿主意。

"你们不说我说。"庞永荣觉得今天是说自己孩子的事，他要把自己的主意说出来，"常言道：屎干了就不臭了！我说的意思是，听到别人讲了，装着没听见，看到别人说了，装着没看见，不要跟人吵，不要跟人闹，更不要和人辩是非，就当是耳旁风！这样时间一长，说的人就没劲了，听的人也乏味了，事情也就悄不然地解决了！如果我们沉不住气，跟这些人吵，跟这些人急，和这些人辩是非，只会把事情弄得更糟！这样一来，这些本是捕风捉影的事才越搅越糊涂，还会给人'此地无银三百两'的感觉，让人家当真呢！"庞永荣说出了自己的想法。

"我看这个办法挺好。"庞永富说，"大事化小小事化了，不动声色不伤你我，两全其美是个上策。"

"三十年河东，三十年河西。今非昔比啊！老庞家已不是过去的老庞家，庞家窑也不是过去的庞家窑。现在是有人敢在老庞家头上拉屎呀……"庞永荣顿了一下："小心驶得万年船，能忍就忍吧，一家平安才是上策。"

"心字头上一把刀！就是忍呗，忍下这口恶气，求得全家平安。"庞永华说。

"君子报仇十年不晚，对于那个编造闲话的人，我是不会放过他的，只是现在还不是时候，等事情平息了再说。查到这个造谣者，吃不了叫他兜着走。还有就是强强也是受害者，你们不要去找他，他的事我来办。"庞永荣告诫两个弟弟，他怕他们越搅越乱。

"秀秀你得说说，女娃大了，不能啥事都由着她的性子，你看这事弄的……"庞永华说。

"两位弟弟放心！这种事情只能有一，不会有二，过去是我和你嫂子疏忽了，以后不会再出这样的事了。"庞永荣说得很坚决。

"大哥！我还是不明白，这闲话的根呢？是谁从头先说的呢？咋会满村风雨呢？"庞永华这次动了脑子，他想弄个明白。

“我打听到了，是一些闲得没事干的人瞎编排的，瞎编排的就是胡说哩，胡说还理他干啥？从今天起，大家各忙各的不要再说这些了。”庞永荣就把闲话的来龙去脉简单地给他们说了一下，他知道事情的根源，但他没有给两个弟弟说。他知道两个弟弟的秉性，成事不足败事有余。既然这样，还不如不告诉他们，好让两个兄弟放下心，他希望大家能够安心地过日子。

庞永荣嘴上说不要再说这些了，心里可没有松了劲。除了严格管束秀秀的行为举止外，就是采取了两个弟弟的建议，赶紧给秀秀找婆家。

对于强强，庞永荣采取的方法几乎让人想不到，就是不伤和气不伤感情屈尊大驾到强强家和他的父母拉家常。在拉家常当中有一点必须说明白：孩子们大了，相互喜欢爱慕是难免的，但是做夫妻不行！他要给女儿选女婿，首先是门当户对，他家和强强家门不当户不对！他要告诉强强的父母，这次闲话他不怪强强，但不希望再发生类似事情。他要了断强强对秀秀的爱慕，首先要从强强父母这里了断。让强强的父母管束强强，不要再和秀秀来往。强强的父母接受了庞永荣的要求，保证强强不再和秀秀来往。

世上没有不透风的墙！秀秀知道了闲话，是一要好的女伴告给了她。女伴告给的经过多次添油加醋的闲话，秀秀听得心惊肉跳面红耳赤。她感到很奇怪，只是和强强一起到沟里撸了次槐花，只是一时兴起唱了大家都爱唱的《憨憨女婿》。怎么就惹出这么荒诞的闲话？她无法向人解释，更无法向父母解释。

秀秀去找四婶，她喜欢这个比自己大六岁的婶婶。她们无话不谈，一些在父母跟前不好说的话，在四婶面前都能说。在秀秀心里，她一直把这个小婶婶当作大姐姐。金叶读过书有教养，只是家境不如秀秀家。她处世谨慎，为人厚道，不愿招惹是非，有时宁愿自己吃点亏，也愿意息事宁人。秀秀喜欢的就是四婶这种品德，但对四婶过于小心却有点不以为然。其实她还是没有吃透四婶，四婶男人不在家，她不小心行吗？她的男人在哪里？她不知道，她能否守得住，她的言行举止非常重要，稍微不慎的举止和言语都会引起人们的猜测，咒人的唾沫星子都会把人淹死！秀秀吃亏就吃在大大咧咧，她不知道社会的复杂！人言有多么可怕！一个女孩子家就敢和一个男孩子单独到沟里撸槐花，还敢粗喉咙大嗓门在一起唱《憨憨女婿》，这不是给自己找事是啥？谁看到了还不想入非非？谁知道了还不胡猜乱想？

金叶的家整齐干净。自从公公婆婆去世后，金叶一个人带着孩子住在庞家大院。金叶年轻美貌，大院空空荡荡，一些赖人混混想乘虚而入。为了自己的安全和名节，金叶便把娘家父母和兄弟叫过来一块儿住。金叶有自己的打算：这第一，四十亩塬地那可不是轻省活，还有家里的牲口要人喂，吃水用水要有人挑，指望大哥二哥三哥？那不行！唯一的就是指望自己的娘家兄弟。这第二，庞家大院的房子空着也是空着，自己娘家的窑洞破旧阴冷，把父母和两个弟弟叫过来一起住，这也是尽一份孝心。这第三，两家合一家，什么也不耽误，地里的活和家里的活一块儿干了，亲亲热热消除了孤独和害怕，一些歪门邪道的赖人，一些想在门前惹是非的混混，看到两个铁塔般的后生，自觉地退却了，庞家大院安全了，金叶的心稳了。

现在金叶搬到正房里住。她的娘家爹妈和兄弟住在北厢房里。正房的堂屋摆了张八仙桌，桌子的后边墙上挂着一幅中堂，上边画的是松鹤金鹿长寿图，两边还配有对联。上联：丹鹤舞春回大地；下联：金鹿鸣福满人间。桌子两边是两把太师椅，椅子上放有用布做的薄棉垫。堂屋北边的一间，过去是庞瑞珩老两口的卧室，现在金叶和孩子用。堂屋的南边的一间，过去是庞瑞珩的书房，金叶没有动，还按老样子摆放，只是每天照样打扫擦拭，弄得干干净净，她觉得丈夫庞永贵是读书人，这些一定用得着。

秀秀来了，金叶把她让到炕上。炕上有张小桌，上边放了些瓜子花生。看到秀秀沉着个脸，金叶便知道是怎么回事。如何跟她说呢？金叶觉得还得动动脑筋。她是个细心的人，不愿意叫别人难堪下不了台。

“秀秀，想四婶了？”金叶给秀秀倒了杯茶水，里边放了些白糖，她用小勺搅匀，放到秀秀面前。

“四婶！”秀秀忍不住了，拉住金叶的双手，俯在她的怀里呜呜地哭了起来，“你说我可咋活？我还有脸见人吗？”

“哟！看哭的！咋没脸见人啦？”金叶给她擦眼泪。

“你说我是招谁了？惹谁了？怎么这样说我！”秀秀哭得很伤心。

“你是一个好姑娘，谁也没招谁也没惹呀。”金叶觉得有必要给她说说。

“那怎么有人说我和强强在沟里……这不是害我吗？”秀秀呜咽。

“秀秀，闲话都是瞎编胡捏的，不理它！不过也不是空穴来风，你想想自己哪里做的不妥？”金叶要开导她，要让她知道世事的繁杂和人言可畏。

“我做的不妥？”秀秀瞪大眼睛，“我没和他干那事！”

“嗨！说到哪里去了！”金叶打断她的话，“秀秀，你是老庞家的大小姐。俗话说：财多招贼，树大招风，女大招祸！你是大姑娘了，到了谈婚论嫁的年龄了，所以办事要周到，说话要谨慎，行为要端正！不管在什么场合，遇到什么人，干什么事，都要想着说想着做，更不能干出一些一辈子后悔的事！”

“四婶，照你这么说，是我什么地方做错了？”秀秀停止了哭泣，她要听完金叶的话。

“是呀，要说错嘛也不能算是错，但一点是肯定的，那就是做的有点不妥。”金叶说。

“咋不妥?”

“秀秀啊，你不该单独和强强到沟里撸槐花，深沟僻壤就你们俩，你能挡住人家胡思乱想吗？你更不该和强强在一起唱《憨憨女婿》，那是情歌，你俩在一起唱，算啥呀?”

“也是的，我咋没有这样想?”秀秀觉得四婶说的有道理，“哎呀，我真浑!”她狠狠地抽了一下自己的嘴巴：“真是祸从口出！自己给自己造了这么大的麻烦。”

“这样想就对了，这样想你就不生气了。女孩子大了，一定要谨言慎行，该说的该做的我们大胆做，不该说的不该做的我们一定不做。男女有别，大男大女在一起要有分寸，女娃娃的主动往往会引起男娃娃的瞎想，如果男娃娃不咋样，那受欺负的吃亏的往往是女娃娃。世上有多少女娃娃因为谈情说爱把持不住，受了欺负吃了哑巴亏。有多少女娃娃为情献身做了出格的事，被世俗所迫含辱屈死！多亏呀，强强这个小伙儿正直善良，我也看得出，他也是真心喜欢你，如果换成别人，也许真要出事，到那时，你可真是叫天天不应叫地地不灵，你不就是自投罗网自食其果了吗?”金叶给她详细分析，她要把这里的利害关系给秀秀讲清楚。

“四婶呀！你看我平时挺明白的，咋到这事上倒糊涂呢?”秀秀自己转过弯了。

“你没有糊涂，是爱情让你忘了一切，看得出，你心里装着强强，所以你就敢和他在一起。”金叶说的是真话。

“你咋知道？我又没说过他好。”秀秀被金叶说中了，脸上起了红晕。

“还用你说，在脸上写着呢!”金叶用手指点了一下秀秀的额头说，“只是造谣的人太可恶，两个好好的孩子被他乱说一气，真是吃饱了撑的，不得好死!”金叶也恨这个造谣者。

“四婶，你知道是谁造的谣吗?”

“知道！是在咱村闲逛的二赖子。”

“是他？我和他无冤无仇，”秀秀有点不相信，“他为啥造我的谣?”

“开始我也不相信。”金叶看了秀秀一眼说，“是金海抓住了当街胡编乱造的二赖子，我就把这件事的来龙去脉给你爹说了。其实也没有什么，一个赖皮说的话，被大家随意添油加醋，所以越传越离奇。”

“他咋知道我和强强在沟里撸槐花?”

“这都是事赶事赶巧了。”金叶说出了事情的由来。

二赖子是个小混混。蓬头垢面衣不遮体，游手好闲居无定处。饿了就东家西家要着吃，困了就在废弃的窑洞睡一觉。这二赖子有一个嗜好，就是爱藏在崖上草丛中偷窥女人上茅房。看到人家的大屁股后就逞能卖乖满街乱说，因为这个经常被人打得鼻青脸肿。那天，秀秀和强强到沟里撸槐花，正赶上这家伙醉酒后躺在沟里一孔破窑前晒太阳，看到秀秀和强强在一起的热乎劲，出于醋意，他便把看到的事按照自己的想法编排出来，这就是谣言源头。

听着金叶的叙述，秀秀好像是在听故事，她感到事情咋就这么巧，不由得想把故事听完，于是她又问道："后来呢？"

"后来，二赖子编排的故事就像一阵风在村里传开，再加上好事的人添油加醋，就越来越传奇，越来越不像话！"

"那我怎么就一点都不知道？"秀秀说。

"好妮子，谁敢跟你说呀？自古以来这方面出人命的多啦，谁敢让你知道！"

"那再后来呢？"秀秀问。

"再后来，强强知道了，就去找二赖子算账。可是连找了几天，跑了好几个村子，都没有找到。再后来听人说，二赖子看把祸闯大了，害怕老庞家的人收拾他，早早地就溜到外地去了。"

"那强强呢？"秀秀又问。

"强强被他父母狠狠地说了一顿。因为你爹找了他家，要强强的父母严加管教自己的儿子，所以强强的父母不叫强强再和你交往，免得再生是非。"

"我说呢，强强老躲着我，原来是这么回事。"秀秀嘟哝。

"秀秀，你给我说实话，强强这个人咋样？"金叶想探探秀秀的底。

"强强，"秀秀有些羞涩地说，"他人不错！"

"你爱他吗？"金叶进一步问。

"你咋问这个？四婶，羞死人呢！"秀秀突然间被金叶问到这个问题，好像自己心中的秘密被人揭穿了一样，一下子脸通红了。

"爱，就是喜欢，就是愿意给他做老婆！"金叶说得很彻底很透亮。

这个问题太突然也太直接了，一向循规蹈矩的秀秀没有和人探讨过这个问题。她对强强的那份感受一直深埋在心里。爱情对她是朦胧的是潜意识的，就像天上的云，可以看见，但摸不着，更不知其中的奥秘。自懂事以来，她也想男人和女人的事，也想自己以后怎样做媳妇，但是都很原始，都很粗糙，无非是男人女人在一起睡觉什么的。说到爱谁，怎样爱，总也是一些男女亲嘴拥抱交媾的情景。提到和谁爱，做谁的媳妇，那就是父母的事了，农村姑娘听到的看到的就是这些，这种根深蒂固的影响也深深地影响着秀秀，秀秀冲不破这种影响。说到不突然，那也是近一段的事。自从那天和强强到沟里撸槐花后，她就莫名其妙地一直想强强，想起那天的事就有一种令人振奋的冲动，她觉得这就是人们说的那种爱吧。可是这种爱只是埋在她的心底，她没有对任何人说过，也可以说是一种单相思。金叶的突然发问，秀秀有些措手不及，她不知道该如何回答。在她和强强的接触中，她是欢喜的愉悦的，她和他在一块儿，大多是以兄妹的情感相处。那天沟里撸槐花，她是第一次把强强当作未来的丈夫想过，那天晚上，她为强强失眠了。但是真正摆到桌面上说这件事，她心里还是模糊的犹豫的，一个女人对一个男人起初的爱恋是不确切的，她觉得是一时的喜悦带来的遐想，真正说到婚姻，还得父母做主，所以金叶一说到强强她就很羞涩。她还不能自己就确定给他当老婆。但是她又不想断了和强强的来往，因为强强确实是一个好小伙儿，在他们的交往中，强强就是一位大哥哥。想到这儿，她说："我喜欢他，是因为他像一个大哥哥。"

"那我再问你一句，你想他吗？特别是一个人的时候……"金叶追问。

"这个……"秀秀思索了一下说，"想！越是一个人的时候越是想……"

"好秀秀，你这是有了爱了！看来你是爱上他了。"金叶肯定地说。

"我也觉得奇怪。"秀秀就把那天晚上的单相思都告诉了金叶，"以前也没有这种感觉呀！自从那次撸槐花后，就总也忘不了他……"

"好秀秀，好好地和强强处吧，你们是多么好的一对啊！"金叶鼓励她。

"我不敢！我怕我爹妈不同意。"秀秀说出了自己的担心，"我觉得还是以兄妹相处好。"没有父母的同意，秀秀对自己的感觉只能在心里想想。

"噢！原来这样。看来你的心呀还在飘忽不定。不过这样也好，有思念总比没思念好，就权当一位大哥哥处吧，有这位大哥哥保护你帮衬你日后你也少受些罪！"金叶摸了摸秀秀的脸说，"秀秀啊，你和强强从小青梅竹马，只是可惜啊，强强家太穷，就是你愿意给他做老婆，我还担心你的父母不同意呢！这样也好，兄妹相处，省去好多麻烦。你要真爱上强强，还不知道要惹出多少麻烦呢！不过话还得说回来，女人的第一次爱，那是终生难忘的，也许你呀，一辈子都不会忘了强强的，不管你嫁给谁，你的心里都不会抹去他。"过了一会儿，金叶又说："听说你爹娘正张罗着给你说婆家呢，你知道吗？"

"不知道。"秀秀摇了摇头。

"我是担心呀，如果说的人不如强强咋办？"金叶若有所思。

"不如强强我就不嫁！"秀秀不假思索。

"好秀秀！这事由得着你吗？刚才你还口口声声说听父母的呢，你能违抗了父母吗？父母之命媒妁之言，你敢不从吗？到时候你哭都来不及！"金叶告诫她。

"那我怎么办？"秀秀瞪大眼问。

"我也没有好办法，就看你的命了。你要多长点心眼，婚姻大事是一辈子的事，不能草率不能勉强，要两心相悦心心相印……这是自己的事，别人也不好说啥，全靠自己把握，你也是大人了，自己把握住了就行了。”金叶嘱咐她。

秀秀心里不安宁了，自从有了闲话后，秀秀也在想自己的婚事，一想到心中的人总也抹不去强强的影子，她希望自己的丈夫像强强一样，体魄魁梧潇洒英俊通情达理。她也希望自己想的像强强一样的男人有房有地家境丰盈，她觉得自己要嫁的男人能够给自己舒适幸福的生活，因为男人是靠山，嫁汉嫁汉，穿衣吃饭，她认的也是这个理。

庞永荣决定给秀秀找婆家。他首选的是有钱人家，这样可以多要一些彩礼，好给秀文看病。春花有不同意见：“多要彩礼是对的，那也得看人。”庞永荣强调：“主要是看家！就说强强吧，论相貌论年龄，那和秀秀多般配，家里穷的填饱肚子都困难，这样的家不行。”

“家里要有钱，男娃要好看，最好知书达理。”春花提出自己的条件。

“好好好，就按你说的办。咱俩都找找人，让媒婆给操心上劲，早找好早了事，有婆家和女婿管着，咱们也就省心了。”庞永荣同意春花的意见，这也是他心中的想法。

八、仙人居的刘掌柜

庞永荣是个勤快的庄稼汉，为了挣钱给秀文看病，他给自己找了一个活计，就是赶着自家的马车，到城里拉脚搞运输。在赶马车的伙伴中，他是少见的一个家里有房有地，赶自己马车的人。每次赶车回来，别的伙计都是赶紧往家跑，阔别了十天半个月，急着与家人团聚。而他却不一样，先在县城的馆子里喝两盅，换上一身光鲜的衣服，再到街市上转一转，给家人买一些东西，然后精精神神风风光光地回村。看到村人羡慕的眼光，他觉得自己有了成就感，他感到自豪和满足。

他下榻在北大街的骡马大店。别人都是住大屋子的通铺，他却要了个小屋，自己一个人住。他喜欢清静，不喜欢大屋里的混杂，更不喜欢酗酒赌钱玩女人。他不愿意把自己辛辛苦苦赚来的钱，花得不清不白糊糊涂涂，他有自己的想法，就是攒钱把秀文的病看好，要秀文顶门立户传宗接代。如果秀文能干，然后再置些地，使家业在自己和儿子手里壮大，他要的是光宗耀祖。

庞永荣经常吃饭的馆子就在北大街。北大街有个饭店名曰“仙人居”。开饭店的掌柜是翼城人，姓刘名兴旺。此人中等个儿，红脸盘，胖瘦适中，精干利落。他开的饭店主要是川菜，麻辣香郁，很招食客。店里有自己腌制的酱肉，很特别，十里闻香，据说是刘掌柜的祖传秘方制作，在塬县县城，也是蝎子尾巴独一份。这里腌制的酱肉以牛肉为主，配以猪蹄和鸡爪，别的不做。每天来这里买酱肉的人很多。此外这里的酒也好，清一色的上好汾酒，别的酒不卖。上酒的时候，店小二会用酒提把酒从酒坛子里提出，每提二两，根据客人的需求提出，放到一个用锡制作的酒壶里。这个盛了酒的锡酒壶就会放到一个热水锅里，热水漫到锡酒壶的一多半，等酒温热到三十摄氏度到四十摄氏度，拿出来给客人用。这在仙人居叫烫酒。虽然麻烦点，但很有特色，汾酒热喝口感好，不伤胃不上头，本来有二两的酒量，这热着一喝呀，四两半斤都不会醉。这一点就可以看出刘掌柜做生意的精明。

仙人居门脸不是太大，两层小楼的临街房。楼下是个大厅，能放下十张桌子，一般都是散客在这用餐。二楼有六个雅间，比较清静，有专门的小二伺候。在这里用餐的都是街面上的绅士和商贾，还有就是政界的达官和贵人。

刘掌柜是个豪放之人。善结天下义士，常常以《水浒传》里的宋江自比。家里食客酒客不断，在塬县县城无人不晓无人不知。

庞永荣是仙人居的常客，他来这里吃饭不是刘掌柜请来的客，他主要是看上了这里干净。他要的饭菜很简单，一般是一荤一素二两酒，一碗面或两个饼子。他吃饭的时候喜欢在临街的窗户下面，一面吃一面看外面的街市。时间长了，店小二都知道他的喜好，看座点菜八九不离十，他也不说啥，省去了许多麻烦。只是他吃饭很节省，太贵的菜他是不要的，所谓素基本都是炒豆芽、炒土豆丝或豆角茄子白菜之类，要的是量大。所谓荤只不过是切上半斤牛肉，或者两个猪蹄，三两鸡爪什么的，要的是这么个味。酒是少不了的，摆在桌上，时不时地抿上两口，要的是这么个气质。他是爱面子的，他是庞家窑的大户人家，饭要吃得好，钱是不能多花的，他要攒钱，他要给秀文看病，还要重振家业，没有钱什么事也办不成。

起初，刘掌柜并没有发现什么，时间一长，刘掌柜觉得庞永荣是有点与众不同。他喝酒从不酗酒，他吃饭从不铺张，面对嘈杂的街市，他神定气闲，泰然处之。为此，他有意想结识他做朋友。

这年夏天，山洪暴发，冲毁了出山的路，运输货物的骡马大车都在驿站歇着。多天的连阴雨还在淅淅沥沥下着，县城笼罩在一片烟雨中，东边的中条山被雨雾罩得严严实实。骡马大店就在北门的跟前，坐在屋里就可以看到城门楼子，城门楼子在雨雾中巍峨耸立，朦胧中有着苍劲。天下着雨，空气湿漉漉的，很憋闷，庞永荣在客栈待不住，就来到仙人居，坐在窗前，抽着烟，看着雨中的街市发呆。

街市上虽然没有以往热闹，但还是熙熙攘攘，黄的黑的泥巴沾满行人的脚，来来往往的人把街道踩得坑坑洼洼，雨水就在这些坑坑洼洼中积聚，然后向底处流去，汇聚到街中的车辙中。偶尔有一辆有着棚子挂着彩帘的轿车在雨中驶过，剽悍的骡马在飞扬的鞭子下，乖巧着小跑，洒下一路脆脆的铃声……

“打扰了，先生，怎么一个人喝酒？”不知何时，刘掌柜来到庞永荣的面前。因为下雨，食客没有几个，唯独庞永荣每天饭时准来，一坐半天。刘掌柜早就想结识他，这正是个机会，于是他就来到他面前，双手抱拳在胸前拱了两拱。

“哎哟！刘掌柜。”庞永荣赶忙起身，抱拳还礼。刘掌柜他是认识的，只是没有交往。今天突然主动打招呼，他感到有点吃惊。

“先生经常光顾小店，是看得起我，我还要谢谢你呢！”刘掌柜话很客气。

“刘掌柜会说话，听着叫人舒服，你请坐。”庞永荣也客气地恭维他并摆手让座。

“好的好的……”刘掌柜按照庞永荣的指派坐到他的对面，“看来咱们有缘，一开口就很对脾气，这老天爷下雨呀下的停不住了，难得这么清静，要不，咱哥俩好好喝两杯！”刘掌柜提出了邀请。

“好啊！这人不留客天留客，这雨是下个不停了，走是走不了了，索性就喝两杯！权当是消磨时间。”庞永荣看刘掌柜是真情实意，不好驳人家的面子，反客为主接受了邀请。

“那好！咱们就一醉方休喝个痛快！”刘掌柜说完喊道，“小二，上菜！”

眨眼间，菜就齐了，四凉四热八个菜两个汤。四个凉菜是：酱牛肉、酱鸡爪、凉拌莲菜、油炸花生米。四个热菜是：水煮肉、蘑菇炖小鸡、红焖羊肉、红烧狗肉。两个汤是：酸辣肚丝汤、牛肉萝卜汤。看着满桌的菜肴，庞永荣有些受宠若惊，他感到了刘掌柜的豪放，同时也明显感到奢侈，两个人能吃的了吗？于是他连忙说：“太多啦，太多啦，撤！撤下去几个，两个人喝酒，哪用得着这么多菜！”

“先生，这你就别管了，请！”刘掌柜倒了三杯酒，拿起一杯双手递了过去说，“按照咱们这儿的风俗，我得尽地主之谊先敬你三杯！”

“那可不行，你是主我是客，我得先敬刘掌柜，还是你先请。”庞永荣很有礼貌地推让。

“这样吧，咱们共同举杯，连碰连饮三杯，意为三星高照，取个吉祥怎么样？”刘掌柜建议。

“这样好！我同意！”庞永荣感到刘掌柜也很懂礼数。

三杯酒过后，两人都感到心窝里热乎乎的，就像是他乡遇故人，久别遇老友，心里高兴好像有许多话要讲。

“先生，我们不要喝闷葫芦酒了，请问你的尊姓大名？”刘掌柜说。

“哈哈哈……你叫我先生，羞煞我呢？我哪是先生！你叫我老乡就高抬我了。”庞永荣说。

“不叫先生叫什么？我看你就有点与众不同。说是庄稼人吧，有点脱俗。说是商人吧，有点不到位。你比庄稼人有脑子，活泛！你比商人忠厚，不奸！你到底是什么人，连我都弄不明白了。”刘掌柜的话说得好听，他在分析庞永荣。

“把我说得像一朵花，雾里云里的，我可受不了。我是城北庞家窑的，一个地地道道的庄稼汉！”庞永荣不愿意叫他胡猜，直截了当说出了自己的根底。

“哪里？城北庞家窑？”刘掌柜有些惊讶。因为他知道城北庞家窑出了个大好人，名叫庞瑞珩。这个人仗义行善，专做好事，大家传颂他才是塬县的及时雨宋江。刘掌柜就常常拿他做榜样。所以提起庞家窑他是敏感的：“你可知道庞瑞珩！这位前辈名声大着呢。就连大邑新田都传说着他的故事，很多很多人都很敬佩他。”

“知道知道，太知道啦……”庞永荣觉得没有什么可宣扬的，就停住了话头。

“快说说，庞老前辈的故事肯定不少吧！你们同村，肯定知道，说说吧，我这里洗耳恭听。”刘掌柜觉得今天特别值，碰上了自己崇拜的人的同村人，他想知道更多庞瑞珩的事情。

“其实也没啥……”庞永荣觉得不该瞒他，他是个直率人，心里没有那些个弯弯道道，人家喜欢父亲是好事呀，于是说道：“他是我父亲！不过老父已过世了，我是长子庞永荣。”庞永荣实话实说。他觉得刘掌柜也是个实诚人，应该让他知道实情。

“哎哟！我说呢？名人之后就是不一样嘛！”刘掌柜感叹着站起来，握着庞永荣的手不放，“我的眼睛没有看错，你确实和别人不一样，谨言慎行，彬彬有礼，是大家庭出来的人！遇到你真是三生有幸……”说完拿起酒壶又给庞永荣斟酒。

两人互让着又喝了几杯。并且互相通报了生辰贵庚。庞永荣三十七岁，小刘掌柜四岁，自然称刘掌柜为刘大哥，刘掌柜也就称他为庞老弟。两人聊得投机，话也越说越多，不知不觉就到了下午，酒也喝了二斤多，这时刘掌柜突然问：“庞老弟，你是不是有个女儿叫秀秀？”

“是呀，我有个女儿叫秀秀，你怎么知道？”庞永荣感到有点奇怪。

“我不仅知道你女儿，还知道她的一些闲话呢。”刘掌柜话中有话。

“这……这……”庞永荣急了，话也结巴了，他怎么也不会料到闲话传到了城里。

“哎哟，老弟……我这张嘴……我不该这么说。”刘掌柜也觉出了不对。

“没想到你也知道！真是好事不出门，坏事传千里呀！”庞永荣感到是在打自己的脸。

“其实也没啥。”刘掌柜觉得应该劝劝庞永荣，他点着一锅烟说，“你可知道有个二赖子？”

“知道，就是他造的谣！”庞永荣提起这个人就来气。

“对！就是他！”刘掌柜顿了下说，“我说了你可不要生气，他是我的内弟。”

“他是你内弟？你是他姐夫？”庞永荣真的有点转不过弯了，“他怎么到了我们村？还造我闺女的谣？”

“别着急，来，喝茶喝茶。”刘掌柜已叫小二撤去了桌上的残羹剩菜，上了湖南君山的上等毛尖，浓郁的茶香老远就能闻到，“先喝口茶，稳稳神，听我慢慢讲。”

刘掌柜有个内弟叫杨二来，是仙人居饭馆里的账房先生。杨二来刚来时也真不赖，每天的流水记得一清二楚。后来经不住街面上花花世界的引诱，慢慢地学会了赌，学会了抽，更为严重的是经常偷偷摸摸地去逛窑子。这下可收不住了，钱是越花越多，不够怎么办？就在柜上拿。没有多久，刘掌柜就发现了，可是已经不可救药，吃赌嫖抽偷这“五毒”他全占了。为了生意不受损失，他决定把这个不争气的小舅子打发回家。可是妻子看在一母同胞的分上，恳求饶过他这一回。杨二来也鼻子一把泪一把，要求姐夫给他痛改前非的机会。在这两个人的软硬磨缠下，刘掌柜考虑到他还年轻，又是初犯，决定不让他回家，但也不能再在店里干下去了。考虑到杨二来懂得饭店这一行，刘掌柜就给了他一些钱，安排他在城北的郭家庄开个川味馆，养家糊口富富有余，如果经营得好，发笔小财也不在话下。另外更重要的是要叫他知道挣钱的艰难，自己的家业自己管，也是让他知道知道创业难守业更难，不再挥霍浪费，做一个自食其力的正常人。为什么安排在郭家庄？是因为这里是离县城最近的一个集镇，没有太难走的山路，有个什么事照应着方便。杨二来刚开始还可以，凭着脑瓜灵活，小饭店经营得红红火火。刘掌柜两口子也就放心了。可是没有多久，杨二来旧病复发，因为是自己开饭馆，管账又管钱，用着更方便。赌钱抽大烟玩女人，一发不可收拾。没有多时，连饭馆都给赌输了，沦落为街头的流浪汉。于是就这里偷点那里要点苟且活着。又因为经常逛窑子，所以非常好色，偷看女人上茅房，编排淫秽故事，满嘴的秽言污语，整天和一帮流氓地痞混在一起，时间一长大家也不再叫他杨二来，改口叫二赖子。那一天，这二赖子去庞家窑，因喝了酒头晕，就在沟里路边的破窑里睡觉，没想到看到了秀秀和强强在一起唱《憨憨女婿》，在一起撸槐花。本来就对秀秀垂涎三尺，怎奈自己是个地痞混混，好过了眼睛难过了心。无奈之下，吃不到葡萄就说葡萄酸，于是添油加醋编排成故事在一群地痞无赖中传说。这一下不得了啦，谣言像长了翅膀一样，越传越邪，闹得沸沸扬扬。后来强强找二赖子算账，二赖子害怕了，就溜到城里来，找刘掌柜这个姐夫来想办法。刘掌柜是个细心人，仔细询问了事情的前因后果，才知道二赖子口无遮拦胡说八道惹下了大麻烦。

“拐了这么大个弯，是非曲直你总算说清了。我说呢？你请我喝酒吃肉，你是她姐夫呀！是不是要替他求情，告诉你，我们老庞家是不会放过他的！”庞永荣很生气。

“误会了，还是误会了。”刘掌柜不慌不忙地说，“知道二赖子惹了祸，而且伤害的是我敬仰的前辈庞瑞珩的孙女，我就觉得内疚惭愧，总想找机会到庞家窑去一趟，当面赔个不是，还秀秀一个清白。没想到事情就这么巧，在自己的饭店里，喝酒喝得找到了我要找的人，你说这天地是大还是小……”刘掌柜为巧遇庞永荣高兴。

“这……”庞永荣不知如何说。

“关于二赖子对老庞家和秀秀的伤害，在这里我给你赔不是了。”刘掌柜说完两手一拱：“看在我的面上，请你们大人大量，不要和他一个地痞混混一般见识，这个不识好歹的家伙，狗肉上不了桌，我不替他求情，他已经被我处置了，你们不要再生气了。”

“能不生气吗？搁谁身上都生气，秀秀还是黄花闺女，哪里受得了这样的闲话！这叫她咋活？”庞永荣心里有气嘴上不留情，可是看着刘掌柜真情实意的样子就说：“冲你说的这几句话，听着也在理。算了算了，不提了。”庞永荣觉得还是没有弄明白问道：“二赖子呢？”

“朽木不可雕也，这个人是没有救了。为了不再惹是生非，不再给我找麻烦，我把他送回翼城山里的老家了，离开这喧嚣的闹市，离开这灯红酒绿的花花世界，过平平淡淡的山野村民生活，对他下半辈子有好处。”

“好啦好啦，这事到此打住！人走事完，以后都不要提他！”庞永荣是明白人不愿意再有事。

“不管怎么说，今天的酒没有白喝，一是认识了老弟，果然是个豪放实在的汉子。二是无意中了却了心中的一件憾事，替我那不争气的小舅子赔了不是。可是老弟呀，我有一事就不明白了，像你这样的家庭，怎么到城里赶马车当脚夫呢？”刘掌柜喝了半天酒，才回到他观察庞永荣多天，需要解开的谜结？这才是他请庞永荣喝酒的真正原因。

“唉，说起来别人不会相信，我是为了筹钱给儿子看病……”庞永荣欲言又止，他不想吐露自己家中困境。

“说出来看看，也许我能帮上你的忙，我在城里开饭店，路子还是有的。就是帮不上忙，也能宽宽你的心。”刘掌柜看出庞永荣心中有事，好奇心也罢，真心帮也罢，反正他想知道。

“其实也没啥。”庞永荣想了想，有个知情人或许也真能帮上忙，就是帮不上忙，自己也少不了什么，抒发抒发心中的郁闷，心情也会好一些。想到这儿，他便把心中的话儿全倒了出来：“我这个人晚来得子，二十九岁那年，老天爷才送来个宝贝儿子。我们是捧在手里怕掉了，含在嘴里怕化了！可谁能想到，他却得了个看不好的糟蹋钱的缠磨人的羊羔风！药吃了不知多少，钱花了不知多少。五年下来，地荒了，家里的积蓄也空了。我这也是没有办法的办法，反正自己家有骡马有大车，自己身板还行有把力气，就既做东家又当伙计，为的是多挣两个钱。”

“也真难为你了，就你这样挣法，三个核桃两个枣的，还不把人累死！”刘掌柜没有想到庞永荣也有窘迫难处。一分钱难倒英雄汉，没有几分的奈何，他能这样屈就于脚夫苦力中吗？同时，他也对庞永荣有了几分敬畏，敬的是他的厚道正直，大户人家的大少爷，以劳动索取报酬，可佩可敬！畏的是世事炎凉，成败乃眨眼之间，荣华富贵如过眼烟云，谁也不能永远拥有，谁也不知明天会咋样。

“我也这么想过，真是没有办法的办法，能挣点总比不挣强点。如果……”庞永荣欲言有止，他想说出给秀秀找个有钱婆家的想法，又怕刘掌柜瞧不起，说他拿女儿做交易。

刘掌柜不这么想，他是商人，商人自有商人道道。他猜想到庞永荣要说什么，嫁女儿收彩礼是大多数庄户人家解决家庭困难的办法。庞永荣的女儿老大不小的啦，他也得走这条道。想到这里他问道：“秀秀多大啦？许没许配人家？”

“今年十七岁，还没有许配人家。”庞永荣答道。

“那你为什么不给她找个婆家，就凭着秀秀的模样能耐，找个上好的有钱人家，这彩礼呀聘金呀，就够你花的啦，给小子看病还愁啥？还用得着你做苦力脚夫？你这个人呀，我得说你两句，在这个事上你不明白！”

刘掌柜的话一下子说到庞永荣的心里，他就是这个想法，只是无法给别人说，既然刘掌柜话已挑明，也没有什么遮遮掩掩的了，何不顺水推舟，给刘掌柜个面子，还成全了自己的想法。于是他说：“刘大哥人缘好见识广路子宽，就请大哥费力操心张罗张罗，给小女在城里找个上好的有钱人家。”

“好！好！既然老弟看得起大哥，我就尽力而为，秀秀也是我的侄女嘛。”刘掌柜痛快地答应了。

“遇到你就是我的福气，我这命里该有贵人相助！你就是大贵人，我这里先谢了。”说着话庞永荣双手合拳在胸前拱了两拱。

这个雨天，庞永荣感到了愉快，是真的很愉快！同样，刘掌柜也感到了愉快，也是真的很愉快！他们都了却了心中的一个结，结交了一位他们认为能够交心的朋友。还真应了一句老话：有缘千里来相会，无缘咫尺是路人。

庞永荣从仙人居回来，心气儿一下子高了不少，瞅啥啥顺，看啥啥好。他觉得刘掌柜不愧是街面上混的人，他怎么就知道自己心里是怎么想的呢？他自我感觉刘掌柜这个人了不得，是个八面玲珑精于心计的人，他觉得自己真是遇到了贵人，秀秀的事托付给他自己是放心的。

通往山外的路还不能走。庞永荣决定先回家住一段时间，料理料理家里的事，也好把和刘掌柜说的事，给春花说说，让她也高兴高兴。

庞永荣回到了家，笑呵呵地把在仙人居与刘掌柜喝酒的事，刘掌柜因二赖子造谣传闲话向他赔不是的事，以及刘掌柜答应给秀秀在城里找一个上好的有钱人家的事，全部细细地叙述了一遍。他想春花听了一定高兴。

“就像说书哩，能靠实吗？”春花觉得玄乎，一点也不热乎。

“咋靠不实，大老爷们说话板上钉钉。”庞永荣觉得春花在泼凉水。

“我咋听着像是酒话呢？”春花心里还是不踏实。

“酒话也是话，七尺的汉子敢糊弄人？”庞永荣打的铁硬。

“那你说，上好的有钱人家是哪家？”春花紧追不放，“这骗子脸上还写字啦。”

“看你说的，这满街的人都是骗子啦？再说刚托付人家，哪有那么快的，这又不是在街上买菜，看好了讲好价过秤交钱拿菜走人那么简单。”

“咱们可说好了，不能委屈了秀秀，家庭要有钱，后生要有才有德有貌，四有！记住啊！要配上秀秀。”春花不放心叮咛道。

“四有四有……那么啰唆！主要还是要有钱，有钱能使鬼推磨，只要有了钱，秀文能看好病，秀秀能过上好日子，我也不用风餐露宿和那些苦力脚夫搅在一起。”庞永荣坚持自己的观点。

“这话不假！我也愿意你在家，你整天在外吃苦受累我也心疼，可家里也不好过呀！这吃水都是问题，以前是他三叔挑。后来金叶知道了，就叫他弟弟金海挑，忙不过来时强强也给挑水。你说咱们这日子过的……咋还不如那些外来户呢？”春花诉苦。

“每天一担，不能再麻烦人家啦。”庞永荣算了算说，“以后出门我把水给挑满。两大缸能用半个月。”他叹了一口气说：“咱家啥都可以缺，就是不能缺人！没有男娃这吃水都是问题，所以给秀文看病，一刻也不能耽搁！”

“其实秀秀也挺能干的，没有秀秀这个家也不行。”春花说。

“秀秀再能干，秀秀还是女娃。女娃能挑动水吗？女娃不是顶梁柱，女娃早晚要嫁人。我们以后还得靠秀文，秀文才是我们家的顶梁柱。所以给秀文看病是头等大事。”庞永荣说。

“但愿能给秀秀找一个上好的有钱的婆家。”春花嘴上说怕被人骗，其实在心里还是希望在刘掌柜身上，她是托了乔村的媒婆，婆家倒是提了不少，可是提的都不太理想，不是家境不好就是小伙子不行，能在城里给秀秀找一个上好的有钱人家，是再好不过的事了。

“但愿心想事成！”庞永荣说。他不希望秀秀的婚事出现波折，他是庄稼人，遇事顺顺当当是他的期求，他盼望的是秀文早早看好病，秀秀嫁个好男人，全家人衣食不愁和和睦睦平平安安过一辈子。

九、村长刘大牛

村长刘大牛三十有一，他是一个中等个子强壮的山东人，若论辈分他与庞永荣同辈。

这个外来徙族的汉子最近很苦恼，他的苦恼与村里最近发生的事分不开。他感恩的老庞家的秀秀被人编造了闲话，这使他很自责。他觉得是他的愚笨，没能及时制止闲话，才使得闲话疯传。

刘大牛后悔，他觉得是他的宽容，才使得二赖子这样的流氓混混待在村里。二赖子偷鸡摸狗好赌说谎他是知道的，二赖子偷看女人上茅房作践妇女他也知道，对于这样的人，就应该不留情面狠狠整治。但是他没有这样做，他没有做的理由就是看他穿着破烂无家可归，可怜他才动了恻隐之心。他很后悔，后悔为什么没有把他驱逐出村，后悔这就是养狼为患。想想庞瑞珩在位的时候，村里就没有这些乱七八糟的事，没有这些不正经的人。虽然收成不好，大家不富裕，但是村民很抱团，一些流氓混混是不敢到庞家窑的。

刘大牛内疚。他觉得自己当了两年村长就是白当，不仅没有保护住村子，还容留流氓混混，搅得村里鸡飞狗跳不安宁不说，还出了二赖子胡乱编造谎言闲话，恶意中伤秀秀这档子事。想到这里，他就感到对不起全体村民，更是对不起老庞家，对不起老村长庞瑞珩对自己一家的救命之恩。

话说起来就有些远了，还得从三十年前刘大牛父母来塬县说起。

那一年夏秋之交，山东一带闹蝗灾，铺天盖地的蝗虫把庄稼吃得一干二净，没了收成人们拖儿带女外出逃荒。刘大牛的父母经过千辛万苦来到了山西的塬县。举目无亲他们只好在塬县东城门外的一座山神庙里栖身。

塬县东城门外大路北边的黄土岭上有一座山神庙。因为从这里到中条山腹地的土罡县，七十多里的山路都蜿蜒在深山老林里。道路险峻天灾人祸不断，为了出行平安，人们就想到了山神，所以人们出山进山，都要在这里烧香上供，祈求山神保佑平安。

东城门外的山神庙坐北朝南，庙前有一条小路通向山下。庙很破旧，殿里有一尊山神泥塑，泥塑斑斑驳驳已没了原来的色彩。庙门前长满了荒草，满是鸟屎，供桌上还有残留的香烛供品。破旧的山神庙就像一位染病的老人蜷伏在山包包上。

按照当地人的风俗，从中条山过来的人都要到山神庙祭拜，感谢山神的一路保佑。山神庙虽然破败，当地的老乡平安出行回来后，还是要来祭拜的。刘大牛父母也就入乡随俗跟着乡亲们到山神庙拜神。也许是食不果腹太久了，也许是长途跋涉太累了，当他们夫妻给山神跪拜着磕过头后，刘大牛的母亲突然晕倒了。刘大牛的父亲知道妻子是饿晕的，便从供桌上拿了两个裂口长毛的干馍馍，掰碎后用水泡软了喂妻子。半夜里刘大牛的母亲缓过来了，两口子觉得是山神救了他们，就跪在泥塑的神像前三叩九拜，感谢山神爷的救命之恩。

第二天一早，刘大牛的父亲围着山神庙转了几圈，回来后对妻子说："就在这里住下吧，我看了一下，这庙修修还能住人。庙后边的山坡坡上地不错，山坡下边的山沟里有一个能湮出水的小坑坑，我尝了一下，小坑坑的水是甜的能吃。"

听丈夫这么一说，刘大牛的母亲就跟着丈夫也到山神庙的周围看了看。

庙后山坡坡上黄土很厚，适合种庄稼。刘大牛的母亲高兴地说："这里的地就是好，就看着这地我也不想走了。"

"是呀是呀！多好的地呀！"刘大牛的父亲抓了一把土在手里捏了捏："多肥的土啊，能不长庄稼吗？"

他们下到沟里尝过那坑里的水后，刘大牛的母亲说："这里有水有地，能留住人。"她同意了丈夫的决定。

刘大牛父母是庄稼人，早就听说山西晋南四季分明土地肥沃。这个天灾极少的吉祥地，是冀鲁豫灾民向往的地方。这里是黄土高原，东有中条西有吕梁中间有汾河，青山绿水花果飘香。刘大牛的父母经过长途跋涉终于踏上了向往已久的黄土地，所以他们不愿意走了。

刘大牛的父亲是木匠会泥瓦活，他修理了门窗屋顶，一个避风遮雨的地方有了，他们和山神住在了一起。并用篱笆在山神庙周围扎了个小院。他们在庙后开垦出二亩多坡地，在一场透雨后，播下了谷子点上了玉茭，他们期望秋后能有个好收成，然后再种上麦子，来年好有白馍馍。

一天下午，小两口吃完饭后坐在山神庙的门前。这里能看清余晖下的塬县县城。东城门巍峨耸立，红砖绿瓦熠熠生辉。蜿蜒的城墙护卫着县城无数的民宅官邸，炊烟缓缓升起，在县城的上空形成了薄雾，薄雾在夕阳的照射下一片辉煌。刘大牛的父亲感慨地对刘大牛的母亲说："玉娥呀！你看看，这儿风景多美！"刘大牛的母亲点点头回答道："是呀！柱子，我们总算是找到了一个好地方。"

"来来来，我们再拜拜山神爷。"柱子拉着玉娥来到殿堂，他注视着色彩不艳但干净整洁的山神爷的塑像一本正经地说："山神爷呀，山神爷！在我们走投无路的时候你收留了我们，我们就住在这里了，希望你保佑我们，来年收成好了，我们给你做上好的供品，再给你塑一金身！”说完就“咚咚咚”地磕了三个响头。

玉娥也不敢怠慢，俯身下跪，双手合十，嘴里念道：“山神爷呀，山神爷！保佑我们夫妻吧！我们千里迢迢从山东来到山西，吃尽千辛万苦总算有个落脚之地，山神爷呀，求你护佑我们平平安安！”说完也“咚咚咚”地磕了三个响头。

柱子是个标准的山东大汉，身高膀大腰圆，光头圆脸大眼。玉娥身段窈窕五官端正，皮肤白皙头发乌黑，人就像她的名字一样漂亮可人。他们从小在一起长大，可谓青梅竹马。三年前他们成的亲，成亲后就遇到了灾年，他们两家一起外出逃荒要饭，不慎两家老人因吃野菜中了毒，腹大如鼓，脸色青紫，一日不到便撒手人寰。玉娥不忍心看着自己的父母暴尸荒野，就到当铺当了父母给自己陪嫁的一对玉镯，总算让两家老人入土为安。事后小两口一边走一边给人打短工，幸亏柱子会泥瓦匠和木匠手艺，幸亏他们年轻身子骨硬，他们没有倒在逃荒的路上，总算来到了他们向往的山西晋南。

给山神爷磕完头许完愿，小两口心里踏实了。在神像的一侧，地下铺有一片苇席，苇席上有两床薄被。柱子靠着被子对坐在身边的玉娥说：“等安稳了，咱们也该要个孩子啦！”

“这话有点早了，住在破庙里，还想要孩子！”黑暗中玉娥应道。

“唉！要不是这灾年逃难，我们的孩子也该两岁了……”柱子叹气。

“可怜我的孩子……”玉娥终于控制不住自己哭出声来。

“不说啦，别想啦，看你难受的……”柱子安慰玉娥。

“都是饿的呀，父母吃野菜，我也吃，父母中毒死了，我的孩子也流产了……”玉娥泣不成声。

“人饿急了什么不吃，有的地方吃一种观音土，吃多了拉不下来憋死的都有。多亏你吃得少，孩子流了怕啥？我们年轻还可以再要嘛！”柱子安慰她。

“越说越伤心，不说这些伤心事了，睡觉吧……”玉娥钻进了被窝。

“睡觉，明天还得把玉茭浇一浇，旱的叶子都打蔫了。”柱子也钻进了被窝。

“你说这塬县也是的，地确实是好地，就是缺水，这里要有一条河多好……”玉娥说。

“世上的事就没有十全十美的，咱那儿倒有一条大河，年年发水，日子也不好过呀！”柱子说。

“老天爷总要给人活路，好歹还有那个水坑坑，真是天无绝人之路！”玉娥说。

“明天我再仔细看看，说不定那个水坑坑下边有泉眼，挖一挖也许能挖出来呢！如果能挖出一眼泉，这可真成了风水宝地！”柱子说。

“美的你，这里的老乡说，是大山脚下青石里边洇出来的水，哪里有泉！”玉娥说。

“有没有试试看，这个无人管的地方咱们说了算。”柱子说着话就打起了鼾。

柱子和玉娥就这样在山神庙住下了。他们辛勤地耕种着山坡坡上的黄土地，闲时柱子会到城里干一些泥瓦木匠的手艺活，挣一些小钱购置一些生活必需品，两个人过着远离尘世与神为伴的清静生活。

但是，事情总是这么的不尽如人意，就在柱子和玉娥生活刚刚安顿，谷子玉茭就要成熟之际，一个厄运悄悄地向他们袭来……

塬县县城的东大街有一浑球外号吊死鬼。吊死鬼何许人也？没人能说清。只记得他来到塬县让人们记住他是因为一次打架。塬县虽然是山区小县，但各种势力在这里互相称霸不亚于山外大县。一些另立山头或者想在这里吃一碗饭的人，必须付出代价！吊死鬼不是本地人，他来到塬县也是谋取生活，可是他没有手艺也不愿意下死力气，做生意他没有本钱也不会管账，说白了他是一个游手好闲空手套白狼吃霸王餐的人。

这一天，在东大街他挨了一次揍，打他的是东大街的霸王黑球。黑球叫什么名字不重要了，此人生得一个黑，长得一个胖，圆头圆肚圆腿，圆眼睛圆鼻子圆嘴，好像一个滚动的煤球！东大街是他的地盘，从各个商贩收取保护费过逍遥日子。他容不得外来人争食。吊死鬼不知道这些事，他也在各个商贩那里强要强收保护费，说白了就是赖在人家门口胡搅蛮缠，商家为了不打搅生意，就给他俩钱了事。吊死鬼不这样认为，他以为商家怕他，就一而再再而三地去骚扰。时间长了商户们就去找黑球，说有人砸场子！黑球一听这还了得，立马找到了吊死鬼，三拳两脚就把吊死鬼打得鼻青脸肿！

人们会说，吊死鬼咋不经打呢？说起这吊死鬼你也许不知，这个人皮瘦肉薄，细胳膊细腿，两眼细小颧骨老高，细灰头发癞疤头，豁牙薄嘴八字眉，个子不高身子不重，与黑球在一起一个天上一个地上，他哪能挨得起黑球的拳头！

话又说回来，江湖上有江湖上的规矩，只要砸场子的人不认输，就要按江湖上的规矩办，塬县黑吃黑的规矩就是自残争盘子，也就是说看谁狠！这狠不是对别人而是对自己，只有对自己狠的人才能更狠地对别人，才能在地方上站住脚，才能称霸一方呼风唤雨！

吊死鬼没有认输，而且在大庭广众之下给黑球下了战书，约他在东门口摆擂台自残，谁赢了谁是东大街的霸主。黑球没有想到吊死鬼会来这么一手，众目睽睽下不应战反而下不了台，于是就接下了战书。

小城里有个啥事动静都很大！两个泼皮混混的打斗也引起了人们的好奇。按照约定中午十点，东城门口已经是人山人海，人群中间用白粉画了个圈圈，圈圈里站着打擂的黑球和吊死鬼。圈圈边还有一张八仙桌，八仙桌后边坐着三个人，这三个人都是塬县黑社会的老大，是黑球怕遭人暗算特意请来的，老大们带了些喽啰，这些喽啰一个个凶神恶煞吆三喝五地维持着秩序。

时辰到了，八仙桌上燃起了三炷香，按照抓阄排序黑球先来。只见黑球挽起袖子，把左手放到八仙桌上，右手挥起一把明晃晃的杀猪刀，高喊一声：“喳！”只见刀光一闪，“咯”的一声，一截圆鼓嘟嘟的小指留在八仙桌上。黑球握着流血的左手，瞪着圆眼看着吊死鬼。他以为这一招能逼住吊死鬼。吊死鬼小眼睛眨了一眨，心想这点雕虫小技还敢拿出来！来就来大的，一下逼死你！他也来到八仙桌，把那只像枯树枝的左手放到桌面上，然后对三个老大说：“老爷！小的来到塬县为的是讨一口饭吃，这次比擂还需老爷们主持公道，小的不求别的，只求老爷们在小的自残后给小的疗伤，小的感恩不及！”“嘿嘿！你小的倒知礼数，老爷们儿心里有数，比擂有比擂的规矩，不会亏待外乡人。”三个老大这样回答吊死鬼。“既然这样，小的动手了！”吊死鬼说完就举起了杀猪刀，只见刀光一闪，“啪”的一声，一只像枯树枝的人手掉在桌上，血洒了一地。

黑球看到这儿，心里咯噔了一下：“没看出来，这家伙比我还狠！再比下去的话不失去一条胳膊也得失去一条腿！他觉得得不偿失了，再说那样可咋活？”想到这儿，黑球心虚了。在老大的催促下，他挂了免战牌。这样吊死鬼用一只手的代价赢得了比擂的胜利。三个老大们没有食言给了他些钱叫他疗伤，并告诉他场面上的一些规矩，说白了就是每年要定时给他们进贡。吊死鬼当然不敢不答应，他还得靠人家给他撑腰呢，就这样吊死鬼成了东大街的霸主。

失去左手的吊死鬼外号和他的人一样，不仅面目可憎身材怪异而且心地阴暗行为污浊。此人是有名的色鬼，不仅仅是喜欢逛窑子喝花酒，就是街上流浪的傻女憨婆也经常被他糟蹋蹂躏，除此以外他还常常破门而入找那些男人不在家的良家妇女的麻烦，如果不从，他便会以各种借口到家里胡闹，搞的人家不得安生。因此许多妇女都认为这是个不能惹的主，忍气吞声由着他，暗地里却叫着苦。吊死鬼为啥敢这样胡来，这是因为自从那次断了手后，他就不打算多活！他断手就是自断后路，没了手活着有啥味？于是他就破罐子破摔，终身不娶。其实他那个鬼模样和一心只干坏事的德行，有哪个女子喜欢他呢？他也知道自己名声不好，得不到女人的爱就发泄对女人的不满，他的发泄手段很简单，就是糟蹋蹂躏女人。他的发泄手段很残忍，就凭他的身架体质和女人交媾常常力不从心，于是他就用断了的左手的胳膊肘去捅女人的阴部，常常把女人弄得阴部发炎流血拉尿不便生不如死！

这一天，吊死鬼在东城门口溜达，猛然间抬头看到山神庙里走出个女子。他觉得奇怪，这里好久没有人了怎么会有女人？于是便悄悄地跟了过去。

山神庙里走出的女子就是玉娥。暑天里她穿了一件红花花衫子。红花花衫衫在山上是那样的耀眼，耀眼的红花花衫衫引来了一头披着人皮的狼！今天柱子进城干活去了，山神庙里静悄悄的，午饭后玉娥觉得地里的谷子玉茭应该锄锄草了，就戴着草帽来到了地里。山神庙后那片坡地已经是一片青纱帐，谷子有尺把高，高过人的玉茭已经开始吐穗，露出红红的缨子。

玉娥在锄谷子，虽然山风徐徐，但毕竟是暑里天气，不一会儿玉娥便汗流浃背。她解开红花花衫衫的扣子，敞了敞怀，好让山风吹吹。玉娥身材高挑，皮肤白净丰盈，细腰厚臀两乳高耸，头发乌黑脸儿桃红，敞怀露胸手扶锄把的样子十分可爱。

山坡上没有人，玉娥有些放肆的行为只是为了凉快，她哪里知道，一双罪恶的眼睛正在暗处贪婪地盯着她。吊死鬼醉了，他没有想到自己今天有眼福，看到了这么一幅撩人心弦的美人图！他觉得机不可失，自己不仅有眼福还有艳福，荒山野岭没有人，正是自己下手的好机会！于是他从玉茭地里钻出来，悄悄地从玉娥的背后扑了过去……

玉娥听到动静，本能地转过身来，抡起锄头挡在身前，不由得“啊”的一声叫出声来：“你……你是人是鬼？你……你要干啥？”玉娥话语颤颤结结巴巴带着浓厚的山东味。

“美人，不要怕！我是人不是鬼。你看我会说话呢！”吊死鬼看着那锄头心里也憷，这锄头要打在身上不伤也残。可是玉娥的山东话更撩起了他的邪性，山东人，山东女人啥滋味？哈哈！真是天上掉下个美人，艳福不请自来呀！这荒山野岭天助我也，想到这里他淫笑着说：“美人，听话！天作屋地作床，荒郊野岭就咱俩。只要你从我，大爷不会亏待你……”吊死鬼淫笑着往玉娥跟前凑，他的那只没断的右手碰着了玉娥高高的胸：“嘿！这奶真大！”

“你是人？这山上没人呀，说！你是人还是鬼？”玉娥还是不相信，青纱帐里冷不丁地冒出了个人，而且面目狰狞是人非人是鬼却像鬼。她挡开吊死鬼的手，赶紧扣住扣子，听到后边的话，她紧张地抽了口冷气，青天白日要侮辱女人这是个厉害的主，为了不吃眼前亏，玉娥觉得现在自己只能装傻，稳住对方寻找退身之策。于是她说：“荒山野岭的哪来的人？你分明是鬼！”

“美人呀！别那么紧张。告诉你吧，我是人，是这地皮上的主子，这东大街是我的，这山神庙也是我的。不过你要是说我是鬼也可以，我是人间的鬼，大家都叫我吊死鬼！既然我是鬼，那就得按我的来，不然的话，叫你生不如死，活着受罪！”吊死鬼亮明了身份，本地女人听到这里大都会乖乖地就范。任凭吊死鬼猥亵折腾。

“你是吊死鬼？吊死鬼白天还敢出来？”玉娥不是本地人但她听出吊死鬼话里的话意。看来这个事得自己解决了，这个是鬼非鬼不是鬼却像鬼的人不会轻易放过她。现在她豁出去了，就当是大白天真的遇到鬼了，老人们说大白天遇到鬼就要下手死打，把他打死了更好，打不死打怕了也行，这样鬼就不敢来纠缠你了。想到这里，玉娥举起了锄头，厉声说：“大白天的我还怕你，吊死鬼去死吧！”说着抡起锄头劈头盖脸地砸了过去。

吊死鬼一看这架势，本能地想掏刀子，哪知玉娥不容他缓劲，锄头雨点般地砸来，吊死鬼被色掏空了的身子哪能经得住玉娥为保命而拼命地击打，锄头捶在地上发出噗噗的闷响，就像捶在他的心上让他胆战心惊。面对这有力的打击他那皮干肉瘦的身架没有能力招架，只有左右来回躲避，就这样几个回合之后，他也感到身架跟散了一样，没有办法只好东躲西藏地逃下了山。吃不到葡萄心里那个酸！没有挨上美人身心里那个痒！吊死鬼肚子里像打翻了五味瓶，不知道是个什么滋味。这家伙吃软食吃惯了，他还没有遇到过这么强硬的女子，没有占上便宜的吊死鬼不会善罢甘休，这家伙有的是坏主意。

晚上，柱子回来了。玉娥把白天的事说给了他。柱子一听就皱起了眉头说：“不好了，咱们碰到瘟神了……”

“瘟神？啥瘟神……”玉娥不解。

“你知道你碰到的是谁吗？他就是东大街的恶霸，外号吊死鬼。这个人心狠手辣，看来他是打上你的主意了……”柱子就把在城里干活听到的一些传说说给了玉娥。

玉娥一听心里也一惊，说：“我还认为是真碰上鬼了呢，你看看那长相，活人也能被吓死……你说，咱们该咋办呢？”

“看来这里是不能住了，咱们还得走，离开这个是非之地。”柱子说。

“可惜了那些庄稼，眼看着就有收成了，走了不就可惜了吗？”玉娥说。

“保命要紧呀！我不愿意看着你被吊死鬼欺负侮辱。”柱子说。

这一夜，小两口没了睡意，第二天一早，就在收拾铺盖准备离开之时，吊死鬼找上门来了，而且还带着一帮子舞刀弄棍的人。

原来，这吊死鬼一夜没有睡觉，他被玉娥的模样撩得神魂颠倒。他觉得白天没得到手晚上还是个机会，于是就在夜半三更时摸上了山神庙，他要看看这个俏娘儿们晚上和谁在一起，如果没有男人，他一定要把她搞到手。吊死鬼上山了，他看到了强壮的柱子，柱子的强壮抑制住了他的欲望。他不敢轻举妄动，就偷听他们的谈话，等得知他们要走时，他便下了山。他要阻止他们逃走，漂亮的小娘子他还没得手呢！就这样他连夜凑起了街面上的混混痞子土棍流氓，天一亮就来到了山神庙，把正要逃走的柱子玉娥堵了个正着。

清静的山神庙不清静了，吊死鬼把柱子五花大绑地捆了起来，罪名留宿山神庙，亵渎山神爷。一个汉子照着柱子的腿窝就是一棍子，柱子“扑通”一声跪倒在地。另一个汉子把浑身哆嗦的玉娥推搡过来，照样在腿窝处踢了一脚，玉娥也“扑通”一声跪倒在地。吊死鬼阴笑着走到他们面前，小眼一眨露出两股寒气，他嘿嘿地干笑了两声后说：“小子，哪里来的？竟敢住在山神庙！山神庙是你们住的吗？”

柱子知道这家伙是成心找碴儿，但有口难辩。按照往日的习惯，逃荒要饭的大都是住在破败的庙里寺里，所以他就没有多想，难道塬县破败的山神庙还有主？看着一群凶神恶煞的人围着自己，为了不吃眼前亏，他顺从地回答：“各位大爷，小的山东人，逃荒要饭到这里。看到山神庙能住人就拾掇拾掇住下了。小的初来贵地，不知地方规矩。小的哪里做错了还请各位大爷原谅！我这里给大家磕头了……”说完就头点地咚咚咚地磕了三个响头。柱子这样做有他的道理，强龙不压地头蛇，初来乍到还是以和为贵，和能生财也能消灾嘛！况且他还有一个俏媳妇跟着他，为了不让玉娥跟着遭殃，他愿意把一切承担下来。

“哈哈哈……”吊死鬼干笑了几声说，“你小子还算聪明，知道哪头大哪头小。告诉你吧，塬县这个地方一根草一把土都有主，世上哪有白吃的食！既然犯了规矩就要得到惩罚，先打三十棍杀威棒，叫你知道爷的厉害！”这吊死鬼真是个活阎王，他想起牢房里的规矩，凡是新来的犯人，狱官都要打杀威棒，主要是挫败新来的犯人的锐气。吊死鬼就照猫画虎地搬过来使用。

“得令！”几个狗屁精吆喝着把柱子的裤子扒下按倒在地，照着屁股一五一十打了下去。三十棍子打下去，屁股上血红一片。柱子是个硬汉子，硬挺着没有叫出声。柱子的强硬反而使得吊死鬼不舒服，他喜欢听到的是惨叫和哀求。

“妈的！你小子还挺硬！说！为啥住在这里？男女勾搭明目张胆地在山神爷的眼皮底下胡搞，你不是亵渎神灵是什么？”吊死鬼心术不正，他硬是往这方面扯。

“大爷！话不能这么说。我们是夫妻，咋是男女勾搭？再说我们把山神庙里里外外都打扫得干干净净，我们咋亵渎神灵了？我们来的时候这里是一座破庙，四壁透风屋顶漏雨门窗朽坏，是我们从山里伐来木头砍来荆条，把这里修缮了一番。我们住下了，每天我们都要把大殿打扫得干干净净，我们感谢山神爷收留了我们，我们怎敢亵渎山神爷呢?”柱子忍着疼痛据理而争，他不愿意吊死鬼这样胡说。

“小子！嘴巴还行，挺会说。”吊死鬼有他的想法，“我问你，你们是不是脱了衣服睡在了一块儿，这是山神庙不是你家炕头，想睡就睡！不是亵渎神灵是什么?”他要以这个罪名压住柱子。

“大爷！不能这么说吧，睡觉能不脱衣服吗？这……怎么能扯上亵渎神灵呢?”柱子还是据理而争。

“妈的！还敢顶嘴！带着婆姨住在山神庙就是亵渎神灵！我看你还是挨揍挨的少，兄弟们，给我照死里打!”吊死鬼的下马威没有得逞，心里一急，就吩咐同伙下手。他觉得只有征服了柱子，才能舒舒服服地去享受小美人。

“不准打他!”玉娥挺身而起，她护在柱子身边，杏眼冒火，环视着周围。

“哈哈！心疼啦!”吊死鬼盯着玉娥来回的看。因为遭人绑架，玉娥头发凌乱衣衫不整，上衣上的两个纽扣没有扣上，露出白白的脖子和贴身的红兜兜，红兜兜一颤一颤半遮着鼓嘟嘟的奶。玉娥是美丽的，这是那种不加任何修饰的美，与那些红楼上的烟花女子截然相反，冰清玉洁天仙一般。吊死鬼看呆了，那天中午在庙后地里，他只是草草地瞄了一眼，就那一眼他就放不下了，今天这个美人就在眼前，他是左看不够右看不够，恨不得立刻就和她云雨一番。想到这里他说：“其实也没有什么大不了的事，事在人为嘛！我说他是亵渎神灵就是亵渎神灵，我说他不是亵渎神灵就不是亵渎神灵。关键要看小美人你的啦，只要小美人听话，把大爷伺候得舒舒服服的，他就不再受皮肉之苦了，小美人，我的话听明白了吗?”

“你！无耻！禽兽不如的东西，不要伤害女人!”柱子明白吊死鬼的目的，急得大骂。

“无耻，老子就无耻了!”吊死鬼狠狠地踢了柱子一脚。然后说：“老子得了一种病，这种病只有你的女人能治，只要她给我治病，你就没事了。”

“说吧，你是什么病？我愿意为你治病，但是，你必须放了我男人，不再为难我们。”玉娥当真了，她没有往坏里想，还以为他真有病呢。

“那……那当然了……本人不打诳语，不打诳语!”吊死鬼装得一本正经。

“玉娥，你傻了！他是诚心害你呢！狗嘴里吐不出象牙，别信他的……”柱子喊得嗓子都哑了，无奈手脚被捆着，不然的话，他会打烂吊死鬼的头。

“说吧，我听着呢。”玉娥不愿意柱子再遭伤害，她没有理丈夫的劝告，还是自作主张。

“好！我说……你这女人不简单。”吊死鬼夸了玉娥一句慢慢说道：“听好了……我是浑身发软鸡巴硬，不知道得的什么病！小美人，你知道这是啥病吧？你也一定会治吧！”吊死鬼满嘴污言秽语，双手抱住玉娥就要猥亵一番。

“哈哈哈……”庙前一片淫荡之声，“浑身发软鸡巴硬，小娘子会治你的病……”

“啪！啪！”两声清脆耳光声镇住了淫荡之音，只见玉娥翻身压住吊死鬼，两手紧紧地掐住那个细细的脖颈，脖颈上青筋暴突，吊死鬼喘不上气，瘦脸青紫。

“快……快救老大……”慌乱中有人大喊，只见人影翻动，“嗵”的一声，一个板凳哐在玉娥的背上，玉娥两眼一黑歪倒在地晕了过去。

“妈的！劲还挺大，差点要了老子的命。”吊死鬼从地上爬起来说。

“老大，把这女人的衣服扒了，拉到东门口示众！”一个混混出主意。

“怎么，你小子不想睡她？”吊死鬼反问。

“嘿嘿……求之不得呢！”那个混混说。

“大伙儿愿意干吗？”吊死鬼揉着脖子问。

“愿意……”庙前又是一片淫荡声。

“好！今儿个咱们来个绝的，就在这山神庙，咱们一个一个来，明着睡她，咋样？”吊死鬼说。

“老大，真有你的……哈哈哈……明着睡……一个一个来！”这伙歹人为吊死鬼出的主意叫好。

“你……你们……不得好死！”柱子两眼暴突，牙咬得吱吱响，看着躺在身边的妻子就要遭到惨无人道的蹂躏，自己却无能为力，一阵急气攻心，口吐一口鲜血昏了过去。

就在这时，一个汉子高喊：“狗日的，谁敢动！青天白日，没有王法了！”喊声震天动地如雷贯耳，山神庙里外的人都被这喊声镇住了。这个汉子不是别人，就是庞家窑的庞瑞珩。

说来也巧，今天庞瑞珩起了个大早，他要进中条山办事。按照惯例，他每次进山都要到山神庙上香供拜。前段时间，他来烧香的时候，看到了一对山东来的年轻人在打扫山神庙，破败的山神庙虽然破败，但干净肃静。当时庞瑞珩就与他们交谈起来，对他们的来历略知一二。在东门口，他看到很多人在向山神庙张望，就打听怎么回事。有人告诉他，是东大街的霸主吊死鬼带着人到山神庙闹事去了。庞瑞珩心里不安，他不放心的是那对逃荒来的山东人，莫不是他们惹了地头蛇吊死鬼？莫不是他们遭到了不幸？庞瑞珩仔细地看了看，果然山神庙里人影不少，他断定。这里真的要发生什么事了！于是快步如飞来到了山神庙。正好看到吊死鬼和他的同伙要蹂躏玉娥，就不顾一切地闯进来制止。

“你……你是哪里来的，敢坏了我们的好事！”吊死鬼上前喝问。

“你个无赖瘪三，欺负女人还是好事！”庞瑞珩一摆手，把个吊死鬼拨翻在地。

“你是谁？报上姓名，老子不打无名之人。”吊死鬼制止住一拥而上的同伙，这些家伙举刀弄棍把庞瑞珩围在中间。

“就你们这伙人，还想打我？”庞瑞珩冷笑了一下说，“你大爷行不改姓坐不改名，我是庞家窑的庞瑞珩，怎么样，不信咱们就过过招！”

“庞家窑的庞瑞珩？我咋没听说过。”吊死鬼想了一下，“别他妈的在这里充老大，知道我是谁吗？当年打下这块地盘，我是付出了一只手的代价！小子，你来砸盘子，可别怪我不客气！”

“谁不知东大街的泼皮无赖吊死鬼！臭名远扬无恶不作！今天一见果然名不虚传，欺男霸女胡作非为，你就不怕天打雷轰死无葬身之地！”庞瑞珩义正严词地数说吊死鬼，他见不得这种恃强凌弱的行为。

“我这是替天行道，这一对狗男女在山神庙胡搞，是对神灵的亵渎！我管教管教他们有什么错？你不要狗撵耗子多管闲事，该干啥干啥去，别挡了哥们儿的好事！”吊死鬼强词夺理。

“真是胡说八道！山神庙破败了多少年你不知道吗？荒山破庙人家逃荒人拾掇拾掇住下了，犯了哪家的规矩？而且人家也没有在这里白住，山神庙给翻修了一新，哪个上香的人不说他们好，人家哪一点做错了？哪一点亵渎神灵了？”

“你……你……”吊死鬼被噎得无话可说，情急中他吼道：“兄弟们，打死这个多管闲事的人！”

“哗啦啦……”一阵响动，十几个人手持大刀长矛木棍把庞瑞珩围在院中，山神庙成了战场。

“来得正好！”只见庞瑞珩旋了一下身子突然跃起，紧接着冲天而下，只听得噼噼啪啪一阵乱响，大刀长矛木棍散落一地，十几个汉子歪七竖八地躺了一地，一个个哎哟哎哟哭爹喊娘。吊死鬼见势不妙正要逃跑，被庞瑞珩一把抓住扔到庙前。

“就这两下子，还敢在东大街称王称霸！”庞瑞珩鄙视地看着吊死鬼。

“老大老大……小的有眼无珠……有眼无珠。”吊死鬼是个见风使舵的人，他看出了庞瑞珩的厉害，趴在地上不住地磕头，为了不吃眼前亏，他赶着紧说好话讨饶了。

“吊死鬼！光天化日之下，聚众欺负外地的逃荒人，调戏侮辱人家婆姨，你就不怕王法吗？人在做，天在看，山神爷在看，你个下三烂！你这些恶行才是真正的亵渎神灵！别以为就没人敢管你了，是大家懒得和你费口舌。今天我就来管管你这个混蛋！”说完庞瑞珩抡起那簸箕般的大手，照着吊死鬼的脸啪啪地左右各扇了一耳光。

吊死鬼的脸本来就没有肉，哪经得起庞瑞珩的扇，两巴掌下去，脸上就泛起了红印印，接着那个鬼脸就肿了，鼻子也淌出了两行黑血，肉缝缝中那双小得可怜的鬼眼几乎看不见了。吊死鬼的头嗡嗡地在响，整个人几乎要晕过去。这个泼皮混混感到今天是真正遇到了高人，为了活命，他只有讨饶再讨饶，于是，他吐出口中的一颗被打掉的牙，战战兢兢地伏在地上说：“老大老大，小的不敢了……真的不敢了……”

“哼！一个怂人还想在塬县称王称霸，就不看看自己几斤几两。”庞瑞珩鄙视地看着吊死鬼说，“我问你，说的是真话还是假话，你要敢蒙我……”庞瑞珩握起拳头，拳头大似面盆硬似铁锤。铁锤点点吊死鬼伏在地上秃秃脑壳说：“我就砸碎它！”

“砸碎！砸碎！”吊死鬼语无伦次，只要能活他什么都答应，“老大，小的立马离开塬县，再不回来了，你老宽宏大量，别跟小的一般见识，小的立马就走……就走……”吊死鬼觉得遇到砸盘子抢地盘的强人了，按照以往的办法，只要认输让出地盘就没事了，所以他走了这步棋。

“听着！立马给我滚出塬县。从今以后，不准再祸害百姓。如果再做坏事，我就结果了你的狗命！”庞瑞珩觉得救人的目的已经达到，于是就放过了吊死鬼。

吊死鬼和他的一群地痞混混走了，庞瑞珩救了柱子和玉娥。柱子和玉娥磕头感谢庞瑞珩的救命之恩，双方互说了生辰八字，庞瑞珩大柱子三岁，柱子和玉娥就拜庞瑞珩为大哥。看着被吊死鬼弄得一塌糊涂的山神庙，柱子和玉娥为他们日后犯愁。庞瑞珩是个明白人，就问他们今后咋办？柱子说，吊死鬼走了，还想住在这里。庞瑞珩说，山神庙之所以破败，是因为这里太偏僻，你们小两口住在这里不保险。柱子说，这里不能住，我们就到别处去。庞瑞珩又问，你们打算到哪里去？柱子说，没有目的走哪算哪。庞瑞珩说，地面上不平静，匪患兵祸不断，再加上土棍泼皮混混，你到哪里也没法过安生日子。柱子说，那咋办？庞瑞珩说，到我们村吧，起码能安稳，只要你有力气，沟里有的是荒地，只要你肯下苦，不愁过不上好日子。

柱子和玉娥劫后余生，看到庞瑞珩确实是一位古道热肠的忠厚汉子，就跟着他来到了庞家窑。一年后也就是一九零三年，当庞瑞珩的第三个儿子降生后，柱子和玉娥的儿子刘大牛也降生了，以后玉娥再也没有生育。就在刘大牛十岁那年冬天，命运多舛的柱子和玉娥因患恶疾伤寒双双离世。父母去世以后，刘大牛基本上是在庞瑞珩的关照下长大的。刘大牛觉得庞瑞珩不是父亲胜似父亲。他知道自己的身世，知道山神庙发生的事情。刘大牛是个知恩图报的人。因为家贫，他没有念过私塾不识字，为了生活，他辛勤地耕种着沟里的几亩薄地，没事时他喜欢往庞瑞珩家里跑，一有时间就跟着庞瑞珩学武练把势。庞瑞珩也很喜爱这个懂事的孩子，时不时地在生活上接济他，经常把他带在身边教他习武练拳。就这样，刘大牛把自己看作了庞家的一部分，庞家的任何事情都是自己的事情，他为老庞家抛头颅洒热血在所不辞。

按说，庞瑞珩去世后，长子庞永荣理应接班，这在庞家窑这个以庞氏家族为主的山村无可非议，但是老庞家的孩子没有这个能耐，这也中了那句穷人的孩子早当家的老话，能说会道善良忠厚的刘大牛被大家推举出来。刘大牛当村长说是偶然也偶然，说不偶然也不偶然。偶然的是在庞家窑这是破天荒的第一次由外来徙族的人当村长。不偶然的是庞瑞珩的担心变成了现实，也是应了庞瑞珩的那句话：福不过三代！他的亲儿子们没有这个能耐，他的名义上不是义子的义子当了村长。外来人当村长这在庞家窑也是头一遭，不用说刘大牛会把这事看得很重。他当村长其实就跟庞家的儿子当村长一样，为庞家窑老少爷们儿办事就是替庞家办事，知恩图报是他的秉性，他要报恩庞家。

刘大牛土生土长在庞家窑，已经完完全全地融合在这片土地，如果不知道他的身世，单从口音上是分不出他是外来的徙族。刘大牛身体强壮，侠义豪爽，虽然没有念过私塾进过学堂，但是脑瓜子好使并且有过目不忘的记忆。农闲时节，他跟着大人去听说书，常常是蹲在炕角聚精会神地听，听过之后便能记个八九不离十，什么《三国演义》《水浒传》《封神榜》《西游记》等，他都能有板有眼地不走样不落段地给大家学着说。刘大牛不仅学说这些故事还常常以古时候的英雄好汉为榜样，时间久了，也就养成了仗义行侠打抱不平的性格，在村里老村长庞瑞珩就是他最崇拜的人。当然啦，他的言语行为也引起了庞家窑长辈们的重视，与老庞家同辈后生相比，刘大牛是庄稼好手也是武艺高手，他秉性敦厚纯朴善良又急公好义崇文尚礼，他是庞家窑的好后生，也是庞瑞珩最看好的年轻人。

刘大牛虽然生在长在庞家窑，但他毕竟是山东人的后代，血液里有着山东人的豪放和倔强。干什么都不怕苦有一股不服输的劲头。十岁那年，小孩们比试扳牛头。大牛二话没说上去就扳牛头。其实这是伙伴们的一句戏言，牛头哪是扳的？牛看到有人敢扳它的头，一拧脖把他摔出老远。大牛不服，起身又一把扳住牛的头，结果又一次被摔倒。这时牛的主人来了，就是给秀秀起名的教书先生。先生没有指责大牛扳他的牛头，而是笑嘻嘻地夸他有出息。大牛父母来了，以为孩子闯祸来给先生赔不是。先生笑而不语，沉思了一会儿说，你们不是说要给孩子起个名字吗？我看就叫大牛好了，这小子的犟劲比我的牛还大，敢扳牛头肯定出人头地。

当了村长的刘大牛没有尝过那种大权在握高高在上村人敬仰的日子，他的日子不好过，不好过不是村上的人不服他，而是他惹不起十里八庄那些土棍混混泼皮流氓。老村长庞瑞珩在世的时候，用武力征服了这些人，他们不敢到庞家窑撒泼发横、欺男霸女、恃强凌弱。庞瑞珩有他的长处，就是他是本地人坐地户，亲戚串亲戚，势大力壮一呼百应。再加上他善结天下好汉，腰包鼓家底厚，钱能花到位，事就能摆得平，自然各方面关系都能拉得上，各方面门路都能行得通。刘大牛就不一样了，他是个穷人村长，有的是力气和义气，缺的是钱财和路子。刚开始，还有庞瑞珩的面子撑着，各方面还走得通，时间一长，就不灵了。天下乌鸦一般黑。社会上哪有不吃腥的猫。要办事钱开路，不是事情办不成而是你的银元不到位！这可难为了刘大牛，生活困难的他没有多余的银元作应酬。而且他出身贫寒，出门连套像样的衣服都没有，一些场面上的事就无法应付，常常受到别人的奚落，自己受到奚落不要紧，重要的是庞家窑也因此受到鄙视。另外还有一层原因，这个原因非常重要，就是老庞家的嫡系亲戚看不起他，有事呼应不起，有难不愿同担，有好事却抢个不停。这样内外交困，时间一长刘大牛就有点受不了了，他真后悔当年应承了这个村长。就在他左右为难进不得退不得的时候，又发生了秀秀被人诬陷传出了闲话，这场风波闹得沸沸扬扬，也闹得他心里乱糟糟的，他觉得这副担子太重了，没有报了庞家的恩，反而惹出了意外，这意外出在庞家的大小姐身上，黄花姑娘背上了这样的黑锅，以后还怎么活人？思前想后他决心要扭转这种被动的局面，要重塑庞家窑的形象！那么怎样才能重塑庞家窑的形象呢？他想起了三个人，这三个人都不是庞姓人家的嫡系，而是与刘大牛一样的外来的徙族——庞家窑新一代后生张强强和马金海马金洋两兄弟。

十、龙亭结义

刘大牛要扭转庞家窑被动局面的决心没有错，但要同时起用三个外姓人，这在庞家窑这个以当地人庞氏家族为中心的小山村确实很难。刘大牛知道这个难题，他无法在祠堂对庞氏家族的长辈启齿，那样他会成为老庞家的众矢之的，他怕庞氏家族的人骂他忘恩负义。就在刘大牛犹豫不决的时候，村里又发生了一件事，而且这件事牵扯到了刘大牛，他不得不为之了。

庞家窑北面的大沟深邃而幽长，沟里边开垦的坡地分布在大沟的坎坎凹凹里，大小不一的坡地独立成块隐蔽在大沟的皱褶里，村民们干活基本上都是闻其声不见其人，吆喝在这里是联络的唯一办法。所以在这里可以时常听到那种拉着长调的喊人声，被喊的人也拉着长调回应，这时沟里就会响起一串串的回音，回音不绝于耳。村民们创新了这些喊法，加上了山东河南的地方口音，独特的喊声就像民歌一样婉转悠扬十分动听。

谷雨过后，村民们开始在沟里点玉茭种谷子。一大早，刘大牛一家就来到了自家的地里。这块地是在沟的坎坎上，三面是沟一面是崖。这块地有三分左右，因为向阳收成不错，是刘大牛家赖以生存的好地。昨天刚下过一场小雨，地潮潮的刚好点玉茭，所以全家都来了。

刘大牛一家四口。婆姨是沟里村一户王姓人家的闺女。王姓人家看上的是刘大牛的憨厚老实，也许都是山东老乡的缘故，在刘家拿出十斤白面的彩礼后，就把闺女许配给了刘大牛。王姓闺女名叫月月，嫁给刘大牛后，生了一女一男，女孩十四岁了，取名菊英，男孩十二岁，取名富贵。

在崖上有一条小路通向另外一户村民在凹凹里的地里。在那块凹凹地里，也有一户村民在种谷子。这是一对新婚不久的年轻夫妇，新娘子红红的头巾，红红的衣服，红红的鞋子，一身的通红格外醒目。这是一对还沉浸在幸福中的小两口。只见丈夫在前用镢头刨开一道沟壕，跟在后边的妻子就会把谷种撒在沟壕里，小两口子一边干活一边说话，时不时地小媳妇抿嘴一笑，小伙子便会撒欢似的猛干一通，然后扶着镢头伫在那里，目不转睛地看着新媳妇，等到新媳妇来到身边，他便会冷不丁地凑上去在新媳妇的脸蛋上亲一口。红衣媳妇不恼，只是扬起小手亲昵地在他肩上轻轻地捶一下，接着便是两人嘻嘻的笑声。

刘大牛是个强劳力，他在前边抡撅砍窝，月月和孩子在后边往窝里点玉茭，每窝三粒，然后用脚把边上的土填到窝里，再在窝上踩一下，一窝玉茭就种好了。月月往窝里丢玉米粒，两个孩子在后边填土踩窝，一会儿他们就种到了沟边，在这里能看到凹地里的小两口。

刘大牛对月月说：“这狗子真有福，娶了个俊俏懂事的媳妇，媳妇勤快男人不懒，还能没有好日子？”月月说：“新媳妇叫花花，红红的真像一朵花。花花也真懂事，嫁过来不到十天，就下地干活，知道疼男人的女人才是过日子的女人。”

“哎——”刘大牛对着凹地喊了起来，“狗子——，种完了吗——，别累坏了新媳妇——”

“刘叔——，还早呢——，你种完了吗——”狗子也喊了起来，同时向这边挥了挥手。

“新媳妇——新女婿——，两人搭伙耍把戏——”菊英大声地喊，尖尖的声音很好听。

“你疼我——我疼你——，黏黏糊糊不分离——”富贵也跟着喊，他和姐姐一唱一和喊的是当地小孩们逗新婚夫妇的儿歌。

“新媳妇——新女婿——，两人搭伙耍把戏——”菊英接着喊。

“一个炕——两人睡——，鼓捣出个小宝贝——”富贵也在喊。

“菊英富贵听我说——，你俩心意哥领了——，时候不早快干活——，干完回家吃馍馍——”狗子又向这边挥了挥手，红衣媳妇也向这边挥挥手。

“新媳妇——新女婿——，两人搭伙耍把戏——”菊英还在喊。

“种庄稼——纺线线——，日子过得比蜜甜——”富贵起劲地喊。

“菊英富贵听我说——，哥哥嫂嫂心里乐——，快快快快快长大——，找个伙计过家家——”狗子和红衣媳妇嘀咕了几句，两人一起向这边喊来，喊声中透露着幸福。

“哎——哎——”刘大牛和月月对视着笑了一下，然后又喊，“狗子狗子别喊啦——，抓紧时间干活吧——，晌午时候要干完——，一块回村别耽搁——。”

“刘叔刘婶放心吧——，这点活儿落不下——，上午一定种完它——，一块儿回村落不下——”狗子回应后就和红衣媳妇低头干了起来。

看着离开视线的狗子和花花，刘大牛也领着全家人继续种玉茭。晌午时分，他们的玉茭种完了。刘大牛看看天，太阳已在头顶。他来到沟边朝着凹地喊起来：“狗子——，时候不早了——，回家吃饭了——”按说，只要刘大牛一喊，对方就会立刻回应。因为这已是他们的习惯，上地下地都相跟着。就是谁家的活没干完，也好帮一把。

喊话在这里是一种联系，也是一种亲情，这里还有一层更重要的意思，沟里的地有的离村子很远，沟里野兽多，常有狐狼出没，还有蟒蛇毒蝎。沟深地偏不仅仅是野兽袭人，还时常闹土匪。世道不太平，这大沟就更不太平，经常有人在沟里抢劫，闹得人心惶惶。现在青纱帐没起来还好点，人们的视野开阔，到了八九月份，青纱没顶，一人到地，确实害怕。所以不是壮汉一般人都是结伴而来。刘大牛和狗子的地就很偏僻，他们两家就结伴来了，约好了一同来一同回。所以刘大牛种完玉茭就喊狗子，没有种完就帮他种，种完了就一道回家。

连着喊了几遍，狗子都没有回应，只有“哎——哎——”的回音在沟里飘荡，飘荡的回音使刘大牛的心陡然紧张起来：“莫非发生了什么不幸？”他看着月月，眼里满是疑惑。

月月从丈夫的眼里读出了什么，她本能地把两个孩子拢在怀里，声音颤颤地说：“难道……狗子他们出事了……”月月想到的是野兽伤人，她说：“要说这个季节，草掩不住脚，地里都是干活的人，野兽也不敢来呀？”

“哎呀！我大意了……”刘大牛顿然醒悟。他说：“不是野兽是匪祸。如果我没猜错的话，是狗子小两口被郭家庄的赌棍杜跛子给抢了……”接着他告诉了月月一件他认为不可能发生的但现在确实已经发生了的事。

两天前，刘大牛到郭家庄赶集，卖完红薯后已是下午。饿了一天的他在一个卖羊杂汤的摊前坐下，他要了个大碗，把自家的二面馍掰碎递给摊主，随口说道：“老板，多放点辣椒。”“好咧！”摊主接过碗，捏了把羊杂碎放到碗里，再用勺子把大锅里翻滚着的红辣油花的羊杂汤盛到碗里，反复地用热汤篦了盛盛了篦，两遍热汤篦过后馍馍就热了软了，这羊杂汤是用羊的骨头熬制的，骨头架子放在大锅里熬，骨头汤里边放有豆腐粉条白菜萝卜和羊血块，最后摊主会往碗里放一些葱花和香菜，筷子一搅，五颜六色香味扑鼻。刘大牛饭量大，一天了就靠这顿饭。三下五除二便剩下半碗，他不客气地续了两次汤，摊主不但不烦，而且有求必应。因为羊杂汤卖的就是汤，而庄稼人也是冲着喝汤而来的。刘大牛吃得浑身发热，头上冒汗，抽了一锅旱烟后扛着扁担逛街去了。卖了红薯有了钱，他要给孩子老婆买点东西。

就在刘大牛喝着羊杂汤吃着泡馍的时候，有一个人在一边盯上了他。这个人是郭家庄人，姓杜名璞，因走路一瘸一拐外号杜跛子。说起杜跛子郭家庄的人都知道，这个人原本有一个很好的家庭，不仅有着三十亩好地而且有着青砖大瓦房，家有骡马牲口大车雇有长工伙计。按说只要勤勤恳恳地伺候土地，春播夏种秋收冬藏，辛辛苦苦换来的日子平安滋润。但是杜璞不是吃苦安分的人，年轻的时候染上了鸦片，好在有父母管教和打理庄稼，这个家还没有毁了。父母去世后，没了约束的杜璞不仅越吸越厉害，而且染上了赌博，没几年就输了三十亩好地。没了地老婆就整天数落他不给他好脸，他一生气就出走到大田。在大田火车站，钱财拮据的他想知道自己的命运，就叫一个路边摆摊的算卦先生给他占卦。算卦先生让他写一个字，杜璞随手就写了一个自己的姓“杜”字。算卦先生看了后对他说：“木土杜，木土杜，木必须有土才能枝繁叶茂。……先生呀，你干别的不行，只有和土打交道才能够荣华富贵……”杜璞纳闷了：“和土打交道是何营生？”算卦先生说：“种地呀，地是刮金板，有地不愁钱！”杜璞明白了，自己就是没有地才穷的呀！没有地就没了收成，没了收成就没了来钱的路子，没了来钱的路子就整天受到老婆的气看老婆的脸！他惊讶了，离开家在这百里之外竟然叫算卦先生算出来了。于是他立刻回到塬县，卖掉一些房产赎回十亩自己的土地。种庄稼是个苦差事，从小就娇生惯养的杜璞哪能下了这个苦？再说烟瘾常犯不抽不行，慢慢地他的地又撂荒了。为了弄钱买烟土，他想到了赌博。心想着凭着自己手头有运，也许会一夜暴富！就这样越陷越深，十亩地没了，骡马大车没了。老婆看他不可救药，偷偷地把房子卖了后找了个男人离他而去。从此杜璞成了穷光蛋，有了钱就抽就赌，没钱了就偷就骗，成了一个泼皮无赖。一次在赌场因赖债被人打瘸了腿，走路一跛一跛，从此大家不再叫他的大名而叫他杜跛子。

杜跛子为什么盯上了刘大牛？这是因为杜跛子最近又欠下了赌债，赢家要他在十日内还清，不然的话就把他的双腿打断！杜跛子走投无路在集市上下转悠，跑了几家过去的世交，无奈谁也不借给他钱，因为大家都知道，杜跛子的借，只是一个说辞，他根本无力偿还，就是有了还不够他抽鸦片呢！借不到咋办？活人还能被尿憋死？杜跛子想到了抢。抢谁呢？官家大户他不敢，平民百姓能有几个钱？他欠着五十块大洋，那可不是个小数目。他觉得要抢就抢得实惠，反正都是抢，别打不着狐狸惹一身骚。走着想着，想着走着，在羊杂汤小摊前，他看见了刘大牛。杜跛子眼睛一亮顿时来了精神，这不就是一棵摇钱树吗？杜跛子有他的小九九，以前庞瑞珩当村长的时候，他就得到过救济，每次十块八块总空不了手。这刘大牛当村长了手里还能没有钱？话又说回来，过去他也不敢在庞瑞珩跟前发横，是因为他知道庞瑞珩武艺高强。其实庞瑞珩也是想教化他，不忍心看着他再去诓骗别人。这刘大牛当村长就不一样了，他是外来户没有庞瑞珩的名气，杜跛子也就想欺负他了。杜跛子认为这个村长是个软柿子，只要你狠劲捏，不怕榨不出水来。他觉得外来人当村长不是坐地户，没有众多的亲戚朋友，就是抢了他也没人出手相助，自己可以放心大胆地去挥霍享受。

刘大牛在集市上买了油盐酱醋，又割了二斤猪肉。他盘算着老婆孩子在家等着他，菊英和富贵早都吵着要吃肉了，卖了红薯割了肉，他眼前浮现的是老婆孩子吃肉时的喜悦情景，不由得放快了脚步，一会儿工夫就到了沟底。

龙泉还是老样子汩汩地流淌，大柳树枝桠密密地垂着软软的细丝，龙亭上的铃铛依然在微风的吹拂下叮当作响。可能是刘大牛吃了饭又逛了街，下集回来得晚，到了龙泉已看不到太阳，沟里静静地已没有来往的行人。刘大牛走得有些热，就在龙泉的西边下水口洗了起来，几把凉水摸过汗津津的脸庞，他觉得爽快不少。就在这时，他觉得自己的腰部被一个硬邦邦的东西顶住了。接着就是一声低吼："不准动，动就扎死你！"

刘大牛慢慢地回过身来，他看到杜跛子以及杜跛子身边的两个"壮汉"。两个"壮汉"也不是什么壮汉，也是和杜跛子一样的赌棍，现在这两个赌棍每人手持一把木棍，凶乎乎地用眼瞪着刘大牛，只要刘大牛有啥动作，他们就会毫不客气地抡起棍子劈来。

刘大牛觉得好笑，自己咋会被打劫呢？这三个人他是知道的，是郭家庄出了名的赌棍烟鬼，恶迹昭著可谓无人不知无人不晓。刘大牛感到蹊跷的是他们怎么勾搭在一起而且敢抢他呢？

刘大牛不惧是有原因的，他之所以能当庞家窑的村长，除了家境贫困以外，别的也和庞瑞珩不差一二。他不但庄稼种得好，而且也是一把武术好手，一般的话两三个人近不了他的身。杜跛子自然知道这些，为了保险起见，他在街上叫了两个也是被赌债逼得走投无路的人，铤而走险，劫持刘大牛要钱。两个赌徒和杜跛子臭味相投、一拍即合，于是就在这里等着刘大牛。

"哈哈……是杜跛子，拿刀顶着我，你好大的胆呀！"刘大牛站起来，他对这几个人不屑一顾。

"别动！动就扎你！"杜跛子晃着手里的杀猪刀，"弟兄们，拿棍压住他！不听话照头打！"他下了命令。两个赌徒一听，立刻高高举起了木棍，木棍在刘大牛的头顶停住，他们也在喊："别动！动就打死你！"

"哈哈……"刘大牛自顾自地仰天大笑："看把你们吓的，我一个人空手赤拳，你们怕什么？说吧，为什么要搞我！"刘大牛知道赌徒们犯事都是为了钱，这杜跛子肯定是钱上的事，过去老村长对付杜跛子的办法他知道，也许这杜跛子也想旧曲再唱，就想出了这一招。

"其实也没啥，就是手头紧，还请刘村长帮衬……"杜跛子也不拐弯，实话实说。

"缺多少？"刘大牛也没有往深里想，他以为就是十块八块的事，虽然这些钱他也拿不出，但他想弄明白。

"不多！每人一百，三人三百，硬邦邦的银元一个子不能少！"杜跛子真觉得自己判断对了，这刘大牛果然是个软柿子，就这么一捏他就软了。所以在原来三人商量好了的每人五十元的基础上他断然翻了一番。

“混蛋！你把我当成摇钱树了还是当成钱柜了？”刘大牛怒视着他们，“狮子大开口，你也敢要呀！”他以为这些人输的吃不起饭了，接济上一两顿也是行善积德，顺便开导开导，劝他们改邪归正也是一件好事。没想到这杜跛子却是这么一个贪得无厌的人，这种狮子大开口是要置人于死地的。于是他勃然大怒。

“发……发什么火……不给……白刀子进红刀子出……”杜跛子心虚，但是没有钱他就没有命了，于是硬撑着威胁刘大牛。

“来呀！往这儿捅！”刘大牛已看出杜跛子的心虚。说实在的这些烟鬼赌徒没有一个身体壮的，被酒色烟毒掏虚了的身子只是一张挂着人皮的空壳，说白了就是一具行尸走肉！这些人就是一样心狠手辣，心狠手辣到六亲不认！除了心狠手辣别的全是虚的，所以刘大牛根本就没把他们放在眼里。

“捅就捅！你以为我不敢！”杜跛子话到手到，真的把杀猪刀捅了过去。

“去你妈的！”刘大牛也觉得与这些禽兽不如的人说话多余，身子一斜左手就冲着杜跛子拿刀的手腕点去，只听杜跛子“哎哟”一声，杀猪刀就到了刘大牛手里。

杜跛子握着右手腕，连忙躲到两个赌徒身后叫唤着：“给我打！给我打……”

棍子呼啸而下，只见刘大牛两臂一扬一合，两个棍子就被夹到胳肢窝里，刘大牛身子一斜，两个赌徒就被自己的棍子扫倒在几步之外，趴在地上“哎哟哎哟”叫个不停……

刘大牛嗤之以鼻，顺手一甩，那把杀猪刀“嗖”的一声从他们身边飞过，“啪”的一声牢牢地插在了他们身后的大柳树上：“臭狗屎！来呀！”

三个家伙面面相觑。杜跛子上去想拔刀，使了使劲摇了几下，就是拔不下来。他心里在翻腾：这刘大牛刘村长面糙心不糙，话软手不软，功夫了得！他觉得自己是小看了刘大牛，要保命还是开溜为好！就在他要逃跑的时候，杜跛子犹豫了，他心里不服，他觉得自己的计划泡汤得太快了，答应好了的给这两个赌徒的钱从哪里弄？不能这样空着手回呀！最起码得撂下个话，也是给自己有个台阶下，于是他说：“刘大牛！你听着，你能保全你自己，你能保全了一个村子的人吗？今天不跟你计较了，你等着，咱们还有碰面的时候……”杜跛子话里有话，言外之意是他还会卷土重来找麻烦。

“滚吧！煮熟了的鸭子就是嘴硬！老子等着你……”刘大牛也不客气地回应他。他知道这是杜跛子给自己找的台阶，所以也就没有在意。回到家后也没把这档子事给月月说，他怕家里人为他担惊受怕。

听刘大牛讲到这里，月月明白了。难道说这又是杜跛子耍的一套新花招？夫妻俩你问我我问你，脸上都是猜疑。刘大牛不敢贸然过去，于是就又对着凹地喊起来："狗子——狗子媳妇——干完了吗——给我们回个话——"

"刘大牛——你听好了——狗子和狗子媳妇在我们手里——，赶快拿三百大洋赎人，不然的话，别怪我们撕票——"回应的是杜跛子，这家伙果然杀了个回马枪，杀的刘大牛没有防备。

原来那天回去后，杜跛子越想越不是滋味，偷鸡不成反蚀了一把米，同伙的钱哪里出？琢磨来琢磨去，开弓没有回头箭，哪里跌倒哪里爬起来，既然和刘大牛挑明了，就要找刘大牛要钱。他知道村里人都要种谷子点玉茭，这里的地都很偏僻，他好凑个机会绑架个人，逼刘大牛拿银元赎人。谁知事情就那么巧，这三个人在沟里转了一圈，不是人多就是不好下手，就在他们又往沟里走了走的时候，在一个十分偏僻的凹凹里发现了狗子和他的红衣媳妇。天不灭杜呀！杜跛子喜欢了。这真是个得天独厚的地方，凹地三面崖一面坡，这坡上就是刘大牛坎坎地的崖，有条羊肠小道连接着这两块地。就在刘大牛喊狗子，菊英和富贵喊新媳妇新女婿的时候，杜跛子和他的同伙偷偷地从崖上的小路溜到了凹凹地。这次杜跛子用了心计，他不再和刘大牛正面较量，他要绑人，绑那个叫狗子的和他的红衣媳妇，这红衣媳妇馋人呀！馋的三个赌棍心里痒痒的。原本他们只想绑个人，没想到还有这样的艳福！贼胆包天色胆更包天，色胆壮贼胆，为了女色他们什么也敢干。机关算尽太聪明，三个赌棍没有想到这个他们自以为是的妙计，竟然把他们自己也困住了。

听到杜跛子的回应，刘大牛反而镇静了。他知道只要堵住这条只能一个人走的小道，杜跛子他们就跑不掉了。月月担心狗子小两口的安全，刘大牛说，不要紧，他们要的是钱，狗子他们暂时不会有危险。月月担心这些坏人会对新媳妇不轨，刘大牛不语了，这也正是他担心的地方。

其实这些担心都是多余的。狗子和他的新媳妇目前都很安全，杜跛子的喊话只是威胁。原来在崖下有一个小小的窑洞，这窑洞是狗子自己掏的。庄稼人为了防雨和放农具和庄稼，都习惯在自己地头的崖上挖一个小窑洞，小窑洞只有半人高，进深三四米，口小内宽。夏秋两季时常有暴风雨，庄稼人就会钻到这里避雨，农具和收获的庄稼也常常暂放在这里。没有想到这个小窑洞救了狗子和新媳妇的命。

杜跛子一伙来到狗子的地里，把低头干活的小两口围在中间。看到这些人不怀好意，狗子有了警觉。他把新媳妇挡在身后问："你们是哪里人？要干什么？"

"你管我们哪里人？你管我们干什么？"杜跛子一边说一边逼近狗子他们，

那两个坏货瞪着一双色眯眯的眼睛，一眨不眨地看着新媳妇，嘴里嘟囔着：“小娘子，陪大爷玩玩……玩玩……”说话间就伸出两双脏手要摸新媳妇。

“滚开！那里来的畜生！”狗子急了，抡起锄头朝他们砸去。三个坏货一愣退后了几步。趁着这个机会，狗子拉起新媳妇朝崖下跑去。

杜跛子他们不着急，这里的地形看过了，只要是靠腿走路的，把住这条小道就是插翅也难飞过。现在他们很满意，他们在享受着猫抓住老鼠，看着老鼠垂死挣扎的那种喜悦。三个人甚至站在那里商量着谁先和新媳妇睡的事情来。

就在杜跛子他们想好事的时候，狗子和他的媳妇钻进了小窑洞。这里没有退路，通向外边的路被坏人堵住了，情急中只有往这里钻，窑口只有半人高只能容一个人进出，把住这个洞口，就把住了自己和媳妇的命！

杜跛子他们没多想，他们以为这洞里藏不住人。“哈哈……哈哈……哈哈……”这三个坏货来到了洞口，试探着要进去，哪知迎接他们的是镢头的回击！这哪里成？网中的鱼跑了到口的肉飞了，啥叫水中捞月镜中花梦中缘，他们体会到了其中的滋味。于是三个坏货采取了极端的手段，用棍子捅用土块砸往里扬土点火熏。但是这些都无济于事，这窑口小内大，狗子和媳妇躲在洞口的一侧，你是捅不着砸不到，往内扬土那是白费力气，烟熏更是无稽之谈，窑洞是个死洞洞，不通气烟怎么进去？急得杜跛子三人脱了衣服往内扇，不一会工夫这三个坏货反倒烟熏火燎地成了人不人鬼不鬼的三花脸。

刘大牛在崖上看到了这一切，为了救人也是为了彻底地打垮杜跛子，他想到了强强和金海金洋。他立刻作出了一个决定，要月月带着菊英和富贵赶紧回村报信，自己守着这条道防止杜跛子一伙儿逃走，等强强和金海金洋到了，再进行瓮中捉鳖关门打狗！刘大牛为什么这样做呢？按说这三个人是他的手下败将，他要和他们打胜券完全在握。因为他考虑到，庞家窑要有名气，不能靠他一个单打独斗，如果强强他们来了，一可壮威风，二可通过杜跛子一伙儿传扬庞家窑有一群武艺高强的后生，威慑他们不要到庞家窑滋事生非。

强强和金海金洋很快就来了，三个强壮的武艺高强的后生对付三个烟鬼赌徒那是绰绰有余，三拳两脚就缴了他们的械，狗子和他的媳妇得救了。刘大牛见好就收，在杜跛子保证不再骚扰庞家窑的保证下，在杜跛子发誓离开塬县永不回来的保证下放了他们。强强和金海金洋有些不解，刘大牛告诉他们，我们练武的人，主要是强身健体护家护院，凡事都有个度，得饶人处且饶人，他们要是有良知，会感谢我们的。狗急了跳墙兔子急了咬人，如果我们逼得太紧，那就结成了死仇，恐怕庞家窑不会太平了。对于刘大牛的解释，强强和金海金洋他们理解，打抱不平护家护院并不是与人结死仇，威慑教训的目的达到就行了。练武的人有自己的武德，轻易不能把人致残更不能随便杀人夺命。他们同意刘大牛的做法，冤家宜解不宜结。果然，自此后杜跛子再也没有骚扰过庞家窑，两年后传来消息，杜跛子吸食鸦片过量中毒死在新田的大街上，身上连片席子也没有。

杜跛子的事平息了，村里还是不太平。三天两头不是丢鸡就是丢羊，东家被偷过西家被撬过，更有甚者，大姑娘小媳妇常常被人欺负……外村人之所以敢到庞家窑滋事生非，原因有两个：一是村民居住散乱，不规则的窑洞分布在沟塄塄上，地偏人稀崖高，相互联系不上，坏人好下手。二是庞家窑的护村队名存实亡，多年养成的练武护村的习惯已不存在，年轻人不练武不值更，坏人敢进来。村里不宁人心不宁，庞氏家族的人不愿意了，外来徙族的人也不愿意了，生活在夹缝中的刘大牛更坚定了他的信心：起用强强和金海金洋，重新组建护村队。刘大牛在祠堂召开了一个特别会议。参加会议的不仅有庞氏家族上了岁数的老人，也有迁徙来的外姓上了岁数的老人，还有那些有着好地牲口和青砖大瓦房的富裕人家。当刘大牛把自己的想法说出来后，庞氏家族的人立刻反驳起来……

“不行不行……我不同意!”说话的是二大爷，一个留着山羊胡须的精瘦老者，穿青色大褂戴黑色瓜皮小帽，他颤抖着双手，颤抖着头颅，连胡子也跟着颤抖。显然他很激动，语言有些刺耳：“啥叫庞家窑……就是这窑是庞家的……只有庞家的子孙才能管理庞家窑！你是外来人，你能真心管这个村吗?老村长庞瑞珩在的时候咱村啥样？你看看你，这才两年，村里鸡犬不宁人心惶惶！依我看，你不是本地人，你的祖先也不在这儿……你是不会掏出真心为庞家窑的老少爷们儿办事，干脆！我们重新选一位庞家的后代当村长……”精瘦老者说完了，他代表一种情绪和一些庞氏人家的想法。

“你胡说哩……”说话的也是庞氏的一个老者，脑后还有一条稀疏灰白的小辫，人称小辫大爷。小辫大爷站起来说：“刘大牛是我们看着长大，他的秉性和为人大家都知道，要不然当初也不会选他当村长。这两年村里出了不少事，我也在想，这能怨刘大牛吗？我觉得不能拿他和老村长比。老村长有地有钱，刘大牛家境贫寒。老村长一呼百应，刘大牛单打独斗。这就是我们村的现状，我倒觉得刘大牛的主意有道理，单打独斗力量有限办法也有限，众人拾柴火焰高，不如多选几个年轻后生管理村子，什么坐地户外来户，什么本姓他姓，咱们不要再争论了，只要能把村子管好，谁有能耐谁上，大家说对吗?”

“我也说两句……”说话的是外来徙族一位山东籍的老人。头发灰白粗布衣褂。老人会兽医，游走他乡走街串村认人多见识广，他看了看大家说：“我是外姓人，不是坐地户。我在这里生活了几十年，早把自己当成了本地人。出外给牲口看病，我都说自己是庞家窑的。实际上咱们就是一个村的人，都是喝沟里龙泉的水，说实在的我们已经把这里当成了自己的家乡。我们尊重和支持庞家人当村长。我也琢磨了好长时间，庞家人当村长确实有利于我们这个村子，所以我想来想去，不是说刘大牛当得不好，而是他有些条件达不到。他是一个穷人，还要种地养活一家子人，他又没有别的进项，当村长是要花钱的，他花不起呀……所以我提议还是由庞氏家族的后生当，这样一来能报答庞氏家族容留我们在这儿安家的恩，二来庞氏家族的后生人缘广家境好号召力强能一呼百应，三是庞氏家族后代都念过书有文化见识广有治理村子的能力。那么选谁呢？我琢磨来琢磨去，还是觉得老村长的大儿子庞永荣行！大家看好不好？”

“好！好！……”屋子里的人异口同声，大家都觉得山东老人的主意好。

“哎……别别别……别说我！”没等大伙儿的话音停住，庞永荣就急着说开了：“干嘛说我呢？我可干不了村长。我儿子有病，整天忙着找钱给儿子看病，地里的庄稼都荒了，哪有心思管村里的事……再说我的拳脚也是滥竽充数，好多年都不练了，熟的套路都打不全，无法教人也无法自卫，更别说让人服气了。再说，给秀文看病把家都看空了，还得赶着自家的马车到城里拉货挣钱，我是心有余而力不足啊！我看……还是……还是提别人吧！”庞永荣说的是真话，能当早两年就当了。现在最主要的是给秀文看病给秀秀找婆家，其他都是无关紧要的。因此他可不愿意惹上这个既麻烦又出力又花钱又不讨好的差事，赶紧的当场就挂免战牌就打退堂鼓。

“那选谁呢？”山东老人看着二大爷和小辫大爷说，“二位老庞家的长辈，你们也提提名，看庞家子弟哪位合适……谁合适咱们就选谁……”

“这……”屋里静下来了。二大爷和小辫大爷思考着不语。别的庞姓人家的当家的也不吭声了。山东老人把当村长要花钱的话说到了前头，大家都知道庞家窑是个穷村，村里的开支就靠沟里的五亩官地维持。再就是村里的富裕户每年自愿捐上几块银元，庞家窑富裕户不多，捐钱就靠庞氏家族，老村长在的时候，一年收上来的捐款也就是百十块钱。刘大牛当村长后，庞氏后代看不起他，也就不好好捐，刘大牛又是个要强的汉子，也不好意思因为几块银元去和庞家后代理论，庞家后代愿捐就捐，捐了他就收下，捐多捐少不捐他也不说。刘大牛爱面子在庞家后代面前当好人，慢慢地庞家后代就越捐越少，有不少的人干脆就不捐了。村里迎来送往办事应酬的花销入不敷出。这个家底庞家后代都知道，他们自然不会接这个赔钱的穷村长。

“老大不愿意当，那咱们就选老二老三如何？”山东老人为什么这么说。因为庞家窑就是庞瑞珩的四个儿子最富，别的庞姓人家是无法抗衡的，只要他们兄弟有一个牵头，庞姓其他人家都会归顺，拢群结伙不成问题，不存在不捐钱不管事这些麻烦，所以他就往这方面说，他是真心地为庞家窑着想，也是真心地给庞姓后代一个机会。

“好啦……好啦……”老二庞永华说话了，“我不是那块料，选谁我都没意见。就我这身子骨，大家别开玩笑了……我肯定干不了……”庞永华很干脆，没有拖泥带水，推得很利落。

“我看还是刘大牛当！”老三庞永富开口了，“大家别搞混了，刘大牛召集我们开会，说的是要起用强强和金海金洋，说的是要组建护村队，并没有说不当村长啊！”庞永富动脑子了，他觉得刘大牛的想法是好的，那是为大伙儿着想，不要刘大牛当村长，那叫谁当？按说他和刘大牛同岁，他当未尝不可。但是他受不了那个罪，说实在的他也没有那个本事，所以他就来了个先发制人，极力保荐刘大牛。别说，庞永富这一招还真管用。大家都明白过来了，人家刘大牛并没有说不当村长，自己在这里胡说啥哩。吵了半天还是没有人能替代刘大牛，真是瞎驴犁地白费工夫。

刘大牛终于有机会把自己的想法完整地表达出来了。大伙儿听后觉得挺有道理。在用人上老庞家族让步了，让步的原因是在庞姓后代中，实在找不出一个比刘大牛强的人。在增加村里开支花销上，大家不语，说到底是不愿意出钱！刘大牛就害怕在这里统一不了大家的想法，而恰恰就在这里卡了壳。他原计划按亩捐款，地多的多捐地少的少捐，这样公平合理大家会没有意见。谁会想到，庞家的人就是不说话，庞氏家族的人不开口，外姓的人就没法说话。因为按亩来捐，庞氏家族是大头。最后事情还是不了了之，刘大牛的想法成了水中的月亮空中的楼阁……

刘大牛郁闷了，自己当好人没人捐款，自己不当好人还是没人捐款，按亩捐款没有通过的症结在哪里？说到底就是庞氏家族的人贪图自家的安逸，不愿意为村里做公益。他扭转不了这种局面。扭转不了这种局面又不忍心看着村子受损，急火攻心，心里有火，火犯到嘴，嘴里起泡，一连几天他捂着腮帮子吱吱地吸气。这个好心肠的山东汉子在忍受了几天的疼痛后，终于想出了一个解决的办法。

小满季节到了，麦子也快熟了，布谷鸟的鸣叫在田野此起彼伏，庄稼人都在忙着麦收前的准备，郭家庄的集日也比往常热闹。说比往常热闹是指集日除了平常的那些商摊外，多了许多卖收割麦子农具的摊贩。刘大牛购置了两把镰刀，又买了二斤熟牛肉二斤猪头肉两瓶高粱白酒。今天他很大方，他几乎没有这样花钱买过吃喝，他怎么了？刘大牛没有犯傻，他买这些吃喝是为了办一件大事，办一件庞家窑庞姓后代都不愿意办的事。所以他破费了，背着月月、菊英和富贵，他认为这件事办成了，是为了庞家窑的老少爷们儿，是感恩也是行善，是图报也是积德，是一件功德千年的好事，他非办不可而且他觉得肯定能办成！

沟底龙亭，刘大牛散集后就来到这里。日头的余晖映照着沟里，泉水青青，柳叶青青。碧绿的荷叶桃红的荷花青青的池水都在余晖下泛着金光。特别是龙亭红砖绿瓦更是金碧辉煌。强强和金海金洋按时来了，刘大牛把他们迎到龙亭。

“大家坐下。”刘大牛一边说话一边从布褡裢里取出一个碗，撮了一把沟里的沙土填在里面。又抽出三炷香点着插在碗里。他把香碗摆在龙亭中间，又取出包好切好的熟牛肉和猪头肉放在香碗的前边，最后他取出了那两瓶高粱酒，倒在四个大碗里。刘大牛做这些的时候显得虔诚，他没有话语只是默默地做。强强和金海金洋不知故里，他们只知道刘大牛叫他们下午来这里，究竟干什么他们不知道。刘大牛是村长，是他们外来徙族里的人当的村长，他们很敬重他，不仅仅是长辈是村长是徙族，更重要的是刘大牛是条汉子，是和庞瑞珩老村长一样的有着古道热肠的汉子。所以刘大牛的话他们爱听。刘大牛安排的事他们会不顾一切地做好。刘大牛早上挑水的时候告诉他们，下午到龙亭里约会，所以他们就按时来赴约了。

香烟袅袅，微风习习。龙亭里气氛骤然严肃起来。刘大牛不语，强强他们也不语，但他们彼此都感到了肃穆。刘大牛点起一锅旱烟，抽了几口，然后说：“今天请你们到这儿来，就是有一件事想给你们说。都知道清水河龙王爷的故事吧，龙王爷为了乡亲们可以杀死不德之子黑幼龙，这个故事感人呀，为了纪念龙王爷，每年乡亲们都到龙泉来上香，祈求龙王爷保佑一方平安。清水河就在这沟里，龙王爷就在这龙泉，我把你们请来，是想给你们说，我这个村长当得不好啊！……”刘大牛哽咽了，眼眶布满了泪水。

“刘叔……话不能这样说……”强强三人赶紧劝刘大牛，他们知道刘大牛的苦衷，也知道刘大牛的为人，这个人肯定遇到了过不去的坎，不然的话，这个打断胳膊不流泪的人是不会在他们面前流泪的。

“唉！一言难尽……”刘大牛看着他们说，“咱村的事难办呀！庞氏后代不出力不出钱，我怎么干这个村长？看着村子受损失我于心不忍，没有办法我就把你们请来，一同说说村里的事。”

“刘叔，你这么看得起我们，我们心里很感动，说吧，不管什么事，只要是刘叔交办的，我们一定办好。”强强三人说。

“咱们先改改称呼，其实我比你们大不了几岁。今后咱们就以兄弟相称，显得近热些。”刘大牛提议说。

“这当然好啦！你在我们的心中早就是大哥。”强强说的是心里话。

“作为你们的大哥，我惭愧呀！”刘大牛吐了一口烟说，“按说老庞家族相信我，外来徙族也相信我，我就应该把村里的事办好，可是事情就那么拧！前段时间村里弄出的秀秀和强强的闲话，最近又发生了杜跛子抢狗子的事，村里接二连三丢东西，小媳妇大姑娘被欺负。这些能怨谁呢……这都是我无能呀！”刘大牛心里痛苦不由得多说了几句。

“大哥！你不要自责，你是外来人也是个穷人，你干到这个程度已经是很不错了。这个世道光能干不行呀，有钱能使鬼推磨，村子里没钱怎么办事。巧妇难为无米之炊！这能怨你吗？”强强三人分析的有道理。刘大牛在村里开会的事他们知道，起用他们三人他们也知道，关键是村里的公务需要开支，重建护村队也需要一些费用，这些费用大家不公摊从哪里出？庞氏后代不愿意出头又不愿意捐款的事真让人寒心，没有费用就是空谈。这样的村长叫谁当也当不好，他们也常常为刘大牛的处境犯难，可是也没有好的办法。

“你们算是说对了，干事我不怕，我发愁的就是钱！”刘大牛指着地上的四个碗说，“每人端一碗，咱们边喝边说……”

四个汉子端起了四碗酒。刘大牛说了声：“满满地喝上一口！”四个人同时喝了一口。刘大牛说：“吃肉！”就把肉推到大家面前。

强强和金海金洋没见过刘大牛这样破费，这样大口吃肉实在不该。这次是金海说话了：“大哥，刚才还说为钱发愁哩，你这样破费不过日子啦？”

“吃吧……吃吧……难得请你们一回……”刘大牛只是一个劲叫他们吃肉。

“大哥，你不说明白我们咋吃呀！”金洋也说话了，他觉得刘大牛肯定有事。

“大哥，咱们都是穷人，不需要酒呀肉呀这些虚套套！”强强把话说得更明白了。

“好！我说！”刘大牛两眼放光，“我今天请你们来，就是要和你们在这里结义，燃香拜神吃肉喝酒结拜成兄弟，也是请龙王爷做个证，我要请你们和我共同管理村里的事，让乡亲们过安稳日子……这就是我今天请你们的目的，也是我买酒买肉的目的。不知你们三个愿意不愿意？”刘大牛说完了，瞪着眼注视着大家，眼里满是信任。

“这是好事呀！”强强和金海金洋听完后交口称赞，“一个篱笆三个桩，一个好汉三个帮，大哥！既然你信任我们，那就没说的，我们就跟着你干！”

“起用你们是村里开会同意的，名正言顺。结拜是我们自己的意愿，合情合理。关键是费用，我们得想个办法。村里沟里有五亩坡地，我一个人种种不好，咱们四个壮劳力一定能把它种好，只要我们省着花，我算了算还可以对凑过去。”刘大牛说。

“如果需要花大钱，我们可以按亩摊钱。我们不能做老好人，该说的话一定要说。大哥，这方面一定要挺直腰杆，因为我们是为大伙儿办事不理亏。”强强说。

“我知道我的软弱，我的软弱促使一些人不把村里的事当一回事，兄弟们放心，以后不会有了。”刘大牛说。

“兄弟同心，其利断金。如果有什么难办的事，我们兄弟一定会冲在前边。”金海兄弟说。

“老庞家族是个大家族，我们要尊重。庞家后人实在不像样了，我们不能迁就，村里的事是个整体，不能一个老鼠坏了一锅汤，为了个人的一己私利，影响了全村人的利益，这种事情不能再有。就是老村长也是不会同意的。”强强说。

“关于费用的问题，我有个主意。按亩捐款要制定成村民乡约写成条文贴在庞家祠堂，要求村民人人遵守，如有违约要追究责任加倍惩罚。”金海想了个主意。

“村里的事情千头万绪琐碎繁杂，我们先抓主要的。首先要立规矩，没有规矩不成方圆。这规矩就是金海说的村民乡约，大哥这两年就是没有立规矩，庞家后代才敢不捐款。这个规矩要立，别的规矩也要立，不然的话，庞家窑就成了一盘散沙，谁也管不好！”强强说。

“这个主意太好了！”刘大牛笑了，“我这个榆木脑袋咋就没往这方面想呢？村里的事大家办，大家办就得有规矩，有了规矩才能齐心，齐心了事情就好办了。这两年我就犯的这个错。哎呀呀。三个臭皮匠顶个诸葛亮！这话不假！”

“我们还得分分工。大哥是村长你是挂帅的，面上事情你全管。金洋心细有墨水，你就当账房，村民乡约你写，村里财务你管。进项支出一清二楚。剩下我和金海该做些啥事？”强强在想。

“当前首先要保护村子。你们两人尽快把护村队建起来，强强为队长，金海为副队长。每天早上要练武，晚上要值更。”刘大牛说。

“按照我们村的具体情况来看，身强力壮会点武艺的算起，能拉起一支二十人的护村队。这事就交给我和金海，就我们的人缘，两天内拉起队伍没有问题。”强强说。

“有了护村队，还得有装备。这装备咋办？老村长在的时候，有服装有武器，夜里值更有饭菜。这些都得考虑，不然的话就怕人家不参加。”金海考虑的细致。

“给大家说清楚，服装暂时没有，武器先用自家的长矛大刀，夜里值更管饭。”刘大牛说。

“大哥，村里有粮食？管饭，咋管？”强强说。

“值更的都是我的兄弟，我不能让大家挨饿。没粮把我家的先垫上，不够的话，我再想法借。”刘大牛说。

“我们可以向村里有粮的村民借一些，可以抵作捐款。以后村里有钱了，再还给大家。”金洋给出了个主意。

看看事情已说完，刘大牛的心结消了。他高兴地说：“这是我这两年最痛快的一天，前一段时间可把我愁死了，我就想呀，村里离不开你们呀！今天给你们一说，我这心稳了，办法有了。你们说我这肉这酒该不该吃该不该喝!”说到高兴处，他拉着强强三人跪在香碗前说：“龙王爷作证，我们四人结拜成兄弟，以后共同管理村子，同甘苦共患难，为村民造福，保村民平安！如有食言，天打五雷轰!”说完磕了三个头。

听完刘大牛的话，强强说话了：“龙王爷作证，我们愿意结拜。以后我们跟着大哥共同管理村子，不怕千辛万苦，不怕流血牺牲，千方百计竭尽全力辅佐大哥。如有食言，天打五雷轰!”说完他们三个一齐磕了三个头。

刘大牛叫大家端起碗说：“按照年龄，我是老大，强强是老二，金海是老三，金洋是老四。有你们三个做帮手，村里的事一定能办好。我们要为我们外来徙族争口气，为收留我们的老村长争口气。来！兄弟们，干了这碗酒!”

“干!”强强三人举起碗，四个人一饮而尽。

十一、强强和金海金洋

刘大牛之所以能看上强强和金海金洋，是因为他们是庞家窑外来徙族新一代后生中的精英！他们生在这里，长在这里，血管里流淌着的血是塬上人的血液，他们就是塬上人。但是家乡的东西还是根深蒂固丢不掉，骨子里都有一股英雄侠胆豪放之气。

强强的老家在山东的梁山县。金海金洋的老家在河南的登封县。水泊梁山出了一百零八条好汉，登封嵩山的少林寺是有名的武术之乡。这两地天下扬名是因为出了无数的英雄好汉。在这些英雄好汉的影响下，这里的人们都有一股英雄侠胆豪放之气。

强强一家为什么来到庞家窑？事情还得从他的姐姐说起，他的姐姐生得貌美人见人夸。但是貌美在穷人家就是祸害，如花似玉的姐姐使强强家陷入了绝境。

梁山有一恶霸，外号笑面虎。笑面虎的父亲是梁山县县长，这家伙仗着父亲的势在当地说一不二。笑面虎三十岁左右已有三房姨太太，但是他不是一个清静的人，喜欢的就是拈花惹草。一次上街闲逛。无意中看到了强强的姐姐，这个坏鬼起了歪心，竟然要娶强强的姐姐为四姨太。那年强强十岁，姐姐十六岁，强强的父亲张石匠断然回绝，他说啥也不能把姑娘往火坑里推。笑面虎的回答是，从也得从，不从也得从！不然的话，全家都别活着！这可真是晴天霹雳！张石匠苦苦思索了几天后，在一个漆黑的夜里，带着全家悄悄地逃出了梁山。他决定逃得远远的，让笑面虎找不到他们。他们到了河南的新乡，又从新乡到济源，从济源翻过太行山来到了塬县。在塬县听说庞家窑有个庞瑞珩，大伙儿称他是水泊梁山里的及时雨宋江，他们听着亲切就寻着找上门来。庞瑞珩听了他们的遭遇，自然不会不管了，这样张石匠一家就留在了庞家窑。

强强的父亲看到村里人习武成风，就叫他跟村里人一起习武，为了日后生活也教他打石头种庄稼。强强也不含糊，学啥会啥。到了十五六岁，他的武艺已是村里的顶尖，他的石头手艺已经超过父亲，他的农活在村里数一数二。渐渐地强强在小伙伴们中间出类拔萃了，这个孩子心地善良重情重义，喜欢打抱不平。

金海金洋的父亲叫马有福。马有福一女两子，女儿是老大，就是嫁给庞瑞珩老四庞永贵的马金叶。金海是老二金洋是老三。马有福离开登封到塬县没有什么故事，完全是云游他乡的结果。马有福的家是木匠世家。马有福自小跟父亲学艺十五岁就能独当一面。十六岁那年，父亲给他打制了一套木匠工具，做了一副挑担，一头挑着工具一头挑着被褥，要他像少林寺里的僧人一样云游四方，自谋出路自攒金银，四年后好回来娶妻生子。这种做法看似残酷，却是一个非常好的修炼方法，他要的是手艺人在各种环境中生存的技巧。四年后，必定修行得炉火纯青游刃有余。马有福走了，带着父亲的期盼走了。马有福不是一个老实的像木头的人，在他乡他感到纯做木匠有些得不偿失，如果会泥瓦匠那活儿就多了，于是在空闲的时候，他又拜师学会了泥瓦匠，盖房泥活木活两不误，钱自然也赚得多了。后来他又学会了铁匠，打制一些盖房用的铁件钉子和农具。再后来他还学会了骟猪劁羊这些个容易生活的手艺，使他真正地成了一位能人。马有福没有听父亲的话二十岁时回到登封娶妻成家，而是游走到山西垣县。在垣县他听说了庞瑞珩的故事，知道了他的外号是《水浒传》里的及时雨宋江，于是就有意想见上一面。马有福自从十六岁离家，凭着手艺走遍了河南、陕西、山西的大部分地方，见到的大都是地主豪绅豪取巧夺蹂躏乡邻的恶事，他心里就有一股气，他觉得天下太不公平，应该有英雄好汉为民解忧铲暴除恶。他觉得庞瑞珩就是民间的英雄好汉。于是他便来到庞家窑，他想和他结交，愿意像他一样做一些善事。

马有福没有白来庞家窑，他和庞瑞珩谈得十分投机，庞瑞珩也十分喜欢这个比自己小几岁的河南人。就这样马有福在庞家窑住下了，后来庞瑞珩又给他牵线说媒，把中条山磨里峪自己一个远方亲戚的女儿说给他为妻。马有福的妻子贤惠端庄漂亮美丽，马有福又是个啥都会干的能人，日子自然过得很滋润。他们生有一女两男，女孩就像她的妈妈贤惠端庄漂亮美丽；男孩却像了马有福，脑子好使手也灵巧，也许是骨子里有着河南登封少林寺的血脉，这两个男孩也像马有福一样有着一副古道热肠，看不得穷人被欺侮，喜欢打抱不平。

张强强崇拜的是梁山好汉，金海金洋崇拜的是少林僧人，说到底他们崇拜的就是那些杀富济贫、铲恶除霸、为民除害的英雄好汉。这也许就是他们前辈生活的地方带给他们固有的东西，他们在自觉和不自觉中学习和继承了过来。他们以老家有这些英雄好汉为荣，并以这些英雄好汉的行为指导自己的行为。共同的思维使强强和金海金洋成了知己，他们习武种田打石盖房互帮互助形影不离，就连外出揽活也是同去同回，真正的有福同享、有难同当。

说起这有福同享有难同当还真有那么回事。

在他们中间相互有过救命之交，这种交情使他们的友谊如磐石一般。

第一件事是强强救了金海一命。

说起来还是他们很小的时候的事。那年夏天天特别的热。十二岁的强强和十一岁的金海、九岁的金洋到沟里玉米地里拔草。到了中午，满身大汗的三个小伙伴来到沟底龙泉，在喝了一顿龙泉水后，三个人躺在柳树下歇凉。微风细细柳条依依，歇了一会儿后几个人感到很饿。强强来到龙亭，他在向西张望。原来在西边藕地的后边有一块瓜地，黑皮西瓜一个连着一个。在靠崖的地方，种瓜人搭了个瓜庵，吃住在那里守护着这片瓜地。

“想吃东西吗?”强强回到柳树下看着金海金洋说。

“咋不想吃!”金洋舔了舔嘴唇。

“又要掏鸟蛋，那东西不解馋……要不咱们套兔子，逮住一个算一个，用泥巴裹裹烧着吃。”金海觉得逮兔子实惠。

“今天不掏鸟蛋不逮兔子，今天咱们变个样吃西瓜……”强强抿着嘴说得很得意。

“嘿……太好啦……”金海当然赞成了，“从哪儿弄西瓜呀?”他问。

“你看……”强强用手指着藕地的西边说，“那里有一块瓜地，西瓜多着呢。”

“不行不行!”金海打断他的话，“那瓜吃不得，那是郭家庄郭财主的瓜地，谁敢动呀！再说还有看瓜的，抓住了还不得脱一层皮!”

“看你这个人，太胆小了吧！不是郭财主的瓜我们还不偷呢!”强强拿话激他。

“谁胆小了……只是……没路过去呀！三面水一面崖，瓜庵就堵在崖路上，咋偷?”金海说得不是没有道理。

“游水过去呀！河水只有齐腰深，我们游过去，爬到瓜地里，摘了瓜再游回来，只要看瓜的人发现不了我们，就万事大吉了，我们可以好好地过过西瓜瘾了……”强强说得很自信，金海金洋也就完全相信了。

按照强强的安排，强强和金海过河偷西瓜，金洋在河这边望风接应。说干就干，强强和金海脱了衣服游向了瓜地。

暑天的天孩子的脸，说变就变。刚才还是烈阳高照闷热难耐，顷刻间又是乌云密布狂风大作。强强和金海已经爬到西瓜地，也许是刮风的缘故吧，看瓜人躲在瓜庵里没有出来。强强和金海抓住机会，每人摘了两个瓜抱着回到河边，这时铜钱大的雨点噼里啪啦砸了下来，还没等他们下河，倾盆大雨已兜头浇下，山沟里白茫茫一片，耳朵里净是哗哗的雨声。

“山洪下来了……山洪下来了……”对岸传来金洋尖锐而慌乱的喊声，显然是叫他们赶紧游过来。强强看了一下河面，原来清澈的河水已经混浊，而且还漂浮着腐草枯枝。他知道这是来大水的前兆。龙泉平常水量有限，即便是在瓜地的下游打了堰，这有限的河水也只有齐腰深。这里就怕下暴雨，一阵暴雨过后，沟坡上存不住水，流向沟底的水瞬间就变成了山洪，毁人毁地毁庄稼，一发而不可收拾！

“快走！”强强看到了危险，扔了西瓜可劲地往回游，眨眼就到了对岸。金洋已被淋成了落汤鸡，站在一块突兀的高崖上，满眼的惊慌。强强回头一看，金海没有跟上来，他也惊慌起来。原来只有一丈多宽的河面现在已变成两丈来宽，河水还在一个劲地猛涨，而且流速也越来越快了。金海还在河中间，他想抱着一个西瓜游。波浪中西瓜飘忽不定影响了他的游速，就这样耽误了时间，强强过了河金海还在河中间。

“不要西瓜了，赶紧游过来！”强强大声喊他。也许是强强的喊声提醒了金海，也许是金海意识到了危险，只见河中的金海丢开西瓜，拼命地向岸边游来。眼看着金海就要上岸了，突然一个大浪打来，金海又滑向河中。此时洪水猛涨，漫过了龙亭下的小桥，轰隆隆的响声像一堵高墙压了下来。危险呀，如果金海再上不来，很有可能被洪水卷走！情急中，强强发现岸边有一棵柳树，柳树有一个胳膊粗的枝条伸向河里。为了救金海，强强不顾个人安危，立刻抓着枝条探下身去，他的一只手刚好抓住了金海的头发。此时的金海因为连着呛了几口水已失去了控制力，身子在洪水中上下翻转。突然间他感到有人抓住了头发，就拼命两手乱抓，金海的手抓住了强强的胳膊，强强借着柳树枝条的力，呼地一下把金海拉上了岸，这时一个大浪头劈头盖来，强强死死地抓着金海紧紧地抱着老柳树，老柳树救了他们的命！

三个小男孩没有吃到西瓜，却经历了人世间最可怕的生死。他们光着身子蜷伏在河边看着山洪翻滚，心里一阵阵后怕。三个人惊魂未定，眼里满是慌乱，许久金海抱着强强哽咽地说：“强强哥！多亏了你，不然的话，我可能被冲走了！”强强叹了一口气说：“都怨我，咋忘了下雨发水这回事呢？好在老天保佑，我们平安无事。”

第二件事是金海金洋救了强强一命。

这件事情离现在不远，那时他们已是大小伙子了。

穷人的孩子早当家，为了给家里多一些补贴，三个年轻人经常到外边找活挣钱。那一年秋天，郭家庄有一户人家要找人打窑洞。因为是在秋收季节，人手难找所以工钱就高。强强和金海金洋一合计，觉得这事划得来。他们有的是力气，白天秋收晚上可以干嘛。小伙子们就接下了这个活儿。

塬上打窑洞是有讲究的。首先是选址，要选向阳的黄土层厚的山峁和山梁。窑前视野开阔，能倾倒打窑洞挖出来的黄土，这些土可以垫起一个小院。窑后有黄土大塬者为最好，谓之“靠山厚”。民谚说：“背靠金山面朝南，祖祖辈辈出大官。”打窑的这户人家选的是村外的一个山峁，打窑洞要先在山峁上下一个截面，然后在截面上打洞。

山峁的截面下得比较顺利，他们用了五天时间。接下来就是打窑洞了。秋天的晚上比较凉，他们捡了些树枝点燃，一是取暖，二是照明。

因为就要正式打窑了，主家为了吉利，按照地方风俗要敬神，保佑打窑顺利平安。敬完神后，主家会留下酒菜给打窑的师傅，也是款待款待的意思，希望师傅们精心干活把窑打好。

主家走了，一张粗糙的小饭桌上，摆了一盘猪头肉，一盘炒豆腐，一盘回锅肉，一盘炒鸡蛋，还有一罐高粱烧酒。柳条编的篮子里放有白面馒头和猪肉粉条包子。打窑洞主家是要管饭的，因为今天要开始打窑，主家要敬神，所以饭菜有肉有酒。

也许是过度劳累，也许是真饿了，主家走后他们就大口地吃了起来。

“强强哥，今天还通宵干吗？我有点困了，真想好好睡一觉。”金海喝了酒就感到困了。

“今天是正式打窑了，咱们吃饱后先歇一歇，歇足了再干。”强强说。

“我先睡了。”金洋困劲上来了，没等吃完就呼呼地睡着了。

强强往火堆里添了几捆枯树枝，篝火旺了，红红的火焰把周围烤得暖暖的。在野地睡觉必须要有火，火焰可以取暖，火光可以避邪，鬼怪野兽不敢靠近。强强来到到崖前观看。今天就要正式打窑了，他要细细检查一下，生怕哪里疏忽，就会前功尽弃。

塬县的窑洞大多是靠崖式窑洞。就是依自然形成的土崖挖掘的窑洞。庄稼人依托厚厚的黄土层，从横断面挖进去，挖成洞装，在洞壁里摸层黄泥，安上门窗，即可入住。冬暖夏凉，春秋温和，省工省料省木材。一般殷实人家的窑，在抹了黄泥后还得上一层白灰，为的是窑里亮堂干净。窑洞上部叫“脑畔”，窑院外的平地叫“垃畔”，窑洞底部叫“掌面”，窑洞的正面叫“窑面”。窑面最讲究，有钱的大户人家要在窑面的窑沿上接出檐头，用青石板搭檐，用石雕的龙头排水，既遮掩门窗又导流雨水。一些达官贵人还在门脸的正中镶嵌石料打制的匾额，多为歌功颂德祈求平安词语。

强强他们打的窑洞就是靠崖式窑洞。这靠崖式窑洞“脑畔”处理非常重要。土崖上那层用于长植物的熟土要去彻底，一直去到坚硬的黄土层为止，不然的话，“脑畔”上的虚土会出溜下来，轻者砸伤人，重者埋住人，误工误时不说还会出人命。

借着火光，强强在细细地观察“脑畔”。从“掌面”看“脑畔”，他觉得截面处理得还可以，坚硬的黄土上留下的是撅头砍过的痕迹，一层一层排序整齐，就像绣女绣成的一幅锦绣。强强看看没有问题就回到篝火旁，劳累没有放过他，他也进入了梦乡。

一觉醒来已是后半夜，月牙儿挂在西天，原野一片混沌。篝火已经熄了，只剩下红红的炭火发着微弱的光。

“起来起来!”强强伸了伸麻木的胳膊，用脚捅捅金海：“啥时候了，还睡!”

“哎哟……”金海扭动了一下身躯，眨了眨眼说，“乏死了，再睡了一会儿。”

“火都熄了，还睡，我看天都要亮了。”强强往火堆里添了些树枝，树枝发出噼啪的响声，一股浓烟后，火苗又冒了出来。

“醒醒，金洋，该干活了。”强强说完就来到窑底“掌面”。在作为“窑面”的地方他已经画了个窑洞的圈圈，他们就要按照这个圈圈往里打洞。

三个年轻人抡起撅头一阵猛砍，不一会儿就掘进了三尺有余。强强叫金海铲土，金洋担土，把脚下的虚土运到窑前垫院，自己继续往里砍。吃了肉喝了酒又睡了觉，他们觉得浑身是劲，低着头闷声不响地大干起来。突然，金海觉得头上有虚土滚落，他抬头看了看，篝火的光亮下看不清“脑畔”上的情况，他以为是啥小动物在上面跑动滑落下来的土，不以为然地说：“有亮光就有动物，崖上有兔子跑，土都扒下来了。”金洋刚好把担子放到“掌面”，一把虚土从头上出溜着下来，弄得两人灰土灰脸。金洋说：“不对劲吧，兔子哪能扒下这些土?”说着两人往后退了几步，抬头往上看。“脑畔”上昏乎乎一片什么也看不清。就在他们犹豫着的时候，耳边传来“唰”的一声闷响，崖上一片黑云顷刻而下，“嗯”的一下砸到了“掌面”上。

“哎呀！不好!”金海大叫一声扑向“掌面”，他眼睁睁地看着强强被捂在掌面里边。

“强强哥!”金洋大叫了一声扑了过去，他们知道“脑畔”流土的危险，强强不被砸死也会闷死在里面。

“快挖！救人要紧!”金海操起铁锨不顾一切的挖起来。

“快挖快挖！……”金洋带着哭声，拼命地挖起来。

强强被严严实实地捂在了“掌面”。由于专心砍土，“脑畔”上流土他没有感觉，庆幸的是那个凹进去小洞洞护住了强强的身体，他没有被流土砸到，但他却被闷在了里边。流土紧紧地挤住他的身体，浑身一动不能动，他猛然地觉得心被压住了，血不流动了，很快便失去了知觉……

流下来的土其实就是崖上的熟土，强强他们在下截面的时候，倾斜度太直了，“脑畔”上边的熟土因为没了根，经过几天的松动便出溜下来了，这是年轻人没有经验所致，好在没有砸着人，金海金洋还能救强强，如果把三个人都砸了，那后果不堪设想。十分钟过去了，流土被他们挖开了一道槽，金海看到了一蓬乱糟糟的头发，赶紧扔了铁锨用手扒拉，紧接着露出了强强的头，鼻子眼窝耳朵里全是土。金洋接连着又扒拉了几下，强强的胳膊露出来了，两人一使劲，硬是把强强从土中拉了出来。

强强身子软软的，鼻孔里还有一点气息。金海找来一条布巾，擦拭着他的鼻子眼睛，擦拭着他的耳朵和嘴，金洋端起一碗水，轻轻地往他嘴里喂，并不住地轻轻捶他的背……慢慢地……慢慢地强强缓过来了，先是手动了动，接着嘴巴动了一下。又过了一会儿，他睁开了眼睛，用手撑着竟然坐了起来。他揉了揉眼睛吐了口嘴里的土说道："是塌方了吧……我就觉得眼前一黑，就啥也不知道了……"

"强强哥！吓死人了……你活了就好……"金海有些语无伦次。

"活过来了……活过来了……"金洋递过来一碗水说："喝口水，漱漱口。"

"鬼门关走了一趟……"强强叹了一口气，话软软的。他接过金洋递过来的碗，含着水，漱了漱口，气顺了好多。

"算你命大。"金洋说。

"咋会塌方呢？"金海说。

"慢工出细活，我觉得是着急了，上边的熟土没有处理干净。"强强有些后怕，急功近利差点送了三个人的命。他喝了口水说："吃一堑长一智，以后干啥都得认真不能着急……"

"这活还干吗？"金海看着那一堆出溜下来的土问。

"开弓没有回头箭，哪有不干的道理！"金洋说。

"清掉溜土，咱们继续干！"强强说，"不干，主家也不会同意。"

这就是强强金海金洋的故事，他们从小就在一起，是尿尿玩泥蛋捉麻雀抓兔子的发小。他们互帮互助相依为命，他们的爱好他们的想法惊人地相似。随着年领的增长，他们的心里也慢慢地有了爱的憧憬，庞家窑姑娘不少，有趣的是他们都喜欢上了秀秀。这下可麻烦了，大家一定会认为他们会因为秀秀明争暗斗大伤和气吧？然而非也！他们的喜欢是各自心里的喜欢，他们喜欢的是秀秀的清纯大方，喜欢的是秀秀的矜持有礼，喜欢的是秀秀的贤惠善良。他们愿意和秀秀在一起，愿意听她说话，愿意听她调遣。这就是强强和金海金洋屡屡帮助秀秀挑水作农活的缘故。他们愿意就这样一直下去，默默地暗恋着秀秀。他们也想过有一天能娶秀秀为妻。后来，金海金洋的姐姐做了秀秀的四婶，金海金洋的辈分就大了一辈，叔叔和侄女相恋不成体统，慢慢地金海金洋便不再想这事。他们认为秀秀就该和强强好，两人就是天生的一对地造的一双。这次村里传出了秀秀和强强的闲话，他们不惊讶反而认为是好事，这不就把事情挑明了吗？然而事情并不像他们想的那样，庞永荣首先反对，并对强强的父母说了狠话。强强的父母不能对往日的恩人不恭，即便有万般的理由也不能做对不起东家的事。他们关起门来和自己的儿子细细地把事情的因果利害说了个够，最后强强表态，绝不做伤害东家的事。他作了今生最大的也是最痛苦的决定，暗恋秀秀不娶秀秀，喜欢秀秀不伤秀秀，终生把秀秀当作妹妹相待。

强强的所思所想都闷在自己的肚里。金海金洋不知道，秀秀不知道，金叶也不知道。热心的金叶在秀秀找到自己诉说心中的疑惑时，还专门拿出强强来试探秀秀的心。秀秀是个黄花闺女，她没有细细思忖过自己的私事，在婚姻大事上还把握不住，少女的矜持和羞涩使她婉言回绝了金叶的问话。不过，金叶的话没有白说，金叶的话点拨了秀秀，就像一粒石子丢到了湖里，湖水泛起了涟漪，秀秀的心境不平稳了，少女的情窦就这样不知不觉地被人为地有意无意地打开了……秀秀的心活泛了……原来一直在心中的那个大哥哥强强，越来越把秀秀搅得心神不安夜不能寐。他还是自己心中的那个大哥哥吗？秀秀常常口心相对独自暗问。金叶的点拨撩逗得她一个劲地把强强往自己的心上人拉，她有些情不自禁，她老是把他比作自己的男人，这么一比呀，别说，她还觉得挺般配。她思忖着做他的媳妇，她愿意嫁给她，两个人相亲相爱如胶似漆……秀秀这次是真的单相思！这种单相思执着顽固！常常使她茶饭不思睡不着觉……

麦子黄了，夏收到了。

龙口夺食，庄稼人非常看重。

男女老少只要能动的都要上地，割麦、收麦、运麦、晒麦、碾麦，哪一个环节都不能出错，要知道，六月的天，孩子的脸，说变就变，一场风雨过后，庄稼人一年的希望就会随着风雨泡汤。那是麦子呀！白面馍馍和好光景全靠它！

村南那块平地旱涝保收，庞永荣是非常上心的。那块地每年都种麦子。收了麦子再种秋庄稼，秋庄稼一般只种两三亩，绿豆玉茭谷子各种一点，剩下的地让它闲着，叫养地，白露前后再种麦子，这样来回倒腾，地肥麦子壮，如不是灾年，都有好收成。

秀秀家的麦子秆粗穗大，微风轻轻地吹过，麦浪闪烁一片金光。庞永荣家只有三个劳力，春花做饭送饭，还得照看秀文，只能算半个劳力，秀秀是个姑娘家，身单力薄，只能算多半个人，这二十亩地靠这三个人，是很难收回来的。按照往年的惯例，还得要强强和金海金洋帮忙，秀秀就到金叶的地里去请。金叶的地挨着秀秀的地，今天就能收割完，明天开始帮秀秀家收割。

割麦子是个力气活，五月的太阳很毒，晒得人头昏脑涨。所以庄稼人都起得很早，天蒙蒙亮，地里已经有不少人，等太阳一杆子高时，已经干了三四个时辰了，再干上两个时辰左右，家里的人就会送饭来，这时候太阳已经当头了，火辣辣地暴晒，人们便会躲在树下、崖头等阴凉通风处，一边吃饭一边谈笑。水足饭饱后，倚着麦捆美美地睡一会儿。这一觉有长有短，大约太阳偏西再干，这时不光要割麦，还要腾出人手捆麦运麦，等天黑不能再干时，地里的麦子要全部收回场院垛好。

秀秀到地里时正是中午，地里的人正在歇晌睡觉。

金叶家的地头有棵柿树，枝叶浓密遮住了太阳。浓荫下，强强和金海金洋睡意正酣，麻雀在枝头"啾啾"地叫，一滴鸟屎粘在强强光着的膀子上，几只黑屁股的大蚂蚁在金海的胸脯上爬来爬去，突然，"噗"的一声，一只野兔从草丛中跳出，竖着长长的耳朵左顾右盼，又慢慢地俯下身子，一跳一跳地跃向金洋，原来金洋身边放着个吃剩下的馍馍，野兔也想美餐一顿。

秀秀今天格外漂亮，她穿了一件红色的洋布衫衫，一件黑色的洋布裤子，草帽下的脸白净明亮。紧身的上衣勾勒出凹凸的身躯，黑红的色彩在黄色的麦地十分艳丽。秀秀提了一罐加了糖的绿豆水，割了一上午的麦子，再强壮的劳力也有个累，她想给他们喝点甜绿豆水解解乏。

看到强强他们熟睡的样子，秀秀不忍心叫醒他们，她在阴凉处坐下，静静地看着强强，心中一阵惆怅，多好的人啊！她想起在沟里撸槐花，想起唱《憨憨女婿》，想起……她觉得和他在一起，是那样的愉悦！……秀秀陶醉在自己的想象中。

强强醒了，伸开胳膊展展腰，抬头看见秀秀，吃惊地问："哟！你咋来了？"

"明天我家开镰，叫你们晚上到家里吃开镰饭呢！"秀秀说着把绿豆水递过去。

强强喝了一口，咂着嘴说："往年都是开镰后在地头吃，今年咋啦？要我们到家里吃？"

"今年不一样嘛！到家吃，还有酒喝。"秀秀话语亲切目光热辣。

强强避开秀秀的目光说："算了吧！还是在地头吃，自在。"强强说。

金海倦倦地坐起，看着秀秀说："我们一直都在地头吃，习惯了，都是自家人，就不麻烦了。"

"啥麻烦不麻烦的！地头吃太不讲究了，今年就搁家里吃，我还要弄个十碟八碗，我得好好款待你们。"秀秀说，"往年没在家里请过你们，今年我爹好容易破了例，你们得给他面子。"

金洋喝了几口水说："请了就去，驳人家面子不好。"

秀秀看了金海一眼说："说好了，晚上就到我家吃。"

"既然是这样，我们去！"金海觉得庞永荣能改变以往的做法不易，所以就痛快地答应了。

“这样吧，地里的活也不多了，下午捆捆运回去，晚饭就到你家吃。”强强觉得也不能驳了庞永荣的面子，于是也答应了。

晚饭就是晚，说是活不多，三个人紧赶慢赶，还是干到星星满天才干完。等麦子全部卸到场院，已经半夜了。秀秀家已等候多时，金叶不好意思再留他们吃饭，就拿了两斤酒，切了两盘肉，端了过来。

饭桌就摆在院里，春花也是上了心，真弄了十个碟子八个碗。他和庞永荣商量好了，要真心实意地感谢这几个后生。秀秀自然高兴了，她觉得很有面子。庞永荣点了一盏马灯，照得院里通亮。神位上星火点点，庞永荣已经敬过神了，剩下就是吃饭。虽然是一个村，强强家和秀秀家基本上是伙计和东家，每年夏收帮秀秀家割麦，都是在地头吃开镰饭，没有在秀秀家吃过开镰饭。这次庞永荣的热情强强反而不好意思。金海金洋也有同感，只是姐姐金叶是秀秀四婶，所以自然点。他们都不想上桌，觉得不自在。

秀秀看出他们的为难，就说服父亲说句话，让他们上桌。庞永荣也看出来了，这几个小子不好意思上桌。于是就说：“坐坐，都坐……坐到桌子上吃。”庞永荣说：“一桌子好菜，不上桌咋吃。

“来来来，都上桌！”庞永荣说着话倒了四杯酒，“小子们都长大啦，今天破例咱们喝酒！”

“这……”强强有些为难，他敬畏他，在他面前喝酒他不敢。秀秀看强强窘迫就说:“难得的一桌好菜，不喝酒哪行？再说咱们这是开镰饭，高兴！都得喝！”

“是呀！都得喝，今天不分大小，不分长幼，开镰饭，图吉利图高兴，大块吃肉，大口喝酒！”春花看几个年轻后生拘束，边说边把他们拉上了桌，把红烧的猪肉块子夹到他们碗里。

三个小伙子平时很少吃肉，今天却是受到了款待，好在肚子也真饿了，就狼吞虎咽起来，那酒自然不在话下，烈性白酒喝了四斤还跟没事一样。秀秀还要拿酒，金叶挡住了：“就到这儿吧，明天还要早早上地呢。”

龙口夺食，可不是闹着玩的，秀秀家二十亩麦子，要赶着好天儿往回抢，四个强劳力忙得够呛。每天天不亮，就得上地，一干就是一天，强体力的劳作，烈日下的暴晒，一天下来腰酸背疼，几个干惯苦活的后生有时累得连饭都不想吃。春花和秀秀看在眼里疼在心里，只能变换着花样把饭菜做得更可口。送饭成了秀秀的主要活计，秀秀也愿意给他们送饭。这样能和强强多接触，她喜欢看强强粗壮的胳膊，强壮的身躯。他的喘息，他吃饭的样子，她都很在意。自从撸槐花有了闲话后，他们很少在一起，收麦子给了机会，送饭使她和强强能在一起，她在有意地扮演妻子的角色，她喜欢这样，她觉得和他在一起是那样美好 ……

秀秀的举止言行，强强是有感觉的，心里一阵一阵地扑通……矛盾着有点六神无主，压抑着有点情不自禁，推辞吧有点恋恋不舍，就范吧有点惶惶不安……他的心里始终纠结着：她是恩人家的大小姐，他们两家是东家和伙计的关系，他不能也不敢越雷池一步，他不能对她动念想。于是他克制自己，本能地坚守着自己的底线，为家人，为自己，也为秀秀。人言可畏，再不能惹出什么闲话。

那是收麦的第四天，地里的活儿已开始收尾，为了赶活儿，庞永荣和金海兄弟在地里捆麦子，强强一人赶着马车往回运。秀秀家的打麦场就在家门口，碾压得锃亮。场院里已堆了很多麦子，高高的麦垛，围了一圈，只有一条马车的通道。

春花到郭家村去了，她要买些肉和菜，收割完了要好好犒劳后生们一顿。秀秀一人在家，一边照顾秀文，一边择菜。听见马车的响声，秀秀跑了出来，他看到是强强心里一喜："强强哥！回来啦。"说着便动手卸麦捆。

"别动别动！这不是女娃干的活。"强强挡着她。

"没那么娇贵。"秀秀非要干，从马车上往下拽麦捆。麦捆一滑，刚好落到秀秀的头上，秀秀的身子歪了。强强一个箭步抢上，挡住了下落的麦捆，谁知脚下一滑，被麦捆绊倒，顺势把秀秀带倒，两人滚到了一起。

这是秀秀和强强第二次单独在一起。巧的是两人摔倒滚到了一起，肌肤相贴四肢相拥有了亲密接触。瞬间，四目相对，两人都凝住了……彼此都从对方眼里读懂了什么。

秀秀激动了，她看到强强的脸快挨到自己的脸上了，她闻到了他身上那股汗味，她感到了他的呼吸……她心里有了一股莫名其妙的冲动，她忘记了闲话带来的不快，忘记了父母所认为的门当户对，忘记了她给四婶说的话，突然间她想突破那种自己认为的所谓的兄妹之爱，这无法遏制的冲动就像喝醉了酒，头脑昏昏的她有些把持不住自己了。她渴望着和他再进一步，想真的和他做那在梦中有过的夫妻之事，想品尝真的夫妻之事带来的无法言说的美妙。如果这时强强对她采取任何行动，她都会心甘情愿地接受。

强强愣住了，眼前只有秀秀白白的脸黑黑的眼红红的唇。他的心理防线在一点一点崩溃，他也有了一种莫名其妙的冲动，这冲动像大海的波浪在胸腔涌动。他想给她说，秀秀，我爱你！现在，秀秀就在他怀里，他感触到了她的身体，她的身子软软的，味道香香的，他不自觉地开始抚摸她，摸到了她的奶，她的腰，她的臀。他的身体开始战栗，头脑开始发热，他开始控制不住自己，他要和她行夫妻之事。他的手开始摸索，摸索着褪掉了秀秀的上衣，摸索着褪掉秀秀的裤子，他看到了秀秀洁白滑嫩的胴体，高高翘起的乳房，还有那白净肚皮下的那块神秘的地方。他迅速地脱掉了自己的裤子，心里那头小鹿再也不受自己的控制，撞得他神魂颠倒了，他紧紧地抱起秀秀，赤裸的身体拥在一起，两颗火热的心燃烧在一起，他们心有灵犀无法控制地要行交媾之事。就在强强压着秀秀要进一步融入一体时候，突然父亲的眼神脑中一闪，那是父亲要求他不要和秀秀来往的眼神！门不当户不对，不能胡来！父亲的眼神冰冷，就像冬天的冰雪浇灭了他炙热的情火。纯朴憨厚的强强强忍着身体就要爆发的冲动，强忍着身体在激情的燃烧下带来的不适，就在这千钧一发的关键的时刻，他管住了爱情的阀门，放弃了追梦多年梦寐以求的进一步行动。他扶起秀秀，给她穿好衣服，摘掉她头上的麦草，捧起她的因激情而红红的脸蛋，强压着心中那头乱撞的小鹿在那红红的唇上深深地亲了一下。

“强强哥，你咋啦？”秀秀看着提起裤子的强强，火热的心突然被一盆冷水浇了，她不解。

“秀秀，哥不能……”强强从热血攻心的冲动中回来了，他理解秀秀的意思但他不能做，他觉得自己一时的冲动，可能会激起秀秀更大的冲动，这种只顾一时的高兴，不顾一切的偷吃禁果，会给双方还有双方的家庭，弄下不可收拾的难堪。长痛不如短痛，他必须刹住车。

“强强哥，你可真是……”秀秀不明白强强为啥这样，心中的那股热劲滚烫滚烫窝着很难受。

“还是做兄妹好。”强强说完后就赶着马车走了。快刀斩乱麻，狠心断真情！他必须这样做。

秀秀看着远去的强强，心里还是不明白。心热头脑也热的姑娘在爱着的人面前丢掉了一切羞耻，两人赤裸着滚在一起，相互都抚摸了对方的隐秘的东西，那种感觉新鲜而又奇妙，新鲜奇妙带着他们向着更深层发展，秀秀有些不顾一切了，她的身体需要强强的进一步爱抚，需要强强更加有力的撞击，这种爱抚和撞击来自心灵深处，是女人肉体和精神的需求，也是一个女人对自己心爱的男人的回报，这种回报大胆无私感天动地。这就是爱情赋予女人的力量吧。但是，秀秀在爱情方面忽视了一个摆在他们面前的最大的鸿沟，一个不可逾越的鸿沟，那就是门不当户不对。

强强总算是冷静下来，他克服男女赤身裸体拥抱带给身体的不适，他差一点就要越了雷池。清醒过来的强强没有抱怨秀秀的行为，他觉得秀秀的一切都是对他的爱，他从心底感到了秀秀的真爱，他感谢秀秀对他的真爱，但是他不能接受。他是一个穷人家的孩子，他没有条件成为秀秀的丈夫，觉得他们之间还是做兄妹为好，这样可以化解好多好多矛盾。这样大家都可以安然相处。他要顾及现实还要保持他们家和老庞家的那种不可逾越的关系，他要一辈子对老庞家忠诚恭敬从命。

十二、土匪花豹子

“嗒嗒……嗒嗒……”“嗷儿——嗷儿——”

纷杂的马蹄声从沟里传来，马蹄声中夹杂着男人们粗犷的吼叫声。

这是一队骑着马的队伍！马队从郭家庄下沟，在龙泉转悠了一下又开始上沟。马队过后腾起了一层尘土，尘土沿着小路像一条土龙向上窜，土龙窜到了庞家窑，土龙围住了庞家窑，急促的马蹄从窑顶上踩过，飞舞的尘土遮住了庞家窑。

土匪花豹子来了，而且来的非常突然。花豹子带了三十多人，清一色的高头大马。这些人头上缠着白毛巾，背上插着大刀片子，手里掂着短炮长枪。他们穿着五花八门但一个个精干利落。

花豹子何许人也？说起花豹子还真有说头。

塬县西头的紫金山位于三县交界之处。紫金山北进可以到浍水平原这个米粮川抢掠，西去可以到涑水河谷这个富足的地方休养，东来可以到塬县这个世外桃源逍遥。紫金山能攻能守进退自如的地形很适合土匪活动。土匪依据深沟陡壁修筑山寨，占山为王与官家抗衡。这里沟陡壁绝壑深林密，凡是在三县出了事的人都爱往这里跑。紫金山也就成了土匪盘踞的三不管地方。

在紫金山的深处，有个叫佛泉的地方，就是花豹子的老巢。佛泉！顾名思义就是一个有佛有泉的地方。这里是紫金山的最高处，在一片松林后，有一个陡峭的石壁，石壁上天然的一个佛像，佛像浑然天成惟妙惟肖！石壁的下方有个石窝窝，石窝窝不大，直径不过六尺，石窝窝中间有一股细细的清泉，往上泛着水泡泡。这个石窝窝也真怪，水永远也不会漫过石窝窝去，你就是把石窝窝里的泉水舀完了，它会再慢慢冒满但不会溢出。真可谓山高水高！石窝窝前边有片松林，松林有三亩左右，在往前就是悬崖峭壁，在悬崖峭壁上有一条羊肠小道可以上下。下到壁下就是一个只有五六户人家的小山村，小山村位于一个三面是崖的一条深壑中，陡峭的山壁无路可走，只有正东面有一条小径通向沟外。这里几乎没有外人，山民们靠的是采药和打猎为生。

那一年花豹子在新田犯事，独自一人逃到紫金山，哪里山高哪里林密他专往哪里钻。糊里糊涂地窜到了这里。又饥又渴的花豹子掏出几块干粮狼吞虎咽，谁知被噎住了，噎得他直犯白眼，上气不接下气。就在他抓脖子抠嘴巴憋得满脸通红就要断气的时候，他的手触到了那个隐在青草中的石窝窝。真是天无绝人之路，泉水滋润了干馍，馍馍咽下去了，气儿顺畅了，他缓缓地躺在茅草中歇息。一缕阳光透过树丛照在石壁上，石壁上天然的一个石佛猛然间映入他的眼帘！这是什么？他翻身坐起，两手合十，恭恭敬敬磕头跪拜。老天呀，老天，怎么在这里还有佛！天意啊，天意，老天不绝他！在他将要噎死的时候有了水，在他走投无路的时候看到了佛，佛像逼真佛光闪闪！佛要普度众生！他觉得他死不了，今生今世他有救了！

花豹子是他的绰号，他的真名叫花如豹，是他当了土匪头子以后喽啰们起的。他是新田一个中等人家的孩子。父亲在街上开了个杂货铺，养活他和姐姐。十六岁那年，新田一个大户人家的恶少看上了他十八岁的姐姐，父母软弱惹不起恶少违心应允，姐姐以死相抗在出阁的前一天上吊了。恶少一家不依不饶，以为花家故意找碴，仗着权大财粗衙门有人，以抗婚之名抓走了他的父母。花豹子的父母都是小心惯了的市井小民，死了闺女已经伤透了心，又以莫须有的罪名被投进监狱，真是觉得上天无门入地无路，无法活在人世，双双在监狱撞墙而死。

亲人相继去世，花豹子并不知道。那年他在河南少林寺学武。为什么去学武呢？这与他的父亲有关。花豹子的父亲是个小商人，性格软弱为人本分，本着与人为善的原则小心地做着小买卖。花豹子的母亲出身贫寒是个佃户的女儿，两口子相依为命，靠着本分勤劳，小生意还过得去。花豹子的母亲虽然出身贫寒，但是模样儿俊俏，常常引起街上的土棍混混们的邪念，动不动地以各种理由调戏猥亵，花豹子的父亲敢怒不敢言，忍气吞声地苟且活着。渐渐地一对儿女来到人世，女儿漂亮美若天仙，儿子健壮强如豹子，于是女儿就叫花如仙，儿子就叫花如豹。哪知这名字也真叫出了名堂。女儿越长越漂亮，赛过西施赛过貂蝉，而且琴棋书画样样精通。儿子越长越强壮，随了关公随了赵云，不爱诗书文章专爱舞棒弄枪。后来在他十三岁的时候，父母看他实在不是读书的料，就送他到少林寺拜师学武。这一走就是三年，哪知回来时家破人亡。年轻气盛的他乘夜色潜入恶少的家，一不做二不休一股脑儿用杀猪刀砍死砍伤了恶少祖孙三代十几口人，并把恶少的人头挂在大门口。就这样，雪了仇恨的花豹子自知无法在新田待下去，连夜逃到了紫金山。

花如豹在走投无路之际看到了佛，这位少林寺的俗家弟子认为是佛显了灵，是佛拯救了他的小命！顿时，他来了精神，浑身充满了力量。歇息够了的他来到了峭壁下，来到了那个藏在山旮旯与世隔绝的小山村，他把自己的身世告诉了这几户靠打猎采药维持生计的山民，敦厚老实的山民接收了他，他在山民的石屋子里住了下来。花如豹是个实心人，他把自己看到石佛的事原原本本地告诉了山民，并说出自己的看法——这里是个风水宝地。村人将信将疑，他们在这里一辈辈地过，也经常上到峭壁上采药到松林里挖蘑菇，怎么就没有看出来个佛？没有遇见过个聚满泉水的石窝窝？村人的疑惑花如豹没有见怪，眼见为实嘛！于是花如豹就带着大家攀着羊肠小道来到了那天他看到石佛的地方。在他的指点下，村民们真的看到了那个隐在悬崖峭壁上的佛，在蓝天白云的衬托下，佛像自得天工，笑面东方，神态安逸。这么大的佛！这么大的势！憨厚的山民惊呆了，赶紧跪伏叩头，祈求佛的护佑。在峭壁下，他们也看到了那个救了花如豹的石窝窝，石窝窝里聚满了清清的泉水，喝一口甘甜无比！村民们服了，他们臣服了这个山外来的第一个看到石佛第一个发现石窝窝的强壮的有一身武艺的年轻人，他们推举他为头人，称呼他为大头领，这一年，花如豹正十七岁。

花如豹当了头人，这个头人他不能白当。他拿出从恶少家抄来的浮财，分发给村里的人，让他们购置家畜农具改善生活。他把村里仅有的几个青年后生组织起来，和他们一道把村后那条上山的羊肠小道拓宽修平，凿石伐木和泥垒墙，在石佛下盖了个小庙，庙里挂了一张红布，红布上书写了一个大大的佛字，每日供奉。在松林里，他盖了三间小屋，每天面壁诵经修炼佛道。

花如豹平静的生活没有几天，官府摸到了这里，杀了村里的人，烧了村里的房，多亏花如豹和几个年轻人藏在了佛像下才躲过了一劫。天下之大竟没有容身之地，躲也是死藏也是死，还不如干脆反了，痛痛快快地占山为王，活一天就硬硬朗朗一天，就是死了，也死得轰轰烈烈！就这样，花如豹和那几个后生焚香磕头歃血为盟，当着石佛的面喝酒发誓，正式挂起了旗帜，拉起了杆子，自称山大王，干起了土匪。

当土匪得有个称呼，直呼其名不尊重，对外联系也不方便。年长的称他为豹弟，年少的称他为豹兄，新来的兄弟都称他豹王。花如豹也觉得这个称呼好，干脆去掉了名字中的如字，号为花豹子！这一年，他二十五岁。

花豹子的山寨可谓固若金汤，成了紫金山最有派头势力最强的土匪。花豹子的土匪与一般山寨的土匪不一样，他招来的土匪大都是与官府有仇，被大户人家欺负的走投无路的人。他有他的山规，不准恃强凌弱，不准滥杀无辜，不准淫乱妇女，要像梁山水泊的好汉一样，杀富济贫，除恶铲暴。转眼又过了十五年，他也四十岁了。四十岁的他还没有成家，山寨里没有个压寨夫人，他也没有后人。喽啰们觉得这样不妥，偌大的山寨没有后人不行！于是鼓捣着花豹子娶妻生子。

人常说：三十而立，四十不惑，五十知天命。四十岁的花豹子打打杀杀二十多年，风里雨里死里生里，风腥血雨啥滋味都尝过，唯独没有沾过女人身尝过女人味。早年间他在少林寺习武，师傅教了他童子功。童子功的要领就是不能睡女人，泄了精气功夫就废了。因此，他非常注意收敛节欲，他的山寨里没有女人，他也不许喽啰们在外乱搞女人，就是逛窑子寻婊子也要看个二四六，不能啥人都沾。花豹子为什么这样做？他有他的道理。占山为王和官府作对，要的就是兵强马壮！他害怕他的喽啰们拈花惹草玩物丧志，官兵打来时，变成了一群废物，他不愿意看到山寨毁灭人头落地，所以他定下了这么一条特殊的山规！

花豹子的山规起到了作用，他的山寨清一色的男人，没有媚色和脂粉，大家鼓着劲地练兵习武，山寨一天比一天强大。那些受不了清规戒律约束的人偷偷地溜走了，那些认为上了山就可以为非作歹祸害妇女的人不来了，花豹子的山寨反而纯洁了不少。随着时间的推移，花豹子的清规戒律渐渐地被大伙儿漠视。人是情感动物，两性交媾是人的本能。山寨里的男人们不是和尚，凡胎俗人就得成婚嫁娶，为的是满足人本能的欲望和繁衍后代。寨子里不许有女人，寨外花豹子就管不了了。他的喽啰们的女人遍布紫金山的村村寨寨，有些喽啰干脆逃出山寨，埋名隐姓过起了普通山民的生活。这样一来，他的骨干走了不少，队伍反而被削弱了。

花豹子看到了这一点。看到这一点还得从他自身说起。他也是人，也想花前月下有个娇滴滴羞答答的女人陪着，也想被窝里有个滑溜溜软嘟嘟的女人搂着，也想赤裸着身子和女人如胶似漆神魂颠倒地嬉戏，也想那娇月般杨柳样如水似的女人给他生一大窝豹仔！他没有责怪他的喽啰们，他是信佛的，他是少林寺的俗家弟子，是佛保佑了他，成就了他，给了他容身的山寨。但是这里不是寺院，清规戒律对这些凡胎俗人没有作用，这样要求不仅害了他们也害了自己。于是他悄悄地破了自己定的山规，对那些有女人的喽啰不再追究，并允许他们在山寨里造屋住宿。这下子他又得了人心，他手下的喽啰们又陆陆续续归顺了他，他的队伍扩大了，他的山寨扩大了，有了女人和孩子，石佛下的小庙香火旺了，他的山寨又红红火火起来。

花豹子听从了喽啰们的话，他要为自己寻一位压寨夫人。花豹子放出了话，压寨夫人一要年轻貌美身段苗条，二要识文断字知书达理，三要能生会育、管家理财。喽啰们撒下了一张网，各自利用自己的亲朋好友，四处打探踩点，要为头领寻一位可心的压寨夫人。

话说郭家庄就有花豹子的眼线。此人姓俞名来财，经营着一家小茶馆。小茶馆人来人往各路消息很广。他便利用这个身份给山豹子打探消息。俞来财个头不高，粉脸白肤，八字眉三角眼。此人油头滑脑刁钻奸猾。因为在一次窃货中，他用身体挡住了一支冷箭，救了花豹子的命，所以花豹子对他十分敬重。赶巧，花豹子要在郭家庄建眼线，俞来财吃不了山上的苦，就请求去郭家庄当线人。花豹子看他是救命恩人，就爽快地答应了。小茶馆的生意好坏无所谓，经费都是山上供给，主要是打探消息和踩点，打打杀杀的事他不干，好吃好喝安逸舒服却少不了的。一晃几年过去了，一心吃喝玩乐的他自然不会踩着大点，没有给山上弄到什么好处，时间长了，自己都觉得没脸进山，生怕花豹子撤了他的点，拆了他的安乐窝。就在他左右为难的时候，传来了花豹子要找压寨夫人的指令，这真是瞌睡给了个枕头，俞来财有主意了。

人俊了是福还是祸？每个人都有自己的看法。大家都想长得漂亮长得潇洒，男人如此女人更是如此！但是老天爷不会把人做成一个模样，那样就不会分出好坏俊丑来。特别是女人，都说女人是水做的，那是指女人的身段脸蛋和眼睛。女人要有杨柳般的身段，这种身段如水般的柔软，这是一种软骨香肉，软骨香肉的身段风韵会迷倒多少男人？女人要有漂亮的脸蛋，这种脸蛋要像玉一样如水般的润白，这种光亮剔透柔润洁白的脸蛋会打动多少男人？女人还要有一个透彻的像珍珠般的眼睛，这种水汪汪黑亮亮的眼睛会使多少男人束手就擒？这样的身段、脸蛋和眼睛就是一个无价之宝，有了这三样，你能说这样的女人不漂亮！秀秀就有这样的身段这样的脸蛋这样的眼睛！秀秀在这一带山村里就是最漂亮的女人。

秀秀的漂亮美丽是天生的自然的清纯的。这应该是女人的福气吧！但是秀秀的漂亮美丽没有给她带来什么福气，甚至她还没有真正领会到自己是怎样的美丽漂亮，就遇到了许多不好过的坎不好闯的关。唉！秀秀这个女孩，真应了老辈人说的红颜薄命！真是福兮祸相依，她才刚刚十七岁，十七岁给她带来的不是福而是祸！

因为漂亮，秀秀成了一些流氓痞子土棍混混的猎物。二赖子就是因得不到秀秀而把脏水泼向她。一串串的闲话搞得他和强强两家都很不自在。要说前一次撸槐花有了闲话算是一次小祸的话，这次不一样了，俞来财要把秀秀呈献给花豹子，以取悦花豹子巩固自己在郭家庄的安乐窝。俞来财用心险恶是有原因的，他也是因为嫉妒秀秀的美丽垂涎三尺，苦于得不到她进而祸害她。在郭家庄俞来财和二赖子是一路货色。他同样对秀秀存着歪心，只是惧怕庞氏家族的势力才不敢胡作非为。二赖子是吃不到葡萄说葡萄酸，得不到她就诋毁她！而俞来财呢？他比二赖子更坏，得不到她就把她往虎口里送！现在他就是在实施他的罪恶计划，他要把秀秀说给花豹子。他要的是秀秀成为土匪婆，生不能进家门，死不能入祖坟。这样他可以一举两得：既给自己找到了实惠，还祸害了这朵鲜花！

俞来财来到了紫金山，阔别了多年的佛泉山寨更加坚固险峻。沿着羊肠小道他来到松林里的三间石屋，这里是花豹子的住所也是他商议大事的地方。多年来他一直一个人住在这里，在他的石屋后边是他的贴身保镖住的小屋，也是三间，住有十个人。花豹子喜欢清静，因为他每天都要面壁朝佛诵经，用石窝里的山泉做饭泡茶沐浴，所以他就住在这里。凡是山外的人来到这里，必须先到石窝窝跟前，舀山泉水净手洗脸，然后再来到小庙向着石壁上的大佛叩头焚香，这些事情做完后，在喽啰们的带领下，才能到石屋里拜见花豹子。

俞来财在石窝窝前净了手洗了脸，跪倒在小庙前面对着悬崖峭壁上的石佛，心里却有点慌张。大佛在云雾中时隐时现，阳光照耀的山岚飘浮在石佛的身边，石佛更显得神圣威严。恍惚中俞来财觉得大佛真的从天而降，大佛能洞察人间的一切，大佛看透了俞来财那点小伎俩，大佛看透了他的那颗卑鄙的心——俞来财心虚了，他觉自己在作孽！……但是他又不甘心，他要孤注一掷，人不为己，天诛地灭！什么大佛不大佛，他不信佛！

花豹子其实长得很俊，不像他的外号那样唬人。此人中等朝上的个儿，四肢匀称结实，大眼高鼻阔嘴，五官端正脸色红润，衣着整洁不留胡须，整个人显得精神利落。花豹子常年习武，身强力壮。小说《水浒传》中说到武松在景阳冈赤手空拳打死了一只吊睛白额大虎，这些只是书本上写的，人们没有见过真的。花豹子赤手空拳打死一只紫金山中的豹子却是真事。

那年他在石屋念经，风雪夜半，起身小解，来到屋外突然发现门前卧着个黑乎乎的东西。这黑乎乎的东西见到灯光，猛地一蹿，蹿出丈把外，低首弯身扭臀，口中发出呼呼地闷吼，一条钢鞭似的尾巴竖在身后！“妈的！这个畜生！”花豹子骂了一句，他知道遇上了豹子。

那年他二十六岁，是扯起花豹子大旗的第二年。在山里已经多年了，早就听山民们都说这一带有个豹子出没，吃人吃牲畜。年轻力壮心高气傲的花豹子早有杀豹之心，一来树自己的威风，二来为民除害。只是豹子来无影去无踪，无法了却他的心愿。今天可好，豹子找上门来了，哪有不除之理！于是他来了精神，要杀死这只豹子。就在他活动筋骨要和豹子厮杀一番的时候，心里莫名其妙冒出一股想法，难道说这只豹子是嫌我盗用了它的名讳？罢罢罢！盗用你的名讳又有何不可？你是畜生我是人！难道不可用之？用是对你的高抬！哈哈！都怨你不走运撞到了我的手上，别怪我对你不客气，你就是给我的礼，是佛让你给我这人间豹子的厚礼，让我成为紫金山真正的豹子！想到这里花豹子来了精神，既来之必除之，为自己树威，为山寨增光！

其实这只豹子经常光顾这里，它是要到石窝窝里喝泉水，因为怕人，它都是夜深人静的时候才来，所以没有遇到过人。这次凑巧了，豹子喝了水，漫天大雪寒气袭骨，它要找一个地方歇息，看到石屋门前避风，就卧到这里来了。

豹子这东西有个特性，就是尽量避开人，如果实在和人避不开了，那就是仇家相见，自然要来一场生死厮杀。

紫金山的豹子和中条山的豹子属于同类，都是使人闻风丧胆的金钱豹。金钱豹有着一身美丽的花纹，白天，阳光透过森林洒在它金色的皮毛上，豹子身上的斑点和玫瑰花形图案形成了一层华丽的伪装，如果豹子站着不动，就是几步之内也难发现。金钱豹喜欢夜间活动，是有名的偷袭高手，它会爬树，常常藏在高高的树桠上，它也会巧妙地利用树木隐蔽自己，出其不意地攻击猎物。月光下，金钱豹是漂亮的，细长优雅的身躯下那条白色的轮廓格外清晰。金钱豹在山林中，除了老虎就数它厉害了，又因为它会上树，老虎又有不及它的地方。金钱豹捕获猎物技巧相当高，就像一只大猫，四条腿弯曲着四只脚掌轻轻挨着地，身子拉得长长的静静地埋伏在那里，如果时机得当，它会突然跃出闪转腾挪，如风如光，以迅雷不及掩耳之势把猎物制服。当地的老百姓和猎户都惧怕金钱豹，就连猎狗见到它也是夹着尾巴低着头呜呜咽咽腿软骨酥。

金钱豹围着花豹子在转圈，两只大眼闪着绿光，龇牙咧嘴喉咙里发出呜呜的吼声，它在寻找时机，一下子扑倒眼前这个不怕自己的人，然后咬断他的脖颈，然后拖着他爬上一棵大树，把他挂到树上慢慢享用。花豹子也跟着金钱豹转，他在盘算如何一招制敌，人和野兽不能纠缠，野兽又咬又抓，人不是它的对手，黑天黑地把人转晕糊了，就成了豹子口中肉了。突然间，花豹子脑子闪过当地猎人的一句顺口溜：打豹打鼻，一拳制敌！这种方法究竟行不行？他没有考证，据说是一些老猎户听猎户的爷爷的爷爷口传的，老虎的屁股不可摸，豹子的鼻子就可打？那豹子的鼻子就在那血盆大口的上边，那地方是说打就能打的吗？弄不好，打到那两颗钢刺般的豹牙上还不拳碎骨裂！传说误人呢谁试过？其实这不是误传，这是猎人们用生命换来的宝贵经验。刀枪斧叉猎人们即便耍得娴熟飞快，但没有豹子的闪转腾挪快，时间长了，人就没有力量了。打蛇打七寸，打豹打鼻子。通过解剖，猎人们发现豹子的鼻梁骨最薄弱，轻轻的一击就可打断鼻梁骨，鼻梁骨连着豹子的大脑，豹子会立即昏死过去，这就是制服豹子最有效的办法。有人说多年前，紫金山一个姓扈的猎户，就用这个办法打死过一只金钱豹。办法是对的，可使用起来谈何容易！这犹如虎口拔牙！豹子的鼻子在豹子的嘴巴上，打不着鼻子打到豹子的嘴里，就等于自己找死！唉！顾不得这些了，花豹子和金钱豹对峙着已有半个时辰，豹子是越来越勇，花豹子却感到有些吃力，再转下去他会头晕目眩步履不稳，他抻了抻胳膊，握紧拳头站下了。金钱豹也站下去了，它不明白眼前这个人咋不怕自己？于是它躬起身子，猛然一跃，像一道闪电迎面扑向花豹子。花豹子急中生智，呼呼呼连着往后退了几步，刚一停稳，就见空中落下一个黑影，黑影扬起头向他扑面咬来。紧急中花豹子看到了金钱豹血盆大口铮铮白牙，他还看到嘴上那黑黑的鼻子和鼻子后边那双绿莹莹的大眼。就在金钱豹落地的瞬间，花豹子使尽平生力气扬起右拳狠狠地朝着那冒着热气黑溜溜的豹鼻打去，只听“嘭”的一声闷响，那只铁拳恰好稳稳地砸在金钱豹的鼻子上，只见金钱豹“嗵”的一声坐了下来，痉挛着身子翻了个滚倒在了雪地上。花豹子愣怔怔地站在那里，胳膊好像断了，浑身的关节骨头都觉得麻了，他再也支撑不住自己，软软地瘫坐在地上。

屋外的响声惊醒了小喽啰，大家赶忙跑出来，扶起瘫坐在地的花豹子。花豹子指了指眼前的金钱豹说：“小的们，看看死了吗？不死的话，当头给上几棒！注意，别弄坏了皮！”

“呀呀！大头领！是豹子，金钱豹！”喽啰门凑过去，惊讶地瞪大了眼睛。

“看好了，稀罕吧！不是豹子难道是狗？”花豹子缓过劲了，踢了踢躺在地上的金钱豹，金钱豹七窍出血的豹脸狰狞，“这畜生！不经打，只一拳就没命了。”花豹子揉着胳膊揉着手掌，他的铁拳配合他的功力才有了今天的神力，不然的话，他可能成了豹子腹中美味了。

“大头领，你可真厉害！”喽啰们目睹一脸黑血的金钱豹惊奇地瞪大了眼睛。

“这是佛爷赐给的厚礼。”花豹子回过神来，面向大佛叩头礼拜：“佛爷呀！谢谢你的恩赐，我花豹子今日起就是一只真正的豹子了。”说罢长跪不起，唏嘘不已。

“大头领，这豹子咋办？”喽啰们问。

“这豹子也是个有灵性的，我们要好好待它。”花豹子让喽啰们把金钱豹抬回屋，然后燃起三炷香，他和喽啰们对着金钱豹磕了三个头：“金钱豹，既然佛爷把你赐给了我，你就是我的了，我怎么处置，请你不要见怪。”直到现在，花豹子还是不敢想，自己怎么就能一拳打死个金钱豹，不是大佛保佑是啥？他要感谢的是佛。做完这些法事后，花豹子的心静下来了，他吩咐喽啰们：“选个好日子把它扒了，豹子皮熟好挂我屋里，留着是个念想。豹子肉煮了，分给弟兄们食用。豹子骨权当虎骨到山外卖了。这豹子全身都是宝呀，据说熊掌虎掌肉厚，是稀有的佳肴，可是谁吃过豹子掌，我想这豹子掌也不次于熊掌虎掌吧？给厨子说说，做一道红烧豹掌！咱们尝尝！”花豹子不是一般的土匪，生性勇猛但不暴戾，虽有野性但也有理性，说他有勇有谋不过分。

花豹子一拳打死一头金钱豹的事情传遍紫金山，山民猎户崇拜他，土匪喽啰臣服于他，他的名声他的势力他的山寨不断地扩大，成了紫金山里最大的一股土匪。

俞来财小心翼翼地来到石屋，石屋的正堂挂着一张金钱豹的豹皮。豹皮下有一张木椅，这张木椅就是花豹子的座椅。座椅前边有一张八仙桌子，上边摆着一把大刀和一把盒子炮。

俞来财低头哈腰低眉顺眼恭恭敬敬地进了屋。他看到，花豹子正襟危坐一脸的严肃，四周站满了喽啰，喽啰们手握大刀满脸肃气。俞来财双腿一软赶紧跪下，深深地叩了个头："小的祝大头领万事如意长命百岁！"

"是俞老弟啊，起来起来，有话站着说。"花豹子开了腔。

"大头领福运高照！小的给大头领道喜来了……"俞来财油腔滑调耍起嘴皮子功夫。

"这话咋说？几年不上山，总不会拿一箩筐好话糊弄我吧？"花豹子话中有话，这个俞来财在山外的安乐窝只会贪图享乐，就没有踩过富足的点报过有用的线索，所以他不客气。

"大头领，小的这次踩着两宗大买卖，所以才赶着上山，请大头领裁定！"俞来财眼睛在转心也在转，他知道这次上山的风险，如果线索没有价值，可能他就回不去了。所以他在说秀秀的事上还加了个保险，就是把郭家庄老财主郭公鸡的事一并报来，这样才好取得花豹子的信任。

"两宗好买卖？说来我听听。"花豹子来了精神。迫于官府的围剿，他的队伍很少下山，山寨里补给日渐稀少，日子过得很是艰苦。这些日子他正寻思怎么下山，捞上一人票，过几天自在日子。俞来财来的是时候，瞌睡给了个枕头，花豹子的脸色好看了。

俞来财是个四面耍巧八面玲珑的人，两句话说活了花豹子他心里有了数，豹颜大悦他可以顺着自己的思路编下去，他要保命，没有命了何提富贵荣华？于是他有了主意："大头领，小的几年来工夫没有白费，终于踩着一个大点……"他留下半句话，他觉得人都是一样，温饱思淫欲，先说金钱再说美人，可能才稳妥点。他噎住后半句，就是试探花豹子的反应。

"踩着一个大点？"花豹子坐不住了，他走到俞来财跟前，目不转睛地盯着他："真的！一个大点！"花豹子囊中羞涩，他太需要钱了。山寨里百十号人吃喝拉撒。没有进项哪成？

"大头领，小的不敢诳言！小的几年来受苦受累就是为了这个大点，只要这次大票捞着了，敢保山寨吃喝不愁享乐一阵。"俞来财暗自高兴，他觉得捏着花豹子的软肋了：人为财死，鸟为食亡！世上哪有不吃腥的猫？于是他迎着花豹子的炯炯目光，眉飞色舞说出了自己早已想好的计划，他要用这个计划为他的第二个计划铺垫。彻底打消花豹子对自己的不信任。

郭家庄的老财主名叫郭富元，此人家有良田外有买卖，是塬县有名的大财主，也是有名的吝啬鬼。郭富元有个外号叫铁公鸡，意思是他吝啬到一毛不拔。人们说他上茅房，如果不是在自家地里，多远也要回家方便，意思是肥水不流外人田。又一次内急得很了，离家又远，情急之下收不住了，就拉到裤裆里去了，别人都嫌臭，他却不然，硬是夹着泡屎回到家，逼着下人把洗了衣服的粪水倒到地里才了事。郭公鸡只敛钱不花钱，别人休想从他这里得到什么。按说偌大的一个庄园，建得富丽堂皇，家丁护院的一定不少，然而郭公鸡不这么做，他只有几个贴身的家丁，他把看家户院的差事交给了在县城当保安团团长的女婿陈纶，使用保安团的大兵给自己看家护院。尤其是到了晚上，整个庄园没有路灯，黑乎乎的一片，郭公鸡说，当兵的值更哪有点灯的，那不是把自己暴露了吗？就这样他为自己省下了大量的灯油。郭公鸡抠门吝啬习以为常，其实这是他发家的秘籍，年轻时在外闯荡，靠的就是抠门吝啬和投机钻营才有了煤矿和商号。煤矿和商号给他带来了滚滚财富，家里的塬地又给他带来享用不尽的粮食。手上有钱家里有粮，他完全可以吃山珍海味，穿绫罗绸缎，游大山美川，玩绝色女人。但是郭公鸡非也！吃粗茶淡饭，穿粗布衣衫，不爱美女，只顾江山。他把赚来的钱都用于盖房置地，他的家院套院，三进三出，亭台楼阁，红砖绿瓦，斗拱飞檐，画梁雕栋，不比县衙差，好似小皇宫。上了年纪后，郭公鸡就回到郭家庄养老，他把煤矿和商号分给他的两个儿子打理，老大管煤矿，老二管商号。两个儿子和郭公鸡一样都是敛财好手，不同的是儿子会享受他不会享受。时间长了，儿子们都在外购置了家产，并娶妻纳妾花天酒地过起了奢侈的生活。只是逢年过节必须回家，他们得给郭公鸡带回些煤矿和商号的红利。郭公鸡是来者不拒，这是他定的规矩，儿子继承他的事业，就得给他分红利，这是天经地义的。其实他并不需要这些钱，他的积攒一辈子也花不完，他要的就是这种生意上的规矩，他要用这规矩刺激儿子们爱岗敬业，把祖上传下的家业发扬光大！儿子们的进项是丰盈的，他便把这些钱藏了起来，他有家丁也有管家，但钱财从来是事必躬亲，谁也不能插手！粗茶淡饭不淫不赌，郭公鸡身体健壮精神快乐，悠然自在地在家乡过起了陶渊明式的生活，每天晨练早读，写字绘画，独自陶醉，乐在其中！他给自己写了一幅字：无事在怀为极乐，有长可取不虚生。可谓精辟也！

郭公鸡的财产俞来财早已垂涎，只是惧怕郭公鸡的势力才不敢妄动。郭公鸡的女婿是塬县的保安团团长，黑白两道通吃，他怕偷鸡不成反而蚀了把米，引火烧身自身难保。近日听说塬县保安团被编入阎锡山的晋军，调到娘子关布防，这样，郭公鸡就成了无人保护的泥菩萨，劫取他的钱财犹如囊中取物唾手可得！

听完俞来财的叙述，花豹子心花怒放了。天助我也，天助我也！过去就是惧怕郭公鸡的女婿，他才偃旗息鼓，没有动过郭公鸡的一根鸡毛，今天郭公鸡的女婿被改编了，调到了与河北交界的娘子关打仗去了，是死是活天知道！好了，这块心病去了，他可以放手大干了。

“俞老弟，你这个点踩的不错啊！事成之后，大哥赏你！”花豹子拉他坐到凳子上：“小的们，上酒！给俞老弟接风！”

“不敢不敢，大头领，小的还有一件事禀报。”俞来财觉得该说秀秀的事了。

“还有一事？不急不急，边喝边说……”花豹子把一碗酒递给俞来财：“喝！喝了再说。”

俞来财不敢怠慢，端起酒碗和花豹子一碰：“乘蒙大头领关照！”说完一饮而尽。丢下酒碗，乘着酒劲，俞来财把接到指令为花豹子找压寨夫人的事说了出来。花豹子一听，果然是喜事，就有点着急：“说说说！说说说！喜事就是急事，你这个人，藏着掖着的，咋不一股脑儿说完呢？”

“好好好！我说，我说！”俞来财不敢怠慢，“这个女孩名叫秀秀，年方十七，就是与郭家庄一沟之隔的庞家窑村庞永荣之女。人长得貌若天仙，犹如月中的嫦娥……”俞来财摇头晃脑咬文嚼字，他不会形容秀秀的美貌，反而说不到点上。花豹子有些急了，厉声说：“我的帖子你看到了吗？三个条件一个不能少！”

“看到了，看到了，一要年轻貌美身段苗条，二要识文断字知书达理，三要能生会育、管家理财。”俞来财倒背如流。

“知道就好，这三条那个秀秀能达到吗？”花豹子厉眼看着他，他要弄明白。

“大头领，我嘴笨不会说，反正这个女子在这一带是数得着的美女，她念过私塾读过学堂，知书达理识文断字，有文化懂礼节，会唱歌会写字。那个那个……身段儿似柳条，脸盘儿似月亮，大眼睛高鼻梁……那个那个……反过来正过去，那眼睛会传情，那脸蛋会说话，那声门赛银铃，那说话像唱歌。哎哎哎！那模样那气质，白是白红是红，咋看咋美，咋看咋顺。啧啧啧！凡人喜爱，神仙颠倒，就是傻子憨憨也会被她迷倒……”俞来财海阔天空胡吹乱捏一个劲地往好里说。

“有这么好的事？只是……”花豹子被俞来财的好话迷住了，听说是庞永荣之女他有顾虑，“大家闺秀，愿意上山做土匪婆子？”花豹子知道庞瑞珩的事，庞永荣是他的长子，秀秀是他的长孙女，这家人在响水塬名声很好，要动他家的女子，他觉得还是小心点好。

“大头领，不要想得那么多，土匪也要有女人呀！只要这个女子好，抢上山不就是了吗！咱们先成亲后行礼，生米做成熟饭，现在的人都是嫁鸡随鸡嫁狗随狗，接上山圆了房就万事大吉了，什么愿意不愿意？咱们愿意就行！”俞来财生怕花豹子变卦想着法说。

“最好是先礼后婚，找压寨夫人是喜事，也是我一辈子的大事，我要的是女子自愿，两厢情愿才能百年好合，我不愿意在婚事上打打杀杀，喜事不能见血，强扭的瓜不甜呀！”花豹子想起自己的妹妹，他不愿意做那些伤天害理的事。

“大头领，既然说到这里，我看咱们还是见一见秀秀，如果人合意我们就干，不合意就算了，也是我尽到了心意。”俞来财不敢坚持自己的意见，他心里想，秀秀那个尤物人见人爱，只要大头领见了人，没有心不动的，除非他是不食人间烟火的佛！

就这样，花豹子带着他的喽啰们下了山。花豹子在郭家庄的行动得手了，而且出奇得顺利。这顺利不是来自花豹子的威慑，而是郭公鸡的“大度”！

郭公鸡虽然很吝惜，爱财如命守财如奴！但是真正用命来护钱的时候，他来了个一百八十度的大转弯，他觉得钱算个啥？狗屁！钱是为人服务的，自古就有说法，钱是身外之物，丢了还可以挣！命才是真真的自个的，一人一生只有一次，丢了就找不回来了。只要命在，还愁挣不来钱吗？平日里攒钱，就是防患于未然，花钱买平安嘛，值！于是在花豹子拿枪顶着他的脑壳的时候，这个铁公鸡乖乖地交出了藏钱的柜子。

花豹子不费吹灰之力就得到了五千块白花花的银元，他没有再为难郭公鸡，只要他再使一点劲，肯定还能榨出更多的油水。花豹子是聪明的土匪，适可而止，不能赶尽杀绝，郭公鸡拿钱买平安，就应该给个人情，顺水推舟各自都好下台，越货不杀人是上上策！

郭公鸡也真是大度之人，一下子就给了五千元，在这些银元搬走的时刻，郭公鸡无动于色，好像不是自己的财宝，其实他心里也在一直斗争，他作出的是一般常人难以作出的决定，他在心里默诵着“舍得”两个字，他认为，世上的事就在于舍舍得得，有舍才会有得，大舍大得为大智慧也！郭公鸡的修炼了得！他的明智带来的是全家人没有受皮肉之苦，他的像皇宫一样的庄园没有被损害，人无一人受伤房无一间被焚，留得青山在，不怕没柴烧！他损失的就是那些他平时吝啬得要命，那些人人都看得比命还重的身外之“物”！

花豹子得手太顺了，他认为郭公鸡会因钱财和他拼命，他准备的是在这里打一场硬仗。但是事情就是这样的奇怪，郭公鸡没有抵抗就乖乖地给了他钱，而且是一笔数目不小的钱，这使他有些意外有些意犹未尽和不过瘾。但是不管咋说，马到成功他还是高兴的。

人一高兴了就忘乎所以了，他没有再多想想郭公鸡违背常理的举动。乘着兴奋带着喽啰们来到了庞家窑，他要看看那个被俞来财吹得天花乱坠的小女子。如果合适的话，搂草打兔子，顺便把秀秀带上山，一举两得金钱美人都有了，他觉得这趟山没有白下，值得！

十三、小荷才露尖尖角

今年是个好年景，麦收后，雨水好，秋庄稼一个劲地往上蹿。好年景再加上好劳力，还能没有好收成。庞永荣是个庄稼人，他知道这个理，他爱庄稼也喜欢打理庄稼。他是种庄稼的好手，他的地在他的打理下，给的是一家人的丰衣足食，所以侍弄庄稼是他这个庄稼人的头等大事。但是现在他要放下这个头等大事，他不能静心地在家里侍弄庄稼了，他现在的头等大事就是秀秀的婚事，他要把全部心思都放到秀秀的婚事上，他觉得这是一步妙棋，这一步棋活了，全家都活了，这要比种一年庄稼强得多。庞永荣的算盘打得够精，为了多接触刘掌柜，他还是忍痛割爱丢下庄稼赶着他的马车进城了。

庞永荣不在家，庄稼活儿就落在了春花和秀秀的肩上。小麦下茬复种了谷子，墒情好、草儿大，锄草灭茬活儿很重。今天一大早，她们就带着秀文来到村南那片谷子地。春花和秀秀在锄草，秀文也在锄草，今天他没有犯病，没犯病的时候他也能干一些活。

六月的天儿很热，春花和秀秀都脱了外衣。少女秀秀出落得十分好看，个儿高挑，亭亭玉立，面若桃花，粉粉嫩嫩。看着女儿额头上的密密的汗珠，春花很是心疼。

“秀秀，累吗？”春花紧锄了两下，来到女儿身边，顺手擦了擦她脸上的汗，“大户人家的千金小姐都深藏在闺阁，娇惯的水灵灵的嫩白白的。唉！我家倒好，我家的千金小姐还得下地干活，娘对不住你呀！”

“娘！说啥呢？”秀秀知道母亲在心疼自己就说，“什么大户人家？什么千金小姐？都是自己吹自己，不就是比别人多几亩地吗？我就是个受苦的命！吃苦受累我认啦。”秀秀不愿意把自己家比作大户人家，也不愿意把自己比作深闺里的大小姐。她觉得她的家就不是大户人家，只是一个有着二十亩塬地的庄户人家。

“不是大户人家就不是大户人家，要是弟兄们不分家，咱老庞家还真是大户人家。还是你爷爷在时威风呀！”春花想起过去的一些事还是有些感叹，“又是族长又是村长，谁不以我庞家为马首，咳嗽一声地都要抖一抖！”

“过去的事提它干啥，现在咱家就不好过。”秀秀挽了挽袖口，“爹不种地，小弟有病，这二十亩地还得咱娘俩打理，累得死去活来还种不成样，可惜了这些好地。”秀秀看重的是现实，她叹了口气。

“你说得对，娘不跟你争。我们都是女人，有些庄稼活干不了啊！”春花看看天，已经快到晌午了，再看看地，还有一半没锄就说：“我看还得锄到下午，要是你爹在就锄完了。”

“别指望我爹了，指望他，还不如指望强强他们呢！咱们慢慢干，手上不停，不知不觉就干完了。”秀秀看母亲着急就劝她。

“今年撸槐花惹出了闲话，收麦子还叫了人家，这次锄草灭茬我都不好意思叫他了。唉！要是秀文没病多好，地里这点活还用得着咱俩干，都不够他爷俩干的。老天爷，这都是命。”春花怨天尤人。

“娘！别说这些了，这点活累不着。”秀秀擦了把汗，弯腰干起来。

“歇会儿吧，着急也不是事。”春花招呼秀秀，“女儿家毕竟是女儿家，金枝玉叶这么劳作，娘心里不好受啊！”

“娘，没有那么娇气，什么金枝玉叶？我就是铁枝铜叶！累不倒趴不下。谁说女儿家就不干活啦？你不就干了一辈子。”秀秀瞅了一眼秀文：“我就盼着弟弟早日好，弟弟病好了我就不干了。”

“我也盼着你弟弟早日好，那样我也不累了。”春花说。

说着话，石牌坊下过来几个人，是金叶带着强强和金海金洋来了。

“大嫂！锄草也不叫人，你们三个行？”老远就听到金叶尖尖的声音在喊。

“他四婶，大忙天的各家都有活，没好意思叫你们。”春花说的是实话。

“谁家都有忙不过来的时候，大哥不在你们也不要逞能，你家没劳力我们都知道，强强他们今天没有活，刚好帮你们锄锄草。”金叶说的也是实话。

“大婶！前天给四婶锄草的时候，就看到你地里草大，因为手头有活就耽搁到今天。”强强说的也是实话。

“看你家锁着门，就知道你们锄草来了。”金海说。

“锄了一上午了，看把你们累的，这点活我们干。”金洋说着话就干了起来。

“这下好了，我妈不发愁了。”秀秀扬着手和他们打招呼，“心里想着你们，你们就来啦。”

“好啊好啊，又麻烦你们啦，割麦靠你们锄谷子还得靠你们，这庄稼活没你们还真不行，心里过意不去呀！回去，我做好吃的招呼你们。”春花一高兴就知道做好吃的。

说着话大家便一字排开，六个人说说笑笑来回五趟就锄完了，看看太阳正好晌午，春花死活要留他们，要给他们做好吃的西红柿鸡蛋面。她说不吃她的西红柿鸡蛋面，她心里过意不去。强强他们说还要给人打石头不能耽搁，是说好了的有期限的，耽搁了期限主家要找麻烦，为了赶活就不在这儿吃了。秀秀没有留他们，她觉得他们是真心的，是那种实实在在的兄对妹的爱！这种爱是不需要什么感谢不感谢的，因为他们的心连在一起，心在一起就是一家人嘛。

花豹子和他的喽啰们围住了庞永荣的家。

马嘶人吼刀枪挥舞，突然间冒出来那么多端枪舞刀的凶猛汉子，村子里一下子惊住了，家家门户紧闭，街上没了行人。大家都感到了危险，躲在家里不敢露面。也有个别胆大的村民，在远远的暗处偷偷地探望。

刚刚从地里回来，吃完午饭还没来得及刷碗的春花和秀秀、秀文被堵在屋里，接着又被土匪们用刀从屋里逼到了院里。突然的变故，他们蒙了，刀枪的寒气，他们很害怕。他们不知道何时何故惹上了这群瘟神。也不知道接下来会发生什么事。一切都来得太突然了，突然的让人来不及思考。

花豹子今天特别高兴，杀人越货他吃的是掉脑袋的饭。但是他今天没费一枪一弹没见一滴血，就从郭公鸡那里挖了五千大洋，你说他能不高兴吗？他感到今天运气好，银元有了，美女自然少不了。俞来财领着他围住了这处有着青砖大瓦房的院落，喽啰们又从屋里赶出来三个人，其中就有一位美女在里边，不用猜他已知道那就是俞来财举荐的秀秀。就这么乍一见面，花豹子就已相中了。现在就等姑娘一句话了，如果姑娘愿意，那可就是天大的喜事。真是老天眷顾，花豹子图的就是个顺顺利利，金钱美女统揽怀抱，一举两得两全其美了！

喽啰们找出了一条板凳，板凳放在当院。花豹子稳稳地坐在那里，他穿了一身灰色的紧身裤褂，肩上斜搭着一件黑色的斗篷，腰里裹着一张豹皮，豹皮上的腰带上插着两把瓦蓝瓦蓝的盒子炮。看他的装束就知道他是一个土匪头山大王。

土匪们围住了秀秀的家，却围不住整个村子。

刘大牛急了，他召集了护村队的队员，大家聚在祠堂商议如何对付这些土匪。

张石匠去了郭家庄，急急地把强强和金海金洋叫回来。知道土匪围住了秀秀的家，强强提杆长矛领着金海金洋去救秀秀。

“走!”金海金洋各自操起一把大砍刀。

“站住！你们要干啥?”张石匠拦住了他们，“土匪有二三十人呢，骑着马拎着盒子炮，就你们三个不是送死吗?”

“爹，救人如救火！顾不得这些了。”强强心里只想着救人，他害怕秀秀受到土匪的伤害。

“你们听我说，你们不能去干蠢事，那样不但救不出秀秀，反而搭上自己的性命!”张石匠有自己的主意，“咱们还是找村长，人多力量大，众人能搬山，事情再急也不在这一时半会儿。”

就在这时，金叶爹从外边疾步回来，看见强强和金海金洋就说：“快去祠堂，刘村长招呼你们哩，说是要打土匪。”

祠堂里已聚集了很多年轻人，大家摩拳擦掌要与土匪一拼！

村长刘大牛压住了大家的火气，他说：“土匪是游寇，来无踪去无影，人强马壮心狠手毒。打蛇要打七寸，打土匪要打他的弱处，什么是土匪的弱处，弱处就是土匪是外地人，他们虽然围住了秀秀家，但也被我们围在了村子里，想跑没那么容易。再说我们庞家窑也不是吃素的，我们练把式组织护村队干什么，就是保护一村的平安。老村长庞瑞珩就是我们的榜样，如果土匪敢胡来，定叫他们有来无回！但是我们也要看到土匪的强处，那就是他们都有枪，枪子不认人，一旦开枪我们这些大刀长矛就逊色多了，死的可就是自个的乡亲，所以我们不能乱来。现在我们急需了解土匪到我们村干什么来了。”刘大牛环视了一下，他看到了强强和金海金洋，心里就更有底了，他说：“现在我来安排一下，护村队的小伙子们带着兵器悄悄地把土匪围住，注意不要惊动他们。我和老二老三还有强强金海金洋到秀秀家去，看看土匪要干什么。如有不测，大家立即发起进攻，咱们内外开花，近距离和土匪肉搏，这样他们的枪就用不上了，而我们的刀却很得手，一鼓作气把土匪消灭在庞家窑！”

“救人如救火，这样不耽误事吗？”强强没想到刘大牛也是这样絮絮叨叨。

“自古水来土掩，兵来将挡，土匪来了就是打！”金海感到这样窝气。

“来不及了，一旦土匪动手，秀秀一家就完了……”金洋也不同意村长的安排。

“大家别急，目前秀秀一家没有问题。刚才我去查看了一下，土匪这次是有目的来的。大家想一想，土匪要是来抢的话，为什么不打不杀，不找所有的大户人家，反而一进村就直奔秀秀家？这里不能没有问题。其二，到了秀秀家也没有开杀戒，只是几十个土匪围住秀秀家，我想这里边肯定有事，所以，我们得弄明白了才能动手，我不希望死人，才做了这样的安排。”刘大牛把话说清楚了。

“我们三个跟着你们干什么？”强强觉得英雄无用武之地。

“到时候就知道了，有多大能耐使多大能耐，看看谁敢说我庞家窑无人！”刘村长说。

金叶要跟着村长去秀秀家，村长有些犹豫：“你是女辈，就别去了，打打杀杀的很危险。”

“我不怕！二哥三哥都去我也去，我代表老四，老大家有事我们不能不管。”金叶识大体明大理说得斩钉截铁。

村长的分析没有错，花豹子到庞家窑是来寻亲的，所以他不动杀戒。他现在坐在秀秀家的当院，环视着这个殷实的农家小院，三间青砖大瓦房，牲口棚猪圈鸡窝和厨房，过年时贴在门框上的对联和墙壁上的春联虽已褪色但还是红红的闪着喜气，厨房的屋檐下还挂着去年的红辣椒，多么恬静的农家小院啊！花豹子有些感慨，他十分怀念这种与世无争的恬静舒适的生活，他想起了他的那个在新田的家，那个杂货铺虽然不大，但恬静舒适的生活是他永远抹不去的童年记忆。

春花护着秀秀和秀文，在一群土匪面前十分的纤弱和无力。她的心在怦怦跳，看着土匪把家围得水泄不通，她不知如何是好，只得拱手作揖连说好话："各位……各位老大，你们……你们来我家干啥?"

"干啥！妈的，听好了!"俞来财走到春花面前，用枪顶着春花的头说，"我们大头领看上你们家秀秀了……"

"混蛋！有这样说话的吗?"花豹子不等俞来财说完就打断他的话，"滚一边去!"

"是……是……"俞来财喏喏着退到了一边，眼睛咕噜噜地乱转，他不明白花豹子的意思。

花豹子想得比较多，他觉得俞来财的作为有损于他的名声，说亲是喜事哪有拿枪逼的，太不斯文了。况且他已看到了春花身后的秀秀，一个漂亮精干的姑娘，那身段儿那脸蛋儿那种做派那种气质就是他想的那样，还有就是那种呼唤男人的气息，这气息使他心平气静，他不愿意俞来财胡来，他生怕把事情弄砸了。

"上礼!"花豹子盯了俞来财一眼，"还不快把大礼呈上!"

"这……这……"俞来财有点丈儿和尚摸不着头脑："上什么礼?"

"拿三匹绸缎五百块大洋，说媳妇哪能不花钱，以礼相待这是亲家，头次见面要留个好印象，快去办!"花豹子低声嘱咐俞来财。

三匹红黄绿的绸缎和五百块用红纸包着的大洋由四个土匪捧着送到春花面前，俞来财弓着身子哈着手低眉顺眼地对春花说："婆婆，大喜了，我们大头领看上你家姑娘了，这是聘礼，你笑纳。"俞来财说得很诚恳，他已明白花豹子看上了秀秀，他的目的已经达到，所以他可着劲要把事情做圆了，态度上来了个大转弯，温顺的就像一条哈巴狗。

刚才还是用枪顶着，转眼变成了绸缎大洋恭着，水火两重天，春花坠入了雾里云中，她没有听清俞来财说的话意，只是一个劲地推脱："各位老大……不……不敢要……不敢要……"

"婆婆！你听清楚了，这个是聘礼。"俞来财心上恨意，"我们大首领从来没有这样高抬过人，这是给你脸……要也得要……不要也得要……不要给脸不要脸……”他咬牙切齿。

“什么聘礼？我和你们根本就不相识……”春花觉得事出蹊跷，土匪怎么上门提亲呢？她一边小心地推辞一边想着对策。

“你是揣着明白装糊涂！我说的不清楚吗？这是聘礼！我们大首领看上你家秀秀啦，还不赶快谢谢大首领！”俞来财说着摸出枪，他要吓唬吓唬这个庄稼婆。

“住手！我看谁敢动！”秀秀站了出来。她已经清楚这些土匪是为她来的，她不愿意母亲在这些土匪面前受辱。她手里握着一把剪刀，剪刀的尖指着自己的心窝窝。

“秀秀，这儿没你的事……”春花用身子挡着秀秀，她已决定誓死保护秀秀，就是粉身碎骨也在所不辞！

“娘！我不能让你为我受屈辱！女儿宁为玉碎也不为瓦全！我倒要看看，这土匪究竟有多大能耐……”秀秀瞅了瞅俞来财，杏眼怒火厉声说：“滚！滚一边去！”

“大首领！你看这……这……”俞来财低头哈腰地站到花豹子身边，贴着他的耳朵说，“怎么办？这母女不识抬举，还是抢吧！抢上山得了，省的那些麻烦！”

花豹子没有回答他，他在打量秀秀，这女子好胆量啊！在他的印象中，女子遇到土匪，没有几个不吓得瘫倒在地，这样临危不惧坦然处之的太少。他觉得自己不仅被她的美丽折服而且被她的勇气折服。难得的奇女子呀！好奇之下，他有心会会这个秀秀。

其实，这时的秀秀心里也害怕，长这么大第一次遇见土匪，而且是在自己家里。过去她听人讲过土匪，她的家庭不允许她独自远离家门，她就生活在家族的实力范围内，说她是大家闺秀不错，说她是庄户人家的女儿也妥帖，因为她就是生活在这两者之间。她有过大家闺秀的良好的教育，也有着庄户人家女子的吃苦耐劳，她的双重性格使她有别于其他农村女子。看到母亲受辱，她想起古代的烈女花木兰，巾帼不让须眉，虽然心里战战兢兢，面儿上她还得坦坦然然。她站了出来要和土匪论理，父亲不在家，她是长女，她要保护母亲和弟弟。

花豹子站起来了，土匪们围过来了。他们都被这意外的场面镇住了。刀枪斧钺中头一次看到这么厉害的女子也实在稀奇，于是就围过来看稀罕，场面一下子静得吓人。花豹子突然觉得自己和自己的喽啰太没出息，好像八辈子没见过女人似的，他的怒火从天而降：“退后！都退后！稳稳地站那儿，谁要是乱动，小心敲碎他的脑壳！”花豹子拍了拍腰中的枪，喽啰们退后了，他走到秀秀跟前，然后斯文地对秀秀说：“小女子，不要激动嘛！放下剪刀吧，有话我们好好说。”他是担心秀秀出意外，自己的事不就泡汤了吗？

秀秀这时的心也基本稳住了，看到花豹子喝退了土匪她觉得他还是有人性的，她想知道他是为了什么来提亲，就是死了也落个明白。于是她说：“你们是哪里来的土匪？为什么要来我家提亲？”

“这么给你说吧，我行不改姓坐不改名，我就是紫金山佛泉山寨的花豹子，想必你听说过吧！”花豹子重新坐回木凳子，他跷起了二郎腿，佛泉山寨在这里方圆百里很有名，他觉得秀秀不可能不知道。

“知道！”秀秀回答得很干脆，“虽然他们是土匪，但也有人说他们行侠仗义劫富济贫是一群豪放的汉子，可是我今天看到的却是一群真正的土匪，打家劫舍霸占民女，一群无赖地痞混混！”秀秀说话不客气。

“骂得好！这正是我花豹子不愿意看到的，可是我们并没有打家劫舍霸占民女呀？我们是来提亲的，我们带来了聘礼……”花豹子在强调自己的理由。

“有这样提亲的吗？”秀秀打断花豹子的话，“刀戈相见，把人家的家围个水泄不通，把全村人吓个半死，是显示你的能耐呢还是有意欺负人？”

“小女子，不能这样说话吧！我花豹子也是响当当的一条好汉，说起来在这方圆百里也是一个数得着的人物，我虽然为匪，但从来不欺男霸女，各种行当都有它的规矩，匪亦有道，缺德的事我是不干的。”

“你说的很对，你确实是一个人物，叱咤风云喝五吆六，你一句话可以要了一个人的命，官府拿你没有法！你活得硬硬邦邦，自以为是天下好汉！可谁能知道你这样的汉子为什么要欺负一个小女子，我和你既无仇又无怨，我们并不相识，无缘无故你为什么要来寻我？而且还带来了这么多的人马，刀戈相见聘礼相胁，你可知道，我是一个本本分分的庄户人家的女儿，你这样做不就是毁了我的名声吗？”秀秀厉声质问。

“话不能这么说，你是大家闺秀，我是土匪头子，你知书达理，我识字不多，你贤惠聪明，我鲁莽粗野。我的山寨要发展，需要你这样的女子做压寨夫人，你是我寻找多年的最合适的人选，所以才冒昧登门求亲！”花豹子把自己的想法一五一十地说了出去。

“你说的只是你的理。你想过没有，我能同意吗？我会嫁给一个土匪吗？我们庞家是个大家族，讲究的是仁义道德和与人为善，我们不会和土匪为伍，我也不会跟你上山，我们喜欢的是平静安逸的生活，你口口声声说匪亦有道，那就请你不要打搅我的生活……”

“是嘛！你想我能罢休吗？我要是把你抢上山去呢？”花豹子自知言语匮乏

想来点硬的。

“你可以抢，你抢到的是一具尸体，但我还是清白的。如果随了你的意做了土匪婆，那才是有辱祖宗有辱先人呢！不要做梦了，要我嫁给你比登天还难！”

“好厉害的女子！口气不小呀！”花豹子突然觉得这女子非得到不行，于是他说，“告诉你吧，愿意不愿意由不得你，我今天就是要把你抢上山，你能咋样？”

“这个我信，可是我知道，你很信佛，石佛保佑了你，佛要普度众生，不准滥杀无辜。在你的山寨修有佛庙，你每天都要面对石佛诵经，你不就是要修成正果吗？你这样做是佛的旨意吗？石佛同意你这样做吗？你能修成正果吗？”

“这……这……”花豹子无言可答。秀秀的话勾起了他的回忆，二十年前那场噩梦又浮现在眼前。他恨那个福家的恶少，是他害死了妹妹逼死了父母，才惹起了他杀人复仇的怒火。他杀死了仇家逃进了紫金山做了土匪。做了土匪的他并没有失去人性，他不为非作歹，不滥杀无辜，不欺男霸女，这就是他说的匪亦有道。正因为这样，他在土匪中独树一帜，他的队伍和山寨才越来越大。他是一个佛教徒，这一切他都归功于佛的教化，如果没有石佛保佑，他花豹子可能早就尸横荒野喂狼喂狗了。想到这里，他不准备再为难秀秀了，自己不能毁了自己的名声，在江湖上留下不仁不义不忠不孝的骂名。

就在这时，一阵嘈杂声在院外响起。土匪们端枪扬刀围了过来，只听得砰砰啪啪一阵乱响，土匪们东倒西歪地躺了一地。接着就看见强强金海金洋手持长矛大刀护着村长刘大牛老二老三和金叶来到院里。金叶立刻把秀秀和春花推进屋里，强强则手持长矛金海金洋手持大刀立在村长刘大牛和老二老三身前，一行人守在门前警惕地环视着周围。吃了亏的土匪们不甘罢休，一个个端起了枪，枪口指着这三个身强力壮武艺高强的后生。

花豹子没有想到庞家窑有这么好身手的后生，他的喽啰们也不是吃素的，可是到了他们的跟前，一个个就像那卤水没有点到的豆腐，软塌塌的提不起来。他觉得自己是小看了庞家窑，为了不吃眼前亏，看到事态的火药味越来越重，他连忙喝住手下的喽啰：“干什么！干什么！端枪干什么！”看到喽啰们收起了枪，他才两手拱起对着村长刘大牛和老二老三说：“敢问几位是何处绅士，为什么来挡我的事？”花豹子是个识时务者，能大能小是他的本事。

村长刘大牛礼貌地拱了拱手说：“鄙人是村长，这两位是秀秀的二叔三叔。请问你的尊姓大名，为什么到这里来了？舞刀弄枪的我们不欢迎！”

“啊！误会了……”花豹子搭了个哈哈腔说，“鄙人就是紫金山佛泉山寨的花豹子，鄙人所到之处必然要带喽啰，喽啰嘛就是舞刀弄枪的，不要见怪！不要见怪！”

“噢！原来是佛泉山寨的大首领。请问你们到这里来干什么？这家男人不在，只有孤儿寡母，是不是要抢占民女谋财害命！光天化日之下竟敢如此嚣张，是不是小瞧我庞家窑欺侮我庞家窑！”刘大牛义正词严不客气。

“言重了，刘村长，我不是你想象中的土匪。是土匪能不杀人吗？”花豹子故意停顿了一下：“我是来提亲的，是来向秀秀提亲的。你看，这就是我提亲的四色礼！”他转过身，指了指那四个捧着绸缎和大洋的喽啰。

“花头领，你这不是提亲，你这是逼亲。儿女婚事，自古都是媒妁之言父母做主，而且讲究的是男亲女爱心心相印。你看上谁了你就要叫人家做你的压寨夫人，这不是逼婚是什么？”刘村长说。

“这个……”花豹子自感理亏，在秀秀面前他就已经是下风了，对刘村长的问话，他更是无言可答。看来只能是打马回府鸣锣收兵了，于是他向刘大牛拱拱手说：“是鄙人的不对，鄙人已经反悔了……不过，这个秀秀真是个难得的奇女子，只是鄙人没有这个福气，如果有她辅助鄙人，我的佛泉山寨会越来越好……对不住，打扰了……我这就走……”花豹子从心里也是很敬佩庞瑞珩的，他也不想和庞家窑结下梁子，娶媳妇嘛既然人家不愿意自己也就不能强迫，他觉得应该收起那颗不安稳的心，于是他挥了下手，喽啰们收枪掩刀骑马扬鞭，眨眼间就离开了庞家窑，马蹄扬起的尘土好久好久才散去。

花豹子在庞家窑闹腾了一阵走了，好歹村里没有出事，但村民们还是惊出了一身冷汗。特别是春花，她深深地体会到女大不可留、留下是非稠的古训正确。前次的闲话是和强强有关，这次比上次动静还大。是土匪看上了秀秀，光天化日之下土匪们荷枪实弹来寻亲。庞永荣不在家不知道这件事，春花可是铁了心，要赶紧给秀秀找婆家。

花豹子死了，他应了秀秀那句话，没有修成正果。花豹子的死和俞来财有关。如果他不听俞来财的话，不来打劫郭公鸡，或者打劫了郭公鸡不在庞家窑耽误半天，也许能躲过这场灾难。但是事情就是这样，在佛泉山寨的天险“一线天”的大沟里，他被郭公鸡女婿陈纶的保安团围得水泄不通，身中数弹暴死荒野。

原来，郭公鸡女婿的保安团并没有调到省城改编，只是换防到大邑。俞来财为了达到自己的目的，谎报了军情。花豹子得手后放松了警惕，心想跑到庞家窑顺手牵羊把秀秀搞到手。哪知这样就耽误了时间，就在花豹子前脚刚刚离开郭家庄的时候，后脚郭公鸡立刻派了亲信骑着快马到大邑报了信。就在花豹子在庞家窑和秀秀僵持的时候，郭公鸡的女婿立刻带着一个营来到大邑的青岭镇。他命令营长在花豹子回佛泉山寨的必由之路“一线天”设了个口袋阵，自已在山上督战。天黑时分，战斗打响，花豹子的土匪一个不剩被剿了个干净。五千大洋又如数回到了郭公鸡的手里。那个满肚子坏水的俞来财，他的头颅被挂在郭家庄的城门上，郭公鸡恨他骂他："这个家伙，藏在我郭家庄时间不短呀！平常对他不薄，他竟然吃里扒外搞到老子头上。呸！你也不想想，太岁的头上能动土吗？不知天高地厚的东西，你也敢老虎嘴里拔牙！"三天后，俞来财的人头被浇上火油烧成了灰，躯体被扔到大沟里喂了野狗。

十四、银器铺的秦老板

俗话说：应人事小，误人事大。

刘掌柜酒后说大话，应承要给秀秀找婆家，事后冷静一想，夸下海口的刘掌柜却犯愁了……

按说像秀秀这样的女孩，在庞家窑还真是大家闺秀，别人高攀不上呢！可在城里就不一样了。达官贵人商贾绅士这些有钱的上好人家，庞永荣是不能与之相比的。人家也看不上他这个庄户人家。门不当户不对，他是不能也不敢去贸然提亲的。他像过筛子一样把城里的年龄相仿的男孩筛了一遍。有些大户人家的孩子，不学无术，不务正业，有的还胡作非为，危害乡邻，这样的人家和孩子，他是不会给秀秀提的。也有一些懂事的孩子，知书达理，胸有大志，加上家境丰盈，如虎添翼，大都学有所成，这些人对农家闺女是看不上眼的。筛来筛去，偌大一个县城，他硬是给秀秀对不上一个号！经商几十年，什么事情没经过？偏偏在说媒这件小事上遇到了难题。刘掌柜头疼了，他怀疑自己不是“红娘”的料。可是他又不甘心，他的性格使他不能放下这件事，江湖上号称“小及时雨”的他，一言既出，驷马难追。再说他要办的事，是他崇拜的大好人庞瑞珩孙女的事，想到这里，他觉得应该办，而且一定要想办法办好。那么咋办呢？想来想去他觉得还是缘分没有到——这好比打牌，秀秀就是摸到手的一张好牌，只是没有相应的牌对，这时的棋牌高手都会把它放到手里暖一暖，并不急着出手，因为只要有耐心，也许这么一放一暖，就会等到一张好牌，局面马上就会出现转机，翻山倒海呼风唤雨大获全胜！因此在没有好牌的时候，刘掌柜只有等了，他的耐心就是等一张好牌。好事多磨嘛！他给自己开脱。

仙人居照样人来人往，刘掌柜照样迎来送往，时间在不知不觉中流逝，一晃就是三个多月。庞永荣还与过去一样，每次出车回来，都要到仙人居小斟，时不时地给刘掌柜带点外头的土特产，借此机会与刘掌柜对饮几杯。一来休息一下缓缓劲好回村，二来也是最重要的想打探一下秀秀的婚事。他还与过去一样，不铺张不奢侈，食谱很简单，一荤一素二两酒，一碗面两个饼。照样是坐在临街窗户下的座位上，一边吃喝一边观街景，一边想着心事，一边消磨着闲余的时光。

在仙人居还有一位食客比较特殊，也是一个男人，也是单身一人，也是爱在临街窗户下的饭桌上要个位子，也是一边吃喝一边观街景。不同的是这位客人穿着光鲜，衣着整洁，面色清白，不像是下苦的人。不同的是这位客人，虽然单身一人，却非常奢侈铺张，一般都是三荤三素半斤酒，吃了吃不了总是要一桌子，吃完吃不完起身就走，可以看出此人要的就是这个劲，摆的就是这个谱，好像他的钱来得就像拾的那么容易，所以也就出手阔气铺张不吝惜。时间长了，伙计们也都知道他的喜好，只要人一来，立马在临街窗户下的饭桌上给找个位子，酒菜的花样也不用招呼，只要变换着荤三素三就行。对于伙计们的安排他也不计较，图的是个自在舒服。看得出来，他是熟门熟地熟脸熟人，一切都不见外。此人不是别人，他就是仙人居对过街邻——塬县银器铺的秦老板。

银器铺在仙人居的对过，两店分别在北大街的东边和西边，隔街相对是近邻。银器铺没有仙人居派头大，没有仙人居的大门。银器铺临街是三间铺面房。两间用作铺面，一间是账房兼仓房。铺面实际上是手工作坊，有化银水的炉子和打制物品的工具。打制的物品大都是一些戒指、耳环、手镯、项链，还有小孩带的小锁、铃铛、项圈等。账房兼仓房里面放有桌子、凳子和柜子，这里是老板和客人谈生意取货付款的地方。铺面后边有门通向院里。院里的北面盖了三间瓦房，算是正房，银器铺的家人就住在这里。

秦老板的银器铺不大，作为店铺也有自己的一块匾。这块匾约三寸厚，三尺宽六尺长，用上好的槐木制成。黑底溜了金边，“塬县银器铺”五个大字是魏碑体阴刻上去的。阴刻的凹槽里填了金。也许是年代久了，店匾上的色彩不再光艳，漆面也有些斑驳，但还是透露着沉稳的光华和气质。

银器铺在塬县就此一家，人们婚丧嫁娶需要一些金货银货，大都到这里制办。银器铺老板手艺好，经他打制的物品栩栩如生，龙呀凤呀像真的一样。银器铺老板为人厚道，做生意诚实，价格实惠，童叟无欺，名声口碑很好，所以熟客回头客很多。平日里，人们都喜欢到银器铺转转，好些人是来看老板的手艺。看到红红的火苗蹿起，熔化了的银水在坩埚里动荡，等银水倒到模具中时，大家便会感叹：“哟！原来这样。”在人们的惊叹中，老板开模取件，然后去边，抛光，整饰，再放到錾板上敲打，在一阵叮叮当当的敲打声中，一件物品就会光灿灿亮晶晶地呈现在顾主的面前。

塬县县城里的人都很熟悉银器铺，好多人都认为银器铺是祖传的手艺，其实不是这么回事，一些上了年纪的老人还知道银器铺的底细。说起银器铺的来历，还真有一段故事。

现在银器铺的老板叫秦富，他的父亲叫秦明，爷爷叫秦鹏。要说银器铺还得从秦鹏说起。从秦鹏鼓捣起银器铺到现在，也传了三代人，所以说银器铺是祖传的手艺也可以。

秦鹏何许人也？他与银器铺有何关联？这还得从河东的潞盐说起。

有人形容中条山之细长犹如一条青龙，并说中条山贵为“金头”“银腰”“铁尾巴”。金头是指永济一带中条山的主峰——五老峰。五老峰雄伟挺拔，直插云霄。传说五老峰不仅山高林密，风光绚丽，而且盛产金子，所以被称为“金头”。所谓的“铁尾巴”，是指塬县、翼城、高平、晋城一带。这里山势已不像永济一带狭窄峻拔，因与太行山相连，宽阔而深邃，山套山，沟连沟，盆地套着盆地。这里不仅农产品丰富，而且铁矿储量丰富。人们除了庄稼活，就是开矿冶炼，高平的小炉匠，晋城的铁货，阳城的锅勺就是一例。要说这“银腰”，可是大有讲头。这“银腰”就是指安邑、潞村和解州一带，这里就是闻名全国的盐池。盐池是个聚宝盆，它的神奇之处就是地宝天成。如产盐，夏天将洼内放上水，经太阳一晒即成盐。要产硝，冬天将洼内放上水，经西北寒风一吹即成硝。而且取之不尽，用之不竭。因为盐池所产的盐和硝的运销集散地是潞村，潞盐因此而得名。

秦鹏家居潞村，祖辈以贩盐为生。多年来秦鹏一直在塬县贩盐，市面上熟人不少，生意也比较兴隆。三十岁那年的岁末，出了一件大事，改变了秦鹏的命运。

那年的腊月二十三，店里的盐快卖光了，为了在年前再赚一把，秦鹏决定再到潞村贩一次盐。他算计来回三百多里地，四天足够，二十八二十九两天一出手，再赚个盆满钵满，他想图个发财过年的好兆头。秦鹏打着如意算盘上路了，一路上都很顺利，第四天的中午，按照计划他已走到木黄镇，再上十里坡路，就到塬县县城了。但是天公不作美，午饭后，天上飘起了零星雪花。像这样的天气，赶马车的人都不再上路。秦鹏担心货压在手里，于是狠狠心赶着马车上路了。没想到走了一多半路，突然间寒风大作，雪越下越大，不一会儿路上就是厚厚的一层。好在秦鹏套了三四好马，再加上他这次拉的盐并不多，在暴风雪中苦苦挣扎了一夜，天将亮时，秦鹏和他的马车总算摇摇晃晃地进了南门。

人就是这么回事，凡事都是一口气顶着，心里的弦绷得紧紧的，就有那么一股子劲，再大的事也能扛住。一旦事情过去，松了这口气，立刻就会瘫倒。秦鹏现在就是这个情况，当看到南城门口那块突兀的刻有红色大字响水塬的擎天石柱时，他那裹满雪花的脸上露出一丝苦笑，他为自己努力的成功而高兴。当满是雪花的马车像一座雪雕缓缓地移进城门时，劳累过度的秦鹏一头栽倒在地不省人事……

塬县县城随地势而建不方正，县城犹如巨大的刀把。南城门就建在刀把上。塬县县城的南门没有瓮城，孤孤地高耸在崖头。进了城门，南大街与西城墙并排向北伸去，大约有二百米，西城墙沿地势向西延伸，南大街由此继续向北在十字路口与北大街东大街西大街在青石拱桥相会。这二百米左右的城墙，早已残败，大部分的墙砖已不知去向，黄土夯就的墙体就成了一些穷人的落脚之处。随便在墙体上掏个洞，安上门窗就是窑洞，既能栖身又能做点小买卖。时间长了，这破城墙就形成了街市，与对面原有的街市形成了一体，慢慢地这里的人越聚越多，大多是贫苦人和小商小贩，与北大街相比这里是另一种繁荣。

这天早上，天刚放亮，一对年过六旬的老人就起来了。他们是走江湖卖手艺的阳城人。他们做的活计就是打制金银首饰。年关到了，活比较多，老两口早早起来，他们先捅着炉子，一边熬小米粥一边准备干活。老头子开开门准备打扫门前的街市，猛然间看到一辆马车缓缓移进城里，车前那位赶车的汉子趔趄着倒在雪地……

“哎呀！不好！”老头子叫了一声，赶忙奔了过去，扶起浑身雪水的秦鹏。此时的秦鹏，牙关紧闭，双目微张，只有一丝微弱的呼吸。老头子立刻叫来老伴，把人高马大的秦鹏扶进窑洞。老两口捅旺炉子，从门外端来一盆雪，在秦鹏的手上脚上搓了起来。慢慢的秦鹏缓过了气，脸色也由苍白变得红润。原本秦鹏就是一条硬郎汉子，只是劳累又受了风寒，在喝了老两口熬得热乎乎的小米粥后，他基本上没事了。

为了感谢老两口的救命之恩，秦鹏磕头认老两口为干爹干娘。老两口见秦鹏是动了真感情，相处之间看他也是个实诚人，也就认了他这个干儿子。为了不再让老两口风餐露宿四处游走，秦鹏出钱在北大街给置了块地，盖了三间铺面房，让老人在此开店，互相好有个照应。老两口本来就没有儿女，漂泊不定的生活也太辛苦，难得有秦鹏资助，才有了安定的生活，所以对秦鹏也格外信任，愿意在他们的关照下安度余生。

就这样过了一段时间，大家生活得很融洽，秦鹏知恩图报孝敬老人，老两口看在眼里记在心上，总想为秦鹏再做点什么。后来他们有了一个决定，这个决定改变了秦鹏的人生轨迹。

按说秦鹏做盐商已经多年，轻车熟路客户稳定，收入自然很不错。但是老人有不同看法，他们觉得世道不太平，路上不安全，人祸能防住，天灾挡不住，一不小心，就会出事。不如学门手艺，既容易生活也安全不遭罪，只要技艺精湛，保证吃喝无忧，要是再有头脑，发财致富不成问题。他们商量以后，决定把自己的手艺传给秦鹏，这样一来，一家人就能安安全全团团圆圆在一起过安稳的日子。秦鹏听了后，非常高兴，就这样，在老两口的操持下，银器铺就在塬县县城开了张。秦鹏五十岁时，已经是一位远近闻名技艺娴熟的手艺人了。老两口活到八十多岁相继去世，秦鹏按照当地的风俗，像对待自己的亲生父母一样厚葬了两位老人，正式挂了牌匾当起了银器铺的老板。由于秦鹏在处理与老两口的关系上，形同父子，几十年如一日，没有红过脸吵过嘴，不知内情的人，还都认为他们就是真正的血缘嫡亲，说是祖传的手艺也就不足为怪了。

秦鹏有一独生儿子叫秦明。秦明天生聪明，学艺无师自通。这小子爱这一行，三年出来，比他父亲的手艺还精湛。秦明二十岁那年，娶县城一杂货铺女子为妻，第二年生有一子，取名秦福。秦福生得白净书读得好，但是他没有读成。秦福二十岁时，爷爷奶奶相继去世。秦明也只有秦福一棵独苗，他害怕手艺失传，要秦福辍学学艺。秦福学艺三年，顶了父亲的位，主打银器铺的生意。

秦明给秦福娶的媳妇是一个河南逃荒来的女孩。那年女孩饿倒在街头，秦明怜悯就把她领回了家。没想到，女孩洗漱后却十分的俊俏。交谈中得知女孩家中已无亲人，流落他乡无依无靠。秦明心软，他怕这个可怜的孩子遭人欺侮，就把她留在店里做帮手。这一年，秦福也回到店里学艺，两人在一起的时间长了有了感情。秦明看在眼里喜在心上，再加之女孩言谈知大理举止有分寸，秦明两口子觉得这是打着灯笼找不着的好事，是老天爷给他们送来的好媳妇，省了一堆彩礼不说，还省去了烦琐的迎往接送。在征得了两个孩子的同意后，风风光光地为他们举办了婚礼。

新婚燕尔，小两口恩恩爱爱，生活过得非常甜蜜。秦明两口子不再在店铺忙碌，每天逛逛街买买菜，有空也到厨房帮媳妇做做饭，一家人过得自在和睦安适。

转眼两年过去了，媳妇没有生娃。又过了两年，媳妇得了痨病。媳妇得痨病两年后，秦明老两口先后病逝。公公婆婆去世后，河南媳妇感到很愧疚，她自责自己没有给秦家生儿育女，没有让老人看到孙辈。她觉得对不起老人对不住丈夫。

一天河南媳妇对秦福说："我想跟你说个事，不知中不中？"她声音怯怯好像自己做了多大的亏心事。

"说吧，两口子客气个啥！"秦福喝了口茶，他没有注意媳妇的表情。

媳妇鼻子一酸，眼泪扑簌扑簌地流了下来："你看我，不会生还有一身病，要不你再娶一房媳妇，生个一男二女，也好续上秦家的星火。"

"哎哟！好好的你咋说这话呢？"秦福这才注意到媳妇满脸泪水，他不愿意她不愉快，于是就说："现在不说这事，静心养病，等你的病好了，咱再要娃不迟……"秦福安慰她。

河南媳妇跪倒在他面前。"我怕是不能生了，我……我……对不起秦家，更对不起你……"

“你看你，自己和自己过不去。”秦福连忙扶起她，“不要胡思乱想，把心放得宽宽的，心宽病自好，听话。”秦福还是安慰她。

秦福的恩爱和大度，反而使媳妇更感内疚，内心更加郁闷，积郁过度心身愈加憔悴。六年间，秦福竭尽全力寻医问药但也无回天之力。又苦挨了三年，秦福三十三岁时，河南媳妇像熬尽了油的灯苗，忽闪了几下就灭了。面如白纸枯瘦如柴，那双大眼枯竭了看不出有任何的念想。秦福颤抖着手合上了河南媳妇的双眼，一下子瘫坐在地……

河南媳妇去世已四年，秦福还没有从失去妻子的阴影中走出来，每天除了生意上的事，就是喝闷酒。他有家没有老婆孩子，没有老婆孩子的家是空家，是冷冰冰的家。时间一长，他也觉得应该再娶一房媳妇，他渴望着自己能找个像河南媳妇那样贤惠的好媳妇，相亲相爱生一大堆娃娃，续秦家香火，过太平日子。

有句话是这么说的：踏破铁鞋无处觅，得来全不费功夫。就在刘掌柜发愁为秀秀寻婆家时，秦老板出现使他眼前一亮，这不就是一桩好姻缘吗？他在心里盘算，一石仨鸟：一是给秀秀在城里找了个有钱的婆家，庞永荣会感谢不尽；二是解决了秦老板的大事，他会感激不尽；三是他刘掌柜说话算话，面子拾起来了。刘掌柜心里有了主意，他在等待庞永荣，好把这个想法告诉他。

这是八月的一天，庞永荣从潞村回来了。在潞村他买了有名的福同惠点心，路过涞水县时，他又买了涞水的诚一祥煮饼。回到塬县，他立刻来到仙人居，他要把这些东西送给刘掌柜，出去近十天，他心里挺着急，不知道事情进展的咋样。这两天，他老是眼皮子跳，耳根子发烧，特别是在南门，他看到城门楼上一群喜鹊在喳喳地叫，心里就觉得有好事。人常说：喜鹊叫，喜事到。莫非真有喜事了？

刘掌柜老远就看到庞永荣，赶紧迎了出去。一阵问候过后，照例是在靠窗户的地方选了桌子，照例是三荤三素一斤酒，两副筷子两个酒杯，两人嬉笑着吃喝侃谈起来。只要刘掌柜在场，庞永荣便改变了一荤一素二两酒的习惯，出手也大方了一些，因为刘掌柜一落桌，肯定要加菜，求人办事还要人家破费，他心里过意不去，所以干脆就多要一些，显得大方不小气。

刘掌柜是久在场面上混的人，庞永荣的精细他心里明白。三杯酒过后，两人的脸上都泛起了红晕。庞永荣把两斤福同惠的点心和两斤涞水煮饼推到刘掌柜的面前：“大哥，这次去潞村，大家都说潞村的点心福同惠的最好，我就给带回来了，还有这涞水的诚一祥煮饼，听说是给朝廷的贡品。”

“带这么多东西，挺不方便的。”刘掌柜谦让。

“没什么，这些在咱塬县是稀罕。”庞永荣说。

“不用不用，给弟妹和孩子们拿回去吧。”刘掌柜还在谦让。

“他们是他们的，这是大哥的。”庞永荣说得很坚决。

两人又喝了几杯，酒涌心头，话也稠了起来，几分醉意中有着几分清醒，关键的话都不好开口。庞永荣担心的是，刘掌柜没有办妥，自己不能老催，让人家下不了台。刘掌柜担心的是，给人家的黄花闺女找个结过婚的老男人，和他父亲的年龄一般大，他们能接受吗？不会说自己把他闺女往火坑里推吧！他前思后想就是不知如何开口。两人各怀心事，酒便喝得闷了起来。酒闷弄心事，越喝心情越烦闷，烦闷了就会酒遮人脸，人仗酒胆，做出一些常人不敢做的事，说出一些常人不敢说的话。

庞永荣是有点喝得高了，他拿起酒壶连着给刘掌柜斟了三杯，嘴里喃喃地说：“大哥，你行！你涵养高城府深，你大人大量，你能稳住神沉住气！你好肚量好脾气……你就是诸葛亮，坐在城头观山景……兄弟就不如你……兄弟是猴子屁股坐不住……兄弟佩服你……佩服你老到沉稳……”庞永荣竖起了大拇指，在刘掌柜面前比画。

刘掌柜是什么人，明明他从话里听出了意思。他知道，两三个月了，没有给庞永荣回话，他是真着急了。可是自己该怎么给他说呢？要是再不说，可就是自己不对了，他脑子在急急运转，想着用什么方法来说这个事，而且要把利害关系说明白。

“老弟，咱不喝了，咱喝茶好吗？”刘掌柜看已经喝到头了，当即叫小二撤酒上茶。

“大哥，我没有喝多，只是喝得猛了点，头……头晕。”他舌头打不过弯了。

小二上了龙井，龙井的清香满屋飘荡。庞永荣慢慢地品了几口，心里觉得轻爽了好多。他抽着烟，烟雾在嘴角流淌，他在等刘掌柜说话。刘掌柜此时的心情却不平静，喝茶是他思考问题的一个方式，他也抽着烟，在烟草的刺激下，脑子在飞快地旋转，在袅袅的烟雾中，他想好了一个开口说话的方法。

“老弟，告诉你，秀秀的事有些眉目了。”刘掌柜试探着旁敲侧击。

“大哥，我等的就是这句话，快说！”庞永荣撕去了伪装，露出了焦急。

“本该早给你说，为了保险就多看了一段时间，让老弟等急了，其实我也是为了你们好才耽误了一些时间，是为了把这个事理清楚整明白，千万千万别见怪啊！”刘掌柜还是不入正题。

“没事没事，快说吧，我洗耳恭听，洗耳恭听。”庞永荣不愿意听他啰唆，他想知道的是对方的具体情况。

“咱们事前说好，这只是我个人想法。对与不对，咱们商量。不过，我是经过深思熟虑的，也是从你们家的实际情况考虑的，我这个人办事实诚，轻易不答应，答应了就不轻率……”刘掌柜在表达自己的内心，他怕庞永荣误解他。

“好我的大哥呢，你的心思我知道，你都是为我们好，快说吧，对方姓啥名啥？哪里人？家庭状况如何？”庞永荣是真急了，他求他别再吊自己的胃口了。

“看看，着急了吧，真是着急了……”刘掌柜故意磨缠他，也好使自己的思路更清晰些，他觉得到了嘴边的话就是不好出口，毕竟自己给人家说的不是一个小伙子，自己都觉得有点理亏。突然，他想出了一个办法，就是“我介你定”。这个我介你定就是刘掌柜先介绍这个人，大家根据这个人的情况再和老庞家对比，让庞永荣自己根据自己家的情况来选择，同意不同意都让庞永荣自己定。想到这儿，他说道：“我给你提的这个人嘛，也有一些不足，俗话说，人无完人，金无足赤，这世上就没有十全十美的事。我把我知道的全盘端给你，你自己斟酌你自己定，我只管穿针引线牵线搭桥……”

“好啦，看你啰唆的，婆婆妈妈的不嫌麻烦。咱们是什么？咱们是兄弟，你是哥我是弟，不见外，一切听你的！”庞永荣有些不耐烦，他弄不清楚平常干练的刘掌柜今天怎么这样拖泥带水。

“既然说到这个份儿上，大哥就详细地给你说……”刘掌柜觉得磨缠的到火候了，不说也不行了，时机逼着他把不好说的话顺顺地说了出来，于是他冷静地心平气和地一股脑儿把秦老板的事，麻袋里倒豆子全部倒给了庞永荣。

庞永荣一听，就有些受不了！他觉得自己的头在膨胀，身子在缩小，两腿发软支撑不住硕大无比的沉重的头。别的他都没来得及想，就光记住了个年龄和二婚。他觉得刘掌柜是不是弄错了，秀秀可是个黄花闺女呀！怎么能嫁一个和他父亲一样年纪的丧妻老男人？这事不成，绝对不能成！他放下烟袋，两眼死死盯着刘掌柜：“我说大哥，你是糊涂了还是说瞎话！你那侄女可是黄花闺女，你咋就给她找一个能给她做爹的男人？还死了老婆，让姑娘去续弦，你是真为我办事，还是糟蹋我？啊——！”庞永荣气炸了，脸变成了猪肝色，两眼红红的像冒了火。此时的他就像一头被戏弄的狮子，面对戏弄者，张牙舞爪，咆哮如雷。

刘掌柜抽着烟，慢慢地喝着茶。他不温不火，不急不慢，任凭庞永荣张牙、舞爪、咆哮！这是他预料到的。等庞永荣发够了火，出够了气，他才不紧不慢地说：“看看看，生气了吧，发火了吧，可这气生的没有理由哇！这火发的也是莫名其妙呀！……你这人呀，就是沉不住气，咱们事先说好了的，你自己斟酌你自己定，我只穿针引线牵线搭桥……我觉得我没有错呀！我只是介绍一下这个人的情况，并没有说就定给了他……给孩子说婆家，谁不想说得好一点，你得两边比较，也得看看自己这边的情况，两边情况对上了，双方都满意了，才是好姻缘。你看上人家了，人家看不上你，人家看上了你，你又看不上人家，这都是剃头挑子一头热……算啦算啦，既然你连考虑都不考虑，就算我是嘴上抹白灰，白说！……嗨……我这才是瞎子点灯白费蜡，狗撵耗子多管闲事！”

“什么抹白灰！什么白费蜡！什么狗撵耗子！……你……别扯远了……别拐弯抹角了……你说说，你为啥提这个人？”刘掌柜的一通埋怨反而使庞永荣平静下来，他觉得刘掌柜不会无缘无故就提这么个人，刘掌柜城府很深，既然他说了就有他的道理，自己不该发火，显得自己小肚鸡肠，所以他的话也软了下来。

“这还像句话，总得叫人把话说明白嘛，说明白了听明白了知道了里边的道道了，如果你觉得大哥是害了秀秀害了老庞家，你再骂我唾我我都不觉得冤枉……”刘掌柜看了一眼庞永荣说，“其实我和你一样，把秀秀的事看得很重，可是你想过没有？按照你们老庞家的情况，在庞家窑是不错的，有二十亩平展展的塬地有青砖大瓦房有骡马大车，是屈指可数的富裕人家。可是到城里呢？说句不中听的话，差得远了！你只是一个有几亩好地，一个靠土里刨食的庄户人家，而且家道滑落家境不好，现在还得给人赶马车当脚夫，挣俩钱给孩子看病。城里的商贾贵人、达官绅士讲究的是门当户对，他们是不可能与你成为亲家的。那些养尊处优的公子哥们，根本就看不上农村姑娘。几个月来我一点都不敢怠慢，寻找各种关系通过各种路子，想给秀秀在城里找一个上好的有钱人家，但是白费劲，根本就没有合适的，所以就没法给你回话。”刘掌柜抽了口烟，无奈地摇摇头：“有段时间，我真想打退堂鼓，这媒太难说了……后来，一个偶然的机会，我看到秦老板，突然想起这不就是个缘分吗？除了年纪大结过婚外，别的都十分合适呀！这第一，秦老板是独身，没有孩子没有亲戚，秀秀过门就当家，如果在别的人家，那就不好说了，三十年媳妇熬成婆，慢慢熬去吧，秀秀不当家，怎么接济你给秀文看病？这第二，秦老板有银器铺，多年来积蓄也不少，他本人有手艺，不缺钱花，咱们当前不就是缺钱吗？这可是个摇钱树啊！秀秀嫁过来，这铺子不就成了老庞家的了吗？钱还算个啥！这第三嘛，也是很重要的一点，就是秦老板这个人人品好，不赌不嫖，忠厚善良，街坊邻居处得都很好。他对待有病的前妻就是样子，体贴无微细致周到，他这样的人能对秀秀不好吗？……老弟呀，这就是我的全部想法，也是我对你掏窝子的心里话。秀秀可以就此离开山村，过上城里人的生活，你也可以从银器铺不断得到接济，秀文不发愁看病，你也不必再赶马车，有了这门亲你就可以坐享清福了，农忙在村农闲进城，两头都能住两边不耽搁，花钱有人给，看病有人管，想想啊，这是多么好的事，何乐而不为呢！”刘掌柜喋喋不休说得有条有理。

庞永荣睁大眼睛看着刘掌柜。是呀，刘掌柜讲得没错，门当户对这是第一步呀！过去他嫌弃强强，就是门不当户不对，现在到了城里，城里人也嫌弃他，因为他和他们也是门不当户不对！他怎么觉得，这好像就是个轮回，自己也尝到了被嫌弃被遗弃的滋味！

庞永荣冷静下来了，他在细细地品味刘掌柜的每一句话，这件看着不咋样的事，经刘掌柜这么一说，就像锦上添花一样，听他这么一诠释，就像雪里送炭一样……瞌睡给了个枕头，原先的气也不知跑到哪里去了，他真想听他再说下去。他觉得刘掌柜就是个人物，自己是望尘莫及啊！

庞永荣接受了刘掌柜的想法，按照两人的约定，他先和自己家里人商量，自己家里人同意了以后，刘掌柜再去找秦老板提亲。刘掌柜还给庞永荣吃了个定心丸，他说只要你们家同意，秦老板那儿不会有问题，他敢打包票，一切包在他身上，他用他的人格负责。刘掌柜说得斩钉截铁毫不含糊！因为他有一张好牌在手里，这就是秀秀这个清纯的姑娘。秀秀虽然是庄户人家的孩子，但是有文化有修养，肤白貌美身材苗条，乖巧颖慧聪明伶俐，也是千里挑一的好姑娘。所以他底气很足，他觉得这对秦老板来说，是癞蛤蟆吃上了天鹅肉，是打着灯笼也难找的好事！

十五、自己和自己比心里就敞亮了

庞永荣心急火燎地回到家，满怀欣喜对春花说了此事。

春花一听，吃惊地睁大了眼睛："胡说个啥！吃撑着啦？"她的状态就像一只护崽的母狗，后背的毛竖着，龇牙咧嘴，喉咙里咕噜着发出低沉威慑的吼声。

庞永荣赔着小心声音缓缓地说："没有胡说，也没撑着，刘掌柜提的就是银器铺的秦老板。"

"不是说要在城里给孩子找一个上好的有钱人家吗？怎么会是这样？大二十岁，还是给人家续弦，这怎么行？"春花没好气，话语严厉不客气。

庞永荣被春花噎住了，噎得说不出话来："这……"

"你也不想想，三十七岁，和你我一般大，这以后见面，是称兄道弟呢还是叫爹叫妈呢？真是糊涂！昨日喝了点酒，脑子晕了还是坏了，就不想想这是对还是错？我看你是叫人家刘掌柜给糊弄了？"春花的眼瞪得大大的，她没了往日的温柔，厉害起来挺吓人。

"别上火，别发怒，我脑子不晕，也没叫人糊弄。咱们拆开说，咱们慢慢说，看看有没有道理。"庞永荣觉得没有把话说明白，刘掌柜刚说此事，自己不也发了一通火吗？将心比心，都是为了孩子好，为了这个家，所以春花怎样发火，他都不火，他想把刘掌柜说的话给春花再学说一边，两人好好商量一下，最后再作决定。

"你答应了吗？"春花想知道结果。

"没有！人家刘掌柜也只是提了提，人家说得很好叫什么我介你定，就是他只管介绍这个人，愿意不愿意让咱们自个儿定。他让咱们先考虑，考虑好了再给人家回话，咱们同意了人家再给秦老板提，秦老板乐意不乐意还是两码事呢，瞧你，事情还没一撇呢，就发起火来了，这还咋商量呀……"庞永荣说完看着春花。

春花听他这样一说，心里的火也熄了些，丈夫说和自己商量，一定有他的道理，她觉得应该和丈夫一起把这件事情细细揣摩一番。

"你说咱们家眼下最缺啥？"庞永荣问。

"缺钱！给秀文看病的钱！那还用说。"春花不假思索地说。

"你说得很对！秀文看病花钱就像流水，咱们眼下最缺的就是钱！"庞永荣肯定了她的回答。

春花点点头。一分钱难倒英雄汉，出门在外啥都得花钱，没有钱就寸步难行，在大城市大医院给秀文看病，常常因为钱的拮据而遇到过许多难堪，她觉得庞永荣说得在理。

“咱们想给秀秀在城里找婆家，就是想找一个家境丰盈的，好在彩礼上多要点，用这个彩礼给秀文看病。其实这个想法也没错，就是咱们这样的家庭在城里不好找，你想过没有，好家庭的人家看不上咱们，城里人更讲究门当户对。再退一步说，就是家境好孩子好，那彩礼你能要多少？咱是上杆子追人家，彩礼能有多少？能给够秀文看病的吗？秀秀过门是个小媳妇，婆婆公公管着，她不当家也不敢随着自己的意接济咱们。三十年媳妇熬成婆，到那时，要这姑娘有啥用？黄瓜菜早就凉了。”

“你说得没错，是这个理啊！”春花听得很认真。

“秀秀要嫁就嫁一个有钱的自己能当家的人家，嫁一个自己说话算数的人家，这样，咱们要用钱，秀秀就可以当家做主不断地接济……”庞永荣停住了话题，他要留给春花思考。

“要是这样，那可太好啦。”春花接了他的话题。

“刘掌柜提的这门亲就是这样，秦老板就是摇钱树！银器铺就是聚宝盆！”庞永荣说。

“咋说？秦老板就是摇钱树？银器铺就是聚宝盆？”春花没有全明白。

“很简单！秦老板有手艺有铺子，这手艺就是摇钱树，这铺子就是聚宝盆，你说说有了这两样钱能缺吗？这个人无亲无故，无儿无女，孤身一人，秀秀过门就是老板娘，老板娘是咱女儿，你说花钱还不是囊中取物想咋就咋，给秀文看病的钱还愁啥？”

“哟！你还真过了脑子……我咋没往这方面想……”春花歪着头在揣摩，“细想想还真是那么回事……不过……秦老板会那么听话吗？”春花体会到里边的滋味了。

“他娶了秀秀是他的福气，他大秀秀小，娇还娇不过来呢，他能不听秀秀的吗？听秀秀的就是听咱们的，这也顺理。”庞永荣说得很自信。

“说好也好，说不好也不好！好就是有钱，不好就是年龄大，把秀秀嫁给他，给他续弦，这心里呀还是不得劲儿！”春花总觉得不满意。

“这也是我拿不定主意的地方，所以要回来跟你商量。可是又一想，甘蔗没有两头甜，哪有十全十美的事？反过来又觉得这门亲事不错。”庞永荣说。

庞永荣和春花商量来商量去，到后来竟然也没主意了。人在事中迷，他们想找个人说说，于是想到了办事稳重遇事有主见的金叶。

“大哥大嫂，请坐！请坐！”老大两口子上门，金叶很惊喜，她把他们让进堂屋。

“我们有一件大事，想请你拿拿主意。”庞永荣开门见山地说。

“大哥大嫂高看我了，我年纪轻轻的能拿什么主意。”金叶说。

“是秀秀的婚事，和别人不好说，就找你来了。”春花说。

“啊！是秀秀的婚事！快说快说……”金叶打断了春花的话。

“可这件事嘛，说好也好说不好也不好，叫我们左右为难。所以才到你这儿，想听听你的意见。”春花说。

“是城里仙人居饭店刘掌柜牵的线保的媒。人家有一句话叫我介你定，说好了让咱们先合计合计，看行不行，行了，他再给男方提，不行，就当没这回事。”庞永荣怕别人说他为了钱啥事都干，话有些吞吞吐吐。

春花见他磨叽，就一股脑地把刘掌柜提亲的事，麻袋倒豆子倒了个干干净净。庞永荣看看没有了遮盖，反正是来征求金叶意见的，干脆说出来算啦。于是他说：“我和你嫂子盘算了半天，盘算过来盘算过去，竟没了主意，就想和你聊聊。这个人哪方面都行，就是有两点不太妥。”

“哪两点？”金叶问。

“一是年纪大，二是二婚。”庞永荣说。

“年纪大，大多少？二婚，咋回事？”金叶问。

“大二十岁，婆姨头四年病故，现在无儿无女，无亲无故，独身一人。这个人就是城里银器铺的秦老板。”庞永荣索性把话说透了。

金叶心里猛地一揪，这可真是个大事呀！她了解大哥这个人，这个倔人看准的事，九头牛都拉不回来：“大嫂，你觉得怎么样？”金叶问。

“想想家里的状况，这也是没有办法的办法。想想那人的年龄和二婚，又觉得不妥。真是左右为难。”春花说。

金叶从春花的话中听出，她也在为家里没钱犯愁，银器铺的老板肯定是个有钱的主，如果男方确实给的彩礼多，她会同意的。

“这件事不能光说年龄和二婚，要是拿这两点比，这事不成。刘掌柜刚给我说，我也挺生气，还对刘掌柜发了火。后来经过细细的分析，除了这两点，别的都可以。”庞永荣说出了自己的态度。

“是这样啊！”金叶明白了。

“我们觉得不妥的地方就是年龄和二婚，可是不这么办，家里就走不出这个困境。办了呢，又觉得对不起秀秀。”庞永荣话说得很谨慎。

“城里就找不下个年轻的？”金叶问。

“城里人看不上咱乡下人，就是有，你一个小媳妇能当家吗？你能不断地接济娘家吗？上有公婆姑嫂，你是做不了这个主的。”春花接过话头说。

金叶也觉得很为难，如果光从嫁汉嫁汉穿衣吃饭上说，嫁给秦老板还真是一个不错的事。可是结婚是两个人的事，秀秀和一个大自己二十岁，没有感情的老男人在一起过日子，那是一种什么生活？金叶不敢往下想，她觉得这不是婚姻是换取。是拿秀秀的青春换取大哥一家人的好日子，这样的婚姻对秀秀就是一种不公平。她不能同意大哥大嫂的做法。

“大哥大嫂，你们既然来问我了，事情我也在心里揣摩了，揣摩来揣摩去，要我来说心里话，我觉得这事还是不成的好。”金叶说出自己的想法。

“为啥？”庞永荣问。

“事情很清楚，我觉得婚姻就是两人在一起过日子，这两个人要有感情。感情是什么？感情就是你恩我爱，这你恩我爱年龄很关键，年龄相差太远就说不到一块儿去，说不到一块儿还能过下去？”金叶这样主张。

“就怕过了这个村没有这个店，再找这样的人家不容易。”庞永荣觉得这是可遇而不可求的事。

“咱们先把这事放一放，再踅摸踅摸，看能不能踅摸个年轻后生。”金叶提议。

“这个人有钱有手艺，在塬县无亲无故，自己孤身一人无儿无女，这样的条件不好找，如果和秀秀成了，还不就成了自家人了。”庞永荣坚持自己的想法，“年龄啊，感情啊，那些个东西都是虚的，关键是处，处的时间长了不就啥都有了吗？眼下咱们家里缺的是钱，不在秀秀身上打主意在谁身上打？反正女大是要嫁人哩，嫁个有钱的总比嫁个穷光蛋好吧？”

“大哥，不能开口是钱闭口是钱，也要考虑考虑秀秀的感受呀……你这和卖姑娘有啥区别？”金叶一激动，话就说得难听了。

“你看你，你这个四婶。你咋说话呢？咋就那么难听！我咋是卖姑娘？我也是经过方方面面考虑的。不仅仅是对秀秀好，而且要对全家好。人家刘掌柜千挑万挑才挑下的这一家，基本上是门当户对，无儿无女无亲戚，过门就当家，有手艺，人本分，吃喝不发愁。咱们庄户人家还要咋样嘛，这就是上上的婚姻呀。”庞永荣听不得金叶的呲哒他为自己辩解。

“她四婶，别说我们老提钱，秀文看病真是把我们花穷了，没钱真是寸步难行，有法子还能让你大哥出门赶大车挣苦力钱？眼下只有秀秀嫁人这条道了，嫁得好了全家跟着好，嫁不好了全家跟着不好。我们找你，就是想把这件事拆开细细地琢磨琢磨，好给我们一个主意。我们也好作决定。”

“这事很简单，你们已经有了主意了，千好万好说了一大堆，这就是你们的决定。你们之所以找我，就是觉得年纪大是二婚脸上挂不住，不好跟秀秀说。这也不难办。既然好处大于不好处，那就不要考虑秀秀了，你们自己定了就行了，找我干啥？惹得大家都不高兴。”金叶觉得大哥大嫂真是多此一举。

“她四婶你别见怪，咱们四兄弟四妯娌里面你是最有主见的人，因为这件事特殊，我们这心里呀总是七七八八的，所以才找你拿拿主意，其实也是想听听你对这件事的看法。都怨我和你大哥不会说话，你可别往心里去。”春花看事情顶牛了，赶紧圆场。

“大嫂这么说了，我也就不掖着藏着了。明人不说暗话，我觉着这门婚事不行，这就是毁了秀秀的一生，这门婚事我不同意。”金叶胸怀坦荡说出了自己的看法，“婚姻大事要的是女儿的幸福，女儿不幸福说它干啥？我们把秀秀从小养大，难道就是给她罪受！让她一辈生活在痛苦中吗？所以我不同意。”

“你是这个意思呀？”庞永荣陷入了不解之中，“那……那咋办是好……”

“大哥别担心！咱是黄花闺女还怕找不下婆家？城里没有就在乡下找，别着急慢慢找，我们要的是父母满意女儿称心，要的是家境丰盈小伙英俊。到时候女儿高兴女婿孝顺，那不就是我们做大人的福吗？”金叶这样主张。

“真是老鼠钻到风箱里两边受气，不给人说吧心里没准，给人说吧又挨呲哒。真真是费心事，真真是愁煞人……”庞永荣嘀咕着没有回答金叶的问话，他耷拉着脑袋和春花离开了金叶的家。

庞永荣和春花不理解金叶说的话。人为财死，鸟为食亡。世上的人，谁个不图钱！哪个能离开钱？这就是他们的想法。他们有些埋怨金叶，事情不搁在自己身上，站在那儿说话不腰疼！他们在金叶这里没有得到他们想要的，他们不明白金叶的意思，他们犹豫着、矛盾着、心里照样纠结着回了家。

天阴得像块铅，秋雨绵绵无法下地，秀秀来到四婶家。

“心里有事脸上带着，你到我这儿问事来了？”金叶开门见山地说。

“我想知道我爹妈有啥事瞒着我，你能告诉我吗？”秀秀也不避讳问。

“你爹妈是来这说事来着，既然你来问了，我就告诉你，不过咱们说好，告诉你后，不能生气不能闹事。”金叶说。

“有那么重要？”秀秀顿了一下说，“我听四婶的。”

“既然这样，我就告诉你。”金叶还是觉得不好开口，可是到了这里不说也不行，秀秀是当事人，知道后也许好想个办法把这门婚辞了，于是她说：“你爹在城里给你说了个对象，年龄比你大二十岁……还是二婚……”金叶结巴着说完了。

“什么什么？说了个对象？比我大二十岁？还是二婚？”秀秀连着问了几个为什么，不用说，她很生气。

“是的，是你爹亲口说的。”金叶回答她。

秀秀始料不及，没有想到父母背着自己商量的会是这样一桩婚事！自从那次闲话后，秀秀的心儿便开始萌动，她常常梦想着自己的婚姻，青梅竹马，郎才女貌，心心相印，白头到老……这些美丽的想法带领着她，畅游在爱情的海洋里，陶醉在人们的羡慕中——因为她是老庞家的大小姐，有才有貌有文化，她这样家庭出身的大家闺秀理应得到一个完美的婚姻。没有想到她甜美的幼稚的梦想竟然是被爱着自己养育自己的父母击毁！她无法想象今后的日子是什么样子，鼻子一酸，眼泪扑簌簌地掉下来："四婶，咋会是这样？我可咋办呢……"秀秀一副魂不守舍的样子。

"秀秀，你可不能这样。好歹事情还没有定下来，咱们想想办法，把它给辞了！"金叶把秀秀揽在怀里，她感到秀秀的身体在颤抖，身子冷冷的。她生怕这个倔强的姑娘气出什么病来。

"四婶，有什么好办法吗？我爹的脾气你是知道的，他要是认准的事是八匹骡子都拉不回来的……"秀秀嗫嚅着说。

"秀秀，他们问我啦，我是坚决不同意！但最后的主意还是他们拿。婚姻大事都是父母做主，我也没有好法子。现在最要紧的就是说服你父母，只要他们觉得不行就好办了。"金叶说。

"那谁给他们说呀？我是他们的闺女咋开口呢？"秀秀觉得四婶说得有道理。

"谁说？我还没想好。但是，你一定要有主意。你觉得这门婚事不行，我也觉得不行。这门婚事会毁了你一辈子，不管你爹娘怎么说，就是说成了花，你也不能答应！"金叶安慰她给她出主意。

"我听四婶的，坚决不答应！"秀秀说。

"只要你不答应就好办！咱们再想想办法托托人，一定要找一个好婆家。"金叶说。

这个风雨天，秀秀和四婶颠过来倒过去说了好一会儿话，想的就是毁了这门亲找个好婆家。但是她们没有看透这个世界，媒妁之言父母之命是约束她们寻求幸福的桎梏，她们能挣脱这个桎梏吗？

秀秀顶着风雨回到家里，雨珠打在脸上，刚好掩盖了哭过的脸。春花在堂屋纳鞋底，看到淋着雨回来的秀秀就问道："去哪儿啦？"秀秀答道："去四婶家。"春花又问："干啥去啦？"秀秀顺手把绣花样子甩给了母亲："学绣花！"

庞永荣在一边抽烟，听着母女俩对话，他看出秀秀有了心事，他隐隐感到金叶给她说了什么。庞永荣把自己的想法告诉了春花，春花不以为然："说了也好，反正迟早也得给她说。"庞永荣看春花不上心又说："金叶本来不同意，能添好话？我是担心金叶搅和，秀秀上劲，事情就不好办了……"

“也不能怪金叶，我也觉得不妥！”春花说。

庞永荣一听这话就火：“头发长见识短，一会儿这一会儿那，净想好事了！我问你，秦老板年轻能要秀秀吗？秀秀不是年轻能嫁给秦老板吗？真是的！关键是我们要想通，我们俩要一条心！”

春花为自己辩解：“心里就是犯嘀咕嘛……就是觉得年龄大二婚不好嘛……”

“犯嘀咕！犯嘀咕！……你就是头倔驴！前边有个沟沟坎坎，拉着你不走，撵着你不走，打着你还不走！你就死劲地往后坐吧！坐死到那儿！”庞永荣生气了，“金叶是不同意，你是没主意，既然这样，那就不说了。”

“那你怎么给刘掌柜回话？”春花问。

“命中有的跑不掉，命中没有摁也摁不住……回啥话！放一段再说。”庞永荣答道。

“要是……要是……”春花有些吞吞吐吐，她想起花豹子抢亲的事，心中就像有十五个吊桶打水，七上八下地不知如何是好。

“有屁就放有话就说，老娘儿们真是啰唆！”庞永荣真是不耐烦了。

“我是叫土匪给弄怕了，如果土匪再来或者再有人给秦老板提亲，咱的事不就黄了吗？细想想，这么合适的也不好找。”春花反过来又觉得这事不错，话又说回来了。

“啥话都让你说了，你是自己跟自己过不去，一会儿对一会儿错，颠三倒四，犹犹豫豫，自己给自己画了个圈，转来转去转不出来。你呀，你就好好地自个在里边转吧！”庞永荣不愿意搭理她，话不好听。

“我是想啊，再有人给我娃提个亲多好呀！我总想着给娃再踅摸个好的，我们这么熬煎来熬煎去也不是个事……”春花自言自语叹了口气。

“说得比唱得好！世上的事有那么随人意的吗？差不多就行了，这也许就是人说的命，你能抗过命吗？”庞永荣觉得春花想的不靠实际。

庞永荣不愿意在家待了，他觉得和家人谈秀秀的婚事是白费口舌耽误工夫。他告诉春花说：“家里到处用钱，秀文的病还得看，在家这段时间，耽误了好几趟买卖，我不能再耗下去了，还是赶我的马车挣钱好，不说了，明天我就走。”

“放放也好，大家都好好想想，毕竟秀秀嫁人是件大事，马虎不得……”春花感到自己还没有考虑好，就同意了丈夫的意见。

第二天一早，庞永荣就赶着马车去太原了。这一路上，没有人打搅，他静下心来细细琢磨，越琢磨越觉得心里亮堂，越想越觉得这门亲事不错。半个月后，庞永荣风尘仆仆从太原回来了，他立刻来到仙人居，他要跟刘掌柜说，如果秦老板同意，就把婚事定下来。

庞永荣这次给刘掌柜带的有清徐的陈醋，太谷的饼，平遥的牛肉，都是塬县县城不多见的外地特产。刘掌柜叫一个伙计把东西收了，然后说道："老弟，你总算想明白了，实话说吧，这门亲事也是因人而异，对别人可能不合适，对你们却非常的合适。"

"是呀是呀！人比人气死人，要比就和自己比，心里就透亮了。"庞永荣有自己的体会。

"家里人都同意？秀秀也同意？"刘掌柜有点不放心。

"婚姻之事，父母做主，秀秀听大人的。"庞永荣打了个埋伏，他没有如实说秀秀的情况。

"那好，我立马去找秦老板，完后咱们再说。"刘掌柜抬头往外看了一眼："其实也不必去找，你看你看，他来了。"

刘掌柜用手指了指街对面，只见银器铺走出一个人，中等个头清白脸皮，戴一顶黑绸瓜皮帽，穿一双黑布鞋，内着中式白色衬衫，外着青色长衫，人显得精神利落。

"看好了，这就是秦老板。"刘掌柜介绍说，"没事他就过来喝酒，不过是独自一人喝闷酒。来得好来得巧，不必麻烦再找他，正好我给他说这个事。"

"我是不是回避一下。"庞永荣觉得当着他的面说这事有些不好意思。

"行行行，你走吧，剩下的事我来办。"刘掌柜满口应承。

十六、艳福从天降秦老板晕了

秦老板来到仙人居，他不跟人答话，面部表情凝重。秦老板没有在酒店用餐，他要了三荤三素半斤酒，叫小二给送到铺子里，然后就回去了。

刘掌柜在柜台后细细打量他。虽然是街坊邻居，又都是熟人熟脸，猛然间给人家说媳妇，真还有点不知如何开口。不知如何开口的原因是，秦老板没有在他面前提过这个事，他也不知道秦老板有没有再娶媳妇之意。他只是凭着个人的判断胡乱点的鸳鸯谱，成与不成他心里真的没底儿……城府很深的刘掌柜此时却有些七上八下，他怕自己这次办的事，是猴子捞月亮白忙活。

这时他需要静静心，他不能贸然行事，小心惯了的他不想大家尴尬下不了台。他在细细琢磨，这事怎么开口对人家说呢？……思考间，他看见秦老板要了一桌酒菜走了。怎么回事？刘掌柜觉得秦老板有些反常，他决定跟到银器铺，看看发生了什么？他想弄个明白。

银器铺很安静，与对面灯火辉煌人来人往熙熙攘攘的仙人居形成鲜明的对比。也许是做的生意不一样，只有在白天干活时，银器铺才有叮叮当当的敲打声，晚上，没有生意了，一个院子只住着一个人，显得尤其得静。

银器铺的堂屋亮着灯，堂屋正中的桌子上摆着秦老板亡妻的牌位，牌位前的祭品是刚才小二送来的三荤三素，祭品前是个香炉，香炉里燃着三炷香，秦老板坐在一边，默默地看着牌位，一动不动像一座泥塑的雕像。

“咚咚咚……”敲门声惊动了秦老板，他看了一下牌位，慢慢转过身，他走出堂屋来到铺面打开了房门。

“怎么是你?”看到刘掌柜站在门外他有点诧异。

“黑灯瞎火的干啥呢?”刘掌柜问。

“唉，今天是内人的忌日，在家祭奠祭奠。”秦老板说。

“我说嘛，你叫小二送来一桌饭菜，原来是为这。没想到，这么多年了，你还那么有情有义。”刘掌柜明白了。

“你说我这是个啥命？中年丧妻，无儿无女，这心里苦啊，就只能对她说说。”秦老板说。

“你可真是的，点一个小煤油灯，黑灯瞎火的。”刘掌柜环顾四周心里有些冷，“你把大马灯点着吧，这屋里黑得瘆人，亮堂点这人的心里也好受些。”

“好好好，我点马灯。”秦老板点着马灯，屋里一下子亮了。“这里现成的酒菜，咱俩喝一杯。”秦老板顺势把酒菜放到炕桌上，他邀刘掌柜上炕，“难得有空来我家，咱们喝个痛快，不醉不休。”

“可不敢，今天是啥日子。”刘掌柜看了看牌位，“我俩在她的灵前喝酒作乐，还不醉不休，那不是找不自在吗？”刘掌柜心细，他做事不违背常理，秦老板邀他喝从祭台上拿下的酒菜，他不敢贸然，他得把话说明白。

“你看你这个人，我祭奠我亡妻是真心想她，我邀你喝酒也是真心待你，这是两回事，我亡妻她不会责怪。我为啥和你喝酒，就是从心里敬佩你。你是个实诚人，痛快人，是个见过世面、上过场面的人，你没有嫌弃我，把我看作兄弟，我心里是感激呀。”秦老板真情流露，“我刚才还跟我亡妻说，我一烦了就到仙人居，仙人居的酒菜帮我解烦，仙人居的伙计帮我解忧，仙人居的老板就是我大哥。你说我请你喝酒，她能不高兴吗？”秦老板说着话就拉着刘掌柜上了炕。

“还是别了，这会对你亡妻不恭。”刘掌柜还是想推辞。

“不会不会。”秦老板说，“逢年过节我都给她烧钱，每年的祭日我都摆酒祭奠，这些她都记着哩，不信你看，那香烟多直，那香火多红。”

“好好好……”刘掌柜嘴上应了心里还在打鼓，“这是说人话哩还是说鬼话。”他起了一身鸡皮疙瘩，但又盛情难却，腻腻歪歪上了炕。

“这才像个大哥样。”秦老板斟了两杯酒，“大哥，咱俩碰一个。”

“碰一个。”刘掌柜不情愿地端起了酒，他觉得这种气氛这种环境喝酒，实在是不协调，他急需改变一下气氛和环境，好让自己的神经舒展一下，“咱不说这些，不说这些，说点高兴的。”刘掌柜想转移话头。

“高兴不起来呀！黑灯瞎火，冷炕冷灶，连个说话的人都没有。我到你那儿喝酒，本想解闷，哪知越喝越闷，唉！真是挣的钱没处花，活得没有意思！”秦老板并没有转移话头的意思，还在那个牛角尖里转悠。

秦老板虽然还在牛角尖里，但细心的刘掌柜已经看出秦老板真的希望身边有个女人。他来这里是有目的的，就是想看看秦老板有哪些反常之举，无意中看出了秦老板有再娶之意。真是瞌睡给了个枕头，这不正合我意吗！他想把事情点破，说明白自己就是给秦老板说媳妇来了，但是在秦老板亡妻牌位前给秦老板说媳妇，刘掌柜觉得不美气，所以几次话到嘴边都没说出口。刘掌柜做事心细想得周到，他要寻找时机，摆脱这种场合这种气氛，从这种令人窒息沉闷的环境中逃逸出来。正好他抓住了秦老板的一句话，随机应变扭转了这种气氛和环境，也使自己摆脱了被动。

“说酒话是不是？什么挣的钱没处花，什么活得没有意思！振作起来兄弟，好日子找你来了。”刘掌柜觉得真是个机会！真是车到山前必有路！真是难说的话好开口了！于是脱口说了个好日子来了，这样自己就可以进可攻退可守。

“好日子？什么好日子！你能给我好日子？”秦老板不相信，都说刘掌柜神通广大，他也真吹上了，这人可真能吹，说大话不脸红。

“兄弟，明天上午到我那儿，我给你好日子！”刘掌柜终于找到了退出的话题，能离开这个令人窒息的地方，“我那边还有客人，就不陪你了。”

“你看你，刚喝上就要走，不够意思。”秦老板还要留他。

“不喝啦，真的有事。”刘掌柜下了炕，嘱咐道，“记住，明天上午到我那儿去。”

“行！明天上午我一定去，看你给我什么好日子？”秦老板觉得刘掌柜是吹牛皮糊弄他呢。是酒后说大话，即便是这样他还是答应了。

刘掌柜撂下一句话走了，秦老板反而雾里云里的没了睡意。刘掌柜随口一说的话在他的心里起了波浪。啥叫好日子？他笑了一下，这还用说吗？好日子不就是老婆孩子热炕头吗！他能给我好日子？

秦老板思忖了一会儿……突然的，他有点回过味来，难道说他要给我说媳妇？秦老板一下子兴奋了，这个刘掌柜，话不说透，什么今天明天的，痛痛快快说了不就行了！他抓起酒杯喝了一口，抬头看见亡妻的牌位，心里一下明白了，这刘掌柜这刘大哥，他是不想在我那亡妻面前说这个事呀！

他感到了刘掌柜办事的谨慎，于是起身来到牌位前，恭恭敬敬地对亡妻说：“我的可怜的河南媳妇，你不是盼着我再娶一房媳妇，生一大堆娃娃为老秦家传宗接代吗？你不是希望我有个体贴的媳妇过好日子吗？媳妇啊媳妇啊，我听你的话，如果有合适的，我一定找一个……我也不想再过这孤苦伶仃的苦日子了……”秦老板自言自语自斟自饮一会儿便迷迷糊糊了，他自己把自己灌醉了……

第二天上午，秦老板如约来到仙人居。刘掌柜热情地把他请到后院正房。在堂屋落座后，伙计端上了上等的西湖龙井。秦老板看刘掌柜如此盛情拱手道：“老哥，街坊邻居的，你太客气了。”

“朋友捎来一点好茶，品尝品尝。”刘掌柜谦让。

“好茶！好茶！”秦老板细细地抿了一口，连声说好。

“好茶，就多喝几口。”刘掌柜落桌后也抿了一口。

“昨晚喝多了，这头还疼……”秦老板揉了揉太阳穴，“你撂下我一个人喝闷酒，不然我也不会醉。”

“你那酒呀，只能你一个人喝。你那是啥酒呀，是祭奠你那河南媳妇的酒，你邀我喝，能喝吗？”刘掌柜笑着说他。

“怪不得你走了，原来是为这个。”秦老板若有所思，“可你撂下的一句话却把我弄糊涂了。"

"哪句话？我咋不记得……"刘掌柜明知故问，不紧不慢地抿了一口茶。

"你那句话呀可真提醒了我，我是不想再过这苦日子了，我跟我那河南媳妇说了，她也同意我再娶一房媳妇。刘掌柜刘大哥，你就别再藏着掖着啦，你撩逗的兄弟，这心里跟猫抓的一样，你就说了吧，啥叫好日子？兄弟一切听你的。"秦老板也抿了一口茶，眼里透露着真诚。

"哎呀呀！你说了一大通，我咋不记得啦？哪句话……好日子？……喝酒说的话不算话……"刘掌柜有意吊他的胃口，"当时我喝大了，不记得了，不记得了……"

"啥喝大啦？你只喝了一杯……你不记得了，我记得，我给你说，你说要给我好日子，说今天上午到你家，你要给我好日子……"秦老板有些急眼。

"那啥叫个好日子？"刘掌柜有意引他往自己设计的圈圈里走，"那好日子是个啥？你给我说说，啥叫个好日子？"

"这不是明知故问嘛！这不是秃子头上的虱子明摆着嘛！"秦老板有些着急，"好日子不就是老婆孩子热炕头！你这个大哥，可真是的，连这个都问。"

"不对吧！好日子不光是老婆孩子热炕头，你让老婆孩子喝西北风？"刘掌柜眯着眼又提出了一个问题，"老婆孩子热炕头不是空口说大话。"

"谁空口说大话啦？我有这双手，我会耍手艺，我挣钱养活老婆孩子，还能孩子老婆喝西北风？真是的，小瞧人。"秦老板把他的手在刘掌柜面前摇了摇，"我就不信了，有它还能让老婆孩子喝西北风！"

"嗳！这就对了嘛！庄户人家是二十亩地一头牛，老婆孩子热炕头，这就是好日子。可对你这个手艺人呢，应该就是：一双巧手银子有，俊俏媳妇你不愁，老婆孩子热炕头，日子过的有盼头。"刘掌柜说话不紧不慢，故意把话题往这方面引。

"你看你，这肚里真有学问，简单的事到你这儿都念成诗啦。对对对，我想起来了，就是这个意思，昨晚你说的就是这个意思。"秦老板稳住了，他抿了一口茶，静等佳音。

"噢！我想起来了。"刘掌柜看火候已到就说，"是你先说的挣的钱没处花，活得没有意思。而后，是我接的你的话说，什么挣的钱没处花，什么活得没有意思！振作起来兄弟，好日子找你来了。"

"对对对，我接着说，好日子？什么好日子！你能给我好日子？"秦老板有些激动。

"后来我又说，兄弟，明天上午到我那儿，我给你好日子！"刘掌柜接上了茬儿。

“临走了你还一再说……”秦老板说到这儿停住了：“不是说，是嘱咐，嘱咐我明天上午一定到你这儿来。”

“到我这儿来要我给你好日子，是吗？”刘掌柜接住了他的话题。

“哈哈哈……”秦老板笑了。

“哈哈哈……”刘掌柜笑了。

“今天我就告诉你，你的钱不是没处花，而是有处花。你不是要好日子吗？我今儿就给你好日子！”刘掌柜回到了昨晚的话题上。

“说说看！”秦老板呷了口茶细细地打量着刘掌柜。

“你呀，要交桃花运了。”刘掌柜点着烟喷了口烟，烟缭绕着他笑眯眯的脸。

“要交桃花运？有这好事？”秦老板看着他笑眯眯的脸，他证实了昨晚的判断，这刘掌柜要给自己说媳妇。

“我问你，你想不想再找个女人。”刘掌柜把话拉回到了正题。

“当然想啦！有女人的家才是个家，有女人才能传宗接代。”秦老板说。

“那你为啥不找？”秦老板问。

“不是不找，是我这个年纪，不好找才拖到现在。”秦老板说。

“怎么不好找？”刘掌柜问。

“和我年龄相仿的女人，大都是一群孩子。花了你的吃了你的，不惹你生气就是烧高香了。我这个人爱清静，不想老了生气，所以找也要找无儿无女的，这不，没有合适的就拖到现在。”秦老板说出了缘由。

“可是和你一样年纪的女人哪个没有小孩？除非她不会生育。这不会生育的女人你要吗？”刘掌柜反问。

“哎呀呀！可别说这话！忌讳，忌讳！我那死去的老婆就是不会生育，会生育的哪能没有孩子？除非找一个姑娘家，可我哪有那样的福气！不说了，喝茶喝茶！”秦老板有些沮丧。

“我给你说的这个女人，人家就是个姑娘家。你说你是不是交了桃花运？”刘掌柜直点主题。

“我的妈呀！你有那么大的本事，给我说个大姑娘？”这次秦老板真瞪大了眼睛。

“骗你干啥？你看我是跟你胡说的吗？不过，你得给我有个保证。”刘掌柜觉得要把事情做的瓷实了，才能给他交底。于是就说：“人家就是个黄花闺女，我要说的是你不能委屈人家，有半点委屈都不行！一定要对人家好！”为了对秀秀负责，刘掌柜觉得有必要告诫秦老板一下，所以他语气沉稳，大有泰山压顶之势，叫人无法回绝。

“真是个大姑娘？我有那么大的福气？”秦老板觉得刘掌柜又在吹了，吹得没样了，吹到天上了，世上哪有这样的好事？

“只要你答应对人家好，我就做这个媒，给你牵线搭桥。”刘掌柜要他答应自己提出的条件，他觉得这样才能对得起秀秀，毕竟这婚姻他都觉得不完美，他是不得已而为之。

“什么叫好？你说具体些。好吃好喝好款待，这些不是问题呀！”秦老板纳闷。

“这些当然不能少，关键是过门后你得让人家当家，老夫少妻，不当家人家跟你吗？”刘掌柜强调这点很重要，那就是当了家才能接济家里给秀文看病。

“我这个人你知道，外人都不得罪，对老婆还能赖了？我的条件也不高，无儿无女贤惠懂事，是女人就行，漂亮不漂亮都无所谓，要的是老来有个伴。如果能为我生个一男二女，那就再好不过了。所以我在选人的时候，还想小上几岁为好，至于姑娘不姑娘的无所谓。”秦老板看刘掌柜不是说着玩的，也就掏心窝子实话实说，他不奢想姑娘什么的。

“你的条件都能达到，我给你提的人就是个姑娘！这个姑娘模样俊俏，贤惠懂事，还识文断字。别说生个一男二女，只要你能行，生多少都没问题。”听完秦老板的表白，刘掌柜心稳了，大包大揽了而且口气冲天。

“苍天在上，我对天发誓，要真是这样，我一定对人家好，这个家让她当，家里的钱随便花这有啥行不行的！”秦老板觉得这可真是天上掉馅饼的大好事。

“有你这句话，我就放心啦。你这个人呀真有福气！摊上这么好个事！你是苦尽甘来后福无穷啊！”刘掌柜对秦老板赞不绝口。

刘掌柜一五一十把秀秀的事全盘端了出来。秦老板一听，还是愣了！世上还真有这样的好事？他吃不准了。“不会吧！黄花闺女，年龄那么小，识文断字的……我又是二婚，大人家二十岁，人家姑娘愿意？”他觉得这事不靠谱，还是认为刘掌柜吹牛皮，“别糊弄我了，说正经的。”

“你看你，还是不信，我说的都是正经的！兄弟福气大，我说行就行，你是被福气冲晕了头！准备好钱财，净等着做你的新郎官吧。”刘掌柜给他吃定心丸。

“哎呀呀，不仅仅是不行，我……我也不敢……”秦老板想想自己这把年纪他打退堂鼓了。

“你这个人，狗肉上不了桌，一个姑娘家就把你吓成这样。”刘掌柜损他。

“老庞家名声在外，秀秀聪明伶俐，我这个耍手艺的贱民，不敢高攀不敢造次。”秦老板有些自卑，“门不当户不对，我一个外乡人不敢得罪地头蛇……”

“这话咋说？”刘掌柜一头雾水。

“庞秀秀，厉害呀！心灵胆儿壮，利嘴退土匪，在咱响水塬无人不知无人不晓。这么一个才貌双全有勇有谋的女子给我续弦，那不是开玩笑吗！不说啦不说啦，就当咱哥俩开个玩笑。”秦老板说完这话，就像甩了个包袱。天下哪有掉馅饼的好事？就是有，还能砸到他头上？

“开玩笑？谁开玩笑！”刘掌柜给两个杯子里续满水，不紧不慢地说，“这是真的。”

“这福气也太大了吧？我总觉得不可能！”秦老板还是不信。

“福气来了挡也挡不住！我又不是吃饱撑的，再说婚姻大事，是闹着玩的吗？君子一言，驷马难追！庞瑞珩孙女的婚事我能胡说吗？”刘掌柜把话说满了。

“那……那……”秦老板还是觉得悬，嘴里嘟哝想说啥。

“那什么？”刘掌柜问。

“那……为啥要把姑娘嫁给我？”秦老板觉得要弄清楚原因。

“俗话说，英雄也有难过的坎。老庞家是遇到难事了才想到把女儿嫁给你。秀秀有个弟弟得了羊羔风，看病把家看穷了。人家找你，就是觉得你能接济人家。如果不是有个病弟弟，这样的美事你想都别想！这下好了，你的钱有处花了，娶个漂亮年轻的媳妇，花多少也值！给个实话，愿意还是不愿意，我好给对方说。”

“看病把家看穷了？卖几亩地不就有钱了吗？你是逗我高兴！”秦老板还是觉得是水中的月亮，镜中的花。

“卖地？地是庄稼人的命根子，卖地是败家子行为，老庞家是不会这样做的。嫁姑娘就不一样了，这有个挑拣呀！挑个家底殷实的有钱人家，不就各方面都兼顾到了吗？我看你这光棍还没有当够！这也怀疑那也不信，你就拿捏吧，非要把这好事拿捏黄了！告诉你吧，你是在城里，你有店铺，你有手艺，你能挣俩钱，你是孤身一人。如果你不在城里，人家兴许不正眼看你呢！人家一个黄花闺女，啥样的找不下非找你？你要再这样三心二意，我就不管了！”刘掌柜嫌他婆婆妈妈拿话刺他。

“你容我想想……”秦老板喝了口茶，“不行不行，毕竟我大人家二十岁，说起来就跟我的女儿一样，咋好意思说夫妻之话行夫妻之事？话不投机半句多，过日子断不了磕磕碰碰，老夫少妻又是半路夫妻，我是担心日后她家的问题解决了我也老了，我满足不了她的需求了，她就会撇下我不管或者是另嫁他人了，到那时我不就人财两空了吗！我看还是不行。”

“你是叫钱烧的，光棍还没过够。人家姑娘可不是轻浮之人，这个你就放心吧。”刘掌柜盯着他说，“这么好的事哪儿去找？你想的太多啦，你要不放心，就算我没说，去过你的苦日子吧！”

“哎哎哎！别急嘛！这几年，提的都是死了男人离了婚的，孩子一堆要吃要喝的。你这儿一提就是个黄花姑娘，我这心里反而没底啦！不要见笑，真是你说的那样，我能不愿意吗？我是求之不得呀！”秦老板看刘掌柜不是说谎话，赶忙表态。

“老庞家顾面子，人家图啥？就图你有手艺有店铺，说白了就是图你能挣钱！不要瞎想了，你孤身一人的，有这样一门本地人亲戚，又是塬县名人庞瑞玠的后代，这也是个靠山呀！我觉得是个两全其美的事。”刘掌柜说。

“话说到这个份儿上，我也不说啥了。她是为了她弟弟，这姑娘重情义心地善良，她对弟弟都这样，对自己男人还有错？”秦老板又从这方面分析。

“对嘛，这样想就对了。”刘掌柜说，“你表个态，同意还是不同意？”

“同意！一百个同意！”秦老板笑容可掬。

“好！咱们先说到这儿，不过，你也别高兴太早了，兴许对方不愿意了呢？我呢，凭着三寸不烂之舌给你撮合，成了你谢我，不成你别怪我。”刘掌柜说。

“行行行！成与不成我都谢你，就你这份关心我就知足了。”秦老板说。

这一天，刘掌柜心中的担心没有了，他可以明白地告诉庞永荣，秦老板这边没有问题了。

秦老板呢？心花怒放情不自禁。让他始料不及万万没有想到的是。自己这个用以生活的手艺，这间不起眼的小铺子，还能为他换回来个俊俏的大姑娘做媳妇。他觉得他这后半辈子是梅开二度又有指望了，金银财宝算个啥，乖巧媳妇才是宝。他觉得刘掌柜说得对，自己的钱有地方花了，能娶上一房好媳妇，花多少钱都值。

秦老板脸色红润步履轻松回到了银器铺，他躺在炕上小息，思绪却不安宁了，多年的光棍生活使他非常渴望得到女人的爱抚，他猜想着那个妙龄姑娘和自己温情的情景，心中突然升起了一种不可克制的欲望，这欲望之火烤的他头昏脑涨，他盼望着祈求着，希望这一天早早来临。……艳福还没有降临，秦老板先陶醉在自己的想象中，这个结过婚的老男人在面临第二次婚姻时，有些忘乎所以，他真的晕了！

十七、这门亲事愁的是自家人

刘掌柜办事干净利落，下午，他就约了庞永荣，把秦老板的事情告诉了他。

庞永荣一听，心中的一块石头落了地，他谢过刘掌柜，连夜回了家。他把结果告诉了春花。

春花一听，心中的那块石头也落了地。她说："这段时间，我也是反复想反复比，比来比去还是这门亲事好。有些事就是可遇不可求的，就说秀秀的婚事吧，这也是碰巧了，专门找还找不到呢！过了这个村就没这个店了……秀秀的婚事特殊，特殊就在于咱们家的状况，按照咱们家的状况来说，错过了这次机会，也许一辈子也碰不上了……你这件事办得好！原先我还怕别人抢了先哩！这下好了，心里踏实了，剩下就是秀秀的事了，咱们说啥也要说通秀秀！"春花心里高兴，说起来没完没了。

"嘿嘿！看你高兴的话都不会说了，话稠起来没完没了，其实就是一句话，可遇不可求！过了这个村就没这个店了！"庞永荣心里高兴夸了春花几句。

"对对！就是这句话，你原来就说过，看来还是你看得远。"春花说。

"好啊！好啊！咱俩总算想到一块儿了。"庞永荣欣慰，"只要咱俩心拧在一起，没有办不成的事！"

"是不是给他二叔三叔四婶说说，不然人家要见怪哩。"春花说。

"行！也该给他们说说了。"庞永荣说。

第二天，春花找了个借口打发秀秀去了姥姥家。秀秀走后，春花把老二老三和金叶叫到家。庞永荣从头到尾把事情原原本本给大家说了一遍，最后他说："世上的事情没有十全十美的，这也是没有办法的办法。岁数大点就大点，这改不了，二婚没孩子怕啥？这些都是次要的。重要的是过日子要实惠。这村里有地，城里有铺子，这日子不就是芝麻开花节节高吗？我为什么同意这门婚事？这就是我的想法。"

听完庞永荣的叙述，大家商量了一下，觉得除了年龄和二婚外，别的都可以。细细揣摩，其实就是年龄是个事，只要秀秀不在意，别的也没什么。嫁汉嫁汉，穿衣吃饭！家里有挣钱的铺子，男人有挣钱的手艺，这才是首要条件，庄户人家嘛，要的就是这些。

"我不同意！"看着秀秀不在，三个哥哥就要定下这门亲，金叶赶紧阻拦。

"不同意，那为啥？"庞永荣春花心里明白，老二老三觉得奇怪。不过既然是大伙儿商量，就要叫金叶说话，因此庞永荣还是明知故问。

“这是秀秀的婚事，秀秀不在不能定。”金叶说。

“儿女婚姻父母做主，秀秀的婚事咋不能定？”庞永荣说。

“儿女婚姻父母做主，这都是正常情况下的事。大哥，秀秀是给人家续弦，是嫁给一个比她大二十岁老男人，他们能想到一块儿说到一块儿吗？他们能相亲相爱吗？从钱这个角度可以说咱们得到了，而秀秀的需求呢，一个女孩嫁人以后的正常需求呢？这些都被你们忽略了。这样的婚事不问秀秀行吗？”金叶有些激动。

“金叶，你这是多虑了，秀秀是我的女儿，我能不替她着想吗？你要我问秀秀，我是一定要问的，现在是大人们在一起商量，全面权衡这件事，不仅要对秀秀好，也要对老庞家好，对我们大家都好。这些事秀秀是考虑不到的，得大人们考虑和安排。”庞永荣说。

“大哥，这是秀秀嫁人，首先得秀秀同意，如果秀秀不同意，说别的都是白说。”金叶说。

庞永荣觉得金叶有点小题大做，哪来的那么多道道，于是说道：“秀秀这桩婚事成了，首先解决了给秀文看病的难题，再则能不断接济家里，第三秀秀可以到城里生活。这三点最重要，至于别的都不重要。”

“大哥，还是先放一放，问问秀秀再说。”金叶还在坚持，“我觉得婚姻基础是男女相爱，年龄相仿，即便是不相识，也能慢慢找到相同的感受，久而久之就会生情。年纪差大了就说不到一块儿了，做事也做不到一块儿了，就不会产生爱情了，就是一种依附关系了，这样他们能幸福吗？爱情不仅是物质上的需求，还有精神上的需求和身体上的需求，这些你们考虑了吗？”

“老二老三，你们说说。”庞永荣不想再理金叶，他觉得她说得太叫人莫名其妙了，越扯越和自己的想法背道而驰，这样下去，自己好容易立起来的自信就会被击溃，于是就直接问两个弟弟。

“金叶你不要着急，你说的话不好理解，什么爱呀情呀，那都是戏文里的说辞，咱庄户人家不讲究这个。就说咱们自己的婚姻吧，都是父母做主定下的，谁也不认识谁呀，结婚后住在一起才知道谁是谁，现在还不都过得好好的。男人女人你只要把他们撮合在一起，举行了婚礼入了洞房，就会有你说的爱呀情呀，这个不必担心。这门亲事按照咱们家的情况来看，细细地想想，大哥大嫂考虑还是周到的，我没啥说的。”庞永华说。

“二哥说的有道理，男婚女嫁，说白了就是上炕睡觉，什么情呀爱呀的，睡到一个被窝啥都有了。这话听着不好听，其实就是这么回事。金叶说的爱呀情呀也有道理，都是书上说的戏里演的，与咱们对不上号。什么爱呀情呀，只要能在一个炕上睡，在一个锅里吃，再生几个娃娃，就是有爱有情。要说这个钱，我觉得是头等的重要，嫁闺女要彩礼天经地义，好闺女就得有份好彩礼。再说了，婆家有钱闺女不受罪，哪个不想自己闺女嫁了后能过上好日子？一分钱难倒英雄汉，出门在外不能没有钱，没钱咋给秀文看病。大哥家的状况考虑钱没有错。我也觉得大哥说的有他的理，这个事我觉得成。”庞永富说。

“二哥三哥你们听我说，我的意思是秀秀和这个人年龄相差太大，不会产生爱情。最好的婚姻就是青梅竹马郎才女貌，这样的婚姻才会你敬我爱白头偕老……”金叶还在试图说服他们。

“我看你是看戏看书看得着迷了吧？净说些没边没沿的事，有那档子好事还用商量吗？这不是没有吗？叫你来了说事哩，你净说些个歪理，你是捣乱呢还是气人呢？”庞永荣嘴有些颤，手有些抖，腿有些软。

“金叶，你看把你大哥气的，好好说话呀！”春花在一边看不下去了，就替丈夫说了话，她埋怨金叶，“你呀，年少气盛不知世事艰难，不当家不知柴米贵，这日子能过下去你大哥还出去赶马车当苦力，这是没有办法的办法。为了秀文为了这个家，这是不得已而为之。这门亲事呀，经过左比右比横看竖看，我们觉得还是不错，不像你说的那样，甘蔗没有两头甜，哪有十全十美的事。”

“你们说的都不是我的意思！我说的是年龄。咱们的婚事都是父母定的没错，但我们的年龄都差不多。给秀秀说的男人和大哥一样大，说不好听的这是爹呢还是丈夫？”金叶急了话不好听，“自古到今，有多少老夫少妻能过的好的，有多少苦命的女子为了钱而丧失青春痛苦了一辈子，难道我们也要秀秀为了钱而丧失青春痛苦一辈子吗？”

“好啦！”庞永荣有点粗暴地制止了金叶的话，“骂人呢！越说越难听，敬着你哩不要不识抬举。我看这事就这么定下了，抽空我进趟城跟刘掌柜说，人家还等着回话呢。”庞永荣看看两个弟弟与自己的想法一致，也不想再听金叶胡咧咧说些自己脸面都挂不住的话，就作了主张。

“你们！独断专行！这样是会毁了秀秀的……”金叶在郭家庄念过高小，接受过新文化的熏陶，读过不少进步书籍，在爱情方面的认识开明豁达。她反对封建婚姻，赞成婚姻自主，拥护妇女解放。看到三个哥哥对爱情的胡乱理解，她觉得是对神圣爱情的亵渎。她无法也无力纠正他们的认同，同时感到与他们讲爱情简直是对牛弹琴。现在她唯一能做到的是站出来大胆地说出自己的主张，在秀秀的婚姻大事上，她不能违背自己的良心。

秀秀回来了，春花把事情告诉了她。

秀秀一听就哭了：“我不嫁！我不嫁！”

春花哄秀秀：“秀秀啊，你大啦，不能再说傻话啦。什么嫁不嫁的，哪有女儿大了不嫁人的。”

秀秀听不进去：“娘，我就是不嫁！我就在家里当老姑娘。”

春花说她：“那怎么行？当老姑娘丢死人哩！”

秀秀哭诉：“娘，你们给我说的是啥人嘛？他可是跟你们一样年纪的人，是个结过婚的老汉，你叫我嫁给他，行吗？”

春花眼里也是泪花：“其实，就这点不好，大就大点，大了知道疼人。”

秀秀质问：“娘，是大二十岁！都可以做我爹了，我怎么和他过？”

春花劝解：“老夫少妻的都是有所图的，女人年轻就是宝，咱图他的钱，他图咱的人。怎么过？处得时间长了，一切就顺了。”

秀秀说：“不行，娘！打死我都不愿意！嫁个死老头子还不如叫我去死！”

春花说：“秀秀啊！不是娘狠心，是实在没有办法，看看这个家，你弟弟病成这样，哪儿都得花钱啊！你爹的眼力不会有错，嫁到城里，全家人跟着沾光，你也就不再种地受罪了。”

秀秀说：“娘！你就是说破天，我也不愿意！”

春花说：“同意不同意是大人们的事，大人们定的事不能变！”

秀秀说：“不能变也要变！我就是不同意！谁同意谁嫁去！”

春花被噎得差点背过气去：“你……你个死妮子，你要活活气死人哩！”

秀秀泪流满面：“是你们要我死，不行，我就死给你们看……”

秀秀从小到大第一次这样跟她娘顶嘴，而且不留情面。春花也是第一次被秀秀顶撞，而且顶得喘不过气来。秀秀和金叶一样，也是念过书的有文化的女人。她和金叶都在郭家庄的高小读书，在那里她接触到了新思想新文化，她的思想在潜移默化中慢慢地变化。在婚姻问题上，她内心向往的还是青梅竹马两小无猜的那种纯洁的爱情。这些庞永荣两口子自然不知道，他们的择婿标准看似从自家状况出发，看似对秀秀好对全家好，其实是自私的狭隘的无情的，是重男轻女不顾女儿的。因此他们的选择自然与秀秀的选择背道而驰，秀秀的激烈反对也就可想而知了。

天擦黑的时候，庞永荣背着秀文回来的，秀文衣服上沾了不少的污物，脸色苍白，没有血色。春花赶紧着安顿秀文，手忙脚乱地也没顾及对庞永荣说她和秀秀吵架的事，庞永荣一直没见秀秀就问：“秀秀呢？”春花说：“生气哩。”庞永荣又问：“你给她说了？”春花说：“说了。”庞永荣说：“不高兴吧？”春花说：“岂止不高兴？是坚决不同意！”庞永荣叹了一口气：“这是意料之中的。”春花皱了眉头：“我没法说了，一看她哭我就说不下去。”庞永荣也皱了眉头：“今天不说了，我这身子累心也累……”

庞永荣把兄弟们找来，本想对自己好容易建立起来的自信给予肯定。但是，事与愿违，两个弟弟的支持过于苍白，金叶和秀秀的反对又那么坚决，两个年轻女人一反常态的表现，又在老庞家引起了一连串的反响……

第二天清晨，庞永荣下沟去挑水，山野里清新的空气使他郁闷的心情有些好转。抬头放眼，沟壑郁郁葱葱，太阳的光线透过薄薄的云层，折射在沟里，一块亮一块暗。秋庄稼已经收完了，勤快的人们已经把收获过的地整理出来，就等一场秋雨好种麦子。

庞永荣突然觉得力不从心，一担水压得他肩膀生疼步履不稳，是不是自己年纪大了？他有些感慨，一切都是小的好啊！你看，小草惹人喜爱，小鸟惹人喜爱，小猫小狗惹人喜爱，小孩更是人见人爱。老了呢？菜老了招虫，鸟老了不飞，猫狗老了招人烦，人老了便没有用，真是的连担水都跳不动，还能干啥？

庞永荣放下担子，坐到路边一块石头上歇息。他浑身发热头上渗出了汗水。过去可不是这样，一担水挑回家是不歇息的。老了，真的老了，不能和年轻后生比了。突然间他想到秦老板，秦老板和自己一样年纪，他的身体能行吗？这男女间的事年龄最重要，人常说：二十如狼三十如虎，四十对凑五十豆腐，往后就是有一搭没一搭的事，这就是自然的规律。他意识到自己在秀秀婚姻上考虑得不周全，没有从人的生理上去考虑关心秀秀的需求。他想起金叶说的一些话，爱情不仅是物质上的需求，还有精神上的需求和身体上的需求。他想起自己和春花之间的性事，不就是有一搭没一搭的吗？突然间，他觉得自己办了件蠢事，这秦老板能满足秀秀精神和身体上的需求吗？这不就是把秀秀毁了吗？这年龄就像决堤的洪水，冲毁了刘掌柜用来解释的锦上添花和雪里送炭！冲毁了自己好不容易建立起来的本来就脆弱的主见！想来想去他觉得自己还是没有把事情办圆满，也许就是件错事！他不知道如何去给秀秀说，话到嘴边就是吐不出来。

春花最近犯心病。每当夜深人静的时候，她总是长吁短叹，而且常常拍打自己的肚子。

“好好的你拍它干啥？”庞永荣有点奇怪。

“我恨肚子。”春花说，“这破肚子不争气，没有多生几个娃娃。”

“你这人真有意思。”庞永荣说，“胡怨呢！”

“如果多生几个娃娃，男的女的一大群，哪里会有事？人不都说嘛——独子难养啊！为了秀文我的女儿要委身下嫁一个老男人，你说这一切不怨它怨谁？”春花狠拍自己的肚子啪啪作响。

“你就是把它拍破顶啥用？”庞永荣说，“生不下就生不下吧，现在说管啥用？”过了一会儿庞永荣又劝她：“往好处想啊！往好处想心就开了，心开了就想通了，想通了就觉得这是一件好事，是好事咱们就好好给秀秀说说，说通了就没有负担了，没有负担了你还埋怨自己的肚子吗？”庞永荣拉过被子盖住她的肚子。

“我得骂骂自己，骂骂自己，心里就不堵了。”

“你是心事太重了，咋想到了生娃不生娃？一把年纪了，真是！”

“我是羡慕别人！眼馋别人！你看人家老二老三，娃娃是一个接着一个生。一个是养，一群也是养，而且个个健壮。不像咱们的秀文……”

“我也羡慕，我也眼馋，能咋呀，没法啊！也许这就是命！”庞永荣说，“这秀文就是个讨债鬼，是上辈欠下的。”

“可怜我的秀秀啦！多好的一个娃，娃的命苦啊！”春花又流泪了。

“不要这么说，这么说我心里也怪难受的。我也心疼秀秀，也想给她找一个年轻的小伙儿。可是有什么法呀！为了秀文，为了这个家，我们只能这么做。”庞永荣像是开导春花也像是开导自己，他揣摩一会儿说：“人生好比是一盘棋，这婚姻就是其中的一步。秀秀的婚事考虑来考虑去，我觉得失去的少得到的多，无非就是个年龄，就不要再想它了。这步棋走好了就成了我们家的转折，秀文看病的钱有了，秀秀也不在村里受罪了，村里有地城里有铺子，农忙的时候我们在村里住，农闲的时候我们进城住，两头都不误两家都能帮上忙，想想啊，这的确是一步好棋……”

“你是在宽我的心……”春花心里明白，但心情不好。

庞永华和郭喜儿因为闲扯闹了个小过节，起因也是秀秀的婚事。

郭喜儿本来就邋遢，做姑娘时因为胖就没有个人形，宽衣大衪罩住水桶样的身躯。现在郭喜儿更不讲究了，她已是四个娃娃的娘了，繁重的家务把本来就不利索的郭喜儿弄得更是邋遢。大衪儿油乎乎的，头发随便往脑后一扎，乱蓬蓬地耷拉着。大儿子秀武已经七岁，长得很健壮，下边每两年一个娃，清一色的三个女娃，分别叫秀梅秀兰秀竹，现在她肚子里还怀着一个。

“这个娃是个男娃！”夜里，庞永华摸着喜儿的肚子说。

“胡说哩……我觉得是女娃！”郭喜儿推开她的手说。

“一个男娃不行啊！大哥就是样子，秀文一病啥都没了，多个男娃多份保险。”庞永华说。

“是女娃咱就再生嘛，就是生个十个八个我也不怕，总不能老生女娃吧。”郭喜儿说。

“就不能说点好的，我说是男娃你偏说是女娃，诚心和我作对。你也要咱家和大哥家一样吗？一旦秀武有事，谁来养活咱们，难道也要我闺女像秀秀一样嫁个老男人……”庞永华说话不考虑。

“放屁！”郭喜儿猛地坐起，“啥事都和秀秀一块扯，扯得上吗？就是真和大哥比，我还有四个女娃哩，把你熬煎的……”郭喜儿也来了气。

“我……我……”庞永华结巴了。他身子本来就不强壮，连着有了四个孩子，又是奔四十的人了，在男女的事上已是力不从心。他觉得这第五个孩子可能是他最后一个孩子了，所以他希望是个男娃。没想到他拿秀秀这么一比，却比出了麻烦，连着多日，郭喜儿都给他阴着个脸。

庞永富和任冬梅现在有四个孩子，四个孩子都是男娃，这是他两口子最值得骄傲的事。

任冬梅是个干净利索人儿，家里也拾掇得干净利落。他的老大叫秀德，老二叫秀哲，老三叫秀乐，老四叫秀和。秀德六岁，秀哲四岁，秀乐二岁，秀和刚刚满月。

任冬梅头上还包着头巾，但是掩不住月子里保养留下的富态。她的脸白皙红润，身体圆润丰满。上衣被鼓胀胀的乳房顶的老高，就像不安分的鸽子，串啊串啊要挣破束缚飞向远方。秀和要吃奶了，冬梅撩起大襟，那两只白白的鸽子颤悠悠地飞到孩子的嘴边，红红的鸽头伸到秀和的嘴里，孩子安详了，鸽子稳稳地停留在孩子的脸上。

晚饭后，庞永富又扯起秀秀的事，虽然大哥说得很有道理，但他还是觉得这个事情不太美：“可惜啦，可惜！”

“你又感叹啥？大哥能做错事？”任冬梅给孩子换尿布，“乖儿子，小鸡鸡，尿泡泡，浇爸爸……”她拨拉着秀和的小鸡鸡唱着儿歌。

“也是大哥没有福气，只有一个儿子还得了羊羔风，要是大嫂能生，生个五个六个，也不至于在秀文一个人身上熬煎死。”庞永富说。

“大哥也真可怜，也不知秀文的病能看好吗，你说，秀秀是为了秀文而嫁的，秀秀嫁过去了，秀文再看不好那可咋办？”任冬梅说。

“如果能看好，秀秀也不枉嫁一次，如果真看不好，还是无人顶门立户养老送终。”庞永富说。

“我有一个两全之策。”任冬梅说。

“你有啥……啥两全之策……”庞永富问。

“咱们不是四个男娃吗？咱们可以过继一个给大哥，秀文看好了啥也不说了，看不好呢？咱那娃就可以顶门立户，给大哥养老送终。”任冬梅顿了一下，“大哥的家产也可以顺理成章继承过来。”

“你咋惦记着人家的家产，不叫人笑话？”庞永富说。

“实际就是这么回事，秀文要是看不好，大哥的家产就叫外姓人得了！”任冬梅不紧不慢说。

“咋就叫外姓人得了？”庞永富不解皱起了眉头。

"好好想想……"任冬梅看着他说，"不是我们要大哥的家产，秀文病看好了，自然是秀文的。那看不好了呢？看不好大哥靠谁呢？只能靠闺女秀秀了。现在是给秀秀说的男人和大哥一般大，到老了自己都顾不过来，还能顾上大哥？就算能顾过来，也得秀秀伺候大哥大嫂，秀秀是嫁出去的姑娘，按照咱们这儿的说法就是泼出去的水，她已不是庞家的人了，她能撂下她那一家子事成天住在娘家吗？就算能这样，养老送终后那家产给谁？我看还得是谁养老谁得，这是咱们这儿的风俗，这样一来大哥家的家产不就给外姓人了吗？给了外姓人还是给了过继了的本家侄儿，哪头轻哪头重，你该清楚了吧？"任冬梅想了想继续说："人常说，黄泉路上没大小，谁知道生死的顺序呢？秀秀的男人要是真死到大哥前边呢，秀秀成了寡妇再带着孩子，根本就不可能成天待在娘家，那大哥大嫂不就苦了吗？他们靠谁来养老送葬……我们过继儿子不全是奔着大哥的家产去的，我觉得我们应该想得周全一些，你想想大哥大嫂老了，我们的孩子大了，地里的家里的都有人干了，头疼脑热有人在跟前伺候了，就是过世，也有人披麻戴孝招魂打幡了。想想这也是一件好事，我也是一片好心，根本就不贪图大哥的家产，我是完完全全为大哥家着想。"

"没想到你考虑的这么周全，是个好主意。"庞永富说，"抽空给大哥说说。"

"可别！这个事我们不能说！我们要说别人会认为是贪图大哥的家产，要说也得大哥自己说。"任冬梅说，"老二家一个男娃，老四家一个男娃，就我家男娃多，大哥要过继不找我们找谁？……其实这都是以后的事，我们也是闲着没事瞎操心。咱俩只当是闲着说闲话，兴许秀文能看好呢，兴许大哥另有想法呢。"任冬梅又把话拐了回来，她只是就事论事操好心办好事，并没侵吞大哥家产的意思。

"大哥真的要个男娃过继，你舍得给？"庞永富问。

"咋舍不得？住在一个村里就和在自己家一样，有啥舍不得？"任冬梅说。

"哈哈……你这老娘儿们心里还真有些道道……真是个两全之美之策……好事好事!"庞永富完全明白了，他为妻子的高明叫好，一举两得两全其美，即得到了家产又落了个好人，美哉美哉。这个庞永富完全陶醉在自己的想象中……

金叶是个爱操心的人，说不动三个哥哥她不甘心。金叶就把秀秀的事给强强和金海金洋说了，她觉得这件婚事糟糕透了，希望他们把它搅黄搅烂。金海金洋听姐姐的，就鼓动强强搅婚。强强不愿意这么做，他说："宁拆十座庙，不拆一家婚。男女婚配，自古以来，出人命的就多，这个事牵扯的关系太多，咱们得慎重考虑。"

“考虑什么？秀秀不是你相好的吗？你不搅谁搅？”金海金洋被强强的话弄糊涂了。

“你们都是这么想的，都觉得我和秀秀好，其实不是这么回事，我一直都把秀秀当成妹妹看待，秀秀懂事漂亮，没有大小姐的傲气，她和我能说到一起，但这不等于我们相爱。我们两家差距太大，门不当户不对走不到一块儿。”强强说。

“如果像你说的那样，你俩真没有那种关系，秀秀的事就不管了？”金海金洋问。

“管还是要管！但不能胡管！首先我们得弄明白秀秀的心上人是谁，这种搅婚的事，一旦搞起来，就没有回头的余地。秀秀在村里待不下去了，可以跟上心上人远走高飞，这个别人不能代替。”强强思考的比较全面。他觉得自己已经拒绝了秀秀，也许经过这段时间，秀秀有了心上人呢。

金叶一直在听，强强的话她觉得在理。秀秀前头说过，她把强强当成大哥哥。那么这次呢？知道了父母给他说的婚事，还是把强强当成大哥哥吗？这的确还是个谜。

金叶来到强强家。强强家小院不大，一条小狗趴在门下，见到金叶，摇着尾巴跑回窑洞。

“谁呀？”一个弯腰驼背的农妇出现在门口，她是强强的母亲。

“强强他娘，是我！”金叶赶忙走过去。

“金叶，有事吗？”强强母亲拍拍炕沿，示意金叶坐下，她的眼神不好。

金叶环顾了一下窑洞，靠洞口处安有门和窗户，窗户后边垒有火炕，火炕的后边就是做饭的灶，因为烧的都是柴火，窑洞被烟熏得黑黑的，要不是窗户和门透点亮，窑里是看不清东西的。

“我给你烧点水。”强强母亲起身要给金叶烧水。

“快别麻烦了，强强呢？”金叶拦住她。

“上郭家庄去啦，给人家打石头。”强强母亲说。

“听说强强和秀秀好，有这回事吗？”金叶想探探底。

“可别说了！”强强母亲摇着手，“都是那闲话惹的祸，秀秀是你们老庞家的大小姐，我们那能配得上？你不知道，有了闲话后，秀秀她爹跑到我家，话说得不好听，秀秀就是再好，我们也是高攀不起呀！”也许是激动，强强母亲眼圈红了，一串泪水悄然流出。

“强强知道秀秀她爹来的事吗？”金叶进一步问。

“知道！是当着我们一家三口说的话。什么家穷啊！什么外来户呀！什么门不当户不对啊！这些我们都知道呀，东家的大小姐我们敬都敬不过来，哪里敢胡思乱想！再说这也不能怨我家孩子呀，是秀秀愿意跟着他去撸槐花，她要不去，哪有这档子事！东家的话不好听！我们忍了，我们管教孩子，强强就是一辈子打光棍也不会招惹秀秀了！”强强的母亲说得很坚决。

“原来这样。”金叶明白了。

“金叶，秀秀这孩子不错，模样俊心眼好，能看得上咱穷人，可惜呀，咱们攀不上高枝没那福分！”听口气，强强的母亲还是很喜欢秀秀的。

“唉，不高兴的事咱不说了，强强是个孝顺的孩子，会打石头会种地，会给你找一个好媳妇儿的。”金叶安慰她。

“还是金叶会说话，借你的吉言，我还想抱孙子呢！”强强母亲笑了。

在村南的石牌坊下里，金叶找到了从地里回来的秀秀。

“秀秀，那件事咋办？”心直口快的金叶单刀直入。

“咋办？反正我不同意，管它呢！”秀秀回答。

“你爹非要把你嫁过去，你能拗过他吗？”

“他非要这么做，我就去死。”

“你是说气话吧，就不会想想别的把办法？”

“别的办法？啥办法？”秀秀瞪着眼问金叶。

“四婶问你，你要说实话，你的心中人是谁？”

“心中人？没有啊！”秀秀说得很认真。

“你怎么看强强的？”金叶进一步问。

“我一直把他当成大哥哥。”秀秀说。

“秀秀，婚姻不是小事。那件事怎么办？只有一个办法就是把它搅黄了。可是怎么搅呢？别人是无法插手的，平白无故的谁干这个？如果你有心中人，也就是你男人，他就可以把这事搅黄了。搅黄了咋办？家里不能待了，你们可以离开这儿，走得远远的，这些你想过没有？”

“这个？”金叶的话在秀秀心里引起了震动，她确实过于单纯了，从来没有从这方面想过，现在金叶突然问起，她真的不知如何回答。

“秀秀，事到如今，你不能含含糊糊，我再问你一遍，你愿意强强做你的男人吗？”

“做男人？”秀秀的思绪在飞快地转动。她想起沟里那次撸槐花的浪漫，想起麦场那次亲密接触。如果说沟里撸槐花是把强强当作梦中的情人的话，麦场那次亲密接触却是实实在在把自己当成了强强的女人。她盼望着强强能够说出我爱你，可是强强拒绝了她。事后她也在想，既然强强拒绝了她，就证明她和强强只有兄妹之情没有夫妻之缘。秀秀是个明白人，金叶全是为自己，她似乎也感到她拗不过家里。可是她怎么说呢，总不能剃头挑子一头热吧，于是她说："还是以兄妹相处好……"

"你是不是觉得他家穷，门不当户不对。"

"我并非嫌贫爱富，就是我愿意，强强敢吗?"秀秀知道强强是个孝子，他能为了婚姻离开年迈多病的父母吗？秀秀知道强强很仗义，他是不会做违背老庞家的事！麦场那场戏就是事实，金叶的想法是竹篮子打水，她觉得强强做不到。

"如果强强能做到，你敢吗?"金叶随口问了一句。

"我敢！我愿和他远走高飞，受苦受累吃糠咽菜我认了。"秀秀不假思索地回答。这几天她有过这样的想法，这是个多么浪漫的想法，浪漫在于她就没有想它的后果，后果就是不切实际。

"强强是懂事的孩子，你也是一个懂事的孩子，你们俩都不会做出格的事。"金叶觉得自己的想法就是白想，这两个孩子都是懂事的孩子，秀秀夸下的海口是在她面前的执气，她叹了一口气说："唉！你们有缘无分，可惜了一对好孩子……"

十八、年轻人干了件鲁莽的事

金叶破天荒地在家里摆酒，与其说她要喝酒不如说她要别人喝酒，因为她有求于别人，这个别人就是强强和她自己的两个弟弟。

金叶做了五个菜：一盘花生米，一盘炒豆腐，一盘猪头肉，一盘炒鸡蛋。她把家里那只芦花大公鸡杀了，清炖了盛在一个大瓦盆放在桌子中间。桌子上还放着一大罐高粱酒。

“坐坐坐。”金叶给他们倒酒，“五年了，你姐夫走了五年了，这五年要是没有你们三个弟弟帮扶，姐能过的这样滋润吗？姐要感谢感谢你们，所以做了点好吃的。”说话间给他们都满上了酒：“今天不说事，今天就喝酒吃肉，来来来，端起杯子，喝！”金叶一饮而尽。

“这……”三兄弟面面相觑跟着饮了这杯酒。

第一杯下肚，因为有点猛，金叶只感到嗓子有点辣，没有什么特殊的感觉。她又给人家满上酒说：“来，第二杯，好事成双。”

三兄弟跟着喝了第二杯酒。第二杯酒下肚，金叶感到有点劲儿，心里陡然热了，头有点晕。这时她才想起让大家吃菜，于是说：“大家吃菜，随便随便。”说着便把那只鸡撕扒着夹到三兄弟的碗里。

金叶又倒了第三杯酒，此时她还能招架得住，这喝酒是好啊！晕乎乎的头重脚轻像是腾云驾雾。金叶有些手脚不听使唤：“来，第三杯，三阳开泰！”说着就干了杯。

三兄弟喝了第三杯酒。第三杯下肚，金叶有些招架不住了。高粱酒劲儿来得快，酒劲儿上来一般人是抗不住的。况且金叶本来就不会喝酒，一上来就连着喝了三杯，不倒下才怪呢！金叶瘫倒在桌上，三兄弟把她扶起来，金海找来柿子醋给她灌下去，不大一会儿，金叶喉咙里一阵响动，接着“哇”地吐了一地，吐出来的全是酒，因为她就没有吃什么东西。

酒吐出来了，金叶感到好了很多，她又坐回到桌子，夹起豆腐鸡蛋往嘴里塞，她要吃点东西压压难受的胃。过了一会儿，金叶的脸色缓过来了，大家才松了口气。

“姐，可不能这样喝了，你心里有事就说出来吧，兄弟们能办的一定替你办好！”三兄弟说。

“姐心里憋屈得慌，姐把你们叫来，就是想说说心里话，哪知姐不会喝酒，三杯就倒下了，真是的，这酒劲儿真大！”金叶说。

“姐心里憋屈就说出来，不然会窝出病来，是不是想姐夫了，要是他在和姐说说话，什么烦心的事也没了。”强强说。

“不想他，不关他的事。”金叶的心事不在这里，当前，她还是为秀秀担心，是秀秀的婚事使她心里憋闷。想到这儿她说：“我把你们叫来，还是想说说秀秀的事。我知道这样做是多管闲事，特别是对你们来说，更是多管闲事。但是我还要说，毕竟秀秀和你们一起长大，如果她不是女孩，你们可能会是生死不分的兄弟呢！”

“姐说得不错，我们和秀秀一块儿长大，我们是好朋友，我们也全力帮助秀秀。但是，现在要注意了，秀秀到了谈婚论嫁的年龄，我们不能过密地交往，特别是上次沟里撸槐花后，我们基本上都不单独和她交往，自古男女授受不亲，过密过深的交往，会给秀秀招来不必要的闲话。”强强说。

“所以姐为难呀！有心请你们帮忙，但又怕对你们不好。前次咱们在一起说过，要搅黄秀秀的婚事，强强说要慎重，我知道强强的意思，不是秀秀的男人，谁肯为她赴汤蹈火？但是人间还有另一种情谊，就是生死兄弟情谊，姐好羡慕你们！这种情谊是世间任何情谊都代替不了的！为朋友两肋插刀就是这个意思。姐希望你们三个以兄弟情谊帮助秀秀，她现在是陷在泥潭里了，难以自拔，如果有人拉她一把，她这辈子就得救了。”

“姐，你说得对。”强强觉得自己心胸狭窄了，他说，“光想着离秀秀远一点，不招惹闲话就是对秀秀好，其是呀，是把秀秀孤立啦，没人关心爱护她，没人给她出主意说话，她真是要陷进泥潭里了。”

“强强，你这话说得对，我们不能把秀秀孤立了，我们要给她撑腰，要给她指路，这关系到秀秀一辈子。我现在知道你和秀秀的想法，你们互相都觉得门不当户不对，你们现在的相处都是兄妹之爱，没有到夫妻之间的相爱。我说的对吗？”金叶问。

“对。”强强点头。

“但是，有一点姐必须说出来，你们两个心里都对对方有好感，特别是强强，你一直都把自己的心捂得紧紧的，其实你是爱着秀秀，是为了保护秀秀不敢说出来，因为你觉得自己不能得罪老庞家。我说的对吗？”金叶问。

“对。”强强承认了。

“你们没有夫妻关系，但是你们还有兄妹情谊。我要说的是，我们还是要尽尽心，想法搅黄它，这关系到秀秀的一生，就是没有办成，我们尽过心了，出过力了，也就问心无愧了。”金叶说。

强强来到村北口那两棵古柏树下，望着大沟，大沟雾蒙蒙，望着小路，小路弯弯曲曲。突然间，他觉得自己做人太失败了，就不像一个顶天立地的男子汉！金叶的话刺痛了他的心也激起了他的勇气。他不能就这样看着秀秀掉进苦海，既然爱着她，就要不顾一切地去帮她，这么一想他憋闷的心豁然开朗。对着大沟对着黄土岭岭，他不由地想起那首给他和秀秀惹了麻烦的民歌《憨憨女婿》。

憨憨女婿憨吗？强强自问自答，憨憨女婿一点都不憨！他是为自己心爱的人甘愿奉献一切！自己怎么就不能做一回憨憨女婿呢？对！做人就是要这样！想到这儿，他的心劲就提起来了，情不自禁地唱起了那个《憨憨女婿》中的第一段《娶媳妇》：

黄土坡坡灰灰驴，
娶媳妇美死了哥哥你。
小妹妹笑脸红艳艳，
小妹妹大眼忽闪闪。
头上戴着大红花，
身上穿着大红袄。
三寸金莲一点点，
杨柳细腰真好看
哎咳噫嗨哟……
手舞足蹈开怀大笑你说他憨不憨？

歌词中的意境唤起了强强的情绪。他觉得自己真成了那个憨憨女婿，假想着和秀秀成亲的情景，他浑身散发出一股力量，这力量支持着他要为自己心爱的人付出一切……在这种亢奋中，他又唱起了《回娘家》这一段：

黄土坡坡灰灰驴，
回娘家乐死了哥哥你。
小妹妹涂脂又抹粉，
小娃娃怀里睡得稳。
猪肉羊肉一吊吊，
花馍油糕一堆堆。
好烟好酒一包包，
麻叶麻花一团团。
哎咳噫哎哟……
抱着背着满头大汗你说他憨不憨？

一阵风儿吹来，山沟里回音不绝，回音使强强的情绪更加高涨，他觉得自已应该就是歌词里唱的那个憨憨女婿。唱完《回娘家》后他又唱了第三段《元宵节》：

黄土坡坡灰灰驴，
元宵节忙死了哥哥你。
小妹妹打扮赛天仙，
小娃娃笑脸似月盘。
花灯映月满街景，
人来人往他最忙，
元宵圆圆月圆圆，
欢天喜地心里甜。
哎咳噫哎哟……
拉大抱小顾前顾后你说他憨不憨？

强强的眼前浮现出秀秀，秀秀的端庄漂亮他真的很爱，春上沟里撸槐花，是他第一次单独和秀秀在一起，他感觉到了秀秀迷人的气息，他喜欢秀秀那高雅的气质。从此他心里就放不下别的女孩了。在这种浓浓爱意的陶醉下他又唱了第四段《三月天》：

黄土坡坡灰灰驴，
三月天急死了哥哥你。
小妹妹送饭到地边，
小娃娃跟在身后转。
一年之计在于春，
季节来了不等人。
辛勤劳作流大汗，
一人顶做两人干。
哎咳噫哎哟……
起早贪黑风吹日晒你说他憨不憨？

强强唱完这一段后，麦场那次的亲吻爱抚又浮现在脑海。那是一个女人对自己喜欢的男人一种真心的坦露。但是，他无可奈何地拒绝了，他冲不破那些束缚他的桎梏。他对秀秀只能是以兄妹的关系相处，他不能明着去爱秀秀，那样做就是对东家的不恭，但他可以像歌词里说的那个憨憨女婿，暗地里为秀秀承担一切。暗地里去帮助秀秀解脱困境。想到这里，他就来了劲，激情饱满地唱了第五段《收麦子》：

黄土坡坡灰灰驴，

收麦子累死了哥哥你。
小妹妹挽袖跟着干，
小娃娃晒成黑蛋蛋。
双手磨出了血泡泡，
汗水湿透了红衫衫。
这可急坏了男子汉，
吹胡子瞪眼往家撵。
哎咳噫哎哟……
没日没夜风吹日晒你说他憨不憨？

《憨憨女婿》唱完后，强强的决心也下了，既然今生今世不能相爱，但还有兄妹情谊，为朋友两肋可以插刀，何况是秀秀呢！他觉得金叶说的对，他要照金叶说的那种想法搅黄秀秀的婚事。他要做那歌词里唱得那个“憨憨女婿”！为自己心爱的女人付出一切，也许这样他也不枉和秀秀好一次，也许这样他的心灵才能得到安慰。

强强坐不住了，他去找金海金洋，血性的男子汉们不用多说，他们要学戏剧里的英雄救美。强强他们要搅婚了，但是他们不能蛮干。他们知道这件事情的后果，他们要顾及的事情太多，稍微露出马脚，包括秀秀都有可能在这个村里待不下去了。这次怎么干？经过深思熟虑，他们决定假扮土匪去吓唬秦老板，让秦老板自己退掉这门亲事，这样既不显山也不露水。

三兄弟要扮的土匪是紫金山土匪。强强他们之所以冒充紫金山土匪，就是因为这里人员混杂，即便有人想查，也是枉费心机。再则，紫金山的花豹子来过庞家窑，那么紫金山别的土匪也可以来呀！以假乱真遮人耳目。

塬县县城湮没在黑暗中，绵绵秋雨无声地飘洒在大地，瑟瑟秋风使人感到深秋的寒意。风紧夜黑，街上几乎没有行人，只有驿站酒肆门前还亮着灯，几盏飘零的灯笼在秋风秋雨中孤独地摇曳……

银器铺早已打烊关门。秦老板躺在炕上听着屋檐滴答的水声想着自己的心事。这段时间他没事就往仙人居跑，他想从刘掌柜那里得到庞永荣的消息。刘掌柜取笑他想女人。他全然不顾。秦老板生怕失掉秀秀。如果秀秀不答应，那可怎么办？……突然间他想到了钱！人说有钱能使鬼推磨，秀秀家不是缺钱吗？这么多年，银器铺老少三代还是积攒了不少钱，好钢要用到刀刃上，金钱要用在关键上，我秦老板就是花上全部的积蓄，也要把秀秀娶到家！不信咱就试试！

秋雨淅沥，秋风呼号。在滴滴答答的雨声中，秦老板慢慢进入了梦乡。他做了一个好梦，梦见了大红灯笼，大红对联，大红地毯，大红……啊！他看见了新娘，新娘穿着大红的衣服，顶着大红的盖头，小巧的三寸金莲穿着绣了花的红鞋。红红的新娘向他走来，就像是春风摆柳，风摇牡丹。秦老板春风得意满面笑容满心欢喜地迎向新娘。他们拜了天地夫妻对拜后被人送入了洞房。洞房里红烛明亮，炕桌上几盘点心几碟小菜，还有诱人的茶和酒。秦老板手脚勤快地扶着新娘坐到炕上，炕上铺着红色的单子，墙上贴着大红的喜字，窗户上挂着红色的帘子，洞房里的一切散发着喜庆的红光。秦老板有些情不自禁了，小心着揭开了新娘的盖头，啊！他惊呆了，眼前的新娘面如玉盘，肤如凝脂，头发乌黑，杏眼迷人……秦老板看呆了，看傻了，看得不知所措了。新娘子笑了，这一笑蓬荜生辉，这一笑把秦老板的魂都笑去了，他身子慢慢地向新娘子靠去，双手张开把新娘子拥到怀里。新娘子凝视着他，红红的小嘴微微地张着……秦老板俯下头，轻轻吻那撩人心魄的红唇。突然，新娘子抱住了他，他也抱住了新娘子。秦老板精神了亢奋了，两人如胶似漆，云雨迭起翻滚在炕上。他抱着新娘子抚摸着她的凝脂般的身子鼓鼓的奶子哈哈地大笑了起来。突然，他笑出声来了，他被自己的笑声笑醒了。屋里还是一片黑暗，秋雨还在滴滴答答，只是没有了呜呜的风声。想着刚刚做的美梦，秦老板意犹未尽，他的下身一片潮湿，那个命根根直挺挺地撅着，意犹未尽的他有些扫兴，咋就跑马了哩？他恨自己为啥要笑呢？好梦刚刚开始就被打断了，他喜欢在梦里，梦里娶媳妇真好！梦里销魂的交媾更好！

街上的更夫敲了三下梆子，空洞洞的街市上梆声传得很远，梆夫的灯笼映着梆夫的脚步渐渐地远去，黑暗笼罩着一切。风雨中三个身影来到银器铺的门前，他们在门前鼓捣了一会儿，银器铺的店门无声地被弄开了，三个身影闪了进去，门又被轻轻关上。

秦老板还在为刚才的梦遗憾呢！他还想梦下去，他想着在梦中交媾的情景和快意，多年没有碰过女人了，怎么就在关键时刻醒了呢？他有些胡思乱想了，越想越睡不着，越睡不着越想，他有些把持不住自己了，他握住自己那个硬邦邦的命根根要手淫了……

就在这时，屋里的门开了，一股寒风带着雨丝扑向秦老板，跟着寒风和雨丝的还有三个人也扑进了屋里。秦老板打了个寒战愣在那里："谁？你们是谁？"三个人不听他说话，三下五除二把他摁住："不许叫！叫就捅死你。"强强闷声闷调假声说。

屋子里漆黑一片，秦老板看不清进屋的人，只是感到他们很强壮，急忙说道："不叫不叫，有事好说，好说……"

"点灯！"强强指使他。

“好好好，就点就点……”秦老板摸索着点着灯。

炕头的灯亮了，灯光照着三个彪形大汉。他们身上裹着黄色的油布雨衣，头上戴着草帽，脸上罩着脸罩，脚上满是黄泥，绑着的裤腿上泥点斑斑。三个人的手里都拿着刀，是那种剔骨的尖刀，刀锋犀利，在灯光下闪闪发光。秦老板被三人围在地上，光着身子浑身哆嗦就像一只挨宰的羊，声音颤颤地说：“好汉饶命！好汉饶命！”他屁股撅得老高，一个劲地磕头。

“起来起来，穿上衣服说话。”强强闷着嗓子假声说，“只要答应我们一件事，我们立马走人。”

“好汉说话，不要说一件事，就是十件八件我也答应。我这里还有酒菜，你们饿了吧，请用！”秦老板穿好衣服，转过身从柜橱里取出酒菜来。一包用荷叶包着的酱牛肉，一只烧鸡和半瓶汾酒。

三兄弟眼直了，事先他们说过，不抢东西不打人，就是吓唬，用什么招都可以，吓唬他悔婚退婚就行。没有想到，秦老板拿出酒肉招待他们，跑了十里路挺了大半夜，风吹雨淋他们也确实饿了，看着这些东西肚子咕咕地叫开了。

“算你还识相！弟兄们，吃！”强强下令了，一顿风卷残云，好吃的全落到肚里。酒足饭饱后三人在想，怎么跟这个秦老板说呢？以前他们没有见过面，今夜的初次交锋，他们觉得这个人就是个软不叽叽的生意人！提前想好的严厉的词不好用了，该怎么说呢？既不能让他知道是假扮土匪，又不能暴露出是庞家窑的人。强强觉得要好好想想。

三兄弟不说话，秦老板觉得是没有招呼好。土匪半夜造访，一般都为两样东西，一是女人，二是钱。有些有钱人家，家里女眷成群，土匪来袭，遭害的首先是女人。秦老板丧妻多年光棍一条，土匪不可能不知道，那他们找自己干什么？噢！他们到我这里不是为了女人是为了钱！想到这里，秦老板有了主意，赶紧翻开箱子，拿出一百块大洋：“各位好汉，这是一点心意，请笑纳。”秦老板的腰板直了点，说话也文绉绉的了。

“哟！这么多钱！”三兄弟心里说。小小的银器铺一下子就能拿出一百块大洋让他们吃惊。

三兄弟没有动钱。他们人穷志不短！从小到大虽然历经磨难，但他们依然自食其力，并没有因为有一身武功去打家劫舍，这是他们做人的原则。三兄弟还是不说话，屋里很沉闷！

秦老板觉得碰到硬头了，不开口不说话比开口说话还厉害，土匪是让你自己看着了结，弄不好就会命丧黄泉。没有办法，他又狠狠心，从箱子里拿出五十块大洋，这是他在箱子里的全部积蓄。人常说，狡兔三窟，生意人就怕遇到土匪，所以家里的存钱都藏得非常严实，明面上也有一些，但是都不伤筋骨。

秦老板现在拿出的就是明面上的钱，他觉得这些钱足够了。他真正的积蓄就藏在炕下的暗窖里，那是他爷爷在世时修盖银器铺一并建造的，这个秘密就是让他死他也不会说。

三兄弟的心跳加速了，没有想到假扮土匪还真榨出油水来，强强也有些心动，弄走吧，天黑风高神不知鬼不觉谁知道？但是又一想，这不行！抢劫的钱花着心不安！再说那样不就成了真土匪了吗？弄假成真行为不端，以后还怎么活在世上？心里这么一急，神便稳住了，金叶的嘱咐清晰在脑海：不为财动，不为色诱，不劫东西，不要人命。看看已是四更天了，强强决定这样了断……

“秦老板，我们不要钱，我们只要你答应一件事，你必须按我们说的做！”强强说。

“敢问大爷是哪个山头的？”秦老板觉得奇怪，哪有土匪不要钱的！这伙人是干什么的？他弄不明白了。

“明人不做暗事，我们是紫金山老虎崖山寨的，我们寨主看上了庞家窑的庞秀秀，希望你不要自取不自在，趁早退避三舍，自已悔退了这门婚事！”强强把话说明白了。

“紫金山老虎崖？寨主看上了秀秀？”秦老板脱口说道。他纳闷了，这件婚事刘掌柜才刚刚提起，庞永荣还没有答复，怎么土匪就知道了呢？而且土匪头子看上了秀秀，要我退避三舍！他想起刚才做的梦，难道真是梦里娶媳妇净想好事？

“不明白吧！我们的暗线到处都有，刘掌柜给你说媒我们能不知道？不要再掺和了，赶紧悔婚退婚吧，越早越好，免得家破人亡！”强强在打消他的疑虑。

“小的悔婚，小的退婚。”好汉不吃眼前亏，秦老板连声应着。

“明天就去找刘掌柜，自己去把婚退了，如果还有邪念，白刀子进红刀子出！”三兄弟扬起手中刀子，剔骨刀寒光逼人。

第二天一早，秦老板就去找刘掌柜。昨夜的喜悲两重天，秦老板有些招架不住，面容倦疲身心不宁，来到仙人居就一股脑儿把昨夜闹土匪的事说了。

刘掌柜觉得奇怪，给秀秀说秦老板，只有庞永荣知道，怎么会传到紫金山土匪那里去？更奇怪的是土匪头儿看上秀秀了？他也弄不明白，这是哪个关节出了问题？难道是庞家窑那边出了事？有人走漏了风声？走漏风声也不要紧，明媒正娶的事还怕人知道？刘掌柜陷入了深思……他觉得这事不会出问题呀！男大当婚女大当嫁天经地义，怎么会出现土匪当道呢？难道秀秀私下里和土匪有来往？这不可能！就老庞家的情况谈不上和土匪来往啊！婚姻大事庞永荣是要和家里人商量，总得跟大家说吧，大家总得议议吧，怎么会弄出土匪来？……突然，刘掌柜好像悟出了什么？会不会是老庞家出了问题？看来庞永荣遇到了难题，他答应了，秀秀没有答应，秀秀没有答应，他就没法给我回话，为了说服秀秀，就得有一段时间。在这段时间里，给老庞家兄弟们妯娌们和秀秀的小伙伴们都留下了思考的时间，各种想法都会不断冒出。兄弟们妯娌们就是再不满意，也只是嘴上说说而已，他们不会弄出什么出格的事。秀秀的婚姻不般配，肯定会引起秀秀小伙伴的不满意，他们会千方百计给秀秀出主意想办法，悔婚退婚可以肯定是秀秀的小伙伴们节外生枝弄出的一处滑稽剧！想到这里，刘掌柜稳住神了，他对秦老板说："回去做你的好梦吧，没啥事！"他想起了二赖子说闲话中的那个男孩强强，他心里越发有底了。

"没啥事？刀子明晃晃的怪瘆人的。"秦老板心有余悸地说。

"紫金山老虎崖？全是骗人呢！"刘掌柜说。

"骗人？有这样骗的吗？"秦老板说。

"如果我没猜错的话，你这事成了。"刘掌柜说。

"我咋听不明白呢？"秦老板说。

"这是不打自招！是庞家窑的小子们装土匪吓唬你，土匪哪有不要钱的？"刘掌柜说。

"你敢肯定？"秦老板问。

"你听我分析。其一，土匪头儿不会因为一个村姑专门找你，指名道姓要你悔婚退婚，抢走了秀秀或者杀了你不就得了嘛。其二，土匪不会跟你说出他们的老窝，那不是自断退路吗？其三，谁最清楚这件事，只有老庞家的人，这件事情老庞家同意了，秀秀可能不同意，她的那些相好的小伙伴替秀秀着急，就想出这么一个办法来，所以你大可不必害怕。"刘掌柜分析得头头是道。

"你说我怎么办？"秦老板问。

"该干啥还干啥。"刘掌柜说，"这件事情你知我知谁也别说，就像昨夜的秋风秋雨过去了就都过去了。"

"为啥？"秦老板问。

"为了你的婚事。"刘掌柜说，"这些搅婚的人肯定是秀秀的知心朋友，为了不暴露才装土匪吓唬你。如果暴露了，他们就不好在村里待了。他们暴露了，秀秀的闲话就大了，秀秀为了脸面会不顾一切地和他们走在一起，到那时你怎么娶秀秀？"

"你知道是哪些人干的吗？"秦老板问。

"我也说不准。"刘掌柜不愿给他往深里说。

刘掌柜心里不留事，第二天就捎信把庞永荣叫到仙人居，把银器铺闹土匪，土匪要秦老板悔婚退婚的事原原本本说了一遍。庞永荣一听就火了："他妈的，哪里来的土匪？怎么搞到我头上了。”

“别急别急，土匪怎么知道你？这是一出滑稽戏，你看不出来。”刘掌柜给他分析了一遍。

“真是的，我也觉得不可能，那会是谁干的呢？”庞永荣问。

“好好想想，从老庞家想，谁对这件事意见大？从村里想，谁会为秀秀冒险？”刘掌柜提示他。

“知道了……”庞永荣已经判断出来了，肯定是强强干的。那两个是谁呢？强强在庞家窑的生死朋友就是金海金洋，难道是他们三兄弟干的？不错，就是他们，他们的身后是谁呢？是金叶！这个大秀秀六岁的四婶，她本来就不同意，为了秀秀她会铤而走险！想到这儿他说：“回去看我怎么收拾他们，无法无天了。”

“大可不必！你这样做反而起了坏作用。他们没有抢财没有打人，只是吓唬秦老板。他们本来就不敢暴露才假扮土匪，你这么一闹，事情不就明了吗？大家会说强强是为了秀秀才去搅婚，秀秀无法分辨只得和强强好，那就等于咱们把他们推到了一起。”刘掌柜反对。

“那咋办？”庞永荣问。

“为了老庞家，为了秀秀的婚事，还得息事宁人，你知我知秦老板知，不提不问跟谁也别说，就像这天上的云一样飘过去就算了。”刘掌柜说。

连着几天没有动静，金叶就知道事情败露了。金叶把三兄弟召集到一起，她说：“我们把事情看得太简单啦，刘掌柜什么人！我们低估他了，是他识破了我们的计谋。”

“那为什么不把事情捅破？”强强问。

“这就是高人的高明之处！捅破了咱们还能在村子里待吗？秀秀怎么活？捅破了，秀秀就得跟强强，这是他们不愿意看到的。不捅破，秀秀的婚事还照样，所以他们不捅破，忍下了这口气。”金叶说。

“我们怎么办？”三兄弟觉得这件事办得窝囊。

“把这件事埋在肚里对谁都不说，这对咱们和他们还有秀秀都有好处。”金叶说。

“秀秀的事不管啦？”三兄弟问。

“管……怎么管？我们该做的都做了，这最后的最后就看秀秀的了，如果她抗不住她爹，那就是命该如此！”金叶身心疲惫不愿再说什么。

十九、纠结还是纠结

经过这么一段折腾，秀秀的婚事还是没有定下来。

老庞家的人似乎累了疲了，似乎放下了不管不问了。

但是，树已静而风止了吗？这件事就此打住不提了吗？

秀秀一反常态，她开始认认真真考虑自己的事了。母亲春花说得好，哪有女人不嫁的事？既然这样她就该为自己考虑。

秀秀把村里的男孩一个一个作了个比较，比来比去让她心仪的男孩依旧是强强和金海金洋。她摆脱不了他们对自己的吸引。虽然他们的家庭不富裕，不是父母所说的门当户对，但他们身强力壮乐善好施有一股子塬上人的古道热肠。秀秀特别崇拜爷爷庞瑞珩，她觉得这三个男孩身上都有爷爷的影子，所以她自然而然地打破了门第观念喜欢上了这三个男孩子。特别是弟弟秀文有病以后，父母常常带着秀文外出看病，家里的农活都是强强和金海金洋帮着干，没有他们三个帮衬，也许秀秀家的田地早就荒芜了。秀秀喜欢他们的正直善良敦厚朴实，他们对她就像对待自己的亲妹妹一样，没有恶意和邪念。在这三个男孩中间，她格外看中的是强强。这不仅是强强在他们三个中间最英俊最能干最有主心骨，而且强强身上的气质最接近爷爷。秀秀也拿金海金洋和自己作过比较，她幼稚地想，如果父母不同意强强，金海金洋也般配，很快她就否定自己的想法。金海金洋是不可能和自己结婚的，因为他们的姐姐金叶是她的四婶，论辈分金海金洋是她的长辈，这样的婚姻不成体统。即便是金海金洋有此意，她也迈不出这一步，辈分乱了在这里就是乱伦，再者他们的姐姐四婶怎么看？这样的想法只是在心里一闪，她是不会做出让四婶和父母难堪的事的，因此，她不敢也不愿再这样去想。强强就不一样了，没有亲戚瓜葛的牵扯，所以她的心事也就一股脑儿放到了强强的身上。她想起麦场自己和强强之间的事，她觉得是自己矜持害羞没有主动表白，没有主动地表白而主动地献身，使强强很茫然不敢贸然再进一步发展。强强的拒绝她虽然有点怨他但还是想着他。强强的坐怀不乱使她看到了这个大男孩心地的正直和善良，反而使他在自己的心里更加高大，因此她更加忘不了这个“憨憨女婿”！

天高云淡，秋天的塬上一片金黄。地里秋庄稼基本上收割完了，间或有些高粱玉茭秆子还立在地里。这些高粱玉茭秆子被秋风扫过便会瑟瑟作响，时而会听到“咯吧”声，那是秋风折断高粱玉茭秆子的响声。庄稼人离不开土地，土地里长出来的东西养活了庄稼人。高粱玉茭秆子不仅可以生火做饭取暖，也是牲口的饲料，所以这些东西庄稼人都会把它看作宝贝，秋庄稼收回家后，这些作物的秸秆人们也要把它收回家，只是时间上可早可晚，不像龙口夺食的夏收那么紧张。

这是秀秀家塬上那片平地，今年雨水好，秀秀家的几亩玉茭长势很好，秸秆粗壮枝叶茂密。扳完玉茭后秸秆还留在地里，密密地厚厚地看不到地边。玉茭地的深处就是那棵柿子树，柿子树上结满了柿子。满树的柿子就像无数个小灯笼挂满枝丫。

秀秀就站在树下，她在一动不动地看着树上的柿子。秋日的阳光不再烤人但还是很刺眼，阳光透过树叶在树下洒下斑斑驳驳的影子，斑斑驳驳的影子也撒在秀秀的身上。这斑斑驳驳的影子就像一幅抽象的图画，让人看不懂读不透。秀秀现在的心情很是复杂，她不知道自己该怎么做了，就像这斑斑驳驳的树影，你能看出它是一幅什么画？

今天早上，秀秀起了个大早。她在千思万想后，决定找强强谈谈，她要向他表明心迹。她觉得麦场那次是自己过于矜持，自己不表明态度强强敢往下发展吗？这次自己一定表明自己的态度，自己态度明确了，强强还会推辞吗？本着这个想法，秀秀起了个大早，她要去找四婶，把自己的想法说出来，好让四婶拿个主意。

“干啥去？”春花堵在门口问。这几天秀秀钻在自己屋里不跟人说话，今天早上梳洗打扮后要出门，春花感到奇怪。

“到四婶家看鞋样。”秀秀撒了个谎。

“正好。”春花顿了一下，“地里的玉茭秆子也该砍了，你去问问四婶，看看金海金洋有空吗？有空的话帮咱们砍一砍。”春花说。

“又要麻烦人家，我爹呢？”秀秀说。

“你爹昨日进城拉货去啦。”春花说。

“要说你去说，我不说。”秀秀觉得节外生枝。

“咋说话呢？”春花说秀秀。

“一有累活就叫人家，我不好意思开口。”秀秀辩解。

“都是亲戚家的，有啥不好意思。以前不都这样吗？”春花不以为然。

“六亩地呢！那么一大片，他俩肯定要叫上强强，三个人也要干上两三天呢！咋好意思耽误人家那么多工夫？”秀秀故意这么说，她把强强说在前头是要引起母亲对强强的重视。

“你爹出去跑运输，他是挣钱给你弟弟看病。家里这一摊子就只得靠咱娘俩儿啦。脸皮厚些嘛，常言道脸皮厚吃得够！叫上强强就叫上强强，我做好吃的款待他们，这样人情不就还了。亲戚朋友到家帮忙咱们礼数要到，这个我懂，你只管叫人就行。”春花没有往别处想，请人干活好饭款待理所当然没啥说的。

说强强没有引起母亲的重视，秀秀有点失落。但不管怎么说，她去四婶家的理由充足。

金叶看到秀秀后就说：“正想着你呢，你就来啦。那件事咋样了？”

秀秀见到金叶就想哭，她控制住自己的情绪说：“咋样？还那样！”

金叶拉着秀秀的手回到屋里：“这手可真凉。吃饭了吗？要不四婶给你卧两个鸡蛋……”

秀秀两行眼泪流下，哽咽起来：“吃不下，啥也吃不下……”

“看你熬煎的……”金叶看到秀秀确实比以前瘦了好多。她暖着她的手说，“难道你爹娘把这件事放下啦？”

“咋会呢？我觉得不会。我爹又进城啦，还不知道刘掌柜给他说些啥。”秀秀说。

“远的咱们管不着，就说说你吧，你有啥想法？”金叶几天没见到秀秀，心里挺惦记。

“四婶，以前你问过我，愿意不愿意跟强强。这几天我反复地想，想来想去，还是强强。我就是想给你说，我愿意跟强强。”秀秀睁大眼睛看着金叶，“我是铁了心啦，不会再变啦。”

“你总算是说出来啦，你和强强就是天生的一对。”金叶是从心里说这句话，她期盼的就是这个。不过她的担心大过她的期盼，“好事是好事，我怕的是你们两家的父母不同意。两家的父母不同意，强强他不敢。”

“为啥？”

“因为强强忠厚仁义，他不愿意干让父母们难堪的事。”

“四婶，你原先的话我没有忘，你说要想个办法把这事搅黄了。可是怎么搅呢？我也觉得别人是无法插手的，平白无故的谁干这个？我只有找到我的心上人，也就是我的男人。我有了男人这件事不就黄了吗？父母怪罪下来咋办？亲戚朋友不容咋办？家里不能待了，我们可以远走高飞离开这儿，走得远远的到一个没有熟人的地方，安安稳稳地过我们的小日子。四婶，这就是我的想法。”秀秀把几天的思考说了出来。

“你以前给我说过，你和强强不是以兄妹相处吗？今天怎么变了呢？”金叶还想探探她的底。

“以前是有这个想法，主要是还是怕吃苦嫌强强家穷。现在觉得就是穷些苦些也比嫁给一个老男人好。再说我和强强能想到一块儿说到一块儿，换成这么个老男人想啥说啥？我不怕父母说啥，也不管什么门第观念，只要我们能在一起就行。我现在是豁出去啦，关键是看强强，他是个孝子，他能拗过家里吗？我是怕他离不开年迈多病的父母。”秀秀说到这儿不由得和金叶说到了一起，她为自己好不容易建立起来的信心打了折，这个立在自己心里的大男孩，就是个不折不扣的孝子，要他干让父母伤心难过的事比登天还难。金叶这么一说，她炙热的头脑骤然间冷了下来，这是摆在他们面前的一道坎。

“你的想法固然重要，现在的关键是要看强强，强强是孝子强强也很仗义，他能离开父母，能违背老庞家吗？……据我所知，你们两家老人都不同意你们的结合，这事就难办了……你们要结合，唯一的一条路，就是远走高飞，这也太为难你们了……”金叶面对秀秀的选择，她对自己原来的想法也在思考，那不着边际的想法随着思考的成熟在慢慢地退化，她觉得自己的随意有些误导秀秀，才使这个姑娘作出这样大胆的设想。那是一条什么样的路啊！那是一条抛离亲人独闯生活的路。离开亲人和家园，前面的路究竟如何？是祸是福谁又能够看得出来？前面的路是黑的，金叶的担心接踵而来。

“四婶，过去我没有在强强面前挑明关系，也许强强有后顾之忧。我去找他，明明白白告诉他我的心意。我相信他会和我背井离乡远走高飞的。”秀秀毕竟生活在衣食不愁的殷实家庭里，她不知道穷人生活的艰难，不知道穷人之间的那份不离不舍的情结，她读过书，对爱情充满了幻想，梁山伯祝英台，董永七仙女的爱情故事是她这次作出决定的依据，她觉得只要自己把和强强的关系挑明，强强会跟着自己走的。想到这里她又信心满满。

“强强是个仗义的孩子，你是一个懂事的孩子，我希望你们好好商量商量，这件事做出来就是没有退路的大事。”金叶觉得自己过去的想法幼稚，为什么秀秀也这么想呢？就没有再比这好的方法了吗？她叹了一口气说：“都怨我这张嘴！都怨我过去思考不周，一着急说出了那样不靠谱的话，是我这句不靠谱的话把你引上了这条路。这是一条不归路啊！秀秀，你可得三思啊！”

“四婶，我想过好多次了，我原来也想过强强家的黑窑洞我能住吗？强强家的苦日子我能过吗？现在想想这些都不重要了，关键是两个人是不是一条心，只要两个人一条心，黄土就能变成金！还怕没有好日子？戏文里唱得董永和七仙女不就是这回事吗？”秀秀说得很认真。

“秀秀，那是唱戏。现实不是这样。”金叶觉得应该提醒她。

“四婶，我原来说过和强强以兄妹相处，那是我怕吃苦。可是回头想想苦怕啥呀！我们年轻我们有力气，我们可以改变这一切呀！如果嫁给一个糟老头子，那才是陷入了苦海，一辈子没有头啊！所以，四婶，我想我跟强强说明白了，强强一定会答应我的。”秀秀觉得这事能成。

“秀秀！”四婶开始自责，“别听四婶一时冲动说了些糊涂话。现在四婶收回说的话，那是不现实的，那是伤和气的，你们和戏文里唱得不一样，千万不能那样做！”

“四婶，我倒是不明白了，你原来劝我和强强好。我现在愿意了，你却又说不能这样，那你说，我该怎么办？就听从父母的嫁给一个糟老头？”秀秀有些吃不准四婶了。

“秀秀，我愿意你们白头到老，不愿意你们远走高飞。有一丝希望都不能这样做！那可真是把自己推到了绝路！怎么让父母下台呀！你们两家的父母都是刚强好面之人，弄不好会出人命的。”金叶经过几天的深思熟虑，生怕年轻人一时冲动做出糊涂事，没想到秀秀却真的是这样，她不由得有些着急。

“这也不行，那也不行，我该咋办？”秀秀也有些着急，“要不，我俩就学梁山伯祝英台跳崖殉情。”

“你是念过几天书，书上的戏里的能和现实比吗？死呀走呀的别说了，最实际的就是你这些想法强强能接受吗？强强不接受你咋办？你想过没有？”金叶耐着性子说服秀秀。

“四婶，我知道你都是为我好，可是我究竟该咋办？不同意不成，同意也不成。我是真真的没有办法啦！”秀秀好不容易建立起来的信心被金叶几句话给否定了，此刻她又觉得不知如何办了。

“现在是你要冷静，不能躁不能急，最好的方法就是你死活不同意！你不同意，他们能强迫你吗？”金叶说，“这几天不就是没动静吗？这不表明你胜利了呀！只要你坚持住，这婚就结不成！”金叶想起让秦老板悔婚的那场闹剧，觉得太没水平了，秀秀不同意不就是最好的理由吗？哪方面都伤不着，是最好最好的上策！

“是呀！我也觉得这几天挺平静。我爹也进城跑运输了，我娘也没说什么。这不，今天早上，还要我到你这儿来找金海金洋砍玉茭秆子呢？是不是他们不说这事了？”秀秀思考了一下说道。

“今天你娘提没提这事？”金叶问。

“我娘没说，可我总觉得我爹叫人吃不透，他想的事儿一般都不会改变。”秀秀说。

“你爹太倔了，谁也拿他没有办法。”金叶说。

“四婶，你说我要死活不同意，我爹会让我嫁给强强吗？”秀秀问。

“你爹已经找过强强家，而且当着强强和他父母的面说过这个事，就是你死活不同意，你爹也不会同意你嫁给强强，你爹是个心事很重的人，那不是自己打自己的脸吗？”金叶说。

“说了半天，等于白说！”秀秀说。

“咋是白说，你可以再找一个年轻的男孩子呀！”金叶说。

“可我还是觉得强强好……”秀秀说。

“有些事你是不知道，其实我们比你还着急，能想的法儿都想了……”金叶就把她在秀秀婚事上与秀秀父母争执，让强强金海金洋假扮紫金山土匪让秦老板悔婚的事叙述了一遍。她说：“我的反对没有用，你爹就是认死理，就是看上了秦老板的钱和铺子，就是想多要彩礼给秀文看病，你爹就是把你看成了摇钱树！”过了一会儿金叶又说：“我同意你找强强，关系挑明了，强强也知道你是真心和他好。一块儿商量商量，也许能找到一个各个方面都能接受好办法。”金叶说。

“四婶，谢谢你为秀秀操心。”秀秀的话是发自肺腑。事情到了这个份儿上，她还是急着见强强，于是她说：“金海金洋哥呢？我来就是让他俩捎话给强强的。”

“他们到乔村给老王家送一对石狮子，可能要到中午回来。”金叶说。

“四婶，那就麻烦你给强强说一下，就说我中午在塬上地里那棵柿子树下等他。”秀秀说。

“咋去那儿？庄稼棵子那么深，怪怕人的……不行的话，就在我家。”金叶说。

“村里人多眼杂，我怕又惹出什么闲话，还是地里吧，有些话好说。”秀秀想得比较多。

“也好，就地里吧，你俩好好谈谈，想一个好办法。”金叶说。

从金叶家出来，秀秀直接就来到了地里。她站在柿子树下已经有一个时辰了。她的心情很复杂，她有些吃不准四婶了。以往办事干练、心有主张的四婶为啥今天畏畏缩缩没了主心骨，为啥旗帜鲜明鼓励自己和强强相爱的四婶却不愿意再这样主张呢？为啥一向反对这桩婚事的四婶今天的态度明显的有些犹豫不决？难道说自己就非得嫁给一个自己不爱的人吗？四婶说关键是看自己，只要自己不同意，这桩婚事就不成。这是什么意思？思来想去秀秀总算是找到了问题的关键——那就是要靠自己才能毁掉这门婚事。怎样做才能毁掉这门婚事——那就是自己死活不同意！自己死活不同意，父母退让了，自己怎么办？这就是她心情复杂的原因。她现在就是等强强，她觉得强强就是她唯一能倾吐心声的人了。她已经把强强看作她未来的丈夫。她相信只要强强愿意，她就嫁给他！她认为只要两个人心在一起，总能在迷雾中走出一条出路来。想到这儿，秀秀的心情也好转过来，看着一树的柿子，想着自己和强强的结合，她的心境也渐渐地敞亮起来，纯洁可爱的笑容又浮在了她白嫩细腻的脸上。

一阵秋风刮来，枝叶摇曳柿子晃动，干枯的玉茭叶子发出一片哗哗声。哗哗声中传来沉重的脚步声，秀秀熟悉这脚步声，她知道强强来了。果然脚步在柿子树下停住了，接着便是一声呼唤："秀秀，你找我？"

秀秀心儿一阵慌乱，红云已落在脸上，脸蛋儿就像树上的柿子红嘟嘟的。她扬起手儿理了理额上的散发，按捺住突突乱跳的心，头儿仰起眉眼儿一亮微笑着说："嗯，找你。"她看到强强身上的衣服有着汗渍，脸上淌着汗珠。这个硕壮俊朗的小伙子在姑娘面前还是很矜持的，他擦了擦脸上的汗，看得出他是在掩饰自己的窘态。

"从乔村回来晚啦，四婶一说我就来啦。这不，饭也顾不上吃，四婶给烙的饼，她说你也饿了，就让我多带了两张。"强强把手中的布包打开，里边是四张白面饼子，饼子里夹着凉拌的豆芽菜。

两个人席地而坐。秀秀接过一张饼，慢慢地在嚼咽。强强却不一样，三下两下就吃掉了一张。看来年轻人出大力就是不一样，眨眼工夫两张饼就进了肚。强强看了一眼秀秀，秀秀的那张饼才咬掉一点点。强强看来没有吃饱。秀秀看在眼里就说："强强哥，你吃吧，这个我还吃不了呢。"

"你看我这个人，吃东西不顾人。不吃啦不吃啦，这张饼是你的。"强强意识到自己的吃相，有些不好意思，连忙推辞。

"哪有干力气活不吃饱饭的！这张饼你必须吃！"秀秀不容商量把饼子递给他。

"那好，我就不客气啦。"强强有些不好意思，但还是接过了饼子。

秀秀看着他大口地吞咽着饼子，心里美滋滋的。这不就是她梦寐以求的夫唱妇随恩爱有加的婚后生活吗？此情此景如梦如幻，秀秀不由得在心里笑出了声。

强强吃完了饼子，看着秀秀笑眯眯的样子。突然想起四婶的话就说："四婶说你找我，啥事？"

"这还看不出来，我家的玉茭秆子还没有砍……"秀秀指了指这块玉茭地。

"这还用说，我来砍，叫上金海金洋，也不过三天的活儿。"强强环顾了一下周围说："这塬上的地就是不错，种啥长啥，这玉茭秆子都这么粗。"强强发着感叹，他家沟里的地薄，收成不好，看着这好地好收成，心里就高兴，庄稼人嘛就是对地亲。接着他说："在这么好的地里干活就是有劲儿，这活我们包啦。"

"叫你干活我最放心，我娘说啦，给你们做好饭吃。"秀秀笑着说。

"那就开开荤。"强强摸了一下嘴角。

"好酒好肉管饱。"秀秀话里透着爱，她就愿意这样和强强说话。

“就这事……还值得在这儿说?”强强这才注意到这里的环境。黄乎乎的玉茭地，一棵挂满柿子的老柿子树，几步开外就看不到人影。他说：“一个女孩子家，在这荒郊野地，连个人都没有，你不怕吗?”强强想起大人们说的一件事：乔村有个姑娘独自上地，在玉茭地里遇到了狼，狼把姑娘的肚子扒开了，吃干净了五脏六腑……他是担心秀秀一个女孩子独自在野地里，不管是遇到了坏人还是野兽，都是很危险的。他心里秀秀的位置很重，所以关切地说。

“不怕，我选这没人的地方，就想和你说说话。我心里有一肚子话要对你说，就是没有合适的地方。这里好，这里没有人，我可以把我心里要说的话都说给你。”秀秀睁着那双大眼看着他。那眼睛就像一潭清澈的泉水透露出少女内心的秘密，这秘密一览无余地让强强无法回避也没有力量回避，任由那秘密吸引着他不得不听从秀秀的指派。

强强乖乖地又坐回到秀秀的身边。他感到了秀秀身上的气息，那气息就像五月的桐树花儿一样清甜……强强有些情不自禁，他知道秀秀的意思，可是他也知道撸槐花打麦场两次的邂逅都是他努力地克制才没有造成不可收拾的后果。现在满地里就他俩，一对情愫洋溢的有着闲话的少男少女。这要是让人看到，那还不得编出更多的故事来。想到这儿强强觉得为了秀秀的名誉，自己应该立刻走开，于是他说：“有啥事非得到这里说，让歪嘴的人看到了，又要胡说了……”说着就要起身。

“强强哥，你就这么害怕?”秀秀拉住他，“我爹我娘就要把我嫁到城里了，我这几天都愁死了，饭不想吃觉睡不着，你难道不着急吗?”

强强心里一阵翻动，他抬头看她，猛然看见那双睫毛长长的大眼里溢出泪水来，泪水儿在眼眶里打转，旋儿旋儿地就顺着脸颊淌了下来，晶莹透亮的泪珠儿在粉嫩的脸蛋上留下一道亮亮的痕迹。强强不敢对视，两只大手来回地在搓揉，嘴里喃喃地说：“咋不急哩！急有啥法?大家都没办法呀!”强强就把他们假扮土匪让秦老板悔婚的事说了一遍：“人家识破了咱们的计策，咱们现在是无计可施啊!”他把金叶的话搬了出来：“关键是看你了，如果你抗不住你爹，就没有法了。”

“四婶这样说，你也这样说！大家都说关键是看我。那我就告诉你。”秀秀果断地说，“以前都是我傻，我没有把事情看明白，也说了一些糊涂话。现在我明白了，我把话说清楚，我不嫌你穷，我不嫌你没有青砖大瓦房，不嫌你没有平展展的塬上好地。今天我就表个态，强强哥！我爱你！我愿意嫁给你，和你过一辈子，无论再苦再累我都不会变心!”秀秀扑到强强的怀里，双手拍着他的背说：“你不管我了，也不要我了，难道我就是那样的命，就该嫁给一个大我二十岁的糟老头子，就不该和我相爱的人在一起吗?”

“秀秀，你是一个好姑娘，你很值得我去爱。说实在的我也很爱你，这辈子能和你结为夫妻是我的福分。撸槐花时就看出了你的意思，打麦场是我拒绝了你，你是心甘情愿但我不能接受，不是我无情无义，我是在一番苦苦挣扎中才作出的决定，我们不能成为夫妻但我也不能毁了你。我是一个男人，我要为我的行为负责。现在你表明了态度，我很感动，感动的是有个好姑娘在爱着我。但是你有没有想过，你的父母不同意，我们就不能到一起。我们两家的状况不一样，我给不了你给秀文治病的钱，我给不了你父母要求的好生活。我也不会因为我们俩的事，弄得两家老人不得安宁……”憨厚的强强说出的话好憨厚。

“我表明了态度，你咋还这样？”秀秀说。

“秀秀，你能告诉我，爱情是什么吗？”这一段时间强强一直在考虑这个问题。他要把和秀秀成婚的一些利弊告诉秀秀，好让她的那颗火热的心冷下来。

“爱情？爱情不就是男女情投意合结婚生子吗？”秀秀说。

“你只说对了一半。”强强说，“男女情投意合只是两个人的事。爱情还有一个重要的方面就是家庭和环境，这两方面缺一不可。我们的事就是只有一半，光我们两个人愿意不行，必须两家老人同意才行。”

“男女相爱是两个人的事，怎么牵扯到双方父母？以前都是我的错，我喜欢你但我没有告诉你，所以你不敢爱我。现在我明确了态度，我想你就应该大胆地和我在一起，不管遇到什么困难，只要我们俩在一起就能克服。”

“秀秀，想事情不能光想自己，也要为他人想想。”强强觉得自己必须纠正秀秀不靠谱的想法。但是他又不愿意伤害了她的自尊，对于秀秀真心的袒露他除了感动还是感动，但是他又确确实实不能接受她的不顾一切的爱情。他觉得自己应该婉转地把自己的想法表达出来。于是他拐了个弯说道：“我最崇拜的人是你的爷爷庞瑞珩，他老人家一生行善积德，所以才有了塬县及时雨的好名声。我们这些河南山东的逃难人都是奔着老英雄而来的，所以我们也信奉老人家的行善积德。我们都是老百姓，老百姓有老百姓的活法，那就是不能做亏心事。老庞家是在我们无法生活的时候收留了我们，老庞家的救命大恩我们一辈子都还不完，老庞家就是我们的东家。我们也有一套行事的礼数，那就是不能做对不起救命恩人和东家的事。秀秀，你明白了吗？我们之间虽然很爱但不能伤害东家，所以只能是兄妹之爱而不能成为夫妻之爱，我不能做对不起东家的事。不成是对你的爱护，成了反而是害了你……”强强有些啰唆，但还是把自己的心思表达出来。

“强强哥，你说了这么一大堆，我反而听不明白了，爷爷的行善积德与我们的婚姻有什么关系？怎么成了反而就是害了我呢？不成就是爱护我呢？”秀秀有些不明白了，说来说去她心里的纠结更大了，她觉得强强的想法和四婶的一样，只是强强说得更透彻一些，她心里在想，这些人怎么了？

“秀秀啊！怎么跟你说呢？”强强想了一下，他看着面前这棵柿子树说：“爱情就像一棵树，这棵树的根只有扎在地里才能成活，根深才能叶茂，有水才能结果。男女相爱结合就是一棵小树，小树的根系就是双方的父母，双方的父母都喜欢，这棵小树才能茁壮成长，如果双方父母都不同意，这棵小树还能活吗？”强强顿了一下，他在调整自己的思路，看着眼前的秀秀单纯的眼睛透露出的好奇，他决定从根上给秀秀讲清楚：“春上到沟里撸槐花惹出闲话后，你爹找到了我家，说了我们两个人的事，意思就是门不当户不对，我们全家完全理解东家的意思，我们不能给东家的脸上抹黑，我们不能忘恩负义。当着你爹的面，我的父母明确表态，从今以后不会给东家再找麻烦！所以虽然我很喜欢你，但我不能往那方面想。打麦场的事就不用说了，我不能做违背良心的事，不能因为冲动做出一辈子后悔的事。后来你的父母在城里给你找了秦老板，我和金叶金海金洋都不同意，金家兄妹都以为我和你好，要我出头毁了这桩婚事，怎么毁？我心里比谁都清楚，要毁这门亲的人只有你的心上人才行。可我不是呀！再说毁了这门亲怎么办？你只有跟你的心上人结婚。那这个人还得你的父母同意，还得门当户对！我没有这个条件，无法办成这件事。可是这个事情我又不能不管，我们不能成为夫妻，但还有兄妹之情，万般无奈之际，我和金海金洋就假扮紫金山土匪半夜摸进秦老板的家要他悔婚。谁知道智者千虑必有一失，我们的计划被刘掌柜识破，刘掌柜和你爹没有把这事点破，他是给我们留面子，怕我们以后不好在村里做人，也是给自己留一条后路，点破后，这婚事不就成了笑话了吗？所以，事情发展到这里，大家都没办法了，关键就看你自己了，只要你死活不愿意，你爹妈总不能把你硬嫁出去吧？”

“说了这么一大堆，还是老一套，我们就不能远走高飞吗？”

“我们不能那么做。”强强思考了一会儿说，“爱情不是建立在别人的痛苦之上的，婚姻不能使两家老人不快。爱情到了不能维持的地步就是放弃，放弃就是对自己心爱的人的最大关怀，放弃了就是对双方父母负责。两家老人不同意，我们有什么幸福可言。再说，我们能离开自己的家和父母吗？我的父母已经风烛残年满身疾病，我不养活他们谁养活？你的母亲和弟弟有病，你能离开他们远走高飞吗？这是不仁不义。百善孝为先，不仁不义的事我想咱们都做不出来。”

“那我该怎么办？”秀秀低头沉思。

“你只有一个办法，那就是死活不同意，逼得你父母退了这门亲事。然后你再找一个家境丰盈年龄相仿的后生。”强强说。

“那我们呢？”秀秀小声地问。她难过的说不出话来，脸儿也变得苍白。

“我们命里注定没有夫妻缘分，但是我们还有兄妹情分。从今天起，当着皇天后土我强强发誓，一定把你当着亲妹妹看待，不管今后遇到什么事情，我都会倾其所有鼎力相助，如有食言，天打五雷轰！”强强说着，就在秀秀的面前，双腿“扑通”一跪，面向苍天双手抱拳连着三拱，然后头伏大地磕了三个响头。

“强强哥！你别这样！”秀秀连忙扶起强强，她喊着：“老天爷，怎么会这样？”

“秀秀！这是没有办法的办法。”强强给秀秀擦了擦泪水说，“我们没有能力改变眼前的处境，我们家的状况无法满足你家的需求，我们要做夫妻面临的困难我们无法越过。我们要做兄妹的话好多事就好处了，我可以照样给你家下沟挑水，也可以照样帮忙照料庄稼，一切都是顺理成章……我愿为你上刀山下火海，我保证你有求必应……有了这样一位娘家哥哥，就是以后你在婆家有了啥委屈，我也去为你打抱不平为你撑腰……”强强抚摸着秀秀的双臂，他感到了秀秀的身子在颤抖。

“可是说得再好，那也是哥哥，那不是夫妻。我要的是丈夫，是天天是早晚是一时一刻也不离开的丈夫，是能和我生儿育女的丈夫。你说的是啥？哥哥？我跟你说了心里话，我不嫌弃你的贫穷，你的年事已高多病缠身的父母，你的黑洞洞的窑洞，你倒是前怕狼后怕虎，你说，你是爱我呢还是嫌我呢？人家都说，真情不怕火炼！爱情不怕天塌地陷！我们这算啥？”秀秀在哭诉。

“秀秀，我们不能这样指责自己。”强强扶正秀秀的身子盯着她的眼睛说，“这样一来我们就会在这个圈子里出不来了。看看我们的周围，哪对小夫妻能违背父母之命媒妁之言呢？这个社会就是金钱权势的社会，你父母的看法和做法我们不能说错，但我们可以想法子把不利的事办好。秦老板你不喜欢，你可以不要他呀！”

“说来说去一回事，咱俩就是不行。”秀秀说。

“命里没有，争也争不到……”强强说。

“都劝我找一个条件好的好小伙儿，我去哪儿找？再说，我这心里只有你。”秀秀说。

“我们不能因为婚事而弄得四邻不安亲戚不和甚至出人命！”强强说。

“我还是那句话，离开这个地方，走得远远的……”秀秀说。

“快别这样想了，你的父母我的父母是经不起这件事的。”强强说。

“这也不行，那也不行，看来我只得嫁给那个老男人了。”秀秀说。

“这就看你自己了，顶不住的话就只有那样了……也许你以后的日子并不是想象的那样不好。”强强说。

两人都沉默了，好一会儿都没有开口……

秀秀是个理智的姑娘，强强的一再拒绝，不是没有道理，细想想完全是为了自己。秀秀渐渐地从热血冲头的昏乱中缓过神来，她觉得自己今天有些冲动，言语有些过失，她感觉自己的不理智使自己心爱的强强有些左右为难，现在只有放弃才能使方方面面平静，这也是对强强的关心。她不能再坚持自己的主张了，于是她说：“强强哥，你不怨我吧？”

“不怨！一点都不怨！哪有哥哥怨妹妹的道理。”强强嘴上这么说，心里却不是味儿。他在想一个问题：男女相爱为了什么？爱到极致就是非要结婚吗？他的回答是否定的。就拿他和秀秀来说，虽然互相倾慕但不能结婚。不能结婚就是不爱吗？他的回答还是否定的。想来想去，他觉得爱的极致就是要为对方考虑，爱对方就不能使对方受到伤害。

“我就怕抗不住我爹娘，他们一哭一闹我的心就软了。再说，我弟弟治病确实需要钱，要不我爹也不会成天在外跑运输，你说，他们死活要我嫁，我该咋办呢？”秀秀的心还是很纠结，说实在的她的心结就没有解开。

“这一点我要告诉你，你一定要心硬，先逼着你爹退了这门婚事，然后再给你找一个你心中喜欢的人。这个事，别人都帮不了你，只有靠你自己了。”强强告诫她，“心不能软，你一软，就坏事了。如果能找一个你父母和你都愿意的，那也是你父母的福分。为了你今后的幸福生活，你一定要抗得住，就是他们再哭再闹抹脖子上吊你都不要理他，那些都是骗人的，只要你能做到这些，你就能改变目前的状况，退掉这门婚事。”

“事情说到这儿，我也明白了。想一想，还真是那个理，与人为善利人利己，爷爷的操行在我心里也是根深蒂固。大家说得不是没有道理，为了我们两个人的幸福而弄得大家都不幸福，这不是我们的作为。”秀秀终于明白了金叶和强强的意思，他们的作为其实就是为了自己的幸福，强强的克制就是对自己的负责和关心。想到这里她说：“自己的态度决定了自己的命运，自己的命运要自己掌握，只要自己不同意，这门亲事就成不了。”

“这就对了。”强强终于放下了心。

第二天早上，强强和金海金洋如约来到地里，几个人没有说话，闷着头挥着小镢吭哧吭哧砍玉茭秆子。砍玉茭秆子是力气活，不一会儿，大家都已是汗水津津。看看太阳已有两丈来高，大家就坐在玉茭秆子上休息。

“强强哥，你这样做是不是有点过分？”金海总觉得有些对不起秀秀。

“你拒绝了他，不就是伤害了她吗？”金洋也觉得不应该这样。

“好兄弟，事情只能这样了。”强强心里不舒服，他不想多说。

这时，秀秀和金叶送饭来了。秀秀穿了一件紫花花的上衣，一件黑色的裤子，通身素净。只是头上的辫梢上拴着个红头绳。她的脸儿白白的眼窝儿有点暗，那双往日活灵活现的大眼今日却显得有些麻木。金叶给大家盛好了饭，可是大家没有食欲不动筷子，金叶知道大家的心思说："大家吃饭吧，都是没有办法的办法，这个世道就是这样，有情人是不能成为眷属的……"

金叶这么一说，大家的心里更纠结了。秀秀却显得老成豁达，她笑着对大家说："大家不要为我的事难受了，日出日落，日子照样还得过。我和强强哥已经说好了，要笑对人生，要善解人意，要行善积德。我们不能做夫妻，但我们是兄妹，只要我们兄妹的情意在，就是天底下最幸福的事了……"这话说出去了，但大家觉得不对味，笑是纠结的笑，话是纠结的话，一切都觉得纠结。

金海金洋瞪着眼看着秀秀，秀秀看似的知书达理他们反而觉得更加对不起她。强强也在看秀秀，原本心里清楚的他此时泛起了迷糊。金叶也在看秀秀，这个一早上都不言不语的姑娘怎么说出了这样果断的话。大家的心里纠结成了一团麻，就像这刚刚砍过的玉茭地布满了坑坑洼洼，就像这倒伏的玉茭秆层层叠叠横七竖八……这团麻呀！剪不断理还乱！特别是强强，在得到爱情后又抛弃了爱情，虽然纵有千万条理，在他心灵深处，他还是觉得对不起秀秀，内疚将永远陪伴着他！他的初恋将是这样在痛苦中结束……

二十、婚事就这样给定下了

转眼半个月过去了，秀秀没有任何表示，庞永荣自觉难以开口，事情就这么放着……

庞家窑这边没有回音，城里那边却急了。一天，刘掌柜捎来信，说秦老板对婚事没有意见，他想亲自上门拜访，问庞永荣方便不方便。

“这可怎么办？秀秀还没同意呢！”春花一听就着了急。

“双方总是要见面的，来就来吧。”庞永荣想了想说。

“咋招待呀？关系不明不白的。”春花觉得挺作难。

“听刘掌柜的话意，是人家秦老板对咱姑娘不放心，提出来要到家里看看，说来家里看看是假，主要是来看秀秀。不过也行，还省了我们的事呢，他想看秀秀，我们还想看他呢！我和他照过一面没有说过话，究竟这个人怎么样？我心里也没有底，来了不就清楚了吗？如果人不行，咱们就算了，反正秀秀这边不同意，省得咱们两头作难。”庞永荣觉得这是个机会，这一段时间弄得他身心疲惫，他也有心早点结束这种煎熬。

“猛然间，来了这么个人，村里还不闹翻了，咋对外人说？”春花问。

“就说是城里生意上的朋友。把老二老三和金叶叫来，在家吃顿饭，大家坐在一起说说话，说上几句话就能看出个一二三来，人品好坏家庭状况都会知道个差不多，这对咱们作决定非常关键，所以咱们一定把这次会面当一回事。他是第一次到咱们家，他是客，别扭的是他。再说咱们人多他人少，还能看走了眼？准备准备吧，后天让他们来。”

“金叶来合适吗？她本来就不同意。”

“金叶主要陪秀秀，和秀秀一同看看这个人，金叶如果能看过眼，这事就好办了。”

“这城里人好招待吗？吃好的吃惯了，我还真有点酥手不敢做。”

“没什么！平常咋做就咋做。你明天到郭家庄买些菜割些肉灌些酒，把家里的大公鸡杀了，就比着咱家逢年过节待客的标准做一些，关键是菜要丰盛酒要管够，要显得我们老庞家大气实在，别叫城里人笑话。”

“这又得花不少钱，关系不明不白的，八字还没一撇呢，就吃上了喝上了。”春花嘟哝。

“花就花吧，人家来了就是客嘛，再说这是相女婿，这脸面比钱重要啊！”

庞永荣叮咛。

按照庞永荣的安排，刘掌柜和秦老板如约来到庞家窑。两个城里人很要面子，穿戴鲜亮，坐着一辆专门拉人的马车。马车很讲究，用的是上好的槐木，木工很精细。马车的顶盖是拱形的，四个角出檐，檐下挂铜铃。拱形的顶盖两边和后边的下部做有厚实的支架，支架支撑着拱形的顶。支架上有窗户，坐在车里的人通过窗户可以看到外面。拱形顶盖的前边留有门，门上挂有门帘。马车内部宽敞，上下左右全用软布包着，座位上放有软垫。马车上的门帘可以根据车内的温度打开或放下，随着车轮的颠簸，四角的铜铃随之叮咚作响，人坐在里边，舒服且惬意。

马车经过石牌坊进村，在一个村民的指引下，径直停在庞永荣家的门前。庞家窑很少来这样的马车，一停下就围了好多人看热闹。

庞永荣赶忙走出大门迎到车前，笑着说："来啦！来啦！"他故意向着围观的村民大声喊道："是城里生意上的朋友来啦！"

"王老弟！你好啊！"刘掌柜从车里探出头，然后扶着庞永荣伸过来的手下了车。

"刘大哥好！刘大哥好！这位……？"庞永荣寒暄着看着车里的秦老板明知故问说了半句话，他觉得不好称呼。

"这位是秦老板，请多关照！"刘掌柜随机应答缓解庞永荣的尴尬。

"欢迎欢迎！请……请……"庞永荣客气地寒暄算是打了招呼。

客人们进了院子，村民还围在门口，大家指指画画议论纷纷不肯离去。庞永荣转身对着众人说："这是城里生意上的朋友看我来了，平常在城里多亏他们照顾，今儿个到家了我的好好款待他们，大家伙儿都沾沾喜气。"说着掏出一包香烟散给大家，接着又把一包碎块的冰糖给了小孩子们，大人抽烟小孩吃糖大家笑着说着离开了庞家。

庞家的堂屋，庞永荣把刘掌柜秦老板让到上座。

"路上辛苦啦！抽烟抽烟……"庞永荣恭敬地打开一包香烟，抽出两支递给他们，并给他们点着火。

"好的……好的……"刘掌柜和秦老板抽着烟并客气地对应着。

"山路不好走，辛苦你们啦，请喝茶……"春花端来两杯热茶。

"好的……好的……"刘掌柜和秦老板欠身应诺。

"这是我家那口子，乡下妇女不会照顾人，请多多包涵。"庞永荣介绍。

"欢迎你们到家里来，山沟沟不像城里，委屈你们啦。"春花很会说话。

寒暄几句后，大家分主次坐下，喝茶抽烟相互进行了问候，气氛温馨随和，初次见面的陌生在闲谈中慢慢消失。

刘掌柜是个场面上的人，他看看时机已到，就对庞永荣和春花说：“初次来府上，秦老板备了点见面礼，多多少少不要见怪。”他刻意地指了指秦老板，其中的用意不言而喻。

“看你说的，来了就好，拿什么礼，见外了。”庞永荣客气地说着话，他明白刘掌柜的意思。

“秦老板，你去叫伙计把礼物拿上来吧。”刘掌柜因有话对庞永荣说，就把秦老板支出去了。

“好……好……”秦老板知道刘掌柜的用意，他答应着离开了屋子。

看着秦老板出去了，刘掌柜对庞永荣和春花说：“这就是我给介绍的银器铺的秦老板，今天把他带来，你们可以面对面地好好看看好好聊聊。秦老板对这门婚事很上心，一个多月了你们也没给个信，人家着急啊！前几天提出要来看看，我想双方见见面也好。行的话，就把这事给定了。不行的话，咱们好说好散，都别这么耗下去了。”刘掌柜开门见山。

“真是的，都是我们磨叽，叫你费心了。”庞永荣有自己的难处，秀秀不同意他咋回话。

“不是费心不费心的事，是事情有些变化。秦老板说了，别人又给他介绍了个人，他应了我，不能毁了我的面子，所以才提出见面，如果咱们这边不行的话，人家就另选别家了。”刘掌柜这话不是真话，他想这样激激庞永荣，事情不死不活的拖到何年何月？怪烦人的！他觉得庞永荣办事不利索，这样激激他，事情会快一些。

“这是真的？……”庞永荣和春花心里一怔，真是越怕啥越来啥！他们也生怕秀秀这样无休止地拖下去，弄个竹篮子打水一场空，刘掌柜的一句话，他们的心又扯了起来。

“其实这个人不错，我敢打包票，是个规规矩矩的老实人。他提出想见秀秀，有人家的理由，人家也担心秀秀有没有毛病？我觉得看看就看看，又不是看咱们一个人，咱们也可以看看他嘛，两全其美，省得来回跑了。”

“你说得不错，今天就是个机会，多亏你在中间撮合，让你费心了。”庞永荣觉得刘掌柜说得在理，他为自己犹豫不决而自责，于是赔着小心说好话。

正说着，秦老板和伙计抱着一堆东西进来了。有点心茶叶大叶烟，还有汾酒和猪肉。这还不算，伙计又捧出两块布，一块是绿底紫花的绸子，一块是红底黄花的绸子。秦老板是个性情中人，他有手艺挣钱容易，来庞家窑他不能小气，他觉得钱应该往这儿花，他要的是潇洒大方。

“初次见面，请笑纳！”按说他要按长辈称呼的，一想还不能这样，事情八字的一撇才开了个头，他不好意思直呼，于是就这样说了。

“不能要不能要……真的不能要……”庞永荣嘴上谦让，心里却为秦老板的大方叫好。

“这两块绸子是给婶婶和妹妹的，不知合适不合适?”秦老板鼓着勇气按辈分称呼出来。

“看你，还拿这些，怪破费的。”春花听着不舒服觉得有些别扭，但是又不能拒绝，况且是人家给拿的礼！于是就勉强地不好意思地收下了。

“这是小弟弟吧?”秦老板拉着秀文的手问道。

“他手上脏，别污了你的手。”庞永荣要阻拦他。

“没啥没啥!”秦老板掏出两块大洋塞到秀文手里。

“小孩子不能要人家的钱!”庞永荣说。

“别客气了，就给孩子吧，这是秦老板的一点心意。”刘掌柜在中间看得明白，他为秦老板这一招叫好，于是又装了一回好人。

“喝茶，喝茶。”庞永荣给俘虏了，两三个回合他只有招架之功了，没有别的可说，只是不停地给他们茶杯里续水。

“你们说话，我去弄饭。”春花也被俘虏了，看看快到饭时了，她就带着秀文走了。

这时金叶和秀秀来了。

刘掌柜和秦老板眼前一亮，这山沟里还真出凤凰啊！他们为金叶和秀秀的美丽折服，这是一种自然的没有任何修饰的美。两个城里人不由得盯着她们看。

金叶和秀秀是按照庞永荣的安排来的。目的是来看看这个秦老板。因为金叶不看好这件事，所以庞永荣特地约金叶来陪秀秀，一来给秀秀做个伴自在些，二来亲眼看看事后好商量。金叶和秀秀来到堂屋，庞永荣看到她们进来，连忙介绍：“这位是小女的四婶，这位是小女秀秀。”

“啊……好好……好好……”刘掌柜和秦老板起身点头，眼睛还在她们身上。

“哟……城里的客来啦，请坐请坐……”金叶打量着他们，大大方方地问候。

“啊……都坐……都坐……”刘掌柜和秦老板随声应和。

“这位是城里仙人居饭馆的老板刘掌柜。”庞永荣给她们介绍刘掌柜。

“鄙人刘兴旺，在城里经营个小饭馆，有空到城里就到我那儿吃饭。”刘掌柜回应。

“仙人居名气大着呢，能在你那儿吃饭是我的福。”金叶说话就像加了蜜，甜得叫人舒服。

“这位……是城里银器铺的……秦老板。”庞永荣又给她们介绍秦老板。因是他心里的未来女婿，总觉得叫秦老板不得劲，可又不知道怎样称呼好，犹豫着还是这样说了出来。

“是个小铺子，提不得，提不得。”秦老板回应得很谦虚，“凭手艺吃饭，不值得一提。”

“手艺就是摇钱树呀，秦老板有手艺有铺子，恭喜发财啊!”金叶有心试探他，故意和他多说几句。

“哪里哪里，只是小本生意。不过这小本生意也有它的道道。开铺子就要诚信立本童叟无欺，打制银器这活特别，要人勤脑活手巧，我那活啊拿出去大家都叫好！不瞒你说，我那儿都是回头客……”秦老板并不知金叶在有意试探他，讲起生意上的事来他的话就稠了。

金叶没有心思听他的生意经，她是利用说话来观察他。你别说，这秦老板还真是长得不赖。中等偏上的个儿，戴了顶黑色的瓜皮帽，帽前镶了块翡翠。白净的脸庞，大眼睛，双眼皮，眉毛黑长。细看鼻梁有点低，嘴巴有点小，胡子有点稀，但是这些并不影响他的容貌。他穿着一个藏青色的大褂，脚蹬一双千层底的黑布鞋，也许是不晒太阳的缘故，他的肤色有些青，显得比庞永荣要年轻许多。

秀秀没有说话，在别人的言谈中，她认识了父母要给自己说的那个人，认识了那个说动了父母的媒人刘掌柜。察言观色，她感觉到刘掌柜和秦老板都不是坏人，言谈举止谨慎小心彬彬有礼，但要托付终身于秦老板，她还是不想要的，年龄这道坎她逾越不过，她不愿意和自己父亲一样年龄的人结婚。想到这里她就不愿意再在生人面前待着，拉着金叶回到自己屋里。

院里一阵喧哗，听声音就知道是老二老三来了，他们是赶着饭点来的。饭菜就摆在堂屋，亏得春花手巧，酒菜有模有样。农村喜事讲究十全，号称十全席。即十个凉菜十个热菜。其实根据自己家庭的实力，少一些也行，四凉六热，六凉八热都行。庞永荣爱面子，非要做十全，说什么十全十美。这就苦了春花，好歹拼够了二十个菜，这十凉是：蒜拌黄瓜、香菜茄泥、酸辣粉丝、醋泡花生米、糖拌西红柿、拌牛肉、拌猪肝、拌猪耳、拌鸡块、拌猪头肉，凑了个五荤五素。这十热是五个热炒五个热汤。五个热炒：炒鸡蛋、炒肉片、炒豆腐、炒土豆、炒肥肠。五个热汤是：鱿鱼汤、海参汤、鸡蛋汤、肚丝汤、丸子汤。琳琅满目一大桌子，酒是春花在郭家庄灌的高粱酒，本地酿造，其味辣性烈。

男人们依次而坐。庞永荣和刘掌柜为上席，秦老板挨着刘掌柜，秦老板的下边是老三庞永富，庞永富的下边是秀文，庞永荣在刘掌柜的左边，他的下边是老二庞永华。当地的风俗是女人不上席，所以春花金叶和秀秀只能在席后吃饭。几杯酒下肚，男人们的脸都已泛红，这高粱酒劲儿大，引得他们的话也多起来。刘掌柜开饭店，山珍海味吃够了，猛一吃这乡下的农家饭，反而觉得非常可口，一个劲地夸春花："嘿嘿！不错不错，弟妹的手艺不错！"

"来来来，大家碰一个！"庞永荣高兴，吆喝着大家喝酒。

秦老板在这种场合下不敢主动，哪知老三庞永富和他较上了劲儿，一个劲儿地劝他喝酒。秦老板有点招架不住，就谢绝起来，这下老三不干了，他嚷道："论辈分还得叫我叔呢？喝！不喝不行！"他倒了三杯酒，放到秦老板面前说。

庞永荣一看这架势，知道老三喝多了，就说道："老三，不能喝就算了，吃菜！吃菜啊！"

"大哥，这是城里的贵客，哪能不让人家喝酒……不喝不行……咱又不是没有酒！"老三醉了。

"大哥，今天你就啥也别管啦，刘掌柜不喝可以，秦老板不喝可不行！他是什么人啊？他是侄女婿！是姑爷呀！这酒不喝可不行！……今天你得改改口，叫我二叔，对吗？叫二叔就可以不喝！"老二也醉了。

"对！对！叫二叔……叫三叔……"老三酒后忘形更加没谱。

这话刘掌柜听着挺舒服，看来自己这趟没有白来。

这话秦老板听着也舒服，他觉得婚事八九不离十。

这话庞永荣听着不舒服，他心里没底，因为秀秀没有同意。

这话让秀秀听到了，而且金叶春花也听到了。她们都很气愤，男人们喝酒喝得不要脸了，胡说八道的乱了规矩，这是啥事！

秀秀简直要气死了：两个叔叔耍酒疯，把自己许给了人！

金叶特奇怪：两个哥哥太没谱了，哪有这样胡说八道的！

春花很气愤：两个弟弟真不是人！逞能做主到自家来了！

"胡说哩胡说哩，都是酒话都是酒话……不可当真！不可当真！"庞永荣看着两个弟弟没了规矩，自己也没了面子，赶紧对刘掌柜说，"来来来……别听他们胡说……吃菜吃菜。"为了不使秦老板难堪，庞永荣给他也夹了几筷子菜。

这时秦老板一反常态来了劲儿，他给自己倒了三杯说："感谢二叔三叔的盛情款待，这三杯酒算我敬长辈的。"说完一口气喝了下去。也不知什么原因，他改口了！按长辈的称呼称呼他们了！

"好好！这才像个爷们儿，爷们儿！"老二说。

"嗨嗨！不错，懂规矩，懂规矩！"老三说。

秦老板久在生意场上混，察言观色见风使舵是他的本事。看看老二老三已把自己当成了未来的女婿，他觉得是再烧一把火的时候了，于是就叫伙计又取出几包东西，分别给了老二老三。嘴里说道："一点小意思，呈敬二老。"老二老三一看，每人两包点心，喜得他俩咧嘴直笑。秦老板又从口袋掏出四块大洋，每人两块放到他们手里说："婶婶和小孩子的东西不好买，两块大洋是个意思……"

"好好……好好……"老二笑得合不拢嘴。

"啧啧……啧啧……"老三乐得不停咂嘴。

秦老板真会做人，席间这么一段插曲，哄得大家皆大欢喜。顷刻间，大家亲近了许多，越发的无话不谈了。酒酣脸红畅谈憨笑，不知不觉到了下午，眼看太阳就要落山了，刘掌柜说："好啦好啦，没有不散的筵席，没有唱不完的戏，各位都尽兴了，话也说透了，今天就到这儿，酒足饭饱，我们也该打道回府啦。"

"款待不周，请多多包涵！"庞永荣谦让。

"谢啦……谢啦……"刘掌柜秦老板双手抱拳对着大家拱手。

"路不好，慢点走！"庞永荣一边搀扶他们上车一边嘱咐。

"好嘞！"伙计答应着手臂一扬"叭"地甩了一个响鞭，马车上路了。

突然，秦老板又抓出一把银元递给春花说："婶婶，这个给秀秀！"

"不要不要……"春花推让。

"拿上吧。"秦老板把银元放到春花的手里。

"这……"春花眼里是谦让心里满是温暖。

马车已经跑开了，在马蹄和铜铃声中，传来秦老板又一声嘱咐："婶婶，那是给秀秀的！"

夕阳西下，晚霞从云层中挤出，原野在霞光中披着金黄的色彩，烟岚雾气在村落上飘摇，不知不觉中，天色渐渐暗了下来。只有"嘚嘚……嘚嘚……"的马蹄声和"叮当……叮当……"的铜铃声回荡在旷野……

"五花马，千金裘，呼儿将出换美酒，与尔同销万古愁……痛快啊！"刘掌柜眯着双眼念出李白的一句诗。看着陶醉在喜悦中的秦老板，他瓮声瓮气说："你小子，舍得下本钱，没……没丢人！"

"老哥，真有你的，你的媒保得太好了，这秀秀太迷人了。"秦老板沉浸在回忆中，"你说，在这个美人面前，我能小气吗？"

"怎么样？我没诓你吧。"马车颠了一下，刘掌柜坐正身子说，"秀秀这女子，不仅人漂亮，而且有气质。今天的面儿见得值，你看庞家的人多高兴呀，我看你这婚事是板上钉钉，没问题了。"

"能娶一房好媳妇，再花我也舍得！"秦老板思忖着说，"这秀秀就是我梦里所求的那种女人，我喜欢的不仅仅是她的外表美，更喜欢的是她那双大眼里流露出的那种纯朴。秀秀没有城里姑娘的妖艳，也没有乡下姑娘的粗俗，她是什么？她就是埋在深山里的一颗珍珠，就是龙潭里冒出的泉水……这秀秀呀高贵无邪纯洁无瑕。为了这样的女子，就是倾家荡产我也愿意。”

“秦老板你说得不错！”刘掌柜竖起了大拇指，“说实在的，原先我也没见过秀秀，在你面前夸奖秀秀，全是我编的，目的是想成全这桩婚姻。其实我也有担心，如果不是我说的那样，还真不好向你交代。今天一见我的担心没有了。”刘掌柜停住了话题，他看着秦老板说：“你知道最让我担心你的是什么吗？是你的年龄，但从今天见面的情况来看，你的年龄也不是问题。不知你留意了没有，这里面关键的关键是钱，老庞家缺的是钱。不过你今天表现得不错，舍得花就对了。”

“这个我也看出来了，所以我就投其所好，方方面面都给打点了。”秦老板说。

“还有一点我还得说说，咱们都是本分的生意人，不能做对不起人的事。老庞家是因为缺钱才委屈嫁女，如果不是为了给秀文看病，他们是不会这样做的。再说你也看了秀秀，冰清玉洁没有一点污点，真真的大姑娘，这样的媳妇你从哪儿找？所以呀，还是那句话，以后你一定对人家好，如有半点差池，别怪大哥不客气！”刘掌柜到此时还觉得自己办了件对不起人的亏心事，反复强调秦老板对秀秀好才是对自己心灵的一点慰藉。

“错不了！大哥，你就放一百个心，我要是错待秀秀，就让我五雷轰顶，死无葬身之地！”秦老板怕刘掌柜不放心说了狠话，不过也是他的心里话，仅仅是见了一面，他的心已被秀秀勾去了，他是非秀秀不娶了，说点狠话怕啥。

“哈哈哈……这就好……这就好……”刘掌柜觉得自己的话说到了，秦老板也为此表态了，那点歉亏的心理也就散了，想想今天的事，也是成人之美之事，不由得笑出声来。

堂屋里，庞永荣满脸堆的都是满足：“春花，你说咋样？”

春花心里有些堵，本来说的是不要挑明，看看人后再作定论，哪知俩兄弟喝酒喝出“花”来了，当场就把事情应了下来，还改了口！想到这儿，她就来气：“不咋样！一个个都喝昏了头，自己姓啥都不知道了！”

“你看你，认真了吧！其实也没啥，咱们见人了，对吗？人不错，对吗？本来咱们就愿意，应承就应承了，改口就改口了，迟早就是这么回事，有啥生气的？”庞永荣不以为然，“有这俩憨兄弟把不好说的话说了，还省了我们的事呢。”

“这是咱家的事，用得着他们自作主张？吃了喝了拿了还做主了，你就不觉得窝囊！”春花越想越气，“你说他们憨？我看一点都不憨，比你精得多！”

“好啦，自家兄弟生什么气，他俩的德行你又不是不知道。来来来……看看这些礼物，值不值一顿饭钱？”庞永荣哄着她说。他的心思不在两个弟弟的作为，而在秦老板拿来的礼物上。

“自家兄弟就胡做主！净显摆他们啦！”春花还没过劲，“眼里有没有哥嫂，不懂规矩的东西。”

“不说他们啦，那两个家伙就是混蛋！别和他们一般见识。……消消气，咱们说正事，秦老板这个人咋样？”庞永荣急着问的是这个，他想从春花嘴里证实自己过去的判断。

“要说这个人嘛，还真差不多。”春花掏出那把大洋，数了数十二块，脸上露出了笑容，“头次见面就这么大方，这人赖不了。”春花发泄了一通，心情总算平静下来了。想想秦老板这一天的表现，她说出了自己的看法：“这个人懂礼貌不小气，模样儿和善行事懂理，像个过日子的实诚人。”

“你总算说了句真话！”庞永荣感到这句话说到自己的心眼里去了，这时他才感觉到春花真正和自己想到一块儿了。他觉得有点木已成舟水到渠成的味道，后边的事就好办了。

“这么说你同意了？”庞永荣进一步问。

“还得看看属相，属相不合咋办？”春花没有正面回答，又提出了一个问题，“学秦老板属鸡，秀秀属蛇，他们合不合呢？”

“这个……我还真没想过，合了好办，不合可真不好办……”庞永荣心里又打起了鼓，以前光忙别的了，现在才想起这个属相，这也是个大事呀！

“事不宜迟，明天去找李大脚，让人家看看，合了咱啥也不说了，不合？……不合还真不好办！散了吧？再找这么个人也不容易，哪有这么凑巧的事？”春花说出了自己的担心。

“我有个主意，如果不合，咱就请李大脚给掐掐算算，求神灵支个招，破了这不合不就好了吗？再说村里人遇到这种事，不都是这么办的嘛，咱们也这么办，破了不就没事了吗？”庞永荣说出自己的意见。

“好！只有这个办法了。”春花同意了他的意见：“明天我就去找李大脚。”

第二天一早，春花就去了郭家庄，中午时分就兴高采烈地回来了。庞永荣看着春花喜气洋洋的样子，就已知事情的结果。

“不错，李大脚说鸡配蛇没得说，是上好姻缘。”春花咧着嘴笑。

“哈哈……真是上天有眼，我老庞家又有出路啦……”庞永荣仰首看天咧嘴大笑。

李大脚是郭家庄一位会看属相的媒婆。等春花报了秦老板和秀秀的属相后，李大脚净手上香，盘腿打坐，静默一炷香后，她对春花说：“鸡配蛇，没得说，上上好的婚姻。”怎么是上上好的婚姻？李大脚说：蛇年出生的女人在婚姻方面，可与属龙的、属猴的、属鸡的婚配，其他不行。属鸡的男人在婚姻方面，可与属牛的、属蛇的、属马的婚配，其他不行。属蛇的女人嫁属鸡的男人，是最佳婚配，没有什么相冲相克的。

听完春花的话，庞永荣底气心气十足了，折腾了几个月总算没有白折腾，他决定马上找秀秀，把这事说明，然后再告诉刘掌柜，选择吉日订婚，争取在今冬明春给秀秀完婚。

秀秀被叫到父母的房间，庞永荣夫妇郑重地向她宣布，要把她嫁给城里银器铺的秦老板。他们觉得自己给秀秀定的婚事方方面面都不错，秀秀不会不答应。

秀秀没有回答父母，表情木木的脸上一点喜色也没有。

庞永荣急了，接着是一通解释，不厌其烦地解释过后，庞永荣强调说：“这是个可遇不可求的事，这不仅仅是对你好 ，也是对全家都好，我和你妈你弟都指望着沾你的光呢！”

秀秀还是没有回答。她的脸色渐渐地变得苍白。

春花急了就把这个婚事的好处说了又说，她也强调：“今天我特意找了李大脚，看了你们的属相，李大脚说，你们属相相合，是上好的婚配。”

秀秀还是没有回答。她的心在颤抖身子也在颤抖。

秀秀的无言相对，庞永荣是知道原因的，但是他不能由着秀秀毁了这个姻缘，于是他说出了这样的话：“事情到了这一步就等于定了，同意不同意大人说了算，你不说话就是默认。”

秀秀回到自己的屋里，泪水打湿了脸庞。面对父母的步步相逼，她抗拒的能力在慢慢地消退。从小到大，她没有顶撞过父母，懂事孝顺是她做事的原则，强大的家庭势力和传统的封建习俗约束着秀秀，她无法越过这个雷池跨过这个坎儿，金叶和强强的嘱咐不再对她有作用，她现在只得屈就了顺从了。

“愿意不愿意，说句话呀！”庞永荣追到屋里。

“秀秀，答应了吧，爹娘还能害你。”春花来到炕边。

秀秀只是擦泪，还是没有回答。

庞永荣说：“你是要逼死你爹呢！你要不答应，我就死给你看！”庞永荣拿头要往墙上碰。

秀秀还是擦泪，还是没有回答。

春花说：“你这妮子！咋就不懂事呢！你爹不活了，我也不活了！”春花哭出了声，她找了个麻绳要上吊。

秀秀愣住了，这真应了金叶和强强的话，父母为了她的婚事要寻死寻活！秀秀现在是走投无路了，孤独无援的她心里一横，随他去吧，前边的路是黑是白她都认了！管他什么横竖七八黑白良莠，什么都不说了！她抹了抹眼角的泪说："爹！娘！……我……我听你们的……"秀秀甩出这句话后再也没有说话。身心疲惫的她谁都不怨了，怨就怨自己是个女人，怨就怨自己生在这个家里。秀秀觉得自己的命好苦，就像黄连掉到苦海里，苦透了的苦命人！

塬上地里的老柿子树下，秀秀和强强在一起。

秀秀把父母逼婚和自己应婚的事告诉了强强。她说："真没想到他们会以死相逼，我这个人从小到大没有惹过父母生气，看到他们那样，我真是没了主意，我没有按照你和四婶说的那样死活不同意，我做不到……我只得同意了这门婚事。我怕我的父母有意外，我是不得已而为之呀！"秀秀哭出了声。

"秀秀，这也不能全怪你，叫你一个人去扛是真为难你，我知道你做不到，因为你是个懂事孝顺的孩子。也是我们考虑得不周，怎么能叫你做不仁不义的事呢？懂事孝顺就得服从父母。就得牺牲自己的青春，这就是我们共同的弱点。这些弱点使我们父母的脸上有了光彩，这些弱点使真爱的人不能生活在一起。这可能就是我们的命！秀秀你不要自责了，我们都认命吧。"强强看秀秀痛苦，想法把她从痛苦中解脱出来。

"你也见了秦老板，你觉得这个人咋样？"秀秀擦了擦眼泪问强强。

"怎么说呢？除了年龄以外，总的来说这个人还可以。"强强说。

"嫁给他我很后悔，我的初恋是你，我们青梅竹马，我们从小相爱……强强哥，我有一个请求，我想把我的第一次给你，这样我心中的遗憾就没有了，你能答应我吗？"秀秀两眼直直地看着强强。

"这个……"强强犹豫了，秀秀的请求是再一次向他表示真爱，但他不能接受，他向往的婚姻是圆满的，他希望秀秀的婚姻也是圆满的。于是他说："我们不能这样，弄不好会出问题，这样对谁都不好。"

"我是真心的，难道我们之间没有爱情？"秀秀觉得强强有点小题大做，不懂女人。

"我们有爱情。"强强看着秀秀说，"爱对方就要不能给对方造成伤害，既然相爱，就要舍弃，舍弃就是对爱的珍惜。我在你婚前的不慎行为，会对你造成伤害，这对你今后的生活不利，所以我不能做。"强强很坚定地回绝了秀秀，他觉得这是保护秀秀。

"这……"秀秀无语了。她没有强求，她也觉得那样做不合适，只是嫁给那个老男人没能得到自己心仪的小伙儿的爱抚是个极大的缺陷，所以她才大着胆子向强强表露了心思。强强的拒绝说明了强强的正直，强强的正直说明他们之间的爱是真爱。她这样想着心里也就坦然了。

“还是那句话，我就是你娘家的哥哥，你的事就是我的事，不管出了啥事，我都会替你扛着。我们不能到一起，这不是我们的问题，这都是命。既然是命运的安排，我们就认命。除了爱情还有生活，我们相互都不愿意让自己的父母受到伤害，就得服从父母的安排。孝心战胜了我们对婚姻的需求，孝心使我们服从了父母的安排。我们都没有错，珍惜我们曾经有过的美好，把这段美好深深地藏在心里，好好地和他生活吧。”

“强强哥，我听你的，你的肺腑之言我永远不会忘记。有你这个娘家的哥哥，我啥也不怕……”秀秀说完这句话，还是忍不住掉下了一串眼泪。

“别哭了……来……哥哥亲亲你……”强强伸出胳膊把秀秀搂在怀里，在她白白的脸蛋上深深地吻了一下。

秀秀紧紧地抱着强强，她感到他的强壮，就像一座大山任凭她依偎。有了这座大山，她对今后的生活不再畏惧。她要勇敢地面对未来，面对父母给自己安排的命运，挑战厄运的戏弄。

事情拖拖拉拉又过了一年，秀秀订婚了。秀秀是一九三五年十一月六日订的婚。那一年她十八岁。

秀秀订婚的酒席摆在仙人居。老庞家在庞家窑是坐地户，亲戚套亲戚，大大小小就来了百十口人。原本订婚用不了这么多桌客，哪想到秦老板心气儿高精神头足，在老庞家放了个海口，说什么人越多越好。这一下村里人可高兴啦，大家争着要去。这一下可热闹啦，光马车就来了十几辆。仙人居楼下的大厅和楼上的雅座都坐满了人，仙人居全是吃订婚酒席的娘家亲戚。

强强也应秀秀的邀请吃了订婚席。客人散尽后，他来到了银器铺。作为秀秀的娘家哥哥，他有话要对秦老板说。秦老板喝酒喝得有点多，看到他后，还以为是自己照顾的不周他不乐意呢，于是就喊着说：“兄弟，没喝好吧……没事……咱们……继续喝……”说着就拉着他要去对面的仙人居。

强强扶住摇摇晃晃的秦老板，给他倒了杯浓茶灌了下去。一杯浓茶下肚，秦老板渐渐地清醒了：“兄弟，你们有啥事？天都快黑了，怎么还没回家？”说着把烟递给他。

强强点着烟，秦老板也点着烟。烟雾缭绕中强强说话了：“秦老板，今天是你订婚的日子，我是来贺喜的。吃了你的订婚酒，心里说美也美，说不美也不美。我想你是明白人，你应该清楚怎么回事。”

秦老板抽了口烟，慢慢地吐了出来，他不紧不慢地说：“你的话让我糊涂了，我有些不明白。”

强强喝了口茶说：“不明白我就给你说明白。说美是你们订婚了，订婚席不错，你的为人不错，几乎老庞家的亲戚都来祝贺，这就是我说的美。说不美嘛，就是你们不般配，你们的年龄相差太大，老夫少妻，你们能想到一块儿说到一块儿吗？你能一辈子对秀秀好吗？”

秦老板又抽了口烟，他吐了口烟说：“兄弟，这就是你的过于担心了，我要是不对她好，我舍得这样花费吗？再说，你是他什么人？怎么管起我的私事来了？”

强强挽起袖子露出胳膊上的肌肉，那双蒲扇般的大手一下子把秦老板的双肩抓住，他轻轻一捏，秦老板就哎哟哎哟叫起来：“听好了，我是她的娘家哥哥，我要你一辈子对她好，稍有不恭，小心我砸烂你的头！”

强强松了手，秦老板缓过了劲，他知道了这个娘家的哥哥可能就是秀秀的青梅竹马初始恋人，他曾经装过紫金山的土匪要自己悔婚，今天他是为秀秀保驾护航来了。既然这样，我就让他吃个定心丸，于是他说：“我娶她就是喜欢她，我娶她就是给她幸福，这个家她来当，家里的钱由她花，若有半点不对，任你处置！我这样做可以吗？”

强强坐了下来，话也变得温和：“这样就对了，给你说实话吧，我就是她初恋的人，我们从小一块儿长大，相亲相爱想成为夫妻。因为穷，我们不能走到一块，因为你有钱，所以你拣了便宜。你爱秀秀是真，但秀秀并不爱你。她是为了给弟弟治病为了钱才委屈地同意嫁给你。我们不能成为夫妻但我们还是兄妹。我要保护爱护秀秀，只要你对她好，我也对你好，你要对她不好，我对你就不会客气。”

秦老板拉起了强强的手：“好兄弟，感谢你对哥哥说出掏心窝子的话，老哥的所作所为并不是一时花心娶个村姑玩玩，老哥也不是那种玩弄妇女的淫秽之人。我是要娶一个我心里喜欢的和我一起过日子的女人，所以我倾其所有就是要一个回报，在我的有生之年有一个温暖的家，一个能生育的女人给我生一堆孩子，我要的是儿孙绕膝颐养天年。你既然是秀秀初恋的人，我也一定要对得起你对秀秀的这一番心意，我是绝对不会亏待秀秀的……”

这一夜，强强没有回庞家窑。他为秀秀的事在银器铺待了一夜。秦老板在和强强的长谈中，知道了秀秀的许多故事，他为这对有情人没能成为眷属而惋惜，也为自己慷慨散财解救庞家而自豪，他们在谈话中消除了误会，同时对各自的选择没有怨言。他们决心以朋友相待，相辅相持过好今后的日子。

二十一、开心呼？ 顺心呼？

秀秀的聘礼是十分丰厚的，绫罗绸缎自不必说，光大洋就拿了二百。这可是个不小的数目，看来秦老板是下了血本。

春花一件一件地翻看着聘礼，眼睛里流露出的是喜欢。庞永荣把那二百大洋摆出来时，春花的眼睛放出了光彩。

“哟！二百块！”春花抚摩着这些大洋，说实在的，现在他们太需要这些钱了。

“咱们没看走眼，这也是秀秀的福。”庞永荣说。

秀秀出嫁的日子定在一九三六年的正月二十八。秀秀的懂事听话让庞永荣两口子消停了，二百块聘礼使手头宽裕了，年货也购置得十分丰盛，庞永荣一心一意要在秀秀出嫁前过个好年。

大年三十，锅里煮着肉，院里飘着香。秀文在翻腾着一堆鞭炮，庞永荣和秀秀在贴对子。肉煮好了，春花弄了几个菜，一家四口围在炕桌上吃饭。下午要包饺子，晚上还要请神，所以午饭不能太晚。菜有六个：醋拌莲菜、蒜拌猪耳、酸辣肉冻、白菜炖肉、家常豆腐、红烧土豆。春花特意给庞永荣热了一壶酒。主食是热腾腾的白面馍馍，馍的中间点了圆圆的红点。庞永荣喝了一口酒，看着其乐融融一家人，喜睦睦地说：“过年了，祝我们全家好运当头万事如意！”

大年三十的晚饭自然是饺子了。天刚擦黑，饺子就煮出来了。吃饺子前要安神。神分三类，一是众神，二是灶王爷，三是自家祖宗。众神是指天地间无处不在，无处不有的各路神仙。众神的神位在院子正中，摆有一张桌子，桌子上有供品，供品四样，花馍、麻花、点心、水果。年三十的第一碗饺子要敬众神，祈求众神保佑五谷丰登平安幸福。这个仪式很虔诚，先是家庭成员都要净手，穿戴整齐，按长幼排列，由长者燃着三炷香，再把饺子献上，全家人恭恭敬敬叩三个头，在心里念诵众神保佑的话。灶王爷的神位在厨房灶头，有句古话说，二十三吃糖瓜，咯噔咯噔过年啦。说的是腊月二十三，灶王爷要上天，向玉皇大帝汇报这一家人情况，为了让灶王爷上天言好事，凡间的人就做了些糖瓜，叫灶王爷吃，这样灶王爷到天上就只会甜言蜜语了。灶王爷在天上待了七天，年三十要回来过年，所以要安神到位。灶王爷的神位是单独的，自古“民以食为天”，所以灶王爷受此厚待。灶王爷神位也有供品，花馍麻花两样就行。第二碗饺子敬灶王爷，保佑全家粮油满柜佳肴不断。自家祖宗的神位就在堂屋，供品花馍和麻花二色。第三碗饺子敬祖宗，保佑全家安康和睦吉祥如意。全家人叩完头后，就是燃放鞭炮，一般是大炮六响，意为六六大顺，大炮后是放鞭炮，一挂就行，多多益善。放完炮后，一家人才坐在一起吃饺子，这就叫年夜饭。也搞几个菜，温些酒，边吃边喝边聊天，这叫熬年夜。

今年的年三十，天气十分寒冷。一家人吃完饺子后，早早地就上炕了。火炕热热的，春花和秀秀因喝了两口酒，心里暖暖的脸儿也红红的。看着面若桃花的女儿，想到再有几天女儿就要出嫁，春花心里还真舍不得。她拿出了压岁钱，这是最后一次给女儿压岁钱，春花不由得掉下了眼泪。

庞永荣的感受别人无法理解。往年秀秀都会围着他说长道短，今年虽然还在一起，却少了往年的天真无邪无束无拘，多了沉默，多了安静，多了寡言，生活反而有些沉闷。他清楚这个“结”在哪里，但他又觉得自己的选择虽不完美但没有错，他只有在心里祝福，祝福秀秀婚后的生活幸福美满。

正月二十八，阳光灿烂和风习习。上午十时，秀秀出嫁了。一班鼓乐手，一顶大花轿，在吹吹打打的乐器声中，在炸得山响的爆竹声中，花轿颤悠悠地抬着秀秀走了。秦老板骑着一匹高头大马，戴着黑色礼帽，笑眯眯地走在前头。秦老板虽然精心打扮，但去不掉岁月的刻痕，他虽然挺着背但还是有些驼，帽子下的头发已有白丝，眼角上的皱纹细而长。为了“遮老”还是为了“时髦”，他戴了一副茶色的墨镜，别说这墨镜给他长了不少精神。作为媒人的刘掌柜，应秦老板的邀请也以秦老板家人哥哥的身份，骑着一匹高头大马来迎亲了。双重身份的刘掌柜可谓风光，衣着鲜亮红光满面精气神特足，他为自己牵线搭桥成全这门亲事高兴，他安排着迎亲队伍浩浩荡荡来到庞永荣家，风风光光地用八抬大轿把头顶红盖头的秀秀接了出来。

迎亲的队伍在村南石牌坊下换乘马车，扎有红色绸子的带有暖棚的马车一字排开。秀秀今天穿得非常讲究，上衣是红绸缎的薄棉袄，下身是红绸缎的薄棉裤，薄棉裤外套紫绸缎的薄棉裙，脚穿一双红绸缎的薄棉鞋，整个人儿从内到外，从上到下红透啦。这是金叶的主意，要穿红着紫，避邪吉利。

秀秀坐进带有暖棚的马车里，透过车窗可以看到车外。雨水节气，天气已经转暖了，路边田埂已露出绿绿的青草，麦苗儿也挺直了腰，翠绿翠绿的随风摇摆，风儿软软地抚过脸面，空气非常清新。

按照当地的婚俗，二婚一般都不大搞，基本上不用响器不用轿。这些老庞家和秦老板都考虑到了。在商量这个事的时候，老庞家还生怕秦老板按老风俗走，谁知没等老庞家发话，秦老板先说话了。他说，秀秀是个黄花闺女，他不能冷落了她，他要明媒正娶八抬大轿把秀秀娶回家。秦老板的意思老庞家自然没有意见了，在刘掌柜的安排下，迎亲仪式隆重热烈，老庞家上上下下都很满意。

婚礼也很隆重。司仪按照议程奏乐鸣炮，两位新人拜了天地，然后秀秀顶着盖头，被两个妇人搀着，拉着秦老板递过来的红绸子被送入了洞房。秀秀坐在铺有红布面的褥子上，两位妇人端来了放有红糖的茶水和点心。秀秀吃喝不下，只是简单地抿了抿茶水。她在想，我这就是结婚了？我这就是嫁人了？思想着离开父母家人自己就要和一个自己不爱的人生活在一起，她有些不知所措。思想着自己所爱的人不能和自己在一起，她就非常痛苦，这样想着思着她就控制不住自己，呜呜呜呜地哭了起来。因为要招待客人，秦老板安慰了几句就出去了。两位妇人左劝右劝，秀秀就是从悲痛中出不来。

酒席也很丰盛。仙人居今天全是参加婚礼的客。大厅举行了婚礼后，就摆满了桌子，楼上是秀秀的娘家人，楼下是秦老板的街坊邻居。酒足饭饱后客人们相继回去了。强强和金海金洋也参加了婚礼吃了酒席，席后老二老三带着婆姨看过秀秀后坐着马车走了。金叶因担心秀秀不谙结婚头晚夫妻床第之事，就在耳边悄悄地直说了，并叫秀秀有所准备，免得到时没有擦的垫的……金叶说得赤裸裸，秀秀听得心麻麻，不仅害羞而且更加慌张害怕。金叶在千叮咛万嘱咐后也回去了。强强和金海金洋是最后走的，年轻的小伙子没有话可说，待了一会儿就撂下一句话：如果他敢欺负你，我们决不饶他！

娘家人都回去了，屋里就剩下秀秀一人，好在有秦老板找来两位妇人陪她，再加上周围邻居不断来看新媳妇，在乱哄哄的嬉笑言谈中她挨到了天黑。

秦老板摇摇晃晃来到里屋，因为高兴他酒喝得多，说话舌头都有点直，他对两位妇人说："你俩……回去吧……我来……陪她……"两位妇人走了，他来到秀秀身边揭下了她头上的盖头，笑眯眯地说："揭下了……盖头，就完成了……婚礼，从今以后，你……你就是……我的人了……"说着伸手就要抱秀秀。秀秀没有想到事情来得这么快，这人来人往的客人还没有散尽，这也太不体面了，太没规矩了，太不要脸了！情急中她起身一躲闪过了秦老板扑过来的身子。秦老板没有防备也是酒后身子不稳，"扑通"一声摔倒了。秦老板摔倒后不仅没有恼火，反而大笑起来："哈哈……哈哈……你个小妮子……你躲个啥呀……夫妻就是要亲的吗……"

天黑了，灯亮了。男人们要闹洞房了。因为秦老板是二婚，闹洞房的都是一些结过婚男人。要求简单粗野。第一个就是放白鸽。放白鸽什么意思，就是当着男人的面，解开衣服敞开怀，让男人们看媳妇的奶。据说这里有门道，就是验验新媳妇是不是处女。如果新媳妇的奶鼓鼓胀胀的，奶头红红的就是处女。如果新媳妇的奶吊吊的像面袋一样松弛，奶头发黑那就不是处女，说明她婚前有过性行为，就会被邻居们笑话一辈子。这种粗野的无理要求，秀秀当然不愿意了，在一堆男人面前敞怀露胸，她死也不干。男人们没法，就使劲打秦老板的屁股，秦老板扑过来，抱着秀秀强行脱衣。秀秀大叫一声，摸出一把剪刀，对着自己的胸口说："再闹，再闹就死给你们看！"男人们一看这女子气性太大，也怕新婚之日闹出人命，就自动放弃了。

闹洞房在当地是个风俗，过去新人结婚，都是媒妁之言父母包办，婚前新人们很少见面，婚后第一晚，新人们要行床笫之事，往往因为生熟而不能为之，因此就有了闹洞房之俗，通过摸奶亲嘴，甚至摸私处脱衣服来消除两个新人之间的隔阂，那些个闹法都是为了给新人即将进行的床笫合欢之事铺路。

秀秀的倔强吓住了那些个男人，但有点伤了秦老板的面子。因为没有人闹洞房，反而觉得你这家人没有人缘。况且闹洞房的人都是秦老板平时交往亲近的朋友。为了缓和这种尴尬，秦老板泡了茶取出烟拿了点心伺候他们，喝好吃饱抽足后，这些人按照秦老板的吩咐，简单地进行了一些诸如吃糖拥抱喝交杯酒后，说了一些个早睡觉早生贵子的打趣话就都走了。

闹洞房的人走后，夜已经很深了。秦老板回到内屋，秀秀还蜷伏在墙角，目光呆呆的一动不动。秦老板默默地整理着铺盖，看到秀秀面容严肃丝毫没有亲近的意思他犹豫了。他丧妻三年苦守空房渴望着女人的滋润。可是他不敢妄动，生怕伤害了他倾其所有换来的俊俏媳妇。他的小媳妇是那样的娇嫩可人。经历了大悲大喜的他，办事谨慎小心，他怯生生地问道："时间不早了，咱们睡吧？"

秀秀没有答话，自从认识到结婚这是他们说的第一句话，第一句话的意思她明白。睡吧，就是男的女的干那事。没有温情的要求，激起了秀秀的反感，真是年龄的差距拉大了说话的距离，婚后的第一句话就不投机。一种无名的火气涌向心头，她握着剪刀说："别碰我，碰我就死给你看！"

"不碰不碰！"秦老板被震住了。稍停他下炕倒了一碗开水，拿了几块点心放到炕桌上："饿了吧，吃点喝点……忙的没顾上你……别见怪……夜深了，天怪冷的……你披件衣裳……"秦老板意识到自己这一整天就自顾忙自个的了，忘记了照顾关怀自己的小媳妇。他要拉回他们之间的距离，殷勤地给她拿吃拿喝问寒问暖。

秀秀没有说话，她把衣服裹得紧紧的蜷缩在炕角。对于今夜要发生的事，她是懂得的，只是感觉到秦老板就不是自己要的人，她才本能地拒绝。男女床笫合欢之事，在村里就是公开的秘密。这些都是人们茶余饭后聊天的段子，这也无形中传授了人们传宗接代的手段和方法。婚前作为母亲也会找一些年轻和年老的女人，细细给女儿讲解，以免女儿到时慌乱惹恼丈夫弄出笑话。姑娘大了欲望就会生出，也渴望着和自己喜欢的人爱抚亲昵。秀秀也不例外，她几次向强强表露心迹，就是想和强强一起偷吃禁果，品尝男欢女爱的交媾带来的愉悦。强强虽然拒绝了他，她的心还在强强身上，于是她就毫不犹豫地拒绝了秦老板，并且以死威胁。

秦老板没有办法，就把被褥分开，自己睡到炕尾。他脱了衣服，毫不避讳地赤条条地钻进被窝。秦老板这样做是故意挑逗秀秀，性欲的膨胀使他的下身硬邦邦的挺得老高，他故意叫秀秀看，他要挑起秀秀的性欲。

秀秀不仅困而且憋尿。这一天整得人够呛，上茅房自然没有机会。尿实在憋不住了，她悄悄下炕，吹灭了灯，脱了裤子蹲在尿盆上，憋着劲尽量不出声地撒了起来。尽管她很小心，由于尿急，还是弄出了声响。她不由得歪头看了一眼睡在炕尾的秦老板。秦老板照样一动不动打着呼噜睡得正酣。

秦老板是假睡，他在想怎么和新媳妇睡觉。他觉得新媳妇是黄花闺女，第一次肯定紧张害怕，她是不会顺顺畅畅地随你的意的。有些人喜欢来硬的，秦老板不想用这个法，他是心疼她。但是他的性欲又强烈地要求和她合欢做爱，那么怎样才能使新媳妇就范呢？秦老板在寻找时机。

秀秀撒完了尿起身上炕，一个黑影从炕尾翻起，一下扑了过来，抱着她上了炕，在她还没有反应过来时，就被人褪掉了裤子。慌乱中，她想喊叫，嘴被一个满是酒气的嘴堵住。那是秦老板扳过她的脸在亲她的嘴：“心肝宝贝！你是我的婆姨，你不能不和我亲，不能不和我睡觉。”秦老板一边说话一边亲她，“你个小娇娘！你个小美人！你可想死我了……”秦老板牛硬的胡须刺着了她的嘴角，突然的搂抱脱裤和亲嘴把秀秀愣住了，甜言蜜语使她没了主意，秀秀本能的反抗停止了。

秦老板利落地脱了她的上衣，两个人光溜溜地拥到了一个被窝……

天亮了，太阳从山顶露出了笑脸，小院明晃晃的一片。

秀秀醒了，回忆起昨晚的事，她还沉浸在男女合欢的床笫之事中，那种美妙那种舒服那种感觉，犹如梦幻一般久久不能从心里散去。她用手摸了摸下身，还有点疼，再看看床单上的血迹，她的脸不由自主地红了，她没有听从金叶的交代，把个新床单弄的血迹斑斑，可是那能怪我吗？都是这个秦老板，着急了啥也不顾了。她在心里骂着秦老板，脸上却带着笑，回想着昨晚的不顾一切的折腾，她知道自己已不是姑娘了。

秦老板非常高兴，他早早地就起来了，做好了早饭在等着秀秀。昨晚酣畅淋漓的满足和腾云驾雾的销魂，他高兴地哼起小曲来。他把那条床单泡在盆里，他欣赏那水中的血迹，就像牡丹花一样好看。

今天是回门日，秀秀格外精心地打扮了一番。她梳了两条辫子，辫子的发梢系着红头绳，头上插了两朵花。她穿了一件红底黄花的上衣，一条黑色的裤子。

石牌坊下有不少人，大家在村口迎接到秀秀。一群人簇拥着往家走，秦老板时不时地点点头，算是打着招呼。进了家门，秦老板大大方方直呼老庞家三兄弟为长辈，反而把老庞家三兄弟弄得不好意思。怎样称呼秦老板呢？直呼女婿吧，有些别扭。叫秦老板吧，也别扭。秀秀在一旁看到了说道："叫他秦福，俩字好记！"

金叶抱来一对汉白玉的小狮子。有馒头那么大小，玲珑剔透，十分可爱。"真好看！"秀秀夸赞。"这是强强送给你的。"金叶说。"太好了！"秀秀心里明白，那狮子是镇宅的宝物。强强是在祝福她，祝福她平安幸福！她用一块红绸子包了，她要把强强的"心"带回去。

老庞家是坐地户，虽然家道滑落，但瘦死的骆驼比马大。这一天秦老板感受颇多，从此后，他也学乖巧了，事事都听秀秀的，他们的生活开始有了欢快和笑语。就像春花说的那样，老夫少妻怕啥的？时间一长，习惯了就没啥了。秀秀很快就掌握了钱柜子当上了老板娘。秦老板老来得福，娶了个小娇娘，心气儿特好，生意场上格外卖力，银器铺冷落了几年后又兴隆起来。

美丽能干的秀秀给秦老板带来了欢乐，同时也给秦老板带来麻烦。塬县街上的几个小混混因为秀秀的缘故。经常到银器铺寻事捣乱。

一天早上，几个混混又来到铺子。秦老板赶紧递烟倒茶，但是混混不买秦老板的账，硬要秀秀点烟倒茶。秀秀是新媳妇面子上过不去，依顺地给他们点了烟倒了茶。混混们抽烟喝茶是假，评头论足调戏新媳妇是真。秀秀哪里受过这样气，摔了茶杯回到屋里。混混们不干了，吵着闹着要砸铺子。秦老板好说歹说最后请他们在仙人居吃喝了一顿才了事。这几个混混尝到了便宜，接二连三地到银器铺找事，每次来都是污言秽语调戏秀秀，每次都是秦老板低三下四说好话请吃饭才了事。

秦老板没有办法，要求秀秀给他们点烟倒茶说好话息事宁人。秀秀不这么认为，她说："狗怂了被猫欺，人怂了被狗欺。得寸进尺，还不知道弄出个啥名堂呢？"秦老板胆小怕事惯了，他怕这些混混干出混事来就说："我是为了这个家呀！"秀秀知道靠秦老板只能是逆来顺受被混混欺侮，她要自己想办法，于是她说："行啦，你也别犯愁也别害怕，我给咱想办法，不信治不了他们。"

第二天一大早，秀秀就回村了，中午又赶了回来。同时来的还有强强金海金洋。他们赶了个马车，马车上拉了些石鼓和石条，这些都是盖大门用的石料。

"拉这些干啥？"秦老板问。

“这些样品放在这儿，铺子里来的人多，看银器看石货都是看，有人看上的话，可以卖也可以定做。”秀秀说。

“自家生意都做不好，还能管了别人？那些混混来捣乱咋办？”秦老板想起那些混混心就怵。

“别怕！有强强他们呢！”秀秀对他一笑，“这是我搬来的救兵。”

“救兵？……”秦老板纳闷。

强强他们三个卸车，石鼓石条每个百十来斤，他们一人抱一个，麻利轻巧，一会儿就卸完了。秀秀给他们倒了茶水，几个人坐在院里歇息。就在这时，秦老板疾步从铺子里过来，压着嗓子说：“混混们来啦！”

秀秀抬头一看，几个混混已进了铺子。他们嘴里叼着烟卷，手里拿着折扇，穿着绸子大褂，戴着黑色墨镜。为首的是一个叫“歪脖”的混混，进门就吼：“秦老板，把小媳妇叫出来，给弟兄们长长眼！”

“爷们儿……爷们儿来啦，请坐……”秦老板像老鼠见了猫，小跑着过去。

“什么爷们儿不爷们儿的这不管用，你娶了小美人，不能独自享用吧？把她叫出来，给大爷们点烟倒茶！”歪脖说。

“爷们儿别急，你看这也到饭时了，咱们先吃饭先吃饭……”秦老板想用过去的老办法，请他们吃喝一顿了事。

“别再糊弄了，几次都是吃喝一顿把我们打发了，这次不行！快叫，不叫我捶死你！”歪脖子吼着。

后院里，强强他们听得一清二楚。早上秀秀同村说了这个事，金叶出了个主意，就是拉一些石货放在银器铺，作为样品招揽顾客。一是强强他们有些生意多些收入。二是以这个为借口，强强他们走动方便。三是让混混看看，秀秀娘家几个哥哥非等闲之辈别找不自在。强强他们是有备而来的，没想到冤家路窄，一来就碰上了。

铺子里，一个叫“斜眼”的家伙上来一把抓住秦老板说：“捶你不过瘾，老子还嫌手疼。你要不按我们说的做，就把你做生意的家伙踹掉！”斜眼用脚比画，要踹化银子的炉子。

“踹炉子干啥？要踹就踹老家伙的命根根！”歪脖更狠。

“可不敢，可不敢，我叫……这……这就叫。”秦老板只会说好话。

就在秦老板左右为难的时候，秀秀走了进来，在她身后站着三个强壮的后生。秀秀厉声问道：“谁在这里撒野！”

“哟！终于出来了，心疼那老家伙了，哈哈哈哈……”混混们一脸的淫笑，他们没有理会秀秀的严正。歪脖趁势扑过来，伸手去摸秀秀。强强手疾眼快一把抓住他的手：“活腻歪了，找死也不看个地方！”说完一用劲，歪脖“哎呀呀”地乱叫着蹲到地上。强强那个大手像把钢钳，捏得歪脖骨头断了一般。

斜眼一看，这还了得！就挥起拳头砸向强强。强强伸手一接，用力一捏，斜眼也“哎呀呀”地蹲到地上，杀猪般的嚎叫。

混混们一看，今天是碰到厉害的了。“噢”的一声围了过来。金海一步跨到强强前面，握着拳头说：“有种的上来，老子的手还痒痒着呢！”

金洋顺手抱起一个石鼓，轻轻一掂就举过头：“走不走？不走，老子砸死你！”石鼓五十来斤，他单手举着。小混混一看，吓得大气都不敢出，一个个灰溜溜地溜了。

强强把歪脖和斜眼摁到地下，厉声说：“为啥欺负人？”

“大爷大爷，小的混账，小的混账……”两人头挨着地一个劲哀求。

“欺负人没完没了了，今天非教训教训你们！”金海狠狠地踢了他们一脚。

“小的有眼不识泰山！不敢了，再也不敢了……”两人表情痛苦。

强强练的是铁砂掌，又长年打石头，那力量可想而知。他用手指着他们的脑门说：“今天就饶了你们，如果再发生这样的事，就别怪我把你的手捏断了。”

“小的这就走，这就走……”两个坏货认怂了。

“过来，给秦老板赔不是！”金洋觉得应该给秦老板壮壮胆。

“秦老板，给你赔不是了。”歪脖斜眼边说边磕头。

“没事了……没事了……”秦老板软叽叽的生怕再有事，话不敢说硬。

“什么没事了！今天给你们说清楚，以后我们各走各的路，井水不犯河水。如果胆敢再犯浑，再来捣乱，我娘家的哥哥不会饶过你们！”秀秀说完，指了指身边的强强和金海金洋。

“小的记着了……小的记着了……”歪脖和斜眼看看三个身强力壮的后生，心里生畏，一个劲地说好话。

别说这一招还真见效，给秀秀长了脸，给秦老板撑了腰，银器铺可以正常的做生意了，强强他们也多了一些收入。秀秀这一嫁，真是好处不少。银器铺是聚宝盆，秦老板是摇钱树，老庞家受到了接济，就连强强他们也得到了好处。

秀秀的日子表面上看很顺心，实际上不是那么回事。不顺心不在钱上，而是在心里。说到根本上是年龄的悬殊，是生理和肉体上得不到满足。经过新婚的冲动以后，秦老板明显地感到身单力薄心有余而力不足。

秦老板想要孩子，天黑上炕就想那事。但是他不行，于是他就用手摸，摸遍秀秀的全身，尽量往那方面想，企图唤起自己的力量。对于秦老板的反常行为，秀秀说也不是不说也不是又反感又渴望。反感他揉捏私处激起更大的情欲，往往是心热事草枉费一番精力。渴望是还抱有一线希望，希望他通过揉捏能唤起他的力量。谁知到后来秦老板不仅没有长进，反而衰退得更加厉害，每一次的努力都是功溃神散无济于事。

事情越来越糟，两口子决定去看医生。医生给秦老板号了脉，问了问床笫之事后开了一些滋补的药。医生要他节欲，在房事上要量力而行。秦老板诺诺称是，一边的秀秀却红了脸。医生看了看秀秀，秀秀青春妩媚活力无比，他知道是咋回事了，在告诫秦老板时婉转地把秀秀埋汰了一顿。意思是她只顾自己不心疼男人。秀秀忍着不语，她不愿意在大夫跟前说自己房事，她觉得太丢人了。

回到家里，两人就吵上了。秦老板自然不占上风，只有好话连连赔着不是。秀秀一生气就来了个约法三章："咱们都听医生的，医生说一月一次，咱就一月一次。"

从这以后，在秀秀的强制要求下，秦老板在房事上有了节制，心理作用再加上药力作用，秦老板反而觉得比以前强多了，但是还是没有孩子。秦老板又找了医生，医生问了问他们的房事说，前次给你补的是气，这次需要补精。你身虚缺精，所以媳妇怀不上孩子。这次秦老板有了经验，自己一个人去看医生，把自己的房事细节都告诉医生。医生又教了些房事秘籍，叫他回去试试。秦老板照猫画虎，各种办法都用了，有的行有的不行，又惹了秀秀不少训。

转眼半年过去了，两个人因为房事总是腻腻歪歪吵吵闹闹，有时因为要孩子都耽误了生意。就在他们都感到身心疲惫没有希望的时候，出人意料的是秀秀怀孕了！算算时间正好结婚一年半。

真是老天有眼，秦老板站在院里高声大喊："秦家有后啦！"

秀秀的怀孕使秦老板精神大振，他百般呵护问冷问暖，重活轻活一律不让沾手。秦老板盼的就是秦家有后，秀秀怀孕使他更加有了心气劲儿，生意做得风风火火。银器铺经过一波三折，在秀秀成了新主人后，又一次兴旺发达了。

二十二、有了大龙的悲与喜

秀秀是一九三七年的七月怀胎，正好赶上“卢沟桥事变”。日寇发动了全面的侵华战争，中华民族面临着一场前所未有的浩劫。塬县——这个响水塬上的山区小县，因为消息闭塞百姓们并不知战局的进展。只是坊间流传着好多说法，说得最多的是痛骂小日本。骂小日本不忠不孝，禽兽不如，猪狗不是，是孙子打祖宗呢！

啥叫孙子打祖宗？传说东瀛的日本三岛远古并没有人烟，是一片荒芜之地。秦始皇统一中国后，为了延年益寿永保江山，他就寻遍天下找长生不老药。还派了三千童男三千童女东渡日本，想在他认为的太阳升起的地方，寻找长生不老的仙草神药。这三千童男童女到日本后，没有找到仙草神药。因为回去后要遭杀戮就留在日本。后来生儿育女逐步地繁荣起来，再后来就成了今天的日本国。所以百姓们都说，日本打中国，就是孙子打祖宗，是大逆不道的，是忤逆不孝的，是没有伦理道德的……

塬县县城虽然闭塞，各种噩耗还是传了进来。人们感觉到了战争，但还没有感觉到战争的威胁。确切和不确切的消息大多来自难民和伤员。这些道听途说的情况左右不了他们，于是饭照样吃觉照样睡门照样开生意照样做，塬县县城熙熙攘攘的街市有着世外桃源的一面。

秀秀因为有孕在身，成了秦老板的重点保护对象，啥事不干一心保胎。没事的时候她就拿把扇子坐在屋檐下，一边摇扇子一边看山。高高的中条山就在眼前，重峦叠嶂云雾缭绕，无论是晴天还是阴天雨天还是雪天，它都有着千变万化的景象。她觉得这中条山就是一幅博大精深的画卷，叫人怎么看也看不够……

今天，却有些特别。青幽深邃的中条山涌出一股股黑云，黑云迅速展开像一个硕大的天幕把天罩住了。天幕像棉被一样的厚实，大地立刻暗了下来。紧接着风来了，是能把树吹倒的狂风。狂风呼啸扑来，所到之处，昏天黑地沙尘飞扬……

秀秀赶紧回到屋里关好门窗，此时白昼变成了黑夜，风一阵紧似一阵，沙尘打得门窗噼啪作响。突然的一道闪电刺破天幕，紧接着响了一个炸雷，这炸雷就像在耳边，震得耳膜嗡嗡作响……

“这天！咋啦？快回屋！”秦老板说着话，把秀秀拉进内屋。

“吓死人啦!”秀秀坐到炕上，“就没见过这么大的雷。”

闪电一个接着一个，雷声一阵紧似一阵。紧接着噼里啪啦的雨点就响成一片，倾盆大雨瞬间而至，哗哗的雨声中夹杂着叮叮咚咚的响声，只见风里夹着雨，雨里裹着冰雹，在地下落了厚厚一层。

暴风骤雨持续了一个多时辰。满大街的水顺着坡势流向城中间那条深沟。大沟的石拱桥上有不少人，大家在向沟里看。沟里水声如雷，山洪咆哮着势如破竹地奔泻，洪水里时沉时浮地漂过一些庄稼棵子、黑黑的木头，还有圆圆的西瓜……

秀秀不愿意待在家里，也跟着人群到桥头看发水。突然，有人在喊：“不得了啦！东门楼子给雷劈啦!”

东门楼子是东城门上的门楼，飞檐翘角雕梁画栋红墙绿瓦，威严地看着青幽深邃的中条山。今天城门楼子的威严没了，门楼西南的一个角被雷劈掉了，残缺的飞檐露着木头，就像一个人，头上破了个洞，脸上流着血，痛苦地扭曲了面容。

“这可不是好兆头啊!”人群在骚动。

“雷劈城门楼，日本打中国，年景不好啊!”有人这样说。

“黑天里刮狂风，响炸雷，雷咋就把城门楼子给劈了呢？这就是不好的预兆啊！这是老天爷在告诉百姓，今年是灾年！大家都得提防着点……”街上的人都这么说。

秀秀心里一震，她首先想到的是肚里的孩子。真是生不逢时，这个时候你来干啥？能有好日子吗？她想到了小日本，好好的打中国干啥？我们又没招你惹你……

秀秀回到了家。一幅图画深深地刻在了她的脑子里：城门楼子被雷劈了个角，就像一个人，头上破了个洞，满脸流着血，痛苦地扭曲了面容。那个人在说，救救我……救救我……

秦老板没有出去看发水，他在收拾门前和院子，狂风暴雨把院里院外搞得一塌糊涂。六月的天，孩子的脸，说变就变，刚才还是昏天黑地狂风暴雨，现在又烈日当头晴空万里。雨后的湿气被太阳一晒，闷热难耐。

秀秀闷闷不乐回到家，秦老板感到奇怪就问：“咋啦?”

“你说怪不怪？刮黑风，响炸雷，下雹子，发大水，好好的城门楼子被雷给劈了，大家都说今年是在灾年!”秀秀把看到的听到的给他说了一遍。

“大家说是灾年那就是灾年。”秦老板也认真起来，“众言不可违，小心无大错。”看着虽有身孕但依然俊俏的秀秀，他的担心也多起来：“碰上了这世道，只有自己小心了……”

秀秀抚摸着肚子心情复杂："我是担心他呀……这要真开战，兵荒马乱的这娃咋活……"

秦老板也有同感，但他不能那样说，他要安慰秀秀，也要为自己解脱："快别胡想了，车到山前必有路，你现在主要是保胎安胎，就是真打仗也不要紧，咱关门歇业到中条山去，只要你娘俩平平安安比啥都强。"

"说得轻巧，躲到中条山去，吃什么喝什么？你是手艺人，深山老林连个人影都没有，你给谁打制东西？"秀秀觉得他想的不实际就驳他。

"话说得远了，真到那时候，你就和孩子到村里去，我在家里打理生意。叫咱娃有个安生的地方，你看行吗？"秦老板顺着秀秀说，他不想让她不高兴，至于真不真的做，那是明年的事，还早着呢。

"这还差不多！"女人就爱听顺着话，秀秀脸上露出了笑容。

转眼十个月了，十个月里一切正常，战火没有燃烧到塬县，秀秀和她的胎儿健康成长。秀秀顺利地生产了，生了个男娃。时间是一九三八年的五月初五。

生了男娃的秀秀非常得意，她为老秦家添了后，续了香火，很是骄傲，整天地眉开眼笑得意扬扬。秦老板把她敬为祖宗，好吃好喝由着她，人前人后夸着她。老来得子人间一大快事，他能不高兴吗？银器铺歇业十天，他要好好伺候秀秀坐月子。

庞家窑的亲戚都来看孩子，礼物堆了一桌子。金叶指着秦老板说，老庞家的姑娘真争气，头胎就给你生了个男孩，这叫什么？这叫头等夫人，你呀，可不能怠慢她！郭喜儿在一旁说，这秀秀可真有能耐，你瞧，这孩子生的，生到秦老板心眼里去了，你看他高兴的嘴巴都合不拢了。任冬梅手巧，她把一对丝绣的虎头鞋给了秦福说，想什么就生什么，你可真有福气。春花一边忙着收拾东西一边笑着说，真叫婶婶说对了，他就叫秦福，哪能没福气！秦老板被说的心花怒放，一把一把地给人发糖块，直把红皮鸡蛋往人手里塞……

给孩子起名可是个大事，庞永荣和秦老板有了分歧。秦老板原本想给孩子起名叫满柜，意思是生意人家盼得是生意兴隆金银满柜。庞永荣不同意，说满柜不大气。大家都是望子成龙，就叫大龙吧。两人各有各的道理，争执不下就来问秀秀。秀秀想了想，觉得父亲说得对，总不能让孩子像他爹一样一辈子耍手艺吧，她也盼着孩子长大后能有出息做大官干大事，所以就同意父亲的意见。孩子起名叫大龙。

大龙的降生给大家带来了欢乐。秦老板更是眉开眼笑神气十足。转眼就是满月了，满月酒是一定要摆的。原来指定两桌，秦老板要再加两桌，把街面上的人请了不少，说是老来得子图个喜庆。秀秀不愿意，说日本人已占了新田大邑，眼看就要打塬县了，还是不张扬好。后来刘掌柜出了个主意，说分两次摆，第一天叫亲戚，第二天再叫街面上的人。这样既达到了秀秀的不张扬，也满足了秦老板的虚荣心。

满月酒是喜庆的，第一天平安无事，亲戚们皆大欢喜，大家欢喜而来满意而去。

第二天，就在人们酒酣脸热兴趣盎然时，晴朗的天空响起一阵阵轰鸣声。人们以为打雷，可是又觉得不对，艳阳高照没有一丝云彩怎么会响雷？人们跑出院子，站在街上，扬着脖子，眯着眼，大家在看天。

蓝天里有个黑点，黑点飘忽不定，围着县城转，渐渐地黑点越来越大。这是啥家伙？大家站在街上，东一堆西一堆，高处的低处的，仰着头看着天，比比画画，七嘴八舌地议论，全然当作稀罕在看。

街上来了个当兵的，看大伙儿戳在那里看天发愣，完全不知道那家伙的厉害，立刻大喊起来："乡亲们！快散开！快散开！那是日本人的飞机，飞机要扔炸弹啦！"

人们无动于衷，继续看天聊天，没有人理会他，他们在为天上飞着的怪物作着自己的猜测……

当兵的急了，继续大喊："赶紧地找地方趴下，那是鬼子的飞机，要扔炸弹啦！炸弹会炸死人的……"他推搡着人们，要大家分散隐蔽。

大家还是不理会他，看他着急的样子，有人接茬儿说他说疯话，那小黑点能扔炸弹？骗人都不会骗！……在人们不屑的笑声中，气急败坏的兵爷朝天打了一枪："混蛋！你们这些混蛋！快散开！快趴下！你们不要命啦！"

就在这时，只见这个轰鸣的小黑点开始盘旋着下降，渐渐地能看清楚了，灰白的机身上有日本膏药旗。轰鸣声越来越大，震耳欲聋。那个画有日本膏药旗的飞机开始俯冲，到了有两个城门楼子高的时候，肚子下丢下了个黑东西就扬头飞走了。这黑东西直直地朝街上栽了下来，就在人们还没有反应过来时，就听"轰"的一声巨响，北大街车马大店门前红光一闪，冒出一股浓烟，紧接着呼隆隆倒下一片房子。

"是炸弹！真是炸弹！"受到惊吓的人们围拢过去，眼前的景象毛骨悚然。

车马大店的门楼已无踪影，代替的是一个焦黑的大坑，相邻的房子已倒塌，残垣断壁一大片。有几匹牲口被炸死了，黑红的肉和白白的肠子飞得老远，肢体到处都是。当街上有一个马头，马眼圆圆的一眨不眨，马头下的断颈还往外渗着暗红的血……

这次日本人的飞机扔炸弹，炸死了五个人六匹牲口，炸塌十几间房子。这次就来了一架飞机，丢了一颗炸弹。塬县城里的老百姓知道了啥叫飞机，啥叫炸弹。真正感受到了战争的残酷和无情。

大龙的满月酒在炸弹声中散了，客人们魂飞魄散。车马大店的吴老板因喝满月酒躲过了炸弹，他的妻子儿女和两个伙计被炸死。店毁人亡，吴老板疯了，蓬头垢面整日地在街上骂日本。

日本飞机扔炸弹，炸醒了小城民众。人们不再对战争抱有幻想，人们更多的是惊慌和恐惧。银器铺离车马大店不远，秀秀到现场看了一眼，只看了一眼就不忍再看，惨景印在在脑子，每每想起胃里就翻腾，不能见血不能见肉，见到后就恶心就吐……

城里太恐怖了，秀秀受不了这个刺激，她要带着大龙回村里住。秦老板不太乐意："还是别回了，孩子刚满月，我舍不得。"

"我知道你舍不得，可这里能待吗？"秀秀说出了自己的担心，"孩子小身子弱，我怕在这里出意外。"

"说的也是，可怎么办呢？"秦老板低头看看炕上的大龙，小家伙睡得正香，白乎乎的胖咕噜嘟的，小嘴不时地一鼓一咂，大脸大眼大耳朵，一副十分招人喜欢的菩萨像。秦老板视大龙为心肝宝贝，一刻也不想他离开自己，但又担心秀秀不悦，于是他折中："咱们每天烧烧檀香，檀香去晦避邪净化空气，咱们不抱大龙上街，就待在家里。"

"那也不保险，天热啦，尸臭味顺风就飘过来了，那些不干净的东西是看不见的。"秀秀说的不是没有道理，秦老板不好坚持了："那……咱们关门一块儿回！"秦老板不想离开大龙。

"我走你也走，这个家不要啦……"秀秀嘴里嘟哝其实也有担心，兵荒马乱的家里没人可不行，没有这个家以后咋活？她知道秦老板舍不得大龙，她也舍不得大龙，既然这样，那就先不回了。

日本人的飞机又来了，这次来了两架，在县城兜了几圈扔下几颗炸弹就走了。人们有了上次的教训，不再仰头看热闹，不再猜测乱比画，而是躲在他们认为能够保护自己的地方。炸弹在街上炸了两个大坑，炸毁了几间铺子几间民房，这次没有伤着人和牲口。飞机走后，人们出来了，大家在看炸弹坑。一个小孩拣了一块弯曲的弹皮，用铁器敲着，弹皮发出"嘣嘣"的钢音。几个人摸了摸，弹皮还有温度。这次没伤着人，一是人们不敢再聚在一起看热闹，二是城中那条大沟保护了他们，飞机一来，大家都往沟里跑，炸弹是炸不到的。

飞机频频光临，人们忙着躲空袭。城中那条大沟成了好地方，大家都在沟里挖洞，军队里的人说是防空洞。不管怎么说，只要不挨炸弹就行。有钱人的洞挖得有模有样，用青砖圈了门脸，垒了个炕，盘了灶，看样子要长期在这儿住。大部分老百姓都很简单，直接在崖上掏个洞，能藏住人就行。秦老板没有挖洞，他家里就有一个地窖，他都没有用。理由很简单，他认为石拱大桥下面就挺好，天然的隐蔽地。再则孩子小，出入地窖不方便。而且地窖里空气不流通，别再窝出病来。就这样，飞机一来，他们就抱着大龙就往沟里跑，躲在石拱大桥下面。石拱桥下凉风习习，人们急慌慌跑到这里，已是灰头灰脑大汗淋淋。躲在这里凉风一吹，满身的臭汗很快就消退了，所以在这里躲炸弹的人很多。

突然，有一天大龙发起烧来而且拉稀。急得秦老板赶紧到街上找医生。医生诊断后说："这孩子热身着凉，又沾了脏东西，得了恶性痢疾。"秀秀很纳闷问："咋是热身着凉呢？咋是沾了脏东西呢？莫不是死人太多了，孩子小身子弱被恶鬼缠住了？"看着烧得脸儿通红的大龙，她心急如焚又束手无策。医生说："热身着凉是在桥下让风吹着了，沾了脏东西是孩子呼吸到了不健康的气息，恶性痢疾就是一种急性传染病。"

医生的话真是说到了点子上，秀秀为昨天的大意内疚。昨天那场空袭来得急，慌乱中他们忘了给孩子拿小被。躲到桥下后才发现桥洞里风挺大，大人都感觉冷，孩子哪能受得了，不一会儿大龙就浑身哆嗦。秀秀觉得不对劲，要抱着孩子回家，秦老板不让，因为飞机正扔炸弹呢。他们只得把孩子紧紧地抱在怀里，用自己的体温温暖浑身哆嗦的大龙。空袭过后，大龙并没有什么，睡了一晚上就不行了，高烧不退还拉稀。

秦老板抓回了药，熬好后才发现，喂药成了问题。两个多月的孩子，咋吃药呢？苦巴巴的药汤要喝多少呢？秀秀骂他无用，叫找个西医来，秦老板坚持药已熬好，咋也得喝些吧，喝了后再找西医。两口子手脚忙乱地给孩子喂药，说是喂不如说是灌，捏开嘴用小勺往嘴里倒，药苦孩子乱动，几次都喂到孩子脸上，也不知孩子吃进去多少，一阵忙乱后弄得大龙脸上身上都是黑乎乎的药汁。

秦老板赶紧去请西医。塬县就一个西医，人们都叫他李医生。他擅长外伤治疗，也看一些常见的内科病，一些头疼脑热伤寒痢疾他都治。听说大龙发烧拉稀，二话没说，拿上药箱就到了银器铺。他拿出听诊器，在大龙前胸后背反反复复听了几遍说："孩子肺部严重感染，得赶紧消炎，否则有生命危险。"秀秀一听脸儿变了，赶紧问："咋消炎？到哪儿消炎？"李医生说："你的孩子是着了风寒，风寒引起高烧，高烧把肺给烧坏了，普通的退烧消炎药已不顶用，得赶紧打吊针，就是输液，从血管里给输药，这孩子的命也许能保住。"

"那咋还拉稀呢？昨天还是黄的，今天就是绿的啦？"秦老板不相信会得肺炎，总觉得拉稀才是主要的。"拉稀是痢疾，是一种急性传染病，主要是吃了或者接触了不干净的东西，孩子这么小，不可能接触，主要是炸弹炸死的人和牲畜，没有处理掩埋好，腐烂后细菌在空气中传播，孩子体质弱，吸了这种空气就会得病，现在天气越来越热，这种病会越来越多。”李医生叹了口气：“你们的孩子现在是两种病，先是痢疾，得了痢疾就发烧，烧又引起肺炎，这两种病都挺厉害，千万不能耽搁了，赶紧治吧！”秦老板和秀秀一听着了急，赶紧央求李医生给治治。李医生无奈地摊摊手说：“不是我不治，是我这里没有退烧消炎的药，治不了孩子的病。”李医生说完背起药箱要走。秦老板拦住李医生说：“哪里能治孩子的病？”李医生回过头看了看大龙和秀秀说：“最近的是新田的教堂医院，那里可以输液，也许孩子有救，别的地方救不了。”“新田！我们去！”秀秀呜咽着说。“那不是说去就能去的地方，日本人已经占了新田，教堂医院在不在还不知道，现在日本人正在打大邑，你们咋到新田去？”李医生说。“那咋办？总不能眼睁睁看着孩子去死吧？你给想个办法，我给你磕头啦！”秦老板说完就要给李医生下跪。李医生赶紧扶起他说：“内服的药我没有，我给人看病主要治一些外伤，这样吧，你们再找一找中医，看有没有特效的药。”李医生说完赶紧走了，他知道中医很难治好这种急性的肺炎和痢疾综合征，秦老板的孩子没指望了。

秦老板又去找了几个医生，大家看过后，摇摇头摆摆手，说是病入膏肓无药可救了。秀秀哭成了个泪人，秦老板摸着烧得滚烫的孩子发呆，两天后，大龙在他们的怀里没气了。秀秀捶着秦老板的胸脯，她气息奄奄说话无力：“你说这是咋着了？老天咋这样对我？大龙……他就……哇……”她歪倒在炕上泣不成声。秦老板欲哭无泪，他拍着秀秀的肩膀安抚她：“孩子已经走了……你别哭坏了身子……”秀秀抬起头泪眼模糊：“如果不是日本飞机扔炸弹，我们也不会跑到沟里去，大龙也不会得病，都是这日本人，挨千刀的日本人，是他们害死了我们的大龙！”秀秀说完无力地倒在秦老板的怀里。秀秀的话说到了秦老板的心里，他也觉得大龙的死是日本人造成的，他跑到院里声嘶力竭地喊：“小日本，我日你先人！日你八辈祖宗……”

秀秀用一条新棉被把大龙包了，嘱咐秦老板把他埋到西门外乱坟岗，墓坑深些，别叫野狗叼了去。她还把大龙用过的物件收拾了个包袱，叫秦老板在孩子的坟前烧了，她觉得孩子没有死，他是到另一个世界去了，所以她说：“孩子到了那边还要用啊！”

秦老板抱着孩子拿把铁锹向西门走去。西门外的一片洼地后就是乱坟岗。秦老板在乱坟岗找了块地方，拿锹挖了个深坑，把大龙放了进去，然后把坑填实，垒了个小小的坟丘。在坟丘前，他把包袱点燃，青烟顺风飘摇，他再也抑制不住自己的情绪，失声痛哭起来。哭声惊动了坟丘边上枯树上的乌鸦，乌鸦“哇哇”地叫着飞走了。草棵子里一阵抖动，蹿出一只花狗。这是一只野狗，皮毛杂乱，眼睛血红，吐着长长的舌头。猛地碰见人，它有些不高兴，稳稳地站在那里，咧着嘴龇着牙，血红大眼睛盯着秦老板，喉咙里发出呼噜呼噜的闷吼。秦老板弯腰捡起一块土块，狠狠地向花狗砸去。花狗扭头就往地里钻，跑了一段后扭过头来又往这边看，好像这里有它不愿意舍弃的东西。秦老板又捡起一块土块砸过去，花狗才不慌不忙不紧不慢地走了。一阵惊吓后，秦老板身子有点发软，腿打哆嗦，胸闷气短，连路都走不成了……乱坟岗里又蹿出几只野狗，野狗在他的周围打转，眼睛红得吓人……秦老板不敢再待，拿起铁锹慌不择路地离开了乱坟岗。

秦老板走后，秀秀一头扑到炕上。她伤心至极，悲痛至极。呜呜的哭声嘶哑低沉，渐渐地她昏睡过去，悲伤和劳累击倒了她。

孩子殁了，秦老板也蔫了。他感到自己的命不好，中年丧妻，没有留下一男半女，好容易娶了秀秀有了大龙，本应该时来运转过好日子，哪知道鬼子飞机扔炸弹，生生地夺走了大龙的生命。他想不通！早年丧妻老年丧子人间的悲剧怎么都让他摊上了呢？

鬼子飞机越来越勤，一天几次，天天都能听到爆炸声，天天都死人。城里人开始打点细软，掩埋浮财，四散了投靠乡下的亲戚或远走潞村西安，还有不少人进了中条山。

一天晚上，天黑漆漆的。突然，街上响起杂乱的脚步声。

秦老板被动静惊醒了，从门缝里可以看到一群群的人从门前闪过。这是咋啦，过部队还是闹土匪？他心里猜测着。

突然，“砰”的一声枪响，接着就有几个人“咚咚咚”地跑过去……

“妈的！谁开的枪！”

“长官，枪走了火。”

“伤着人没有？”

“没有！”

“把枪看好了，再走火，老子毙了你！”

听口音，像是过部队，看人群稀稀拉拉不整齐，又不像过部队。秦老板心里纳闷，这是一些什么人，半夜三更地干什么？人群持续了好一会儿，街上才恢复了平静。这一夜，秦老板没有睡好觉。天一亮，他就到街上打探情况，刚一出门就被对面的刘掌柜叫住了。

“秦老板，知道昨晚的事吗？”刘掌柜问。

“听到动静了，也看到人影了，乱慌慌的是过兵还是闹土匪？”秦老板说。

“啥过兵？啥土匪？”刘掌柜反问。

“昨晚还响了枪呢，你没听见？”秦老板说。

“听到了，告诉你吧，不是过兵，是逃兵！县政府丢下满城百姓跑啦？”刘掌柜说。

“胡说哩，自古就是官为民做主。县长就是父母官，还没见过县长不要百姓，自己跑的呢？”

“这国民政府呀，真是逆天而行，国民政府不为国民，县长大人胆小如鼠，还没见到日本人的影子呢，就丢下满城百姓跑啦，你说这是啥世道？”

“听你的话音，昨晚上真是县政府跑啦！往哪儿跑？老百姓咋办？”

“县政府往潞村跑，白天怕鬼子飞机轰炸就晚上跑，出南门下坡道上有个拐急弯的地方叫黑松崖，人群挤在那里走不动，黑天里不知谁说了句，鬼子来了！这一喊人群一下子就乱了，这一乱不得了了，前面的人还没反应过来，就被后面的人挤到沟里，人压人人砸人，那沟多深呀！三四丈啊！硬是用人给填了起来，那人死的可惨了，都是压死的，七窍流血……”刘掌柜说得很恐怖。

“你咋知道的，这可是个大事，你不是在诓我吧。”秦老板听得目瞪口呆。

“谁诓你了！我有个老乡在县政府当差，昨天他也跟着跑了。在黑松崖跌了下去，这小子命大，被人踩得昏了过去，醒来后从死人堆里爬出来，所以我知道。”刘掌柜侧过身，扬扬下巴，示意秦老板往屋里看。

仙人居的大厅里有个穿制服的中年人坐在那里，胳膊上缠着绷带，灰土灰脸衣服上不少血，看来是受了惊吓，目光呆呆脸色惨白，鼻孔嘴角都是乌黑的血迹。

“这可咋办？”秦老板说，“县政府都走了，你走吗？”

“往哪走呀？”刘掌柜回头看了看仙人居说，“十几年辛苦，置办下这点家业不容易！两国交战还能不让做生意了？咱们就是个生意人，不掺和战争，怕啥呀？”

“那嫂子和孩子走吗？”秦老板问，他想听听刘掌柜的主意。

“这女人和孩子得躲一躲，听说日本人烧杀奸淫无恶不作，咱们得防备着点，你怎么打算？”刘掌柜问。

“我想让秀秀回村里住，我留下来看家。”

“这就对了，我和你做伴，一块留下来。”

秦老板转身回家，他把刘掌柜的话给秀秀学了一遍。秀秀说：“看来这日本人是厉害，还没见着人影呢，县政府都被吓跑啦！父母官不管老百姓啦，咱们老百姓还待在这里干啥？走吧，别管这个家啦，只要人在，往后啥都有。”

“我不走！”秦老板想起刘掌柜的话说，“日本人来了，就不叫做生意啦？咱们是规规矩矩的生意人，怕啥！”

“万一有个三长两短……我担心……”秀秀不同意。

“家里不是有个地窖吗，不行我就躲那儿。”秦老板说。

上午时分，秦老板上街转了一圈，政府机关和铺面都已关门，街道两旁有一些伤兵，破损的军服上血迹斑斑，街市冷冷清清，行人匆匆忙忙。只有李医生的诊所很忙碌，这里都是昨晚黑松崖踩踏的伤员，李医生正在全力抢救。从伤员口中得知，黑松崖死了三十多人，伤了二十多个。天亮后，活人的呼救声，招来了四周的村民，也引来了土匪，土匪不救人，专门抢东西。听到这些话，秦老板越发觉得城里不安全，政府跑了，城里乱了，兵荒马乱的不怕一万就怕万一。秦老板当机立断，立刻送秀秀回娘家。

秦老板送秀秀回娘家也做了些准备。为了安全起见，秦老板翻出一件破旧的衣衫换上，秀秀也找了一身素旧的衣裳。他们简单地换了装，化装成乡下人出了北门。北门往日的车水马龙熙熙攘攘不见了，空空的门洞洞空空的大道，行人寥寥行人匆匆，给人一种不安不祥的感觉。秀秀穿着素旧，即便穿着素旧，二十出头的女人，还是显得很俊态，这俊态加剧了秦老板的担心。秀秀也意识到了，她从地下抓了些土，揉了揉又抖掉，用手在脸上摸了摸，又取出一块汗巾，在脸上擦了擦，这么一弄，看着还像点村里人。

秦老板和秀秀步履匆匆提心吊胆行走在空旷的大道上，田野里没有劳作的庄稼人显得寂寥荒芜。没有了人喊马叫的原野整个的就是一个静，静得叫人心里瘆得慌。越怕出事越有事，在一个沟塄塄的险道上，草棵子里一阵抖动，蹿出两个人，一个拿枪一个拿刀。枪是个老掉牙的老套筒，枪管锈迹斑斑。这支枪堵住了他们的去路，拿枪的人喊道：“别动！动就打死你！”

秦老板和秀秀一阵慌乱，他们知道遇着土匪了。这里前不着店后不着村，大路就在沟边，沟深坡陡人要掉下去鬼都找不找。慌乱过后，秦老板和秀秀在想出路，土匪劫道大都是为了钱，眼下是先稳住他们，熟不熟套近乎，近乎了一些事就好办了。想到这儿秦老板开了口：“请问，爷们儿是干什么的？”他拿出一包烟递给他们：“抽烟，抽烟，都是邻村的乡友，有话好说，有话好说。”

“干什么的？我们是抗日护国军。”拿刀的土匪接过烟说，“识相点，不老实，我这把刀不认人。”

“就你们两个也是护国军？说吧，要干什么？”秀秀觉得此地此时不能和他们啰唆，就压着心慌用大话压他。

“打鬼子要置办军火，把你们的钱交出来走人，不交别怪我们不客气！”用枪指着他们的土匪说。

“打着护国军的旗号劫道，不怕阎王爷索你的命！”秀秀看清了这个土匪，这家伙套了一身破军装，有些怪怪的。

“你这个女人话说的不好听，骂我们哩是不是？不给你点厉害的，不知道老子的厉害!"拿枪的土匪举起枪托就要砸向秀秀。

"你敢!"秀秀没有后退，而是取下了头上的汗巾："看看我是谁?"

"你……"拿枪的土匪愣住了。

"你是谁?"拿刀的土匪逼近一步。

"我是庞家窑庞瑞珩的孙女!"秀秀觉得这两个毛贼用爷爷的大名也许能吓唬住。

"庞家窑的……"拿枪的土匪收起了恶容。他知道庞瑞珩的厉害，也知道庞家窑不好惹，再说这里离庞家窑不远，要是叫庞家窑的人知道了，那可就栽了，想到这儿话立刻软了下来："庞瑞珩老英雄的后代，失敬了！你们穿成这样，我还认为是逃难的……不说啦，你们这是干啥去?"这个土匪也套起了近乎。

"回家!"秀秀知道震住了这个土匪，话也说得更加强硬，"好好的，怎么干这个?"

"混碗饭吃，县政府跑了，没人管了，想干啥就干啥。胡乱立个杆子，胡乱挂个旗，就能弄碗饭吃……"拿枪土匪说。

"记着，少干点祸害老百姓的事，给自己积点德!"秀秀怕这家伙反过味来，这偏僻地不能久待，为了安全还是先走为妙。

"你走……你走好……"拿枪土匪放下了枪，闪出一条道。

"这就放他们走了，一个子也没捞到。"拿刀土匪嘟哝。

"兔子不吃窝边草，庞家窑的人还是不惹的好。"拿枪土匪说。

一阵惊吓后，两人的腿肚子都有点发软。好不容易回到家里，庞永荣和春花看他们两手空空，没抱大龙，不由得叫了起来"娃娃呢?"

"娘——"秀秀呜咽着叫了声娘，就再也说不出话来。

"咋啦?"庞永荣感到不好。

"哇——"秀秀伏在春花怀里失声痛哭。

"哭啥嘛！娃娃呢?"庞永荣急着问。

"你……你……问他!"秀秀抽泣着说。

秦老板抱着头蹲在门槛上，他强压着心中的悲痛说出了孩子殁了的全过程。他悲愤地嚎道："黑天里响了个炸雷，城门楼子给劈了！日本飞机扔炸弹，我的大龙没啦！这是啥年景？这是啥世道？老天呀，你不公平啊！……"

"我的苦命的娃呀——"春花哭声悲哀沉长，她是在哭大龙呢还是在哭秀秀？反正都是她的孩子，她觉着秀秀咋就这么个苦命呢?

"啊——啊——!"庞永荣憋着嗓子压抑着哭声，他低着头弯着腰，混浊的泪水打湿了头前的地。他也觉得秀秀的命咋这么苦!

突然的变故给家人的是一个沉重打击，大家面临的不光是失去大龙的痛苦，还有日寇来了后怎么生存的问题。在一阵悲痛后，大家回到了现实，他们要商量一个稳妥的办法。

“日本人就要来了，咱们咋办？”庞永荣问。

“城里有办法的人都走了，县政府也走了。”秀秀说。

“老百姓只有逃难了，逃吧！逃到中条山去！”春花说。

“城里的家没人不行，我想留在城里。”秦老板说。

“人比家重要，你们和我们一块儿走，城里太危险。”庞永荣说。

“那个家不能丢，丢了家就是丢了命，我不怕我不走。”秦老板说。

“爹，他和刘掌柜说好了，一块儿留在城里，留就留吧，他俩是个伴。”秀秀说。

“自古两国交战，打的是政府打的是军队，打仗还能不叫做生意了？咱们是老百姓怕啥？”秦老板觉得刘掌柜的话有道理，就拿来给庞永荣和春花说。

“对呀！打仗还能不做生意了？没有生意哪有街市？没有街市哪有社会？没有社会打个啥仗？咱是平头老百姓怕啥！我看不会有啥事。”庞永荣觉得秦老板说的在理，“不过，你也得提防着点，如有不测，赶紧就走，到中条山磨坊镇，我们在那儿等你。”

“没有太大的事，我不走。家里有个地窖可以藏人，实在不行，我再进山。”秦老板说。

庞永荣在院里牲口棚下挖了个一丈多深的地窖，在地窖下又横着打了洞，把家里的和秀秀从城里带来的贵重东西都藏在里面。做好这些准备后，他决定召集庞家兄弟一块儿商量商量。

“秀秀从城里回来啦，城里已经空了。看来日本人是真打过来啦，为了全家人安全，我觉得还得逃难。自古有兵患，咱们这一带的人都往中条山跑。咱们也去中条山，中条山里的磨坊镇，有咱们一个表姐在那儿，我觉得就投奔到她那儿，躲上一阵再说……”庞永荣把自己的想法摆了出来，他觉得逃难是大事，这么一大家子走不商量个办法不行。

“四家人十来口子逃难可不是个小事，吃喝拉撒不说，就晚上睡觉就不好办，到磨坊镇有百十里地吧，最少得走三天。就是走到了，表姐家能住下吗……这不是个小事，我看还是别着急，看看再说……”老二庞永华对这件事心里犹豫，说话底气不足。

“老二，你净说一些没劲的话，逃难逃难就是有难才逃，逃难还能和家里一样吗！看看再说看到啥时候？非要等到鬼子打到家门口再走？到那时就来不及了。走还是不走，咱们说成一句话，至于你说的那些事都不是事，咱们这么多人，怕啥呢。”庞永荣觉得老二太窝囊，拿话挤对他。完了他又说：“老三，你说说，走还是不走？”

“大哥，你先别急。我觉得二哥说的有道理，他说的那些也是大事，十来口人呢，老的小的不能不考虑。”庞永富顿了一下说：“我也觉得咱们是不是急了点，还没看见日本人就跑了，日本人真那么坏吗？两国交战打的是政府打的是军队，与咱老百姓何干？城里不就扔了几颗炸弹吗？至于这么慌慌张张丢下祖业出逃吗？眼不见不为真，听说的就准吗？是不是有些小题大做大惊小怪，自己吓唬自己呢？”

“三叔，可不敢这么说，我可看见鬼子扔炸弹了，城里都是平民百姓，鬼子可不管这些，塌的是老百姓的房，死的是老百姓的人。城里有许多新田大邑来的难民和伤兵，都说日本人很残暴，到一个地，不管男女老少，不分青红皂白，一律枪打刀挑，烧杀抢掠无恶不作。特别是年轻的姑娘媳妇没有不被糟蹋的。所以我说咱们还是躲出去好，要是没事的话，县里乡里那么多人都走啦？众人的眼没有错，咱们随大溜，随大溜保险。”秀秀把城里的所见所闻给大家说了说。

“二哥三哥，你们这是心存侥幸。不厉害的话，县政府能跑了？我看大哥的想法没有错，防备的心不能没有。再说如果鬼子占了县城，咱们去中条山的路就被堵住了，到时候想走也走不了了。我同意大哥的意见，事不宜迟，要走就快走。最近风声很紧，说不定明天鬼子就来了。”金叶表明了态度。

“好啦，咱们随大溜，大伙儿逃难咱们也逃难。老二老三别犹豫了，你们回家找个隐蔽地挖个窖子，挖深点挖大点，在底下再掏个横洞，把值钱的东西都藏好。后天，赶着自家的马车拉上自家的东西咱们上中条山。”庞永荣不想再听两个弟弟没有主意的话，不再理会他们腻腻歪歪不是理由的理由，摇摇摆摆犹犹豫豫只会误事，他是大哥要为全家着想，于是就快刀斩乱麻作了最后的决定。

二十三、永贵回来了

鬼子飞机扔炸弹，塬县国民政府丢下县城和百姓走了。群龙无首的响水塬人心惶惶。各路武装揭竿而起划地为界，自树旗帜各自为王，塬县没有了政府就像一盘散沙匪祸人祸不断……

鬼子还没有打进来，塬县先自乱起来。就在这时，庞永贵回来了，这个与家里八年音信全无的庞家老四庞永贵回来得很突然。他是共产党在民族危亡的关键时刻派回来的八路军连长，奉命在塬县组织抗日武装和建立抗日民主政府。

那是一个暑天的下半夜，一抹月牙儿挂在天际，沟塄塄上的庞家窑隐在一片朦胧中。塬上的天气就是怪，前半夜还是很热的，后半夜沟里的风一吹，暑气就下去了。劳累的人们不再坐在一起聊天，大家打着哈欠各自回家睡觉去了，就连猫儿狗儿也趁着凉爽进入了梦乡。安静中能听到的是骡马偶尔的喷嚏和虫儿的鸣叫，庞家窑的夜晚是平安祥和的……

突然，村北口那两棵柏树下闪出两个人影。人影倚着柏树静立了一会儿，看看左右没有动静，就飞身悄然越过那片平地进入了村街。人影在街里贴着墙跟七拐八拐，时而快时而慢，十分警觉地前行，最后来到了庞家老宅。人影不向前移动了，围着老宅的大门前后左右转悠了一会儿后，一个人影进入门洞，敲响了庞家老宅的大门。

敲门声低沉，看来来的人非常警觉，敲门声虽然低沉，还是把金叶惊醒了。世道混乱，金叶十分警觉。她翻身坐起披衣下炕，麻利地拿起门后的一根胳膊粗的枣木棍子。静静地来到院里。住在北厢房的父母和两个弟弟金海金洋也听到了敲门声，父亲母亲披着衣服来到院里。两个弟弟光着膀子提着大刀跟了过来。

“有人敲门！”金叶悄声跟他们说。

“知道是谁吗？”父亲问。

“不知道。”金叶说。

“听敲门声，不像是土匪。”金海说。

“不管是啥，咱们都要小心，我和哥哥过去，他要闯进来，我们就砍了他！”金洋说。

“不要鲁莽，不要搭话，他要走了就算啦，咱不惹事……啊！”母亲叮咛。

这时门又“嘭嘭”地响了两下，有人低声喊：“家里有人吗？我是永贵！”声音不大，院里的人都听到了。金叶在自言自语：“难道是他？他回来了？”母亲说：“别听错了，叫你爹再问问……”金叶爹就凑到门前低声问：“谁呀？半夜敲门。”人影中有一个凑过来说：“我是永贵！”

“你是永贵！哪个永贵？”金叶父亲不放心又故意地问了一句。

“我是庞永贵！庞家窑老庞家的老四庞永贵。”人影对着门缝说。

“你真是永贵？那么你媳妇叫啥？”金叶父亲还要试探他。

“她叫金叶。”人影说。

“她有几个弟弟都叫啥？”金叶父亲还在问。

“她有两个弟弟，大弟叫金海二弟叫金洋。”人影说。

“她有孩子吗？”金叶父亲还要问。

“你是爹吧！先开开门，我都听出你的声音了。”人影说。

金叶听出来了，是永贵的声音，她急切地说：“爹！是他……永贵……真是他！”

金海金洋也听出来了：“是姐夫！塬县口音没变！”

金叶母亲说：“快，快开门！这么多年，总算回来了……”她已是泣不成声。“好好……开门……就开门……”金叶爹说着话，由于激动，他拨拉了好几下才打开了门闩。

两个人影闪进了院子，大门立刻又关上了，村子又回复了安静，朦朦胧胧一切如旧。

一群人来到堂屋，金叶点亮油灯，一切都看清楚了。来的两个人，一身黑衣打扮，腰里别着盒子枪。家里的人看着永贵又激动又慌乱。永贵打量着屋子，一切和八年前一样，只是眼前的老人不是自己的父母，屋里多了两个年轻的后生。父母去世的消息和家里的情况组织上已告诉他，所以对这两个提着大刀的后生他不惊奇，只是使他没有想到的是，八年了老人在世的摆设还是原样。从这里就可以看出，金叶一家人的老实忠厚。

“爹，娘，这么多年，你们辛苦啦！”庞永贵拉着两位老人的手激动地说。

“没啥……没啥，总算把你盼回来啦。”老两口两眼潮湿目不转睛地看着他。

“金叶，这么多年，这个家多亏了你，真苦了你啦……”庞永贵深情地看着她，满眼都是感激。

“我……我已近习惯了……”金叶满眼泪水，一肚子的话不知咋说。

“两个好兄弟，都这么大了。”永贵看着金海金洋，拍拍他们的肩膀，“还提着大刀，看来是个练家子，功夫不错吧！”

“姐夫，真没想到是你，你总算是回来了！”金海说。

“姐夫，你回来也不告一声，世道这么乱，还真把我们吓了一跳。”金洋说。

“小心没大错！要不是你两个在家，这个家也不安宁，你们才是这个家的顶梁柱。”永贵说的是心里话。

“这么多年，我们天天盼夜夜盼，就盼望你平平安安，现在你平安回来了，这比啥都强！”金叶一边流着泪一边说着话一边上下打量他。她对他陌生也不陌生，陌生的是他已不是那个只知读书教书的先生了，不陌生的是他那不变的乡音和知冷知热的关怀。八年了，永贵还是那个永贵，只是去掉了读书人的书生气，有了更多的是稳健刚毅。

“秀智呢？这小子该是九岁了吧，怎么没见他。”永贵环视了一下，不见自己的儿子就问。

“在这边呢！这小子白天闹腾得欢，晚上睡得死，我去叫醒他。”金叶说着话就要撩开北边那间屋的门帘去叫秀智。

“别叫醒他，我看看就行。”永贵拉住金叶，“我这次回来还得保密，不能走漏风声，小孩子嘴不严，一高兴说出去会惹出麻烦，还是让他睡吧。”永贵说着话来到北间屋，他看到秀智正睡得酣甜，脸儿红红的，一只胖乎乎的手臂伸出了被窝。

“这小子，长得挺结实！”永贵抚摸了一下他的额头。

“现在懂事了，整天喊着要爹，我都没法骗他了……”金叶说。

“这次不走了，只是现在还不能告诉他，过一段时间再给他说。”永贵说。

“听你的……先不给他说。”金叶说。

永贵回到堂屋，看着一屋子的人都看着他，眼里流露出的是疑问。他也感到半夜三更突然回家，大家一定感到不解。离家八年突然回家，叫谁都觉得蹊跷，想到这儿他笑了笑说：“回到家里，光顾着高兴了，话都忘记说了。”他拉着和他一起来的人说：“这是跟我一块儿来的谭树林排长，是从江西长征过来的老红军。我们这次回来，就是按照共产党八路军的部署，在塬县组织民众开展抗日救亡工作！”

“你是共产党？你是八路军？”屋里的人都瞪大了眼睛。

“你走时不是教书的吗？怎么八年回来就成了八路军？怪不得你带着枪，我还以为是防身用的呢？”金叶也觉得奇怪，就没听他说过呀。

“我在县城念书的时候就加入了共产党。我离开塬县到陕北参加刘志丹的红军是组织上的安排。为了防止国民党的抓捕我们都是秘密行动，所以没有告诉你。这次回来，还是秘密行动。我的行踪不能告诉任何人。”永贵说。

“大爷大娘，嫂子弟弟，你们不知道吧，永贵在部队是八路军的连长。现在是八路军垣县抗日游击大队的政委兼大队长，也是我们垣县抗日民主政府的县长。”谭树林说。

“哦……”全家人都喏喏着，他们知道共产党八路军的好，永贵在八路里边当了官，他们高兴！

“姐夫，你是八路的连长！还是垣县抗日游击大队的政委兼大队长，垣县抗日民主政府的县长。这是多大的官？你带多少兵？这和垣县国民政府的县长是不是一般大？”金海问。

“这个不能比。要说官大官小从职务上说县长都是一样的。但要说抗日就不一样了，垣县国民政府没见鬼子就跑了，共产党的抗日民主政府却顶着鬼子的炸弹来了，他们不怕牺牲，为的是保卫中华民族和这片热土。从这里讲，垣县国民政府就是一堆粪土不值一提。而共产党八路军领导的抗日民主政府，就像中条山一样屹立在人民的心中，他们打鬼子爱百姓，是老百姓真正的靠山。换句话说，八路军是共产党领导的抗日队伍，是人民的子弟兵。抗日游击大队就是垣县抗击日本鬼子的武装力量，垣县抗日民主政府就是共产党领导的老百姓自己的政府。”永贵说。

“县政府走了，垣县乱了，这下好了，共产党八路军来了，垣县的百姓有指望了。”金洋说。

“没想到这八年，你干这么大的事。爹活着的时候，净夸你读书好有能耐，你不愧是爹的好儿子，他老人家望子成龙，你没辜负他的希望，真正成了垣县的一条龙，你为老庞家争了一口气，他老人家的在天之灵可以安慰了……”金叶说。

“大队长——县长——县太爷！”金叶父母赞不绝口，“出息了，出息了……”

“姐夫，你说得固然不错。可是我还有一事不明白，你是八路的连长，可以说是带兵打仗的人。为啥悄悄地回村，而且半夜进家还要保密。咱打鬼子是光明正大的事，带着队伍怕啥？”金海觉得这个问题有些弄不懂。

“兄弟，你问得好呀，这个问题得给你解释一下。”永贵看了大家一眼说，“咱们八路军的力量还很弱小，咱们的队伍都开到太原以北的抗日前线去了。我回来没有带多少队伍，只有一个小队十个人。我们这几个人还得分散开到各地去，今天回庞家窑就我俩。垣县是国民党统治区，县政府走了，国民党的组织还在，各种反动势力还在，他们是反对共产党的，他们是不允许我们开展抗日救亡活动和成立抗日民主政府的。因此为了减少不必要的牺牲，我们前期的工作还得秘密进行，等到我们有了一定的实力了，我们就会打出旗子，公开地进行活动。”

“看来八路这活也不好干，为了老百姓脑袋掖在腰里，姐夫，谭排长，你们都是好人，你们说得都有道理，就凭你们说的话，我打心眼里佩服，我觉得得民心者得天下，共产党八路军的事能成。”金海从心里感叹。

“好了好了，有话以后再说。”金叶提过来一壶水，“先喝口水，看样子你们走了不少路。”她看到他们衣服已汗湿，鞋上尘土老厚就说：“饿了吧？给你们弄饭。”接着就捅捅爹娘：“别看了，快去弄饭。”

“好！好！弄饭去……弄饭去……”金叶父母念叨着走了。

“姐夫，你和谭排长先歇着，我和金洋在院里看着，到家了，你们就安稳地歇息吧。”金海和金洋提着大刀片子到院门前去了。

“你们先洗洗……”金叶把一盆清水放到他们面前。

庞永贵和谭树林把盒子枪放到桌上，然后解开扣子，天热衣服都湿透了。洗漱完毕，换上金叶找出来的干净衣服，两个人越发容光焕发！庞永贵国字脸高鼻梁方嘴巴，谭树林圆脸短发阔眉大眼，两人都是三十岁左右，中等个头，体格健壮举止稳重，目光如炬神采奕奕。洗漱完备后，谭树林知趣来到厨房，名义上帮助老两口做饭，其实是给两个八年没见过的人留个空间，小别如新婚，久别的夫妻有多少心里话要倾诉呀！

屋里就剩下永贵和金叶。灯影下，金叶低垂着头，百感交集千言万语全憋在心中。八年了，多么漫长啊！多少日子多少天，她都是心神不安夜失眠泪涟涟……为了丈夫的安危，为了丈夫能回到身边，她是找人算找人掐……打卦又抽签……心力交瘁自以为无望了，猛然间，这个自己朝思暮想的男人立在面前，她是哑了嗓子咽了语，心在抖身子也在抖，浑身的血都凝住了……一缕乌发罩住她的半个脸颊，遮住了她那双渴望、焦急、思念还有些埋怨的眸子。金叶感到永贵在看她，不知所措地也是下意识地去给他倒洗脸水，谁知脚下一滑一个趔趄，心慌慌地身子软软地就要倒下……永贵眼疾手快一把扶住她。差点摔倒的金叶感到他的手是有力的，一股暖流在心中奔涌。她看了永贵一眼，四目相对，永贵目光温柔透露着真情和歉意，金叶身不由己软软地倒在永贵的怀里……

饭菜很快就弄好了。馒头韭花白开水，端上来就行。金叶父亲怕冷着吃闹肚子，要点火熬米汤。谭树林怕点火烟筒冒烟暴露目标，所以就没有熬米汤。好在是夏天，冷着吃也没啥。其实也就是垫巴垫巴，天一亮，家家烧火做饭，就不怕什么了。

吃饭就在堂屋南边那间庞瑞珩的书房里，重新坐在自家炕上，围着炕桌吃饭，馒头夹韭花，乡亲乡音乡味，久违的乡俗，庞永贵感到亲切自然。也许是饿了吧，也许是到家了，就像小时候围在父母跟前一样，庞永贵和谭树林毫无顾忌地吃喝起来。因为走了好多路，饭后困劲就上来了。为了安全，也是为了避人耳目和不让秀智看到，金叶和父母两个弟弟商量后，决定把后院的窑洞收拾一下，让他们在这里歇息。窑洞很快就收拾出来了，金叶拿出两个枕头，铺好了铺盖，点了一辫艾草，她要让他们美美地睡一觉。庞永贵和谭树林很快进入了梦乡，鼾声均匀呼吸平稳。金叶安排两个弟弟在前院值更，她回到北边那间自己的卧室，拥着秀智，数着星星，一夜无眠。

庞永贵这一觉睡得好实在，一下子睡到第二天的下午。醒来时，金叶和父母已经做好了饭，团圆饺子长生面，他们做的是茴香猪肉饺子，香味四溢。喜庆的事酒是自然要喝的，他们做了四个凉菜，一碟花生米一碟莲菜一碟猪肝一碟羊杂。女婿回来是破天荒地的大喜事，老两口特意拿出一瓶存放多年的高粱酒。为了保密，金叶让母亲带着秀智去别人家串门，让父亲和两个弟弟照样做庄稼活，全家和平常一样，就连老庞家的兄嫂孩子全都瞒着不说。

庞永贵这次回来任务十分艰巨。半个月来他跑遍了整个响水塬。抗击鬼子首先要有队伍，队伍从哪里来？这是他思考的首要问题。分析整个塬县的形势，有三股势力不可小视。这就是紫金山的花豹子山寨（虽然花豹子死了，但寨名没改），黄土坡的黄土坡城堡，芦苇沟的芦苇水寨。他知道这些人都是穷苦人，都是被官府和地主老财逼的没有出路的人，这些人虽然穷困但很有正义感，不欺负百姓不打家劫舍，专和官府土豪劣绅作对。这些都是共产党依靠的基本力量。所以他一回来就先到这三个地方去了。在紫金山，他见到了花豹子山寨的当家人司马鸣，说服司马鸣加入八路抗击日寇。司马鸣深明大义，同意将队伍改编，成立了塬县紫金山抗日游击小队。在黄土坡，他见到了黄土坡山堡的当家人侯青山，侯青山的队伍被改编成塬县黄土坡游击小队。在芦苇沟，他与水寨的头领高志远长谈，芦苇水寨的队伍被改编成塬县芦苇沟游击小队。虽然这些队伍还很分散还匪气不散还没有战斗力，但是庞永贵相信，经过他带来的八路战士的训练，这些人会成为合格的八路军战士。这支队伍会成为一支真正的抗日队伍。现在他还有个想法，那就是综观整个响水塬地形，东有中条山，西有紫金山，北有黄土坡，中间有芦苇沟。他想在两山建立根据地，黄土坡和芦苇沟作为敌后活动基地。这样就形成钳式，东西夹击敌人，中心扰乱敌人，彻底打击敌人的嚣张气焰。这次回庞家窑，就是想利用龙泉这条大沟，在城边再找一个立足点。他心里清楚父亲庞瑞珩的影响，他想利用父亲在村里的影响把庞家窑建立成一个离城最近的一个抗日基地。

吃饭间，永贵想问村里的情况，他看着金叶说：“走了这么多年，家里的事一点也不知道，你给我说说，说说家里的事。”

金叶看了他一眼说："家里的事多了，我都知道，你想知道哪一件？"

永贵叹了口气说："我是个不孝之子，爹娘走的时候不在身边，你就先说说爹娘去世的事吧。"

金叶也叹了口气说："爹娘是因你而死的。"

永贵瞪大了眼睛："因我？为啥？"

金叶看着他说："因为你是爹最看重的孩子，他想叫你接班当村长，谁知你一走信息全无，爹能受得了吗？他的寄托没了，他的自尊心崩溃了，他失去了自己经营多年的梦想，郁闷和忧愁把他打倒了。他死的时候抱着你的照片，叫着你的名字，口吐鲜血走的。"

永贵两眼怔怔，嘴里喃喃："真没想到，爹会为我……"他流下了眼泪。

金叶也流下了眼泪："爹走后，娘就糊涂了，爹走后不到半年她也走了。"

永贵哽咽着说："都是儿子不孝，儿子对不起爹娘……"好久一会儿，他才缓过劲。

永贵又问："大哥一家咋样？"

金叶说："大哥这几年就办了两件事。"

永贵问："哪两件事？"

金叶说："一是给秀文看病，二是把秀秀嫁了。"

永贵说："这可是两件大事。"因为他知道秀文的病和秀秀的美丽就说："大哥为人处世谨慎小心，这两件事肯定办得不错。"

金叶说："不错！哼！糟透了……"金叶撇了下嘴，咽了后边的话。

永贵想知道结果就催她："咋啦？不好？说说看……"

金叶说："大哥重男轻女，为了给秀文看病把家都给看穷了，为了给秀文继续看病，就把秀秀许配给城里银器铺的秦老板。秦老板多大呀，跟大哥一样的年纪，大秀秀二十岁。秀秀不愿意，大哥大嫂就寻死寻活，秀秀是被逼着嫁给秦老板的。可怜秀秀花容月貌，十八岁嫁给个糟老头子，她的日子能好过吗？好歹结了婚过到一起，今年五月生了个儿子，该喜庆了吧，哪知赶上日本鬼子扔炸弹，为躲炸弹孩子着了凉发烧成肺炎，后来又吸到了不干净的气息得了痢疾，发烧拉肚子，好好一个孩子上个月殁了。你说这是啥事？"

永贵说："大哥为秀文看病没错，可是这样就把秀秀嫁了确实不应该，大哥这封建思想还很顽固，就是苦了秀秀啦，从小看大，这妮子识文断字有礼貌识大体是个干大事的人，嫁给秦老板就是把人给毁了。"停了一会儿他又问："二哥三哥家呢？"

金叶说："还是老样子，村里的事不管不问，就顾自己的小天地，反正父母留下的东西够他们吃喝的啦。大哥谨慎二哥胆小三哥滑头，三个人绑不到一块去，没有人继承父亲当村长，闹腾了一个月，村里不可一日无主，村里人就推举和三哥一般大的外来徙族山东汉子刘大牛当了村长。”

永贵若有所思：“噢！原来这样……”

金叶说：“要是你不走的话，这村长就是你的，父亲就是这么安排的。”

永贵笑了笑：“刘大牛这个人咋样?”

金叶说：“刘大牛有着和父亲一样的性格。为人忠厚豪放善结交英雄好汉。他和张石匠的儿子强强和金海金洋结拜成弟兄，共同护卫村子，号称庞家窑四条好汉。村里的护村队还在，强强和金海金洋是头儿。现在庞家窑还是很安稳的，没有别的村出现的那些胡来的事，村民们基本上还是日出而作日落而息。”

永贵说：“怪不得我回来时，看到村里和别的村不一样。”他想了想说：“庞家窑之所以平安无事，固然有着庞氏家族的影响，真正还有一个原因，就是庞家窑有四条好汉，这就是村长刘大牛，还有强强和金海金洋。他们为人正直武艺高强，成了村里的护卫神和村民的主心骨，杆子土匪是不敢骚扰庞家窑的。”

金叶说：“对了，你说对了。这些年多对亏了他们，不然这个村早乱了……”

听完金叶的叙述，永贵心中有了底，他觉得自己原先的想法是对的，他决定发展刘大牛和强强还有自己的两个内弟，把护村队改编成抗日武装。这个地方离县城不远，又有这条大沟作掩护，进可以攻退可以守。更重要的是这个村民风好，没有土豪劣绅，还有一群以刘大牛强强为首的善良正直的年轻人，这是抗日武装的核心力量。想到这儿，永贵告诉金叶，让她把刘大牛强强和秀秀叫来，他要和他们谈谈。

“大哥二哥三哥你不见见啦，还有嫂子和孩子们，你不想念他们?”金叶问。

“为了保密，他们就都不见了。以后有的是机会，这次就算了。”永贵说。

“还有一件事得告诉你，昨天大哥召集开会，商量着全家到中条山逃难，说好了明天走。你看这事行吗?”金叶问。

“逃难就是避开敌人的锋芒，减少不必要牺牲的一种办法。过去一有战乱，老百姓都采取这种办法。现在我们的力量还很弱小，还没有力量保护我们的老百姓摆脱战火，所以大哥的想法没有错。能走就走吧，这也是没有办法的办法。”永贵说。

晚饭后，庞永贵在自家后院乘凉。后院那棵核桃树，枝密叶茂，硕大的树冠把院子遮了个严严实实。家里的房产父亲生前又翻盖修理了一番，门楼加宽加高，门前立了两尊石狮子，是强强爹给打制的。这对石狮子活灵活现，威武中隐含和蔼，强壮中有着温存。石狮子不大不小与门楼相映生辉。庞瑞珩把原来的一个院改造成前后两个院，前院是青砖青瓦盖的四合院，后院是一溜窑洞，用青砖旋了顶和门窗，留了一米长的窑檐。窑洞共五间，有三间中间有过道串通，过去是永贵爷爷住的，两边两间盘有火炕，中间那间是书房兼客房。另外两间是单独的，用做客房或放置储存粮食。现在这些房子和窑洞全部闲置。永贵不在家这几年，金叶和父母兄弟都住在前院，后院除了牲口棚喂着一头牛一头驴外，全都没有用。窑里有一层灰尘，院里长了不少草。除了那棵茂盛的核桃树外，金叶父母觉得地闲着可惜，就在后院空地开了一些菜地。永贵觉得这个地方宽敞又隐蔽，就选在后院和大牛强强秀秀见面。

秀秀最先到，猛一看见永贵，她非常吃惊，硬是愣了半天才说话："你是……四叔？"她不相信这是真的，多年不见，她不敢认了。"我不是做梦吧！"秀秀揉着眼睛说。

"不是做梦，是真的！"永贵说。

秀秀还是觉得太突然，真像做梦似的。四叔从小就喜欢她，她也喜欢四叔。八年了猛一见面，不知该说啥好。她的眼泪夺眶而出："你看我，多没出息！四叔回来，应该高兴啊！"秀秀泪脸又荡起了笑容。

"秀秀，听说你已嫁人了，真快呀，转眼你已是大人了……"永贵说。

"其实我也不想成家，都是父母做的主，也是为了我弟弟……"秀秀提起这事就伤心，眼圈又红了。

"也不能全怨你爹娘，都是封建制度作的孽，妇女要解放首要的是婚姻自主！你呀，就是封建制度的牺牲品……"永贵感叹，"可是现在，这种封建制度还很顽固，还束缚着广大群众的思想，大哥大嫂就是例子，他们还自认为自己办了一件大好事呢！"

"四叔，我爹娘要像你这样通情达理该多好！我也不至于嫁给他……"秀秀说。

"大哥大嫂就是看上人家的钱，其实，秀秀和强强挺般配，他们青梅竹马郎才女貌，可是因为穷，因为门不当户不对，他们就走不到一块儿。真是可惜了这桩好姻缘。"金叶说。

"四婶，快别说了！"秀秀打断金叶的话，"不提还好，一提心里就难过。"

"今后有啥打算？"永贵问。

"嫁鸡随鸡，嫁狗随狗，凑合着过吧……"秀秀说。

"可不能这样自暴自弃，嫁人虽然成了事实，但我们不能任由命运安排，我们可以改变不利于我们的东西，我们要自己掌握自己的命运，你要想法改变秦老板，只有把秦老板改变了，你们的日子才能过得有滋味。"永贵开导她。

“改变他？……他就是个手艺人，心里就是老婆孩子，整天就知道干活挣钱。这样的人咋改变?”秀秀不解，“不过，话说回来，他对我还是挺好的，听话，不赌不嫖不抽，是个老老实实本本分分的生意人。”

“心里装着老婆孩子就好办，不赌不嫖不抽老实本分听话就好。我们改变他就是要他不仅爱家还要爱国爱民族，变成一个抗日的积极分子，这样你们的生活不就有意义了吗?”永贵说。

“四叔，你绕了这么个圈，我才明白……一个人只要把自己投入到爱国爱民族的抗日活动中，他的生活才有意义。这秦老板是这样改变呀!”秀秀惊讶。

“国家兴亡，匹夫有责。位卑未敢忘忧国，等你把他改变好了，我就在你们那里建个联络站，这样你们就参加了抗日活动，就成了八路军的一员，到那时，你们的生活会很精彩，秀秀，你看我说的咋样?”永贵说。

“好啊！四叔……我按你说的办，我能改变他，我能做到，我要我们的生活过得精彩……”秀秀说这话不是大话，她觉得秦老板会听她的，想到这儿，心里美美的：“四叔，你等着瞧，我说到做到，不放空炮。”

刘大牛和强强是一起来的。看到永贵后他们眼睛一亮，他们没有生疏感，是那种久别重逢的感觉。永贵不再是那种弱不禁风的书生，而是一位久经沙场的八路军连长，他们佩服他，所以见面后话语亲切热烈。

“四弟！你可回来了。”刘大牛拉着永贵的手不放，“我就盼着你回来，你回来这村里就有指望了。”他有些激动：“老村长看好你当村长，你走了，他老人家的心劲也就没了。老大老二和老三尿不到一个壶里，这村里没主事的人不行，大伙就让给我干了。我有啥能耐，村长没当好。这下你回来了，你就当村长，你是老东家看好的接班人，大伙儿服你!”

“刘大牛刘村长，你和我三哥同岁，我该叫你大牛哥。见面你就说这些是不是把我当外人了?”他握着刘大牛的手说，“我现在心可大了，这小小的村长我可不干，这庞家窑的村长啊，还是非你莫属！你呀，想推都推不掉!”

“哈哈哈哈……”两人互相捶着对方的肩膀，到后来拥抱在一起了

“姐夫!”强强的一声呼唤把永贵叫得暖暖的。他握着他的手，不停地摇动，激动地说：“见到你真高兴，八年不见，都成了大人了……”永贵拍拍强强肩膀说，“好壮实的小伙子，听说你武艺不错，土匪杆子都害怕，是条汉子!”

“是大牛哥领着我们干的，村里大小事全凭大牛哥，他才是大伙儿的主心骨!”强强说。

“父亲和爷爷在世的时候，老庞家是大家的主心骨。世道变了人也在变，父亲和爷爷收留你们外来的人现在使上力了。老庞家族的孩子贪图享乐忘了根

本，不能给大家出谋划策，不能给大家主事做主，这样就会淘汰，这没有什么可惜的，大浪淘沙留住的就是金子。所以我说，你们就是庞家窑的金子，庞家窑的村民们离不开你们。”永贵说得有些激动，眼圈都红了。

核桃树下，大家无话不谈亲如一家。为了进一步把工作做好，他们决定晚上再开个会。会议就在后窑里开。金叶把窑里的窗户上挂了厚帘子，窑中间放了桌子，桌子上点着豆油灯，放着一些葵花子和煮熟的花生和毛豆角，还放了一大罐绿豆汤。

这天晚上，庞永贵和谭树林分别向大家介绍了目前国内形势和共产党的抗日救国十大纲领，着重讲了要在敌后放手发动独立自主的游击战争，组建抗日武装，建立抗日根据地和抗日民主政府。

庞永贵说，红军已改编成八路军，八路军已于八月在陕西泾阳县云阳镇东渡黄河，经山西的河津稷山绛州到新田，在新田坐火车北上开赴抗日前线。他在新田离开了部队，奉命到塬县开展抗日工作。

谭树林说，日本鬼子侵略中国，每一个中国人都要奋起反抗，国家兴亡，匹夫有责！“九一八”东北沦陷就是例子，亡国奴是没有好日子的，我们只有发动全国的老百姓，共同抵抗日本鬼子，才能把他们赶出中国去！

庞永贵还说，一九三〇年离家时，他们也是从新田到绛州稷山河津，过黄河到陕北，参加了刘志丹的红军。一九三五年中央红军到陕北，陕北根据地得到了很好的发展，他也在革命中逐步成长起来。这次回来，就是按照组织的安排，塬县籍的干部战士回塬县，利用本上的各种关系，组建塬县抗日武装力量和塬县抗日民主政府，领导塬县的军民开展抗日救亡工作。

听完永贵和谭树林的话，大家都很振奋，七嘴八舌问这问那。庞永贵和谭树林简单明了地解疑释惑，使他们明白了许多抗日的道理，他们也流露出了积极抗日保家卫国的意图。看看时机成熟了，庞永贵和谭树林商量，庞家窑现成的护村队完全可以改变成抗日武装力量，村长刘大牛和骨干强强金海金洋是我党在基层依靠的基本力量。这个护村队完全可以成为我党领导的抗日游击队。

庞永贵和谭树林又和刘大牛强强金海金洋分别进行了交谈，并把自己的想法给他们交了底，没有想到的是，刘大牛和强强金海金洋非常赞颂他们的想法，对于日本鬼子的暴行他们早有耳闻，所以永贵他们一说，他们就完全同意了。

庞永贵他们趁热打铁，立刻就以塬县抗日游击大队的名义，成立了塬县庞家窑村抗日游击小队，刘大牛为队长，强强为副队长，金海金洋为组长。抗日游击小队当前还是秘密活动，在村里还是刘大牛以村长的身份出面，强强和金海金洋还是以过去的护村队出面，秀秀和金叶因是女流，各自都有家事，作为群众先不参加活动。

刘大牛和强强说，我们一定在共产党八路军的领导下，保卫好村庄，保护好村民。

庞永贵和谭树林说，抗日斗争是残酷的，我们要有思想准备，无论条件多么艰苦，我们都要发动群众带领群众依靠群众，打一场保家卫国的持久战！我们相信，有共产党的领导，有老百姓的支持，有八路军的英勇作战，就一定能把日本鬼子赶出中国。

这一夜过得很快，不知不觉天亮了。庞家窑在晨曦中慢慢地露出了面容，山坡上不成规矩排列的窑洞里，渐渐地传出了人的吆喝，马的嘶鸣，牛羊的咩咩……山村从睡眠中醒了，炊烟合着山岚，飘荡在沟顶坡上。

太阳从中条山巅跳出来了，霞光万道光芒四射，阳光驱散了山岚炊烟雾霾，阳光洒在了沟沟坡坡山山茆茆……

庞永贵回村发展抗日武装弄得紧锣密鼓，大家热血沸腾挽着袖子要大干一场。庞永荣这边却冷冷清清一个人发了愁。庞家兄弟说好了一块儿逃难，临走临走有了分歧。老二老三借口孩子多太累赘，离家远了不方便，说在沟里挖个洞也能藏人不愿意走了。金叶因为永贵回来了也不想走，但是她又不能说出去，就借口父母年纪大行动不便和自己兄弟在一起也不愿意走了。

秀秀看大家都不想走，也想说服父亲留下，她的原因很简单，就是四叔回来了，村里成立了抗日游击小队，共同抗日共渡难关，就不用再逃难了。但是她又不能说出去，因为她要替四叔保密，所以也就无法说服父亲。为了不使父亲失去尊严，也是害怕父亲因她不去而产生疑问或是孤独，她决定和家人一起逃难。

庞永荣小心惯了，左比右比还是觉得山里安全，说服不了兄弟们后就带着自己一家人走了。

二十四、黄土坡伏击战

庞永贵要带着他刚刚组建起来的队伍打鬼子！说来有点不可思议，可这是真的。

庞永贵有自己的想法，理由就是一条，长中国人的志气！他不能让鬼子轻而易举地占领塬县！他要鬼子对他们的兽性付出血的代价！他要让老百姓看看，在塬县大地上，有一群热血男儿在抗击日寇！在保护自己的母亲妻儿姐妹！在保卫老祖宗留下的这块热土！

这好像以卵击石！这个看似不可能的事，庞永贵却做得至臻至美。说到底，庞永贵组织的这次战斗，打的就是个天时，打的就是个地利，打的就是个人和。天时地利人和，打不胜才怪哩！

庞永贵选择的地点叫黄土坡。战术是利用险要的地形伏击鬼子。他非常明白自己队伍的战斗力，战士们都是刚刚加入的农民，没有经过正规的训练，与训练有素的鬼子正规部队交手肯定要吃亏。再说他们的武器非常落后，除了汉阳造的老套筒就是打猎用的火枪，许多人拿的是大刀长矛，子弹不多火药不够。在这场力量悬殊的战斗中，他不能看着战士们白白送死，这是经过千辛万苦聚集起来的宝贵财富，是抵抗日本鬼子的中坚力量，他要保护他们。但是他还要打，通过打仗，提高部队的士气，锻炼战士的勇气，消除鬼子不可战胜的谎言，让百姓看到光明和希望。所以经过深思熟虑，他选择了鬼子进犯的必由之路，地势险要的黄土坡，打一场伏击战。

黄土坡是一个地名。塬县县城出北门是一马平川的平地，大约走三十里到薛庄，过薛庄再走十五六里地，就到了黄土坡。这里沟深坡陡，南北贯通的古车马大道，蜿蜒在山脊沟壑边。有一段路异常险峻，这就是人们说的黄土坡。这段路一边是深不见底的大沟，一边是陡峭的黄土崖，弯道就有好几个。如果是雨雪天，这里就是鬼门关。坡陡路滑弯急，上下都不好走，车货牲口一不留神就会翻到沟里。凡是走过这里的人，没有不胆战心惊的。这里是响水塬和中条山的衔接处，黄土坡的东边，浑厚的黄土层突然拥出壁仞千尺的中条山，站在沟里向上看，幽幽的直插云霄的大山好似随时都会倾倒下来，更增加了黄土坡的神秘。

黄土坡也是一个村子。在进入黄土坡山道的向阳处，有几孔窑洞，住着几户山民，有一个小杂货铺一个小饭馆和一个小车马店。黄土坡清一色的河南人，为首的姓侯，叫侯铁锅。侯铁锅是河南济源一位商人，专门贩运大邑的铁锅。他走的这条道就是要经过黄土坡。有一年，侯姓商人带着老婆孩子过来了，没想到在黄土坡翻了车，老婆孩子摔死在沟里。伤心至极的侯姓商人，选了块山坡坡向阳处，挥镐挖洞住了下来，他要在此相伴死去的妻子和孩子。这样一待就是半年，半年里他看到有好多马车在这里出事，货物散尽事主伤心悲惨景象历历在目。商人毕竟是商人，在凄凉的背后，他看到了商机。他回到老家，叫了些穷苦乡亲，在他住的窑洞旁边再挖一些窑洞，开了商铺饭馆和小店。他还组织了一些人做苦力，帮助事主寻货找人，帮助大车上山下山，说白了就是人推人拉，扫雪垫土，防止马车打滑翻车。这个事还真行，过往的马车为了安全，都请他们护车，生意还真不错。侯铁锅因此也改名为侯善人，这是路过的人给他起的，说他办了一件大善事。

后来，侯善人死于非命。

那是一个寒冷的冬天，连着几天的大雪，道儿结了一层薄冰，呼呼的北风吹得路断人稀。天黑得很早，冰天雪地没有生意，黄土坡的苦力们早早就钻进了被窝。

突然，门被“嘭”的一声推开。赤裸着身子的男人们被冰冷的大刀压着脖子。灯点着了，惊魂未定的他们看到的是一群翻穿着羊皮筒子的土匪。为首的就是杀人不眨眼的匪首“大烟袋”。他手下的喽啰，正用寒光闪闪的大刀抵着十几个热乎乎的脖子，只要一用劲，就会“喀嚓”一声，像切西瓜一样切下人的脑瓜。

大烟袋坐在灯下，一身黑色的中式棉衣棉裤，外罩一件黄色的军大衣。他头戴一顶狐皮帽子，手里玩弄着一杆三尺六寸长一寸五粗的乌黑锃亮的烟袋杆。烟袋杆是用铸铁做的，烟袋锅是个小孩拳头般大小的铜烟锅。烟锅壁很厚，真正放烟丝的地方有杏核大小。烟袋嘴也是铜的，只是比普通的要大很多。说是烟袋也不为过，它确实能抽烟，说是兵器更确切些，这个重约十斤的烟袋杆要过不少人的命。

“谁是你们当家的?”大烟袋厉声问。

“……”没人回答。

“不说是吗！好，小的们，把他们的被子抽了！”大烟袋发话。

“妈呀，冻死我啦！”随着声声哀求，这些人光着身子被拉下炕，站在地上嗦嗦发抖。

“不要为难他们，我是这里的当家的。”侯善人站出来说。

“你是当家的?”大烟袋用烟袋杆指着侯善人的脑袋说。

“天这么冷，让大伙儿穿上衣服！”侯善人说。

“我满足你的要求。”大烟袋用烟袋锅在侯善人头上敲了敲，“不过，你不能穿，你还没有回答我的问题呢？”

“这……”侯善人哈着气，双手抱胸，已经六十岁的人了，他真的受不了了。

“只要你把钱拿出来，我们立刻走人！”大烟袋看他嘴唇发乌，确实冻得够呛，事没办完不能让他死，于是就冲着一个土匪喊道：“给他穿上衣服，老老实实给咱们拿钱。”

侯善人身边没有钱，他们今年挣的钱，侄儿侯铁杖昨天带着进城了，所以他能拿出的只是维持今冬他们这些人的生活费。

大烟袋一看只有一百块银元，两眼冒火光：“就这点？”

“生意不好，只有这些……”

“放你妈的屁！来人！把衣服脱了，扔出去喂狼！”

“慢着！”侯善人心里一横说，“钱已给你了，你还要咋的？讲理不讲理？”

“哈哈！你敢和老子讲理，我看你是活腻了！”话没说完，大烟袋挥起烟袋杆，只见黑烟一闪，只听“咚”的一声，侯善人太阳穴中了一烟锅，人趔趄一下慢慢倒下，七窍流出一些黑血，连句话都没说就咽了气。

侯善人死后的第二天，侯铁杖就回到黄土坡。侯铁杖是奉侯善人之命，到塬县县城送钱和置办过冬的物品，才躲过了昨晚的一劫。此人三十五岁，身高八尺，黑塔一般，两臂如檩，两拳如斗，阔嘴高鼻，力大无穷，生就的一副鬼怪惧怕的凶相。侯铁杖是黄土坡的二当家。从小习武，使一根四五十斤重的混铁杖如同鸟儿叼草、猴儿耍棍、大象扳树枝一样轻巧！所以真名已被忘记，侯铁杖却名正言顺。此人十五岁跟伯父到这儿落脚以后，忠心耿耿，跑前跑后，吃苦耐劳，无一怨言。侯善人看他忠厚，也是自己无儿无女，权且把他当儿子对待。侯铁杖忠厚能吃苦，凡事都冲在前头，渐渐地在大家心里有了威信，成了这些脚力们的头儿。十余年的磨炼，他已谙悉江湖上的事情，打点应酬游刃有余。每年的这个时候，他都要按照伯父的吩咐，到塬县县城去一趟。因为他们在县城秘密地开了一间布匹绸缎庄，由侯善人的妻弟掌管，把每年黄土坡挣的钱投到那儿赚钱。因为妻弟姓韩可以遮人耳目。另外还有一层意思，就是狡兔三窟。黄土坡地偏人稀，太多的钱放到这儿不保险，就是土匪不抢，自家人见钱眼开也要生出是非。所以他们就多了个心眼，在城里开商铺，钱赚钱一举两得。这次多亏侯铁杖早走了一天，不然的话，一年的辛苦钱就全落到土匪手里了。

侯铁杖知道了事情的真相后一个人走了。三天后他回到黄土坡，重新给侯善人立灵堂焚香烧纸祭奠。他兜开包袱，一颗沾满污血的人头滚了出来，那是大烟袋的头颅。众人明白，侯铁杖把土匪大烟袋杀了，用大烟袋的脑袋祭奠了侯善人。处理完侯善人的后事后，侯铁杖召集众人商量，愿留下的留下，继续过去的营生，不愿留下的发给路费回家。这些人原本就很穷，回去也无法生活，看到侯铁杖有情有义忠厚善良，大家也就去了二心自愿留下。为了防止土匪报复或者说不再受土匪欺负，第二年春天，侯铁杖从城里布匹绸缎庄取了一些银两，购置了砖灰木料等材料，请了匠人，带着众人打石挖土做小工，硬是在黄土坡村外修了一圈围墙，围墙沿着坡势修建，外高内低，面对古道，后依山崖，远看就像一座古堡，近看成了可攻可守的寨子。围墙下宽一丈，上宽三尺，墙高两丈，上边有墙跺，可站人防守。围墙只有一道门，用青石拱成，门宽八尺，可以过车。门前是一条缓坡道直通大路，门上有个青石匾，匾上刻有“黄土坡”三个字。

黄土坡村清一色的光棍汉。侯铁杖建好围墙后，就把这些人重新安排了一下，年纪大的在饭馆和杂货铺干活，年轻的还是干苦力活，只是天一黑就关寨门，年轻的男丁要值更放哨，如有过往的车辆，可在寨里车马店住宿，非要走的，可派人帮助过路，这样一来，就不是纯脚力，有时候还保镖护路。后来干脆做了一面杏黄三角旗，上绣一个侯字，插在寨门墙头上。过往的车辆商人看到这面杏黄三角旗，心里就踏实了。因为看到它，他们的安全就有了保证。

侯铁杖七十岁无疾而逝。接班的是他的儿子侯青山。大家要问了，黄土坡是清一色的光棍汉，怎么会有孩子呢？是这么回事，自从建好围墙后，生活安定了，年轻人总不能老打光棍吧？大家都想娶妻生子。侯铁杖在四十岁上娶一河南女子为妻。河南女子为他生了个儿子。孩子满月那天，看着身后青青的中条山，侯铁杖就给孩子起名青山。侯铁杖娶妻生子以后，光棍汉们陆续娶妻生子，黄土坡热闹了，村子也扩大了，光靠脚力和镖局已不能维持生活，有些人就在村外挖窑洞栖身，在沟里山凹坡底开荒种地，狗吠鸡鸣骡马叫，黄土坡也真正像个村庄了。

侯青山在县城读过书，二十岁父亲送他到河南少林寺学武术，五年后回来帮父亲打理村里脚力和镖局的事。他像父亲一样，诚实正直。他有文化，知道外边的事。为了防止村子受害和脚力镖局受损，他花钱购置了快枪，成立了快枪队，保护着自己的家产和村子的平安。

但是，好景不长，塬县的保安团派兵围剿了黄土坡，罪名是私自窝藏军火成立队伍图谋不轨。罪名可谓大也，黄土坡遭到了灭顶之灾。围剿的部队是驻守在薛庄的一个连，下的命令是消灭共产党地下武装。在强大的军队面前，侯青山他们只有束手缴械。后来经人打听，侯青山这次遭难，是因为得罪了保安团团长卫三爷。每年的年底，侯铁杖都要进城，给县衙的各路神仙打点，保安团是必去的，而且礼金丰厚，才保的黄土坡平安无事。侯青山不信这一套，侯铁杖在世时，父子俩就因为这事争吵。侯铁杖采取的是花钱消灾息事宁人的办法。世上哪有不吃腥的猫，花一点小钱保自己平安嘛。侯青山不这么认为，他觉得要凭本事在世上立脚，年轻气盛自以为有些拳脚，就不把官府放在眼里，购买军火成立自卫队，叫人抓住了把柄，引来杀身之祸。

知道内情后，布匹绸缎庄的韩老板，也就是侯青山的舅舅，立即托人找关系，倾其全部家产，用重金把他从死牢里赎了出来。但是一切都晚了，黄土坡已被摧毁，断壁残垣一片颓废。侯青山没有走，他收拾了烂摊子，继续从事脚力这个苦差，不久他身边又有了一群穷苦兄弟。

庞永贵带着他的队伍来到了黄土坡，这是他第二次来黄土坡。第一次来黄土坡是上半年的事。组织上派他回来组织抗日武装，告诉他黄土坡有个侯青山，苦大仇深，正直善良，可以争取成为我们的骨干。庞永贵在黄土坡住了三天，两人越谈越投机。考虑到黄土坡地理位置的重要，庞永贵叫侯青山原地发展，临走时，送给他一把驳壳枪。

庞永贵的抗日武装只有三十多人，分为三个小队。谭树林是一小队队长，强强是二小队的队长，侯青山这里有十个人编为三小队，侯青山为队长。这支队伍三把驳壳枪，十支步枪，七支火枪，还有十人背着大刀，一人两颗手榴弹。要阻击日本人，这仗怎么打？庞永贵知道自己的力量，所谓的伏击战，换句话说，就是不能让鬼子轻而易举地不费吹灰之力就占领塬县。

这是用作车马店的大窑洞，窑洞里坐满了人，大家在听庞永贵战前动员和布置。庞永贵在分析敌我形势，他说："这次战斗非常重要，也非常危险，大家都没有见过日本人，更没有和他们交过手，这和打土匪不一样，侵略我们的日本人是正规部队，训练有素，装备精良，骄横残忍。自七七卢沟桥事变以后，日本发动了全面的侵华战争，而蒋介石的不抵抗政策，使大片的国土沦陷，这就使日寇更加骄横。目前，日军侵华士气正旺，灭我中华心切，叫嚷三个月占领中国。对这样一群疯狂的野兽，我们不能和他们正面过招，只能利用险要的地形伏击他们。打着了就打，打不着了就跑，这次战斗能否胜利，就看我们怎样利用黄土坡的有利地形。"

"大队长，你布置吧，我们听你的……"侯青山有些着急。

"好！我现在进行战斗布置。"庞永贵看着大家说，"谭树林的一小队，集中所有步枪，隐蔽在阎王背上，占据有利地形，争取一枪一个，不要放空枪！"

"是！保证完成任务！"谭树林不愧为老红军，回答干脆利落。

"强强的第二小队，负责在阎王背上的大道上埋手榴弹，四个一捆，伪装好不能让鬼子看破，拉线要长，要拉到山上隐藏处，不要着急，要等到鬼子的人和汽车都上来了再拉，一炸一大片！"

“知道了！大队长，没问题！”强强爽快地回答。

“侯青山的第三小队，负责在阎王嘴上埋上百十斤炸药，要把山崖炸塌，堵住大路，掩护一、二小队安全撤离！”

“这个……炸崖，我不想干……我要亲手杀鬼子！出溜在后边不是好汉！”侯青山说。

“你听我说，怎样打好这一仗？我考虑了好长时间。第一小队都是陕北回来的红军战士，身经百战，会打仗枪法准，所以他们在最前线，是为了有效地杀伤敌人。第二小队是经过两个月训练的民兵骨干，熟悉手榴弹的使用，所以他们担负炸毁敌人汽车大炮的重担。你们小队没有训练过，但地形熟，放在后边炸塌阎王嘴堵住敌人的路，这个任务也很艰巨，如果你们没有及时炸塌阎王嘴，敌人就可能追上来，我们的损失可就大啦。战斗是一个团队的整体行动，容不得半点的失误，只要战斗胜利了，我们大家都是英雄好汉！”

庞永贵的战斗计划是经过深思熟虑的。阎王背和阎王嘴是黄土坡大道最险要的地方。阎王背路面是东高西低的青石路面，东面是犬牙交错的大山崖背，崖背石缝湮出的涓涓细水在路面上流淌。路的西面是一个陡峭深不见底的沟。夏天还好走，冬天倾斜的路面结冰，翻车死人是经常的事，所以被称作阎王背。阎王背离阎王嘴有五十米远，这里是一段难得的平路。阎王嘴是个弯道，这里东面有座黄土崖，路在崖的西边呈半圆形绕过，绕过后接着就是上坡，西面是那条陡峭的深沟。遇到雨天，路面打滑，出过不少事故，赶车人到这里都胆战心惊，因此叫阎王嘴。庞永贵就是想利用这两个天险伏击日本鬼子。

在阎王背和阎王嘴的东面，二十米高的山崖上他埋伏了队伍。步枪队在最北边，第二小队在中间，第三小队在南边一字布开。等到鬼子上了青石路面，不要打，等到鬼子走到阎王嘴时，这段平路上一定是人拥车挤，这时第三小队一定要炸塌黄土崖，阻止敌人前进。第一小队听到爆炸声后，立即用长枪打乱鬼子的队伍，趁机消灭一部分敌人。路面一乱，车人相挤，掉沟摔死一定不少，而且也阻止了坡下敌人增援。在阎王背和阎王嘴之间，第二小队用手榴弹做成的地雷，再炸鬼子个措手不及和人仰马翻。战斗开始后，要集中火力把鬼子往沟里打，打完就撤，不准恋战。队伍撤离后的集合地点是中条山腹地的磨坊镇。庞永贵跟侯青山小队，最后撤出战斗。

庞永贵详细说明自己的战斗方案，他在延安接受过军事训练，根据敌情和地形以及自己队伍的情况作出了部署。为的是有效消灭敌人，最有效地保护自己。他的这点人马可不能打完了，这是抗日的本钱，他不干赔本的买卖。

谭树林提出了不同看法。他说：“十杆长枪威力太小，况且子弹不多，每枪也就是二十发，全部打完也就是十分钟左右。十分钟，没有机枪火炮重武器，能否打乱敌人?”

“谭小队长提出的问题非常重要。”庞永贵扫了一眼大家，拿起一支步枪说，“我们的武器确实很简陋，子弹也不多，我们这次打鬼子，主要是打一个志气，让鬼子知道中国人是不可欺负的！为了这个目的，我们不能和残暴的装备精良的鬼子硬拼，我们要用游击战术对付鬼子，他们地形不熟我们熟，我们可以利用地形地貌保护自己打击鬼子。十支步枪，二百多发子弹，和鬼子正规部队对抗，确实太弱了，我们只有这个家底，也只能这样打。打十分钟，不管战果如何，立刻撤出，我们要保护自己不能有闪失！”

“我有个建议，能不能说一下。”强强站起来说。

“说吧。”庞永贵同意。

“我们总共二十颗手榴弹，四个一窝，可埋成五个地雷，还得用人拉线，一个人就能完成，剩下的人就没事干。我想改用人投手榴弹，一人两颗，炸狗日的，多痛快！”

“不行！第一次和鬼子打仗，大家没有经验，鬼子武器好子弹多火力猛，稍有不慎会招来不必要的牺牲。你们两个人负责一个地雷，一定要埋好炸响。”

在大家没有不同意见后，庞永贵宣布散会。各小队回到自己的窑洞休息待命。侯青山在会上没有发言，庞永贵怕他心里窝气，就找他征求意见。果然不出所料，侯青山还是觉得这样打不痛快，他说：“我们小队要步枪没步枪，要手榴弹没有手榴弹，就五支火枪和大刀，咋打呀？一炸就跑，那不成了兔子吗？我觉得不痛快，要不，冲一下，用大刀砍他几个?”

“打仗不能鲁莽！战士们第一次打仗，一定要减少不必要的牺牲。”庞永贵坚持自己的意见。

“第一次打鬼子，就这样打，太不痛快了。”侯青山还是觉得有点不带劲。

“打仗要全盘考虑，打的是战术，不能光图痛快。”庞永贵在说服他。

派出去的侦察员带回了准确的情报，明天有一个中队的鬼子由樊村出发经黄土坡到薛庄。下午，庞永贵杀了一头猪，大碗的猪肉炖粉条让战士们吃个够，天黑以后让大家早早地睡觉，养精蓄锐明早上山打鬼子。一切部署完后，他却睡不着，一个人在窑前徘徊。

黄土坡的晚上格外安静。明天这里就要展开一场生死战斗，一场捍卫中华民族尊严的战斗。此时此刻，庞永贵心潮澎湃久久不能平静。有史以来，战争最忌讳的是以卵击石、以弱击强。塬县的第一次抗击日寇的战斗能胜利吗？他在反复想着自己的计划，自己的计划是鸡蛋碰石头，他生怕有一点点失误。一点点失误都会终生后悔！虽然作了战斗部署，但他还是为自己的战斗方案在思考，他要做的是万无一失，这样才能对得起这支刚刚成立的队伍！他徘徊在自己住的窑洞旁，望着夜色遮住的深沟在思索着每一个环节。

这时，侯青山来了，他给庞永贵带了件夹袄："夜深了，沟里凉。"

"你没睡？"庞永贵披上衣服说。

"睡不着啊！我还在想明天打仗的事。"他看着庞永贵说："就炸一个土山包，是打鬼子？"

"说说看。"庞永贵也想到了这一点，他想听听侯青山的想法。

"我觉得打一次就打过瘾，二小队人员有富余，我们小队就更不要说了，大家不能看热闹啊！"侯青山说。

"继续说，你的意思……"

"我想冲一下，用大刀砍他狗日的，顺便捞几支枪。"侯青山说。

"冲的时机呢？"

"就在地雷炸过后，立即扑上去，鬼子缓不过神就叫他见阎王！"

"地雷一炸就冲，但是，不能恋战！"

"用大刀砍他们，解恨！"

"咱们的火药有多少？"庞永贵问。

"有二百来斤。"侯青山说，"在后窑的瓮里放着，怕潮了。"

"明天把火药全用上，埋到黄土崖，一定要把山崖炸塌！"

正说着话，谭树林和强强也来了。庞永贵看见他们就说："正想找你们呢，你们就来了，正好咱们一块儿说说。"庞永贵把自己和侯青山商量的事给他们说了一下。

谭树林说："我也在想这个问题，我同意冲一下，一是打出咱们中国人的气势来，二是顺便也可以捞一些装备。可是我还是觉得咱们火力太弱了，我想能不能再找一些火枪，没有火枪就找一些火铳什么的，弄出些响声来，在山沟里有回音，增加我们的气势。"

"地雷我看就不要埋了，地形复杂，万一拉线挂住炸不了咋办？不如大家往下扔，反正是往人堆里扔，准不准都不要紧，主要是动静大，扔完手榴弹就冲下去。"强强说。

"好吧，调整一下战斗部署。明天炸黄土崖的任务由二小队的强强和金海金洋完成。手榴弹不做地雷啦，三小队用炸药绑上几十个炸药包，既有杀伤力又有响声还能增加我们的气势。炸毁黄土崖后，一小队立即用长枪压制阎王背的敌人，限制和拖延鬼子增援。二小队三小队乘机向鬼子堆里扔手榴弹和炸药包，随后大家冲向公路，用大刀解决鬼子。"庞永贵说。

"好！就这么办！"大家同意这个方案。

"我还要强调一点，第一小队子弹不多，要压制鬼子的火力不行，在鬼子晕头转向的时候，我们要快速撤出战斗，鬼子醒悟了，大部队压上来，可就麻烦了，所以不能恋战，十分钟结束战斗，这是纪律，一定给大家说清楚。”庞永贵说完后，几个人又把细节细细地琢磨了一遍，最后大家都觉得这次的战斗计划完整了。这时夜已经很深了，一股倦意涌上来，庞永贵说：“大家还有意见吗？如果没有，大家都回去睡觉，明天还有一场恶仗呢！”

第二天天气不错，太阳红红的。庞永贵的队伍早早就进入埋伏地点。强强和金海金洋埋好了炸药回到山上。强强腰里别了盒子枪，这是谭树林的，他的长枪给了谭树林用。他们每人一把大刀还有两颗手榴弹，他们要冲下去砍鬼子。

金海用一个布带子束好腰，又用布条系好裤脚，光头罩着块棉布汗巾，汗巾在额头上交叉打了个结，汗巾的两个角角便挺在头顶。他手握一把鬼头大刀，大刀把上系着红黄两块绸布，站在那里甚是威武。

“好小子！不错！”强强夸道，“真像戏里的大将军！”

“咱们得露一手，平时都是练把式，这次是真枪真刀，咱可不能犯怂！”金海说。

“我们要把功夫使出来，让小鬼子看看，中国人不是好欺负的！”强强说着手腕一抖，大刀唰的一下闪过，一棵胳膊粗的树枝飘落下来。

“哎！快听，有声音了。”金洋喝住他们侧耳细听。这时庞永贵跑了过来：“炸药埋好了吗？”他问。“埋好了！”金海回答。

“同志们！鬼子就要上来了，准备战斗！手榴弹要使劲投，这里到路面是斜坡，虽然居高临下，不使劲投不到。”庞永贵吩咐大家。

“放心吧！不会有问题！”二、三小队的战士们回答。

“侯青山呢？”庞永贵喊。

“在这儿哩！”侯青山从隐蔽的地方过来。

“你们杀进鬼子堆里，头脑一定要清醒，要保护自己和弟兄们，记住，不准恋战！”庞永贵表情严肃眼睛里流露出关切之情，“我的指挥部就在这里，山上黑烟一冒必须撤离！”说完他指了一下身后，在一块突出的巨石上有一大堆枯枝乱草。

山沟里静悄悄的，身边伪装的树枝青草风吹摇摆，几只麻雀竟在人身边叽叽啾啾叫个不停。阎王背那边有了动静，是鬼子汽车的隆隆声。一辆汽车爬上了阎王背，接着又是一辆，汽车是用铁皮蒙起来的，上架着机关枪和火炮。汽车后面是排着四路纵队的鬼子兵，大摇大摆犹如无人之境。汽车停在阎王背上，上边的铁盖开了，一个鬼子露出半个身子在向四周瞭望。突然鬼子开炮了，炮弹在山崖上炸开，碎石像下雹子一样。接着机关枪响起来，打得青石冒白烟树叶唰唰掉。

山上庞永贵的队伍确实受到了考验。特别是二、三小队，他们没有见过这样的阵势。一颗炮弹就落在强强他们身后，巨大的响声震的耳鼓嗡嗡直响。还没缓过劲来，机枪又响了，子弹嗖嗖地从头顶飞过，有几颗就落在面前的土里，飞起的泥土溅了一脸。

侯青山小队处境不好，炮弹在身后的山上爆炸，碎石铺天盖地全砸在身上。这时机枪扫来，有几个人挂了花，一见流血，队伍有些慌乱。庞永贵赶紧来到三小队，一边包扎一边告诉大家是鬼子的火力侦察，要大家沉住气，一会儿鬼子到了跟前，扔炸药包炸狗日的。

鬼子的队伍慢慢地朝前进。阎王嘴到阎王背这段道上有五十多个鬼子，两辆汽车。山道本来就窄，突然涌上来这么多人，黄呼呼的一片，显得有些拥挤。庞永贵觉得时机成熟了，示意强强炸毁黄土崖。

强强带着金海金洋，顺着黄土崖南边的小道连跑带滑地来到崖底，二百斤的黑色炸药就埋在这里，手指粗的火药捻子露在外边。为了保险，他们留了两根捻子，捻子有三尺长，为的是点捻子的人能安全离开。

鬼子已经到了黄土崖前，再向前走就到了阎王嘴。鬼子兵在北边，强强他们在南边，突兀的黄土崖堵住了鬼子的视线。

强强三人已扑到埋炸药的洞前，隆隆的汽车声就在跟前，连鬼子叽里呱啦的说话声都能听到。强强朝前越了几步，他要掩护金海金洋点燃炸药包。

金海金洋点着药捻子回身就往山上跑。强强看他们往山上跑，知道火药点着了，也猫着腰往山上跑。这一跑惊动了鬼子的尖兵，有三个鬼子绕过阎王嘴朝强强追来，嘴里叽里呱啦叫着。强强回手打了一枪，“砰”的一声一个鬼子应声到地，另外两个立刻趴在地下。借此机会，强强三步并作两步，飞快地跑回山上。就在这时大地抖了一下，一声闷雷从阎王嘴传来，黄土崖炸塌啦！扬起的灰尘黄呼呼地遮住了一条沟。

就在阎王嘴黄土扬起的时候，谭树林的步枪队朝鬼子开火了。二、三小队的战士们也立即向脚下的鬼子扔手榴弹和炸药包。顷刻间五十多米长的千年古道变成了一片火海，爆炸声此起彼伏，鬼子被炸得人仰马翻抱头鼠窜。在一片爆炸声中，战士们扬着大刀扑向鬼子。一阵刀光剑影鬼子被全部解决。这时阎王背那边传来激烈的枪声，鬼子要组织冲锋了，庞永贵立即在山上燃起篝火，一股黑烟直升青天。

二、三小队正在捡战利品，看到黑烟后，还不想离开。强强和侯青山赶紧吆喝大家，战士们才恋恋不舍地离开，每个人都拿了不少东西。谭树林那边有些吃紧了，他们的子弹已经打光了，好在二、三小队及时撤出，他们也就利用地形迅速撤出了战斗。

二十五、军爷？ 还是土匪！

老话说：好出门不如赖在家。

逃难路上命运多舛风险难测。但凡能过得去，谁愿意去逃难？

庞永荣一家人逃难路上不顺利。一件意想不到的事就让他们碰上了。

这一天，他们来到了芦苇沟，芦苇沟是他们去中条山的必经之沟。芦苇沟长约十里，宽窄不等，沟里长满了芦苇。那条通往中条山的官道就弯弯曲曲时隐时现在芦苇中。春夏两季，芦苇起来后，沟里一片绿，成片成片的芦苇都长到了官道边上，官道也就隐在了这绿绿的芦苇下。所以这里的路也就十分隐蔽。走进这绿荫遮蔽的沟里，走进这芦苇遮盖着的路上，就是壮汉心里也有些紧张。

芦苇沟沟底不长芦苇，是一片狭长的沼泽地，沼泽地长满了青草苔藓。青草苔藓下有无数的烂泥深潭，人和动物一不小心踏空了脚，就会被烂泥陷住，越动下陷越快，一会儿就会淤在黑泥窝窝中无影无踪。这就是芦苇沟的惊险之处。

芦苇沟地瘠民穷，这里民亦是匪匪亦是民。过路客商富人常常被抢了财物，时间长了抢的多了，过路的客商富人也就谈沟色变，客商过沟请了镖行的把头保镖，富人过沟结伙而行。即便是这样，还是常常被打劫。

传说在涑水县城关北门道，有一张姓人家，家里兄弟三人自幼喜爱拳脚。后来三兄弟长大了，为了生活就开了一家镖局。张老大使着一杆长矛，自喻常山赵子龙。那杆长矛耍得神出鬼没甚是了得。张老二使着两柄大斧，因长得黑又有一身蛮力，人称黑旋风李逵。最值得说的是张家老三，使着一把青龙偃月刀。张老三刀法娴熟，再加上一脸的络腮胡子与关老爷神似，所以就有了美髯公的称呼。张家三兄弟为人忠厚武艺高强，他们保的镖一般都很安然，所以镖行的生意很好，一些到省城和京城的大生意也都请张家兄弟保镖。

一年，张家兄弟接到一单官家到京城给皇家进贡的保镖生意。官家给的镖金不薄，但要求极高，不仅不能失镖而且时间紧迫，一天也不能耽搁。这次保镖的路线就必须经过芦苇沟。张家三兄弟带着贡品来到这里。对这里的地形他们是了解的，过去也走过几趟镖，因为都是小镖，而且都是结伙而行，所以也没发生什么事。这次不一样了，如果结伙就要耽搁时间，没有办法三兄弟只得硬着头皮单镖过沟。

话说土匪也得到了这次给皇家进贡的消息。探子报告说保镖的就是涞水张家三兄弟。

得到消息的土匪头子是本地人，家就住在芦苇沟的芦苇水寨。此人平常和他的喽啰们以割芦苇编席子为生，青黄不接的时节就从事打劫。他土生土长在芦苇沟，对这里的地形了如指掌。因为沟里泥潭遍布，所以他们都练就了一种看路和逃生的办法。所谓看路就是能通过水上的苔藓和水草辨认沼泽里的路。所谓逃生就是一旦被陷会自救，那就是立刻平躺，减少下陷的速度，然后再设法借助外力逃出泥潭。为了打劫他们都要练一种功夫叫水上漂。其实就是一种轻功。这个土匪头子有个外号叫“快如风”。意思是他的动作像风一样快。快如风觉得这是一次“肥活”，就召集喽啰决定劫此“大货”。

张家三兄弟带着装运贡品车子进入了芦苇沟。正值盛夏，塬上烈日当头晒得人身冒油，沟里却不见太阳凉风习习。进沟两三里，这里地势突然开阔，一潭池水波光鳞鳞，池水周边芦苇高大茂密，官道被挤到崖边窄窄的只能容一辆车子通过。看到水，推车的伙计们都挤到池边洗漱，车子就一辆挨着一辆停在路上。就在这时，只听一声炮响，池水中突然飘起一叶扁舟，扁舟上插着一面黑黄两色的三角旗。扁舟上的人吹起了喇叭，喇叭声欢快犹如百鸟朝凤，在这凉风习习的芦苇荡里是那样的明亮悠长。张家三兄弟和推车的伙计们还有押车的官员们都被这喇叭声惊着了迷住了，伸着颈抿着嘴竖着耳陶醉在这喇叭声中。就在这些人着迷即迷的时候，又是一声炮响，只见一群人踏水而来，呼喊着对着池边的人群挥刀就砍，一时间，猝不及防的官差伙计被砍得人仰马翻。

张家三兄弟被突如其来的袭击搞得莫名其妙，好在他们有一身武功，在长矛大刀双斧的招架中逃过了一劫，但是，他们在混战中从装运贡品的车子中被隔离开来，被一群土匪逼到了一片沼泽的深处。这里地势略略高一些，周围都被水草苔藓漫住了，高高的芦苇层层密封，分不出东西南北。就连刚刚进来的路也被水草苔藓漫住了，只能眼睁睁地透过芦苇的缝隙看见十丈开外官道上的车子被土匪推走。张家三兄弟急了，吼叫着踏水而过要夺回被劫的贡品。只见被水草苔藓漫住的小路泛起一阵黑水，三兄弟都被水下的烂泥陷住了，起初还能动，越动陷得越快。三兄弟相互大喊，想联合起来浮出泥潭，但是为时已晚，老二因为使斧动作过大，首先被淤泥陷死，先是到肚子他还能挣扎，再则到胸脯，他已呼吸紧张但还能说话，大叫着二十年后还是一条好汉被淤泥没了顶，接着就是一个黑水的旋涡，张老二消失的没了踪影。老大老三使枪使大刀，两个人和老二一样一个劲儿地被淤泥吸着往下陷，他们的动作比较轻缓，下陷的速度也慢一些，起初，他们试着用枪和大刀探底，没有成功，枪和大刀反而被淤泥吸住扒不出来，几番努力后，淤泥就到了脖子，没了力气的哥俩连喊一声都没有就被黑乎乎的烂泥浆子无声无息地没了顶。名噪一时威震三晋的三兄弟就这样惨死在一群他们连名字也不知道的土匪手里。

张家三兄弟死了，逃出来的官差伙计描述了这次失镖的经历。传奇式的打劫被人们传颂得神乎其神，神乎其神的传说使这里变得神秘恐怖。凡是经过这里的客商和富人都会胆战心惊，也就愈加增兵加将拢群结伙结伴而行。但是到了芦苇沟深处的那潭池水处，往往会风起云涌甚至暴雨如注，有人会说，那是涞水张家三兄弟的冤魂在喊人呢，只要有人陷进去，张家的一个兄弟就会投胎重生。

事情发生的年代已经很久远了，岁深月久口口相传真真假假已无法考证。事情被后人编成了故事，故事里的人物被后人演义。但是有一点不可改变，那就是芦苇沟沼泽泥潭的可怕和人们通过芦苇沟的小心。

自从卢沟桥事变一来，日本鬼子打进了山西，占了太原、临汾和新田后又扑向塬县。塬县的县政府一夜之间不见了踪影，塬上没了官府，匪患泛滥。为了自保，各地都成立了自卫队，抵御日寇也抵御土匪。芦苇沟的芦苇水寨，被住在芦苇沟里的苇民，官家称作的土匪们重新进行了加固。他们在沼泽的深处架起了木桩，木桩上搁置厚板，厚板上盖起芦苇做成的草屋。年轻力壮的苇民们被组织起来，他们使用的是大刀长矛和一些老旧的土枪土炮，他们利用这里的沼泽和泥潭保护他们的地盘。这些人也打劫过往的富商夺取他们的财产。他们也打出了一个旗号，叫芦苇沟自卫队。但是很少杀人，不像传说的那样呼啸芦苇荡杀人不眨眼。

秀秀一家来到了芦苇沟。满沟的芦苇，给这灰黄的古塬上增加了一抹绿色、一种景致。芦苇沟东西走向东高西低。东面是中条山，西面就是这个缺雨少水滴水贵如油的响水塬。据说这条沟的形成就与中条山有关。是中条山里的洪水冲刷才形成了今天这条沟。后来洪水改道了，这条沟也就留下了。只是沟底常年的湮出着一些水，这些水聚集在沟底就形成了沼泽湿地。沟里的水随着季节性降雨也在变化，冬春较少夏秋较大。沟里地势低，四周塬上的雨水都往这里汇聚，水大的时候，沟里那潭池水确实能行船。今年雨水稀少，干旱使芦苇沟里的芦苇也没了往日茂盛，枯黄的芦苇与两边的陡崖连在一起，白茫茫的一片。

庞永荣赶着马车从西边的塬上缓缓地下了沟，可以看到路两边的芦苇不太密实，越往里走芦苇越密实，扁平狭窄的叶子排列整齐，一株株的芦苇就像一个个武士，芦苇顶上的芦苇花穗穗，就像武士头盔的红樱。风儿吹来，芦苇叶子飒飒作响，芦苇秆子一弯一挺，秆顶的花穗穗也跟着此起彼伏，整齐的就像战士的操练。芦苇花就在这风中飞舞，把路上的行人都罩在了这白白的芦花中了。庞永荣全家就在这条如诗如画的沟里走着，原本紧张的心情也随着芦苇沟的景色变得舒畅。走了三里多路，他们来到了沟底那潭池水。这里的景色更美了：两岸的峭壁和天上的白云倒映在水中，间会有鱼儿跃出水面溅起层层涟漪。这里还有野鸭在水中觅食，时不时地钻进水里又在不远处探出身子，然后三五成群游向池水深处。水里的芦苇还泛着绿色，沼泽里的芦苇已经泛黄了，而陆地上的芦苇早已是褐白色的了。一处三种芦苇的景致和山水交相辉映，再加上野鸭凫水鱼儿跳跃，这里恬静舒适胜似仙境，如果不知内情，谁会想到这里就是传说中的那个虎狼出没的土匪窝哩。

这个美丽的地方让人流连忘返，流连忘返的人们都愿意在这里歇脚。池水清凉甘甜，难民们都愿意在这个黄土塬上极少有的池水边稍做歇息后继续赶路。许多人都在这里洗漱沐浴去掉一身的污秽和肮脏。也有许多人在这里往各自的器皿中灌水，因为出了芦苇沟的路将还是一段缺水的路。因此靠着官道的池边就积聚了不少的人，人们的踩踏使这里的芦苇稀疏空荡。

美丽的地方往往暗藏杀机。这里不是久留之地，庞永荣心里清楚，这个地方看似美丽实则凶险。那个久远的故事在他心里的不能抹去。一路上他打听过了，在薛庄的客栈有过客告诉他，在芦苇沟里有土匪重建了水寨，专门干劫路取财的勾当。所以到了这里他格外小心。

春花和秀秀走了大半天的路，已是汗水津津，母女俩找了一处僻静的地方，撩起池水洗起脸来。为了路上走的方便，秀秀和春花做了一番化装。她们都穿上了家里翻出来的旧衣服，并且在脸上涂抹了一些锅底灰，原本细细腻腻白白嫩嫩的秀秀变成了一个粗糙皮肤衣着不整的村姑。原本利利落落精精干干的春花变成了一个垢迹点点窝囊邋遢的老妇。这些装扮在路上遮人耳目省去了好多麻烦。逃难的人群中啥人都有，还有许多从战场上下来的伤兵，他们脱离了部队没了管束持有枪支在这个乱世道就不把一切放到眼里。有些人就是亡命之徒，有恃无恐，觉得自己是死过一回的人了，干什么都不在乎。所以他们就在逃荒路上劫财劫色无恶不作。

庞永荣把马车停到了路边，他把秀文抱下车。看着满车的东西他有些犹豫，他生怕这些东西被人抢去。于是他喊道：“你俩别光顾自己，给秀文洗一洗。”

“秀文！到这边来。”春花已洗完了脸，她把两鬓的头发往耳后拢了拢，精神奕奕干练依旧。

“来！到这儿来。”秀秀也洗完了，去掉了脸上的汗渍和锅底灰，模样儿依然光彩照人。

庞永荣有些吃不住劲了，他看到了一幅美丽的画：秋阳斜射池水反光，逆光投射的芦苇花像镀了一层金边在天空翩翩飞舞。飞舞的芦苇花罩着母女俩，母女俩的身形也就镀上了金边。虽然衣着陈旧，母女俩褪去污秽的脸露出了真容，脸盘儿白净红润似出水的芙蓉，顾盼生辉的眉眼依然楚楚……此情此景叫人过目难忘又叫人思绪乱翻！

庞永荣意识到了危险。女人在这里暴露美就等于是灾难！可这母女俩却完全忘记了危险，这不等于是飞蛾投火自取灭亡吗？

“春花！秀秀！你们……你们赶紧地把脸用黑泥摸一摸！这是啥地方？荒沟野岭土匪窝！臭美个啥？快！快摸些黑泥，弄脏点……”庞永荣压低声音催促她们，他觉得有许多不怀好意的眼光向她们那里瞅，一些人像看稀罕一样向这里凑。

“没事没事，洗洗清爽。”春花还在撩水洗漱，她没向周围看，所以也就没有理解丈夫的焦急和意识到危险的到来。

“就是嘛，一路上净抹些黑泥了，一出汗就蜇的慌，这好不容易有水了，还不洗一洗。”秀秀说的不是没有道理，前几天在塬上，想洗哪来的水？这天然的一池子水，哪有不洗的道理。她和母亲一样的很专注，没有看到即将来临的危险。

“你们就光知道洗了，就忘了为啥要摸锅底灰了……这样……这样是要惹麻烦的……”庞永荣小声地呵斥她们，希望她们能够警觉，但是一切都晚了，他觉得说话间有不少人围了过来，急得他恨不得抓把黑泥抹到她们脸上。

一群伤兵围了过来。这是一群战场上下来的伤兵，确切地说他们是一群逃兵。他们在撤退时和自己的部队走散了，于是就纠集在一起往后方走。他们的部队没有再找他们，他们就成了一群没有组织的武装，成了一群没有纪律约束的散兵游勇。这些人天不怕地不怕，自以为上过战场打过鬼子卖过命负过伤立过功。所以就持功发泼持功抢劫持功欺男霸女。

这些伤兵也很可怜。他们每个人身上都有伤，有的还多处有伤。他们的头上背上胳膊腿上都缠着绑带纱布，绑带纱布上血迹斑斑有的发黑有的鲜红，发黑的是旧伤，发红的是旧伤上的新伤。原本白色的纱布已看不出白色，灰土血污已把它染成了黑灰色。他们脸色焦黄黑灰衣着破烂不堪，有的人拄着拐杖有的人用布条吊着胳膊，缺医少药营养不足他们很狼狈。他们头上军帽皱皱巴巴汗渍斑斑，手里的长枪短枪却油光铨亮。庞永荣回过头来，他看到这些伤兵成半圆形把他们一家围在池水边，就连他的马车上也站着伤兵。

“老总，老总……”庞永荣哈腰点头打拱，他不知道说什么好，只是张着手臂挡着这些人不要靠前。他看见了这些伤兵的眼里流露出的可怕的光，这是一种对女人渴求已久的那种焦躁不安的光。

“老小子，你想干啥？”伤兵中走出一个军官，此人中等个儿黑红脸庞，脚蹬一双马靴，腰里挂着一把中正剑。他的军衣还整齐，戴着一顶大盖帽。他的伤势不重，军帽下可以看到那斜缠着的纱布。这个人粗眉大眼阔嘴蒜鼻，看人眼恶说话口狠喘气粗闷，这个人酒气满身眼珠子通红嘴里叼着个大雪茄。他袖子挽得挺高，手里拎着个盒子炮。明眼人一看就知道这是个兵油子。

军官用枪把磕了磕庞永荣的肩头说："实话告诉你，我们刚灭了这里的土匪。老小子，你听好了，此沟是我的沟，此路是我的路，要从这里过，就要听我的，如若不听话，杀了你全家。"他歪过头看了看春花和秀秀说："这两位女人是你什么人?"

"长官，长官……"庞永荣瞄着肩头的枪，心里害怕有些语无伦次，"他们是……是我婆姨和女儿……"

"挺好!"军官回过头招呼伤兵："把这两个女人带回水寨!"

"长官！你不能呀！……你不能这样……"庞永荣张开双臂拦着这些人。

"妈的！老子打鬼子负了伤，好多兄弟丢了命，你小子送个女人算啥？这两个女人就算是拥军了。"军官嘴里喷着酒气，眼珠更加红了。

"拥军！拥军！……"伤兵们喊着叫着要推开庞永荣。

"谁敢!"庞永荣突然的来了力量，"朗朗乾坤光天化日，抢劫民女天理不容！我看你们谁敢?"

"妈的！你还不要命啦！老子在前线打日本是死过几回的人啦，还怕你吗?"军官用枪指了指秀秀和春花，"我是心疼我们这些兵，他们都是光棍，没有沾过女人，没有尝过女人的滋味，有今天没明天的，这样死去太不值啦。他们要女人没错！小四，把咱们的歌给他唱唱!"

"老子今年二十八，想老婆想疯啦，小妹妹别害怕，你让老子亲一下。"那个叫小四的伤兵，一个胳膊吊在胸前，脸脏兮兮的头发长长的，看样子也就不到二十岁，他没戴军帽满口的四川音，"老子今年二十八，想老婆想疯啦，大屁股细腰子，老子要摸你奶子。"小四的四川音还没落呢，伤兵们都跟着吼起来了："老子今年二十八，想老婆想疯啦，亲一下睡一搭，死球了也值啦。"这种带有酸酸味道的野调调，从这些伤病兵嘴里蹦出来，可以看出他们的亢奋和对女人的渴求。

"听清楚了嘛！这两个女人我们要定了。"军官的语气不容商量，"这辆马车我们也要。你们这一老一小嘛，看在这两个女人的份儿上，老子就不要你们的命啦，赶快滚吧！两天后来领人，不领也行，做个什么压寨女人也行，让弟兄们过足那个球瘾！死了也没他妈的遗憾啦！哈哈……"

"滚！滚！滚!"伤兵们吼叫着用枪撵着庞永荣和秀文。秀文哪里经过这样的惊吓，突然间羊羔风犯了，扑通一下倒在地上，嘴眼歪斜口吐白沫不省人事。

庞永荣急了，一边是妻女一边是儿子，两边都要顾两边都顾不上，情急之下，他抛开了自己的尊严，扑通一下跪在了军官的面前乞求他说："长官……军爷……行行好吧……不要拆散我们一家人，我给你磕头了……"说完他真的在地上磕了几个头，混浊的泪水在脸上横流。他从腰里摸出一袋银元，那是他积攒的救命钱，这时不用何时用？他毫不犹豫地把那五十块大洋递了过去："这个……连同我那马车骡子都给国军……就算我们的一点心意，请放了我的老婆和女儿吧……"

军爷就是军爷，他一把抓过银元说："哈哈……老子正缺钱哩。"他在手里掂了掂说："放人？没门！哈哈……哈哈……"他在嘲笑庞永荣跟他讨价还价。

"你们还讲不讲理！"秀秀实在看不过了，她推开身边的那个小四，立到军官面说，"你们还是国军嘛？国军就这样欺负百姓？我看你们就是土匪！"

"小女子我告诉你，我们现在就是土匪！今天你从也得从不从也得从，好好的大家都消停点，不然的话，别怪老子心狠手辣！"军官说完这番话，命令身边一个伤兵："王三，把这女子捆住！"

王三是一个湖南兵，黑瘦黑瘦个头儿不高，他伤势较轻，只是头上包着纱布。他从腰里取出个细麻绳就要捆秀秀。

"你敢！"秀秀两眼一瞪，脸带怒色，厉声喝道，"畜生！"

王三立在那里不敢动。他还是个孩子，阅历很浅。他是抓夫当的兵，别人说啥他就说啥，长官叫他干啥他就干啥。这次战场上就是军官救了他的命，所以他就把军官当成了爹，军官的话就是爹的话他不敢不听。秀秀拿眼瞪他用话骂他，他不仅不恼反而很受用。在美丽的姑娘面前，他成了俘虏，连救命的爹的话也都不听了。

"营长，不！爹，我不敢……"他看了一眼军官，"细皮嫩肉的，捆坏了咋办？"

"没用的东西！"军官骂了一句，"李五，你把她捆住！"

"是！长官。"李五是陕西人，此人个头不高一肚子坏水，油嘴滑舌专干偷鸡摸狗玩女人的下三烂事。听到叫他捆人心里可高兴啦，他可以趁机摸她嘛！秀秀鼓鼓的奶细细的腰圆圆的屁股早把他馋得流口水了。他拿起王三的细麻绳，上来就往秀秀的身上套。

"啪啪！"很响的两个耳光。李五被打的两眼冒金星。他怔怔地站在那儿愣住了。

"滚一边去！"秀秀一脚踢到李五的腰上，李五踉跄了几步扑倒在地。

"弟兄们！上！"军官发怒啦，连着两个人都没有捆住秀秀他觉得伤了面子。

伤兵们一拥而上，七手八脚地把秀秀捆了个结实，同时也把春花捆了。庞永荣知道大事不好，夺下一个伤病的刺刀，一个箭步上去顶到了军官的腰上："告诉你的手下，放了她母女，不然的话，我捅死你！"庞永荣年轻时跟着父亲庞瑞珩练过拳脚，他也是有一些功夫的。情急之中他顾不得什么了，把这个满身酒气的军官给治住了。

军官没有动，伤兵们都看着他。逃难的人都吓走啦，池水边就剩下他们两拨人，两拨实力悬殊的人在对峙着。芦苇沟静极了，静得能听到心跳的声音。突然，一只鸟儿从芦苇丛中飞起，噗啦啦声使庞永荣的注意力分散了，只见军官在庞永荣一愣神之际，一个反手倒打，庞永荣的刺刀被打掉了，军官的盒子枪顶到了庞永荣的脑壳上。

"老小子，跟我玩这个，看我打死你！"盒子枪张开了机头。

"不要伤害我爹！有事跟我说。"秀秀看着抖作一团的母亲和不省人事的秀文还有就要被土匪打死的父亲，不顾一切地说。

"李五，把这老小子捆起来。"军官把庞永荣交给李五，李五三下两下就把庞永荣捆了个结实。

军官用手摸了摸秀秀的脸蛋："只要你答应我，我就答应你。"他的手摸到了秀秀的胸，他在猥亵秀秀："小女子，爷给你唱个歌：人在人上，肉在肉中，上下抽动，其乐无穷……哈哈，小女子，知道爷要干啥了吗？"说着话军官的手就探到了秀秀的衣服里……

"你知道我们是谁吗？"秀秀强忍着军官的侮辱，她的脑子在急速运转，用什么法儿才能摆脱目前的困境呢？突然间她想到了爷爷庞瑞珩在塬县和江湖中的威望，爷爷一辈子结交天下好汉，也许说出爷爷的大名，或许能吓唬住这些伤兵。上次在回村的路上遇到土匪，她使用了一回，这次她急了只得如法炮制再使一次。于是她就说："我爷爷叫庞瑞珩，他是江湖中的大英雄，号称塬县的及时雨，我爷爷结交的江湖英雄很多，他们都是武林中的高手，你们这样作践我们，就不怕我爷爷的朋友找你们算账吗？"

"庞瑞珩？我咋没听说过？小女子，这个时候了还拿大话唬人。老子就是老江湖了，你唬不住！"军官的手摸到了秀秀的奶，"哈哈，软乎乎的挺美！"军官的眼里满是邪恶笑声淫荡："你说什么？你爷爷是及时雨？哈哈哈……那他咋不救你？及时雨？胡说八道。吓唬谁呢！"

看到军官这样毫无顾忌地调戏猥亵秀秀，春花再也忍不下去了，她猛地朝前一蹿，一头顶在军官的身上。军官一个趔趄，脚下一滑跌倒在池水里。但是他手里的枪响了，子弹打掉了一个芦苇的花穗穗，枪声很响，一串串的回音在水面回荡。一群伤兵围了过来，七手八脚地把春花摁住了。庞永荣看见春花吃了亏，也是一个猛子扑出，左右肩膀，头和双脚并用，他把小时候跟父亲学到的本事都拿了出来，虽然捆着双手，还是把那群不知天高地厚的伤兵撞的稀里哗啦，他要拼了老命保护秀秀和春花。

“哟嗬！来劲啦！”军官从水里站起来，“老子杀人无数，再杀几个也不多。”他走到庞永荣跟前吼道：“那我就先杀了你，然后再杀了他。”他指了指躺在地上犯病的秀文。

“你不能杀他……他还是个孩子……”庞永荣挡在军官的面前，看得出他是生死不顾了。

“别拿老人小孩出气，有本事把我杀了。”秀秀示强地把父亲挡在身后。

“你？……我可舍不得……我们还没睡觉呢？”军官拨拉了一下秀秀，秀秀没有站住滑倒在池边。军官举起了盒子枪，他要枪毙庞永荣。

“不要！”秀秀声嘶力竭地喊，眼睁睁地看着父亲被打死她再也不能忍了，不知哪里来的一股劲，一头顶向军官，与此同时，军官的枪也响了，子弹偏了一点，从庞永荣的耳边擦过。

“小四李五王三，把这个疯女人摁住。”军官提起枪瞄准了庞永荣，“今天碰到硬茬了，非得我开杀戒。”他用枪捅了捅庞永荣：“我也不想杀人，弟兄们就是要女人，只要你松口，我放你一条活路。”

“你这样欺负老百姓天理不容！”庞永荣大喊，“我到阴间也要找你们算账！”

“什么叫天理不容……算了，不跟你这要死的人啰唆了，到阎王爷那儿去告我吧。”军官退后了两步重新举起了枪，春花“啊”的一声昏了过去，秀秀咬破了嘴唇，她已经没有力气喊了，只能眼睁睁地看着军官杀死父亲。

就在这时，“砰”的一声枪响，只见军官的手朝上一扬，身体一歪倒在了地上，他的天灵盖被打穿了，血泡子咕噜咕噜往外冒，嘴啃在地上，那双血红的大眼瞪着。这个想女人想得要疯的军官，最后还是没有得到女人，看来他是死得不值了。

就在军官毙命的同时，接着就是一声高喊：“不许动！”接下来就见芦苇丛里呼啦啦一群人踏水而过，他们用枪和大刀顶住了这群伤兵。伤兵们本来就没有战斗力，看见军官已死，就纷纷缴械。

事情出现了戏剧般的转变。庞永荣一家人被这群人松了绑。他们被这群人带着走进了芦苇来到了水寨。水寨的主人三十多岁，头上包着青巾，身着黑布衣裤，腰里也别着盒子枪。此人脸庞清秀目无恶意举止稳重。看到庞永荣一家人惊魂未定，此人先开了口：“各位请坐，到了这里就安全了。”他谦让着让大家坐到屋里。

水寨其实很简陋，屋里其实就是架在沼泽上的草棚。草棚里有几张歪歪扭扭的板凳，板凳围着的是一张用木板钉的桌子。桌子上有一些红薯土豆和窝头咸菜。

“庞家老大，你们受惊了。”水寨的主人自我介绍说，“我姓高，名志远。江湖上称呼快如风。”

“你就是大名鼎鼎的快如风？你看着不像土匪嘛？”庞永荣不相信眼前这个谈吐儒雅的人是土匪。

“不像土匪也是土匪。”高志远笑着说，“我们家几代都是土匪，我爷爷才是真正的快如风，我和父亲只是沾了爷爷的名声，再加上苇民的拥护，才继承水寨头领的位置。”

“怎么不是土匪也是土匪，这倒是我不明白了。”庞永荣继续问，这个谜他觉得有些奇怪。

这时，饭送上来了。有白菜豆腐萝卜豆芽这些青菜，还有一盘炖野鸭和一盘熬鲫鱼。高志远热情地说：“小寨清贫，没有上好的酒菜，几位凑合着用。”

“你这是？”庞永荣纳闷了。真是福祸两重天。刚才还在鬼门关，现在又是桌上宾。

“庞家老大，你不是想知道水寨的内情吗？现在我就慢慢告诉你。咱们边吃边聊。”说着就给庞永荣斟了一杯酒。这是那种自酿的红薯酒，辛辣香醇。一杯酒入口后，一股暖流从心口涌起。三杯酒后，高志远打开了话匣子，告诉了庞永荣想知道的秘密。

芦苇沟自古就住着一些山民。这些山民没有土地以割芦苇编席子编苇箔为生。官府强争税赋，这些苇民生活窘迫，就利用芦苇沟的青纱帐和沼泽地里的无数泥潭干起了劫路的营生。他们崇拜的是《水浒传》里梁山的英雄好汉，专抢路过的贪官污吏，轻易不扰袭平民百姓。这样一来官家就把芦苇沟说成了土匪窝。早些时候，高志远的爷爷就在这里建立了水寨，目的是利用沼泽泥潭的险恶进行自保，主要是抵抗官府的剿灭。爷爷去世后高志远的父亲接了班，高志远的父亲听闻庞瑞珩是塬县的及时雨宋江宋公明，并知道了一些他的解救和帮助外来徙族的事情，很是为他的大义善举感动，就有意去拜访。见面后两人无话不谈成了好朋友。高志远的父亲病逝于霍乱。高志远接了父亲的班，他在县城念过书，是个读书识理的文化人。在读书时接触了共产党，他的心思有了拓展，不仅信奉行善积德，而且愿意为穷人打天下。所以他的水寨不祸害老百姓，更不随意开杀戒。日本人打进来后，共产党找过他，想改编他这支武装为抗日的队伍。两个月前，庞永贵又来找他，正式以八路军塬县抗日游击大队大队长的身份，以塬县抗日民主政府县长的身份和他谈改编的事。那是一次长谈，两人促膝交心，就连各自家庭的情况都告诉了对方。得知庞永贵就是庞瑞珩的四儿子后，高志远二话没说欣然同意把他这支队伍改编成塬县芦苇水寨抗日游击小队。三天前，一伙儿伤兵来到芦苇沟，高志远看他们可怜，就把他们接到水寨款待，他有一个想法，就是把这些伤兵留下加入八路军，这些人和鬼子交过手，有一定的战斗经验。还有一条就是这些伤兵手里有枪，这可是他们梦寐以求的。哪知这些伤兵不仅嫌饭菜不好，而且动了歪心，想霸占水寨占寨为王。那个营长是唯一的军官，他是这些伤兵的头。高志远警惕性很高，他看出了端倪，心里早有防备，就在伤兵们要解决他的时候悄悄地潜水逃走了。逃走后的高志远马上联络手下，要重新夺回山寨。今天上午，他们就是隐在芦苇丛中，准备去夺山寨时看到了军官的恶行，并且听到了秀秀高喊庞瑞珩，知道了被伤兵绑架的人是老英雄庞瑞珩的后人时，就决定打掉这伙伤兵解救秀秀一家。高志远是神枪手，一枪就毙了军官的命。对于别的伤兵，他没有乱杀，他还想着把他们收编成芦苇水寨抗日游击小队的战士。

“你咋叫我庞家老大？你知道我？”庞永荣还是有点纳闷。

“庞瑞珩老英雄有四个儿子，老大有一儿一女。女儿漂亮儿子有羊羔风。这个在响水塬无人不晓。刚才我们看到你儿子犯病以后，又听到你女儿高喊庞瑞珩，我们就确定你是庞家老大了。”

听完高志远的话，庞永荣肃然起敬，赶紧两手相抱打着拱说：“感谢救命之恩！如有日后，一定涌泉相报！”接着就叫着春花秀秀一起给高志远磕头。

“使不得！使不得！”高志远连忙把他们扶起说，“要感谢的话，还是感谢老英雄庞瑞珩，如果不是秀秀高喊老英雄的名字，我们也不知道你们就是庞家之后呀！”

“是呀！是呀！感谢爹的在天之灵，感谢你老人家护佑儿孙平安。”庞永荣说完就和家人来到草屋外面，对着满天的星斗和满沟的芦苇还有那一池清水，虔虔诚诚地磕了三个响头。

“对了我还得问一声，你们这一家子是干啥去？是逃难吗？”高志远说。

“是呀，鬼子就要来了，到中条山躲躲。这逃难逃的差点没了命……”庞永荣说。

“你家老四两个月前就回来了，还到我这儿来过，要不这样，你们就留在我这儿，我想法联系他，把你们接回去。”高志远说。

“啥？我家老四回来啦？我咋不知道？”庞永荣说，“八九年都没见面了，也不知他的情况……”

“他是八路军塬县游击大队的大队长，也是塬县民主政府的县长，他回来了就是领导我们跟小鬼子斗，所以你应该回去，就和我们一样，人熟地熟，在自己的家里和鬼子斗，只要我们团结起来，鬼子能蹦跶几天?”

“我家老四当了八路的官？这么多年音信全无，这是真的还是假的?”春花很吃惊，她不信这是真的。

“娘！高叔叔讲的还能假！我们就听高叔叔的吧，这逃难也不是个事，不如我们回去，如果再碰上今天的事，我们可就没命了。”秀秀知道四叔的事，但她又不能说出去，她就借高志远的话劝父亲不要逃难了。

“这个老四，多年不见，这一回来还当了八路的官！神出鬼没的把我也弄糊涂了。我连他的面都没见，我咋能知道他能管了我们？再说已经走出来了再回去？回去就安全吗？我看还是不回了，都走了三天了，今天还闯了一回鬼门关，眼看就要进山了，再回去？算了算了，还是逃难吧，山里还是安全。”庞永荣犹豫了一下，想了想还是执意要走，他不相信庞永贵回来了就能保护他，他觉得还是逃到山里保险。

第二天，高志远把他们送到了芦苇沟东面的沟口。上了沟再走二里地就进了中条山。庞永荣从布袋里掏出从死了的军官兜里取回的五十块大洋，他要送给高志远，感谢他的救命之恩。高志远坚决不收，他说施恩不图报是他的原则。听到这话，庞永荣尤其感动，握着高志远的手久久不放。四目相对泪眼涟涟，想想这样一别不知何时相见，庞永荣不由得哭出声来。

庞永荣一哭，全家人都哭了，高志远不忍心这样的别离，就硬着心肠快步而去。望着渐渐远去的背影，全家人跪倒在地，他们给这个救命恩人磕了一个头。

二十六、魑魅魍魉

家有内鬼，鸡犬不宁！

鬼子占了塬县县城，一些混混无赖痞子恶棍成了鬼子的红人，吆三喝五颐指气使人模狗样地当起了汉奸。二赖子就是其中的一个。

二赖子不是叫他姐夫刘掌柜送回山里老家了吗？怎么又回来了？怎么还成了日本人的红人？

话还得从几年前说起。那年二赖子编造了秀秀的闲话后，惧怕老庞家族的人找他算账，就溜回城里找刘掌柜，刘掌柜知道他狗改不了吃屎，就送他回了老家。谁知游手好闲的他，根本就在大山里待不住，没有多久，他就来到大邑县城鬼混。鬼子占了大邑后，为了能吃香喝辣花天酒地，他弃祖宗不顾，认日本人做爹，这个坏蛋为虎作伥，蹂躏乡邻，厚颜无耻地成了人见人恨的走狗汉奸。

这次鬼子占塬县，他也跟着来了。他为什么要到塬县？其实还是因为秀秀，他要占有使他神魂颠倒的秀秀。当年在郭家庄开饭馆，得知庞家窑有位貌美的女子，他便有意染指。一次在混混的指引下，他见到了朝思暮想的秀秀。秀秀的端庄大方使二赖子垂涎三尺！这与他整天厮混在一起的窑姐果然不一样，真是一个天仙一个地鬼！他发誓今生今世要得到秀秀。由于沉溺女色迷恋赌博，好好的饭馆被他弄丢了。落魄中的他还是想着秀秀，单相思使他经常到庞家窑转悠，目的就是多看几眼秀秀。他知道自己穷困潦倒奢想如梦，但是他痴心难改、鬼迷心窍，癞蛤蟆总想吃天鹅肉！那年在沟里看到秀秀和强强唱《憨憨女婿》，心里妒忌醋意大发。于是他就编出一些谎言糟蹋秀秀。虽然事情过去几年了，他还没有忘记秀秀。他觉着世道倒过来了，他出人头地了！秀秀也该是他的了！于是他就极力地在鬼子面前献殷勤，并说自己在塬县人熟地熟，没有不知晓的人，没有不知晓的事。就这样，二赖子随着鬼子来到了塬县。他戴了一顶鬼子的帽子，穿着一身黑绸子衣褂，脚蹬了一双鬼子的皮鞋，斜背一个鬼子的王八盒子枪，成了一个地地道道的二鬼子。

二赖子到塬县县城没有多久，就收罗了街上那些地痞混混，组成了鬼子的特务队。被秀秀教训过的歪脖和斜眼又趾高气扬了，这俩家伙投靠了二赖子，又胡作非为起来。

一天，二赖子带着歪脖和斜眼来到仙人居。进门就对刘掌柜说：“哎！过来过来，有好事找你！”

刘掌柜不知道这个小舅子又要耍什么歪招！鬼子占了塬县县城，二赖子趁机占了仙人居。他把在老家的姐姐和外甥接了回来，裹胁刘掌柜为他操持仙人居。为了巴结日本人也是为了升官发财，他就想方设法去巴结鬼子驻塬县最高司令官龟土一郎。他知道龟土一郎特别喜欢中国的饮食文化，就投其所好自作主张把仙人居送给了他。龟土一郎一高兴就提拔二赖子当了特务队长，并让他管理仙人居。还给了二赖子一个特权，就是可以直接面见龟土一郎。这样一来，仙人居赚的钱二赖子捞了一把后，全部进了龟土一郎的腰包。

“好事能挨着我？”刘掌柜不相信他。

“我能骗你吗！真是好事，是给日本人干事。”二赖子很得意。

“日本人的事我不干！”刘掌柜摇头拒绝。

“你别糊涂！为日本人干事，好处大大的！”二赖子学着鬼子的腔调。

“有什么好处？我的仙人居都是鬼子的了，还能有什么好处。”刘掌柜说不下去。

“你咋算不过账啊？过去你开饭馆，当兵的吃饭谁给钱了？是我想了个点子，把饭店给了龟土一郎，明着是他的，暗地还不是咱们的吗？最主要的是保住了你！你不是还住在这儿吗？”二赖子的歪理真歪。

“照你这么说，我还得感谢日本人！”刘掌柜很生气。

“那可不嘛，不仅要谢日本人，还得好好谢我！”二赖子得意。

“谢你？……那是你看我还有用……这个店还得我管。”刘掌柜说。

“好啦好啦……不啰唆啦……今天这个事保你高兴！”二赖子说。

“你那嘴里能吐出好东西，啥事？说吧。”刘掌柜想知道他葫芦里装的什么药。

“龟土一郎要你当塬县的商会会长，是个肥差！”二赖子说。

“商会会长？”刘掌柜一听就不对劲，这不是汉奸吗！他连忙摇手，“干不了，干不了，我一个做饭炒菜的大师傅，不是那块料！”他一推六二五，不管三七二十一地拒绝了。

“有人还找你吗？”二赖子厉声说，“山中无老虎，猴子称大王。这是给你脸！别给脸不要脸！”

“我现在是过一天混一天……不管闲事……不管闲事……”刘掌柜继续推辞。

“实际上就是个闲职，就是个摆设，日本人咋说你咋办。”二赖子点拨他，“这是个肥得流油的差事，是我给你争取的，在龟土一郎那儿没少添好话。你是商会会长，我是特务队长，这塬县县城不就是咱们的天下！天大的好事嘛！”

“我不干！”刘掌柜回答干脆，“你小子当汉奸，还要拉我垫背！”

二赖子有些不耐烦，用手拍了拍盒子枪说：“什么汉奸不汉奸，再胡说我毙了你！这事我应承了，你干也得干，不干也得干！给你好说是看得起你，不给你好说你要咋？日本人的厉害你也知道，脑袋有多重，自己拿秤称！给脸不要脸，别怪我翻脸！”说完甩袖走了。

二赖子的霸道，把刘掌柜气得半死。二癞子最后的威胁实际上也就是鬼子的威胁，不干就意味着死！他没了主意。晚上，他来到对过的银器铺，心里憋屈了一整天，他想和秦老板说说话。

秦老板的日子也不好过，真真的度日如年！那天来了一群鬼子兵，看见柜子里的金银首饰，一个个瞪大了眼睛。其中有个挎着东洋刀的鬼子官，用手比画着叽里呱啦地说了一通。秦老板理解成鬼子要买他的银器，就从柜子里边把金银首饰全部拿了出来。鬼子兵二话不说把这些东西拿上就走。秦老板一看，这怎么行？就拦住他们，要他们付钱。那个挎东洋刀的鬼子官好像听懂了秦老板的话，他转过身走到秦老板跟前，一巴掌扇在秦老板的脸上，秦老板鼻子一热，两行红红的鼻血流了出来。鬼子官又抽出了东洋刀，一股寒气凝在脖子边，秦老板两腿一软坐在地上，哆嗦着说不出话来……秦老板拣了一条命，如果他再硬去要钱，就可能成了刀下鬼了。他有些后悔，后悔听了刘掌柜的话留在城里，后悔没有和秀秀一起到中条山避难。家产都是身外之物，人没了这些又有何用？他也常常思念秀秀，老夫娇妻的日子刚有些热乎，现在又天各一方。冷炕孤灯难入眠，时光又倒回到前几年。唉！他经常这样叹气，叹声连连……

刘掌柜来了，秦老板看他一脸的不悦，就知道又有事了。自从日本人占了塬县，同病相怜的哥俩经常在一起互诉衷肠，看到难兄敲门，难弟就猜出几成。

“又有事了？”秦老板问。

“二赖子又找碴儿了。”刘掌柜沉着脸说。

“找啥碴儿？”秦老板问。

“他巴结日本人，要我干商会会长。”

“这狗日的，你咋想？”

“他硬逼着，枪指着头，这个关不好过！”

“过去咱俩都犯了一个大错，心想日本人还能不让做生意！可留下来有什么好处？你的饭馆没了，我的铺子也名存实亡，剩下就是这条命。”经过一连串的变故，秦老板明白了许多。他觉得没有逃难是一个错误，在鬼子的铁蹄下，亡国奴能有好日子吗？

“没有后悔药啊！我这肠子都悔青了！还搭上了你与我一同受罪！”刘掌柜愁眉苦脸。这个精明的生意人，自认为本本分分做生意，规规矩矩缴费纳贡，就能过上平平安安的生活。哪知他错了，日本人不仅抢了他的饭馆，还要他给他们经营，更可恨的是要他当汉奸！他真是后悔啊，当初自己不走，还拉上秦老板。现在他们两个难兄难弟每日都提心吊胆，日子是过了今天不知明天，焦虑自责烦闷，犹如生活在水深火热中。刘掌柜没有好法：“老弟，我比你还惨，老婆孩子都被弄来做了人质，我就是想跑也跑不了了。你说说，我该咋办？”

“人在屋檐下不能不低头。咱们要活命，就得按他们说的办。”秦老板无奈地说。

“那和二赖子有啥区别，不成了汉奸了吗？”刘掌柜不解，“你咋说这种话？”

“你和二赖子不一样，你是假干不是真干！”秦老板被鬼子逼得爱动脑子了，不要心眼吃亏的老是自己。

“兄弟，我是头大胸闷心烦，叫二赖子气糊涂了！你给我出个主意，我该咋办？”城府很深的刘掌柜以君子之心度小人之腹，他尝到了鬼子汉奸的蛮横和不讲理，在鬼子汉奸面前他显得无计可施，无能为力。

“身在曹营心在汉，糊弄他们还不会？眼前最主要的是先过了这一关。”秦老板在难兄面前摆龙门阵，他不能看着刘掌柜两面受煎熬而不顾，他们是同胞，他们的敌人是日本鬼子，他要保护住刘掌柜，于是他说：“再别死心眼了，好汉不吃眼前亏！保住自己是第一，只要能活着，就要忍下这口气。二赖子是死心塌地给日本人办事，我们可以利用这个差事糊弄日本人！”秦老板觉得不能硬抗。

“咋糊弄？和狼在一起，说糊弄就糊弄了？”刘掌柜的头还在膨胀，他就没有细想。

“和狼在一起，就要更多的用心计！不能直来直去，要和他们斗心眼儿。想想他们是如何糟践咱们的，你就会有办法！咱们不能逆来顺受，伸着脖子等人家砍头，也不能硬碰硬，硬碰吃亏的是咱们不说，死了都是白死。我想了好久，咱们要改变反抗的方法。要灵活地和鬼子汉奸斗。反抗的方法有多种，这也是一种反抗的方式！老哥，你应该比我明白啊！”秦老板确实动了脑筋。

“我咽不下这口气！”刘掌柜头还发热，“这不是认贼作父吗？这不是留下千古骂名吗？”想到这里他决定一死抗拒：“大不了砍头枪毙，还能在史上留下精忠报国的好名声。”

“我知道你是个仗义的汉子，不愿意做汉奸走狗，可是你想过没有，如果换成一个和二赖子一样的坏蛋当商会会长，那还有大家的好？这县里的生意人还做不做买卖啦？还不如你干，你脑子活会说话，鬼子和二赖子还离不开你，有这些条件糊弄日本人我觉得还行，不管咋说你都是自己人，关键的时候还能替咱们说说话。”秦老板说得很有道理，他这步棋看得深。

“身在曹营心在汉！我明白你的意思了。”刘掌柜冷静下来思考起来，他理解了秦老板的用意，“这的确是一步高棋！也是很危险的一步棋，危险就危险吧，为了塬县的百姓也为了保全我自己，只能这样了……可是，我真不愿意和鬼子共事，和这些杀人放火的魔鬼在一起，我会忍不住要杀他们！”

“谁不想杀了他们？我也想杀他们！但目前还要忍！忍天下难忍之事才是大丈夫！你是和他们周旋，是假共事！这样才能保住你自己，才能保住塬县的生意人。老哥，凭你的人格你的智慧你的聪明，你一定能战胜这些魔鬼！”秦老板说的都是心窝子里的话，“人在屋檐下，低头也是一种策略。”

“外人怎么说我？自以为是正人君子，却和鬼子搅在一起，说得清说得白吗？辜负了自己也辜负了祖宗，唉！”刘掌柜深深地叹了一口气，他是真的真的不情愿。

“荷花出污泥而不染。外人怎么说由他去吧，关键是自己的良心不能坏，咱是利用商会会长这个位置为老百姓办事，使老百姓少遭受鬼子的祸害。你也不要太自责，雁过留声人过留名，忠义之士往往都是人苦大难。你的好，塬县的老百姓会记住的！”秦老板说的是肺腑之言。

二赖子没有忘记秀秀，他要旧地重游。他是带着他的汉奸队去了庞家窑。十几个人骑着洋车，挎着盒子枪，穿着黑衣黑裤戴着黑礼帽，耀武扬威地进了村。

二赖子的汉奸队敢来庞家窑，是因为郭家庄成了鬼子的据点。有鬼子据点撑腰他们才敢在庞家窑露面。二赖子来庞家窑不仅是要找秀秀，他要在庞家窑拾起自己的尊严。过去落魄街头的痞子是日本人的红人了，有权有枪谁敢冷眼看待！他趾高气扬要在人前露脸，庞家窑老庞家算啥！秀秀非我莫属！

二赖子来庞家窑是来找事的。过去他偷看女人撒尿没少挨大家的打骂心有余恨，他要庞家窑的人知道他的厉害，乖乖地服从他顺从他听他调遣使唤，他要尝尝被人恭敬的滋味，他要感受高高在上的味道，他要大家知道，鬼子来了，世道变了，二赖子发迹了。

鬼子来了，刘大牛没有走，他是庞永贵在庞家窑发展的抗日游击小队队长。庞永贵要他利用村长这个特殊身份作掩护，秘密地进行抗日救亡活动。他这个人正直刚强，村民的信任使他觉得有责任带着大伙儿和鬼子周旋，他要保护好村子和村民。鬼子来前，强强和金海金洋就去了庞永贵的队伍，他又重新组织了游击小队。鬼子“扫荡”时，他们掩护村民转移到后沟隐蔽，鬼子走了，他们就和村民回到村里生产生活。

二赖子的汉奸特务队没到村口，就被在石牌坊下隐蔽的游击队暗哨发现了。现在村民都已撤到沟里，只有刘大牛和几位老汉在庞家祠堂候着，他们要看看这些人干什么。

二赖子领着人来到庞家祠堂。刘大牛看到二赖子故作热情说道："哟！杨二来，是你呀！"二赖子他是认识的，这家伙穷困潦倒时经常到庞家窑转悠，看他可怜刘大牛没少照顾他。刘大牛心想过去有恩于他，事情会好办一些。

"谁敢这么叫我？"二赖子回过身，猛然掏出手枪，指着刘大牛的脑门说，"我现在是队长！叫我队长！"

"哦？队长？"刘大牛有些不习惯，但还是见风使舵，"几年不见，不知你高升了，都怪我有眼无珠，队长洪福齐天！"

"别他妈的说好听的，老子不吃这一套。"二赖子收起枪走进屋里，"村里的人呢？都到哪里去了？"他坐到太师椅上。

"村里人都……都在地里忙着哩。"刘大牛诓他。

"骗鬼吧！一路上哪有人？说！人都到哪儿去了？"二赖子逼问。

"哪敢骗队长，是在沟里干活呢，所以看不到人。"刘大牛还是诓他。

"刘大牛，你还是村长吗？"二赖子转了话题。

"托你的福还管着村里事。"刘大牛答。

"那好！我给你说，皇军要在你们村建维持会，就是协助皇军维持地方治安，耕要交租，商要纳税，青要从军，壮要当丁，建立大东亚共荣圈。"二赖子摇头晃脑。

"不就是村里的那些事吗？怎么改叫维持会？"刘大牛问。

"皇军要叫维持会就叫维持会，问那么多干吗？"二赖子嫌他多话。

"不敢不敢……"刘大牛点头哈腰。

"谅你们也没有这个胆！"二赖子掂着枪打量着他们，突然"啪"地打了一枪，子弹打在房顶上，落下一片灰尘。二赖子拍着刘大牛的头说："你的，维持会长的干活！"这家伙装腔作势学日本人说话。

"这……就维持会啦，你让我想想。"刘大牛心里不情愿嘴上不利索。

"什么？"二赖子摸枪，"老子是看得起你，你不给我面子？要不！我打死你！信不信？"他用枪顶着刘大牛的头。

"我干……我干……"刘大牛赶忙变了话，他怕这家伙的枪走火死了白死。

"这还像话！"二赖子喜欢对手服软，他要显示自己的威风，他要满足自己的虚荣。他收起枪，背着手，在他们面前踱着八字步说："从今天起，庞家窑维持会就算成立了，会长就是刘大牛，以后皇军有什么事，就找你刘大牛，听清楚了吗？”

“听清楚了。”刘大牛答应。

“那好，现在你做第一件事。弟兄们从城里来，还没吃饭呢？赶紧找人做饭，要有肉有酒！”

“队长，这马上到哪儿弄肉弄酒去？”刘大牛大着胆子小声说。

“这事还要我操心吗？”二赖子又要摸枪。

“好好好……我们去……我们去……”刘大牛和老汉们答应着往外走。

“回来！”二赖子喝住他们，“只能去一个人，其他人在这候着。”他走到刘大牛跟前说：“别敬酒不吃吃罚酒，一个小时后饭不来，别怪我不客气！派一个人去，如果捣蛋，就等着收尸吧！”

刘大牛跟几个老汉商量了一下，就派了一个腿脚利索的弄饭去了。为了拢住二赖子，刘大牛赶紧烧水沏茶递烟。好东西一拿，好话一说，二赖子感到舒服了。他喜欢被人捧着，从前的叫花子也是人上人了。晕晕乎乎听着刘大牛天花乱坠地吹，原先的凶煞也收敛了一些。饭菜很快送来了，虽然有些简单，但总还是有肉有酒。肉是老母猪肉，酒是红薯干酒。二赖子满意了，酒足饭饱后两腮发红，他想起了秀秀，就问刘大牛：“老庞家的人呢？那个，那个秀秀呢？”

“老庞家的人？”刘大牛脑子在飞快地转，这家伙又有啥坏心？诓他吧，于是说：“老庞家有亲戚在西安，都到西安去了。”他把地方说得远远的，支得他够不着。

“西安可是个好地方，那里的女人胸高腰细屁股大可带劲啦……”这家伙又来醋劲了，好像他去过西安似的，接着他又问：“秀秀也去西安啦？”

“去啦。”刘大牛随着他的话说。

“唉！走那么远……这美人人……能和她睡一次，死了都值！”二赖子酸劲儿真酸。

“狗东西！不干人事。”刘大牛心里骂道。

二赖子要找秦老板的麻烦。因为他知道了秦老板娶了秀秀，嫉妒和欲火弄得他坐立不安，他要发泄，发泄的对象就是老实巴交的秦老板。二赖子怎么知道秦老板娶了秀秀？事情坏就坏在歪脖和斜眼身上。

歪脖斜眼一肚子坏水。得知二赖子打听秀秀的下落，他们觉得报复的机会来了。于是把知道的都告诉了二赖子，并且把媒人刘掌柜说了出来。二赖子知道是姐夫做的媒，就先来找刘掌柜问事，

“是你给秀秀做的媒？”二赖子问。

“你问这干啥？”刘掌柜心里警觉。

“这朵鲜花该是我的！是我的！知道吗？”二赖子凶得很。

“这话从何说起？”刘掌柜问。

“姐夫，娶秀秀这等好事，你就没有想起我呀，你就不该给她找婆家……你不知道我是多么喜欢秀秀，朝思暮想夜不能寐，因为喜欢她得不到她我就记恨她，我还给她编过瞎话害她……你忘了，就是她和那个强强的闲话……直到今天，我都没有婚配，就是在等秀秀，谁知道她嫁人了，大媒人就是你呀！我的姐夫，你坏了我的好事！坏了我的好事！”二赖子怨恨的没有道理。

“一派胡言！”刘掌柜这才弄清楚了，这小子的病根在这里。说什么没有婚配，诓鬼去吧，是你那德行没有女人跟你！现在有日本人撑腰，人模狗样又打起了秀秀的主意，真是头顶生疮脚底流脓！不行，不能让他有这个念头。于是他说：“话怎么能这么说，当年你混的跟叫花子似的，老庞家能把闺女给你？也不拿个镜子照照，自己配不配？”

“你怎么胳膊肘往外拐？自家人不说自家人好？过去怎么啦，人都有走背字的时候，三十年河东三十年河西，我现在不是挺好的吗？有钱有势，就连你，不也是靠着我当了商会会长吗？”二赖子用手理理抹了桂花油的头发，中分的背头油黑贼亮，八字眉吊向中间，一对三角眼闪着狡黠的光。他的鼻子尖尖的，嘴唇薄薄的，鼻孔的下边蓄有寸宽的黑黑的胡子，猛看就像贴了一小块黑膏药。

“商会会长？我还不想当呢！我告诉你，秀秀已经嫁人了，不要再去找人家！”

“说得轻巧！那得看她嫁给谁？嫁给日本人就算了，嫁给中国人，就别怪我不客气了。”二赖子眨巴眨巴小眼睛，薄嘴一动，“姐夫，我知道你和秦老板走得近，你就做个好事跟秦老板说说，让他把秀秀让给我！好歹我比那个银匠年轻啊！”他胡说八道想入非非净是歪理。

“岂有此理！胡说……妄想！”刘掌柜气得浑身发抖。

“你敢骂我，你个老不死的，看我毙了你！”二赖子说着就掏枪。

“小子！你有种就往这里打！”刘掌柜拍了拍胸口，有股英勇就义气概，他没有想到这家伙这么坏，坏的连人味都没了，就是一只恶狼！

“你以为我不敢啊！”二赖子用枪顶住刘掌柜胸口，“秀秀是我的，我一定得到她，你信不信？”

二赖子的姐姐急急过来，一把推开二赖子的枪说：“咋啦咋啦！咋用枪对着你姐夫？”她在内室看到刚才的一幕，剑拔弩张怪吓人。

“这小子不是人！是畜生！你让他打！”刘掌柜气得浑身打战。

“我认你，你是姐夫。不认你，你是个狗屁！”二赖子话说得够狠。

"就不能少说两句？他好歹是你姐夫呀！"二赖子的姐姐哭了。

"姐！今天看你的面子，我饶了他！再要不识抬举，别怪我不客气！"二赖子说完，带着歪脖和斜眼走了。

二赖子来到银器铺，秦老板要遭殃了。二赖子在刘掌柜面前碰了壁，把所有的气都撒到了秦老板身上。在去银器铺的路上，恶狼们开了个会：怎么收拾秦老板？据说，狼在吃人前，都会有选择。因为有两种结果，一种好吃一种不好吃。你看狼在吃人前，都会压着步子稳稳地围着人转，两只绿绿的眼睛放着冷酷威慑的光，这光使人心碎，使人腿软，使人松了神散了骨头架子。这时，狼会一口咬断人的脖子，然后开胸刨肚，美餐一顿。狼们最爱吃这样的人肉，因为人昏厥后，血是热的，肉是松的，吃起来烂呼细软，狼们喜欢！如果猛地上来就咬断喉咙，人心就会立刻揪在一起，这时候血是冷的，肉是紧的，吃起来皮紧肉硬，狼们不喜欢！今天该怎么吃？狼们问狼头。狼头说："为泄心头之恨！顾不得那些斯文了，皮紧肉硬使劲咬！啃断骨头嚼断筋！

秦老板在铺子里做活。做活的时候他是很专注的，意识到有人进了铺子，一边干活一边说："来啦！随便坐。"他没有抬头还再干自己的活。

二赖子也没有说话，径直走到秦老板面前，虎视眈眈地瞅着他。他要好好看看这个娶了秀秀的人！……秦老板觉得异样，抬头一看，四目相对！他感到寒气逼人恶气攻心，不由得心里发紧！

这不是心狠手辣的汉奸二赖子吗？秦老板赶紧脸上挂笑："不知队长光临，失敬失敬……"说完赶紧净手弹灰擦椅抹桌敬烟倒茶。

他的烟是旱烟，小木盒里放些烟丝，客人来了装上一锅递给客人，再给点着火为敬烟。茶就是有个瓷茶壶，放一些茶叶，用开水一冲，待一会儿等茶叶泡开后，倒到小瓷杯子里给客人喝为敬茶。这些事秦老板做得一丝不苟，做生意就得这样，礼貌待人和气生财。

二赖子拿起烟袋抽了一口，突然"啪"地把烟袋摔在桌子上："什么他妈的臭烟，这么难抽？"

"这……"秦老板赶紧把茶递上去。

二赖子接过茶杯喝了一口，茶水在嘴里"咕噜咕噜"转了转，突然"噗"的一声喷到秦老板身上："什么他妈的臭茶？这么难喝？"

"这……"秦老板搓着手站在那里，他觉得碰上了难茬儿了，今天不好过了。望着歪脖斜眼两个凶神恶煞心里就发颤。这俩坏货横着身子叉着腿叼着香烟拿着枪横眉竖眼盯着他，秦老板只有忍气吞声赔着小心说："抱歉抱歉……"

"喀嚓"一声，烟袋断了！"砰"茶杯摔在地上！"啪啪啪"三个重重的耳光打在秦老板脸上！他两眼冒金星，耳郭嗡嗡叫，晕了头转了向。

“一声抱歉就算啦？你是不是活腻啦？”二赖子走到秦老板的背后，朝他的腿窝猛踢一脚，秦老板咕咚一声跪倒地上。二赖子说道：“扒了你的皮都不解恨！”

秦老板以为他们是奔着钱来的，于是就把用来做生意的碎银子全部拿了出来，他要花钱消灾。二赖子嗜财如命收钱不放事：“就你这球样，也配娶秀秀？不尿泡尿照照……”说着又是一脚，秦老板被踢翻在地，他的想法错了。

“秀秀，秀秀咋啦？”秦老板听到说秀秀下意识地问。

“这个球样了，还问秀秀！”二赖子打他的嘴。歪脖斜眼也不闲着，一阵拳打脚踢。“叫你问！叫你问！”这两个坏货下手也够狠，秦老板头破血流倒在血泊中。

“你……你们……为啥打我？”秦老板不明白为啥挨打，他的头上有几个包，额上有个口子，殷红的鲜血流到眼里，他用手摸了一把，整个脸都红了。

“我问你，秀秀在哪里？”二赖子抓着秦老板的衣襟把他提起来。

“你问她干啥？”秦老板腿软靠在墙上。

“知道为啥挨揍吗？你个老小子，秀秀是给你做老婆的吗？”二赖子又是一脚，狠狠地踢在秦老板的肚子上，秦老板捂着肚子，像个球一样蜷缩着瘫倒地上。“说！秀秀在哪里？”二赖子的眼里闪着毒光。

“秀秀回娘家了。”秦老板有气无力。

“回娘家了？真的假的？”二癞子追问。

“真的……真的……是回娘家了。”秦老板肚子疼的连说话的力气都没有了。

“啥时候回的？说！”二赖子想证实刘村长的话是否真实，这家伙够狡猾的。

“日本人没来时就走了，他们一家逃难去了……”秦老板说的是实话。

“逃难去了逃到哪儿去了？说！”二赖子想在他嘴里掏出点什么，所以追问。

“过黄河到陕西去了西安，那里有他家亲戚……”秦老板看出了这家伙的恶毒，所以也把话扯得远远的，他想你个二赖子再有本事，你能去西安吗？没想到他的话和刘村长的话巧合到了一块儿，这下可把二赖子给整住了。

“听好了！秀秀是我的女人！永远是我的女人，就是以后回来，也不许你碰！”二赖子明白了，西安他是去不了，去不了西安，就对秦老板泄恨，歇斯底里冒出的无名火全烧到秦老板身上，这个恶棍就是个疯子，他要做的事正常人都不会去做！

秦老板明白了，这二赖子是为秀秀来的，怪不得下手这么狠。可是他又弄不明白，这二赖子是什么时候喜欢上秀秀的。斜刺里冲出个大灰狼，要死要活地说秀秀是他的！青天大老爷，你给说说，这是哪家的理！……他摸不着头绪，挨打挨得莫名其妙……

秦老板着实为秀秀担心，他欣慰的是秀秀不在城里，他为自己的远见满意，如果秀秀留在城里，不叫日本人糟蹋也逃不出二赖子的毒手。秦老板防日本人还得防二赖子，身上的伤痛和心里的苦闷，让秦老板没有心思做生意，银器铺关门歇业了。

二十七、庞家窑惨案

鬼子的魔爪伸向了庞家窑。

指挥这次“清剿”的是鬼子驻塬县的司令龟土一郎。他知道共产党八路军塬县抗日组织的头目庞永贵就是这个村的人。所以他要杀鸡给猴看，以迅雷不及掩耳之势，摧毁八路头子庞永贵的老窝。从肉体和精神上摧毁抗日势力，让塬县的百姓服服帖帖地顺从皇军的统治，他想把塬县建立成他所想象的大东亚共荣圈的模范县。

鬼子采取的是上下夹击铁壁合围的战术。所谓上下夹击就是兵分两路。一路由郭家庄据点的鬼子下到沟底龙泉，从龙泉往上打，到了村北柏树下再合围村子。一路由城里的鬼子从乔村压过来，到了村南石牌坊下再合围村子。龟土一郎坐镇郭家庄这路鬼子，他的目的不仅仅是打击抗日力量，他还要看看龙泉是否有价值连城的宝贝，顺便掠取中国的文物。

行动前二赖子给龟土一郎出了个主意。他说，这里的人有个习惯，就是太阳出来前挑水，挑完水后再做早饭，吃完早饭后才下沟干活。太阳出来前因为挑水沟里人很多，吃完饭后因为下地干活，沟里人也很多，只有炊烟升起，家家户户做饭，男人们挑完水后歇息，或者全家人在一起吃饭时，沟里才会没人。这是最好的行动时机，这样就能对庞家窑来个铁壁合围一网打尽。

龟土一郎采取了二赖子的诡计。他带着二赖子的特务队和一小队的鬼子提前一天绕道薛庄来到郭家庄。第二天，他指挥着自己带来的队伍和郭家庄的一个小队伪军杀向庞家窑。

鬼子出动时太阳有一杆子高了，这时真像二赖子说的那样，郭家庄这边家家户户都升起了炊烟，炊烟依依袅袅笼罩着村子。放眼望去，庞家窑这边也是炊烟缭绕，似云似雾挂在沟边。早起沟里的热闹已经消寂，剩下的只是风的喧嚣和枯草的摇曳。

深秋初冬，龙亭龙庙挺立在寒风中，叮当叮当的铜铃声在寂静中传得很远。那个百姓生存依赖的龙泉还是老样子，咕咚咕咚不知疲倦地往上翻涌。清泉涟漪，古柳低垂，龙庙清静，铜铃叮当。这里古朴清静厚重博大。

龟土一郎惊呆了，真是名不虚传，在这一片灰黄的黄土沟壑中，这里真是一块好地方！他站在龙亭环视着四周，依稀可辨的莲藕地，折射出春夏秋三季的秀美。龙亭龙庙古朴典雅的建筑反映的是中国厚重的文化。小桥流水清池老柳树，自然随意却透露着智慧，红墙绿瓦亭台简单却隐含着哲理。龟土一郎感叹，真是个风水宝地！

龟土一郎本想在这里发现文物并把它掠走。但是他没有如愿以偿，这里并没有他想象中的那些制作精美价值连城的文物，这里都是一些普通的再也不能普通的在中国到处都能见到的东西，这些东西年代也不久远制作也是笨拙，没有什么值得保存的价值。就在他心境感到失落的时候，他突然地感到，这些个不起眼有些笨拙的东西和这个灰黄的大沟联系在一起，整个龙泉宝地浑然一体就是一个巨大的绝伦无比文物，这个文物太巨大了，他是怎么也搬不走的！于是他改变了想法，搬不走就毁灭它。他隐约地感觉到，龙泉是这里民众的圣泉，摧毁这个圣泉就是摧毁这里的民心！

龟土一郎的想法变成了每个士兵的行动。鬼子兵们掀掉了香炉，推倒了青石雕的供桌。龙王爷神像的头被搬掉，肚子被刨开，围帐被撕烂。鬼子在龙泉宝地拉屎撒尿，在庙墙上乱涂乱抹。一会儿工夫，这里便被糟蹋的庙破亭烂一片狼藉。

鬼子们开始进攻庞家窑了。龙泉的一番折腾耽误了些时间，已有不少村民下沟干农活了。村民们看到小路上涌上来的黄乎乎的一片鬼子不仅没有跑，有些人还站在崖边看热闹。他们光知道鬼子占了塬县，许多人还没有见过鬼子。八路军虽然进行了宣传，但是封闭的山村还是消息闭塞，许多善良的百姓还是有着固执的认识，那就是谁做了皇帝百姓都得纳粮，改朝换代改不了老百姓，哪家皇帝不都要老百姓养着？善良敦厚的村民们把日本鬼子的侵略误认为中国内部的改朝换代，可怜的这些糊涂的村民啊，吃亏就吃在自己的愚见上。

鬼子的刺刀在太阳光下格外的刺目，刺目的寒光把村民的一头黑驴惊着了，黑驴挣开了缰绳跑到山道上挡住了鬼子的路，黑驴张开大嘴“呜哇——呜哇——”叫起来。黑驴的主人赶紧跑上前去，双手抓住缰绳使劲地往回拉。黑驴就是倔，死活不离开山路，弄得驴主人一头大汗一身灰土。

鬼子不愿意了，日本帝国的铁蹄下不允许任何东西挡道！只听“叭勾——”一声枪响，那头倔强的黑驴头上中了一枪，血一下冒了出来，大约有五秒钟，黑驴四腿一软“扑通”一下倒了下去，黑驴的尸体在山路上翻滚了一下，掉到了边上的麦地里。

驴主人蒙了，倔驴挡道在农村是常事。有时遇到一个小沟小坎，倔驴害怕死拉硬拽就是不走。这时爱驴的主人就会哄驴，用草引或者遛驴，三番五次驴就不害怕了，这时主人就会牵着驴一下迈过去。驴主人万万没有想到，就是驴惊着了挡了道也不至于被打死吧！那可是庄稼人的命呀！于是他举起鞭子抽向这群不讲理的人。驴主人的愤怒冲动给自己带了灭顶之灾，只听“叭勾——”

一声，驴主人举着鞭子的胳膊僵在半空，额头被子弹穿了个洞，喷溅的血把头顶那个白布手巾染红了，他两眼圆睁嘴巴大大地好像要喊，也是不到五秒钟，这个庄稼汉子一声不吭地倒在了山道上。鬼子们不管这些，蜂拥着踏过汉子的尸体朝上走去。

看热闹的村民们四散着向村里跑去，嘴里喊着："杀人了！杀人了！"喊声使鬼子性起，"叭勾——叭勾——"的枪声此起彼伏，偶尔夹杂着机关枪的"突突声"。逃跑的村民就像兔子一样被枪击中，咕咚咕咚跌着跟头被打翻在地。就这样，下沟的村民被鬼子撵回了村子。

村子乱了套，逃回的村民带回的可怕消息扰乱了村子，大伙儿只顾逃命了，乱哄哄地向村南涌去。但是迟了，乔村过来的鬼子在石牌坊下架起了机枪，一阵枪声过后，村口撂下几具尸体村民们被压回村里。鬼子没有立即进村，而是按照计划成扇形把村子围了起来。庞家窑南高北低，村民们在南门受阻又一窝蜂地向北走，但是晚了，沟里的鬼子已经封锁了所有下沟的路。一阵排枪又把人群逼了回来。鬼子没有立即进攻，就像恶虎抓到绵羊一样，它要玩弄爪中的猎物，看着利爪下的猎物垂死挣扎的样子，鬼子的脸上露着狞笑。

突如其来的变故，把村民们弄糊涂了，说实在的，大伙儿都没有和鬼子正面接触过，鬼子杀人放火的兽性大家没有见过。郭家庄成了鬼子的据点，大家去郭家庄赶集见过鬼子，凶神恶煞的鬼子和张牙舞爪的狼狗逼得大家只得顺眉顺眼弯腰屈膝。好歹大家还没有看见过鬼子的杀戮，所以对鬼子抱有幻想的人还是很多。刘大牛和民兵们动员和劝阻大家深挖洞广积粮坚壁清野，以防鬼子的突然袭击。但是善良敦厚的村民对鬼子也是善良敦厚，没有把八路军的宣传和刘大牛的动员当成一回事，村民的大意给自己造成了灭顶之灾！

鬼子的突然袭击，把刘大牛弄蒙了。鬼子的袭击太突然了，出乎他的意料。这一段时间，他只顾应付二赖子这伙汉奸了，自从应诺了二赖子的维持会长，他便使尽招数款待二赖子，目的就是造成一个鬼子占领区的模范村，让村民们在郭家庄据点的鼻子底下能够安然生存。刘大牛这一招果然见效，二赖子一伙儿三天两头来村里一遭，时不时地还和过去一些熟人打招呼，经常叫上庞家老二老三到郭家庄打牌。这些明面上假象迷惑了村民也让村民们大意了。慌乱中刘大牛想到了强强和金海金洋，要是他们在村便可以辅助自己带领村民逃避鬼子的袭击。但是这些都是不可能的，强强和金海金洋随庞永贵参加了游击大队，现在村里主事的就是他一人，大敌当前他不能犹豫，他要保护村子保护村民。于是他丢下老婆孩子来到祠堂，站在高处向村民喊叫："大伙儿别乱！赶紧下地道钻暗窑，能藏就藏能躲就躲！赶紧的，女人孩子千万别大意！……"刘大牛喊破了喉咙喊哑了嗓子，乱哄哄的没有人听他的，就连平时听话的护村队的人也不听他的话了，人们就像没有头羊的羊群四散着各顾各地跑了。刘大牛看到鬼子站在高高的崖上，把庞家窑围了个水泄不通，知道大事不好，这是有备而来，于是他想到了永贵，想到了老庞一家。他觉得鬼子是来掏八路的老窝来了。

想到这里，刘大牛冷静下来，他知道，老庞家都有地窖，只要不被发现，就能躲过此劫。他的首要任务就是安置他们躲进地窖，保护住了老庞一家就是保护住了抗日力量。刘大牛首先来到金叶家，这个老庞家的旧宅子在村里特别显眼，砖门楼子后边的大门紧闭。刘大牛刚要敲门门就开了。

“村长，你还不躲！来这干啥？”金叶闪出来说。

“我就是来看看你，你家的地窖好吗？能不能藏人？”刘大牛急着问。

“还好，能藏人。”金叶答。

“那好！你赶紧带着你爹妈和孩子躲进去，把洞口弄严实，就是外边天塌了也不能出来！”

“我家地窖口在石磨下边，人进去了在里边搬不动盖不住，多亏你来了，帮我盖一下。”金叶说。

“快快快，快走，我给你盖。”

刘大牛跟着金叶来到后院，在一盘石磨面前停下。石磨下部的 块石头已搬开，露出一个洞口。金叶的父亲在洞里露出一个头说：“快点快点！你干啥去了！”“爹！我搬不动石头就去门口叫人，多亏村长来了。”金叶说着就钻进了地窖。“刘村长！多亏了你，你也要小心呀！”金叶爹嘱咐这个好人。“快快快！快进去，我堵洞口了。”刘村长心里急顾不得和老汉说话，顺手搬起那块石头把洞口堵住说：“我再说一遍！无论外边发生什么事，你们都不许出来！”说完话，又找了些麦草撒在一边，看着好像好久没来过人似的。

刘大牛从金叶家里出来径直来到老二老三家，这两家都有地窖，他催促他们赶紧藏好，千嘱咐万嘱咐不能出来，喜儿大大咧咧有些不以为然，庞永华捶了她一拳：“臭婆娘！鬼子杀人我见了，长枪一端‘叭”的一声就没命了，听村长的赶紧钻地窖！”喜儿第一次看见丈夫这样害怕，也就没有再争执什么，挪着笨拙的身躯抱着一岁的秀菊钻进了地窖。接着秀武和秀梅、秀兰、秀竹也依次钻了进去。狭小的地窖一下子钻进这么多人，显得拥挤不堪，庞永华只得又钻了出来。刘大牛见状赶紧喝住：“你怎么出来啦？”庞永华说：“里边太挤，喘不过气来。”“那好！你跟我走。”说完话，两人把地窖口盖好，随后来到老三家。

老三庞永富是个机灵人，他的婆娘冬梅也是聪明有加。鬼子偷袭包围了村子，他们知道硬闯不是办法，家里多年防土匪挖的地窖现在用上了。村长在祠堂的喊话正和他意，于是他回到家里，催促着冬梅赶紧带着孩子钻地窖。任冬梅是个利索人，收拾起一些细软就和她的四个小子秀德秀哲秀乐秀和钻进了地窖。四个小子像四个小老虎，一点也不老实，钻地窖就像是藏猫猫一点也不知道外边的厉害。冬梅拢不住，就叫庞永富下来。庞永富下来后厉声喝住他们："啥时候了还闹！再闹让鬼子知道了，谁也别想活！"就在这时，刘大牛和庞荣华来到了老三家，听到牲口棚里吵闹就进了牲口棚，看到一家人还在这里嬉戏，就气不打一处来，刘大牛说："都火烧眉毛了，还有闲情在这里说笑，不要命啦！"冬梅接口说："是娃不听话，他爹在训他们呢。"说着话庞永富也上了地窖说："地窖太小憋得慌，咱们上别处吧？""那好。赶紧的把口盖好，咱们走！"说着话几个人就把地窖盖严实了。

刘大牛松了口气，老大家不用去了，三个月前他们一家就到中条山逃难去了。此时，他才感到老大庞永荣还是有远见，要不然，四家人全都窝在村里，那他这个外来人的村长可真是担待的太多了，万一有个三长两短，他可怎么对得起老庞家呢！

村里为数不多的青砖大瓦房都是老庞家的，而且都集中在村南边，当他回到村北时，看到那一眼眼黑洞洞的窑洞时，刘大牛突然想到自己的老婆孩子，他们能藏在哪里？他要带他们离开这个是非之地。但是刘大牛晚了一步，因为他的家在村北最北边，窑洞的顶上就站着鬼子兵。鬼子兵看到有人朝这里运动，就"叭勾——叭勾——"开了枪，子弹在他头上飞过，打在身后的土堰上，溅起黄土一撮一撮。刘大牛后悔极了，怎么就把他们娘仨给忘了呢？在这种情形下，他只有默默地在心里祈祷，祈祷各路神仙保佑老婆孩子福大命大造化大！千万千万不要被鬼子糟践了。

刘大牛带着老二老三来到了街上，村里的一些民兵和青壮年都聚在祠堂，突然的变故，使他们一时有些慌乱，冷静后他们又集聚在一起。多年来崇武尚德使村民们很抱团，他们曾经这样对付过好多伤害村里的歹徒，就连紫金山的悍匪花豹子也败在他们手里。村民们手持大刀长矛，同仇敌忾要和鬼子血拼一场。保卫自己的亲人！保卫自己的村子！

刘大牛站在祠堂的大门口，在这里可以看到村南口的石牌坊，那里现在都是鬼子兵，黄乎乎的一片。刘大牛又看了看村北口那条小路，小路边两棵柏树下鬼子架起了机枪。他再看了看东边西北，窑洞的崖顶上一个挨着一个站着鬼子兵和伪军。刘大牛叹了一口气，他知道鬼子已经把村子合围了，即便是村民们都有一身的功夫，也难抵挡武装到牙齿的鬼子兵。大刀长矛和为数不多的几支长枪怎能挡住鬼子的进攻和杀戮！他觉得庞家窑要遭劫难了！刘大牛在叹息鬼子偷袭的周密和村民的大意时，脑子在急速地转动，这位山东汉子没了强强和金海、金洋的帮助显得那样的无助，在鬼子的兽性面前他想的是如何保全村民的生命，不能鲁莽地鸡蛋碰石头作无谓的牺牲，也不能无动于衷任人宰割坐以待毙。于是他迅速地作出安排，带领青壮年和民兵利用村里的地形和暗道掩护村民向沟里突围，能跑出去几个算几个，总比在村里束手待毙强！

刘大牛的计策没有错！村民们也是功夫了得！就在鬼子们还陶醉在猫抓老鼠老鹰抓小鸡老虎玩绵羊的喜悦中，突围在村北的各个下沟的隐蔽小道上展开了。鬼子没有料到能这样，他们认为机枪大炮已经把村民吓傻了，接下来就是任由他们杀戮了。突然的打击也使鬼子付出了代价，民兵和青壮年在死神面前是那样的无畏，他们像是从地下冒出来似的，大刀长矛呼啸着向鬼子砍去，零星的枪声也在不同的地点响起，那是民兵们在向鬼子开火。霎时间，只见沟边崖顶窑上的鬼子接二连三被打翻撂倒，村民们趁机向沟里冲去。但是鬼子也很快反扑过来了，枪子铺天盖地封锁了所有出村的路。村民们跑出去一部分，剩下的又被枪子逼了回来。

鬼子开始进攻了，崖顶窑上枪声不断。二赖子和他的特务队还有郭家庄那一小队伪军，仗着鬼子的势力狐假虎威，一个院子一个院子地搜索，一个窑洞一个窑洞地翻找，他们翻箱倒柜牵牛拉驴打狗捉鸡无恶不作！乡亲们可真是遭殃了……

最先受到祸害的就是刘大牛最放心不下的婆姨月月和女儿菊英儿子富贵。刘大牛带领村民向村北沟里突围时，就要想法救出自己的婆姨和孩子。在离自家窑洞不远处，他被窑上的鬼子乱抢打了回来。这些情况都被窑洞里的月月和菊英富贵看得清清楚楚。但是很无奈，他们不能高声喊话，只能是隔着门缝向他摆手：赶紧离开这里！刘大牛在暗处看到了月月的手势，他也向窑里打手势：赶紧藏好，千万别出来！鬼子好像是发现了他，枪子密集地向他盖来，为了不暴露家人，刘大牛只得离开了自家的窑洞。

鬼子进攻了，窑洞上跳下来三个鬼子三个伪军，他们疯狂地在院里用刺刀乱挑乱戳，鸡窝里的两只老母鸡被他们捉住了，那条看家的小黄狗被一枪蹦了。鬼子们在院里没有搜到什么，就来到了紧闭着门的窑洞前。月月和孩子们没有机会逃出这个窑洞了。按说他们家就在村北边就在大沟边，院外就有下沟的小道，只要稍有风吹草动，逃走是没有问题的。但是他们错过了机会。早上，刘大牛下沟干活，发觉情况有些不对，随后就和大伙儿一起返回村里，他以为只是鬼子路过，回村后才发现被鬼子包围了。于是就赶紧通知民兵掩护村民转移，自己不顾危险到老庞家去察看情况，帮助他们隐藏转移。刘大牛整个早上只顾忙活了，就没顾得上回家告诉婆姨一声。月月听到了枪声，枪声使她很不安，于是就颠着小脚跑到街上，一问吓了一跳，原来是鬼子打进来了。月月赶紧回到家里，拉着菊英和富贵就要下沟，但是迟了，她发现有几个鬼子和伪军已经站在窑顶，出了窑就暴露在鬼子的眼前，一定会被乱抢打死。无奈，她只得和孩子们退回窑里。刘大牛的家是穷人家，不像那些富人家为防土匪挖有地窖和暗道。家徒四壁只有两只放粮的瓦罐和一口水缸。鬼子踹开了门，枪刺指向三个惊魂失措手无寸铁的妇女孩子。伪军们搜查了屋里，一件值钱的东西都没有。恼丧地砸烂了瓦罐和水缸。突然围着娘仨的一个鬼子眼里露出了淫笑，他伸出一只手去摸菊英的小脸，嘴里嘟哝着："小小花姑娘，吆西吆西！太君的米细米细！"接着那只大手就伸向菊英的胸脯。月月一看这还了得，立即把菊英挡在身后说："孩子还小，有啥给我说……"月月为了护孩子，什么也不怕了，立在刺刀前挡住了鬼子的魔爪。菊英已经十五岁了，她长得很顺溜很是顺眼。三个鬼子围了过来，嘴里呜里哇啦地说着什么，眼里流露的是邪恶的光。鬼子的举动使月月感到了不祥，出于本能，她要保护自己的女儿，立即张开双臂要把这些畜生推出去。"八格牙路！"一个胖猪似的矮个子鬼子扬手给了月月一个嘴巴，"叭"的一声，月月两眼冒起了金星，身子不由自主地转了半圈就倒在了地上，嘴里流出了一股鲜血。富贵一看母亲被打倒在地，怒火冲天而起！十三岁的他已是一个小伙子了，他身上流着刘大牛的血，刘大牛的秉性在他身上得到了体现，他不允许外来的强盗欺负自己的母亲和姐姐，就在鬼子和伪军淫笑着扑向姐姐时，他在墙角操起一把镢头狠劲地砸向那个矮胖像猪一样的鬼子，只听"嘭"的一声闷响，那个矮胖像猪一样的鬼子脑袋开了瓢，"噗"的一下跪倒在菊英的脚下。富贵又抡起了撅头，第二个鬼子的脑袋开了瓢。就在他又要抡起撅头的时候，只听"扑哧"一声，一把刺刀刺进了富贵的胸脯，富贵趔趄了一下，嘴里吐出一口鲜血，靠着墙壁慢慢地坐了下去。一下子死了两个鬼子，刺死富贵的鬼子恼羞成怒，他把火气都撒到了菊英身上。他粗鲁地把菊英按倒在炕上，野蛮地撕掉了菊英的衣服，抓住菊英还没长成的双乳乱捏，肮脏的大手伸向菊英的下身……小小年纪的菊英哪里受得了这样的侮辱，她拼命地挣扎死命地反抗，可是哪里能挡住兽欲膨胀的鬼子，在鬼子的残暴地蹂躏下，菊英渐渐地没了力气。月月此时醒了，看到菊英赤身露体被鬼子压在身下，一种无名的愤怒使她从地上爬起，"嗯"的一下扑向鬼子，一口咬掉了鬼子的耳朵，生生把鬼子从菊英身上拉下，死命地抓住了鬼子的下身。鬼子"噢"的一声蜷起了身子，狠劲地去挣脱，哪知月月就是不松手，而且越来越用劲，看来她是以一命抵一命了，她要以此来为女儿雪仇洗恨。伪军们傻了，哪里见到过这样的阵势，稀里哗啦地跑出了窑洞。鬼子的号叫引来了另一拨鬼子，又有几个鬼子进了院子，看到同伙被一个中国女人死拽住命根不放，鬼子们没有手软，乱刀下去，月月丢了性命。但是他们没有救下自己的同伙，那个鬼子活活疼死。眨眼间，母亲弟弟都死了，菊英也不想活了，就在几个鬼子又要奸污她的时候，她用一把剪刀插进了自己的胸脯，红红的血顺着白白的肚皮流到炕上。鬼子兵们不解恨，用刺刀在她的肚子上又戳了几刀，菊英死后的尸体惨不忍睹。

刘大牛的邻居狗子和花花也没能逃出厄运，婚后一年的花花现在怀孕八个月，大大的肚子行动很不便。粗暴的鬼子踢开窑门，把狗子和花花堵在窑里。鬼子的刺刀逼住了狗子。一个鬼子顺手摘下了花花的头巾，“吆西！花姑娘的！”鬼子们号叫着把花花围在中间左右推搡，乱哄哄中花花的衣服被扒掉了，“大肚子的花姑娘！米细米细的好！”鬼子们淫笑着把不知所措的花花按到了炕上。突然的变故，花花不知所然，唯一的反抗就是叫就是哭，就是用手抓用嘴咬。但是这些对付鬼子真是太没用了。她的手脚被摁住了，身子成大字被鬼子牢牢地按在炕上。此时此地，狗子不是木头人，趁鬼子注意力不在他这儿的时候，突然间夺下了一个鬼子的枪，一刺刀刺向了那个正在脱裤子的鬼子的胸脯。他拔出了刺刀，跳上炕用衣服盖住花花的身子，眼睛红红的：“畜生！你们这群畜生！我杀死你们！”说着就抡起刺刀左右乱画。狗子的举动实在是徒劳，鬼子没有给他喘气，只听得“砰砰！砰砰！”几声枪响，狗子愣怔了一下，胸脯被打了几个眼，鲜血呼的一下就冒了出来，接着“扑通”一声，头朝下跌倒在炕下，眼睛瞪得老大老大。花花没有逃出魔爪，她还是被鬼子轮奸了，等最后一个鬼子从她身上爬起来的时候，她已是奄奄一息。但是鬼子没放过她，鬼子卸下来窑门，放到花花的肚子上，然后上去两个人去踩，花花死命地惨叫了一声，孩子被挤出了体外，花花的脖子僵直了，嘴张得大大的，那双充满痛苦的眼睛瞪得圆圆的。她和她肚子里的那个还没有来到人间的孩子就这样失去了生命。

庞家窑的村民喜欢习武，习武之人也是耿直之人。过去习武是为了保护村子不受歹人土匪欺侮。而鬼子今天的兽性，这群憨厚的庄稼人怎么也想象不到的。于是村民们出于本能自觉地开始了反抗，每个院落每个窑洞都成了村民们反抗的阵地。凡是被鬼子糟践的地方几乎都有鬼子的尸体，而那些拿着长矛大刀和铁锨撅头用于抵抗的村民也是尸陈街巷、血溅黄土，到处都留下了村民们反抗的痕迹。

这里是村里的暗堡，是过去村民躲避土匪的地方。它在村子的西边的一处高坎上。高坎四周有黄土夯就的土墙，土墙高有两丈，再加上墙外就是土崖，就想成了一个天然的堡子。这个堡子只有一个门，门前是一个只能走一个人的坡道。坡道不长，仅有十米左右，因两边是沟，也是个易守难攻的地方。过去村里闹土匪，村民们都会跑到这里，然后关住堡门，立在堡墙上，用长矛大刀弓弩火箭守住眼前小道就守住了自己的性命。这个暗堡在过去的年月不止一次保护住村民的性命。自从庞瑞珩的父亲当了族长以后，村民们习武成风，再加上老庞家威名，土匪们轻易不敢再来村里骚扰，这个暗堡就慢慢荒芜了。

刘大牛领着民兵和青壮年掩护村民们向沟里突围时，也有一部分村民躲到了这个暗堡里。来这里的大多数是老弱和妇女。冬梅的父亲任贤亮也在这里。人们走投无路时还是认为这里安全，就相跟着聚到这里。大家的心还没有静下来，鬼子和伪军就搜到了这里。任贤亮是一位豪放的山东汉子，也喜爱舞枪弄棒，看到鬼子和伪军向这边搜来，老人知道大事不妙，立刻抄起大刀招呼身边的男人："乡亲们，赶紧地把堡门关住！有什么趁手的东西就拿什么，以死相拼，保护我们的亲人！"在任贤亮的招呼下，没了主意的人们不再四散躲藏，大家聚在老人身边听他发号施令。任贤亮白发鹤面一身仙风道骨，他环顾四面，知道走到这里也就是走到了绝地，唯一的就是守住堡门也就是守住了性命。但是在鬼子伪军的枪炮下，这个冷兵器时代的保险地是不堪一击的。可是看到满堡的妇女小孩，他不得不和鬼子伪军决一死战，于是他说："乡亲们，我们已无退路，鬼子是不会放过我们的，倘若等死不如奋起而战，一命抵一命也值了，我们要让小鬼子看看，中国的老百姓是不好欺负的！"

鬼子开始进攻了，机关枪把堡门打烂了，手雷把堡墙炸塌了，守卫堡门的村民被乱枪打死了。一个鬼子进了堡门，他自以为堡子里的人已失去了抵抗，所以也就有些得意忘形，叽里呱啦地招呼后边的鬼子沿着小道向堡子进攻。这时只见红光一闪，这个鬼子的头颅随着红稠的闪动被刀砍下，咕噜咕噜地滚下山坡，鬼子的身躯僵了一下，扑通一下跌倒在堡门下。刚才的一击就是任贤亮之举，他隐藏在塌了的堡墙下边，鬼子的血染红了雪白的头发和雪白的山羊胡须。受到阻击的鬼子开始疯狂的报复，子弹"噗噗"地打来，在机枪的掩护下，鬼子一个挨着一个猫着腰慢慢地来到了堡门。这时任贤亮跃身扑出，大刀左右翻动，又有几个鬼子被砍翻在地。但是，不幸的是老人的大刀还是敌不过鬼子的枪弹，在他砍翻第四个鬼子的时候，枪弹打进了老人的胸膛。老人口吐鲜血，歪倒在堡门边。这时，又有几个村民挥舞着大刀长矛扑向鬼子，但是寡不敌众，在接二连三杀死鬼子的同时，村民们也相继地被鬼子打死。鬼子踏着村民的尸体进了堡子，这时堡子里已没有男人，几孔窑洞里躲藏的都是女人。失去人性的鬼子剥光女人的衣裳，残暴地奸污她们后，把她们赶到了一个窑里，然后堆上柴火浇上汽油放火焚烧。可怜的女人们一个也没有活下来。

鬼子的企图得逞了，他们"扫荡"庞家窑并屠了村。鬼子们把村民们的牲口和家禽都抢了，把用于生活的家具锅灶都砸了烧了，庞家窑到处都是火光和浓烟。龟土一郎站在庞家祠堂前，看着被自己顷刻间制造的灭绝人性的灾难有些得意，他要的是摧毁中国百姓的精神意志。他要的是塬县八路头子庞永贵老家的人知道，跟大日本皇军作对，没有好下场！于是他对身边的二赖子说："清查一下，有无抓到和杀死庞家兄弟。""太君，已经核实。没有庞家兄弟。""是吗？"龟土一郎脸色阴了下来："围得水泄不通，难道他们飞了？""是呀！太君，围得水泄不通，这么就抓不到一个呢？"二赖子也纳闷，突然他想起刘大牛给他说的话，就弓着腰对龟土一郎说："据前一段搜查，得知这个老庞家的老大逃到西安去了，会不会老庞家的其他人都出逃了呢？""什么！逃跑了！"龟土一郎的脸憋得通红："妈的！早知道这样，用得着这样兴师动武吗？"龟土一郎感到得不偿失。"太君，是否把庞家的房子烧了？"二赖子看着老庞家的青砖大瓦房，想着给皇军解气就出了这个馊主意。"八格！你的不懂。"龟土一郎骂了一声二赖子说，"你的，真正的军人不是。皇军是来建立大东亚共荣圈，是来建立王道乐土的，这么好的房子是不能烧的，我要让这些老百姓知道，皇军和庞永贵是友好的朋友，房子的不能烧！明白！"原来这个龟土一郎好阴险，他在给百姓们下套，在没有抓到和杀掉庞家人后，恼羞成怒的龟土一郎妄想以这个鬼伎俩挑拨八路和百姓的关系。

庞家三兄弟的家和老宅已被鬼子洗劫了，屋里院里一片狼藉。只是在刘大牛的关照下，他们藏身的地窖严丝合缝没有露出破绽，所以庞家兄弟的家人都是安全的。

刘大牛没有死，跟着刘大牛的老二老三也没有死。真是苍天有眼，在刘大牛带领大伙儿向沟里突围时，刘大牛一脚踏空，跌进了一个水豁里。这个水豁在一片草丛中，多年的雨水冲刷，水豁斜刺里有三丈多深，口小下大能容下人，出口在沟里的一个悬崖边，如果雨水大，这里就会形成一个小瀑布。好在是初冬没有雨水，这里还能藏住人。刘大牛一脚踏空跌进了水豁，跟在他身后的老二老三也跟着跌进了水豁，三人叠压在了一起，三个人都失去了知觉。等他们醒来时，鬼子早已走了。这个水豁救了他们的命。

二十八、山里的遭遇

离开芦苇沟后，庞永荣带着全家人匆匆赶路，傍晚时分，他们来到灵芝村。

灵芝村村小，能住人的地方都住上了逃难人。山里风大，又是深秋，露宿肯定不行。一个村民指给他们说，在村后的半山腰有一孔窑可以住人。一家人把牲口和大车托付给这个村民后，就沿着羊肠小道来到这个窑洞。窑洞一扇木门虚掩，里边有土炕、炉灶和干柴。窑洞外是几棵粗大的核桃树。再靠外是一片柿树林。柿树林外是悬崖。从这里看下去，灵芝村就在脚下。

灵芝村是进中条山后的第一个村子。位于一条通向大山深处的狭窄山沟里。灵芝村背靠大山，面向山沟。通向大山深处磨坊镇的大道就在灵芝村前。村前有一条小溪，溪上有一个石头小桥连着大道和村子。灵芝村山清水秀清静怡然，就像瀑布下的一池清水波澜不惊缓缓流淌。

庞永荣和春花把窑里拾掇拾掇，就着炉灶柴火做了一顿热乎饭。饭后一家人美美地睡了个囫囵觉。第二天一早，庞永荣就起来了，他到窑前窑后转了转，回来后对着急着赶路的春花说："我看咱先不走了，就在这里先住上一段时间，看看情况再说。"

"不走了？为啥？"春花问。

"刚才我看过了，这个地方进退方便，是个住人藏人的好地方。"庞永荣说。

"住人藏人的好地方？"春花问。

"你看，这口闲窑没人住，有灶有锅有柴火，就像给咱们预备下的。这个地方挺隐蔽，窑前有树，树前有悬崖，独独地在半山腰。咱们一家人住在这里，就像个独门独院，方便也自在，逃难到哪儿找这么好的地方。"庞永荣说。

"鬼子来了咋办？"春花问。

"不要紧，来了也不怕，这窑就在半山腰。鬼子来了我们就往山上跑，窑后边的山大着呢，沟深着呢，山高沟深林密，狗日的找不到咱们。"庞永荣说。

"其实我早都不想走了，别的都不说，这脚就受不了。"春花说的是实话，她的小脚又红又肿，再走山路确实有点受不了。

"逃难就是遭罪，芦苇沟的凶险就是例子，往磨坊镇还有几十里山路，路上还不知道有啥事。不如我们先落脚这里，有这孔窑住着就行，如果鬼子打进来，咱们再往磨坊镇跑也不迟。"庞永荣说。

“山外富足，山里穷困，鬼子到山里干啥？这逃难就不是个事，几天了，担惊受怕的也该缓一缓。咱先住下看看情况，不好了再走也不迟。”春花同意丈夫的意见。

庞永荣一家在灵芝村住下了，平平安安一住两个月。

薛庄成了鬼子进攻山里的据点。鬼子在进山的大道旁修了炮楼子，炮楼封锁了大道。进山出山的人都要在这里受到鬼子的检查。吐着血红舌头的大狼狗和鬼子枪上明晃晃的刺刀叫人眼晕。

一个冬日的早晨，大道上来了一队鬼子兵。

鬼子兵奔过小桥包围了灵芝村。接着枪声就响起来了……

枪声打破了山村的安详，使山民们惊惶失措。村子里立刻狗吠鸡鸣人喊马叫，灵芝村在突如其来的灾难前乱成了一锅粥，敦厚善良的山民因为麻痹轻敌遭了殃。鬼子们挨家砸门抢掠，一时间，枪声砰砰、血光飞溅。强壮的后生们，拿起能拿的最原始的农具、棍棒和武装到牙齿的日寇正规部队对抗。他们反抗的力量不大，与有备而来的鬼子相拼，只能是尸陈街巷。疯狂的杀戮后，鬼子把剩下的手无寸铁的老弱妇孺赶到河边的麦场，四周是挺着刺刀的鬼子，刺刀就顶着村民的身体。

庞永荣被枪声惊醒，他来到柿树林边。他看到了眼皮底下发生的一切，他的心拧在了一起。

“咋回事?”春花也听到枪声，她来到柿树林边。

“快蹲下!”庞永荣说，“鬼子就在下边……”

春花向山下看，她看见了鬼子，看见了长枪上的刺刀，还有地上一具具的尸体和一摊摊黑血。村子的高处架着机枪，村口还放着几门山炮。

“娘！你们在看啥?”秀秀在窑里喊。

“可不敢喊！鬼子就在下边。”庞永荣压着嗓子回到窑洞对秀秀说。

“快走快走！有三个鬼子上来了!”春花说着话也急急地赶回来。

庞永荣立刻抱起秀文上了窑顶。窑顶的山坡上有个山洞，没事的时候，他给修了修，比下边的窑洞更隐蔽。他们刚藏好，就见鬼子上来了。鬼子端着上了刺刀的枪站在柿树林边，他们在观察柿树林里的情况。

山洞离柿树林有三十几米，大家不敢喘气，生怕弄出一点响动。就在这时，秀文突然犯病了，口吐白沫，浑身抽搐，咿咿呜呜。庞永荣一看不好，赶紧用布巾把他的嘴捂住。鬼子有些察觉，东张西望了一阵后，端起枪朝山上一阵乱打。枪声在山谷里响声很大，响声震出了一只兔子，“扑通”一下从柿树林里蹿出，向山上跑去。

鬼子张望了一阵，继续往里搜索，他们发现了窑洞，慢慢地包围过去。鬼子扔进一颗手雷，“轰”的一声闷响，窑洞门倒窗毁塌了半边。

灵芝村成了屠宰场。一阵密集的枪声响起，鬼子把麦场里的人都杀了，尸体横七竖八躺了一地。鬼子放火了，烧毁了所有的房屋，烧着了麦场上的麦秸跺，大火熊熊浓烟滚滚。鬼子走了，枪刺上挂着抢来的鸡，抢来的牲口驮着抢来的粮食。还有一挂马车，那是庞永荣的，上边装满了抢来的物品。

庞永荣一家目睹了鬼子的残暴。

晚上，一家人挤在倒塌的窑里想着白天的事。

“这地方不能待了，明天就走。”庞永荣说。

“太惨了！这鬼子就不是人！”春花抽泣。

“一村人就这么完了，真叫人害怕。”秀秀说。

“恳请老天开眼，惩治这些魔鬼。”庞永荣合掌祷告。

“多亏住在这里，要不然……”春花不愿往下说。

“真是万幸，如果在村里，恐怕……”庞永荣说不下去。

“是山神保佑！那只兔子出来的太及时了，要是鬼子搜上来，那还有好?”春花觉得是山神显了灵，一个村子眨眼就没了，他们却毫发无损。

晚上下了一场雪，雪很大，覆盖了地上的一切。清晨，庞永荣一家在柿树林边，对着白皑皑的大山磕了三个头，虔诚地祭拜了山神。他们在灵芝村的小桥旁，叩头祭奠灵芝村的乡亲们。庞永荣悲情地吼了一句：“老天爷啊！山神爷爷！你们要惩罚这些恶魔啊！”

这里是磨坊镇，中条山腹地的重镇。这里是一个盆地，盆地的中间有一条河。河里冬春两季几乎无水，只是到了夏秋两季，才会像一条河，而且经常洪水滚滚。磨坊镇就在河边上。据说古时候村里出了一个能人，利用河水的动力推动石磨碾米磨面。周边的山民都到这儿碾米磨面，后来人渐渐多起来，就在离河边二里远的平地建了集市客栈商铺，后来就慢慢地形成了一个村镇。磨坊镇因河边有水磨坊而得名。

磨坊镇已被鬼子占了。进镇的城门上挂着两个筐，筐里放着两颗人头。城门两边有中日亲善四个圈着黑圈的大字。城门口有鬼子兵站岗，过往的行人要向鬼子兵鞠躬行礼。街面不大行人稀少，只有寒风呼啸着抛洒着雪雾，天地间混沌一片。

秀秀的远房表姑住在河边的水磨坊。表姑叫庞柳叶，细眉秀眼精干利落。表姑父叫何贵生，慈眉善目老实忠厚。庞永荣赶马车跑运输，经常到这儿运小米，所以跟他们很熟。

庞柳叶和庞永荣是出了五服的亲戚。庞柳叶长庞永荣两岁，故庞永荣称呼她为大姐，秀秀秀文也就称呼她为大姑。庞永荣在家排行老大，庞柳叶就叫他大兄弟。

庞永荣一家人顶风冒雪来到水磨坊，庞柳叶又惊又喜。这里的房子都是用石头盖的。房子不高，房墙很厚，房顶是石板盖的平屋顶。屋子很结实，两把火一烧，屋子里立刻暖和起来。

“大兄弟，这大雪天，你们是咋来的？”庞柳叶感到很奇怪，大雪封山鸟兽绝迹，有点奈何谁出门？

“大姐，我们是逃难来了。”庞永荣说。

“你们没有进镇吧？城门口挂的人头就是鬼子杀的，据说那两个人没有给鬼子鞠躬，就被鬼子一刀砍了。”何贵生说。

“进镇还要拐弯我们就抄近路走河滩来了。”庞永荣说。

“多亏你们没有进镇，冰天雪地的还不把你们当成八路！”庞柳叶说。

“啥时候出的门？”何贵生说，“庞家窑到这里百十里地，你们走了几天？”

“我们是九月初出的门，三天后到的芦苇沟，芦苇沟耽误了一天，第五天到了灵芝村，在灵芝村住了一晚，觉得那里还可以，就在灵芝村住了两个月。哪知道小鬼子没有放过灵芝村，鬼子屠了灵芝村后，我们就来到你们这里。”庞永荣说。

“灵芝村到这里有四十多里，你们走了几天？”庞柳叶看着炕下那几双已经破烂的鞋说。

“走了两天。”庞永荣说：“这四十里路可不易，差点……”

“别说了。”春花打断他的话，“大姐，太吓人了。”

“怎么啦？”庞柳叶问，“是不是遇到了鬼子？”

“不是鬼子，大姑。”秀秀声音怯怯。

“不是鬼子那是啥？”庞柳叶继续问。

“到底咋回事？”何贵生急着问。

“唉！”庞永荣叹了口气，说出了那件惊心动魄骇人听闻的事来……

按照常理，山里下雪是不出门的，更别说走远路了。可是他们实在不愿意待在灵芝村，祭奠完后，一家人还是冒着风雪上路了。

风雪紧一阵慢一阵，山道崎岖雪厚路滑，一家人互相搀扶着向前走，天黑了好一会儿了，他们才跌跌撞撞来到了槐树沟。这里有庞永荣的一个结拜兄弟，他们准备在这里住一宿。

风雪中村子很安静，雪花盖住了一切，庞永荣觉得有点怪，他领着全家走到路边商铺客栈，才发现商铺客栈已被烧毁，断壁残垣黑乎乎地竖在那里，风雪中槐树沟寂静的吓人。

“这里也遭到了杀戮？”庞永荣在心里说。

“不对呀！咋一点动静也没有？”春花心里打鼓。

“别说话！赶紧走，到村里找我那结拜兄弟……”庞永荣觉得不对劲，心里紧张，出了一身冷汗。

一家人跌跌撞撞地往前走，上了一道坎，停在一个背风的山窝里。山窝里有棵大槐树，槐树后有两孔窑洞，这就是庞永荣结拜的兄弟家。每次到磨坊镇拉小米，他都要在这里歇一晚，每次来后都要和兄弟到村里的饭馆小斟。

“胡老弟！胡老弟！”庞永荣在窗前低声喊，窑里没有人答应。庞永荣又走到窑门前：“胡老弟！胡老弟！”窑里还是没人应答。庞永荣撩起门帘推门，一推门是开的。怎么没有人？他犯着嘀咕点着灯。窑里一切如故，有灶有锅有米有面，炕上被窝铺盖具在，炕桌上还有做针线的布篮。

胡老弟一家三口人。他有一个健壮的女人，还有一个聪明的女娃。山里地薄收成不好，他就到城里赶马车搞运输。偶然的机会他认识了庞永荣。庞永荣经常跑这一条线，两个就成了好朋友。

“咋没有人呢？”春花心里嘀咕，“没人，别动人家的东西。”她说。

“可能是逃难去了吧。”庞永荣一边烧火一边说，“都是自家人不要紧，先弄点热乎的，一天啦，啥也没吃。”

“这窑里的东西没有动，不像是逃难去了。”春花说。

“也许是别的事，走得急，没顾上。”庞永荣说。

话是这么说，心里却不踏实，一家人犯着嘀咕住下了。庞永荣烧了锅开水，开水泡馍，吃着也热乎。为了安全，庞永荣把门闩栓死，又用板凳顶紧，窗户上堵上棉被，一会儿窑里就暖和起来，全家人脱了湿衣服，挤在热炕上，听着窗外寒风的呼号，虽然很累却怎么也睡不着……

“爹，我怕，我好怕……”秀秀感到太静了，呼呼的风声像鬼叫。

“奇怪！咋就没有人呢？静的瘆人。”春花也有同感。

“别想那么多了，睡吧，睡着了就不怕了……”庞永荣吹灭了灯，一家人听着风声渐渐地入了梦乡。

突然，一阵“沙沙”声把庞永荣惊醒。他憋息静听，声音从窑外传来。他拨开窗户上棉被的一个角，只见朦胧的雪地上来回着几个黑影，黑影在槐树下撕咬着什么……是狼！庞永荣打了个寒战。这畜生到这儿来干什么？只见一个黑影朝着窗户走过来。庞永荣看清楚了，这是一只体格强壮的狼，两眼闪着绿光，长长的身子，大大的尾巴。这只狼在窗户和门前转了两圈，扭身向外走去，在窑前不远处的开阔地，它把嘴探到空中，“呜——呜——呜——”地发出长长的闷闷的嗥叫，叫声似妇人的哀号也像小孩的哭声，如泣如诉传得很远很远。这是只头狼！这只头狼在召唤！因为它在这儿嗅到了活人的气息。

庞永荣赶忙叫醒春花和秀秀，把看到的情况说给她们。然后用小炕桌挡住窗户，用棍子顶死。他下到地下，用柜子把门顶死，又找出一把铁锹拿在手中。“狼怕戳，狗怕摸。”他想起老人们的训诫。老人们说，狼是铁嘴铜头豆腐腰麻秆腿。在野地里遇到狼，千万别慌，赶紧靠在崖下，面对着狼，用棍子戳它的腰或扫它的腿，只要挨着，非伤及残，狼会落荒而走。千万不要叫狼把你围在旷野，狼会围着你转，用后爪蹬土抛你，迷你的眼杀你的威，一圈两圈直到把人弄得晕头转向，然后扑上去咬住人的脖子，立着身子用后爪一蹬，人的肚子就被刨开。也不要扬起棍子打狼，在你扬起棍子一刹那，狼就会顺势扑过来，就算你击中它的头，也无济于事，照样会咬断你的脖子。至于“狗怕摸”，是你遇到狗的袭击的时候，赶紧弯腰在地上摸一把，狗会立刻掉头就走。

果不其然，一会儿窑前就聚集了一群狼。它们在窑前嗅来嗅去，转来转去，寻找下口的地方。也许是它们发现了门和窗挡住了它们的食物，它们要进攻了。只见狼群掉过身子，屁股对着窑洞，发动了一轮进攻。霎时，雪块雨点般地打来，打在窗户门上咚咚作响。这是狼用后爪抛雪，在野地，这一阵雪块会迷了人的眼，狼会趁机扑上。雪块打过后，狼开始进攻了，窗户和门被狼撞得嘭嘭响。狼趴在窗户上和门框下，龇着牙咧着嘴，喉咙里发出低沉瘆人的吼声。有狼咬住窗框，使劲咬。有狼把嘴伸进来，露出白白的长长的牙。特别是狼的眼睛发着绿绿的光，就像坟茔里的飘忽不定的鬼火。这时庞永荣就会使劲地朝着鬼火戳一下，每次下去都有狼的哀嚎。

狼的进攻一阵紧似一阵，窑里漆黑一片，时间一长，面对这龇牙咧嘴的狼群，大家在体力和精神上都有点受不了。“狼怕光！快把灯点着！”春花想起人们在野地里过夜都要点火，火光可叫野兽退避三舍，于是就叫庞永荣点灯。

灯亮了，窑里一片光明，外面突然没了动静。庞永荣趁着灯光连忙把门窗堵好顶结实。春花找了个擀面杖，秀秀拿了把菜刀，三个人警惕地守着门和窗。外面一阵骚动，在低沉的哀嚎中，狼群又扑上来，有个狼嘴咬住窗框，灯光下露着鼻子，庞永荣瞅准一锹铲下去，连皮带肉把个狼鼻子铲掉了，狼“噢”的一声跑了。又有一个狼从门缝伸进了爪子，庞永荣又狠狠地铲下去，只听“咯吧”一声，狼爪子断了……就这样，他们与狼群对峙着，不知不觉天亮了。头狼一声沉闷的嗥叫，狼群四散而去……

窑前的一切越来越清晰。杂乱的狼爪把雪地踏出一片片冰坨。冰坨上是乌黑的泥和紫黑的血，灰灰的狼毛粘在冰泥里，粘在墙上，粘在窗户和门上。用褥子做成的门帘已被撕破，里面的套子被扯成一绺一绺，套子里的棉花已被踩成褐色，与灰灰的狼毛绞在一起……

雪停了，风还在刮，太阳在厚厚的云层里露出的是青青的脸。胡老弟的窑是面向东方的，东面是一片连绵的深谷，深谷翻腾着云雾，云雾下是枝叶茂密的森林。通往磨坊镇的大路就在深谷的南边，蜿蜒在山脊上。

庞永荣取下堵着窗户的被子和炕桌，窑里立刻明亮了。几个人瘫软在地，此刻才感到后背已被汗水浸湿一片。“咋搞的，怎么会招来狼哩?”庞永荣问春花。

“谁知道?”春花在烧火做饭。一晚上惊心动魄的搏斗大家都很累，惊吓和劳累使秀文又犯了病，她想给大家弄点热乎的吃。秀秀靠在灶火边，散乱着头发打瞌睡。庞永荣看看太阳已在半空，就开了窑门，他想看看究竟是咋回事。

胡老弟的窑有两孔。一孔住人，一孔放杂物。放杂物的窑洞边有棵大槐树。窑后是山，山上有稀疏的树和枯黄的草。庞永荣警惕地巡视着周围的一切，突然他看见槐树下躺着一个人，一把大砍刀插在雪里，刀把上的红布在雪地很扎眼。他走到跟前定睛一看，不由得叫了一声：“啊——!”槐树下的人肚子已被撕开，五脏六腑已被掏空，五官已经没有了人形……

春花和秀秀听到庞永荣的叫声，连忙走了过来，她们也差点被面前这个形似骷髅的尸体吓倒。

“是……是……谁呀?”春花问。

“胡老弟!”庞永荣哽咽着。

放杂物窑洞的门是开的，春花望了一眼，立刻惊恐地说：“那……那里……也有人……”她有点上不来气，赶紧拉着秀秀回到窑里，她不愿意叫秀秀看到那个场面。

窑里躺着两具女人的尸体，从年龄上看是母女。不用说这是胡老弟的妻子女儿。她们的尸体也遭到狼的蹂躏，肚子被刨开，五脏六腑被掏空。庞永荣怔怔地立在那儿，他明白了昨天晚上闹狼的原因。

为了打通薛庄和磨坊镇的交通，鬼子对公路沿线的村庄进行了“扫荡”。残酷的灭绝人性的烧光杀光抢光的“三光”政策，使这一带村村冒烟，家家受损。灵芝村和槐树沟就是鬼子“扫荡”的重点，基本上是烧毁了所有的房屋，杀害了所有在村的人，抢走了所有的粮食牲口。

胡老弟一家人没有逃出鬼子的魔爪。那天拂晓，鬼子包围了村庄，胡老弟和家人连忙藏到放杂物的窑里。鬼子搜到了他们，为了保护妻子和女儿，胡老弟挥舞着大砍刀扑向鬼子，鬼子开枪打中了他。在放杂物的窑里，母女俩也被鬼子杀害。

庞永荣全家来时正好是黑天，风雪夜伸手不见五指，加上心慌也没有细观察，就进了住人的窑。后半夜山里的狼进村吃死人，发现了窑里还有活人，就发生了前面的怪事。

“真没想到会碰上这等事!”庞柳叶抚摸着秀秀，“万幸没有出事。”

“都怨这日本鬼子。”何贵生说，“三天两头出来‘扫荡’，死人到处都是。”

“这儿也不安全?”庞永荣从他们话里听出了意思。

“鬼子是入冬前占的磨坊镇。以前这里逃难的人很多，后来都走了。”庞柳叶说。

“八路军塬县抗日游击大队也住在这里，后来也撤离了。”何贵生说。

“他们都撤到哪里去了?”秀秀问。

“可能是铁岭关，那里地势更险要。”庞柳叶说。

“对了，你们知道组织撤离疏散的是谁吗?”何贵生说。

“我们认识?”庞永荣问。

“不是认识不认识，而是自家人，是你们家老四!”何贵生说。

“我们家老四？永贵?”庞永荣感到惊奇，“在芦苇沟就听说他回来了，怎么又到了这里?”。

“你们家老四可了不得啦！黄土坡伏击鬼子就是他干的，消灭鬼子五六十个，自己无一人伤亡，了不起呀!”何贵生说。

“四兄弟是塬县抗日民主政府的县长，也是塬县抗日游击大队大队长，是个大官官哩！大家说他能掐会算，说他神勇无比，三十几个人，就敢跟鬼子大部队干!”庞柳叶说。

“他在这里?”春花也感到奇怪，“他怎么会在这里?”

“你们呀，不知道他？他没回家?”庞柳叶问。

“不知道！没回家!”春花说。

“快带我们见见他，他在哪里?”庞永荣也觉得太蹊跷，他很想见到老四。

“鬼子占了磨坊镇后，他们就转移到铁岭关，那里山更高路更险，冰天雪地不好走，等天好了再带你们去。”何贵生说。

“行！听你们的。”庞永荣目睹了鬼子的残暴，他为全家人的安全担心，走远点，越远越好。

他们的谈话，秀秀听得真真切切，没想到四叔就在这一带，而且还在黄土坡打死了五六十个鬼子，她想给爹娘说四叔回来的事，想想四叔要她保密，所以忍了忍还是没有说。

磨坊镇是深山里的大村镇。每逢农历的一、六这里都有集日。这一天又是集日，难得的一个好天儿。没有风，天蓝蓝的，太阳白白的。好天儿赶集的人就多，街道两旁也有不少商贩在摆摊卖货。

磨坊镇四周有城墙，南北两道城门。北门通向山外，南门通向大山深处的郝家峪。南门外半里地就是水磨坊，水磨坊只有三户人家。水磨坊长着几棵柳树，是那种细细的枝条儿弯下来的垂柳，风儿轻轻地拂来，柳条儿摇过来摇过去，就像少女的长发。水磨坊的人说，春天才好看呢！黄黄的一树小花，摇曳着春风，小花衬着嫩嫩的绿叶，就像一位淑女在河边洗漱，因此这条河也有了一个好听的名字叫柳河。

家里突然增加了四个人，吃的用的都有些困难。何贵生决定去赶集，卖出一些小米，换回来一些急需的盐和油。他想割点肉，几天了，庞永荣一家在这里还没有吃过肉，他心里过意不去。

集市没有往日热闹，何贵生兑换好所需的油盐，就去肉店割肉。

肉店的旁边有个小面馆，今天面馆里有一男一女正在吃饭。也许是吃热的过，也许是辣子的辣，女人脸颊泛起了红晕，就像两朵鲜花在冬日里十分的艳美。这时有一队鬼子兵走过来，有一个挎着洋刀的鬼子看到了这“两朵鲜花”，他停下脚步，对着同伙一阵比画，鬼子兵“哗啦”一下围住了小店，刺刀指着吃饭的男女。一个戴着狗皮帽子的汉奸吼道：“不许动！太君说你们是八路！说！哪里来的?”

“老总，我们不是八路，是大大的良民，后山庄的。”男的一边说一边取出良民证。他有三十多岁，是个老实巴交的山民。

“你的，什么的干活?”汉奸指问那女人。女人哪见过这种场面，浑身抖动着朝男人身后躲。热汗变成了冷汗，鲜花消褪露出的是白静，这女人站起来后，身段匀称模样清秀。

“她是我婆姨，老总，我们都是大大的良民。”男人感到了危机，一个劲说好话。

“滚开！谁问你啦?”汉奸走到女人面前，用手枪顶着她的太阳穴：“老实说，什么的干活?”女人害怕了，一句话也说不上来。

挎洋刀的鬼子生气了，叽里呱啦地吼了几句。汉奸说话了：“太君说了，是不是八路，要搜一下身!”说完做了个手势，几个鬼子恶狼般的扑上来，把两个人分开架在两边。挎洋刀的鬼子走到女人面前，上下打量着，突然他伸出两只手，在女人的屁股上摸了一把：“花姑娘的屁股大大的好……”

男人受不了了，挣脱了架他的鬼子挡在女人面前：“太君！我们是良民！行行好，饶了我们吧!”

“八格牙路……”鬼子嘴里咕噜着，慢慢地抽出了东洋刀。

“不能啊！太君，我们是……”没等男人说完话，只听“扑哧”一声，东洋刀插在了男人的胸口。男人定住了，两眼睁得大大的，嘴张着杵在了那儿。鬼子一抽刀，血“呼”地涌了出来，男人趔趄了一下，慢慢地倒了下去，再没说一句话。

“啊！……”女人昏过去了瘫倒在地。

挎洋刀的鬼子过来了，他把手伸到女人的棉衣里面，一使劲把女人的棉衣扯开，两个白白的乳房露在胸前，鬼子汉奸哄堂大笑。

女人慢慢醒了过来，她挣扎着站起来，不知从那里来的力量，狠狠地一头撞向挎洋刀的鬼子，只听“咚”的一声，鬼子被撞了个四脚朝天！

“你的，死了死了的！”挎洋刀的鬼子抽出了洋刀，“扑哧”一声捅进了女人的胸口。女人定住了，两眼睁得大大的，嘴张着杵在了那儿。鬼子一抽刀，血“呼”地涌了出来，女人趔趄了一下，慢慢地倒了下去。女人倒在男人身边，殷红的血在白白的胸脯上流出，流到地上和男人的血汇在一起，变得酱红酱红……

何贵生亲眼看见鬼子杀死了男人和女人。他头皮发胀胃口痉挛步履急急地回到水磨坊。

“这是咋啦？”庞柳叶见他有些异样就问。

“鬼子又杀人了，就在我面前，好好的一对男女说杀就杀了！”何贵生把见到的给大家说了一遍。

“真是可怕！这可咋办？”庞柳叶说。

“鬼子杀人不眨眼！想杀就杀！就像踩死个虫儿捻死个蚂蚁！”何贵生说。

“原以为逃难到山里就安全了，哪想到这里也是不安全。我们还是走吧，这里比我们想象的还要危险。”春花胆小，听说此事更害怕。

“逃难逃难，越逃越有难，这一路上提心吊胆灾祸不断，还差点丢了命！还要走，冰天雪地的我们去哪里呀？”秀秀问。

“到铁岭关，到你四叔那儿去。”庞永荣说。

“对，就去铁岭关！”春花同意。

“这儿离铁岭关五六十里地，秀文还有病，滑到沟里怎么办？遇到土匪怎么办？要是在路上出事了，还不如待在这里呢。”何贵生不同意他们走。

“我是怕时间长了，暴露了不说，还连累了你们。”庞永荣说。

“你们小心点，白天不出屋，鬼子发现不了。”庞柳叶说。

“四个大人憋在屋里也不是个办法，我总觉得鬼子就在身边，这心里不踏实。”春花说。

“憋久了，晚上出来透透风，冰天雪地的还是待在家里好。”何贵生还是不让他们走。

“铁岭关没有熟人，找不到老四咋办？不行不行！”庞柳叶觉得这个办法不实际，漫无目标更危险，就一口否定他们的想法。

说着话天就黑了。何贵生家小，只有一个火炕，大家挤在一起，彼此相互取暖。就在大家似睡非睡的时候，突然大门外响起了轻轻的叩门声。家里的人都听到了，大家不约而同地坐起来，这时门外又响了几下叩门声后传来话音："开门！我是立业！"

"是儿子回来了！"庞柳叶推了推何贵生，"快去开门。"

"别急，再听听。"何贵生怕有差错。大家憋住呼吸继续倾听。这时又传来话音："开门！我是立业！"

"是立业，没错！"何贵生披上那件老羊皮筒子下了地。庞柳叶用被子把窗户罩住后点着了灯。

屋门开了，呼啦啦进来五条汉子，随着汉子们进来的还有逼人的寒气，小屋的人立刻感到天气的寒冷。

"快坐，快坐。"何贵生一边招呼一边关好门，并在门内挂上了一条棉门帘。他说："烧火烧火，先弄点热乎的给他们吃。"

来人都戴着狗皮帽子，穿着厚厚的棉衣棉裤，虽然束着腰系着裤腿，还是看着很臃肿，特别是脚上穿的用毡子做的棉鞋，又高又大，鞋筒子到了膝盖。看到炕上坐了这么多人，他们也感到惊奇，立在炕下注视着他们。

"说曹操曹操就到，刚才还说着呢，现在就到眼前啦，你们看谁来了！"何贵生激动地说，"大兄弟！这是你家老四！你不认识啦？"他拉过庞永荣，指着其中的一人说。

被指的人摘掉帽子，注视着庞永荣说："大哥！你怎么在这里？"

庞永荣抓住对方的双臂，久久地打量着说："四弟！真是四弟！"

春花也过来了："是四弟，真是四弟……听大姐说，你带着人打鬼子，真是你呀！"

"大哥！大嫂！打鬼子不假，我们是八路军呀！"庞永贵说着话，紧紧地握住了大哥大嫂的手。

"四弟，你们从铁岭关回来了，我们就不用去找你们了……"春花说着眼泪就扑簌簌地掉下来。

"到铁岭关找我们，为什么？"庞永贵说。

"是这么回事，你们撤离时不是宣传到铁岭关吗？所以我就告诉他们了，昨天镇上鬼子又杀人了，他们觉得这儿不安全，就想找你们。"何贵生说。

"那是糊弄鬼子呢！咱们还在这一带。"庞永贵说。

"老四，你一走多年，没音没信的，你媳妇金叶可是天天盼着你呀。"春花说。

"大嫂，让家人操心了。那年我从家里出走，组织上安排我到延安，参加了刘志丹的红军，在延安一待就是八年。去年卢沟桥事变，日本发动了全面的侵华战争，组织上就把我派回来了，现在我们是八路军塬县抗日游击大队，组织和领导全县人民进行抗战。说实在的，我也想回家，这日本人不让回呀！”庞永贵说。

“一晃多少年就过去了，这下不走了吧？”庞永荣眼里浸满了泪水。

“叔！婶！”跟在庞永贵身后的三个人喊上了，大家只顾说话，没有认出灯光暗影里的金海、金洋和强强。

“强强哥！金海哥！金洋哥！”秀秀也很惊奇，这不是做梦吧！怎么在这里遇上了？她不相信自己的眼睛。

“这三个娃娃也跟着你？当八路了？”庞永荣打量着强强和金海、金洋。

“是呀，他们可都是老八路了。”庞永贵说。

“真没想到，你们也是八路！好样的！好后生！”庞永荣感叹。

“可别小看他们，黄土坡打伏击，每个人就砍死了好几个鬼子，那把大刀耍得神出鬼没，可杀出了咱中国人的威风！”庞永贵夸奖他们。

何贵生把炕桌摆好，庞柳叶已经弄好了饭，小米粥二面馍和咸菜。永贵他们脱了帽子，解开了束腰，灯光下能看见每人的腰里都别着盒子枪，盒子枪发出黑黝黝的光亮。

“大哥大嫂，忘了给你们介绍了，这个是大姐的儿子何立业。”庞永贵指了指坐在屋角的后生说，“他也在八路。”

“大舅大妗子好！”何立业起身问候，文绉绉的很有礼貌。

“不瞒你说，大姐大姐夫也是咱们的人，这儿是咱们的交通站，你们来这儿来对了。”庞永贵继续说。

“是吗？你们咋不早说？”庞永荣吃惊地看着庞柳叶和何贵生。

“这是组织纪律，不说也不是外人。”何贵生说：“不过到了这儿也就到家了，我们会给你们找一个安全的去处，这里确实不能久留，四个人目标太大，容易暴露。”

“那就太好啦！我们总算有了着落了。”春花想起一路上的遭遇，不由得又流出了眼泪。

“哎哟，你哭啥？见了老四应该高兴啊！”庞永荣嘴上劝春花，眼角也流出了泪水。

“大哥大嫂，这是怎么啦？”庞永贵问。

“老四，你不知道多险！我们是从鬼门关里逃出来的……”庞永荣把在路上遇到的事给庞永贵叙述了一遍。

“芦苇沟的高志远是自己人，他的自卫队就是抗日游击小队，他们留在那里就是坚持抗日。多亏了这个人，要是落在那些伤兵手里，那可真是遭了殃啦。日本鬼子的‘三光’政策是惨无人道的，他们的罪恶一路上你们都看到啦。你们前脚走，咱们村就遭到了鬼子的血洗，多亏了刘大牛，安排我们老庞家的人都钻了地窖，才躲过了鬼子的魔手，可是他的老婆孩子却被鬼子杀害了。日本鬼子血债累累，我们一定要他们加倍偿还！”庞永贵把情况给他们讲了讲。

“四弟，现在我们就跟你走，跟着你们，我这心里就有底啦。”庞永荣说。

“大哥大嫂，你们不能跟着我们，我们是战斗部队，带着你们没法行动。现在外面很乱，特务汉奸很多，你们一定要小心，千万不要暴露咱们这层关系。过了年后，想办法回去，咱不能老逃难，那不是办法。鬼子占领了我们的家园，我们不能让鬼子安稳了。我们要回去，到鬼子的占领区去，要想法跟他们斗争，要利用我们人熟地熟和一切关系打击鬼子，要搅得鬼子魂飞魄散，整日的惶惶不安，时时刻刻都不得安宁。只有这样，才能把鬼子赶出我们的家园！你们到了这里，就把心放下，我会把你们安排到一个安全的地方。”庞永贵说。

吃过饭后，庞永贵和何贵生商量了一下，然后对庞永荣和春花说：“大哥大嫂！今晚不能陪你们了，我们还有任务得马上走。我已经和何大哥说好了，明天他送你们到郝家峪去，那里是咱们的根据地，非常安全，你们可以在那里过一个冬天。”

第二天，按照庞永贵的安排，何贵生把庞永荣一家送到了郝家峪，安排在一位名叫山爷爷的老乡家里住下。山爷爷家里只有老两口，把庞永荣一家当着自己的孩子看待。经过两个多月的漂泊惊吓和死里逃生，庞永荣一家总算有了一个安全的住处，身体和心灵都得到了慰藉，他们脸上挂上了笑容。

二十九、回 家

黄土坡伏击战后，庞永贵和他的抗日游击队大队就撤到了磨坊镇，在这里他们得到了休整。黄土坡缴获鬼子三十多条步枪，一下子武装了部队，大家别提多高兴了。通过发动群众，又有许多青年踊跃参军，部队扩大了两倍有近百人。

抗日游击大队现在还是五个小队的编制。紫金山司马鸣小队坚持在紫金山独立活动，芦苇沟高志远小队坚持在芦苇寨独立活动，剩下的三个小队和大队部在一起。这三个小队由原来的每队十人变成了三十人，加上大队部人员，游击大队主力就有一百多人。游击大队在撤出磨坊镇时曾经放出风，说是要到铁岭关建立根据地，其实那是迷惑鬼子，县政府和游击大队还在这一带。面对强大的日寇，他们还是采取红军时期的游击战术：敌进我退，敌驻我扰，敌疲我打，敌退我追。打得胜就打，打不胜就走，在运动中保存自己，在运动中消灭敌人。这种游击战术有效地遏制了日寇的进攻，保存了革命实力，巩固了抗日根据地。现在，根据塬县的抗日形势，庞永贵派出两个小队打进了敌占区。一个是谭树林小队在城南一带活动，一个是侯青山小队在城北一带活动，一南一北牵制鬼子。强强小队和县政府在一起还在这一带活动。

强强的小队有三个班。金海金洋何立业各带一个班。何立业在磨坊镇读完高小后就进了县中学，在县中学接受了革命教育，秘密地参加了革命工作。鬼子侵占了塬县，他就被组织派到庞永贵身边工作。何立业这个班其实就是政府机构，他是一个班长也是县政府的秘书，县政府的机要文件，他一个挎包全装了，枪包不离身，就像他的命一样。强强知道自己身上的担子，他的小队其实就代表了塬县抗日民主政府，他的小队不是单纯的战斗部队。

庞永贵他们现在就在离磨坊镇只有十里地的郝家峪。这里山高谷深道路崎岖，所以鬼子轻易不敢进犯。有一次，鬼子纠集了二百人的队伍，凭着他们有小钢炮，想一举占领郝家峪。

鬼子的进犯在青石崖遭到了阻击，打击他们的就是强强小队。

青石崖是一个天险，进出郝家峪必须经过它。这里的道路很险峻，最险处在快要到山顶处。这里是人工开凿的一尺多宽一百多米长的石台阶，三百多个台阶一节一节连在一起像石梯。石梯一边是山崖一边是深渊，要是山顶上滚下来一块石头，就会砸翻一串人。鬼子骄横不把这些放在眼里，他们想用武力打开这道天险，他们要用小钢炮轰平青石崖威慑中国人。鬼子的想法错了，天险使他们的武器失去了作用，尺把宽的石梯再先进的武器也无法展开火力。鬼子使用了钢炮，炮弹炸落的石头翻滚下来，不仅砸翻了自己人，而且阻塞了本来就不宽的石梯，使青石崖更加险要。这次战斗，鬼子死伤二十多人以失败告终。

郝家峪，一个不起眼的小山村。十几户人家零零散散地自然地分布在大山的怀抱里。这里的山民还保持着原先的生活习惯，但是这里还是比以前热闹多了。因为这里来了不少山外的人，他们就是塬县抗日民主政府的成员和抗日游击大队的战士。这里也就成了塬县抗日民主政府和抗日游击大队的所在地。从这些人的口里，山民们知道了山外的情况，知道了从东洋来的倭寇日本人，在中国杀人放火奸淫掠夺无恶不作。从抗日游击大队这些人的行为中，山民们知道了他们是为了保卫祖先留下的土地，保卫兄弟姐妹不受欺侮而浴血奋斗的仁人志士。爱国热情激励着山民的情感，他们热情地接纳了这群热血儿女，并和他们一起投入这场惊天地泣鬼神的战斗中。

庞永荣一家就住在郝家峪的山爷爷家里。山爷爷年近八旬，身材高大清瘦，布满皱纹的脸上有一双眼袋很重的有些混浊的大眼，高鼻梁下的嘴巴隐在白里泛黄的山羊胡须里。山爷爷的头顶是秃的，头顶的皮肤与脸色一样呈酱铜色，头下一圈的白发像银丝一样在脑后编了条不粗不细的辫子。山爷爷的老伴山婆婆和他一样年纪，小脚大褂，个儿不高，有点胖，胖得恰到好处，她的皮肤是白的，是那种经过太阳晒过的白。山婆婆看着要比山爷爷年轻，慈眉善目，一说话就笑。山婆婆的头发是稀疏花白的，从头前梳到头后，在头后绾了个小髻。三爷爷和山婆婆相依为命在大山里生活了几十年，他们无儿无女却相亲相爱，日子过得很幸福。山爷爷不让山婆婆上山下地，山婆婆就心安理得地在家相夫持家，家里拾掇的利落干净。每当山爷爷回到家，她就会端上一盆热乎乎的洗脸水，他要看着山爷爷洗脸。洗完脸后她会递上一碗温乎乎的蜂蜜水，她要看着他喝下去。在山爷爷抽烟歇息的空当，她会摆上一桌可口的饭菜，当然少不了自家酿的红薯酒。山婆婆说自己的富态都是山爷爷给的，山爷爷听了，只是咧嘴一笑。心里说：“自家女人嘛，就该娇惯着点。”

山爷爷是人们尊称。山爷爷姓甚名啥已不重要，因为他在村里颇有人缘，再加上他在村里年龄最大辈分最长，大家就都叫他山爷爷。其实山爷爷长得就像一座山，高大硬朗，一股子英雄气概。山爷爷一辈子没有出过山，和大山厮守了一辈子，他摸透了山的脾气山的灵性，山上的沟沟坎坎都留下他的足迹。哪里有山珍，哪里有野味，只要山爷爷说了，准没错。最重要的是山爷爷有着山的性格，坚强善良宽厚包容。

有一年，村里进了土匪，善良的村民们遭了殃。那年山爷爷三十多岁，正是年轻力壮，哪里咽得下这口气，抽出一把大刀就跟土匪干上了。那把大刀出神入化，吓退了土匪，拯救了村子，拯救了全村的老少爷们儿。土匪是从青石崖进来的，这条通道关系着全村的安危。山爷爷带着山奶奶上了山，在青石崖上凿石安家，日夜守候着这条险要的山道。

山爷爷新安的家就在青石崖的南边一个云遮雾盖的山头上，山头上有块巴掌大的平地，山爷爷在这里靠着岩石搭了三间小石屋。从山头上向西望去，一溜陡坡到山底，陡峭的山崖下云雾翻腾。从山头向东望去，郝家峪一目了然，这里山势缓平，天然一个小盆地。山爷爷在山头建起了烽火台，一有土匪，点燃烽火，村里人就会及时赶来。

青石崖天险最险要处只有一尺多宽，是蜿蜒在山脊上的羊肠小道，雨天雪天走过青石崖要格外小心，因为山脊上的小路太滑了，一不小心就有坠崖的危险。青石崖太险了，云雾遮罩，经常摔死牲口和人，山爷爷决心做件好事留给后人。于是没事的时候，就在青石上凿台阶，最险处的一百多米他凿了三百多个台阶。

青石崖现在是抗日游击大队的一个哨所，有一个班的战士守在这里。山爷爷回到村里原来的老屋。老屋在一个向阳的山坳里。这里看过去就是郝家峪山神庙，现在是塬县抗日民主政府和塬县抗日游击大队的所在地。这座庙在郝家峪村边的一个山坡上，在这里可以俯瞰郝家峪全村。

庞永荣一家就是住在山爷爷这个老屋里。老屋有三间，全是石头垒成。平顶的房顶上铺着青石板，青石板的缝隙里长满了杂草。房屋不大但很整洁，南北走向坐西向东。山爷爷和山婆婆住在北屋，庞永荣一家住在南屋，中间一间是堂屋，摆着一张陈旧的没有年代的桌子，桌子后边有一幅虎啸山林的中堂画卷，画卷的颜色已经黯淡，但老虎的样子依然威武。

屋前有个小院，小院有个用篱笆做成的围墙。篱笆围墙的里面是种菜的园地。

已是阳春三月，太阳红红地照着，天气渐渐暖和起来，阳面地里的小草已经探起了身子，嫩绿中泛着黄色，枝芽亭亭立在阳光中。在春风的抚摸下，山开始变得滋润了，变得绿了，变得五彩缤纷了……

“山婆婆！”春花搬出一个凳子放在太阳底下说，“今天天儿好，你晒晒太阳。”

“好好！晒晒太阳，秀文呢？”山婆婆走出屋子，从葫芦瓢里抓出把谷子撒在地上，引得一群鸡儿呼啦啦地跑了过来，围在她身边不停地啄食。

“秀文和山爷爷上地里去了。”春花说着来到山婆婆跟前，“你坐着说话，看这鞋底子咋样？”她在纳鞋底子，准备给山爷爷做双鞋。一家人住在这里三个多月了，山爷爷山婆婆待他们如同儿女，她心里实在过意不去。

“你的手真巧！这鞋底子不错。”山婆婆看了一会儿说，“这是给谁的呀？这么大！”

“给山爷爷的，完了再给你纳，一人一双。”春花笑着说。

“我好福气呀……”山奶奶笑着说，“这秀文身子骨薄，上地里干啥？可别累着他。”

“没事，有他爹和他姐照顾着，累不着。”春花说。

正说着话，山爷爷和庞永荣回来了。山爷爷套了一只兔子，喜滋滋地说：“春花，收拾收拾，咱们吃兔子肉。”

“我这儿还有花呢？”秀秀和秀文拿着几枝桃花，桃花的花蕾很密，红嘟嘟的，有的欲要张开，有的似张非张，有的已经张开，薄薄的花翼透着亮儿，有股淡淡的香气。

“地都整出来了，要种啥就等山爷爷一句话了。”庞永荣放下铁锨说。

“今年多亏你们了，几块地早早就弄出来了，农活有模有样，一看就是庄稼把式。”山爷爷很高兴，权把他们当成了自家人。

正说着话呢，从山神庙那边过来几个军人，没到门口就喊上了：“说啥呢？这么热闹。”说话的是庞永贵。他们穿着八路军的军服，扎着皮带，非常精神。

“是永贵啊！”随着山爷爷的招呼声，庞永贵带着强强和金海金洋进了小院。

“山爷爷，山婆婆，你们好！”几个年轻人热情地问候。

“进屋进屋……”山婆婆拉着他们进了屋，赶忙把一布袋的花生拿出来：“孩子们，吃！”说着话一把一把地抓给他们。

“谢谢山婆婆！”后生们一边说谢，一边接过花生。脱去厚厚的棉衣，换上灰色的军装，扎着武装袋，背着驳壳枪，几个年轻人英俊潇洒，就像那山坡坡上的向阳花透着活泛和灵气，又像村后的大山流露着沉稳和刚强。

“有事吗？来得这么齐，都是庞家窑的。”山爷爷问道。

“山爷爷！没啥事，来看看你。”庞永贵看了看大哥一家人说，“这一冬天，多亏山爷爷和山婆婆，来来来，咱们谢谢老人家。”庞永贵说完拉上大哥大嫂还有秀秀和秀文，要向山爷爷山婆婆鞠躬磕头。

“使不得，使不得，都是一家人，不要这样，不要见外。”山爷爷死活不让他们磕头，“乡野陋屋，粗茶淡饭，何足挂齿！”

“滴水之恩，涌泉相报！山爷爷不见外，我们也不能不谢呀！不让磕就不磕了，昨天我们刚从县城回来，带点好吃的，送给山爷爷。”庞永贵说，“这好吃的，山爷爷可不能不要啊！你要再拒绝，可就是见外了。”

“啥好吃的？拿出来看看。”山爷爷说。

“山爷爷，这是给你老人家的点心。”强强说着把两包点心放到桌上，点心是用黄纸包着，上边还有一张四方快的小红纸，上书“点心”两个大字。

“哎哟哟，这年月，这可是稀罕物呀！”山爷爷仔细地看着。

“山爷爷，这里还有呢！”金海说着把两个油纸包放到桌上，一股酱肉的香味扑鼻而来。

“这是县城仙人居饭馆的酱牛肉和酱猪蹄，可烂乎了，您老人家一定能咬动。”庞永贵说。

“仙人居的酱货，塬县的一绝，能咬动，能咬动……”山爷爷笑着说。

“还有呢！山爷爷，这是二斤汾酒，山西最好的酒。”庞永贵从金洋手里接过一个瓷坛，瓷坛是酱红色的，坛口用红布扎着，有股浓浓的酒香从坛口溢出……

“哈哈！这可是宝贝，闻着就香！嗯！”山爷爷咂着嘴，“比我那红薯白干强多啦！”

“山爷爷，好酒你要多喝两口。”庞永贵说。

“那感情好，咱们好好喝两杯。”山爷爷招呼春花：“秀秀娘，炒几个好菜，把那只兔子炖了。中午他们在这儿吃饭。”

“山爷爷，今天就是来看看您，快别让大家忙活了，我们不吃饭。”庞永贵说。

“再忙也得吃饭嘛，你看看，好不容易人凑齐了，都是庞家窑的，现成的有肉有酒的，哪有不吃的理？再说，已经到晌午了不吃哪行？坐下坐下，我还要和你说说话呢。”山爷爷很开心。

“既然这样，我们就不客气了。”庞永贵答应了，他叫强强金海金洋到厨房帮忙。

“哪里用得着他们，笨手笨脚的，歇着吧！”春花挡住他们，她是心疼他们。

“强强哥，你们到这屋来坐，我姐想和你们说说话。”秀文在南屋叫他们。

“去吧！把城里的事给秀秀说说，她心里一直挂着那个铺子那个家。”庞永贵说。

强强他们三个人进了南屋，秀文拉着他们坐到炕上。他也十三四了，是个大男孩了，他想摸摸他们的衣服和枪。强强看出了他的心事，就解下驳壳枪让他看，秀文轻轻地摸着，脸上挂着笑容。

三个年轻人眉宇轩昂，英姿飒爽。秀秀注视着他们，心里十分羡慕，那股爱恋之心不由得往上涌。她强压着心里的意乱，稳住乱颤颤的心，说道："不到一年，你们可真成了神啦，变得我都认不出来了。"

"有啥认不出来的？不就穿了身军装吗！"强强说着，摘下军帽扣到秀文头上，军帽有点大，盖住了秀文的耳朵，秀文还是觉得很高兴。

"打鬼子害怕吗？"秀秀关切地问。

"不害怕，就像打野猪一样。"强强自豪地说。

"黄土坡伏击战真过瘾！我用大刀砍了三个，要不是队长要撤，还得砍他几个……"金洋陶醉在那次战斗中，说起来滔滔不绝。

"强强哥最厉害，枪打了一个，刀砍了四个。"金海夸强强。

"金海也不次，解决了四个。"强强说。

"真羡慕你们，真刀真枪跟鬼子干，你们是真正的英雄！"秀秀满脸的笑容，满心的佩服。

"这次我们还摸进了县城，干掉了一个鬼子的弹药库，那仗打得真过瘾……"强强说。

"摸进了县城……"秀秀若有所思，"强强哥，县城我那个铺子咋样？"秀秀离家快一年了，她一直忘不了那个铺子那个家还有那个人。

"铺子还在，只是没做生意，冷冷清清的……"强强说。

"没做生意……"秀秀心里一紧，"我那个秦老板，他可好？……"秀秀进一步问，她担心他的安全。

"老远的看了下他，愁眉苦脸没精打采，看得出过得不痛快。"强强说。

"这就好，这就好，但愿他平安无事……"秀秀说。

"你知道那个二赖子吗？就是说咱们闲话的那个二赖子，这小子当了汉奸，还有那个歪脖、斜眼，成了二赖子的左右臂。这三个坏蛋，仗着日本人撑腰，为非作歹欺凌百姓，成了地方上的一大祸害。"强强说。

"哎哟！这还了得！"秀秀说，"这几个家伙就不是省油的灯，坏得很，可得防着点。"

"二赖子这家伙六亲不认，为了巴结鬼子，他把刘掌柜的仙人居送给了鬼子，还逼着刘掌柜当商会会长。他还三番五次到庞家窑找你，放出话来要霸你为妻。为了达到他的目的，几次到银器铺辱骂殴打秦老板，逼着秦老板和你断绝关系。"强强把知道的都告诉了她。

"打了他？厉害吗？"秀秀问

"不要紧，听刘掌柜，都是皮肉伤，没伤着筋骨。"强强说。

"你们见着了刘掌柜，没去银器铺？"秀秀急着问。

"很不凑巧，原本要去一下银器铺，谁知有几个鬼子在那儿，为了安全，我们就撤出来了。”

“强强哥，我想回去。”秀秀听说秦老板被打，心里着急。

“现在可不能回去，回去就落到了鬼子汉奸的手里，还是听四叔的安排吧。”强强说。

“秀秀，你也不要太操心，刘掌柜说了，他和秦老板是难兄难弟，他们有事会在一起商量，鬼子的残暴也使他们变得聪明了，他们也在想着法儿跟鬼子斗。”金海说。

“刘掌柜说，他原来也不想给鬼子当商会会长，还是秦老板劝得他。秦老板说，不能和鬼子硬碰硬，那样吃亏的是咱们，要身在曹营心在汉。可见这个秦老板也在斗争中学会了斗争。所以你也不要担心，这两个人都是老江湖了，他们不会有事的。”金洋说。

“是呀，他们可真不简单，就在鬼子的窝，就在鬼子的眼皮底下，不仅保护了自己，还保护了城里的生意人，他们就像河里的水，任凭刀砍斧剁依然畅流不息，上善若水，他们是在做一件功在千秋的大好事。现在塬县有千千万万的老百姓都在以自己的方式抗击日本鬼子，这股力量就是汪洋大海，这汪洋大海一定会把小鬼子淹死的。”强强说。

堂屋里，饭菜已经摆好，这顿饭是庞家窑人大团聚，大家围在一起吃喝的很热闹。

饭后庞永贵说：“最近鬼子要对郝家峪进行春季‘大扫荡’，为了保存部队的有生力量，我们决定撤出郝家峪，跳出鬼子的包围圈，到敌人的后方去打游击。这样一来，郝家峪的村民也要疏散和撤离，老百姓要坚壁清野，牲口要牵走，粮食要藏好，人要躲到山上去，让鬼子找不着人吃不到粮，变成瞎子聋子……”

“什么……鬼子要‘扫荡’……你们要走……”山爷爷一听就急了。

“是的，为了粉碎鬼子的‘扫荡’，不仅我们走，你老人家和村里的群众也要走。”庞永贵回答。

“走啥呀！和他们打呀！咱们有青石崖天险，有部队和民兵……”山爷爷说。

“老人家，敌人这次纠集了一千多人，配有山炮小钢炮。他们叫嚣着要扫平郝家峪抗日根据地，气焰十分嚣张。我们满打满算才一百多人，民兵也就五十多个，双方实力悬殊，我们不能硬碰硬，我们要保存有生力量，只能撤离和转移，跳出鬼子的包围圈，让敌人扑个空。我们转移到敌人的外围去，以逸待劳伺机打击骚扰长途奔袭的鬼子，在运动中把鬼子从精神上、物质上、战斗力上拖垮，最后集中优势兵力各个击破，粉碎鬼子的‘扫荡’。”庞永贵说。

“我们也得走吧?”庞永荣抽了口烟问，他觉得这个地方不能待了。

“大哥，我正要和你说呢，现在条件成熟了，你们可以回家了，村长刘大牛是咱们的人，在村里互相有个照应，比在外头逃难跑‘扫荡’强多了。”庞永贵说。

“听你的，回去到鬼子窝里和鬼子斗！过去我自私，担心秀秀和她娘……”庞永荣想起鬼子兽性，心里的愤怒冲天而起，“现在我明白了，跑没有用，只有起来和他们斗才有出路。四弟，你放心，杀鬼子大哥不会手软!”

“大哥明白就好，现在这里是鬼子‘扫荡’的中心，鬼子推行的是‘三光’政策，见人就杀，见粮就抢，见房就烧，什么意外都有，所以还是回去好，跳出鬼子的包围圈，避开敌人的锋芒，所以家里比这里要安全得多。”庞永贵说。

“这样行吗，回去路上不太平，我看他们一家就别走了，鬼子来了就跟着我们转移，我会照顾好他们。”山爷爷想留他们。

“山爷爷的好意我知道，关键是我们现在采取的是分散隐蔽，能转移出去的尽量转移出去，离开鬼子的包围圈，就能减少不必要的牺牲，这也是保存革命力量，也是对敌斗争的一种方法。反‘扫荡’打游击残酷无比，流血牺牲在所难免，为了不被鬼子‘围剿’，为了抗日的大局，所以还是回去得好。”庞永贵说。

“不用说了，我们回。”庞永荣表态了，“感谢山爷爷的好意，一冬天麻烦你老人家了，这次回去，就按四弟说的办，多杀鬼子给您老人家报喜。”

“好好！我就等着这句话，这才像条汉子!”山爷爷捋捋胡子高声说。

“大哥，你们一家先回村，秀秀不要着急回城，什么时候回城，听我的。”庞永贵想在县城的银器铺建一个联络站，秀秀精明能干办事稳重，是最好的人选。

这里是山神庙，庞永贵的大队部在一间大屋里。大屋墙上挂了张地图，地下有张桌子，桌子边有几把凳子。庞永贵把大哥一家叫到这里，临走前有些事他还要交代交代。

大家围桌而坐，庞永贵把村里的情况详细地说了一遍，然后他说：“你们回村以后还不能暴露，二赖子隔三岔五到村里去，如果知道你们回来就麻烦了。你们回村后，要听从刘大牛村长的安排，不要住在自己家，我看就住在咱家后院的老窑里，那里什么都现成还隐蔽。”

“住在老窑当然好，过去还有一条暗道通沟里，不知现在能用不能用?”庞永荣说。

“金叶说暗道已经塌了，她重新修了暗窑，如果有事可以躲进去，不会有事。”庞永贵说，“另外还有一件事和你们商量，我们想在城里银器铺建联络站，不知道你们同意不同意？”

“你说的联络站就是柳叶家的那种吧？就是秘密地给八路办事！”庞永荣说。

“是的！”庞永贵说。

“四叔，太好了！”秀秀首先表态，“没问题，没问题。”

“这是在城里，行吗？”庞永荣问。

“我们是秘密联络站，轻易是暴露不了的，即便是暴露了，我们也会全力营救。”庞永贵解释。

“我觉得四弟说得对。”春花想起鬼子的暴行心里就有气，她觉得打鬼子是每个中国人的事，“暴露了咱们就跟鬼子拼了，别那么胆小怕事，就是死了也要死个样子！”

“大嫂说得对，鬼子不除，国无宁日，家无宁日，所以对鬼子不能有任何幻想，只有起来和他们战斗，有斗争就会有牺牲，就是牺牲了，也是英雄！”庞永贵说。

“既然大家都同意，我也没说的。”庞永荣说。

“这件事就这么定了，大哥一家先回村里，像往常一样，对谁都不要说和我在一起，在适当的时候，我会派人和你们联系。”庞永贵说。

庞永贵又单独和秀秀谈了谈，秀秀没有半点犹豫。以银器铺为幌子做地下工作，她觉得又新鲜又刺激。

“秀秀，在城里建联络站，危险性更大，一定要胆大心细，谨慎再谨慎，不得有半点疏忽大意。秦老板这个人咋样？”庞永贵问。

“谨慎小心的生意人，不过没有坏心，不用怕他，他听我的绝不会坏事。”秀秀胸有成竹。

“你还得格外地防备那些汉奸，他们是鬼子的耳目。二赖子经常在县城和郭家庄活动，听说这个二赖子点着名要找你，你一定要小心。回村后，不能暴露，要深居简出，有事就去找金叶，她会照顾你的。”庞永贵再三嘱咐。

“行，我一定小心，就是暴露了，我也不怕！”秀秀热血澎湃。

“打鬼子需要勇敢，但要学会保护自己，金叶他们修的暗窑很隐蔽，一旦鬼子汉奸进村，你们就躲进去，特别要提防二赖子，这家伙坏得很。”秀秀懂事明理，但是没有参加过真正的战斗，为了她的安全，庞永贵还是千叮咛万嘱咐。

庞永荣一家人动身了，这次的路线没有走芦苇沟，绕近路两天后来到了薛庄。这里是敌占区，鬼子伪军特务汉奸活动频繁，这里离庞家窑不远，是大家十分熟悉的地方。庞永荣一家不敢进薛庄，薛庄的鬼子对山里来的人查得很紧。他想起庞永贵指给的一条路：绕过薛庄到郭家庄，郭家庄是个小据点，因为不是处在交通要道，只驻守了一个小队的伪军，戒备不严好通过。

庞永荣带着全家人向郭家庄进发，中午时分来到了村东门。他们躲在一个高地上仔细地查看地形。高地上是一片麦子地，地西头的坟地里有几棵枝叶稀疏的柏树，柏树下的荒草里正好藏人。这里居高临下，把郭家庄看得一清二楚。

郭家庄变化很大，鬼子在原来的路边修了炮楼，炮楼有三丈来高，上面有哨兵在瞭望。炮楼的周围拉了铁丝网，铁丝网前挖了壕沟，有一丈宽两丈深。壕沟上有座吊桥，吊桥由炮楼上的伪军看守，村民只有通过吊桥才能进村。吊桥的两头都有伪军站岗，检查进出的村民。

有两条路可以到庞家窑。一条就是就是从这里进村，再从南门出去，下沟去庞家窑。这条路必须经过炮楼，发生意外的可能性很大。另一条路是沿着壕沟向南到沟边，那里有几棵枣树，枣树下有条小路可以下到沟里。这条路不经过炮楼不进村风险小。庞永荣熟悉这条小路，鬼子没来前，打猎挖药材经常走。现在是白天不能走，炮楼上的哨兵会发现，只有晚上偷偷地通过了。

庞永荣把全家人安排在坟地里休息。他把自己的想法告诉了大家，叫大家养养精神，晚上好行动。

三月天，穿衫衫。立夏前的三月天，太阳晒得大地暖暖的，绿绿的麦子已有尺把高。“好热啊！”庞永荣嘟哝着脱下穿了一冬的棉衣。看着秀文汗渍渍的脸，他把秀文的棉衣也脱了。暖暖的阳光，柔柔的茅草，挺直的柏树，圆圆的坟丘，绿浪翻滚的麦田，一切都是那样的自然美丽。庞永荣一家人难得地悠闲自在，他们尽情地享受着大自然的恩惠，在坟地里晒太阳、抓虱子、睡觉。他们要养精蓄锐，好在晚上突破这最后一道封锁线，回到自己朝思暮想的家里。

天终于黑了。郭家庄渐渐地静下来，壕沟上的吊桥拉了上去，路上已没有了行人，只有炮楼上的枪眼里透露出一丝灯光。

已是半夜时分，炮楼里也静了下来。庞永荣一家四口悄悄地离开了高地，在夜幕的掩护下沿着壕沟向南摸去。南北走向的壕沟并没有伸到大沟边，在离大沟百米远的地方向西拐去。壕沟是围着村子挖的，在拐角处有一个伪军的暗堡，暗堡是半地下室，上边长着杂草，不注意看不出来。

“站住！干什么的?”厉声的喝问从黑暗中传来，接着就是噼里啪啦的拉枪栓声。

可能是刚才的脚步重了些，庞永荣他们以为离开了壕沟安全了，就放开了步子，哪知这里还有个暗堡，赶紧伏下身子，趴在麦子地里，一动也不敢动。

“吼什么吼！还不把八路吼跑了?”一个沙哑的声音从地堡里传出，“有动静就开枪啊！放跑了八路要你的命！”

“是！长官，有动静就开枪！”说着话一股雪亮的手电光晃了过来，接着就是“啪”的一声枪响，枪声在旷野传得很远，“噗”的一下，子弹打进秀秀面前的土里，秀秀心里一紧，心想被伪军发现了。

“为什么开枪！”地堡里沙哑声音又问。

“有情况，长官！”哨兵回答。

“在哪里？”

“在前面的麦地里！”

手电光又一次晃了过来，光亮几次从他们身上扫过，好在麦子已经尺把高，能掩住人，巧的是一阵风儿刮来，麦苗儿前俯后仰，黑暗里根本看不出什么。

“嗒嗒嗒……嗒嗒嗒……”地堡里的机枪响了起来，子弹“嗖嗖”地从头上飞过，伪军没有目标地胡乱射击。

“好啦，停止射击！妈的，是鬼也给打死了。”在沙哑声音的呵斥下，地堡又恢复了安静。

一场惊吓使趴在地里的一家人大汗淋漓，好在秀文此时没有犯病，如果犯病，全家人的性命可能就丢在这儿了。

“春花，你没事吧？”庞永荣压低声音问。

“我没事。”春花压低声音回答

“秀秀呢？”庞永荣又问。

“爹，我没事。”黑暗中秀秀压低声音回答。

“大家拉着手，跟着我走，别走丢了”庞永荣拉起秀文匆匆地向南边沟里走去，隐隐地可以看见了那几棵悬在沟沿上的枣树了，就在这时，庞永荣脚下一滑绊了一脚。慌乱中，庞永荣的手抓住了一个人的头，他触电一般地缩回手，颤声说：“人……人头……！”与此同时，春花和秀秀也扑倒在人的躯体上：“是人……！”她们慌乱地立起，一股恶臭飘起，熏得人几乎站立不住。

“跟着我，快走！”庞永荣招呼着她们继续往前走，脚下磕磕绊绊又踩着几个死人，尸体已经腐烂，恶臭扑鼻。伸手不见五指，行走在死人堆里，摔到后手脚并用，到沟里后，浑身上下已沾满了尸臭，每个人的胃里直翻腾恶心的要吐。

这些死人都是过往的百姓，因为不愿意进村被鬼子蹂躏，才大着胆子走这条小路。鬼子知道后，就在壕沟拐弯处修了暗堡，专门对付走这条路的人。这里驻守了一个班的伪军，配有一挺歪把子机枪，一有动静，就用机枪扫射，经常有村民被打死。打死后就暴尸荒野，时间长了，这里就留下许多无名尸体。庞永荣逃荒在外一年多，不知道这条路有暗堡，险些搭上了全家人的性命。

枣树的下边，有一道斜坡，下了斜坡有一块平地，春花停住了脚步说："咱们换换衣服再走吧，臭烘烘的咋进村？"

"啥时候，还讲究？赶路要紧，天不亮前要到家。"庞永荣说。

"浑身尸臭太恶心，衣服上那么多黏糊糊的脏东西搁哪是好？孤魂野鬼的晦气带回家里也不吉利……"

春花不听丈夫的，她摊开随身的包袱，脱去身上的棉衣棉裤和鞋，换上了干净的衣服和鞋。在春花的催促下，大家都换了衣服。扔掉了满是尸臭的脏脏兮兮的棉衣棉裤，大家感到十分轻松，脚下也快了不少，一会儿就到了沟底的龙泉。

龙泉还是老样子，咕咕地往外冒水。龙亭还在，亭上的铜铃被鬼子抢走，没了往常的叮当声。龙庙残垣断壁，黑乎乎的庙堂叫人心寒。那几棵老柳树，静静地立在泉边。

庞永荣一家来到龙泉，大家顾不得龙泉的变化，赶紧来到西边的出水口，踩着水边的青石，可劲地洗了起来……

"好爽啊！"秀秀情不自禁地说了声。她使劲地洗手，可手上还有股尸臭味，那是她绊倒时手摁到一个死人的腹部，死人腹部腐烂后的液体沾了她一手，怎么擦也擦不干净，好容易到了龙泉，心想洗洗就干净了，哪知臭味还是洗不掉："娘，胰子呢？我要用胰子洗……"

"咋啦？"春花问道。

"我手沾得脏东西，怎么也洗不净，老有一股臭味，你快找胰子，我要用胰子洗。"秀秀说。

"黑天里哪里找？我闻闻，是不是你心里作怪？"春花拉过秀秀的手，放到鼻子下一嗅，果然有一股尸臭："难道说脏东西钻到皮里了？"说着话她开始翻包袱，找着了那块宝贝胰子。

秀秀用胰子反复地洗了几遍，直到手上的尸臭味消失。庞永荣和春花秀文也都用胰子洗了洗手。手干净后，大家又都洗了洗脸。清冽甘甜的龙泉水，洗掉了脸上的污垢，带走了心里的郁闷，一时间他们感到释然了许多，心情也好了起来。

归心似箭，脚下有力，不一会就来到了沟顶。村子还是老样子，静静地伏在黑暗中。刘大牛在村口迎接他们，按照庞永贵的安排，他们回村还是秘密行动，就连老二老三也要瞒着。刘大牛接到他们后直接送到金叶那里。金叶早已把后院的窑拾掇好了，大家相拥在一起，问候着诉说着。亲人重逢喜之而泣。喜泪涟涟，问候不断。

"到家了！到家了！"大家悬着的心终于消停了、安稳了。

三十、山爷爷的壮举

山爷爷死了。

山爷爷死得很壮烈。

有词赞曰：山野耄耋一村夫，豪气冲天杀倭寇，惊天动地鬼神泣，中华英雄中华魂！

郝家峪一带山高林密，大山里各种洞穴隐匿在悬崖峭壁奇石怪树下。在这些洞穴中，人们藏好了生活用品，一旦有敌情立刻进山隐蔽。鬼子得到的是一个个经过坚壁清野的村子。在这样的村子里，鬼子也不会安宁，民兵们会用地雷教训他们，会用冷枪袭击他们，会用麻雀战游击战骚扰他们，在运动中消耗他们的斗志，在疲劳中打击他们的精神，在战斗中消灭他们的有生力量。鬼子在郝家峪陷入了人民战争的汪洋大海，许多老实忠厚的山民都加入了抗击日寇、粉碎“扫荡”的战斗行列中，山爷爷就是其中的一位，他以自己独特的方式告诉鬼子，中国人民是不可欺侮的！

山爷爷死了，山爷爷死在他一生都引以为豪的青石崖。只要提起青石崖，山民们都会动容，都会被山爷爷的壮举感动的涕零。山爷爷是为郝家峪抗日军民献身的，他死的光荣！死的伟大！就像巍巍的青石崖，耸立在天地间！

山爷爷本不该死，只要他躲在那个石洞里，鬼子是找不到他的，他可以和山奶奶一起相敬如宾过自己的舒适生活。但是山爷爷没有选择隐蔽转移，他的性格决定了他在家乡受到外侵时，挺身而出，用血肉之躯捍卫家乡的神圣。他用自己的义举告诫世人，鬼子并不可怕！中国人民不可欺侮！山爷爷的义举很简单，就是一个人死守青石崖，用简单的土炸药和一把大砍刀，硬是挡住了武装到牙齿的一千多人的鬼子和伪军，如果鬼子不使用山炮和小钢炮，如果不是山炮轰炸山爷爷的石屋和掩体，敌人是过不了青石崖的。

山爷爷以身殉国了，在青石崖上留下了几十具鬼子和汉奸的尸体。鬼子司令官龟土一郎得知挡住他们去路的是一个耄耋老人时，心里除了敬佩就是灰心，他为这场侵略战争的前途忧虑。一个中国老人况且这样，那些中国的壮年人青年人呢？他被山爷爷的行为和精神所感动，在山爷爷伤痕累累的遗体面前，他说了一句生硬的中国话：“老人家，老英雄！”

郝家峪这次反“围剿”，庞永贵他们十分重视。按照部署，郝家峪的军民做好了反“扫荡”的准备。山爷爷和山奶奶也随着村民疏散到后山。庞永贵带着县政府和县大队在敌人到达磨坊镇后悄悄地撤走了。守卫青石崖哨所的民兵也在敌人进攻前撤走了，他们是接到命令撤走的，因为内线报告，敌人这次要用山炮炸开青石崖，为了避免不必要的牺牲，上级决定不在这里组织阻击。

山爷爷的性格就像那满山的青松，宁折不弯。他的眼里容不得一粒沙子，他觉得是豺狼就得打，躲不是办法。虽然他觉得共产党八路军说得在理，但他心里还是不服气："小鬼子有什么了不起!"这是他的心里话。他想起年轻时候，独自一人一把大刀，赶走了土匪，救了全村的壮举，他为此骄傲了一生！突然，他心里掠过一种想法，他想在耄耋之年再做一家好事，一件令子孙后代传颂的大善事！人都有一死，何不死得壮壮烈烈！他想用自己年迈的身躯与鬼子一搏，扬中华民族之威，灭东瀛倭寇之气。

有了这种想法以后，山爷爷开始做准备。他把那杆打猎用的火枪擦拭的瓦光锃亮，备足了铁子和火药。他把那把大砍刀磨得异常锋利，刀把上新系了一块红布。虽然他年事已高，做这些事眼花手颤，有些力不从心，但他做得很用心。他没有把他的心事告诉山奶奶，他不想让她为自己担心。山奶奶没有看出山爷爷的心事，她以为他做这些是防身用的。当时，根据地全民武装，为了打击和不被鬼子侮辱，家家户户男女老少都在做着反击鬼子的准备，各式各样的武器几乎人人都有，山奶奶身上也藏有一把锋利的小刀。

山爷爷走了，走得无人知道，就连山奶奶也蒙在鼓里。

那是一个日头红红、天气晴朗的日子，漫山遍野开满了各种各样的花，树枝上鸟儿啼鸣，庄稼青青，泉水叮咚，郝家峪弥漫在一派祥和之中。

山爷爷用于藏身的山洞在后山的悬崖下，崖上有棵古柏树，洞上挂着古藤，洞前长满野草，古藤垂下遮住了洞口。离洞口不远，稀稀疏疏长有几棵松柏，树冠奇异，树干斑驳。山爷爷的山洞实际上不算山洞，这里的山石向内凹了进去，是个半地下石窝窝。山爷爷就山势用铁錾往内凿了凿，凿进去宽窄三米有余。凿下的石块在洞外垒了垒，并且安了门窗，一个冬暖夏凉的洞府之家就成了。后山上有许多这样的家，都是山民们躲避鬼子"扫荡"藏人用的。大家平时都在村里住，抗日政府号召大家坚壁清野，大家才修了这些洞穴。洞穴里贮备些生活必需品和粮食，一般情况下，住上十天半月没有问题。

清晨，山爷爷早早地起来，他看看睡在身边的山奶奶，蹑手蹑脚地出了洞门。山奶奶翻了个身问道："老头子，干啥去?"

"睡吧，天还早呢！我出去转转，看能不能打个野物。"山爷爷答着话拿着火枪和大刀走了。

"筐里有干粮，你带上。"山奶奶嘱咐他嘟哝他，"日本人要'扫荡'了，打什么野物。"

山爷爷没有回她的话，他已经离开了山洞洞。

山奶奶看没人回话，就起了身。她推开门，只见云雾缭绕，山爷爷已没了人影……

“这老头子，多大岁数了，还没个定性……”她唠叨他。

县政府和县大队撤走后，村里的民兵便组织村民上了山。山爷爷穿过空荡荡的街道来到自己的家，在家里的地下有一口缸，从缸里他拿出一个装满黑色炸药的布袋，这是他平时做的，主要用于打猎。炸药有百十来斤，山爷爷扛上它，大步流星地向青石崖奔去。

昨天他从民兵那里得到消息，说鬼子今天进攻郝家峪，为了不和鬼子硬拼，青石崖上的民兵已经撤离。“这不是把村子拱手让给鬼子吗？”山爷爷心里不平，“不行！你们不守我守，我一个糟老头子怕啥？小日本要进郝家峪，除非从我身上踏过！”昨晚上他想了一宿，不仅仅是英雄豪气，还有一条是他的心结，那条青石崖上凿出来的石阶，是他的心血，是为了乡亲们进出山方便安全才凿的。他不愿意让鬼子踏着他凿的石阶进犯郝家峪，他要用自己的方法阻止鬼子杀人放火的脚步。

就在山奶奶做好了饭，太阳当头的时候，山爷爷已经上了青石崖。这时的青石崖风清云稀，站在山顶的石屋前，东西两边的风景历历在目。现在的郝家峪在阳光下，白墙红砖青瓦一目了然，只是少了往日的热闹和繁杂，偶尔能看到一些炊烟，那是一些恋家的人还在村里。

山爷爷坐在石屋前，他抽着烟，眯着眼，回想着以往的让他愉快的光景。三十岁那年，他一把大刀救了全村的人，后来带着老伴上了青石崖，并且凿通了青石崖最险处的一百多个台阶。过往的乡亲没有对他们不尊不敬的，不管是达官贵人，还是平民百姓，来到山顶都要在此小歇。一是过青石崖确实累了，二是要看看凿石修路行善积德的好人，说一些褒扬的感慨好话或者解囊给一些银两钱财。银两钱财山爷爷不肯收，他说：“凿石修路乃自愿为之，实为乡亲方便，只图行善积德，不为金银钱财。”人们知道了山爷爷的秉性，为了真心实意地表示谢意，许多过往的人便带一些各地的特产留给山爷爷。山爷爷不拒绝，但不全收，只是适当地留下一些，是个意思，山爷爷在品尝这些山外的特产时流露出的是欣慰和欢喜。为了表达对乡亲们厚爱的情意，山爷爷在石屋前摆茶致谢，用青石崖上山泉水冲泡上好的砖茶，冬天热茶夏天凉茶，随到随有。山奶奶本是热心人，忙前忙后不亦乐乎，青山红茶笑脸，小石屋前呈现的是欢喜和祥和。山爷爷此时会静静地坐在路边，一边抽着烟一边听大家聊天。他在享受一种满足，一种经过辛苦劳作被人尊敬的满足，一种做善事后被人理解的满足，这种满足一般人体会不到。

“叭勾，叭勾——”几声枪响划过青石崖，这是鬼子三八大盖发出的枪响，枪声在山沟里传得很远很远。三爷爷被枪声从回忆中拉回到现实。“鬼子来了。”他在心里说。青石崖的山道上没有人影，光秃秃向西伸去，隐在山脚下的云雾中。

山爷爷不敢怠慢，他把炸药分成三包。一包放到石屋里，剩下的两包背着下到了青石崖的最险处，那个费尽心血凿好的石阶处。这里有两个拐弯处。每个拐弯处都很险峻，险峻在于一边是深渊，一边是丈把高的青石，青石龇牙咧嘴有些地方摇摇欲坠。当年山爷爷为了清除即将滚落的险石，差一点掉进悬崖。现在山爷爷就是要炸毁这两个拐弯处的山石，阻止鬼子的脚步。

就在山爷爷在两个拐弯处埋好炸药后，鬼子的身影出现在山脚下。这次进攻由磨坊镇的鬼子和汉奸打头阵，因为他们熟悉这一带地形。去年冬天，鬼子在这里遭到了强强他们小队的打击。强强他们为了保护道路，没有用炸药，他们在石台阶处洒满了水，水一结冰，就连山羊也过不来。鬼子不明内情，想用小钢炮给八路军下马威。炮轰过后，强强他们没有反击，鬼子以为八路不是被炸死就是被吓跑了，蜂拥着集聚在石台阶处，一个挨着一个地向山上爬去。就在台阶上挤满鬼子的时候，强强他们把早已准备好的山石滚落下来。一阵鬼哭狼嚎，本来就在结冰的山路上站立不稳的鬼子汉奸，无法躲避从天而降的乱石，损失惨重。这次鬼子有经验了，不再一窝蜂地向前涌，刚才的枪声就是鬼子在试探。突然，炮声响了，炸弹呼啸着从山爷爷的头顶飞过，落在了山顶上，“轰——轰——”炮弹爆炸了，山顶上冒起了阵阵黑烟，黑烟过后，可以清楚地看到，小小的三间石屋已倒塌。山爷爷很庆幸，自己没有回到石屋，不然的话，也许被炮弹捂着了。就在山爷爷庆幸时，鬼子的又一轮炮轰开始了，这次敌人不使山炮，而是小钢跑，这种炮的弹道直上直下，专门打击藏在掩体后面的人。“呜——哐！”“呜——哐！”小钢炮的炸弹在山上落下一片，山头一片火海。敌人没有炸石阶处，他们也怕路被炸断。山爷爷在此又躲过一难，毫发无损。两次轰炸后，鬼子进攻了。前边有十几个穿着黑衣的汉奸，这些人都拿着盒子枪，猫着腰，慢慢地上了石阶。在他们的后边不远处，是戴着大盖帽的皇协军，在皇协军的后边是戴着钢盔的鬼子，明晃晃的刺刀闪着寒光，有一个鬼子的小队长，举着指挥刀，吆喝着队伍向上攻。

山爷爷隐蔽在第一个拐弯处，他用火枪瞄准了一个刺刀上有着太阳旗的鬼子，他扣了扳机，“轰”的一下火枪冒了一股黑烟，举着太阳旗的鬼子挺了一下腰，“哎哟”一声掉下深渊。前面汉奸看到后面的鬼子被打死了，以为遇到到了埋伏，掉头往下撤。慌张中，一个汉奸失脚，砸在下边的人身上，引起了一连串反应，一个砸一个，一直砸到山下。有几个汉奸皇协军还不知道怎么回事，就见了阎王。

鬼子的小队长冒火了，稀里糊涂就损失了十几个人。他用望远镜瞭望山顶，除了几缕断断续续的黑烟外连个人影也没有。“八格牙路！”他骂了一句，又挥起指挥刀，鬼子又组织第二次进攻。

还是黑衣汉奸在前，不同的是汉奸们接受了上次的教训，一边猫着腰向上攀，一边互相掩护朝着能藏人的地方打枪。渐渐地汉奸逼近了第一个拐弯，山爷爷探了几次头，都被乱枪盖了回来。与此同时，汉奸鬼子也发现了山爷爷，子弹像雨点射向他露头的地方。山爷爷一看不好，这样下去，只能被鬼子汉奸打死，他果断地引爆了埋在山崖上的炸药包。

“轰”的一声，炸药包爆炸了，山崖上的青石被炸飞了，松动的石头滚落下来，一阵石雨铺天盖地，把鬼子汉奸一扫而下，几十个鬼子汉奸见了阎王。

山爷爷趁机躲在了第二个拐弯处，看到眼前鬼子汉奸的惨状，刚毅的面孔露出一丝笑容。鬼子又开炮了，小钢炮的炸弹在山爷爷的身边爆炸，山爷爷的火枪被炸断，满脸黑灰，他抽出背后的大刀，怒视着山下。

山下鬼子又组织进攻了，这次是鬼子们打头阵。鬼子用机枪开道，轮番着相互掩护向上冲，因为鬼子已经判断出山上没有八路，是土八路在抵抗。鬼子小队长亲自冲在前面，叽里呱啦叫唤得很凶。

鬼子很快攻到了第一个拐弯，接着逼近第二个拐弯，山爷爷点响了第二个炸药包，炸药包爆炸了，不用说，鬼子的进攻又被打下去了，台阶上又留下一片鬼子的尸体，其中那个小队长歪倒在山崖边，脑袋被石头砸扁了，白花花的脑浆流了一地。

山爷爷负伤了，因为离得太近，他也被石头砸折了腿，胳膊上也有伤，他爬着回到倒塌的石屋，在石屋里边的石窝窝里歇息，他确实累了，他想歇息一下。鬼子的炮弹又打来了，山摇地动。浑身是血的山爷爷把藏在地下的最后一包炸药取出，接上火绳，当鬼子的炮火停了以后，他爬出石屋，坐在路边的青石上，抽出腰里的烟袋，点着一锅烟抽了起来。他的身边搁有一把大刀，大刀把上的红布随着山风微微飘动，山爷爷就像一座顶天立地的高山，气定神闲泰然处之。

鬼子攻上来了，看到浑身是血的山爷爷，他们没有开枪。这个一把年纪的白头发中国老人，就是让他们损失了百十号人的人？他们觉得不可思议，他们要看看，这是一个什么样的人？山爷爷笑了，朗朗的笑声在山谷回荡，在笑声中山爷爷点燃了身后的火绳，最后一个炸药包爆炸了，围在山爷爷身边的鬼子在轰隆声中倒下一片……

山爷爷与鬼子同归于尽了。两天后，山奶奶来到青石崖，在乱石砾中寻找到一件山爷爷的遗物，那把使山爷爷自豪了一辈子的大砍刀。大砍刀刀把上的红布还剩下一小块。山奶奶在石屋前挖了个坑，把大刀埋在里边，用乱石堆了个坟。她在坟前点了三炷香，烧了几张纸，嘴里念叨着："老头子，你干大事，咋不给我说呢……害得我把饭热了一遍又一遍……老头子，你干大事，咋不叫上我呢……你要叫上我，我好帮你一把啊！……"山奶奶哭倒在山爷爷的坟前，哭声悲切凄凉。乡亲们都跪在山爷爷的坟前，呜咽声盖过山风的呼啸。大家伏地磕头，久久不起。乡亲们用自己的方式向山爷爷叩首致礼，感谢这位可歌可泣可敬可爱的老人。

噩耗很快传到了县政府和县大队，大家同仇敌忾义愤填膺，决心为山爷爷报仇。庞永贵很快作出了部署，利用鬼子城区空虚的机会，安排一、二、三小队分别在城关、薛庄、樊村一线打击和扰乱鬼子，截断鬼子的运输线，迫使进犯郝家峪的鬼子撤离。八路军的这一招果然厉害，几个战斗下来，鬼子后方和运输线遭到严重的打击，大批的物资被八路军缴获。"围剿"郝家峪的鬼子没有吃没有喝，黑夜白天不能安宁，还得时时提防民兵的冷弹冷枪，"扫荡"者反而被扫荡，除了拿一些老弱病残的百姓出气以外，根本就找不着八路的主力，无奈之下，只好撤军，鬼子的春季"大扫荡"以失败告终。

庞永贵回来了，在老庞家后院的窑里，他把山爷爷牺牲的消息告诉给大家。

"啥？山爷爷牺牲了！"噩耗把大家震惊了，大家异口同声地问。

"是的，山爷爷牺牲了"庞永贵神态凝重，"山爷爷一个人在青石崖狙击鬼子，一个人打退了鬼子两次冲锋，最后在山顶点燃炸药与鬼子同归于尽了！"他把山爷爷牺牲的过程详细地告诉了大家。

"呜呜……呜呜……"春花和秀秀已经哭出声来。

"啊啊……啊啊……"秀文咧着嘴号啕大哭。

"哦哦……哦哦……"庞永荣无法压抑自己的情绪哭出声来。

"大家不要哭了，我知道你们想念山爷爷，山爷爷是我们塬县人的骄傲，也是我们中国人的骄傲。我们要化悲痛为力量，要为山爷爷报仇！"庞永贵说。

"山奶奶呢？她一个人咋过？我们把她接来，让她颐享天年，给她养老送终。"庞永荣说。

"山奶奶抗日政府已作了安排，她还住在郝家峪，她也不会离开那儿，那儿有山爷爷，她要守着他。"庞永贵说。

"那我们就在家里好好祭奠祭奠他老人家……"庞永荣说。

"祭奠！一定要祭奠！蒸一锅大白馍，准备好香烛纸钱供品，再立个牌位，好好地献一献！苍天保佑，众神保佑，保佑他老人家在那边不受罪！"春花眼圈红红的。

“对！大人小孩挨个给山爷爷磕头，咱们要记着山爷爷的好！要像山爷爷一样上对得起天，下对得起地，中间对得起祖宗，留下英名千人歌万人颂！”庞永荣感慨至极，泪眼模糊，声音哽咽。

“祭奠山爷爷最好的方式就是更多地消灭鬼子，就是尽早地把鬼子赶出中国去！”庞永贵说，“我们不能光悲痛，我们要从悲痛中振奋起来，民主政府已经号召根据地的军民向山爷爷学习，一个学习山爷爷勇杀敌寇的活动正在全体军民中蓬蓬勃勃地开展起来了，我们在敌后也不能落后，要以山爷爷为榜样，要想着法儿在敌后多杀鬼子，不给鬼子留下喘息的机会，真正形成人民战争的汪洋大海，把侵略者全部淹死在抗日战争的惊涛骇浪中。这样才是对山爷爷最好的祭奠。”

“四叔，你的话我听明白了。山爷爷给我们作出了榜样，我们一定像山爷爷一样狠狠地打击日本鬼子，我们要以实际行动为山爷爷报仇！”秀秀说得很认真。

“是的，山爷爷给我们作出了榜样，抗日有各种各样的方法，各人有各人的特点，我们要用自己的方法，要利用自己的特点，才能以少胜多，减少不必要的牺牲，才能以最小的代价取得最大的胜利。山爷爷虽然牺牲了，但是他给我们留下了一个宝贵的经验，那就是以自己之长击敌人之短。想想吧，我们每一个人都有自己的长处，我们每个人都把自己的长处发挥出来，鬼子还有活路吗？”庞永贵说得很认真。

“四弟，你说得对呀！鬼子很残暴，环境很恶劣，我们不能因为这些而害怕，我是看清楚了，你是越怕事越有事，只有站起来和他们斗才有出路，我们各村有各村的特点，我们各人有各人的特长，我就不相信了，塬县这么多人，响水塬这么广袤，只要老百姓都起来还能打不败小日本？”庞永荣说得很认真。

“好！只要我们大家有信心，我们就一定能够取的最后的胜利。眼下是抗日战争最艰苦的阶段，敌强我弱，人民还没有充分发动，根据地还很不健全，汉奸特务还很猖狂，我们的部队还不能有效打击鬼子。在这个阶段，我们要的就是信心，只要有信心就会有战胜鬼子的办法。但是我们也不能蛮干，要想法保全自己，保全自己就是保全革命力量。保全革命力量是为了寻找机会多杀鬼子，因此在现阶段，还要讲究斗争的方式方法，减少或者杜绝不必要的牺牲。”庞永贵说得很严肃。在研究布置学习山爷爷的会议上，大家总结了山爷爷打鬼子的经验教训，觉得要发动群众但也要组织好群众，人民群众的生命是宝贵的，要以最小的代价获取最大的胜利。

“我们一定按照上级的指示做好我们村的工作，充分利用地理优势和鬼子周旋。我们要以民兵为骨干，把全体村民调动起来，坚壁清野保家保人，找准机会狠揍敌人。”刘大牛说。

“还有一个重要事情大家要注意。鬼子‘扫荡’失败后，加强了占领区内的维持统治，加紧了对我抗日政府家属亲戚的迫害。我们大家要小心再小心，不能出任何问题。”庞永贵说。

“这个事情我们也有感觉，咱村离县城近离郭家庄据点也近，鬼子汉奸说来就来，所以我们也十分小心。这一段时间，我们的策略是，凡是与抗日政府有关联的人都要隐蔽起来，避其锋芒，减少不必要的损失。”刘大牛说。

“庞家窑夹在鬼子据点的中间，是斗争的最前沿，也是最危险的地方，刘大牛的安排很对，小心没大错，我们要接受上次鬼子血洗庞家窑的教训，防患于未然，保存住了革命力量就是取得胜利的本钱，这个事情应该十分重视。”庞永贵说。

“我家咋办？”秀秀问。

“大哥一家还不能公开，还得在老院住一段时间，没有事情不要外出，也不要接触村里的人。特别是老二老三两家，你们不能去串门，二嫂三嫂把不住嘴，老二老三不当家，他们都是一大家子人，七嘴八舌的弄不好就把你们回来的事说出去啦，二赖子的汉奸队还在找秀秀，一旦走漏了消息，在鬼子的鼻子底下是很危险的，不仅仅是你们一家人的损失，而且村里的工作也会遭到破坏，所以千万要小心不能麻痹大意。”庞永贵说。

“回到自己家了还不能公开，整天待着啥事不能干，地没法种，人不能见，老闲着也不是事。这么下去人会窝出病来着。”庞永荣说。

“地闲着不要紧，人出事麻烦就大啦。刘村长找一下老二老三，让他们把大哥的地种着，南塬的好地荒着不是个事。”庞永贵说。

“老大家为什么不能公开，主要防范特务汉奸的迫害。咱们这儿离郭家庄据点近，城里的鬼子汉奸到郭家庄都从咱们村过。二赖子一伙儿太猖狂，三天两头到村里捣乱，吵着嚷着要找秀秀。过去我们糊弄他，说你们逃难到西安去了，如果发现你们回来了，他肯定要问村里要人，这样各个方面都很被动，还会造成不必要的损失。在这种情况下我们还是小心为好，老大一家不能公开。”刘大牛负责庞永荣一家的安全，他回答了庞永荣提出的问题。

“刘村长考虑得很周到，从大局和安全出发，你们还得忍耐一段时间。”庞永贵作了决定。

“有个情况得给大家通通气。刚才永贵说了不能见老二老三，这很对！不仅仅是他们不当家，老婆娃娃乱说话。更重要的是，据我们掌握的情况，老二老三不太可靠……”刘大牛话说了一半停住了。

“老二老三不可靠，有啥事？”庞永贵问。

“最近有民兵看见，老二老三和二赖子有来往，据郭家庄的眼线反映，老二老三和二赖子汉奸队经常在郭家庄赌博喝花酒，而且不是一次两次，这是咋回事，在没有弄明白之前，咱们要提高警惕不能不防。”刘大牛说出了自己的担心。

“这个情况很重要，在非常时期，鬼子汉奸会使出各种花招，拉拢威逼我们中间的软弱分子，这些人会为一己之利当叛徒。”庞永贵觉得很吃惊，两个哥哥会是汉奸？他有些不相信但又不能大意，于是他说：“尽快查清楚，在没弄清楚前也别惊动他们，但是村里的一些大事要对他们保密。”

“这两个家伙，就是不给老庞家长脸！我看派两个民兵把他俩捆来，审问一下，就什么也清楚了，要真是投敌叛变，就毙了他！”庞永荣打断了庞永贵的话，他恨这两个兄弟不争气，怎么和汉奸混在一起？他真怕他们做出有损乡邻的恶事。

“事情还没弄清楚，再说他们的老婆孩子都在村里，也没看出做了什么汉奸事。咱们是民主政府抗日队伍，不能平白无故抓人，咱们没有证据，只是猜测，及早的防范是我们当务之急！”刘大牛说。

“刘村长安排一下，不要因为是老庞家的人就不管了，当前最主要的是注意他们的表现，掌握他们的行踪，弄清楚他们和二赖子在一起干什么？为什么要和二赖子黏在一起？弄清楚了就好办了。还有一个就是要想法把他俩拉住，我们不拉就有可能滑到敌人那边去，这样一来就变成了亲者痛仇者快的事了。所以老大家的地，还是要他们种，这样也显得亲近。话又说回来，如果实在拉不过来，他们死心塌地要当汉奸，民主政府和抗日队伍也不会手软，我们老庞家也不会容留认贼作父的汉奸！”庞永贵说。

“城里联络站还建吗？”秀秀问。

“建，很快就建！”庞永贵说。

“啥时候建？”秀秀问。

“时间还没确定，你要做好准备。”庞永贵说。

“四叔，想想山爷爷和那些被鬼子糟蹋杀害的乡亲，我就想早点参加战斗！”秀秀说得很认真。

“好秀秀，四叔相信你！”庞永贵的话是肯定的，眼神是鼓励的。

秀秀浑身充满了力量，四叔的鼓励是对她最大的信任。她找到了人生的价值，她就要从事一件神圣的大事了，因此她心潮澎湃热血沸腾，一种从来没有过的激情在心中腾起……

三十一、秀秀不简单

鬼子血洗庞家窑后，激起了人们更大的抗日热情。

这使鬼子非常恼火，也使鬼子非常担心。他们担心这些星星之火，在共产党的引导下形成燎原之势，那时他们就会被这燎原大火无情吞噬。

擒贼先擒王，只有打掉了庞永贵，他们才有安生之地。于是就向各地的密探特务发出密令，要他们严查八路首脑和他的亲戚，发现者奖励大洋二百元，抓获者奖励一千元，打死者奖励五百元。

一种暗流在塬上涌动，抗日斗争更加艰苦。

这是三伏天，秀秀从窑里出来。手里拿着两个长满了黑毛毛的二面馍给春花说："娘，这馍不能吃了，扔了吧。"

春花接过二面馍放在鼻子底下闻了闻说："有点酸，掰开放在太阳底下晒晒吃干馍。"

"都坏了，还能吃？"秀秀看着春花说，"别吃坏了肚子，秀文都拉了好几天肚子了。"

"不能扔！粮食金贵着哩，这一天一天的净靠你四婶供着，又不是三天两后晌，还不坐吃山空！"庞永荣接过春花的话说，"晒晒吃干馍！"

"秀文闹肚子就是吃坏的，这馍都发霉长毛了，别吃了。"秀秀坚持自己的意见。

"没那么娇贵，你们都别吃，晒晒我吃！"庞永荣从春花手里拿过那两个二面馍，掰碎了放到了窗台上，那里太阳能晒着。

秀秀没有说话，他知道父母的心情。现在不仅粮食金贵，蔬菜也金贵，油盐酱醋也金贵。他们在生活方面格外仔细，剩菜剩饭是不扔的，都是热热再吃。只是现在天气越来越热，剩下的东西放不住，可是父母坚持不准扔，秀秀难就难在这里，几天了，秀文老拉肚子，她害怕父母再吃坏了肚子。

秀秀的担心成了事实。因为爱惜粮食，庞永荣和春花坚持自己的生活方式，他们吃了馊了的饭和霉了的馍。很快，庞永荣开始拉肚子，接着春花也拉开了肚子。一家四口三个人拉肚子。秀秀没有吃馊了的饭菜和霉了的馍所以没有拉肚子。这跑肚拉稀挺折磨人，几天下来人就变了形。不治是不行了，秀秀找来刘大牛和金叶，大家在一起想办法。

"得找个医生看看。"刘大牛看着拉稀拉的人样变形的一家人说，"郭家庄不能去，那里是鬼子的据点，进出看得紧，特别是拿药进出，药是违禁品不好办。”

“不去不去！三天都过去了，再挺上两天就没事了。”庞永荣说话没有力量，他坚持不找医生。

“爹！你就别管了，你看你都拉成啥样了。我看是痢疾，有脓有血的，不治咋行？”秀秀说。

“秀秀，别说你爹。我也觉得不能冒险。庄稼人结实，有几个拉肚子还去看医生？挺挺就过去了。没啥大事。”春花和庞永荣一样，几天下来人瘦了一圈。

“你们就别再硬挺了，郭家庄不能去，咱去别的地方，要是痢疾不吃药是不行的。”金叶说。

“我看咱们去小李庄，小李庄一笑堂的吴先生是世袭的中医，家里开有药铺，看病抓药都方便。小李庄不是鬼子的据点，出入也方便。”刘大牛说。

“不去不去，小李庄有十里地，我们走不动，再说，套车也不方便，容易暴露。”庞永荣说。

“请个医生来，也容易暴露，最好的办法是去一个人拿药。”金叶说。

“这是个好办法，谁去呢？”刘大牛想了想说，“这几天，鬼子汉奸到处抓人，民兵们派不出去，他们都有任务。要不我去，半天的时间足够。”

“你不能去，鬼子汉奸几乎天天都从村里过，你这个维持会长还得应付，我看我去吧。”金叶说。

“你也不能去，你是县里的重点保护对象，你的目标太大。”刘大牛否定了金叶的想法。

“我去吧！”秀秀说，“我年轻力壮腿脚方便。”

“你也不能去，你也是县里重点保护对象。”刘大牛也否定了秀秀的想法。

“刘村长，你听我说。”秀秀说出了自己的想法，“我们回村就是秘密地回村，我们在这里住也是秘密地住。村里人都不知道我们回来，这就是我要去的理由。因为我去或者不去都不会惊动任何人，来回最多一天，天不亮就走天黑了就回来了，神不知鬼不觉的咋会出事？不像你们，只要不在，就会被人发现，所以还是我去好。”

“你的想法太冒险，我不批准，药的事我来想法解决。”刘大牛说。

下午，庞永荣和春花病情加重，拉稀伴有高烧。怎么办呢？情急之下，秀秀有了一个大胆的想法，她没有再去找刘大牛和金叶，她决定自己去小李庄找先生。她不听村长和金叶的劝阻，她要擅自行动。

天黑下来了，秀秀却怎么也睡不着。她在细细地思考自己的计划，这是她第一次擅自主张也是第一次单独行动，心里未免有些紧张，但她必须去做。

山村的夜是安静的，安静中秀秀在努力地回忆已经在脑海里模糊的小李庄。小时候，她跟着父亲去过小李庄，但毕竟过去了多年了，小李庄还是过去的小李庄吗？

小李庄位于庞家窑的西南，这里全是丘陵，丘陵被人们开垦成一圈一圈的梯田。小李庄是个富足的村子，富足不仅仅是地好能打粮食，还有一个就是这里家家户户都种山楂树。这里的山楂籽小肉厚味甜，被人们做成了山楂片山楂糕远销到山外。每年的秋冬，这里就很热闹，山外的商人都到这里买山楂。所以小李庄也就有了货栈商铺驿站。这里的集日比别的村子的集日大而且热闹。

那年秀秀十岁，是坐着父亲的马车去的小李庄。在小李庄她如愿以偿地吃到了薄薄地沾满白糖的甜甜酸酸的山楂片，吃到了让她难忘的红彤彤的颤悠悠的像凉粉似的山楂糕，那圆圆红红的上面有着黑黑点点的山楂果让她爱不释手。童年的秀秀是好奇的，小李庄就是她见过的大世界，她在这个大世界里满街转，吃了让她至今难忘的猪肉粉条炖冬瓜、韭菜鸡蛋菜盒子和芝麻酱调的凉粉。她记得在集日父亲卖掉了家里的余粮换回了两袋子山楂果，这些山楂果运到县里就能赚到两倍的钱，父亲还特意给她扯了三尺花布，说是让妈妈给她做件花衣裳……

想到这里，秀秀的思路逐渐清晰，她想起了小李庄的村门街道和商铺，她觉得自己要找的中医堂应该就在自己吃的猪肉粉条炖冬瓜的饭馆旁边，那个中医堂门上有块匾，匾上有“一笑堂”三个烫金大字。而且她也知道这个一笑堂的来历。秀秀觉得自己有把握了，凭着自己的感觉她觉得能找到这个中医先生。

小李庄的一笑堂是中医世家。据说是明末清初就有了。但那时候不出名也没有匾牌，真正出名的是在清末民初。那时中医药铺的先生叫吴雨，字“不了”，号“古塬野佬”。吴雨先生饱读医书、精通医道，又酷爱捏拉接骨，专看疑难杂症，所以名气很大，此人性格乖戾，不喜好阿谀奉承，见不得权贵欺人，但他又不愿意隐姓埋名，于是就自持医术高明、要独立一处。他给自己起了个单字名叫“雨”其实就是“愈”的意思，合到姓就是“吴愈”，意思是遇到他，没有治不好的病。还给自己弄了个字叫“不了”，意思就更明白了，就是叫他看病就是“误不了”，他还给自己起了个号叫“古塬野佬”就是桀骜不驯我行我素的意思。

吴雨乖戾清高的性格渐渐地得到塬县百姓认可，特立独行的医道医术被百姓赞颂。吴雨的我行我素也渐渐地被官府厌恶，他和他的中医药铺也渐渐地被达官贵人挤对，这样他在县城就不好立脚，一气之下，乖戾的他把中医药铺搬到了紫金山下的小李庄。他看中的是紫金山被太阳一照的金光闪闪，清纯中不乏华贵，有点自喻的意思。他还看中的是满地的山楂，山楂可以入药，是他的偏方常用的一味，真是身在宝地好寻宝，山楂治病是神药。

吴雨来到了小李庄，犹如龙入大海，不久他的名声又在塬上大振。凡是来求医的都有这样的感觉，就是误不了能治愈，大多数病人来时病病歪歪，走时笑笑呵呵。有歌词赞曰：响水塬上一野老，悬壶济世名声好；救死扶伤行大善，医术精湛误不了；妙手回春人人夸，紫金山下活神仙。

一年有个云游的九华山的和尚走到这里，深为吴雨的医德医术感动，提笔在纸上写下了“一笑堂”三个大字，夸奖吴雨的大善是功德无量。并亲自制作一块大匾挂在大门上。至此，“一笑堂”便成名于塬上。

现在的一笑堂还在小李庄，坐诊看病的是吴雨的儿子吴昊。此人已是古稀年龄，戴着一副茶色的石头花镜，头发花白眼眉也花白，头上扣了一顶黑缎子的瓜皮帽，后脑勺下还有一股细细的小辫子。他面目清瘦动作缓慢，看病说话一板一眼，像个老学究老秀才。

吴昊一生未娶所以无儿无女，那是因为年轻时坐车出诊，路上马惊着了，狂奔的马拉翻了车，车轱辘从他的大腿根处压过，车轱辘压坏了他的命根子，他便终生不能生育留下了残疾。

一笑堂还有一位主人，就是吴昊收养的儿子吴果。他不喜好医术也不爱给人看病，所以一笑堂看病还是吴昊。吴果就是打打下手收收药材抓抓药，说白了就是个药商。吴昊年岁已大腿脚不便，还指望着这个收养的儿子养老送终，所以也就不再说啥，一家人还过得去。

公鸡的叫声唤醒了秀秀，看看东方已有鱼肚白，秀秀赶紧从炕上爬起。她穿了一件有着补丁的旧衣服，在头上蒙了一块蓝花花的旧布巾，看了看还在睡觉的父母，就悄悄地走了。村里街道上还没有人，远处有几声狗吠。秀秀不敢走大道，她怕值勤的民兵发觉。她走了一条平常没人走的小道，轻车熟路翻过一道矮墙很快就出了村。

早上的空气清新清凉，秀秀心里欢喜脚下有力，当太阳丈八高时她已走了三四里地，来到了位于庞家窑和小李庄的必由之路王家窑。这时天已开始转热，秀秀也是汗水津津。村口路边有一棵大槐树，树下有几块大青石，青石很光滑。这里是过往行人歇脚的地方。秀秀走到了这里，想在树下歇歇，可是观察周围，不见村民活动。她觉得不对劲，应该赶快离开这里。就在这时，村里涌出一群骑着洋车的汉奸特务把秀秀围住了。

来人不是别人，就是二赖子的汉奸特务队。更危险的是，在特务队的身后，是一队杀气腾腾的鬼子兵。秀秀真的惊着了，她不知道这里怎么会有汉奸和鬼子，在特务们高喊“不许动”的喝声中，她乖乖地站在那里一下也不敢动。

“哪个村的？叫什么？大清早的干什么去？”问话的就是二赖子。他不认识秀秀，虽然他整天找秀秀，他心里的印象还是大姑娘时的秀秀，现在真正的秀秀就站在他面前他也不认识。但他对年轻女人感兴趣，他认为年轻女人都可能是秀秀，所以碰上女人他就愿意多问几句。

秀秀也不认识二赖子，虽然几年前照过面，但是岁月荏苒，再加上二赖子穿着黑绸褂的汉奸衣，戴着黄色的鬼子帽，已与过去面目全非。秀秀认不出他是谁，但从打扮口气上看，她知道这家伙是个头头儿，昨天晚上她已经想好了，于是不慌不忙地答道：“乔村的，叫乔衫衫，到小李庄去买山楂，我娘胃口疼，需要山楂开胃。”

昨天，鬼子得到密报，说王家窑有八路的人员在征集军鞋，所以鬼子汉奸就在下午袭击了王家窑。好在鬼子的情报被我抗日游击大队掌握，人员安全撤离百姓也随之撤到后山。昨天刘村长说抽不出人员，就是把民兵都派出去参加了保卫王家窑的战斗。昨天晚上人员都还没回来，因此秀秀出村就没有碰着人。鬼子汉奸昨天晚上就住在王家窑，所以秀秀来到王家窑就没有看见村里的人。今早，鬼子又得到密报，说八路征集军鞋的人员在侯村，所以鬼子汉奸一大早就往侯村赶，没想到一出村就碰到了秀秀。

“乔村的，乔衫衫！”二赖子围着秀秀转了一圈，他看到汗水已经湿透了秀秀的后背，她的前胸衣服也贴在身上，把双奶的轮廓凸显得清清楚楚。二赖子喜欢看女人的奶，他也借此想多问几句，以满足自己的欲望。

“乔村的维持会长是谁？说！”二赖子的声音突然变得严厉，两眼直勾勾地看着秀秀的眼。

“是我大爹，叫乔少山。”秀秀努力使自己镇定。昨天她就想好了，一旦碰到鬼子汉奸盘问，就说自己是乔村的。维持会长乔少山的弟弟叫乔少河，有个女儿叫乔衫衫，一直在西安读书，最近才回来，所以秀秀就想用她蒙混过关。

“乔少山，你大爹？”二赖子眨巴着眼睛，“怪了，你爹是谁？”

“我爹是乔少河，我是他女儿，”秀秀回答。

二赖子又围着秀秀转了一圈，他知道乔少河的女儿，她在西安读书，是个洋学生。可眼前这个乔衫衫却衣着破旧，只是那个臀部厚实丰盈挺馋人的，他想弄清楚于是又问：“乔三河的女儿会绣花，是有名的绣花女，你会吗？”

“你说错了，本人在西安读书，不会绣花。”秀秀已经看出来了，这家伙是个色鬼，于是她就飞了个媚眼，抿嘴笑了一下，她要扰乱这家伙的思维。

“噢……是吗？是我记错了？”二赖子接了个媚眼，心里扑通了一下。他压住怦怦乱跳的心继续问：“富足人家的小姐在西安念书，你咋穿这么破旧？不会是假的吧！”这次他伸手了，拉了拉秀秀的衣袖，就势握住了秀秀的手，他感觉到她的手细小柔软。

“别动嘛……”秀秀抽回手，又给了他一个媚眼，而且眨巴了两下，“人家是怕碰上坏人嘛，兵荒马乱的要小心……”

“哈哈……对对！”二赖子的神经被狠狠地拨了一下，浑身麻酥酥的。这城市念书的姑娘就是浪！就是见过大场面！就是会来事！他立刻眉开眼笑不顾自我了。

“军爷！改天你到乔村来，我一定在炕上摆酒，好好款待你……”秀秀乘机进攻不给二赖子喘息机会，她的话软软的、娇娇的、甜甜的。

“哈哈……好好！”二赖子知道这里的意思，炕上摆酒在塬上就是男女相好的意思，好好款待就是云雨交媾的意思，二赖子把持不住自己了，点头哈腰就差磕头了。他过去听人讲过，说西安的风尘女：胸高腰细屁股大，风月场上有两下，裙下风景弄得好，床上男人不回家。今天自己幸运，遇到了个西安女，而且是塬上的西安女，西安女还是个洋学生，洋学生开通，知道世故，嗳嗳，不错不错！她在邀请我哩。二赖子完全坠在了雾里云中了。

“八格！”一声怒吼，鬼子的指挥刀架在了秀秀的脖跟上。秀秀感到了刀的冰凉和锋利。与此同时，呼啦啦一阵乱响，一群鬼子围过来，一圈刺刀把秀秀顶在中间。秀秀眼前一黑，她觉得完了。

“杨队长，她的什么的干活？”鬼子小队长歪着头问二赖子，只要二赖子说个不字，秀秀就要被砍头。

“太君！她的，乔村维持会长乔少山的侄女，大大的良民，大大的良民！”二赖子可是舍不得这个得来全不费功夫的貌美女人，一堆好话对着鬼子小队长说。

“良民的就好！”鬼子的指挥刀抽走了，他向二赖子发出号令：“杨队长，不要在这里停留。快快的，侯村的开路！”

“是！侯村的开路！”二赖子向他的汉奸特务队发出了号令，在他离开秀秀的那一刻，还不忘向秀秀撇眼，那意思是在乔村等着他。

鬼子和汉奸队走远了，秀秀一屁股坐在地上腿软软的就是起不来。特别是鬼子小队长喊杨队长的时候，她已知道眼前这个人就是自己的仇人二赖子。仇人相见分外眼红，但是她忍下了，庆幸的是二赖子没有认出她，她的机智让她逃过了一劫。心里平静一会儿后，秀秀又鼓起了勇气，赶紧去找先生，父母和弟弟还等着她拿药呢！

快晌午的时候，秀秀来到了小李庄。小李庄没有驻扎鬼子和伪军，一切都很平静。秀秀找到了那家一笑堂。一笑堂就在街中间，十几年的模样没有改变。一个三间门面的铺子，铺子的中间的门面就是大门，大门的门楣上方就是那块匾牌，匾牌已经破旧。

一笑堂已经没有了往日的繁盛，一是吴昊的医术有限，二是吴果的商人奸诈。吴雨的豪放和布施没有得到继承，久而久之，一笑堂就衰败下来。秀秀来到一笑堂，吴昊正在打瞌睡，听到有人喊话，就头也不抬地问："啥事，说话。"他靠在一把太师椅上，眯着眼打瞌睡。

"老先生！我来看病。"秀秀拉长了音慢慢地说。

"哦，看病！看病！"老先生活泛了，花白的眉毛下张开了一双混浊的眼。老人挺了挺身子，把一个小棉垫儿推了推，"号脉，号脉！"

"老先生！不是给我看病，我是给父母弟弟看病，他们跑肚拉稀好几天了，拉稀都拉得起不了炕了。我就是来问问这是什么病，再就是拿些药回去给他们吃。"秀秀生怕老人听不清楚慢慢地一字一句地说。

"噢，这么回事。"老人的眼里有了光彩，他喜欢人们到他这儿来，人们求他看病就是看得起他。他承认自己没有父亲的医术，特别在疑难杂症方面没有父亲精通，但是一般的乡村常见的病症他还是很拿手的，他也喜欢济贫济苦布施穷人，可是他的收养的儿子却和他不一样，他开的药到了儿子那里就要加钱，他的话儿子不听，儿子说，开药铺看病为了啥？不就是赚钱吗！儿子的作为影响了一笑堂的声誉，人们来到这里，不再是笑笑呵呵地走，所以一笑堂也就变得冷冷清清的了。老人的良心受到了损害，但有人来看病还是热情不减。所以一听说看病就来了精神。

"你是哪村的？这么一身汗跑了好远的路吧？"老人目光和蔼面色慈祥，他倒了一杯凉开水给了秀秀，"喝吧，闺女，别中暑了。"

"老先生，谢谢！"秀秀一口气喝完了一杯水，她心里惦着父母和弟弟，就催问着要先生开药，她说："老先生，拉出来的有脓有血，人还发热发冷，肚子搅着疼，你说，这是啥病？咋这么厉害？吃啥药来得快呢？"秀秀一连问了几个为什么。

"不着急，听我慢慢说。"老人还是慢条斯理，"这是痢疾，是夏天常见的病，得病的原因就是吃了坏了的食物。这病不难治，我开一服药，连着吃上三天，保证见好！"说完，老人就在一张白纸上开了方子。三个人一人一天一服，共三天九服药。

就在老人开药的时候，老人收养的儿子吴果过来了。此人四十多岁，肤色红润，穿着阔气，摇着一把蒲扇，一看就知道是个生意人。他看到父亲开药就知道生意来了，所以过来和秀秀套近乎："哈哈，来啦，喝水，请喝水。"他的脸是那种圆圆的脸，眼睛鼻子也是圆的，就连说话的嘴巴也是圆的。他没有胡须，整个脸就像一张圆圆的饼。

“不啦，不啦。”秀秀没有心思喝水，想起路上的惊险，她想早点回去。于是她拿起老先生开好的药方对吴果说：“这是方子，快抓吧！”

“不急，不急。”吴果抓起药方说，“很快，很快。”说着话就回到了柜台里：“大中午的，太阳晒的地冒烟，歇歇再走不迟。”话语里透着关切。

“不行！我们离得远，十里地哩，早走早回去，病人还等着药呢？”秀秀心里着急说出了心里话。

“塬上有两雄，天下把名扬，一是吴不了，胜过华佗佬，二是庞瑞珩，赛过宋公明……”吴昊给人看病后，心情愉快，没事了就爱哼哼这几句，这是塬上人们对自己心目中英雄的歌颂，吴昊自然喜欢，闲时就哼哼，他是在宣扬自己的家史，每到这时他的脸上就会绽起一丝笑容。

秀秀听着亲切，没想到爷爷的威名这里也在传扬：“好听，真好听！”秀秀赞扬，脸上是一朵花。

“好听吧，塬上有两雄，天下把名扬，一是吴不了，胜过华佗佬，二是庞瑞珩，赛过宋公明……”吴果接过话题，“我爷爷就是两雄中的一雄古塬野佬，那个号称塬县及时雨宋光明的庞瑞珩我不知道，据说是庞家窑的当家人，真真假假瞎传哩，也许就没有这个人！”

“你……你小子咋敢胡说人呢，那个庞瑞珩可是个了不得的大善人，说善人的坏话要遭雷劈哩！”老人的兴趣被打搅了，不高兴就说儿子。

“爹，我就是没见过嘛，没见过就不知真假，随便说说，你不要生气。”吴果说完不好意思地对秀秀说：“我是真想见见这个庞瑞珩，你家离庞家窑远不远，你见过庞瑞珩吗？”

“那人和你爷爷一般年纪，已经故去多年，你想见见，那不是胡说八道吗？真是造孽！”吴昊骂这个不知天高地厚的儿子。

“哎呀！说错了，我是想见见庞瑞珩的后人，老子英雄儿好汉嘛！庞家的后代一定是了不起！”吴果赶紧改话，他笑着对秀秀说：“两家英雄的后代见一见面，那是何等的自豪呀！”

吴果这个人是有来头的。他就是二赖子安插在小李庄的密探。自从鬼子秘示要抓八路的首脑和亲戚后，这个想要发财的奸商就操起了坏心。自打秀秀进了一笑堂的门，他就觉得这个女人不简单。秀秀的谈吐沉稳引起了他对秀秀的注意，他要探探她的底，所以他就尽量往庞瑞珩这边靠，如果是庞瑞珩的后人不就是庞永贵的亲戚了吗？那可是一条大鱼！他不能放过这个机会。于是他又说：“庞瑞珩是我们塬上人的骄傲，我们爷俩要像他一样，济贫济苦广布善事。今天的药就算是我们做善事，不要你一分钱。”

“这……”秀秀是真感动了，“我就是……”突然间秀秀感到说漏了嘴，赶紧改口说：“我就是乔村的，离庞家窑不远，庞老先生真是个大善人，有这个人，是真的。”

“对吗？我说哩。”吴果假意地扇了自己一个嘴巴，“看我这张嘴。说善人的坏话，该打！”

“人非圣贤孰能无过，你不要自责自己。”秀秀一不留神又说漏了嘴，一个村姑哪能说出读书人的话。这使她暴露了。

吴果没有再答话，他在思量怎样留住这个打扮得像村姑的人，他要争取时间好向二赖子报信。灵机一动，他对秀秀说：“实在抱歉，有两味药没有了，你得等一等，我去找来。”

“快点啊，我还要赶回去呢。”秀秀没有意识到吴果在拖延她。

“你先歇会儿，我马上找，马上找。”吴果给秀秀倒了一杯水，就回到了后院。

秀秀心里有事根本就坐不住，就在这时，吴昊老人拽了拽秀秀的衣角，小声地说：“他是个坏人，你赶紧走吧！”说完用眼角往后院指了指说：“又想害人呢，去听听吧。”说完就垂下了眼睛。

秀秀小心地来到了后院，她听到吴果正跟一个女人说话。

“太太……太太，赶紧的，你赶紧去侯村，去找特务队的杨队长，说我们这里有女八路，很可能就是庞永贵的亲戚，让他带人来抓！”

“侯村有三里地哩，我一个小脚，跑不动！我……不想去……”女人撒娇，声音嗲嗲。

“好我的太太呢，这可是大买卖，弄成了，就是几百个白花花的大洋，真是天上掉馅饼，你就跑跑腿怕啥？不行，就骑驴去……”吴果在催她哄她。

“大太阳底下，你就不怕我晒黑？人家来那个……那个好事啦，走不动嘛。”女人的声音变得娇滴滴缠绵绵。

“嘿，关键时刻就来事……你这个女人……那我去吧，骑着驴去，最多一个时辰赶回来。”

“这才是我的男人，知道心疼我……叭！”女人拉着长调，接着就是一个很响的亲吻的声音。

“好啦好啦，亲热也不看时候，到大堂盯着点，把那女人哄住，别让她跑了，那可是大把的银子！”

秀秀赶紧退回大堂，她简直有点目瞪口呆，看似道貌岸然的吴果，却是一个地地道道的豺狼。

“走吧，姑娘，现在走，还来得及……”老人看秀秀气呼呼的样子，知道她已知道了真情，就催她上路，“那是个狼心狗肺的东西，趁他不在赶紧走。”

“那女的是你儿媳妇？”秀秀想弄明白。

“什么儿媳妇？是从新田弄来的婊子，一对狗男女，霸占了我的一笑堂，毁害了我的名声……不说了，你还是赶紧走吧，他们心狠手毒，走晚了就来不及了。”老人很生气，头在颤身在抖。

“不能就这样走了，我得给他来个反间计，借鬼子的刀杀了这个王八蛋！”秀秀脑海在急剧翻腾，突然她想到了一个办法，于是她用老人开药方的笔和纸写了这样一封信：

吴果先生：今派山花同志到你处拿药请接待。上次你给的药品非常满意，三百元大洋你收好。这次的药品让山花同志带回。见字如见人，请按计划办。勿误。塬县抗日游击大队大队长庞永贵亲笔。某年某月某日。

秀秀把这封信放在了吴果的账本下面，握了握老人的手说：“老人家，你保重，后会有期。”

“好闺女，这是治痢疾的药。就凭你这份孝心我就看出你是个好人，拿上吧，回去给亲人治病。”老人把包好的九包药递给秀秀。

“好啊！拿我的药送人，你倒会做人！”随着一声刻薄的语言，大堂进来了一个打扮怪怪的女人。听口音秀秀知道这就是后院屋里那个吴果的姘头。这个女人抹着口红烫着卷发穿着旗袍，说话嗲声嗲气：“着急什么？我家先生说了，还缺两味药，他去找去啦，一会儿就回来。”口红女人是要拖住秀秀，“小妹妹，长得挺俊，哪村的？坐下坐下，喝口水。”她伸出纤纤的染有红指甲的右手放到秀秀肩上。

屋里出现这么一个妖冶女人，实在有点怪，咋看都不顺眼，秀秀有些恶心：“什么东西？谁是你的妹妹，瞎套近乎！”秀秀心里骂着手脚动着，拨开那只染了红指甲的手往外走。

“站住！你不能走！你这八路女人，今天跑不了了，我家先生叫人去啦，太君马上就到，你就乖乖等着被抓吧！”这个女人确实浅薄，还没咋呢自己就把事情全盘托出，她想吓唬住秀秀。

“啪啪”两季耳光狠狠地扇在口红女人的脸上，白生生的脸上立刻起了五个红红的指印：“你这个不要脸的汉奸婊子，今天要你知道什么是厉害！”秀秀把这个打蒙了的女人推到后院，找了个麻绳给绑了，她在她的嘴了塞了一个布团子，防止她嗷嗷乱叫。

这时，街上的人已经乱了，还响了枪。原来是二赖子的汉奸队骑着洋车赶来了。开枪是为了赶开街上来来往往的人。因为这些人影响了他们骑车的速度。

吴昊老人突然紧张起来，他拉着秀秀到了后院，开开后门给她指了一条路。一笑堂的后门不远处就是山丘梯田，满上的山楂树和玉茭高粱形成了厚实的青纱帐，人一进去就会消失得无影无踪。借助青纱帐的掩护，秀秀拿着药顺利地离开了小李庄。

吴果和二赖子满头大汗地来到一笑堂。满心欢喜的吴果被当头浇了一盆凉水，秀秀不见了，他的心肝宝贝被人捆成了粽子。当口红女人告诉了他实情后，他咆哮了，扬言要和八路拼命！二赖子却很冷静，从吴果的描述中，他知道了来一笑堂的女人就是在王家窑遇到的女人。今天两次被一个女人糊弄，他感到这个女人不简单。于是他下令要手下搜查一笑堂，看看有什么这个女人留下的蛛丝马迹，也许顺藤摸瓜能抓获这个女人。

“报告队长，这里有一封信。”一个特务在账本下发现了秀秀写的那封信。

二赖子立刻过去，他看着那封信，脸色变得酱红。“混蛋！你个两头通吃的家伙，你是活腻了吧。”他咆哮着用手枪指着吴果，“你可真有本事，你是八路的卧底还是我的密探，你两边挣钱啊！你可真会耍人！把这个家伙绑起来！”特务们一拥而上，把吴果捆了个结结实实。

“队长，你这是……这是……”吴果吓得尿了一裤子，说话结结巴巴。

“你干的好事，你不知道吗?”二赖子把那封信展到吴果面前要他看。

“冤枉啊队长，冤枉！这是八路的反间计，你不能相信啊！”吴果感到自己是跳到黄河也洗不清了，就一个劲地求饶。他才是真正体会到了秀秀的厉害。

这时，鬼子队长也赶到了，看到被捆住的吴果问：“杨队长，他的怎么回事?”

“请看这个。”二赖子把那封信递给了鬼子队长，鬼子队长一看就火了：“八格牙路！良心坏了坏了的！”说着就扬起了指挥刀。

“太君，手下留情，也许是八路的反间计呢？咱们审审再杀不迟。”二癞子也觉得蹊跷，八路的密信怎么会放到账本下面，明着就是让人看到嘛！这里面有文章……他在心里嘀咕。

“太君，大太君，我可是忠心耿耿的啊！求你高抬贵手，饶小的一命……”吴果话不成语，战战兢兢屎尿弄了一裤裆。

“中国人的太狡猾！宁信其有也不能信其无！这种人死了死了的不足惜！”话落刀落，吴果被当胸劈开，五脏六腑咕噜噜流了一地。

鬼子队长刀劈吴果，口红女人亲眼见了，两眼一翻昏死过去。老先生吴昊还是坐在太师椅上，清瘦的脸上没有一点表情。鬼子队长下令放火，他要烧毁这个通八路的一笑堂。老先生没有离开，他和他的一笑堂在熊熊的大火中化成了灰烬。

口红女人被二赖子抱了出来，二赖子要把她献给鬼子队长。鬼子队长怒道："这个烂脏女人，我的不要！"二赖子本想巴结鬼子弥补今天的过失，鬼子不领情使他心里五味杂陈，脸扭成了一堆乱麻。他有些可怜吴果死得不明不白。从吴果的死他联想到自己的前途，也许死得比吴果更惨。他心里凉凉地抱起那个口红女人说："可怜的美人，太君不要你，你只有跟我走了……"

天黑时分，秀秀回到了庞家窑，在村口遇到了焦急万分的刘大牛。

"村长，我拿回药了……"秀秀见到了村长就像见到了亲人，她累得站不住脚歪倒在刘大牛的怀里，刘大牛扶住秀秀回到家里。

"村长，我错了，我没有听你的话，差点被鬼子抓住……不过，我还是拿回了药……"秀秀喘了口气，向村长汇报了一天的经过。

"回来就好，回来就是胜利。"刘大牛没有批评。从王家窑和小李村传来的情报，他已经知道了事情的经过。他为秀秀平安回来高兴。

"又让你操心了，真是过意不去。"秀秀心里满是歉意，"我错了，以后再也不擅自行动了。"

"是我工作不细，没把小李庄的事情说清楚。其实那里的情况我们不了解，一句话让你冒了一次险，遇着了鬼子遇着了二赖子，如果不是你大胆灵活机智，那肯定要出大事。检讨起来，这是我工作的失误。"刘大牛说。

"村长，你批评我吧！我是擅自行动，怎么能怨你？一笑堂和吴昊老人没了，这都是我盲目行动的后果，现在想想真的不该不听你的话。"秀秀在反悔自责，"如果不是吴昊老人点拨解救，我可能就回不来了。"

"环境复杂，敌人狡猾，我们要吸取教训。"刘大牛说，"不过，我还是要夸夸你。"

"夸夸我？夸我啥？"秀秀不明白。

"一是沉稳机智没有暴露身份。二是斗争方法灵活除掉了敌人的密探。"刘大牛觉得秀秀临危不惧、头脑冷静、机智灵活是个干大事的人。

"憨大胆！"秀秀说，"那是没有办法的办法，事到眼前了，逼急了就有办法了。"

"我就喜欢你这个憨大胆！"刘大牛说，"第一次单独行动就碰上了仇人和鬼子，第一次单独行动就用计除掉了鬼子的密探，而且是在鬼子的占领区里，一个人单打独斗沉稳机智，我可是看好你这个憨大胆，憨大胆借鬼子之刀杀掉鬼子密探的反间计不简单！你这个秀秀啊！虽然是女儿身，但有男儿志！真是不简单！"

村长刘大牛是真心地夸奖秀秀！秀秀却感到惭愧。她理解村长的意思，那是勉励！她决心不会再犯同样的错误，不要大家再为自己提心吊胆，她要在斗争中学会斗争，在战斗中不断成长，成为一名让大家放心的革命战士。这次的经历秀秀将永远记在心里。

秀秀的故事被八路军的战地记者写成了文章《村姑巧斗敌》，登在了垣县抗日民主政府的小报《中条之声》上。垣县抗日民主政府文工团又把它改编成四幕话剧搬上了舞台在根据地巡演。秀秀“遇敌寇临危不惧，巧言语智退敌酋，想办法稳住汉奸，反间计除掉密探”的事迹在垣县广为流传。

三十二、鬼子的阴谋

鬼子春季“扫荡”失败后，又把“清剿”的重点放在了占领区。

这里是塬县鬼子的司令部。司令部的宴会厅丝管迭奏，歌声轻扬。宽大的榻榻米上摆着一张小桌，小桌上摆着几样日本料理的菜肴。柔和的灯光下，客厅里四个日本艺妓在音乐的节奏中，一摇一摆地跳着东洋舞。舞姿有些像中国的木偶，只是那扭过来的白白的扑满香粉的脸上，有一双撩逗人心的、眼影很重、眉毛细长的眼睛能把男人的魂勾出来。

塬县鬼子司令官龟土一郎要在这里秘密地召见二赖子。龟土一郎穿着一身白色的和服，剃的精光的脑袋冒着油光。他是一个精干的中年男人，和大多日本人不一样的是，他没有留那有着标志性的只在鼻子下蓄的一撮胡须，由此他更像中国人。龟土一郎盘腿而坐，他拿起桌上的酒，给两个杯子里斟满说道：“杨队长，干杯！”

“太君，小的不敢……”二赖子毕恭毕敬地跪在榻榻米上，身子弯弯的像虾米，两眼直直地看着榻榻米。

“杨队长，你的不要紧张，今天没有外人，咱们说说心里话。”龟土一郎摆了摆手，“你的坐下，像我一样盘腿坐下，中国的盘腿是有历史的，山西尤其是这样，客人到家，上炕吃饭，就得盘腿。我们日本也学中国，上榻榻米吃饭，也讲究盘腿，小桌盘腿榻榻米，这是招待最好的客人和朋友。你的，我最好的朋友，不要紧张，坐下坐下。”

“谢太君！”二赖子跪着深深地磕了个头，然后盘腿坐下。他心里七上八下，龟土一郎是有名的笑面虎，今天的热情有余，反而使二赖子没了主意，他不知道这个老鬼子葫芦里卖的是什么药，坐在榻榻米上如坐在针毡。

“请喝酒！这是日本的清酒，是用富士山上的泉水酿造。富士山知道吗？大日本的象征。山顶有个大大的火山口，一年四季白雪覆盖，这里的泉水含有丰富的矿物质，酿造出的酒非常好，和你们山西的汾酒一样，是进贡天皇的贡品。杨队长，你的要开怀畅饮！”龟土一郎两眼直直地看着二赖子，面带笑容。

“是……是好酒！”二赖子拿起酒杯，一股酒香扑面而来，他用鼻子嗅了嗅，喝惯了烧酒的人是不喜欢日本酒的香味的，他不由得皱皱鼻子。

“怎么样？不好？”龟土一郎有些察觉。

“太君，香！是好酒！”二赖子意识到自己的破绽，生怕龟土一郎起疑，赶紧改口，举杯一饮而尽。

“吆西！好样的！”龟土一郎扬脖一饮而尽。

“太君！满上满上。”二赖子拿起酒瓶给龟土一郎斟酒。这是一个蓝色的瓶子，蓝色中融有淡淡的绿，一枝白色的樱花怒放在蓝绿交融的混色中。二赖子没有见过这样的瓶子，在手中把玩：“太君，这就是樱花？”

“是的！樱花，大日本的国花！就和这酒一样，是大日本的国粹！樱花清酒，多么名贵！来，干！”龟土一郎与二赖子碰杯。

两杯酒下肚，二赖子感到心中热浪翻涌，这樱花清酒不错啊！他真的感激龟土一郎，让他享受如此高的款待，就是自己的亲生父母也没这个能耐啊！热浪翻涌之际，他觉得龟土一郎不会无故请他，哪有白吃的食？他心中不由得一紧，热冷交加不由得出了一头汗，这个笑面虎不会拿我开刀吧？他的整个大脑在飞快地旋转。是哪里出了差错？仙人居饭店还是围剿八路？他有些诚惶诚恐……

“太君，仙人居饭店的进项还可以吧？”二赖子觉得还是从这里入手比较好。龟土一郎爱财如命，自己把仙人居无偿奉送，这个饭店让龟土一郎赚够了银两。

“杨队长，仙人居饭店生意好得很！银子大大的赚！你的，功劳大大的！”龟土一郎夸奖着，又斟满一杯酒，“这第三杯酒，是对你的奖励，你对皇军的忠心大大的，我的不会忘记你，你要好好地干，提拔大大的，怎么样？有信心吗？”

“谢太君的赏识！鄙人披肝沥胆，誓死孝忠皇军！有什么事，请吩咐吧！”二赖子听出话里的意思，担心一扫而尽，立刻跪直了身子又哈弯了腰再接着点头，他要给龟土一郎进一步的信任和惊喜，扑在榻榻米上“嘭嘭嘭”地又磕了三个响头。

“吆西，哈哈哈！”龟土一郎非常满意，他要的就是这种征服欲，不由得心满意足笑出声来，“杨队长，起来起来，你的忠心我的知道，中国人都像你这样，那就省去了许多麻烦。来来来，干了这一杯！”

二赖子有点热，头有些飘飘然。龟土一郎的一番鼓励，使他放下了心，他有些放纵，有些毫无顾忌，狼吞虎咽起来，生鱼片和寿司吃得津津有味。樱花清酒不是汾酒，汾酒入口香辣不上头，喝到哪是哪，半斤八两不醉人。樱花清酒入口香甜后劲大，不习惯还真有点架不住。二赖子有点撑不住了，解开了衣扣有点失风度。

龟土一郎看时机到了，他让手下端上茶来，一杯清茶下肚，二赖子清醒了许多，立刻整襟端坐，假模假样又毕恭毕敬起来。

“不要这样嘛，随便点，喝茶喝茶。”龟土一郎嘴上这么说，心里还是喜欢他的顺从恭敬。虽然他已看出来这都是一些假象，假象让人心里舒坦，他很乐意。

“这次单独和你吃饭是有要事和你商谈。”龟土一郎话上了正题，“我很少和一个中国人单独吃饭，但是你的不一样，你的铁了心跟着我们，我们也不会亏待你，小小的特务队长有些委屈你啦，只要把这件事干成了，塬县警察局长的位置就是你的啦！杨的，你的好好地干吧！”

“太君！什么的干活，请明示！”二赖子总算明白了，原来这老鬼子有事相求。过去别说吃日本料理看日本女人听日本歌，就是瞟一眼也有可能引来杀身之祸。小小的特务队长也是我阿谀奉承装孙子当牛马求来的，今天我总算明白了，日本人要掌管天下，还得靠中国人。看来我杨二来也要时来运转升官发财光宗耀祖了。

“杨队长，你的听好了，这是皇军的一号计划，必须保守秘密保证万无一失，你的能做到吗？”龟土一郎试探他的决心。

“小的用脑袋担保！保证万无一失，不成功便成仁，请太君放心！”二赖子做了个抹脖子的自杀动作。

“我很赏识你的精神，大日本叫武士道！这是对天皇的忠诚。”龟土一郎做了一个剖腹的动作，然后说：“其实也没有那么严重，你的多动动脑筋就能办成。”龟土一郎细细作了分析，他认为过去漫天撒网的办法固然没有错，也起到了一定的作用，但要抓到庞永贵却收效甚微。现在他又想出了一条诡计，这条诡计就是鬼子的一号计划。

龟土一郎把一号计划告诉了他。一号计划的内容主要是：利用庞家窑老庞家的各种关系，秘密调查八路一号人物庞永贵的行踪，伺机一网打尽，彻底摧毁抗日民主政府和抗日武装。

为什么把这个计划告诉二赖子？原因有三：一是二赖子曾在他面前夸下海口，说在塬县没有他不知的事没有他不知的人，鬼子就是利用他的优势，寻找庞永贵的亲属，再顺藤摸瓜抓捕庞永贵。二是二赖子曾经放出话，说非庞永贵的大侄女庞秀秀不娶，这就说明他和庞家有联系，知根知底，正好利用这层关系抓捕庞永贵。三是二赖子想升官发财，死心塌地地巴结高攀皇军，只要给他点好处，这家伙便会忘乎所以，不用催他，他就会想方设法抓捕庞永贵。

“这个计划的实施，主要是利用各种关系为我所用，要施以重金给以好处：中国有句古话叫人为财死，鸟为食亡。只要舍得花钱，重赏之下必有勇夫，我相信，只要钱到位，没有办不成的事。”龟土一郎对他的一号计划很有信心，并指导二赖子怎么去做。

“这是三百块大洋，是你的先期活动经费。你在特务队挑选几个得力的队员，组成特别行动小组。特务队的事明着你还要管，但主要精力要放到一号计划上，特别行动小组要秘密活动，要尽快掌握八路头子庞永贵的一切情况。”龟土一郎把三包银元放到小桌上，一字一板地向二赖子交代。

“是！太君！”二赖子站起来，向龟土一郎行点头礼，可能是酒精作用，身子有些摇晃，脚步不稳，头像拨浪鼓一样拨浪了一下。

“好！为了我们的一号计划，我们好好地放松一下，喝酒、吃肉、听歌、玩……”龟土一郎看了一眼歌妓，玩什么？后边的话他不想现在说。

天黑下来了，屋里有些暗，卫兵点上了蜡烛，烛光下多了一层浪漫。龟土一郎叫歌妓们陪着喝酒，歌妓们身上的香气环绕在两人的周围。二赖子感到了日本女人的肉感，颤悠悠肉嘟嘟的乳房靠在他的身上，让他心颤肉麻……他看到了歌妓雪白的脸，看到了雪白的后颈，后颈下白白的脊梁……

“杨队长，你的喜欢吗？”龟土一郎用眼神指了指依偎在二赖子身边的歌妓。

“嘿嘿……嘿嘿……”二赖子傻笑，“喜欢……喜欢……”

“听说你看上的女人在庞家窑？”龟土一郎问。

“是的，太君，一个十分漂亮的女人。”二赖子如实回答。

“据我所知，这个十分漂亮的女人是庞永贵大哥的女儿，我说得没错吧。”龟土一郎进一步问。

“太君，这和庞永贵没关系……”二赖子生怕连累自己的前程，头“嗡”的一下出了一身冷汗。

“她是我们头号敌人的侄女，你看上了她，还能为皇军效力吗？你的忠心大大的不可靠！”龟土一郎眼一瞪，脸立刻拉了下来，一股杀气逼住了二赖子。

“太君。太君，这不影响我的忠诚，我看上她是因为她美丽。以前我得不到她，是因为我无权无势。现在不一样了，我是皇军的特务队长，有权有势就应该娶她。娶她就是想圆我以前的梦，说白了就是玩弄她，玩弄庞永贵的侄女就是玩弄庞永贵，这也是一个战场，从肉体上蹂躏八路的女人，从精神上摧残八路的意志，这和皇军的目的一致。”二赖子为了活命，想着法把这事往鬼子的想法上靠，以获取老鬼子的信任。

“吆西，你是这样想的……你这个想法理由不充足！你可不能被女人的温柔制服。”龟土一郎想了想说，“上次我们围剿庞家窑，就没有摧毁庞永贵的老窝，没有抓住和杀掉一个庞家的人，这才使得塬县的反抗力量越来越大。这次我们这个计划，就是一个‘斩首’的行动，只有斩掉八路首领庞永贵，皇军的统治才能稳定。所以，在女色上你不能迷恋庞永贵的侄女，置皇军的大事于不顾，一个山野村姑，一个八路头子的侄女，值得你这么喜欢吗？往深里说，你这就是通八路！所以你得注意了，好好地为皇军服务。”龟土一郎也是吓吓他，像二赖子这样的铁杆汉奸真是不多，二赖子还有用。

“感谢太君的训导，小的一定以皇军的大事为主，不会为女人分心，更不会通八路，为皇军的事，小的赴汤蹈火在所不惜。请太君放心！”二赖子见风使舵赶紧表态。

“我还听说这个女人不喜欢你，对吗？”龟土一郎的脸色缓和了许多。

“这……是的！太君。”二赖子觉得龟土一郎啥都知道，这使他很害怕。

“你这是单相思，不过，这不要紧，这个我会帮你的。”龟土一郎看出他的心思安慰他。

“谢太君！不！这个女人不要了，不要了！”二赖子觉得龟土一郎又绕了回来，心里犯起了嘀咕。

“既然你喜欢，女人还得要，事情还得办，两件事都不能误，八路的女人就该效忠皇军的勇士……现在我问你，你好好想想，老庞家亲戚里边哪些人可以利用？”龟土一郎问。

“老二老三没有多大问题。”二赖子肯定地回答。

“为什么？”龟土一郎进一步问。

“太君没来前，我们就有交往，太君来了后，我们的交往没有断……”二赖子把过去的事和现在的事都给老鬼子说了，所以他说老二老三没多大问题。

“吆西！这就好，这就好！这是一个突破口！你要想方设法拉住老二老三，这两个人胆小自私爱钱，你要施以重金给予重压挑拨他们和庞永贵的关系，千方百计地在他们身上打开一个突破口，这样我们就可以顺藤摸瓜，抓住八路头子庞永贵！到那时，我保证庞永贵大哥的女儿非你莫属，你的不就飞黄腾达，江山美人都有了吗？”

“谢太君！”二赖子这次是真谢，他总算知道了龟土一郎的意思，心里喘了口气。

“怎么样？这个日本女人满意吗？”龟土一郎看着拥在二赖子身边的日本歌妓说。

“好……好……”二赖子离开了歌妓，在龟土一郎面前，你就是给他十个胆，他也不敢和日本女人调情。

“没什么，男人英雄也风流嘛！好啦，今晚她就归你啦。”龟土一郎摆了摆手说，“这个要比你那个山野村姑强百倍，日本女人的滋味那是天下第一，你把她带走吧。”

二赖子伏在日本女人的肩上歪歪斜斜走了。龟土一郎突然有了另一种想法，这个好色的中国男人靠得住吗？他发狠地在心里说："哼！日本的女人是那么好沾的吗？假如计划失败，杨的，死拉死拉的有！"

龟土一郎设宴招待二赖子，二赖子在龟土一郎那里接受了一号计划。在和日本女人缠绵了一段时间后，在那股兽性的冲动渐渐地消散后，二赖子总觉得有一把寒光闪闪的刀悬在头顶，有一双冷酷的眼睛在盯着他，那是龟土一郎的东洋刀！那是龟土一郎的眼睛！

二赖子不敢怠慢，一号计划行动小组很快成立了。这个小组有五人，歪脖、斜眼自然少不了，又增加了"大头"和"快腿"。大头头大体壮力气大，二赖子看上他，就是借他一身的憨肉和蛮力。快腿身瘦腿长跑得快，二赖子看上他，就是想利用他的一双快腿，好给龟土一郎通风报信。歪脖、斜眼自然不用说了，两人一肚子坏水，又和二赖子交情不薄，理所当然被二赖子选中。

一号计划行动小组办公地点在仙人居后院二赖子的卧室。过去这里是刘掌柜夫妇的内室，现在二赖子在这住。说是卧室也不确切，平时二赖子不住这里，有这么一间卧室图的是方便，想走就走，不想走就可以住下，为的是在这里好掌握仙人居的进项。这几个汉奸表面上看不出什么，其实和过去不一样，除了每人都配备了一把能掖在腰里的小勃朗宁手枪外，还有一张鬼子司令部下发的特别通行证。二赖子给他们每人二十块大洋，好让他们上烟馆下妓院，他知道这些人的嗜好，离了这两样东西就像丢了魂。

这一天，几个汉奸聚在一起议事。中心意思是怎样拉拢腐蚀老庞家的亲戚。屋里烟雾缭绕，二赖子歪在太师椅上说："大家想想法，老庞家老二老三，我们用什么办法把他们拉拢过来？太君的事是有时限的，我们不能光吃饭不干事。"

斜眼从座椅上站起来说："那有什么难的？把他们弄来上一下老虎凳灌一下辣椒水，不听话才怪呢！"

"你这个办法不行，打打杀杀是武行当，现在我们还不能用这个，弄上来一打一弄的，不就暴露了吗？这次咱们得来文的，要秘密地把老庞家的人拉拢过来，暗地里替咱们办事。"二赖子不赞成斜眼的主意。

"秘密行动？不打不杀他们能过来？那还要枪干啥？"大头不明白，干这个行当不就是打打杀杀吗？

"你们听我说，咱们要把庞永贵的行踪摸出来，靠谁呀！靠你，靠他，行吗？"二赖子指着大头、斜眼说，"不行！咱们是明面上的人，人家提防着呢？咱们得用手段把他的亲戚拉拢过来一个，暗地里替我们办事，庞永贵的行踪不就找到了吗！"

"那他的亲戚就听我们的话？"歪脖插嘴。

“说得好！今天咱们就是研究这个问题，怎么把老二老三拉过来，只要老二老三有一个听我们话的，事情不就好做了吗！”二赖子觉得谈到点子上了，“老二老三过去和我有交情，太君来了后，这两人和我没有断过来往，这两人都爱钱，都很自私，都胆小如鼠，我觉得他们和庞永贵不一样，只要施以重压给予重金，一定会替我们办事。”

“直接到村里去找人，目标大容易暴露，能不能想个法，像钓鱼一样把他们钓出来，然后秘密地施以重压给予重金，也许能行。”快腿听出了点门道插嘴说道。

“你说到点子上啦。”二赖子夸他，“兄弟肚里有货，说下去，怎么把他们从村里钓出来？”

“没……没啦……”快腿有些结巴，他只是随嘴那么一说，二赖子夸他出乎他的意料。

“关键时候你就拉稀。”二赖子说，“大家都想想，老二老三轻易不出村，我们用啥法把他们钓出来？最好是钓到城里来，城里是我们的天下，想怎么办就怎么办！”

“以我看就一个字骗，把他们骗出来不就行了！”歪脖出了一个歪主意。

“不行不行，又不是三岁小娃，说骗就骗啦？”斜眼不赞同。

“找个理由骗，哪能明着骗，明着骗谁上当？”歪脖坚持。

“歪脖的办法不错。你们看，上村里太暴露，不去村里又找不到人，暗地里抓人容易打草惊蛇，只有编个噱头把庞家兄弟骗到城里……”二赖子思索着说，“只是编个什么噱头呢？”他在屋里踱着方步……这时，他突然看见外面大厅跑堂的小二，灵机一动说道：“弟兄们，有了有了，我有了一条妙计，你们听着……”

二赖子的妙计是什么呢？其实很简单：二赖子刚才灵机一动，他想到了什么？他想到了秀秀。完全可以利用秀秀这个鱼饵钓老庞家的老二老三。为什么用秀秀作鱼饵？这是因为秀秀是对面银器铺秦老板的媳妇，秦老板突患恶疾，需要人照顾，叫人回村捎信来人照看顺理成章。那么和仙人居跑堂的小二有什么关系？那是因为秦老板和刘掌柜是要好的朋友，又是街坊，叫仙人居跑堂的小二回村送信更能令人信服。还有一问，那就是二赖子为什么要在老二老三身上下功夫呢？这个秘密只有二癞子知道。

“办法挺好，就是有一点需要弄明白。”快腿觉得不周到，“用秦老板作钓饵，不错。但是要弄清一个问题，就是秀秀和家人逃难去了？现在回来没有？如果秀秀在村里，那不就砸锅了吗？”

“逃难是真的，去年我进村找过她，全家人都走了。后来也去过几次，都没见着她。今年回没回来，还真不知道。庞家窑的刘大牛也没有汇报。”二赖子觉得快腿说得对，“这个问题得弄清楚，不然的话，可真得砸锅。”二赖子想想说：“明天我们去一趟庞家窑，实地侦察一番。”

第二天，二赖子带着他的四个助手，骑着洋车，一溜烟地奔向庞家窑。“丁零零……丁零零……”二赖子一伙儿摇着车铃，耀武扬威地穿过石牌坊进了村。“他妈的！有人吗？”这伙人一进祠堂就吼上了。

“来了来了……”刘大牛接到报信后早已在庞家祠堂候着。看到二赖子他打着哈哈：“是队长啊，哪股风把你吹来了，你咋不打个招呼，我好有个准备，这村里，不比城里，要啥有啥，这下可好，又要委屈老总们了……”

“废话少说，先上壶茶！”二赖子吩咐。

“好咧，好咧。”刘大牛端上茶，拿上烟，又取出几样点心说，“不像样，不像样，老总们对付着垫巴点，我马上安排做饭，炖个老母鸡怎么样？老母鸡就烧酒，越喝越有……”

“那还用说，弟兄们办公务，到哪吃哪，啰唆个啥！快去安排，回头我还有事找你。”二赖子吩咐道：“弄两瓶好酒来，别老拿他妈的红薯干酒。”

刘大牛看是二赖子，心里有了底，这个人好对付。二赖子每次进村，都要找秀秀，趁着安排饭的当口，他派人告诉了秀秀，叫她小心提防。

再说二赖子，为什么老爱在庞家窑逗留，除了秀秀的原因以外，还有一个原因就是老二老三。这是因为以前二赖子在郭家庄开饭馆，老二老三就经常光顾。那时家里还是庞瑞珩老掌柜当家，财币丰盈吃喝不愁。温饱思淫欲，老二老三在这里学会了吃喝嫖赌。老二结婚后，媳妇郭喜儿管得严，老二不得不收敛，慢慢地也就不去了。老三结婚后，媳妇任冬梅心肠好会疼人，但是暖不回来老三的心，后来老丈人出面，内外挡驾，才把他拉了回来。但是不管怎么说，二赖子和他们有过这方面的交往。日本人来了，二赖子发迹了，发了迹的二赖子更加喜欢打牌赌博，每次到村里都要找老二老三，要他们陪他喝酒吃肉打牌赌博。老二老三本不想去，可是惧怕二赖子只得硬着头皮应付。因为怕村里人说三道四，也是怕媳妇家人挡道，他们跟二赖子约定不在村里玩。二赖子也不想在村里玩，他玩的地方在郭家庄鬼子据点的一个酒楼，安全不用说还有美女好酒。于是二赖子每次来后，都要去郭家庄，老二老三必然也会去郭家庄，时间一长，村里人都觉得老二老三有些怪就不足为奇了。

自从二赖子这狗皮膏药贴上老二老三后，老二老三就无法摆脱。原来想破点财买个平安，谁知越陷越深。他们和二赖子打牌是不敢赢的，二赖子吃饭喝酒他们得管，就连二赖子逛窑子他们也得付账，时间长了哪受得了。这两个人还算有良心，就是只陪你玩不干祸害百姓的事。二赖子也乐意，只要给我银子就行，他把老二老三当成了自家钱庄。有时候老二老三也感到内疚和惭愧，传说自家四兄弟是八路的头头儿，自己却陪着特务汉奸打牌赌博，以后咋见面呢？这两个人矛盾着没法解脱，只有过一天算一天。

“饭好了！”随着一声吆喝，刘大牛提着食盒进来了。他打开食盒，第一层有个扁平的黑色瓦罐，瓦罐里是一只热气腾腾的老母鸡。第二层是六个凉菜，第三层是白面蒸馍。酒自然不能少，这次换了个档次，是高粱烧酒，用三斤的大瓶子装着。刘大牛有自己的想法，弄些好吃的弄些酒，让这些家伙们吃好喝足赶紧走，最好醉了，醉得一塌糊涂，省得在村里糟践人。

“不错不错！”二赖子点头，每次来刘大牛都盛情款待，他很满意，他觉得这个维持会长忠心耿耿，“坐坐坐，大家放开使劲吃，不要辜负刘会长的一片好意。”

“刘会长，我问你个事，你要如实回答。”二赖子喝了几杯酒，高粱烧酒是高度数的，入口辣也上头，没有点酒量很快就醉。这时他觉得自己的舌头有点僵话不利索，“我问你，庞家老……老大回来了吗？”

“没有回来，回来我早就给你报告了，我还等着领赏呢！”刘大牛果断地回答。

“真的没有回来？不说实话，死了死了的！”二癞子耍起了鬼子腔。他手下的四个人立刻把刘大牛围在中间，四把盒子枪前后左右顶着他的身体。

“队长，我们村可是模范治安村，维持会对队长一片忠心，谁来谁走都要报告给队长，庞家老大的确没有回来，如果回来我不报告，你就枪毙我好了。”刘大牛话说得很死。

“我还不愿意你死哩！”二赖子摆摆手，叫手下收起枪，“你死了，谁给我们摆酒啊！我是想秀秀，想得好苦！怎么样？带我们到秀秀家看看，一年多了，咋还不回来？”二赖子很阴险，他觉得家里只要有人住，一眼就能看出来，这就是他说的实地侦察，反正已经酒足饭饱，到村里转转，也许能发现些什么。

很快就到了庞永荣家，大门闭着，挂了一把大锁，锁上布满灰尘，门洞的圪邋里散布着一些草屑。二赖子不相信怕人做了手脚，命令手下砸开锁到院里屋里看看。院里很荒芜，草长了半尺高，屋里锅台厨房到处都是一层厚厚的灰尘，墙角结了不少的蜘蛛网……

“队长，真的没有回来，这下你可看到了吧，这哪住过人？”刘大牛反问二赖子。

“走！”二赖子反身出了门，“刘会长，听好了，给我盯紧点，秀秀回来一定要报告，这门亲事成了，我请你喝喜酒！”

二赖子领着他的人又在村里转了几处，他们来到老二老三家，在门口转了转。二赖子本想进去查问一下，但是想了想还是离开了，查问是暗号，就是约老二老三到郭家庄去玩。这次二赖子不敢玩了，因为一号计划必须进行，他不能再耽误，头顶那把寒光闪闪的东洋刀叫他心寒，因为龟土一郎在等着他的消息。

二赖子回到仙人居，几个人非常高兴，庞家窑没有白去。通过实地侦察证明秀秀没有回来，一号计划可以顺利地实施了。在仙人居饭店跑堂的小二里边，他们找了一个他们认为合适的人去庞家窑送信。这个人十八九岁，中等个头。因为家里父母都有病，才找到刘掌柜到仙人居当伙计，自已混个饱肚还可以攒几个钱养家。他是伙计中最穷的一个，因为穷，人也木讷，谁都可以支派他，他只是不哼不哈默默地承受。二赖子看上的就是他的软弱和老实，只要吓唬一下，再给点好处，他得乖乖地替自己办事。况且不怕他不办，因为他的父母在县城，攥在自己的手心跑不了。

小伙计来了，看到二赖子这几个人心里就发毛，两腿哆嗦嘴里含混不清："各位大……大爷，叫小的有啥吩……吩咐。"说着就跪了下来。

"起来起来，没说话磕啥头！"歪脖拉他起来，拍拍他的肩膀说，"你小子交好运了，站着听队长给你说。"

"是咧……是咧……"小伙计转向二赖子低声应着。

"这次你到庞家窑去送个口信，送给庞永华和庞永富，就说银器铺秦老板病重，要他们赶紧进城照料。他们要问你是谁？你就说是仙人居的小二。他们要问谁让你来的？你就说是刘掌柜叫你来的。如果再问秦老板病情，你就说病得不轻起不了床，是秦老板求刘掌柜给村里捎信的。再问别的你就说不知道。"二赖子详细地给他交代。

"背一遍！"快腿怕有失误叫小二背。小二心里害怕，几遍都说不清楚。大头急了，上去就给了小二一巴掌，小二一下跌倒在地上。

"起来！"大头提着他的衣领把他拽起来，"好好想想，再背一遍。"也许是害怕吧，小二还是说不完整。斜眼觉得净来硬的不行，就走上前安慰小二："不要紧，不要紧，他们是怕你记不住着急，别害怕，你跟我背，不对的地方我提醒你。"在斜眼的安抚下，小二很快把内容记熟了。

二赖子阴笑着拿出两块银元递给小二说："听说你父母有病，这个给你，你可以去给你的父母看病抓药，只要你听话，把事情办好，以后银元大大的有！"

安排好小二的事情以后，二赖子带着他手下的人来到银器铺。银器铺已经歇业了，柜台上空无一无物，门虚掩着，秦老板坐在木凳上眯着眼打盹……

“秦老板，好自在呀!”二赖子进来，看着秦老板。秦老板衣着不整，头发长长，胡须长长，显得十分憔悴。秦老板不语，二赖子进一步伤他：“尿泡尿照照吧，就你这副邋遢样还配秀秀？真恶心!”

秦老板还是不语，这些人要干什么？他在心里猜测：是不是秀秀出了什么意外？想到这儿他说：“秀秀不在这儿，去年就回娘家了。”

“你说得不错，她是回娘家了，而且跟着她的父母到西安去了。这一走就是一年多了，也不知道在哪儿猫着，现在太平了她还是没有回来，我可是真想她，你想吗?”二赖子还在挖苦他。

“想和不想一个样，反正她又不在这儿，现在我已经习惯了，心也死了。”秦老板从二赖子嘴里听出，秀秀没有出事，而且还没有回来，他悬着的心落了下来。

“秀秀只有跟我才是英雄配美人，你个丑八怪，老不蔫蔫的，早该死了这份心!”二赖子往他心里戳刀子。

“现在我是过一天算一天，有今个没明个，苟且偷生只求平安无事，别的无所谓了。”秦老板说得很悲凉，他不愿意和他斗嘴。

“老不死的!”二赖子骂了一句拔出手枪指着秦老板的头说，“这个铺子我们征用了，我们要在这里办点事，你要听我们的安排，如果有半点不老实，我就崩了你!”说着用枪一戳，秦老板的头上起了个疙瘩。

秦老板被软禁了，特务们住进了他的家，按照二赖子的布置，秦老板的店门要照常开，银器活要照常打制，外界不能看出这里的变化。

特务们在这里设了一个陷阱，他们在实施他们的罪恶计划。

三十三、锄奸

二赖子真是坏透了！

这家伙跟着日本人确实“长进”了不少。

他已不仅是过去的吃喝嫖赌偷五毒俱全的混混了，彻头彻尾地变成了日本人的一条走狗。在日本人的调教下二赖子这条狗学会用计了，现在他的陷阱已经布置好了，就等着计划按部就班地开展了。计划的关键在庞家两兄弟会不会上套，这是他担心的地方。不过二赖子觉得没有什么好担心的，他在这俩兄弟身上是下过功夫的，他知道这两个怂货的秉性，倒灶鬼还能斗过灶王爷！二赖子在思考，思来想去他觉得自己的计划天衣无缝，他要坐享其成逮住庞永贵这个八路头子，然后拿这个筹码向日本主子邀功请赏。

二赖子找了个借口让刘掌柜去新田办事，他支走刘掌柜是为了自己的阴谋不泄露。店小二惧怕二赖子，丝毫不敢怠慢，马不停蹄地来到庞家窑，把口信带给了老二老三。

店小二一到庞家窑，就引起了刘大牛的注意，民兵们在村外截住店小二。店小二本来就是苦孩子，在刘大牛的劝导下，很快就把实情说了出来。刘大牛觉得事情重大，一边马上派人向庞永贵报告，一边密切监视老二老三的行动。他安慰店小二，叫他不要害怕，并且根据事态的发展教了他一套回答二赖子的方法，然后安排人暗地里护送他回城，因为他要向二赖子交差。

在仙人居后院的卧室里，二赖子品着茶在等着店小二。刚刚抽过大烟，他感到精神头很好，头脑清晰，浑身有劲。店小二是吃过早饭走的，现在已是午后，他看了看墙上的挂钟，挂钟的时针指向两点。

“来回二十多里路，也就两个半小时，找人说话半小时足够，十二点左右应该回来呀？是不是出了什么事？”他在心里嘀咕，“不能大意啊！要是这个环节出了问题，那可就全盘皆输了。”

就在这时，店小二闯了进来，衣服沾满了泥土，头上流着血，浑身哆嗦，结结巴巴说：“队长啊……队长！你可害苦……苦我啦，要不是……是……我腿快，就……就没命啦！”

“你说什么？差点丢了命！你碰上谁了？土八路还是八路！”二赖子感到奇怪，青天白日占领区会有八路？

“不……不是……”店小二又结巴上了。

“你他妈的结巴什么呢！一到关键就结巴，我问你，口信带到了吗？”二赖子想的是送信，他才不管店小二的死活哩。

“两……两块大洋没了，给抢去了……呜呜……”店小二不回答他的问话哭起来。

“嚎！嚎他妈丧呢！”二赖子确实急了，扬手“啪”的一下给了店小二一个耳光，“说！慢慢说，怎么回事？”

“……是在回来的……的路上，走到……到乔村……枣林，土……土匪绑了……绑了我，搜……搜走了……你……你给的两块……大洋，要拿……拿刀砍我……趁上茅房……的机会，我翻墙跑了……”店小二说。

“哎呀！忘了给你说了，乔村枣林就是个土匪窝，神出鬼没的太君都没办法，你不会绕道走啊，走薛庄多保险，真笨！”二赖子骂他。

“走薛庄，那……那不是更远嘛！我这也是……想……想早点回来……给你报信，哪想到真……真碰上了土匪。”小二说。

“这么说，口信你捎到了！”二赖子来了精神。

“捎……捎到了……见到了老二老三。”小二回答。

“进村还见到谁了？”二赖子问。

“没见到谁，那……那村挺穷，都……是窑洞，街上也……也没人，按……你说的进……进了石牌坊，找……找着青砖大……大瓦房就……就找到了，他们……他们家离……离牌坊不……不远很好找。”小二回答。

“你是怎么说的？”二赖子进一步问。

“我就是……是按你教……教的……说的。”小二学了一遍。

“他们没有怀疑？”二赖子不松口。

“怀……怀疑了。”小二回答。

“怀疑什么？”二赖子追问。

“怀疑怎么……怎么……我来送信，不沾亲……不带故的？”小二回答。

“你怎么说？”二赖子紧逼着问。

“我说我是……是仙人居的伙计，秦老板……病……病得不轻，我们刘掌柜去……去……看他，他求……刘掌柜回村……给……给报个信，刘掌柜就……就……派我来啦。”小二回答。

“行！”二赖子松了口气。

“对啦……他们还问……问……问我得了……什么病？”

“你怎么回答？”

“我说……掌柜的……知道，我一个伙计……只……只管送信，别的……不……不知道。”

“老二老三怎么在一块儿?”二赖子觉得有点奇怪。

“那有啥?老三家……在……在前边，我是先……先到的老三家，一说这事他……他婆姨直说是……是老大家的事不……不让管，没法老三就……就把我……领到……领到老二家。他们……两家挨着，老二的婆姨贼……胖，老二贼……瘦，两人就……就……不像一家人。”店小二觉得二赖子真够多疑，问得特别仔细。多亏刘大牛知道二赖子的底细，临时编排了被土匪劫持一说，不然真难通过二赖子的查问，至于后边的说法，都是真实的，只是小二为了让二赖子相信，把老二夫妇相貌大概描述了一下。

“你说得不错，那两个就没有夫妻相。”二赖子打消了疑惑，感觉小二事办得不错，也许是怜悯也许是高兴，他掏出两块大洋，“拿上吧，这是对你的补偿，去吧去吧!”他挥了挥手让小二走了，然后呷了口茶，在嘴里咕嘟了几下“噗”地一声吐了出去:“我正在城楼观山景，耳听得人马乱纷纷，旌旗招展空翻影，却原来是司马发来的兵……”他摇头晃脑地哼起了蒲剧《空城计》诸葛亮的几句唱词。他觉得自己也设了一个《空城计》，自己就是诸葛亮，他为自己的计划滴水不漏而高兴。

塬县县城的北门。城门楼子高高地立在塬上，城门中间挂了面日本的太阳旗，太阳旗下有鬼子的哨兵，哨兵注视着城外的一切。城下的大门敞开着，大门的两边各站了三个日本兵，日本兵横着长枪虎视眈眈地盯着每个进城的中国人。在日本兵的前面，是一伙儿穿着黄衣和黑衣的伪军和特务，他们在逐个检查进城的人。城门旁边有个鬼子的伍长，牵着一条日本狼狗在巡视。每个进城的人到了这里都很小心，他们先拿出良民证让伪军核对，接着是查物搜身，没有问题后，才能进城。这时进城的人都得在日本兵面前停下，毕恭毕敬地向太阳旗和日本兵鞠躬，然后才能进城。

老二和老三接到口信后，着实着急了一把。老大家的事不能不管，可是管，这又是什么事?长辈去伺候小辈也说不过去呀!可是后来想想，还得去看看，不管咋说这都是一门亲。他们觉得日本人没来前，大家经常到城里去，没有少麻烦秦老板，从秦老板那里也得了不少好处。现在秦老板有病了，咱们不能坐视不管，以后咋给老大和秀秀交代?于是老二老三商量，先去一个人进城看看，如果真的病得厉害，大家轮换着照看，如果不需要照顾，也落个人情。第二天一大早，老二媳妇郭喜儿耍开了心眼，要走要走啦突然去找老三，说小女儿秀菊肚子疼，昨晚闹了一夜，闹得她一夜没睡心口疼，家里离不开人换老三去吧。老三媳妇任冬梅知道二嫂耍心眼，她是心疼自己男人怕出事，心里生气没有答应。这时庞永富挑水回来，二话没说就应承下来。郭喜儿前脚刚走，任冬梅就埋怨上了，庞永富叫冬梅别生气，细细地给冬梅说了去的原因:他觉得人在难处帮他一把，他会记你一辈子的，秀秀还会忘了？再说秦老板干了一辈子银匠，能没有家底？病重咱去看他伺候他，能没有咱的好处？庞永富看的是秦老板的钱。他有自己的算盘，就是人死了，那个银器铺和那座院子也不能没有自己的份儿。在庞永富的说服下，任冬梅同意了他的决定。

现在庞永富就在北门等候检查，他穿了一身粗布衣褂，光头上包了一块白粗布的汗巾，背上搭了个布褡裢，布褡裢的前后有布袋，布袋里装了些干粮。进城的人很多，大家排着队等候鬼子检查。

前边检查的是个年轻妇女，抱着个吃奶的小孩。汉奸特务有意为难她，硬说她怀里藏有东西，要她敞开怀看看。其实怀里没有什么东西，妇女奶孩子乳房就大，再加上天气热衣服单薄，两个大奶在衣服里鼓鼓囊囊不安生。这不安生的奶子撩起了汉奸特务的邪心，以检查为由大庭广众之下公开调戏。年轻妇女很汗颜，但又怕鬼子和狼狗，很不情愿地解开了衣扣。一个汉奸嫌慢，伸手“嗤啦”一下扯开了年轻妇女的上衣……“哈哈哈哈……”鬼子伪军特务都开心地大笑起来。年轻妇女十分窘迫，又苦于抱着个孩子，赶紧用孩子遮住胸部。汉奸特务们没有饶过她，借口搜查为理由，又把年轻妇女的身上摸了个遍。年轻妇女的脸由通红变得惨白又变得铁青，可能是为了孩子的过，她没有反抗没有怒骂，只是麻木地默默地承受，眼眶里含着屈辱的泪水。

庞永富很不舒服，光天化日侮辱一个弱女子，他觉得太不应该了。特别是那些伪军特务，为虎作伥，难道你家就没有女人吗？他有些气恨不过，看着那些荷枪实弹凶神恶煞的汉奸鬼子，还有那条吐着长长舌头的东洋狗，他有些后悔，后悔不该逞强进城，命重要还是钱重要，他觉得还是命重要，没有命要钱有什么用？他脑子里想起了任冬梅，那个娇小贤惠漂亮可人的女人，还有自己聪明伶俐的孩子们……

“下一个！”一声断喝惊醒了庞永富，他走过去接受搜查。就在这时，城门楼上传来一声高喊：“是庞家窑的老三吗？”

庞永富抬起头，他看到城门楼上站着一个人，正向他摆手：“等一下，我马上下去。”这下庞永富看清楚了，这个人是二赖子。

自从店小二捎到口信后，二赖子断定老二老三会来，只是哪一天说不定，但不会太久，就是三五天的事。今天是第二天，他在家里闷得慌，就来到北门口，一来散散心，二来看看老二老三来不来，事情就是这么巧，刚上了城门楼子就看到了庞永富，于是他便招呼着下来了。

“太君！他的我请的客人。”二赖子指了指庞永富对鬼子伍长说。

“吆西，你的带走！”鬼子伍长做了个走的手势。

“过来，跟我走！”二赖子招呼庞永富。

庞永富跟着二赖子来到鬼子兵跟前，二赖子拉着他向鬼子和太阳旗鞠了个躬，然后才进了城门。

“你的本事挺大，日本兵都听你的？”回想刚才的一幕庞永富问。

“不是跟你吹，鬼子司令和咱是朋友，在塬县没有走不通的道摆不平的事。”二赖子洋洋得意，“怎么样？见识过了吧，跟着我不会吃亏！”

“跟着你？”庞永富想起和他在一起打牌，从来就没有过赢或者说不敢赢，哪里还敢和他一起共事？这家伙翻手为云覆手为雨，就是再熟他也要宰你。“跟着你干啥？打牌，走背字，净输钱，以后不玩了。”庞永富没有理解二赖子的真实用意。

“打牌！瞎玩呢？图个乐呵！”二赖子没有点破他的用意。

“还是队长行！”庞永富竖了一下大拇指，“瞎玩都赢，真玩我们可就输光了。”庞永富说的是实话，他心里想的还是打牌。

“这次你就不会输了，跟着我你一定赢！”说着话他们来到银器铺。二赖子指了指屋里的秦老板：“你是来看他的吧？他没有病，只要你来了就行了。”

“没有病？”庞永富有些纳闷，“那他捎信干啥？”

“他会给你捎信？告诉你吧，是我捎的信！咱们合作一次，或者说做一次交易，事成以后保你荣华富贵升官发财。”二赖子说出了自己的想法。

“合作……交易……”庞永富坠在雾里云中，他不明白二癞子说话的用意。

“进去吧，咱们到屋里谈。”二赖子推着庞永富进了银器铺。

“你咋啦？”庞永富看见秦老板木木地坐在那里就问。

“……”秦老板抬起头看了他一眼，没有说话。

“别说话，到后院！”大头上来不由分说推着庞永富来到后院。歪脖、斜眼和快腿手里拎着盒子枪把他围在中间。

“这些钱还可以吧。”二赖子提了个布袋，布袋沉甸甸的，摇了摇叮当作响，“只要你把庞永贵的行踪告诉我们，你就会得到这一百块银元。”他直截了当说出了自己的意图：“当然了，还有更多的好处，荣华富贵升官发财吃喝玩乐等等。”他觉得庞永富是个嗜财如命爱虚荣图享受的人，“你要跟着我，我就给你个官，当我的队副怎么样？”

“好我的爷呢？我哪里知道他的行踪？十年了我们没见过面，都说他是八路的头，我也是听人家说的，可我们一直都没有见过面。他回来不回来干啥不干啥我咋知道？我们没有来往，你叫我到哪儿去找他？”庞永富说的是真话。

“你要明白，你是八路头子的亲哥哥。为什么我们没有动你？就是因为你和他不一样。是我在太君跟前给你美言，你和你的家人才没有受到牵连，才稳稳地、美滋滋地活到今天。你的弟弟和大日本皇军作对，你本该死！可是没有让你死，全是我保的你。现在你该明白了，跟着他有什么好处？你要和他划清界限。现在就给你个机会，你要利用亲戚的关系，想法了解弄清楚庞永贵的行踪，并把这些情况报告给我，这样你就会以功抵过，太君是不会亏待你的，我的话你听明白了吗？”二赖子注视着他，两眼泛着绿光，这头恶狼要下口了。

“那不是叫我当家贼吗？那不是让我害了他吗？哥哥害弟弟天理不容！一母同胞手足兄弟咋下得了手？”庞永富心里在翻腾，虽然和永贵有十年不见面了，但他还是很想念他，民间都说四弟当了八路的头儿，他也高兴也骄傲，高兴的是四弟有本事，敢和日本人对着干！骄傲的是四弟的官不小，县长不就是县太爷吗？这和郭家庄的郭秀才一样啊！这个二赖子太缺德，舔日本人的屁股还要拉着我，而且要哥哥害弟弟！要一母同胞互相残杀！这种丧尽天良的事不能干！思索再三他说：“这事我干不了，你还是另请高明吧？”

“嘿嘿！谁有你合适啊？”二赖子冷笑，“除了你，就是老二，庞家两兄弟谁也跑不了！对啦，我还要问你呢，老二为啥没来？”

“老二？”庞永富糊涂了，老二也没见过永贵呀！他问老二干啥？

“快说！老二怎么没来？”二赖子多了个心眼，他怕计划泄露，掏出盒子枪顶上了火，指着庞永富的头。

“好我的队长咧！你把……把枪挪开……”庞永富用手推推顶在脑门上的枪口，枪口冰冷冰冷，刚才的硬朗跑得无影无踪，他差点尿到裤子里。

“说不说！”歪嘴摸出一把匕首，放到他的耳朵上说，“不说，割掉两只耳朵。”

“哎呀！我说我说……”庞永富没见过这场面，冰冷的刀锋使他脖子僵硬，赶紧跪地求饶。

“说吧，只要说实话，保你没事。”二赖子用枪筒抬起他的下巴。

“我和老二商量好的，我先进城看看，如果真是病重了，我就先伺候一段，然后老二来换我，如果病不要紧，我一人在这里待两天，老二就不来了。”庞永富说。

“别人知道这件事吗？”二赖子问。

“不知道，送信的小二直接找到我家，我拿不定主意领着小二到老二家。其实我们都不想管老大家的事，原来说好的老二来，今天早上突然变卦，说他女儿闹肚子不能来，没办法我才来的……”庞永富挺实在，把家里的事都说了。

“没人知道就好，你要说了假话，我们这些家伙可不是吃素的，那可是满门抄斩的罪！你掂量好了。”二赖子晃晃手中的盒子枪又说：“怎么样？是干还是不干，你来个痛快的！”

"……干……那就干吧……"庞永富心里紧张，真正的左右为难。不干，肯定不行，别说你已经掺和进来了，就是知道个信儿也脱不了干系，他们会杀人灭口！干吧，亲兄弟反目为仇同室操戈，在良心上说啥也过不去……左右为难之际，他突然觉得当务之急是先离开这里，识时务者为俊杰！至于真干假干回去再说。于是他见风使舵就应承下来。

"这就对了吗!"二赖子松了口气，"什么亲兄弟不亲兄弟的，他能给你好处？他只能给你带来灾难！有奶就是娘，有钱就是爹！这些钱是你的啦。"

"……钱……我就不要了……"庞永富觉得只要离开就行，至于钱他是万万不敢要的。

"这个钱你拿上，从现在起你就是我们的人啦，你的任务就是潜伏在庞家窑，利用亲戚关系，尽快摸清楚八路头子庞永贵的行踪……这个事关系到大日本皇军的利益，你要大义灭亲……回去你对老二说，秦老板是拉肚子虚脱了，想叫人照顾他才找人来村里报信。你一定要管住你的嘴，连你老婆也不能说，如有半点差错，我们就立即杀了你!"二赖子一边交代一边威胁。

"……明白……明白!"庞永富点头哈腰一副顺从的样子。

"别他妈的一副怂相……路上好好想想，看怎么实行计划。我可在等着你的消息，接头地点还在这个银器铺，你可以借口看看秦老板进城，听明白了吗?"二赖子说。

"……听明白了。"庞永富答道。

"好啦，你可以走啦。"二赖子觉得话已经说透了，一切都按照自己的计划布置得妥妥当当了。庞永富既是诱饵又是线人，他就是姜太公。他放的长线一定能够钓到庞永贵这条大鱼！他异想天开，陶醉在自我的想象中……他又想到了那个日本女人，日本女人的浪劲，他现在品起来还是津津有味。

庞永富气喘吁吁冷汗直冒深一脚浅一脚地回到家。一百块的银元压得他喘不过气来，他觉得那不是钱，那是老四的命！他的精神有些恍惚，"扑通"一下摔倒在炕上，布褡裢里的银元"咣当"一下砸在炕上，惊得老婆孩子都在看。庞永富往怀里拢了拢掩饰说："我累啦，我累啦……"逃离了狼口的他又陷入了进退两难的境地，有些语无伦次。

"咋回来这么晚？我还以为你住到城里了。"冬梅觉得有点奇怪，"天都这么晚了，你干啥去了?"

"没啥，本来想住，没住，就回来晚了。"

"秦老板没留你，兵荒马乱的，就不怕你这个三叔出事?"

"就十里地能出啥事！一炷香的时间就回来了。"

"他得的啥病？托人捎信挺急的，去了又不住，来回跑腿了。"

“啥病？啥球病也没有！捎信叫我们去，是二赖子编下的，定下的计要抓老四呢！”老三想起今天的事就觉得窝囊，一生气把二赖子的交代忘到了脑后，随口说了出来。

“啥……定下个啥？”冬梅没听清。

“问啥问！快去做饭，肚子饿啦！”老三知道自己说走了嘴赶紧打岔。

冬梅端上了饭，是捞面条。庞永富一气吃了两大碗。“咋啦，这么饿，一天没吃饭？”冬梅觉得不对劲，她用手摸了摸布褡裢，感觉硬硬的就往外倒，“咕咚”一下，五摞纸包着的银元掉在炕上：“这是啥？钱……”冬梅大吃一惊，瞪着个大眼直直地看着老三，“哪……哪来的这么多钱？”

“好我的先人呢，谁叫你动那个，那东西不能动，会要命哩！”庞永富把那五包东西装进布褡裢，寻思着往哪里藏，左看右看不知往哪里放好。

“这么多钱？你在外面又做下了啥？你得给我说！”冬梅越发奇怪，拽着布褡裢不放手。

“小声点，我的先人。”老三看着睡着了的四个儿子说，“吵吵个啥，别吵吵，别让他们知道。”老三看瞒不过冬梅，移过身子对着冬梅耳朵，把城里的事说了一遍。

“哎呀！这可咋办？”冬梅像被蝎子蜇了一般，五包银元就像五个烫手的山芋拿不得也吃不得，急得她像热锅上的蚂蚁在地下团团转，“你呀你，你不会不要！拿了人家的钱就是应承了人家的事，二赖子是好惹的吗？躲都躲不及哩，你还敢接人家的钱，你不是寻事吗？你不是找死吗？”

“谁要他的钱啦？谁敢要他的钱！是人家硬逼的，要是不答应，不拿他的钱，恐怕我就活着回不来了，你没看见那架势，刀架在脖子上，枪顶在脑门上，谁敢说个不字！”老三想起来就腿软，“还是我脑瓜子活泛，先应下来再说，不然的话，我们俩还有孩子可能就阴阳两隔了……”老三眼湿了。

“那你就出卖老四？那可是你亲弟弟……我不说啦，反正这事不能干！”冬梅说，“咱们是中国人，不能当汉奸走狗，你要当汉奸走狗，我和孩子就不会认你，你看着办吧！”

“谁说我出卖老四！谁说我当汉奸走狗！我这是权宜之计！我是哄他们呢，不然的话他们能让我走？”老三不同意冬梅的说法极力为自己辩解。

“这东西咋办？”冬梅指了指布褡裢。

“先藏起来再说！老四是八路的头儿，如果能找见他，也许有法子对付二赖子，可是到哪里找他呢？”

“只有找老四了，鬼子汉奸都怕他！大不了和大哥家一样，咱一家也躲到大山里去，图个安稳清静。”冬梅这次想对了。

“明儿个你去找金叶，探探口风，千万要小心，可不敢随便给人说，二赖子说暗地里有人盯着，弄不好我们全家人的性命就完了。”

“这个我知道，明早我就去，赶早不赶晚，只是这钱藏哪儿？日后咋处理呢？一百个银元不是个小数，二赖子不会放过我们的。”冬梅担心还是担心，这是自己招来祸害。

“先藏起来再说，日后再说日后的。俗话说：见财起意。可别叫人看见，鬼子汉奸土匪混混咱都得防……你去把菜刀拿来，撬开炕坯放到炕洞里，上边睡上人会保险一些。”

庞永富和冬梅商量好后，在窗户上挂好帘子，掀开炕席准备撬炕坯，就在这时，院外传来两声轻轻的敲门声。

“噗！”庞永富吹灭灯，“别出声，有人！”

这时外面又传来两声敲门声，并且有人在喊：“老三，我是大牛。”

“是村长！”冬梅听出来了。

“我去开门，这东西先放到柜子里。”庞永富吩咐后走了出去。

大门开了，进来了五个人。这些人进到屋里，灯光下看清楚了，这些人黑衣黑裤短打扮，腰里别着盒子枪。

“这……！”庞永富心里一惊愣怔在门口。

“呃……？”任冬梅吃惊地张大了嘴巴。

“你们这是咋啦？你们看看，这是谁？”刘大牛指着一个汉子说。

“你是四兄弟？”冬梅不敢相信自己的眼睛。

“三嫂，是我。”庞永贵说。

“老四，真是你？”庞永富也不敢相信自己的眼睛。

“是我，三哥。”庞永贵拉住庞永富的手。

“光听老百姓说你，可一直见不到你，一走那么多年，变得都认不出来了。”庞永富眼睛湿湿的。

“是呀，是呀，真认不出来了。”冬梅目不转睛地看着庞永贵说。

“你们看看他们是谁？”庞永贵指了指身边的三个后生说：

“哎呀！这不是强强金海金洋吗？”冬梅惊奇地说，“你们和老四在一起？”

“他们都是八路。”庞永贵说。

“快去，快去做饭，我和四弟说说话。”庞永富端出烟簸箕，里面是黄灿灿的兑了芝麻油的烟叶。

“嫂子，黑天半夜的饭就别做了，有馍就行。”庞永贵说。

“也好，有馍有咸菜，锅里有面汤，不凉不热正好。”说着话冬梅已把饭菜端上来。

“四弟，老百姓都说你是八路的头儿，对吗?”庞永富说。

“老三，四兄弟是咱们县抗日民主政府的县长，也是咱们县抗日游击大队的大队长，”村长刘大牛说。

“那你……你咋知道?你不是维持会长吗?”庞永富觉得奇怪。

“三哥，刘村长明着给鬼子办事，暗着给八路办事，实际上是咱们的人。”庞永贵说。

“咱们的人?四弟，你把我和你们划到一块了?我也是八路?”庞永富觉得自己咋成了八路呢。

“咱们抗日政府和抗日游击大队是老百姓的政府和部队，是为老百姓寻利益谋幸福的，为了老百姓的利益和幸福不怕流血牺牲，你是老百姓我是八路军，八路军是老百姓的子弟兵，说你是咱们的人有啥错?你不就是我的亲哥哥嘛!”庞永贵说。

“那你们不嫌弃我?你们有所不知，为了家里人的安全，也是怕二赖子胡来，只要二赖子叫，我就到郭家庄陪他赌陪他玩……你们不会怀疑我也是汉奸吧?”

“那是二赖子胁迫你去的，如果你不去，他可能就要对你和家人使坏，所以你就硬着头皮去了，你去了实际上是给二赖子送钱，你不能赢也不敢赢，正因为你这样做了，你才保住了你一家，这也算是聪明的一招。但是，时间一长，就受不了，那是个无底洞啊!有多少钱能填满?可是你又不敢不去，你陷入了进退两难的地步。”庞永贵说。

“哎哟!四弟，你说得真对!我们真是叫狗日的榨干了，要知道是这样，还不如早早跟八路干呢?就是不跟八路干，也不能陪着狗日的玩，狗日的高兴了，我们却苦了，老百姓骂我们是巴结汉奸特务的二孙子，内外不是人，还不如像大哥一家，躲到深山落个清白之身。”庞永富内疚。

“三哥，你也不要自责，抗日的方式多种多样，有许多人都像你一样，对鬼子汉奸抱有幻想，二哥不也是这样吗?但是不管怎么说，你们还是有良心的，最起码没有帮助鬼子汉奸做坑害百姓的事。每个人都有自己的活法，抗日是民族的也是民主的，觉醒不分前后，一个有良心的中国人，看到鬼子在自己的国土上，烧杀奸淫，都会义愤填膺奋起抵抗，三哥，国之灭亡哪还有家!亡国奴的滋味不好受啊!”庞永贵说。

“四弟，你说对了，亡国奴的滋味我可受够了……不瞒你说，三哥做了亏心事……亏心事啊!”庞永富良心上受到了谴责，“你咋不早回来，你要是早给我说这些，我也不会犯傻了……狗日的二赖子……这家伙坏透了，你知道他派人送信把我骗到城里干啥?他要抓你呢!要害你呢!他要我当家贼内奸!要我利用亲戚关系摸清你的行踪，然后抓住你！”庞永富把今天的事告诉了庞永贵。

“三哥，这是真的？”庞永贵和刘大牛交换了一下眼神，“不是秦老板有病吗？”

“啥病也没有，他也是被二赖子一伙儿控制啦，见了我都不敢说话，银器铺里住着一伙儿汉奸特务。对啦，这里还有他们给我的经费，有一百块大洋，交给你们吧！”老三从柜子里取出布褡裢，“我刚从城里回来，这些东西还没捂热，藏又没地儿藏，还怕贼看见，交给你们吧，交给你们我这颗心也就踏实了。”庞永富很痛快。

“这都是搜刮老百姓的，就用它打鬼子吧！三哥，你做了件大好事啊！我代表抗日政府感谢你。你说的情报很重要，你能详细说说吗？”庞永贵想进一步了解城里的情况。

今天下午，刘大牛派人在黄土坡找到庞永贵，说有重要情况要他到庞家窑来一趟。天擦黑，庞永贵赶回到庞家窑。刘大牛把店小二说的事告诉了他，大家分析后认为鬼子可能有大的行动，究竟是什么行动不清楚？刘大牛还报告了一个情况，就是老三一大早进了城，天完全黑了才回来。他们分析老三可能是到银器铺看秦老板去了，去了干些啥大家不清楚。庞永贵和刘大牛分析后决定直接接触老三，因为不管怎么说，老三还是没有干祸害百姓的事。接触他了解一下，就是得不到什么情报，也可以拉他一把。出人意料的是老三非常憎恨鬼子汉奸，并把实情详详细细地全盘告诉了庞永贵。

庞永贵觉得这是个千载难逢的好机会，可以利用二赖子这个计划将计就计，铲除二赖子这伙狗汉奸，打掉鬼子的耳目，警告那些认贼作父的汉奸卖国贼。于是，庞永贵叫刘大牛去叫老二庞永华，一块儿在老三家开个会，研究一下这次的行动计划。

老二庞永华来了，媳妇刘喜儿也跟着来了。她是害怕丈夫在秦老板事情上吃亏才来的。丈夫嘴笨说不过老三，早上好容易把那个事推了，晚上就叫，是不是有啥变化？所以她执意要来。刘大牛不好强行拒绝，想想这事也不好瞒她，就领着他们一块儿来到了老三的家。

一进屋，庞永华和郭喜儿愣住了。没有想到屋里这么多人，更使他们惊奇的是老四庞永贵和强强金海金洋他们，一身黑衣黑裤短打扮，就像武侠小说里的英雄豪杰。

“四弟，是你！”庞永华又惊又喜。

“是我，二哥！”庞永贵起身应道。

“四弟，真是你？这大半夜里，不是做梦吧。”刘喜儿也很惊喜。

“不是做梦是真的，你看看，这都是咱们村的后生。”庞永贵指了指身边的几个年轻人，大家都微笑着看着他们。

“哟，真是！出息了，出息了！穿上了这行头还真不好认呢？”郭喜儿喜欢说笑，和大家打着招呼，“四弟，听说你在共产党里面当了大官了，咋还和老百姓一样？按说县长就是县太爷，是父母官，应该前呼后拥鸣锣开道威严着呢？可你一点都不像，就是个平民百姓！”

“瞎说啥呢？妇道人家懂得个啥？”庞永华捅了她一下。

“二嫂没有瞎说，共产党是为老百姓服务的。共产党的干部，哦！就是你们说的大官，就是人民的儿子。如果二嫂说我是老百姓就对了，我本来就是庄稼人的娃嘛。”庞永贵说得很认真。

“四弟回来可太好了，我这腰杆也觉得硬了。大家都知道那个二赖子吧，你说算个啥东西，过去在咱们这一带是混混是要饭花子。日本人来了，他抖起来了，当了个什么汉奸队长，耀武扬威，欺男霸女……你二哥啊，是叫他吓怕啦，一个招呼就得去陪人家赌博。哪是赌博呀，那是送钱！家里的光景叫他糟蹋的不少……”郭喜儿唠叨起来没有个完。

“还有完没完，就你一个人说话了，四弟回来啦，让四弟说！”庞永华嫌刘喜儿多嘴。

“没事没事，二嫂说的对。今天半夜叫二哥二嫂是有重要事情商量……”庞永贵把今天庞永富进城的事情跟大家说了一下。

“呀！我们被骗啦！”庞永华大吃一惊。

“这个二赖子，啥损招都有！”郭喜儿骂道。

“今天我们说得事是国仇也是家恨，二赖子不除，八路受害乡亲们受害。既然是家恨我们全家就在一块儿商量一下，告诉你们个好消息，大哥一家就在村里，咱们把他们也叫来，一块儿商量。”庞永贵说。

“哟！大哥一家回来啦？我们咋不知道？”老二老三两家人问。

“不都是二赖子使坏吗，整天闹着找秀秀，为了大家的安全，他们一家就没有暴露，一直在老宅的后院里住着，所以大家不知道。”刘村长说。

说着话，金叶和老大一家来了，兄弟相见喜极而泣，大家互相问候。庞永贵看时间不早了，就叫嫂子们带着孩子回家睡觉，他留下秀秀和大家一起研究下一步的行动计划，于是屋里安静下来。大家一边抽着烟一边思考着。

“我们要将计就计，怎样将计就计大家说说。”庞永贵提示说。

“我有一个想法，不知对不对？”刘大牛说，“这个二赖子对秀秀垂涎已久，多次在我面前说，见到秀秀一定要汇报，我们是不是利用一下秀秀引蛇出洞，然后再除掉他。”

“利用秀秀引二赖子出城，这个办法我看成。为什么呢？根据我们掌握的情况，二赖子非要把秀秀弄到手不可，如果说秀秀回来了，他势必要到庞家窑抓秀秀，这就为我们创造了除掉他的条件。”庞永贵觉得刘大牛说得有道理。

“我也觉得这个办法好。”强强插话，“不能说永贵叔回来，为什么呢？如果说永贵叔回来，一定会引起二赖子的警惕，他一定会告诉鬼子，也一定会出动大批人马，这样一来我们怎么除掉二赖子？所以我们一定要利用二赖子这个弱点，出其不意消灭他。”

“要说秀秀回来，二赖子一定来，每次这家伙到村里都要问起秀秀，看来这家伙是真迷上了秀秀，色胆包天头脑发昏嘛，他肯定会来。”庞永华说。

“这次进城，二赖子还骂秦老板呢，他恨秦老板娶了秀秀，秦老板为了秀秀没少吃苦，也难为他了。”庞永富说。

“我也觉得利用我引蛇出洞比较好，我和他照过面，这家伙确实是个色鬼，大家说怎么办吧，只要能除掉二赖子，怎么都行。”秀秀义愤填膺。

“二赖子害人不浅，既然有这个机会，我们就不能失去它，只要能除掉他，就是有损失也值。二赖子不是一直找我家的麻烦吗，那我们就会会他，请把最危险的活给我吧！”庞永荣觉得自己是老大，自己理应打头阵。

“大家看这样行不行？”在听了大家的意见后，庞永贵思考了一下说，“为了在最快的时间里除掉二赖子，参战人员要精干。大哥在家照顾嫂子和孩子们，以防万一。秀秀和我们一起行动，我想让秀秀看看这个恶魔是怎样死的。明天上午，二哥三哥你们一块儿进城，就说秀秀一家回来了，是今天晚上回来的。为了能攀上二赖子这门高亲，就赶紧进城报告来了……”具体的细节他们在一块儿商量了很久。

第二天上午，庞永华庞永富两兄弟来到县城。二赖子听说秀秀回来了大笑：“天助我也，秀秀终于回来了！”笑罢二赖子突然脸一阴：“你俩小子不是骗我吧？昨天老三刚来，今天你们就来说秀秀回来，哪有那么巧？来人！捆起来！看你老实不老实！”

歪脖、斜眼、大头、快腿一拥而上把他俩捆得结结实实，一人给了一脚跪倒在二赖子面前。庞永富赶忙磕头说：“队长，事情就是这么巧，谁敢骗你呀！昨天我回去后，就把你吩咐的事告诉了二哥，活动经费也分给了二哥一半，因为我觉得这事一个人不好干，两个人好商量，再说二哥也缺钱……”

“啰唆这些干什么？本来就是叫你俩干的。老二你说！”二赖子想听庞永华说。

“这两年确实缺钱，一看到那么多钱，我眼都傻了，三弟说是你给的，我就说还是队长对我们好。三弟说这钱不能白花，说队长有安排，就把你吩咐的事给我说了。我觉得这也行啊！四弟参加八路跟太君对抗能有好果子吗？那是鸡蛋碰石头，我们都跟着遭殃。全家人谁见过四弟的好处？还是队长好！”庞永华往二赖子高兴口上说：“我们商量好后已是小半夜，因为拿着钱三弟送我回家，路过大哥门口，突然觉得家里有人，从门缝里一看，是大哥一家回来了，还见到了秀秀。我们没有惊动他们，赶紧折回三弟家，想着队长不是天天盼月月盼时时刻刻分分秒秒想着秀秀吗？这也是缘分，能和队长攀上亲，就是我们老庞家的荣幸？于是今天一早我们就来给你报信，想着你一定高兴，谁知还把我们绑起来了，以后我们可是你的二丈人三丈人呢？”庞永华的谎话编的还圆。

“哈哈哈哈！”二赖子叫人解开他们的绳子，“只要是真的，赏钱不会少，谁叫你们是我的二丈人三丈人呢？我说过嘛，只要跟着我，就有享不了的荣华富贵，银元算什么！”

“是的！是的！”老二老三摸着手腕上的红印印连连称是。

“明天我们去庞家窑。如果你们说假话，统统死啦死啦的。”二赖子做了个抹脖子的动作，狠毒地说：“弟兄们，进村后直扑老大家，把他们堵在屋里，千万不要让秀秀跑了，堵不住的话就开枪杀人！记住，谁都能死，秀秀不能死，要抓活的，老子要的就是她！”

第二天一早，二赖子带着他的四个亲信骑着洋车去庞家窑了。他采取突袭的办法要把秀秀堵在家里。老二老二骑着灰驴跟在他们后边。快腿有些担心，就对二赖子说：“队长，这样做会不会影响抓庞永贵，咱不会因小失大打草惊蛇吧？”

“担心个屁！抓了秀秀会刺激庞永贵，他一定要救秀秀，那不是自投罗网正好中计嘛。我要得到秀秀，也要抓到庞永贵！”二赖子想着秀秀俊俏的模样，想着和秀秀云雨作乐的情景，美的他哼起了小曲：“三月三，穿衫衫，厚厚的棉袄扔一边，杨柳细腰红衫衫，娇滴滴妩媚真好看……”

“队长娶了秀秀，那庞永贵不就是队长的四丈人了吗？我说队长，你这不就是一家人打一家人吗？”大头头大不思考憨说。

“你个大头猪，胡说啥哩！那是两码事，除非庞永贵投诚，否则照抓不误！弟兄们，精神点，到了庞家窑先到老大家，一定要把秀秀堵住！”二赖子损了大头以后下达了命令，骑着洋车跑在最前头。

说话间，他们过了乔村，前面已经能看见庞家窑的石牌坊了。在乔村和庞家窑之间，有一片枣树林，就是上次小二说的那片枣树林，这里经常有土匪出没，发生过不少打劫的事。这片枣树林年代久远，树干粗壮不一，枝丫错综绿荫遮天。去庞家窑的路就在枣林中间。这是一条沟壕路，人车在路上走，两边的地刚好没过头，要看清两边的东西，必须踮起脚尖仰起头。现在，庞永贵他们就埋伏在这里。为什么在这儿设伏呢？这是根据二赖子骄横跋扈的性格和他焦急得到秀秀的心态定的。庞永贵分析他一定会走乔村到庞家窑这条近道，因为走薛庄再到庞家窑，需要多半天时间。而走乔村到庞家窑一个小时足也。枣树林是天然的屏障，路又在沟壕里，设伏非常理想。

二赖子的车子队成一字形进入枣树林。突然前面有一棵倒下的枣树挡住了他们的去路。枣树是枯了的，枝枝丫丫有许多坚硬的黑黑的刺，把整个路面挡了个严严实实。

“下车下车，把枣树挪开！”二赖子跳下车指挥汉奸们搬树。忽然间他觉得不对头，隐隐约约觉得周围有人影晃动，于是大喊：“坏了！有埋伏！”

但是已经晚了，只听到“啪啪……啪啪……”一阵枪响，歪脖、斜眼、大头、快腿还没明白怎么回事就倒在血污中。二赖子一见不好，扭头往回跑，正碰上骑着灰驴的庞永华挡在面前。二赖子扬手就是一枪，怒骂道：“好小子，你害老子！”

庞永华两腿一软手一松从灰驴上跌下来，枪子从耳边擦过，血流的不少。庞永富看见庞永华跌下灰驴，赶紧打着自己骑的灰驴往回走，心里紧张手不听使唤，灰驴转着圈在原地打转。二赖子抬手一枪打中了他的灰驴，庞永富连同灰驴跄倒在地。二赖子趁机骑上洋车，他要逃跑。但是一切都晚了，只见几个人拎着枪前后左右把他围住，他想开枪，刚一抬手，只听“啪”的一声，手腕中了一枪，接着车子一扭，二赖子摔倒在地下。

“不许动！”几个乌黑的枪口压着他。

“你们是谁？”二赖子浑身哆嗦蜷伏在地。

“你不是要找庞永贵吗？我就是！”庞永贵说。

“你……你……你就是庞永贵！庞家老四！”二赖子明白了。

“二赖子，没想到吧，整天的要抓我，却被我抓了！”庞永贵说。

“妈的！栽了！老二老三骗我。”二赖子拿眼寻找老二老三，眼光恶毒。

“你不是找秀秀吗？睁开你的狗眼看看，这就是秀秀！”老二老三撤开身，让他看身后的秀秀。

“我就是秀秀，你看清楚了。”秀秀没有拿武器，衣着整洁亭亭玉立。

“你就是秀秀！”二赖子瞪着眼盯着她，“我们好像见过？”

“你说得不假。”秀秀也盯着他，“还记得王家窑村口那个乔衫衫吗？还记得小李庄一笑堂那个女八路吗？那就是我。瞎了你的狗眼，站在你的面前你都认不出来，还扬言抓我，做梦去吧！”秀秀嘲笑他。

“啊……”二赖子气急败坏，“你……你就是个诱饵，我中了你们的计了……”

“你以为你是什么？就允许你耍恶使坏，就不允许别人防范自卫？你编排我坏话，你砸我银器铺，你欺负我丈夫，你一门心思要祸害我，我是招你啦还是惹你啦，你这样和我过不去！你认贼作父当汉奸，你领着鬼子血洗庞家窑，你残害乡亲残害我老庞家，你双手沾满了老百姓的鲜血，你罪恶累累死有余辜！你这个狗汉奸，今天咱们新账旧账一块算！”秀秀义正词严。

“听好了，二赖子，你认贼作父卖国求荣！你迫害乡邻罪不可赦！现在，我代表塬县抗日民主政府宣判你死刑，立即执行！”庞永贵威严地宣布。

“不！你们不要杀我……”二赖子举着双手四处求饶，那张赖皮脸扭曲的十分难看。

“啪”的一声枪响，强强举起驳壳枪打了一枪，子弹把二赖子的天灵盖打穿了。二赖子两眼突然一瞪，木木地站住了，黑血涌出来把那张赖皮脸染红了。稍会儿，他双腿软了慢慢地跪下，然后一头倒在地下，身体蠕动了几下就僵住了。

“啪啪啪啪”紧接着又响起一阵枪声，庞永贵刘大牛金海金洋也举起了驳壳枪，子弹先后射进了二赖子的身体！

二赖子的身子被打了好几个枪洞，枪洞洞里涌出的污血，把那顶压在身下的日本军帽染的黑紫黑紫……

此事轰动了塬县。

民间云：天不容，地不容，百姓不容！作恶多端必自毙！——解恨！

天不要，地不要，阎王不要！遗臭万年狗叼去！——活该！

三十四、回城

铲除了二赖子为首的一伙儿汉奸特务后，龟土一郎暴跳如雷又无可奈何。他不是可怜这几个狗腿子，只要死的是中国人他都不足以惜。他是觉得他的一号计划失败得太快了。这个赔了夫人又折兵的失败，他归结了两点教训：一是他不该起用二赖子，这个酒囊饭袋不是真正的军人，他的心思就在钱和女人身上。二是八路军太厉害了，庞永贵的群众工作太扎实了，和这个对手过招，他觉得胜算不大。

铲除了二赖子为首的一伙儿汉奸特务后，塬县的百姓欢欣鼓舞。震慑了那些个卖国求荣汉奸特务，不管怎么说，正直的敦厚的塬上百姓活得舒坦些了，庞永荣一家的生活也走向了正常。

庞家窑这个在鬼子据点跟前的村庄，因其特殊的地理环境和坚实的群众基础，成了抗日的堡垒村。因为有众多不同地形下的窑洞和各式各样的暗室地道，这里成了八路军伤病员的疗养地。

一天，刘大牛来到庞永荣家，他说，最近村里要来一批伤员，考虑到你们家是抗日的堡垒户，村里决定在你们家安排一个。庞永荣一听很高兴，春花和秀秀还争着多要几个。刘大牛查看了一下家里和原来的地窖说："你们家好久不住人了，现在的地窖不行，要重新挖一个更隐蔽的，这些你们赶紧做，一切准备好了伤员才能来。"

"没问题。"庞永荣痛快地回答。

"我们一定把伤员养得白白胖胖健健壮壮。"春花还表了个态。

"秀秀，你想回城吗？"刘大牛问。

"想回。"秀秀说。

"准备准备，回城就在最近。"刘大牛说。

"没什么准备的，说走就走。"秀秀有点激动，"是不是要建联络站？"

"是的，是要把联络站建起来。"刘大牛说，"现在伤员很多，但是药品奇缺，许多伤员都是没有药品而失去了治疗的时机，购置药品是当前最重要的事，联络站建立后方便购置药品，这是当务之急。"刘大牛说。

"那就快点呀？"秀秀着急了。

"是的快点，但不能太着急，你家缺人手，挖地洞的事外人不能帮忙，把这个事做完后再走。"刘大牛说。

“不用不用，我和春花就行，秀秀该干啥就干啥。”庞永荣说。

“先挖洞吧！伤员很快就到。什么时候进城，怎样进城，咱们还得研究一下。”刘大牛负责秀秀进城建立秘密联络站，所以他考虑得比较多。

庞永荣家里原来有个地窖，直上直下不方便，而且窖门开在牲口棚边，虽然隐蔽但不利于伤员养伤。于是他们决定重新再挖一个地洞。庞永荣家的房子是坐西向东的，西房是正房，正房的后面就是一面黄土崖。这个黄土崖是垫院子时削山坡形成的。现在利用上了。在庞永荣住的北屋，靠东边临窗盘的是火炕，西边是过道，过道西边的西墙根放有两个箱子。这种箱子其实是个地柜，有三尺高，用槐木做就，厚实本重，里面可以放被褥和衣物，上面可以坐人。庞永荣就在地柜箱子上做了文章，他把地柜箱子的底取下，箱底下面开了个口，这个口就是地道的门。从这里挖下去约两米向西拐弯，再挖两米，就进了黄土崖。在黄土崖里面挖了个四米长三米宽两米高的暗窑。暗窑里铺了些麦草，放些常用的东西。为了呼吸畅通，暗窑开有通气口，通气口开在黄土崖上部酸枣棵子里。暗窑挖好后是可以藏人的，但不能久住，因为里面比较潮湿，所以庞永荣把地道口开在屋里，这样伤员就可以躺在屋里的炕上，这里阳光充足干燥温暖，利于伤员养伤。一旦有情况。可以掀开地柜箱子，下到地道后再到后边的暗窑里躲避，不显山不露水，在院子里和外边一点都看不出来。

暗窑挖好以后，很快就来了个断了左臂的伤员，是被鬼子的洋刀砍的，伤口很大，因为没有消炎止痛药，伤员很痛苦。一天伤员又发起了高烧，春花和秀秀换着用凉水浸了的毛巾敷在伤员的额头降温。伤员很年轻，二十岁不到，眉清目秀。

从刘大牛口中得知，伤员是个学生兵，是从太原来的，从山西决死纵队分配到塬县抗日民主政府工作。在一次反“扫荡”战斗中，为掩护县政府转移，与鬼子遭遇，在拼刺刀的肉搏中，被一个鬼子的小队长砍掉了左臂。当时他一点感觉也没有，挥舞大刀削掉了这个鬼子的头，一股鲜血从断颈中喷射了他一脸。他下意识地用左手摸脸，可是，感觉不对劲，歪头一看，自已的左臂从胳膊肘那儿起刷刷断了，白茬茬的骨头露在外面……此时他才知道自己没了手臂，心一紧头一晕便昏了过去……

在战地包扎所，他的伤口做了简单的包扎，后来就被送到这里。由于医疗条件有限，加之天热伤口还是发炎了，每天只能用盐水洗洗，盐水刺激伤口，疼痛难忍，伤员都咬着牙挺了过来。春花和秀秀看不下去，真不忍心再洗，即便是这样，伤员的伤口还是不愈合，有些好了的地方又化了脓，今天又发起了高烧，急得春花和秀秀一点办法也没有。

“呀！好烫。”村长刘大牛来了，看着高烧昏迷的伤员，他有些着急，“没有消炎药，伤员受罪了，就怕伤口恶化，那样就会危及伤员的生命。”

“去郭家庄请个医生来吧，不能再耽搁了。”春花说。

“郭家庄鬼子盯得紧，不如先叫乔村的老中医给看看……”庞永荣觉得还是保险一点好。

老中医很快叫来了，一位年近六十的老者。他一看伤员的情况，立刻皱了眉：“哎呀，这么厉害。”他解开伤员的绷带，一股脓血流出，伤口炎症很大，红肿糜烂有股臭味。

“我是心有余而力不足，鬼子‘清剿’物资匮乏，药材更是奇缺。俗话说：巧妇难为无米之炊。作为郎中，我是无药难治不难之症啊！”老先生说话之乎者也。先生清瘦但也精神，耳不聋眼不花，他拿出随身带的小包，里边是一包银针，还有一把小刀，他叫春花放到锅里蒸上半根香的工夫再用。

“八路军打鬼子保国护民，小战士负重伤英勇无比，老朽我倾全力救治英雄，大中华怎怕他东洋倭寇。”老先生说话文雅。“来来来，大家帮个忙。”老先生吩咐大家扶起伤员，用煮好后放凉的草药水反复冲洗伤口。也许是是草药的功力，伤员精神好多了，烧也退了些。

“谢谢老爷爷！”伤员轻声说。

“折杀我也，折杀我也，乡村民间一土医，承受不起！”老先生很客气，“孩子，好些了吗?”

“好些了……”伤员回答。

“一会儿我给你清理清理伤口，你可要忍住些。当年华佗给关公关老爷疗伤刮骨，关老爷可是面不改色心不跳，还下棋呢！孩子，你就像关老爷一样，老朽医术有限，只能针灸给你局部麻醉，疼你就叫两声，忍一忍……”老先生眼内闪出了泪花。

银针和小刀消好毒以后，老先生给伤员清理了伤口，挤干净了脓，割掉了腐烂的肉，完后又掏出一包药粉撒在创面，最后用棉布包好。他对众人说：“这是一包我珍藏的云南白药，主治跌打损伤刀棍红伤。老朽是中医，主要是把脉下药治疗内疾，对这样的红伤还真没看过，今天只能是尽全力也就是消消毒放放脓割割腐肉，要想治好孩子的伤，你们还得请西医治疗，听说打什么盘尼西林针，就能消炎，这个药来得快得赶紧找啊，天这么热，要防治败血症和破伤风，一旦染上十有八九生命难保，切记啊！”

老中医的话在大家心里震动很大。在安顿好伤员后，秀秀找到刘大牛说：“让我进城吧！我得去想法找药和医生，伤员等不得啊！”

“秀秀，我正想跟你说哩，现在有好几个重伤员，都不能动。一旦有情况，就是有地道也无法藏。唯一的办法就是赶紧治好伤，这就需要药品和医生，现在只有在城里想办法了。城里的李医生是治疗红伤的专家，人又正直，是我们争取的对象。事情紧急，咱们明天就进城。”刘大牛说。

要进城了，就要回到分别一年半的家了，就要见到那个自己并不喜欢的人了。秀秀的心情反而有些说不清的滋味。一年半的生死离别，秀秀弄明白了，自己不喜欢这个人可还想着他，是因为这个人给了她这个家。家是什么？家就是男人和女人在一起的窝。在这个窝里他们可以寻求自己的欢愉，为了欢愉可以吃尽天下所有的苦。秀秀十八岁到这个家，结婚已经四个年头了。该经过的都经过了，但她还是觉得不幸福。想来想去，还是人的问题。在她的心里还是装着强强。但是现实不是这样，她是秦老板的老婆。她羡慕别人的郎才女貌又无法摆脱自己的老夫少妻。人家都是红花配绿叶，自己这是啥？她不敢想但又不能不想，想得多了也就麻木了，麻木了也就过一天算一天。在逃难的一年多中，她有一种离开老男人自由自在体现一花独美的解脱，但还是想城里这个家，因为这个家给了她过上了好生活。她还是挂念家中那个男人，因为她毕竟是他明媒正娶的妻子。所以这种思念虽然不强烈但一直没有断过。四叔提出要在城里建立联络站，使她感到了那个家和那个男人的重要，她盼望着尽早地回到这个家，尽早地见到那个男人。因为她觉得这次是在干一件大事。怎样干好这件大事，那个家那个男人离不开。

鸡叫了，辗转了一晚上的秀秀早早起来。她套了一件灰布长衫，手臂上挂了个蓝花花包袱，就像是走亲戚的村妇。

刘大牛和庞永荣一同护送秀秀进城。刘大牛还有一层意思，就是想见见秦老板。庞永荣不用说了，他担心的是那个铺子和铺子后边的院子，同时也觉得女婿也不容易，独身一人在城里，受尽了鬼子汉奸的欺侮，他要看看他。

早上太阳不毒，田野里有些雾气，清风吹来，拂在面上，人很舒服。一夜的思考，秀秀想通了，婚姻已经如此，就不再想它了。关键是要完成四叔交给的大事！这也是她第一次做八路的事。过去进城出城都是家长里短的家里事，想的也都是一些柴米油盐赚钱赔钱，要不就是夫妻间的摩擦邻里间的埋怨，心里是迷茫的，感觉就是一片云一片雾，抓不着摸不到离不开，一天到晚忙忙碌碌空空落落。这次她感到从没有的充实，什么男欢女爱，她都不去想它，她要把四叔交给的大事办好。

一路很顺利，他们进了城。城里没有什么变化，街上的门面店铺还是老样子，行人不多，变化最大的是那个被鬼子飞机炸毁的车马大店，现在是汉奸特务队的驻地。县政府大院是鬼子的司令部，也是鬼子兵的驻地。仙人居还是热闹的，出入的都是一些东洋兵和穿黑衣戴墨镜的汉奸，夹杂着一些穿红着绿的风尘女子。比较而言，对面的银器铺就显得冷清安静，门面还是那样，牌匾还挂着，只是上面落了一层灰，油漆退色，字迹也不清晰。那是秦老板没有了心劲，过去开门第一件事，就是擦牌匾，擦得干干净净一尘不染油光锃亮。现在没有了心劲，染灰就染灰吧。

秦老板像往常一样，开门是个习惯，有活没活都得开门。他坐在铺子里，可以看到街上的人，在看人的过场中打发时光。看腻了就关门睡一会儿，有来加工的就干一会儿，工钱随意给，他只图个有口饭吃。过去，二赖子三番五次因为秀秀找碴欺负他，他都忍了，因为他心里有个秀秀，秀秀是支撑他生活下去的力量。二赖子被打死以后，他确实高兴了一番，最起码他能安安稳稳地过日子，他找到刘掌柜，两个人美美地喝了几杯。八路除掉了害群之马，地方上平静了，大家都高兴。现在，他越来越想秀秀，好长时间没有秀秀的信息，凶多吉少的念头常在他心里泛起，他每天都在念叨，祈求老天爷保佑秀秀，保佑秀秀逢凶化吉万事如意！保佑秀秀平平安安地回到身旁。没有了秀秀在身边，他就没了精神支柱，就这样糊里糊涂打发日子。

"秦老板，你好啊！"刘大牛站在银器铺的门口问道。

"有啥好的，胡混哩。"秦老板正犯迷糊，头也没抬。

"来人了，也不看看？"刘大牛进了铺子。

"看啥，人有啥看的。"秦老板眼睛抬了一下，没有认真看。

"别迷糊了，看看谁来啦！"刘大牛说，"秀秀和你老丈人来啦！"

"什么？"秦老板一个愣怔站起来，他看清了站在面前的三个人。突然间的重逢，又在鬼子占领的城里，他有些慌乱，有些不知所措，说话也结巴了："呀！真是你们！快！快到后院，别叫鬼子看见！"秦老板张着双手把他们领进后院。

"这一年多，你们过得可好？"秦老板关了铺门回到后院，"没有消息，心里着急啊！"他眼里有了泪花："二赖子成天找麻烦，我是生怕秀秀有闪失。这下好了，八路除了二赖子，我这心踏实了。"

"哪里都不好过，鬼子汉奸就是魔鬼。"庞永荣就把逃难路上和山里的以及村里的一些事情给他说了说，"鬼子血洗庞家窑，屠了灵芝村和槐树沟，'扫荡'胡家峪，残害八路军的亲属，真是无恶不作！"

"我们是在鬼门关里走了几遭的人，庆幸的是活了下来。我是亲眼看到了乡亲们是怎样被鬼子杀害的，他们死得惨啊！刘村长的婆姨和一对儿女都死在了鬼子的屠刀下，国难家仇我们都没有幸免，所以我们不能再等待了，不能坐视不管了，我们要团结一致同仇敌忾，把鬼子赶出我们的家园！这样我们才有好日子过。"秀秀说得很激昂。

"鬼子血洗了庞家窑，村里几乎家家都死了人。但是鬼子的兽性并没有吓倒乡亲们，而是更加激起了乡亲们对鬼子的仇恨。庞家窑没有孬种，鬼子虽然血洗了庞家窑，但也付出了沉重的代价，庞家老三的岳父任贤亮老人就是榜样。事实证明，鬼子没有什么可怕的，只要你下决心跟他斗，就一定能战胜他！”刘大牛说。

“说来我还是最幸运的，没有经历那么多死人的场面，只是受到了侮辱和皮肉之苦。比起你们受的罪来说，真是天壤之别。不管咋说，咱们都走过来了，活着团聚了。活着就好，活着就有盼头。来来来……外头天热，咱们先进屋，进屋……”秦老板把他们让到屋里。

屋里还是老样子，炕上地下干干净净，一副铺盖卷在炕角……只是锅灶上有些凌乱，用过的碗筷泡在盆里……秀秀挽起袖子就忙活开了，一会儿就拾掇清楚了，然后就要做饭。

“不忙不忙，先歇歇。”秦老板止住秀秀说，“一会儿，咱们到仙人居下馆子！”

“不下馆子，我们在家吃点就行。”庞永荣说。

“越简单越好，我们还要回去。”刘大牛说。

“着急啥，哪有刚来就走的？”秦老板不让他们走，“住一晚，明天再走。”

“我们是来送秀秀的，没别的事就不停了，再说这里也危险。”刘大牛说。

“不行，不能走！我们还有好多话没说呢。快两年了，有多少话要说呀！”秦老板执意要留，“除掉了二赖子，我这儿也好过多了，一般鬼子不来这儿，不像仙人居，人来人往吃呀喝呀的都是鬼子汉奸，我这儿清静，不会有事。”

“既然这样，那就住一晚，我们也想和你说说话。”刘大牛和庞永荣商量一下，他们也想摸摸这里的情况：“要是鬼子来了咋办？咋的想好了退路啊。”刘大牛觉得不能大意。

“真是那样，也不怕，我这家里有个暗窖，到时你们藏进去，保险没事。这个秀秀知道。”秦老板说。

“他说的没错，这家里就有个暗窖，就在这炕下，暗窖口就在这地柜里。住下吧，天也不早了，回去还得摸黑，我也放不下心。”秀秀指了指暗窖口的位子，也要他们留下。

“没想到啊，秦老板还是个精细人，既然这样，那好，我们住一晚，咱们好好说说话。”刘大牛和庞永荣同意了。

下午，秦老板做了八个菜，四凉四热，精致丰盛。四凉是：凉拌黄瓜，糖醋莲菜，酱猪蹄，酱牛肉。四热是：蘑菇鸡块，猪肉粉条，韭菜炒鸡蛋，烧茄子。不用说，秦老板下了一番功夫，这和下饭馆没有什么两样。

“这么多菜，你是咋弄的？”秀秀说。

“做了些买了些。”秦老板回答，“好不容易团聚了，我们应该庆祝一下。”

“都是自家人，看你麻烦的。”刘大牛看了看说。

“这里还有两瓶好酒，今天咱们把它喝了。”秦老板从柜子里取出两瓶汾酒递给秀秀，“倒到那锡壶里，放到锅里烫一下。”说着话，他在每个人面前摆了一个酒杯。

“生死重逢，你看秦老板高兴的。”刘大牛笑着说。

“为我们平平安安，干一杯！”秦老板举杯提议。

“好！为我们的平安，为你们的团聚，干一杯！”刘大牛举杯。

“没有八路，哪有我们的今天！这杯酒应该敬八路！”庞永荣想想一年的遭遇，心里感慨，他举杯说。

“听八路的话，跟八路走，我们就有好日子！”秀秀想起四叔他们，觉得他们才是天地间的大英雄。她举起杯说。

吃饭间，刘村长说出了要在银器铺建立秘密联络站的事。秦老板想了想说：“自从鬼子来了，我们就没有一天安宁过。我是看透了，亡国奴的日子不是人过的日子。这一次，我不糊涂了，也不软蛋了，我要堂堂正正地做回人，硬硬朗朗地活在世上，没啥说的，咱们干！”

秀秀听秦老板这样说，心里的担心没有了。她第一次感到这个老男人给自己长了脸。心里一喜就说：“这才是识大体明大理，咱们以后就跟着八路，上刀山下火海永不变心！……”

正说着话，有人“嘭嘭”地敲铺门，“怎么回事？”大家一惊，目光投向秦老板。

“不要慌，我去看看。”秦老板放下杯子去铺子里开门。

“这么早关门，我还以为有什么事哩，是不是病了？”刘掌柜对着门缝问。

“没事也没病。”秦老板开开门，左右有看了一下说。

“没事也没病关门干啥？来人不给我说一声，拿我当外人。”刘掌柜进到门里说，“要不是伙计给我说，我还不知道哩！”刘掌柜看他小心的样子说：“没有鬼子，我看过啦，所以才来你这儿。”

“还是小心为好啊，这鬼子嘛就是鬼，不得不防。”秦老板关了铺门说，“伙计都给你说些啥？”

“伙计说你要了好多菜，我一看铺门都关了，不来人你关铺子干啥？”刘掌柜说着就进了后院。

“啥事也瞒不住你，你呀火眼金睛，告诉你吧，是秀秀回来了。”秦老板插好门高兴地说。

“我说嘛，你关门，哈哈……这可真是喜事呀！”刘掌柜笑着往里走。

“刘掌柜，你好你好。”庞永荣见到刘掌柜，就先人一步迎了出去。

“王老弟，真是你呀，你可好?”刘掌柜热情地问候。

“好好！你呢，你好吗?”庞永荣也热情地回应。

“唉！我可不好，这一年多，是在火上烤啊！那就不是人过的日子，不是人过的日子。”刘掌柜哀叹着进了屋，看到屋里有生人，连忙问：“这位是……”

“这是我们村的刘村长。”庞永荣说。

“刘掌柜，早都听说你的大名了，只是相见太晚。”刘大牛站起来客气地拱了拱手。

“原来是刘村长，失礼了。”刘掌柜拱手还了个礼，而后拿出一个用荷叶包着的烧鸡，“不妨碍的话，我也凑个热闹。”

“说得啥话，上桌上桌。”刘大牛说。

“对门邻居，胜过亲戚。快坐快坐。”庞永荣说。

“亲友团聚，大家高兴，高兴!”秦老板说。

“说心里话，在塬县我最佩服的就是庞瑞珩老先生。”刘掌柜落座后对刘大牛说，“说了你不相信，我和庞老弟认识还是沾了他老人家的光，后来我们就成了好朋友了。”

“庞老先生仗义行善，名声很大。我们做后辈的都应该向他学习，做好事做善事。”刘大牛说。

“刘村长，你说话很在理，我现在就窝着口气！人家都是在做好事做善事，我却在……”刘掌柜又突然悲哀起来。

“刘掌柜，你这是咋啦?”庞永荣觉得他心里有事。

“大兄弟，我是汉奸！你信不信!”刘掌柜拍着自己的胸脯说，“我是鬼子的商会会长，不是汉奸，是啥?”刘掌柜流出了眼泪，号啕大哭。

“鬼子占了仙人居，拿他老婆孩子做人质，不干就活不了。其实就是糊弄日本人哩。”秦老板给大家说了说当时的情况。

“多亏是你干了，保护了塬县的生意人。你没干亏心事，老百姓都知道，人心有杆秤！人口就是碑！人在屋檐下，不能不低头?你那是权衡之计，也是斗争之策，我说的对吗?”刘大牛问刘掌柜。

“你算说到我心里去了，我就是这样想的这么做的。可是不管怎么说，我都披了这么张皮，不光彩呀！再说，有多少人能像你这样理解我?”刘掌柜还是哀叹。

“打鬼子的方法很多，如果你愿意打鬼子，可以充分利用这个身份打鬼子，这样你心里不就好受了吗?”刘大牛点拨他。

“哎……你说的对啊！我咋就没想到这儿，过去只知道糊弄日本人，能拖就拖能溜就溜，没敢往打鬼子这方面想。也是的，这要打鬼子，商会会长怎么打？莫不是要和八路合作吧？”刘掌柜突然间觉得有了光明。

“说得对，是要和八路合作，才能利用你的特殊身份打鬼子，你才不会是孤军作战……”刘大牛进一步说。

“哎呀，我明白了，你是……八路！”刘掌柜恍然大悟。

“是的，我是八路。你的情况我们都了解，你是一个正直的中国人，干商会会长是出于无奈，虽然无奈，还是挽救了大多数商人，你在有意无意中做了件大善事，我们还要感谢你呢。你是受害者也是反抗者，我们欢迎你加入八路，共同打鬼子。”刘大牛说。

“你说话这么在理，你的身份呢？”刘掌柜问。

“我有两个身份，明里是维持会长，暗里是民兵队长。”刘大牛说。

“那我呢？”刘掌柜问。

“加入八路后，你明里是商会会长，暗里是八路的地下工作者。”刘大牛说。

“我明白了，谢谢你给我指了一条路，只要八路不嫌弃，我愿意加入八路！雁过留声人过留名，我要像庞老先生一样，在塬县留下好名声。”刘掌柜有些慷慨。

“我代表八路欢迎你！”刘大牛握着刘掌柜的手说。

“欢迎欢迎！欢迎你加入我们的队伍。”庞永荣和秀秀说。

“怎么？你们都是八路？”看到秀秀和庞永荣这样说话，秦老板有些纳闷。

“我们都是八路，我们欢迎你也加入。”秀秀笑着对秦老板说。

“欢迎我加入，哈哈……”秦老板笑了，“我早就想加入了，你们都是，我能不是吗。”秦老板说。

“加入八路才有出路！”秀秀说，“加入八路才能有好日子过。”

“秦老板，我们活得糊涂啊，自认为是老江湖，见过世面经过风浪，其实狗屁不是。今天，我们终于看清楚了，八路才是我们的靠山！没说的，只要我有用，我也加入八路！”刘掌柜心里高兴。

“这就对了！只有加入八路，联合一切可以联合的人士，才能把鬼子赶出中国去。”刘大牛说，“我们要在银器铺建立一个秘密联络站。秀秀和秦老板就在联络站工作。你愿意参加吗？”

“愿意，我愿意参加！”刘掌柜说，“只要是打鬼子，叫我干啥都愿意。”

“目前的主要任务就是筹集药品，八路军的伤员急需。你有办法搞到吗？”刘大牛说。

“这个问题不大，药店医院诊所我都熟悉，我尽全力而为之，估计不会有太大的问题，只是这药品是禁品，我们还得小心行事。”刘掌柜突然觉得自己有用武之地了，分析起来头头是道。

“现在我有必要把一些事情跟大家说一下。”刘大牛觉得瓜熟蒂落，联络站是一级战斗单位，为了更好地开展工作，一些事必须明确一下，于是他说，“我代表塬县民主政府和抗日游击大队宣布：县城抗日秘密联络站正式成立。这个联络站是我们八路军的一个地下组织，也是一个战斗单位。联络站有它的组织领导。秘密联络站隶属游击大队直属领导，具体负责人是我刘大牛。联络站组织成员三个人，秀秀是组长，组员是刘掌柜和秦老板。秀秀负责联络站的全面工作。秦老板和刘掌柜要在秀秀的领导下开展工作。当前你们要利用你们现有身份的便利，广泛地联络县城里的熟人，想方设法先搞一部分治疗外伤的消炎药，这项工作非常紧急，希望你们首战告捷……”

这天晚上，刘掌柜秦老板收获很大。虽然他们涉世江湖很早，做了一辈子生意，形形色色的人见得很多，门道会帮也知道一二，但是与共产党八路军打交道还是第一次。刘大牛的平易近人循循善诱和一丝不苟，使他们感到共产党人的胸怀和气质，觉得与他们在一起能成大事。同时也感到自己活得有了意义。

银器铺成了八路的秘密联络站。在刘大牛的指导下，秀秀秦老板刘掌柜很快进入了角色，联络站的工作在鬼子的鼻子底下有条不紊地进行着。秀秀把银器铺拾掇得整齐干净，虽然生意不好，秀秀和秦老板坚持开门，只要门开着，就有客人来，从他们的嘴里可以了解一些情况。一天晚上，刘掌柜过来了，他把摸到的情况向秀秀汇报。

“鬼子控制得很严格，治疗刀枪红伤的药品奇缺，县里几家药店和医院诊所我都去了，这些药搞不到。他们过去藏了一些，都是自己家里应急使用，全部给了我们也没有多少，给八路伤员治伤不够啊。”刘掌柜说。

“李医生那里情况怎样?”秀秀问。

“李医生那里我去了，他的西医诊所在鬼子的控制下。鬼子把他盯得很紧，三天两头把他弄到兵营去，听说是给鬼子的伤兵治疗。”刘掌柜说。

“我们一定要争取他，利用他给鬼子治病的机会，看能不能弄一些消炎的药。”秀秀说。

“这是个好办法，可是怎样才能把他约出来？鬼子看得很紧……”秦老板说。

“得找个事由，他不是医生嘛，我们就说请他看病，不能让鬼子起疑心。”刘掌柜说。

“我看这个办法行，刘掌柜，你就说你心口疼，叫你店里的小二请他出诊，就凭你和他在街面上多年的交情，他一定会来，再说你是商会会长，鬼子不会怀疑，只要他来了，事情就好办。”秀秀说。

仙人居后院的客厅。二赖子死了后，刘掌柜就搬回来了。现在，这里又和以前一样，客厅整洁干净，雅致安宁，非常适合刘掌柜这个饭店老板的身份。

李医生来了，这是一个白白净净的中年人。中等个头，不胖不瘦，穿一件铁青色的长褂，与众不同的是头戴一顶黑色的礼帽，在人群中很是扎眼。他的肩上挎了一个药箱，步履匆匆地来到仙人居。

“李医生，请进请进！”刘掌柜在门口热情的迎接他。

“刘掌柜，小二说你病了，哪儿不舒服？”李医生从药箱里拿出听诊器。

“不忙不忙，先坐会儿，小二，上茶！”刘掌柜说。

“先看病吧，喝茶不急。”李医生说。

“其实，我这也是老毛病了。”刘掌柜指了指心口，“这儿老难受，一阵一阵的，挖捞的慌……”

“解开衣服，我听听。”李医生很敬业，没看以前他不会下结论。他用听诊器在刘掌柜的心口反复听了听，然后说：“心脏没有问题。”

“那我怎么不好受呢？”刘掌柜装着问。

“你可能是胃的问题，我给你拿点胃药，一顿两片，一天三次，这是三天的药，三天以后，我再来。”李医生从药箱里拿出药，包好递给刘掌柜说：“看你的气色，没有大毛病，好好养养就会好的。”说着收拾好药箱就要走人。

“留步留步，哪能这样走？”刘掌柜看了看条几上的座钟，座钟上的指针正好指向十一点，他笑着说，“主不留人时间留人，到饭时了，哪能这样走？再说我这个开饭店的，还管不起你一顿饭吗？别走啦，坐下坐下，咱们好好说说话。”

“那就客随主便吧，反正我是一个人，在哪儿吃都一样。”李医生看了看钟表说，“恭敬不如从命，自从鬼子占了县城，咱们很少在一起，难得有这个机会。”他很高兴。

“还有两个人想见你，我敢保证你见了肯定高兴。”刘掌柜觉得火候到了，李医生不是坏人，就觉得应该把秀秀和秦老板叫出来，于是他说：“就是老街坊，你一定会很高兴的。”

“那好啊！两个人吃饭也是吃，四个人吃饭热闹些，快去……快去把他们叫来。”李医生拿起茶杯抿了一口：“这西湖龙井就是地道啊！”他靠在椅子上说：“难得有今天的清闲，我那儿不如你这儿，小鬼子看得紧啊……”他有些感慨。

“一样的，我这饭店不还是龟土一郎的吗？你看那外边，吃饭的有几个好人，不是鬼子就是汉奸，我和你一样，同样受气。”刘掌柜心情有些激动。

“咱们不说这些了，你说的人呢，快去叫吧，今天咱们净说高兴的。”李医生觉得好不容易聚在一起，应该高兴才是。

“人就在卧室，喊一声就到。”刘掌柜说完就向卧室喊道，“快出来吧，李医生等急了！”

“来啦来啦……”随着刘掌柜夫人的应声，秀秀和秦老板从卧室出来，满脸带笑地看着李医生。

“是你们两口子啊！我说嘛，今天心情好，心情真是好！”李医生看着秀秀说，“啥时回来的？一年多了，还是那样年轻漂亮！”

“李医生，你真会说话。”秀秀笑着应答。

“摆桌上菜，咱们边说边吃。”刘掌柜叫小二抬来了桌子，很快一桌酒菜在客厅摆好了。席间大家互诉衷肠，叙说着各自一年来的经历和遭遇，对日本鬼子的暴行十分痛恨。

“刘掌柜，你是商会会长，我是医生。我们都是身不由己，都是在做违心的事。我有时在想，什么时候能摆脱？我是真不愿意给那些杀害自己同胞的鬼子治伤，我觉得我是在帮鬼子杀我们的同胞！”李医生喝了几杯酒，酒后吐真话，说得很难受。

“你不要自责自己，这都是没有办法的办法。我和你是一样的，都是被逼的。但是有一条我们可以做到，那就是人在曹营心在汉。要想着法儿糊弄日本人，这样做不仅保住了自己，你还可以给老百姓看病，解救民众于痛苦之中，悬壶济世，这是多大的善事呀！”刘掌柜用自己的感受跟他说。

“刘掌柜说的办法不错，你可以利用医生的身份糊弄日本人！利用这个职业打日本呀！”秦老板提醒他。

“利用医生职业打日本？咋打？”李医生不明白，“把他们往死的治？那不行，他们也有医生看着你，”

“其实很简单，就是利用给鬼子治病的机会，想法搞一些消炎药品，然后把这些药送给八路就是打日本。”刘掌柜说。

“我有这个机会，只是鬼子看得很紧，不好弄。”李医生说，“就是弄到，咋送给八路？”

“李医生，我有一事相求。”秀秀觉得李医生很是通达，就想进一步试探。

“有什么求不求的，自己人不说客套话，只要我能办到的，一定办到。”李医生回答。

“我有一个娘家兄弟，被鬼子砍断了胳膊，你说该怎么治呢？”秀秀编了一个谎话。

“最要紧的是不能感染，特别是破伤风，这种伤要用两种药消炎，一种是针剂盘尼西林，一种是口服长效磺胺。没有这两种药，伤口很难愈合。”李医生说。

“从哪儿能买到这两种药呢？”秀秀问。

“市面上没有这种药。”李医生思考了一下说，“我经常给鬼子治病，这种药还能弄到点。”

“李医生，我们也不瞒你了，你是什么样的人，大家都清楚。”刘掌柜觉得应该给李医生摊牌，那样事情会好办一点，“今天请你来，就是请你给弄一些这两种药，这些药是给八路军伤员用的。”他拿出五十块大洋说：“这点钱，你拿着，能弄多少弄多少，不够的话，我再给你。”

“我说什么来着，这酒可没有白喝的。其实啊，我早看出来了，你是有事求我，说吧，要我怎么办，打鬼子咱也不含糊！至于钱，我不要！”李医生说话掷地有声。

“你知道秀秀的四叔是谁吗？他就是塬县抗日民主政府的县长庞永贵，黄土坡伏击战，郝家峪反‘围剿’，枪毙汉奸二赖子，都是他指挥干的。八路军是真正的抗日队伍，如果你愿意。我们欢迎你参加八路，咱们一道打鬼子。”秦老板说。

“听你的口气，你们？你们都是八路！”李医生有些吃惊，“两位老板娘也是？”

“李医生，我们不瞒你，我们都是八路，确切地说，是八路在城里的地下工作者。如果你愿意，我们欢迎你。从今天起，你也是其中的一员。我们要隐藏在鬼子的肚子里，像孙悟空在铁扇公主的肚子里一样，狠狠地扯他的心，拽他的肝，让这些恶魔不得好死。”秀秀说。

“这可太好啦！我是朝思暮想啊！只是苦于没人引见找不着八路。我是昧着良心给那些杀害自己同胞的人治疗，我的心在流血啊，这下好了，有你们引见，我愿意参加八路，和你们一样当八路的地下工作者，我觉得只要是能打鬼子，才是一个真正的中国人！”李医生说。

“对！真正的中国人是不允许鬼子在自己的国家肆意妄为杀人放火，我们要联合起来，利用各种身份各种方法和各种手段，从各个方面打击鬼子，最终把日本鬼子赶出中国去！”秀秀说。

“过去，在太原的教堂学艺，德国教父跟我们讲过共产党，后来医成回乡开诊所，救治过几名共产党人，在与他们的接触中，知道了许多救国的道理。七七事变后，国民党节节败退，共产党却顶着危险往前冲。老百姓有目共睹！这共产党八路军是在救国救民啊！今天能成为八路的一员，我是三世有幸！我愿意和你们在一起打鬼子，就是死了也不后悔，我要把一世的清名留在响水塬!”

“说得好呀，说得好！你说出了我们的心里话。”刘掌柜说，“现在我们联络站四个人了，我们不能光说不干，我们要作出成绩来，让上级看看，我们联络站不是吃闲饭的。”

“对呀，光说不干非好汉。李医生，现在伤员病情很重。我是着急呀，你说的两种药能办到吗?”秀秀说，“当前我们联络站的首要任务就是搞药品。”

“过去我积攒了一些。给鬼子疗伤，偷偷地拿了一些。虽然量不大，应急完全可以。啥时候要，我啥时候拿来。”李医生说。

“太好了！李医生，你是咱伤病员的救命恩人!”秀秀觉得真是雪里送炭，解了燃眉之急。

“真是踏破铁鞋无觅处，得来全不费工夫。药品的难题一眨眼叫李医生解决了，说什么好呢?”刘掌柜一把握住李医生的手使劲地摇，“多亏了你呀，你可真是天上的菩萨!”

“啥也别说，我不是八路吗？这是我分内的事。”李医生说得很平静。

“旗开得胜，马到成功。李医生是头功。我一定向上级汇报，给李医生请功!”秀秀认真地说。

“我们是不是该庆贺一下?”秦老板倒了五杯酒说。

“对，应该庆贺一下。”刘掌柜拿起酒杯说。

“应该！确实应该!”李医生也端起了酒杯。

“我们也端一杯吧!”秀秀邀请刘掌柜夫人。

“好好！我端！我一个妇道人家说句话吧，菩萨保佑，保佑大家平安无事!”刘夫人端起了杯子。

“应该再加一句，菩萨保佑，早日打败日本鬼子!”秀秀说。

“好！菩萨保佑，早日打败日本鬼子!”大家一饮而尽。

刘掌柜意犹未尽，他左手指击打着桌子，右手做了个捋髯口的动作，学着蒲剧里的胡子生，摇头摆脑地唱起来，戏词是他新添的：“干大事回城建立联络站，驱倭寇志同道合不畏难，寻药品救伤员不敢怠慢，联络站旗开得胜尽欢颜……”

三十五、兄妹真情

经上级同意，李医生正式加入了联络站。秘密联络站搞来了急需的消炎药。庞家窑的伤病员伤势陆续好转，那个断了左臂的学生战士也伤愈回到了部队。初战告捷，联络站的同志们斗志更加旺盛，决心更加努力地工作，为抗日斗争提供更多更便利的服务。

时间过得好快，转眼到了秋上。那是一个闷热的晚上。下半夜的县城灯黄人稀。

突然，有两个人影移到银器铺的铺门前，警觉地观察一会儿后，叩响了铺门。叩门声，一长两短连着三遍。“自己人！”秀秀和秦老板一同坐起，秘密联络信号使他们很激动。

“谁！”秦老板来到铺子里问。

“我，金海！快开门！”门外声音急促。

“好，好！”秦老板知道金海的声音，赶紧开了门。

金海金洋抬着一个人进来了。抬来的人是强强，他的右大腿中了枪弹，伤口红肿化脓，浑身滚烫发着高烧处于半昏迷状态。秀秀点着灯，灯光照在强强的身上。强强大腿上的绷带血迹斑斑有脓水渗出。

“呀！咋这样？都化脓了！”秀秀吃惊地说。

“秀秀，赶紧找医生给他治伤，他已经烧了两天了，我们是冒着危险从西城墙上翻进来的，如果今晚能治完，天亮前我们还要撤出去。”金海说。

“快把他放到炕上。”秀秀整理好铺盖让强强躺下，然后倒了碗凉开水喂他。强强咽了两口，慢慢地张开了眼睛。

“醒了，醒了……”秀秀说，“强强哥，看看你在哪里？”

“秀秀，怎么是你？这是哪里？”强强转动了一下眼睛。

“这是在城里，在银器铺……”秀秀说。

“我怎么在这儿？”强强问。

“你昏迷了，是金海金洋把你送来的。”秀秀说。

“他们人呢？”强强问。

“强强哥，我们在。”金海金洋围过来。

“你们咋把我弄这儿啦……”强强想起了三天前的那次战斗，真是不走运，中了鬼子的冷枪。

“伤口发炎，高烧不退，不把你弄这儿，恐怕治不好。”金海说。

“我不能在这里，这是秘密联络站，别因为我暴露了……”强强坚持要走。

“胡说，你伤成这样，正需要联络站为你找医生治伤，这是我们的工作，就是再危险我们也要做。不光是你，任何一个八路战士来了，我们也会全力救治。”秀秀打断了强强的话。

“建一个秘密联络站不容易，不能因为我而受到损失。我们得走，不能待在这里。”强强说。

“到了我这里，就要听我的，这个样子还逞什么能？顾大家也得顾自己呀！”秀秀急在心里说在嘴上。她让秦老板立刻去叫刘掌柜商量救治之事。

在等待刘掌柜这段时间里，金海讲述了强强受伤的经过……

为了更好地在鬼子占领区活动，庞永贵把三个小队的人员重新进行了调配，成立了强强为队长的敌后武工队。武工队人熟地熟在敌后如鱼得水，狠狠地打击了鬼子的傀儡政权，有力地牵制了鬼子进攻抗日根据地的力量。

三天前他们在鲁庄打了一仗。

那天晚上，武工队来到鲁庄。为了不打搅老乡，他们在村外的麦场里露营。拂晓时分，突然的枪声把大家惊醒，放哨的队员报告说，是一小队鬼子和伪军到村里抢粮来了。鬼子采取黎明前围堵的办法。就是天亮前把村子围住，再放上一通枪，强迫大家缴粮，抵抗者以私通八路定罪，格杀勿论。鬼子很猖狂，以为在他们的占领区不会出事，赶着马车大摇大摆地进了村，刚才打枪就是鬼子吓唬老百姓的。

鬼子并没有发现武工队，武工队如果离开的话非常安全。可是强强他们不想这么走，大家决定打一仗，杀杀敌人的气焰。武工队十个人，十支快枪。所以在战术上采取游击战术，集中火力打敌人个措手不及，趁敌人还没有缓过劲来，立刻转移。

战斗很快就结束了，强强他们转移到村后一个山头，这里可以看到村里的一切。鬼子和伪军在死伤了十几个人后立即组织反击，可是八路在哪里呢？他们不清楚，为了泄愤，鬼子和伪军向村子四周疯狂地射击，子弹哗哗地打在周围的山头上。突然强强感到右大腿上重重地挨了一击，随后就有热乎乎的东西流出。不好，强强知道是中弹了。为了不影响大家的转移，他撕了块衬衣缠住了伤口。哪知天不作美，不一会儿乌云密布电闪雷鸣大雨倾盆，强强负伤的右腿越来越不听话，也许是流血过多，也许是伤口钻进了水，在翻一个小山坡时，一阵钻心的疼痛袭来，强强摔倒在沟里。

在一个山崖下的窑洞里，大家给他包扎了伤口。伤口是贯穿伤，没有伤着筋骨，大家松了一口气。没有消炎的药，只好用干净的布擦了擦，挤一挤里面的脏水又包住了。他们准备到郭家庄再找医生救治。谁知大雨一下两天，沟里发了水，武工队被迫窝在窑洞里两天。这可苦了强强了，他的伤口没有及时处理，加上天气炎热潮湿，伤口溃烂化脓，接着人也发起了高烧，整个人迷迷糊糊一会儿清醒一会儿糊涂。两天后雨住了，沟里的水退了，大家立即抬着强强下山，原来准备到郭家庄找医生，可是看看强强伤势太重，又担心中医治不了强强的伤。大家想到了城里的西医李医生，为了不耽误给强强治伤，武工队决定冒险进城，这样金海金洋就抬着强强来了。

知道了事情的经过，秀秀难过地流下了眼泪。灯光下，强强的脸色蜡黄，勉强露出的笑意很牵强，他很虚弱，大腿肿的圆鼓鼓的，一动也不敢动。秀秀觉得强强太痛苦了，治伤一刻也不能耽搁！

刘掌柜很快来了，经过大伙儿一番磋商，决定把强强留下治伤。其他人员立刻撤出县城。这样既减少了不必要的牺牲，也保证了联络站的安全。因为强强的伤很重，需要一个较长的治疗时间。

强强一开始也赞成这个两全之策，他的伤腿确实拖累大家，可是一想住在银器铺安全吗？他觉得这里不好藏人，弄不好会毁了这个联络站，所以坚持治了就走。金海和金洋也有同感，住在这里治疗保险吗？

秀秀看出了大家的心思，她告诉大家不用担心，指了指炕边的衣柜，说出了她和刘掌柜秦老板商量的办法：“这后边是一个夹壁墙，夹壁墙下边有暗窖，暗窖里边有地道，一直通到城中的大沟里，一旦有情况，躲藏出走很方便。”

“这地窖还是我父亲在世时修的，过去是防土匪用的，多少年了都没有动它，没想到现在派上用场了。”秦老板说，“鬼子来时我就检查过啦，不好的地方重新修了修，这儿不潮不湿空气流通，白天进去晚上出来，非常适合养伤治伤。”

武工队走了，刘掌柜请来了李医生。李医生立即给强强做了清创消炎手术，包扎好后，强强安静地睡着了。李医生留了一些止痛消炎药说：“大家别担心，他是伤口发炎引起的发烧，烂肉割了，脓血放了，针也打了，十天半个月就会好利索。”

太阳出来了，一个晴朗的早晨。早起的麻雀叽叽喳喳吵个不停，墙角那棵石榴树上有个知了在叫，清脆的叫声在静静的小院里回荡，显得高昂刺耳。

秀秀被吵醒了，她揉了揉眼睛，一个机灵坐起来。身边强强还在沉睡，她摸了摸他的额头，烧已经退下去了。她推了推躺在炕边的秦老板说：“咱们还得照常开门，不能叫人看出马脚。”

“那还用说。”秦老板穿衣下床。

秀秀推了推炕边的衣柜对秦老板说：“咋推不动呢？”

秦老板过来用手在衣柜里一摸，只听“啪溜”一声，衣柜后边的木板掉进地里，墙上出现一个方洞，这方洞就是夹壁墙的门。秦老板说：“这里有个机关，推是推不动的。”

“你进去看看，打扫一下，潮不潮通不通气，弄好了再住人。”秀秀说。

“日本人进城时，我就藏在里边。后来，隔三岔五我都进去看看，里边铺的盖的用的都不缺。”秦老板说完就猫着腰钻进夹壁墙，过了一会儿他出来说：“一切都好，没有问题。”看着沉睡的强强，秦老板说：“白天就在暗室里养伤，晚上出来，这样保险。”

“地窖里阴对养伤不利，你在前面干活瞅着点，一有情况马上进去也不迟。”秀秀说。

“他的腿不利索，有情况就来不及了，暗窖是用石灰和青砖砌的，不太潮，通风口在房顶，不憋闷。”秦老板说。

“我进去看看。”秀秀不放心要进去看。

“我给你带路。”秦老板先钻了进去，手里拿着马灯照路。这个夹壁墙只有二尺来宽，进去后有台阶下到地下，在地下是一个三米见方的地窖，这个地窖实际上就在卧室的炕下，里边各种生活用品齐全。

“哟！这么好！”秀秀很惊讶。她只知道有暗窖，还从来没有进来过，更不知道这里边的秘密了。

“做生意的人都有退路，狡兔三窟嘛。我父亲想着要挣大钱，挣了钱怕土匪抢了，就修了这个地窖。一是可以在危急时刻躲藏，二是想把钱藏在这里。其实也是多虑，根本就没有用上，耍手艺的人能挣多少钱？这个地窖也就一直闲置着。日本人占了县城，我就把地窖重新拾掇拾掇，是防日本人来着，这下好了，真正可以使用一次了。”秦老板说着话坐到铺上，这个铺实际上是地铺，下边铺了一层油布防潮，油布上是毛毡，毛毡上边是褥子，并不觉得潮湿，只是空气有些憋闷。

“这就是通向街上大桥下沟里的地道口。”秦老板指了指墙角一块用厚木墩堵着的口说：“咱们搬开看看，十几年没有用过，不知还通不通？”

秀秀过来，两人使劲才搬开。木墩有二尺来厚，是一个槐木墩子，上大下小成锥形，这样闭合起来才能使上劲。槐木墩子的小头因在地道里，有一部分已经腐烂，用手一摸一块。地道口用砖旋了，这样木墩子好堵。地道里边黑黝黝的有股寒气，直径有一米左右，斜坡下去。

“修好后我和父亲走过一次，地道有五十米左右，出口用青石垒着，防止动物和洪水进来，看来还比较完好。”秦老板用灯照了照说，“这个地道轻易不用，万不得已的时候才用。”

“快堵住吧，万一里边有大蟒大蛇咋办？怪害怕的。”秀秀看着黑洞洞的地道口，想起那些鬼怪精灵的故事，心里就发憷。两人使劲把槐木墩子塞好，觉得保险了才住手。

强强就这样住进了地窖，由于伤势较重，李医生交代卧床静养，原本晚上出来透透气，为了伤口早日愈合，强强也不愿意忍着伤痛来回上下，相反在地窖里反而安全得多。秀秀一日三餐换着样儿给他做好吃的，再加上强强本来身子骨就硬朗，所以伤口一天一个样，人也精神了很多。七天后，他已经能够勉强下地活动。十天后，他已能自由行走，基本上康复了。

秀秀来了，她做好了小米粥，炒了个鸡蛋夹在白馍馍里。地窖里点着棉籽油灯，这种灯是用棉花籽油作燃料，有个铁制的容器盛油叫油碗，油碗里有个用棉线做的灯绳做灯捻，这灯捻倚在油碗的边沿露出一节，这一节有半寸左右，太长了搭拉下来不好用，用火点着这露出的一节就成了灯，灯光的大小取决于火苗的大小，这灯捻过一会儿就得用签子挑一挑，一是去掉烧成的灰，因为这种灰已成炭状，凝固在上边不再吸油。二是挑长一点灯捻，灯光就会更加明亮。

地窖里灯光昏暗，好在夹壁墙的出气孔在厨房顶上的烟筒里，有股抽劲，地窖里空气还清新。只是白天黑夜不好分辨，夹壁墙房顶上的瓦脊秦老板做了处理，有几处缝隙可以透进来一点微弱的光，秦老板还想做大一点，好分辨白天晚上。强强挡住了，他怕下雨往里灌水反而不好。

秀秀放下饭食，她挑了挑灯捻，地窖里亮了许多。

“又是一天。”强强在地窖踱步，他在练腿。

“着急啦?”秀秀拿过脸盆，倒些水要他洗脸。

“是有点急，想部队哩。”强强说着话，弯下腰洗脸。

“逞能呢？刚能动弹就想部队。你就不想再住几天。”秀秀看着他说。

“啥也不干，让你整天伺候，心里急。”强强看着秀秀说。

“那是我心甘情愿!”秀秀把饭放到小桌上说，“早点好了比啥都强，叫我伺候我还不干呢?”

“这几天我把一辈子的福都享啦!”强强边吃边说，“有觉睡有好吃的还有人白天黑夜伺候，神仙也不过这样吧?”

“好点就说便宜话……那天晚上的样子，真的吓死人!”秀秀说。

“非常感谢你！没有你的关照，我好不了这么快。”强强说。

“说啥感谢不感谢的，见外了，一家人不说两家话。”秀秀看着他，眼里透着深情，“还记得在沟里撸槐花吗?”秀秀问。

“记着呢，我们还唱了《憨憨女婿》。”强强回答。

“强强哥……”秀秀柔声地叫他，昏暗的灯光下，她依偎在强强的身旁说，“说真话，你爱我吗?”

多年来强强一直在帮助秀秀，这种帮助是全心全意的秀秀深有体会。这次强强负伤，她尽的是一个做妻子的责任，为他洗衣擦身接屎接尿，她是真心实意地伺候他爱着他。虽然她已经嫁给秦老板，但她的心不在他身上，她到现在还认为他们的婚姻从一开始就是个错误。虽然秦老板顺着她依着她甚至惯着她，她还是不能把全部心思扑在他身上，她觉得和秦老板在一起只是一种例行的应付，是不得已而为之，真正的那种刻骨铭心的交融没有，而这种渴望只有见到强强后才会在心里萌发，而且一发不可收变成了一种冲动，在这种冲动下，她会把平常隐藏起来的情绪发泄出来，而且无所顾忌一览无余。

强强的心里也涌起了一股强烈的冲动。他闻到了依偎在身边的秀秀的发香和体味，这是一个女人向自己心爱的男人示爱，只要你愿意，干什么她都会心甘情愿。

强强捧起秀秀的脸庞，脸庞俊俏美丽。她微微地眯着眼，伸长脖颈，努着小嘴，等待着他的亲吻。强强有些难以自控，一颗心在胸腔里怦怦地乱跳。那次撸槐花，是强强第一次和秀秀单独在一起，他感到了她对自己喜爱的情绪。他心里的高兴还没有去深刻地体会，就被无情的闲话破坏了。那一次他知道了什么是门不当户不对，什么是东家和伙计。他把自己对秀秀的那份爱深深地埋在了心底。打麦场他克制自己不越雷池，是觉得他们没有条件成为夫妻。玉茭地柿树下秀秀大胆地向自己表白了心迹，她希望和自己远走他乡。强强否定了秀秀不切实际的想法，并表示一辈子拿秀秀当亲妹妹对待。强强两次拒绝，秀秀没有了办法，在父母的威逼下，带着一种遗憾无可奈何地同意了这门婚事，就在出嫁的前夕，秀秀又一次找到了强强，她想把自己的第一次给了强强，但是为了不给秀秀婚后留下麻烦，强强还是拒绝了秀秀不近情理的要求。强强的三次拒绝，熄灭了秀秀心中的那股情火，为了秀文为了老庞家她违心地嫁给了秦老板。平常日子忙忙碌碌没有什么，一旦有了机会，秀秀受过创伤的心就会再次冲动。现在就是机会，两人单独处在地窖里，所以秀秀把持不了自己，她又一次向强强表示了爱意。

强强的心像鼓一样在怦怦地跳，强强的大脑在激烈翻腾，面对心爱女人的示爱，他还是选择了拒绝。因为妹妹这个概念已牢牢占据他的心头，况且他目前的情况也不允许他再爱秀秀。他在面对秀秀的时候，心里想着自己只能是哥哥，因为面前还有另一个女人的样子。两个女人在心中互换着角色，他对谁都得真心相待。

“秀秀，说真话，我非常爱你。”强强俯下头，在她的耳边轻轻地说：

“真的吗?”秀秀睁大了眼睛,“我结了婚,你还爱我?”

“爱!还爱!”强强坚定地回答。

“强强哥,那你还等什么,咱们就在这儿……”秀秀解衣宽带铺铺盖。

“秀秀,这是干啥?不能呀。”强强连忙制止。

“你爱我我爱你,有啥不能的。”秀秀说得很认真。

“你已经结婚了,是秦老板的婆姨。”强强说。

“我知道我是秦老板的婆姨,我也没有离开他的意思。”秀秀说。

“那也不行?你不能干违背丈夫的事!”强强说。

“可是我不爱他,我就爱你。你刚才不是说非常爱我吗?既然爱就能睡。”秀秀说。

“秀秀,你又弄拧了,我说的爱是兄妹之爱。”强强这样解释。

“我不要兄妹爱,我要夫妻之爱。”秀秀依然坚持。

“你可不能这样啊,再说,秦老板还是我们的同志,”强强说。

“秦老板是同志不假,但我不喜欢他。我心中的人就是你。”秀秀说。

“秀秀,你结婚都这么多年了,你还这样想?”强强说。

“你咋这样磨磨叽叽?你咋变得没有主意了呢?你在晾我吗?”秀秀问。

“秀秀,不是我磨叽,也不是我晾你。是……是我已经有了女人,所以不能这样。”强强觉得要和秀秀说明白,免得她胡思乱想。

“你有了女人?”秀秀问,眼眉皱在了一起。

“她叫刘英,是县政府的妇女主任。对了,还是四叔做的媒哩。”强强说。

“你哄我哩,我不信。”秀秀说。

“秀秀,你听我说。我确实有了女人,即便是没有女人,我也不能做。”强强想了一下,让自己的情绪平定,他说:“你们这个家是咱们的联络站,秦老板是咱们的同志,我在这儿养伤出了这么一档子事,这不合适呀!”

“什么合适不合适,你不说,我不说,谁知道。”秀秀说。

“秀秀,真的不能。这样做对不住秦老板,也对不住刘英。”强强还是拒绝了。

“强强哥,我可真是自讨没趣,痴人乱想。”秀秀一下子从地铺上起来,她觉得强强的话太重了,她为自己的草率后悔,但是她要把自己为啥这样做告诉他:“强强哥,从小我就喜欢你,我在心里一直就把你看作我的男人。我三番五次的表白就是想做你的女人。但是,我们没能走到一起,我们都屈服了自己的家庭和父母。我是带着遗憾嫁给了秦老板,我也知道你是无可奈何地看着我嫁了,你也是满心的遗憾。现在老天爷给了个机会,让你在我这里养伤,我是以一个妻子的心态来照顾你,我觉得我们要抓住这个机会,好好地体会一下我们两人在一起的快乐，体会一下那种如胶似漆合欢的甜蜜。你是我心中的男人，你不应该拒绝我……”秀秀想了一下说：“我也是自作多情，但我是真心的。我知道我已不是过去的黄花闺女，我是半老徐娘生过孩子的黄脸婆了，我没有资格爱你和要求你爱我。都怨我糊涂，都怨我荒唐，这事做的让你笑话了。”秀秀摇了摇头继续说：“其实也没有啥，我只想要你真做一回憨憨女婿，让你享受一下女人的身子。我觉得我得不到你，就想把我的身子给你，我想和你享受一下真爱带来的真乐。我和秦老板年龄相差太大，结婚后我就没有感觉到甜蜜，我和你在一起，就感到一切都是那么美好，我就想品尝一下年轻人在一起的甜蜜滋味。这样我才觉得我是一个真女人，才觉得不枉来人世一遭……你别怪我没皮没脸，我不是轻浮胡来的女子，我不会把我的身子随便给人。我要给的是我一直深爱的男人……我虽然不是姑娘身了，但我的心和做姑娘时一样纯清纯洁，我是要把我的心给你。”

“秀秀，不要胡糟践自己了，谁说你半老徐娘了？谁说你黄脸婆了？你不糊涂，你不荒唐，你是真心地爱我，所以你才愿意把一切给我，你想得到的是男女青年真爱带来的真情。你想品尝享受那种真情带来的真欢乐，这无可非议。只是，一切都在变化，随着日子一天天过去，你我都不是过去的你我了。现在，你结婚了，我有女人了，我们不能只顾自己，我们都要为对方着想。所以我们要克制自己的行为，不能做违背情理对不起自己丈夫和婆姨的事。”强强并没有认为秀秀浅薄，秀秀追求美好的东西没有错。可是他又能怎样呢？他要真是那样做了，不仅对不起刘英而且对不起秦老板。

“我是把话说透了，既然你不愿意，那就算了。爱情这个东西太古怪了，你越想得到它越是得不到……”秀秀虽然沮丧但已经缓缓释然了，强扭的瓜不甜，得不到的只有放弃。强强有了女人，自己就不该和他纠缠了。

“秀秀，爱情不是占有，你占有了对方，就会给对方造成伤害。我之所以拒绝你，就是不想给我们双方造成伤害。秦老板是我们的同志，刘英也是我们的同志。同志就是志同道合的人，是一起出生入死的战友，这同志比朋友还要珍贵。我们都参加了八路军，在共产党的领导下进行抗日工作。我们八路军战士是有觉悟的革命者，我们更应该在生活作风上严格要求，不能做那些大家认为不好的事，更不能因为男欢女爱影响我们的工作。现在对敌斗争艰苦复杂，我们要把精力好好放到工作上，不要再想过去的那些事了。”强强觉得要说深一些说明白些，杜绝秀秀那些不切实际的想法。

秀秀认认真真地听完强强的话，她觉得强强这几年没有白跟四叔。强强的坐怀不乱和婉言拒绝，说明了共产党八路军干部的高尚情操。她真的感觉自己落伍了，就不该想这回事，更不该跟强强提出这回事，那在民间就是偷情，说得不好点是通奸，是人人憎恨的伤风败俗的事。于是她说：“强强哥，你放心吧，我不会再做傻事了，联络站的工作我们一定做好。”

“秀秀，有你这句话，我就放心了。”强强的心也释然了。

“细想想，真应了四婶那句话，咱俩今世今生没有缘分。”秀秀说，“没有缘分，怎么努力都不行。”

“既然没有缘分，那就不要再胡思乱想了。”强强说，“放下包袱，轻装上阵，日子会越来越好。”

“好好养伤吧，早点养好早点回去，我想刘英一定还惦记着你呢？”秀秀眼泪扑簌扑簌掉下一串。

“秀秀！我没有看错你，你果然明事达理。我还是那句话，成不了夫妻，并不等于不是兄妹。我们没有夫妻之缘，但还有兄妹之情。我不会食言，我会像对待亲妹妹一样对待你一辈子。”这次是强强流出了眼泪，“你要答应我，一定要好好地活下去……”

“强强哥，别说啦。”秀秀抬起头，乌黑的眸子透彻明亮，她整理好地铺，拢了拢有些散乱的头发，拽了拽衣角：“去找刘英吧，你们才是真正的一对，我做你的妹妹，永远！”

“秀秀，事已至此，你也不要再为婚姻的事纠结。好在秦老板这个人还是知冷知热顺从听话，时间长了就习惯了，习惯了也就适应了。看看世上之事，就没有十全十美的。命里没有不强求，强求得来不幸福。顺应世道顺其自然，忘掉过去心情就会舒坦……”

“戏文里有一句是怎么说的，百年修得同船渡，千年修得共枕眠。同船渡就是共患难，共枕眠就是夫妻。我们是共患难的兄妹，我们不是共枕眠的夫妻，看来我们还真是修行的不到啊！没有夫妻缘分，怎么走也走不到一起。算了吧，老天爷又给你安排了个女人，看来我这辈子只能这样了……”秀秀说得很悲哀很无奈。虽然是悲哀是无奈，可以看出秀秀的大度，引用戏文里的话，就证明她已经从这种迷茫的情愫中走了出来，秀秀厉害就在这里，她是一个能控制自己感情的能掌握自己命运的女子。她不会因为情感把自己把强强都陷到情感的旋涡里不能自拔。她还要生活，她还有一个家，她要想法子使自己活得精彩些，所以她必须走出来了。

这可真是：受重伤强强来到联络站，憨秀秀吐心声情意绵绵，时过境迁劳燕分飞不能改变，真君子真淑女做哥哥做妹妹两厢情愿……

三十六、八路干部刘英

日子过得好快，转眼半个月过去了，在秀秀无微不至的照顾下，强强的伤口完全好了。李医生看过后说，可以回部队了。

这一天，强强坐在丝瓜架下，抚摸着已经好利落的伤腿，想着就要离开银器铺，心绪不免有些惆怅。

“强强哥!”秀秀拿来一把韭菜放到他面前说，“把韭菜择择，下午包饺子。”

“又麻烦了，辣椒炒丝瓜就挺好，在队伍上还吃不上呢?”强强看着满架的丝瓜说。

“光吃那个可不行，告诉你啊，你要不养得壮壮的，四叔是饶不了我的。”秀秀说。

“这腿一好就坐不住了，就想回队伍上去。”强强择着韭菜说。

“想刘英了……”秀秀看着他问，“想人的滋味不好受吧?”

“不知你还记得吗？那年你在郭家庄上高小的时候，有一个从城里来的女教师，她就是刘英……”

“你说的刘英是她！那个年轻漂亮的女教师……认识认识……”秀秀回忆，“四叔走的那年，她也离开了学校。”

“刘英是在县城读中学时和四叔认识的，在郭家村高小只待了半年，后来组织上安排她到新田工作，也就是四叔去陕北的前一个月离开的。”

“怎么说人家也是个文化人，你俩怎么能好上呢?”秀秀又惊又喜，“你可是个没读过书的石头匠，穷孩子和女秀才？怎么也捏合不到一块儿呀?”

“要说我跟刘英好，一般人都想不到，就连我自己也想不到，之前我只是敬慕她爱慕她，不敢往这方面想。事情就是这么怪，因为一件偶然的事，也许是老天撮合吧，我们相爱了。”强强说。

“一件偶然的事，什么偶然的事？老天撮合，怎么撮合?”秀秀感到强强说得很有诗意，就想打破砂锅问到底。

“说偶然也不偶然，其实那是一次残酷的战斗……”强强陷入了沉思，沉思一会儿后说出了一个惊心动魄的故事。在故事里他是英雄救美，赢得了刘英的欢喜，战火中的伤死相救，战友间的深厚友谊，把他和刘英拽到了一起，在庞永贵的牵线搭桥下结成了终身的伴侣。

为了粉碎敌人的“扫荡”，县政府的人员都是随着游击大队行动。强强的小队也来了几位干部。最显眼的是一位女干部，虽然穿着军装，头发掖在帽子里。但在清一色男人的世界里还是十分醒目。她走路轻盈潇洒，说话玉音叮当，皮肤白净，五官端正。她就是县妇救会主任刘英，一个二十六岁的老革命。

说她是老革命是因为她从十六岁参加革命到现在已十个年头。刘英的父母是省城里的大学教授，思想进步，家里经常有进步人士谈论国事。刘英受父母的影响，看进步书籍，参与社会活动。父母十分疼爱这个聪明慧敏的女儿，又怕她的过激行为引起当局的不满，为了她的安全，就把她送回了老家塬县，委托在塬县中学教学的赵璜老师照顾她。

赵璜老师是刘英父母的同学，是中国共产党的地下党员。赵璜老师在塬县中学以教学为掩护，秘密传播共产主义思想，在青年学子中发展培养革命力量。就在刘英到塬县中学不久庞永贵也来到塬县中学，他们在赵璜老师的指导下，很快就成了共产主义的信仰者，并且加入了中国共产党。在共同的工作中，他们两个人也互相有了爱慕之心。后来由于工作需要，庞永贵到郭家庄学校工作。在此期间，庞永贵拗不过父亲的安排，违心地与本村姑娘金叶结了婚。没有想到婚后不到一年，刘英也到郭家庄学校工作。得知庞永贵已婚并且有一个小孩后，刘英便把自己的爱封锁在心里不再表示。庞永贵想给她说明都被刘英婉言拒绝。刘英觉得不应该因为她而给另一个女人造成痛苦。而且这个女人已有了孩子，天真无邪的孩子不应该没有父亲。

随着革命形势的变化，庞永贵被组织上派往陕北，刘英被派往新田，两人再没有来往。抗日战争爆发后，塬县籍的中共党员陆续回到塬县开展抗日工作。就在庞永贵组建了塬县抗日民主政府后，刘英又被组织派回来担任塬县抗日妇救会长，两人又在一起工作。庞永贵对独身一人的刘英总有歉疚之感，觉得对不起刘英，为了赎回自己的歉疚，他觉得最好的办法就是给她找一个合适的男人，因为刘英现在还是单身。

其实刘英早已从感情的纠葛中解脱出来。她这个人性格开朗顺其自然，不强求任何事情以自己的主观愿望为出发点。她觉得自己与庞永贵无缘，爱情擦肩而过是天意。不成夫妻不要紧，但友情重于泰山。所以她和庞永贵的关系处得非常好，既是上下级关系也是兄妹关系。她见过金叶几次，嫂子嫂子叫得很甜，她觉得金叶是一个很好的女子，识大体懂大理，一心一意和庞永贵过日子。她觉得庞永贵有福，她祝福他们幸福美满白头到老。

强强认识刘英已很长时间了，但是他不知道庞永贵和刘英埋在心底的这层关系。虽然他们年龄相仿，强强还是把他们当成首长对待。有时大家见面戏以兄妹相称，强强还有些不好意思。强强的拘谨引起了刘英的兴趣，这位高大强壮的汉子脸红的样子很可爱。憨厚和英武凝聚在他身上色彩是那么的浓厚。这种模样和气概吸引了刘英的注意，她渐渐地关注起他来。

这次反“扫荡”刘英分到了强强的小队，刘英十分高兴。强强也很高兴，高兴中有些忐忑不安。忐忑的是这位妇女主任的眼睛能洞察人心，他不敢和她照面，一看见她的眼神他的心就怦怦乱跳。不安的是战争是那样的残酷，这位美丽的女人若有闪失，他将终生悔恨。强强敬重刘英也喜欢刘英，刘英是他心仪的女人，也是他的首长。于是他想尽办法照顾她，就像手捧着一颗珍珠倍加爱惜。刘英知道他的关爱，可是作为战士她不愿意接受这种关爱，她有自己的主义和理想。她要像一个真正的战士一样驰骋战场杀敌报国。这可为难了强强，管又不敢管说又不敢说，脸红脖子粗地憋闷在一边。刘英笑了笑转身走了，一顿饭的工夫她又回来了，剪了辫子换了衣服，女扮男装的刘英少了姑娘的温柔多了战士的刚强。远看没有什么近看还有瑕疵，白细的皮肤红润的脸蛋与战士还有区别。刘英抿了抿嘴，掏出一个布包，倒出里面用锅底黑和黄土配制的灰粉，在脸蛋和脖子处涂了涂，这样一化装使她完全脱离了女人的模样，强强满意地笑了。

杨家塬战斗打响了，这是一场敌我力量悬殊的战斗。

杨家塬位于城西的黄土塬上。在沟壑纵横的丘陵地带，有那么一块难得的平地，平地的中央有块凸显的高地，高地上分布着高高矮矮大大小小的土屋，这就是杨家塬。

强强的小队在这里发动群众进行抗日活动。他们的活动就像一把钢刀插在敌人的心脏，因此敌人要想方设法拔掉这个扎在肉中的钉子。

敌人采取的是长途奔袭的战术。拂晓时分当哨兵发现敌情时，鬼子已到了村东门。很快敌人便兵分两路，从南北两面包围村子。

大敌当前需要当机立断。强强立刻把部队分为三组，一组由金海带领阻击南面的敌人，一组由金洋带领阻击北面的敌人，自己带一组阻击东门的敌人，刘英和村里的民兵组织群众撤离，只要出了西门，只需半袋烟的工夫就会转移到山里，只要进了山，犹如鱼入大海，群众的安全就有了保证。

南北两面先后打响，枪声划破黎明前的寂静，在旷野里非常震响。南北两面的敌人被突然的打击打蒙了头，以为遇到了八路的主力，丢下几具尸体龟缩到东门，金海金洋也先后带着队伍来到东门。东门前全是鬼子兵，黄乎乎的一片。强强赶紧把队伍布置好，依靠高地和围墙阻击敌人。

枪声惊醒了村民，这里的村民有反“扫荡”的经验，在民兵的组织下迅速地向山里撤。鬼子觉察到了村里的动静，从枪声中判断是少数的武装力量在打阻击。于是立刻从正面组织反扑，先是炮击后是冲锋，枪炮声搅成一团，东门笼罩在浓烟和灰尘中。在打败鬼子第一次冲锋后，强强他们不敢恋战，因为敌我力量太悬殊，再加上鬼子武器精良，硬拼必然全军覆没。看到村民们都已撤出西门，他们便迅速地撤出村子。

鬼子的第二次冲锋没有遇到阻击，鬼子长途奔袭占领杨家垴的目的已经达到，于是他们在四门放出警戒要在这里安营扎寨。

强强他们掩护群众撤到山里后，清点人数唯独少了刘英。强强的头大了，赶紧找来民兵队长询问。民兵队长说，有一个孕妇走不动，那位女八路上去照顾她，慌乱中他以为撤出来了。根据民兵队长说的情况，强强断言刘英没有撤出来，一定是陪着那位孕妇躲在村子里。

强强叫来金海金洋，准备二进杨家垴，趁鬼子立脚不稳救出刘英和那位孕妇。这时已是中午，为了便于行动，他们换上老百姓的衣服，带着短枪和匕首。

杨家垴地势较高。鬼子不仅在四门放了岗哨，而且在能进村的地方都放了岗哨，这样一来进村就不方便了。按照事先说好的战术，北门西门的队员放枪佯攻扰乱敌人。鬼子听到枪声，以为八路打来了，立刻把人集中到北面和西面。强强他们乘虚而入，顺利地进了杨家垴。

村子里到处都是鬼子和伪军，他们在挨家挨户搜查。他们没有烧房子，因为他们要长久地占领这里。一些没有撤走的村民被鬼子集中到祠堂，祠堂的空地上支了几口锅。锅下柴火熊熊，鬼子伪军强迫村民们杀猪宰牛煮鸡烹羊。

强强他们的搜救很困难。大街小巷不能走动，只能凭着熟悉的地形翻墙越房逐个院子搜寻。可是要找的地方都找了还是没有找到，眼看着时间已到下午，他们几个商量了一下，不能再这样盲目找了，弄不好会陷到敌人窝里。金海想起民兵队长说的话，刘英是在西门这块去救那位孕妇的，是不是把重点放在西门这块？强强同意他的想法，敌人从东门推进，刘英不可能再回到村中，有可能就在西门一带。

刘英和孕妇确实在西门一个小院里。小院三间瓦房破旧不堪，一间用高粱秸秆搭成的牲口棚已倒塌了半边，里边堆了半间屋的麦秸，刘英和孕妇就藏在这里。孕妇身孕已有七个月，行动很不便，她的丈夫心疼家里那只老母鸡，说是给她坐月子用，不顾民兵劝说回家去取，一去就没有回来。孕妇非要回去找丈夫，刘英上去劝说，怎么也劝不动，就这样耽误了撤退时间，眼看着鬼子压了上来，情急之下，刘英拉着她躲到这里。

这里也遭受了鬼子的搜查，因为没有值钱的东西，鬼子匆匆地看了一下走了，她们躲过了一劫。刘英查看了一下地形，这个院子的西墙外就是村外，而且西墙不高，翻越不太难。她回到牲口棚告诉孕妇，天黑以后翻墙出村。

时间慢慢地移过去，躲在麦秸下边不好受，她们把头露出来一边透气一边观察动静。街上乱哄哄的，叽里呱啦的都是日本人。突然，大门被推开，有几个日本鬼子挺着刺刀进了院子，他们查看了一下房子就不走了，宽衣解带准备在这里歇息。

这可急坏了刘英，她们赶紧把头钻进麦秸里，透过麦秸的缝隙对外观察，这时有个鬼子内急，走到牲口棚，解开裤子对着麦秸撒起尿来。尿水撒了刘英和孕妇一头一脸，她们强忍着一动不动。鬼子撒完了尿，对着麦秸凝视，突然他回过头大叫一声，屋里的鬼子提着枪围了过来。

原来撒尿的鬼子发现麦秸堆麦秸的颜色不对。麦秸长时间堆放，上边的已经变得灰暗，内边的还是金黄色。刘英她们钻进麦秸堆，经过翻动新旧交杂一眼就看出来了。鬼子的刺刀刺进了麦秸堆，他们要挑开麦秸看看里面有没有人。刘英在里面看得真切，对着鬼子就打了两枪，有两个鬼子应声倒地，剩余的鬼子赶紧趴下。

说来也巧，强强他们正好来到隔壁，听到这边打枪赶紧上房查看，发现了这个院子的鬼子。

鬼子们对着麦秸堆开了枪，一阵乱枪打去，麦秸堆里传出两声女人的惨叫。鬼子们一窝蜂地围上去，拨开麦秸堆，孕妇和刘英暴露在鬼子面前。孕妇头部腹部多处中弹，已经咽气了。刘英左肩中弹，人还能动，只见她手臂一抬，“啪”的一声又一个鬼子倒地。刘英再打，枪里没了子弹。这时鬼子们都挺着刺刀围了上来，一个鬼子伍长拔出东洋刀，高高地举起，他要刀劈刘英。

就在东洋刀就要落下这一时刻，只听“嗖嗖”的几声镖响，鬼子伍长和院里的鬼子应声倒地。这是强强他们发来的暗镖，为了不惊动别的鬼子他们没有开枪。强强从房上跳下，背起已经昏迷的刘英，越墙而出，迅速向山里跑去。

刘英醒来后已在根据地的医院。庞永贵告诉了她被救的经过，刘英对强强有了更好的感觉，在心里喜欢上了。住院三个月，强强来看过她一次，而且给她留下一封信，信上只有四句话，是强强求文化教员写的一首诗。诗曰：枪林弹雨一枝花，飒爽英姿人人夸。莫说小花只香艳，刀光剑影她不怕。这封信是强强心意的传递，这封信使刘英热泪盈眶，这封信坚定了刘英的想法，爱情之火在她心里奔涌，她控制不住自己了，她要找个人向强强表白自己的心迹。她想到了庞永贵，于是就不断地向庞永贵打听强强的消息。庞永贵看出了刘英的心思，便把这件事说破了。刘英不仅没有反对，还轻轻地点了头。就这样，庞永贵充当了红娘，强强和刘英走到了一起。

听完强强的叙述，秀秀沉思了很久。她觉得自己才是自作多情，与刘英相比，她自愧不如。秀秀又是一个很坚强的人，她不愿意别人看出自己的不爽，于是笑着说：“真是天意，老天爷多情，撮合有情人。有情人终成眷属，你们该是一对。”

“这可能就是人常说的：人的命天注定！连我自己都没有想到。”强强说。

“千里姻缘一线牵，无缘咫尺难如愿！我和你就是这种无缘的命。”秀秀说，“你和刘英是绝好的一对。一个古道热肠侠胆义肝强壮的憨厚汉子，一个琴棋书画文武双全聪慧的俊秀女子，你们是战斗中结成的生死之交，你们是同一战壕里的战友，无论从哪方面讲你们都是绝好的一对，我祝福你们。”

“秀秀……你真好……”强强不知说什么好，听了秀秀的夸奖，他心里一点都乐不起来。秀秀越是大度，他越是内疚。直到现在，他一直觉得愧疚于秀秀。

“咋啦？强强哥……”秀秀察觉到了强强的心情，真实地感觉到了强强心里还是放不下她，这使她很高兴。但她不能太自私了，不能不顾强强的幸福，于是她柔柔地说，“高兴点……我是真心从心里祝福你们，祝你们花好月圆白头偕老！”

晚饭简单丰盛，韭菜鸡蛋饺子香味扑鼻。秀秀叫秦老板到对门的仙人居要了四个凉菜，打了一壶汾酒。她想喝酒，喝酒祝福强强和刘英。她打定了主意，要彻底断了对强强的那种喜欢。不胜酒力的秀秀三杯酒下肚已经晕晕乎乎，饺子没吃几个就睡着了。这天晚上，她睡得很香，人世间的一切烦恼在睡梦中都被忘得干干净净。

强强喝的不多，陪了秀秀三杯后没有再喝。刘英的出现使他的生活发生了变化，他的思想得到了解放，情感得到了宣泄，他和刘英的恋爱是自由自在的，没有那么多的障碍和樊篱，就像鸟儿在天上飞，鱼儿在水里跃……

面对两个女人，他有着不同的感觉。和秀秀在一起他感到压抑，和刘英在一起他感到轻松。他是一个有责任的人，不能因为一时的冲动而给别人带来痛苦。他拒绝了秀秀，是因为不愿意在心里和生理上给秀秀带来麻烦，秀秀毕竟有了家，这个家庞永荣和秦老板看得比他们的命还重要，他的介入会使很多人受到损害，他的性格不允许他这样做。

强强走了，银器铺又恢复到从前。死了对强强那份心思，秀秀反而觉得生活有些滋味，毕竟秦老板还是知冷知暖百依百顺。转眼到了第二年春天，秀秀喜得一女儿。当日，院里的那棵杏树繁花似锦，在乍暖还寒的春日里透露着丝丝暖意。秦老板想给孩子取带龙字的名，有思念殁了的儿子的意思。秀秀坚决不同意，她不愿意勾起那段往事。就在秦老板犹豫不决的时候，秀秀抬头看到窗外的一树杏花，脱口说出：“就叫杏妮吧，观音娘娘送子，一树杏花为证。”

就这样定了下来，女儿名叫杏妮。

杏妮长得俊巧，长相和秀秀小时候一样，就像是在一个模子里脱出来似的。庞永荣和春花十分喜爱这个外孙女，经常到城里来住，由于生意不错，秦老板人也大方，给秀文看病都是他出的钱。就在杏妮两岁那年，一九四三年的春天，十七岁时秀文的病居然好了。

一九四四年，抗战的形势发生了逆转，八路军由相持转入反攻。郭家庄这个据点被八路军拔除，建立了抗日政权，是八路军离塬县县城最近的根据地。

又到了中秋节，秀秀一家子回到庞家窑。春花抱起杏妮亲个不够，庞永荣杀了个公鸡崽子，说要露一手，做个东北菜小鸡炖蘑菇。秀文不再犯病，身体也逐渐好起来，他亲切地喊秦老板："姐夫！"

晚饭吃的温馨愉快，饭后大家坐在院子里，一边赏月一边品尝瓜果梨桃和月饼。就在这时，金叶来了，看到满桌好吃的说道："来得早不如来得巧，你看看我多有口福。"

金叶是来叫秀秀的，她要叫秀秀见一个人。

秀秀领着杏妮到了金叶家。金叶家的院子里也摆了个小桌，小桌上放满了瓜果梨桃和月饼。看到秀秀进来，小桌边站起一个人，说话声音像银铃："是秀秀吧，快过来坐。"

"你是？……"秀秀眼前这个女人穿着一身八路的制服，剪着短发，腰里系着皮带，皮带上挂着一个小手枪。

"认不出来了吧，她是刘英，当年郭家庄学校的老师。"金叶说。

"啊！……"秀秀怔住了，"真是你吗？刘英老师……真的不敢认了。"她左右打量着她。

"别叫老师啦，就叫姐吧。"刘英说。

"姐……"秀秀叫了一声。这个漂亮女人就是自己曾经爱得要死要活的那个男人现在的女人。她感到她的出现突然也不突然，纠结倒有点纠结，不能和强强生活在一起是她一生的遗憾！但是现在的她已不是过去的她，生活的经历就像一本书，使她懂得了很多很多，超凡脱俗不敢讲，起码一点在和强强的感情上已经解脱了，她已经能够驾驭自己的情感了，在纠结和遗憾突然到来袭击时，她稳住了，她克服了心中那些杂念，面露笑容缓缓地说："你和强强哥结婚了吗？"秀秀关爱地问，言语中满是真诚。

"结啦。"刘英回答得很甜蜜。

"祝福你们……"秀秀高兴地说。

"谢谢你的祝福，你们现在过得咋样？强强问你好呢……"刘英话语真挚。

“咋样，就那样……”秀秀应着，“有了这杏妮，生活也觉得有滋味了，全家和和睦睦……”

“秀秀，有一件事情我想和你说说。”刘英拉她坐下，抚摸着她的手说：“金叶和强强都和我谈过你的婚姻。我们都知道你的婚姻不如意，你想没想过挣脱这张网?”刘英从秀秀的回答中感到有股无可奈何的味道，她觉得秀秀是封建礼教的牺牲品，她是做妇女工作的，应该帮助她。

“挣脱这张网？啥网?”秀秀说。

“这张网就是封建礼教，就是封建包办买卖婚姻。这牵扯到一个大问题，就是妇女解放的问题。你嫁给秦老板属于封建包办买卖婚姻，这种封建包办买卖婚姻的危害就是葬送了一个女人一生的幸福，妇女要得到解放首先打破的就是封建包办买卖婚姻。”刘英给她解释说。

秀秀第一次听人分析自己的婚姻，封建包办买卖婚姻和自己一联系真是那么回事。结婚六年了，一切都在变，她已由不愿意到愿意，由焦躁到平静，由不适应到适应。她和秦老板风风雨雨相依相扶走了过来，她不想提过去的事了。

刘英觉得秀秀在思考，她也在替秀秀在思考，秀秀该有一个什么样的出路呢？她认为秀秀要有幸福的生活，唯一的路子就是和秦老板离婚。结婚已经六年了，秀秀干吗？她能冲破世俗观念父母情感儿女亲情吗？

“过去的事情都过去了，失去的再也回不来了，原先的事情现在都变了，有些事情是无法找回来的，将就过吧，离啥婚呢?”秀秀思考了一会儿说，她说的正是刘英担心的。

“离婚政府是支持的，我们也支持你。”刘英觉得秀秀应该为自己的幸福着想。

“都是革命同志，也能离婚?”秀秀问。

“能离！婚姻是自主的，只要你愿意，就能离。”刘英说。

“像我们这种情况也行?”秀秀进一步问。

“革命同志更应该讲究婚姻自主，男女不配没有感情，都可以离，这是妇女的权利。”刘英说。

“不能离了……”秀秀说得很沉稳，这个事情她不止一次想过，要说过去她可以断然去离，自从强强在联络站和她一番掏心窝子的谈话后，她的想法变了，于是她说：“我觉得他人还不错，为了秀文舍得花钱，对我和孩子还有父母，也是知冷知热，就说打日本他也不含糊。他是革命同志，也是个热血男儿，不足的是年龄大一些，大就大吧，这么多年习惯了。”秀秀现在想得比较多，她就像河里的石头，棱角都被磨光了，处世看问题比较周全，方方面面都要考虑。

“好妹妹，过去你替父母考虑，现在你替秦老板着想，你的善良你的好心带来的是自己的煎熬，在这种煎熬中不知不觉六年过去了。现在你要维护的是现实的状况，这种状况维系着你的一切，你已经舍弃不了离不开了。”刘英为秀秀的善良敦厚感叹。

“过去，我也为自己想过，也试图把自己的一切都给了自己喜欢的男人，也试图和秦老板断绝夫妻关系，但事实是我们都做不到。我喜欢的男人有了自己喜欢的女人，我不喜欢的男人却一厢情愿地爱着我，并跟着我参加了革命，现在的情况是他忠于我爱着我，这就够了。我愿和他厮守一生。我不想离婚了，不想伤着他的心。我们是夫妻，也是革命同志，我这样做这样想，我觉得不会错了。”秀秀说。

“噢，这样啊！”刘英明白了，“原来我还为你担心，操心着你和秦老板离婚呢，看来我的担心多余了。你已经从迷茫中走了出来，你已经改变了他，也改变了你的生活。秀秀你很了不起！什么是爱情？爱情就是心的释放，两个人在一起，心能想到一块儿，话能说到一块儿，生活就能绽放出美丽的花朵。你觉得和秦老板在一起愉快，就说明你们之间有了爱情。那么年龄在你们之间就不是什么隔阂了。在我们革命队伍里，这样的例子也不少。”

“嗨！”秀秀笑了一下，“爱情，是爱情吗？咋说才对呢，我觉得是有了情的感觉。”

银盘似的月亮挂在天空，如水般的月光泻在院里。小院里三个女人屈膝长谈，不同的生活经历使他们对爱情有着不同的认识。

金叶对爱情的认识是，青梅竹马，郎才女貌。虽然她也是父母包办的婚姻，但巧的是这个歪打正着的男人，就是她心中想象的白马王子。庞永贵有才有貌智勇双全，所以她无怨无悔跟定他一辈子，她觉得她是这世上最幸福的人。

刘英对爱情的认识是，对党忠诚，对己关爱。她的婚姻是自主的，是她自己选定的。她是在残酷的战斗中认识的强强，强强的勇敢和对战友的关爱深深地吸引了她，她喜欢上了这个没有文化的憨厚汉子，英雄美人，战火中酿成的爱情，她觉得这是最伟大的爱情。

秀秀对爱情的认识是，逆来顺受，努力改变。她冲不破封建礼教的束缚，她为了父母和弟弟违心地嫁给了秦老板。她认为这是自己的命。但是她不愿意被命运摆布，她要追求自己心中向往的那种美好，于是她就想方设法改变自己的男人，她觉得自己的努力在慢慢实现，她心里的那些遗憾在慢慢消失。她觉得经过痛苦的磨炼才能体会到爱的香甜，这种爱情就像一杯陈年的老酒，那种醇厚的味道别人是体会不到的。

“月儿圆圆挂天空，嫦娥玉兔守空房，抬头望月月宫愁，吴刚捧出桂花酒。”金叶在教杏妮儿歌。“月儿圆圆挂天空，嫦娥玉兔守空房，抬头望月月宫愁，吴刚捧出桂花酒。”杏花稚嫩的声音尖尖的，一字一句念得很认真。她的念白在小院里回荡，就像一颗石子丢进湖里，在三个女人的心里荡起了圈圈涟漪……

三十七、汉奸陈纶

为了挽救失败的命运，塬县的鬼子司令龟土一郎又出了一个黑招。在二赖子特务队被歼灭后不久，又起用了一个铁杆汉奸重组了特务队。这个铁杆汉奸不是别人，就是郭家庄大财主吝惜鬼郭富元外号郭公鸡的女婿。

郭公鸡的女婿姓陈名纶，原是塬县保安团的团长。此人四十岁左右，高个长脸背头，举止文雅说话慢声细语，衣着整洁腰杆笔挺，十足的书生气息掺和着军人气质，是那种透露着文职味道的小心谨慎的军人。日本人占领塬县后，这个有着书生气息的军人，为了保全自己家的万贯家财和千亩良田，丢掉了民族气节，带着他的保安团一枪未发投降了鬼子。鬼子厚待了他，原班人马一个不少还归他指挥，郭家庄富丽堂皇的庄园和平展展的千亩良田还是他家的，他的保安团成了皇协军，他被鬼子任命为塬县皇协军司令。成了鬼子司令龟土一郎的第一红人。

说起陈纶确实有说头，他出生在一个殷实的地主老财家，受过良好的教育，是一个有文化有修养的军人。此人早年毕业于保定陆军学校，按说他不应该屈尊一个山区小县的小小保安团，但是他就是放弃了在外飞黄腾达的机会，回到塬县当了一名保安团长。要说个中原因，还得从陈纶的父亲说起……

陈纶的家也在郭家庄，是个有着百亩好地的上等人家。陈纶的父亲外号小诸葛，为人处世精明从不吃亏。小诸葛仗着家境殷实就喜欢和人比，比家产比房屋比田地，甚至比孩子比老婆比佣人。此人有个毛病就是做啥都想出人头地。在郭家庄头号财主是郭公鸡，这个小诸葛甘拜下风，怎么也比不过。比不过家产就比孩子。郭公鸡有两儿一女，两个儿子都在外边打理着买卖，小女儿就在郭家庄郭公鸡的富丽堂皇的庄园里享清福。小诸葛是两女一男，刚好和郭公鸡打了个反，两个女儿都嫁人了，就剩下了儿子陈纶在县城读书。这陈纶可是小诸葛的面子，也是他抗争郭公鸡的力量。为什么这样说呢？这是因为郭公鸡虽然有钱有势，但是他的三个儿女却长相一般，读书也一般，两个儿子在外边打理买卖，也是继承父亲的财产，况且拈花惹草不务正业。女儿是在呵护娇惯中长大的，颐指气使唯我独尊四体不勤五谷不分。小诸葛就不一样了，他的孩子书读得好，有知识有文化有礼貌有教养。两个女儿都嫁到城里的官宦人家。陈纶小时候就漂亮，脸皮儿白净五官端正，十七八岁已经成人，高条条的个儿，笔挺挺的衣服，光溜溜的头发。那时他已是保定陆军学校一名学员，立志学成从军保家卫国戎马一生。

小诸葛盼着儿子能在外头出息了，当了大官荣归故里，光宗耀祖把郭公鸡比下去，给他脸上增光添彩。谁知事情就是这样不可思议出人意料地出现了逆转。那年，穿着军装回家省亲的陈纶在大街上闲逛，他来到郭公鸡富丽堂皇的庄园外边溜达，被在庄园闺阁里的郭公鸡的小女儿看见了。这下可惹下了麻烦，郭公鸡的小女儿见到这位英俊的少年就得了相思病，寻死寻活要嫁给陈纶，这种单相思的执拗不仅使郭公鸡的小女儿花容失色，也使郭公鸡这样见多识广的人心力憔悴，没有办法，郭公鸡只得到陈家提亲，愿意把小女儿嫁给陈纶。

郭公鸡屈尊前来提亲，小诸葛别提多高兴啦！这是抬举陈家是看得起陈家，我陈家从此就和郭家平起平坐了。小诸葛为什么这么高兴，这是因为他早就看上了郭家的财产了。只是苦于没有个合适的理由把它变为已有，这下好了，瞌睡给了个枕头，你说能不高兴吗？

陈纶就这样回来了，成了郭公鸡的女婿。陈纶的想法跟父亲一样，因为他书读的多又在外多年，见的世面也多，所以为人处世更精于心计，甚至青出于蓝，和他父亲相比，技艺过之更高一筹。他为什么要回来呢？陈纶原来外出读书就是要争官争爵，就是要争一份和郭公鸡一样的家产。他考军校，就是看上了当军官可以耀武扬威，不仅可以敛钱还可以在人前指手画脚，有枪就是草头王，不怕别人不低头。现在，他是郭公鸡女婿了，一个女婿半个儿，再说郭公鸡的两个儿子在外花天酒地，根本就不愿意回来，他这半个儿其实就是一个儿，这偌大的家产庄园不就姓陈了吗？轻轻松松不费吹灰之力赚一个庄园不说还外带一个二八妙龄的小女子，这个账傻子都算得过来。遗憾的是这个女子不漂亮，管她呢，漂亮不漂亮无关紧要，大男人哪个不是三妻四妾的，老婆不好以后还可以再娶，万贯家产那才是最重要的。就这样，他毫不犹豫地回到了塬县，战场上子弹不长眼睛，他可不愿意当炮灰，他的性命金贵着呢。

陈纶回来了，饱读诗书的他不可能一直待在家里，那个温柔窝里的小宝贝他并不喜欢，洞房花烛新婚蜜月那股热情过后，他就感到了一种空虚，一种无所事事的空虚。权力的欲望又在心里膨胀起来，他要高高在上要指手画脚要管人管事。他把自己的想法告诉了父亲和岳父，哪知他的想法和父亲岳父不谋而合。书是不能白读的，事是一定要干的，官是一定要当的。不能玩物丧志，不能昏庸一生。于是父亲和岳父备钱备物，到县衙走动了一番，再加上保定陆军学校毕业生的头衔，他没有费力就当上了塬县的保安团团长。

陈纶这个人看着很斯文，没有别的军人的那种粗鲁，但这个人很阴，用阴险毒辣形容他一点也不为过。他是那种借刀杀人杀人不见血的主儿。那年花豹子闯进庄园，他就在大邑的县城，得到郭公鸡报信后，他立即派人去打探。他在想，土匪骑有快马，来无影去无踪，追肯定追不上，那是白费力气。先稳住神打探清楚了再说。派出的人很快回来了，得知花豹子去了庞家窑，陈纶仰天大笑：天助我也，花豹子必死无疑。因为花豹子得胜大意，他要金钱还要美人就必定在庞家窑停留，这一停留就给陈纶赢得了时间，陈纶可以稳稳地布兵摆阵静等花豹子入瓮，然后一举歼之。

陈纶没有直接从塬县抽兵，他已调防大邑，塬县保安团不属他管，再则时间紧来不及通融，还有，他怕动静大了打草惊蛇。他派心腹带了足够的银两，赶到大邑的青岭镇，这里是进出紫金山的唯一通道，在通往花豹子山寨的必由之路上有一天险，两山夹一道，号称“一线天”，地势险恶，是打伏击的好地方。那里驻守着自己保安团的一个营。他命令营长在花豹子回来的路上设伏，他带兵在后面堵截，前后夹击，不愁灭不了花豹子。陈纶有心计啊，上边三番五次下令要灭了花豹子，谁都想抢头功，这个情报太重要了，不愁那个营长不上钩。果然，在金钱和情报面前，那个营长欣然带兵前往。可怜的花豹子死了都没搞清楚，是陈纶灭了他。

日本人来了后，他摇身一变，变成了皇协军。协助日本人维持地方治安。他和二赖子不一样，他不是地痞混混，他不干那些偷鸡摸狗上不了桌面上的事。他有文化懂军事文绉绉笑眯眯一副正人君子的派头。在文绉绉笑眯眯的面罩后面，他更阴险更恶毒。他指挥着自己的皇协军，配合鬼子的治安和“扫荡”，杀了不少抗日志士，血迹斑斑罪恶累累。陈纶的所作所为很得鬼子的赏识，不仅保住了他在郭家庄的田地家财和庄园，现在他还是鬼子的伪县长。

这里是塬县鬼子的司令部。龟土一郎在这里召见了陈纶。

这是龟土一郎的办公室。日本天皇的戎装肖像悬挂在正中。肖像下边条几上的刀架上放着一把日本军刀，那是龟土一郎的佩刀。今天，龟土一郎穿戴整齐。笔挺的军服乌亮的马靴工整的军帽，这些都显示着大日本皇军军官的军人气质。龟土一郎为什么这样做？因为他召见的这个陈纶是正规的军校生，是有着书生气质的军官，他不想有丝毫的懈怠让这个中国军人笑话。

龟土一郎真是用心至极。为了使这个有权有势的地方霸主服服帖帖为大日本皇军服务，自己既要委任他为高官，给他兵权和行政管辖权，也要设法牵制他制约他，不能让他随心所欲胡作非为。他的方法很简单，就是以军人的军法军规约束要求他，如有违反，军法处置。他觉得陈纶不是二赖子，二赖子就是一条落荒的狗，小恩小惠就能摆平。陈纶是地方一霸，家产万贯良田千亩，关系纵横官场位高，日本人要想在塬县站住脚，必须要有陈纶出头露面。陈纶要的不是什么金银财宝，他要的是塬县这个称霸一方的土皇帝。

龟土一郎摸透了陈纶的心思。因此在控制陈纶的方式上与控制二赖子不一样。那就是必须服从天皇，必须遵守皇军的军规军法。此外，他可以独断独行，以他的能耐和智慧去管理塬县，龟土一郎给他的只有一个标准，那就是建成大东亚光荣圈的模范县。

陈纶如约来了，他带着两个马弁。他穿着整齐，扎着武装带，挂着小手枪。他的马弁也是穿着整齐，扎着武装带，挂着手枪。只是这个小手枪变成了驳壳枪，这个德国产的二十响可是稀罕货，可见陈纶的来头不小。

陈纶能带着枪和马弁进出龟土一郎的司令部也是一种特权。这是经过龟土一郎反复思考定下的，目的也是一个，就是给陈纶示好，说明大日本皇军的信任，激励陈纶更加抱紧日本人的大腿，更加为日本人卖命。但是狡猾老道的龟土一郎不会拿自己生命开玩笑，在每次陈纶来时，他都会增加警卫，防止这个中国人做出伤害他的事情。现在他的司令部就有四个卫士，还有一个狙击手在暗处盯着陈纶。

“你好！陈司令……请坐……”龟土一郎从办公桌后边站起，热情地打着招呼。

“大佐阁下好！”陈纶敬了个军礼，“不知何事召见，请面示。”他身板笔挺毕恭毕敬。

“哦……不急，不急，坐下谈……坐下谈。”龟土一郎把他让到沙发上，把一杯咖啡推到他的面前说道，“上好的巴西咖啡豆，现磨现做，就等着你品尝呢。”

“噢?”陈纶愣了一下，龟土一郎还有这闲心，这个笑面虎又要出啥损招?但是他立马掩盖了自己的心态，不露声色地品了一下咖啡，一股浓浓的苦和淡淡的甜混合在一起的香味在嘴里溢出。“嗯……不错，上等的咖啡。”陈纶夸奖。

“吆西，你的懂货，上等的咖啡。”龟土一郎满意地点点头。

“谢谢大佐阁下的咖啡。”陈纶品了几口咖啡后说，“公务繁忙，大佐阁下百忙中召见我不光是喝咖啡吧，我想大佐阁下一定有要事相谈。”

“吆西，陈司令好眼力。这次请你来，确实有要事相谈。就是想商讨一下塬县的治安。用什么办法能够尽快地抓住庞永贵或者捣毁八路的指挥部。”龟土一郎抿了一口咖啡，“我研究过响水塬的历史，据说在你们郭家庄历史上出过一位县长，他能把龙泉沟改变成郭家沟，但没有能改变龙泉为郭家沟的龙泉。为什么呢?是因为庞家窑村民的抗拒。现在的情况是庞家窑出了个八路县长，这个八路县长指挥着民众抗击我们大日本皇军，扰乱着我们的治安秩序，前段时间还设计秘密地杀害了我们的特务队长。这就好比你是塬县的县长，却治理不好响水塬。为什么呢？就是因为庞家窑出了个庞永贵，这个八路县长在和我们抗拒。就像当年你们郭家庄那个县长没有改了龙泉一样，是遭到了庞家窑村民的抗拒。历史就是这么的巧合，郭家庄庞家窑，一个沟北，一个沟南。一个皇军的县长，一个八路的县长。这样长久下去不行呀！”龟土一郎停住了话头，他在等陈纶的反应。

“这个……我很清楚，我也在为这个问题思考。”陈纶也抿了一口咖啡，“历史上郭家庄确实出过一任县太爷，他把龙泉沟改为郭家沟也确有此事。他为什么这样做呢？是为了日后的荣华富贵。他请了一位风水先生给他看风水。风水先生看过后说，自古衙门朝南开，郭家庄就是衙门村，坐北向南，后有靠山前有龙泉，大山护佑龙脉滋润，士民有福官人辈出。他说这里是个上好的风水宝地！为了证实自己的见解，风水先生拿县太爷作例，说他能当上父母官，凭的就是得了龙泉这个龙脉。县太爷听后说，龙泉是好啊！可龙泉是庞家窑的呀！风水先生明白县官的意思就说，龙泉是庞家窑的不假，可大沟不是呀！把龙泉沟改成郭家沟，龙泉在郭家沟里不就是你的了吗？你的子孙不就可以世世代代永续龙脉了吗？县太爷听了风水先生的话。后来这个龙泉沟就改名成了郭家沟。可我有一事就不明白了，在中国这风水至关重要，要说郭家庄出能人是得了风水，我信！远的不说，我的岳父就是例子，富可敌国，在整个塬县没有可比的。就说我吧，保定军校毕业，现任塬县皇协军司令和塬县县长，不比历史上那个县太爷差吧。这个好风水庞家窑没有呀！怎么也出了八路县长？专和我们作对，我有些不解了……”陈纶抿了口咖啡，咖啡的苦味很浓有点不适。

“你的看法很有意思，说来真是有点笑谈，郭家庄有个大财主郭富元，庞家窑有个及时雨庞瑞珩，郭家庄有个皇军的县长陈纶，庞家窑有个八路县长庞永贵。郭家庄庞家窑都在龙泉沟的边上，这真是巧合啊！难道庞家窑也占了风水的光，也得了龙泉的滋润？”龟土一郎又向陈纶提出了一个问题。他眼睛盯着陈纶等着他的回答。

“从风水地理上讲，庞家窑没有好风水，也没有得了龙泉的滋润。”陈纶还是不紧不慢，他在细细回忆庞家窑的地理环境，然后慢条斯理地对龟土一郎说，“这个村南边是山坡，北边是沟。依着山坡挖的窑，大都是坐南向北，坐南向北的地理不是好风水。冬天窑里见不到太阳，北风却一个劲地灌，是名副其实的寒窑。寒窑能出贵人吗？这个村有百十户人家，多半以上是庞姓自己家族的人，还有一部分村民们是山东河南逃荒过来的难民，属于迁徙过来的徙族外来户。因为没有土地，这部分村民大都到郭家庄做长工。其实庞家窑就是郭家庄的佃户村。佃户村里的穷人能出县长县太爷吗？不行，完全不行！人们常说深山里边出妖怪，山野穷村出一两个奇怪人物不足挂齿，他们没有沾了风水地理的光，没有得到龙泉的滋润，他们成不了气候，大佐阁下不要为此担心。”

“吆西！你这下说到点子上啦。我赞成你的说法。正因为是寒窑，正因为是难民，他们才为匪作乱，匪者也有幸运的时候，但不会长久，大日本皇军的铁蹄会踏烂他们的脑壳。今天我找你来，就是和你商讨如何剿灭庞永贵和以他为首的八路首脑机关，进而打乱他们的组织清剿他们的队伍，以保证我们长久占领和统治塬县。”龟土一郎说得很激动，他为有陈纶这个得力助手高兴。

“其实我也在为这个问题着想。起先我们用二赖子这伙人就有偏差，二赖子不学无术吃喝嫖赌，没有成就一番事业的大志，有的只是眼前的蝇头小利。我们要打掉庞永贵的首脑机关，就必须重建特务队，从我们皇协军里边挑选一些功夫好的战士，经过秘密训练后再派出去，到八路的老窝里去探听消息，然后再起重兵围剿，不愁消灭不了庞永贵。”陈纶说出了自己的想法。

“吆西，陈司令！你是说到我的心里去了。我以大日本皇军塬县最高司令官的名义赞扬你。你的大大的好！”龟土一郎拍了拍陈纶的肩膀，看着他的眼睛说：“现在我命令你，立即组建特务队，务必找到八路头儿庞永贵和他的首脑机关，消灭八路在塬县的势力，维护大日本皇军的统治。”

“哈依！”陈纶站起来，学着日本军官的样子点头致礼。

“好，非常好，你是司令也是县长，更是我的左右肩膀，你的需要什么，我的大大地给！大日本皇军在塬县要除掉庞永贵全仰仗着你。就像你说的那样，庞永贵没有沾上风水地理的光，只是一些山野草莽犯上作乱，说白了就是一些土匪流寇，没有什么可惧怕的，你得好好干，我的给你向天皇报功。你可不能雷声大雨点小放空炮！皇军的军规军法你是知道的，到时候天皇怪罪下来我也没法！”这龟土一郎也阴险着呢，他在给陈纶施压呢！你的偷奸耍滑的话，皇军可饶不过你！

龟土一郎为什么要陈纶办这件事，实际上这也是他的一号计划的延续。陈纶熟人熟地。又是身兼皇协军司令和县长二职。要人有人要钱有钱，他考虑到以前重用二赖子是个错误，二赖子没有文化没有修养，好酒好色好钱好赌，没有接受过正规的教育，充其量就是为了眼前的利益卖命，没有谋略没有计划成不了大气候。陈纶就不一样了，这家伙城府很深，用好了可是个得力的助手，所以龟土一郎就想在他身上下一番功夫。

陈纶领回了日本人的“圣旨”，他知道这是日本人又给自己下了个套。但他又没有办法，他走到现在只有硬着头皮往前走了，他的所作所为已经把他划到了日本人一边，如果被八路抓住他是没有活路的，所以他觉得就是日本人不给自己下套，自己也要想方设法抓住八路头子庞永贵，只有消灭了八路，他们才能在塬县过上逍遥日子。

陈纶为什么要这样做？说起来全是自己把自己送上了一条不归路。

日本人占领塬县之前，塬县的国民政府撤离了。当时的县长要求保安团也随政府撤离。陈纶这个保安团团长因为舍弃不下郭家庄的万贯家财不愿意撤离，于是就在南门外的黑松崖人为地制造了一起哄乱事件，以死伤百十人的代价换来他逃回郭家庄的机会。他的保安团因事先有招呼，伤亡不大，陆陆续续回来百十人，勉强可以称呼为一个团。陈纶立即重立山头，打出塬县郭家庄抗日护国军的旗号招兵买马，很快就组成了塬县最大的一股军事武装，驻守在郭家庄，保护着他的庄园和财产。

日本人来了后，庞永贵曾派人和他联系过，但是陈纶根本就听不进去，他的家世把他划到了国民党一边，他仇恨共产党，他崇拜的是蒋委员长，在保安团他杀害过共产党人。所以对庞永贵派来的人他嗤之以鼻。陈纶和庞永贵不和，龟土一郎当然高兴，他们也在拉陈纶入伙。但是他们的方法和庞永贵的不一样，他们利用陈纶反共爱财惜命要面子四大特点，使得陈纶失去了民族气节。

那一天，龟土一郎带着一个中队的鬼子包围了郭家庄。陈纶自恃人多枪多门厚墙高和鬼子对峙。龟土一郎看到这个建的富丽堂皇的庄园心生慈悲，看到庄门上站的陈纶仪表堂堂也心生慈悲，他不想战火毁了这座庄园，也不想把这个保定军校的毕业生枪杀庄门。他想占领这座庄园享受它的奢华，也想把陈纶拉过来为皇军服务。于是他想了个办法，就是集中所有的火炮，炮轰庄院门前的空地，威慑陈纶投降。一阵炮轰过后，庄门前弹坑累累，碎石砖瓦到处都是，爆炸声震耳欲聋，爆战后的浓烟把整个庄园都给吞没了。陈纶吓蒙了，他就没有打过仗，哪里见过这阵势？陈纶的队伍吓蒙了，他们就没有见过炮，这炮一响队伍就乱了。陈纶的家眷吓蒙了，哭着喊着要陈纶想办法和谈，这一家老小和万贯家产要紧啊！

陈纶打出了白旗，他在庄园迎接了龟土一郎。经过密谈，龟土一郎答应了陈纶的条件。就是他的护国军改编为皇协军，他为皇协军司令。大日本皇军要成立塬县县政府，他为县长。作为交换的条件，他的庄园和田地还是他的，他的老婆孩子均受到皇军的保护不得袭扰。但是有一条陈纶必须遵守，那就是陈纶必须服从皇军的指挥，参加皇军安排下的一切行动。

龟土一郎的大兵压境、炮轰威慑、高官引诱、彻底征服了陈纶。陈纶在心里感谢龟土一郎，这个老鬼子帮他实现了当县太爷的梦。都说郭家庄风水好，他没费一弹一枪就当上了县长他能不高兴吗？过去花了那么多银两才捞了个保安团团长，为了升迁他抓捕打杀共产党人，也没在上峰那里落下个好。要不是他机智，搞了个黑松崖事件脱身，可能他连小命都丢了，更别说升迁当县长。

所以他由衷地感谢龟土一郎，让他坐上了塬县第一把交椅，因此龟土一郎的命令他不能不听。

这里是西大街的城隍庙，现在是陈纶皇协军的驻地，也是塬县伪县衙的所在地。原来陈纶在郭家庄驻扎，后来郭家庄成了鬼子的据点后，龟土一郎要他把皇协军搬到县城的城隍庙驻扎。一来好指挥，二来县衙的牌子也要挂呀，总不能挂到郭家庄吧。陈纶觉得有理就驻扎到了城隍庙。

城隍庙坐北朝南，这与陈纶的迷信相投。这里就是衙门地，他就是县太爷。城隍庙大门戒备森严，站有四名荷枪实弹的卫兵，从大门到司令部，也可以说到县太爷的办公室，三步一岗五步一哨，甚是威严。司令部和县太爷的办公室合二为一就在大殿。城隍爷爷的泥塑前放有一张宽大的桌子，桌子上放有一部电话和一些文件。这是陈纶的办公桌。办公桌前的两边各放有四张太师椅，那是陈纶召集部下开会时坐的地方。

很快，一支精悍的特务队组建好了。全队人员都是从皇协军里挑选的身手好的士兵，队长是他的警卫排长，这支特务队归陈纶指挥。

陈纶给他的特务队下了命令。一是找到八路机关的线索奖励三百块大洋，二是找到庞永贵的线索奖励二百块大洋，三是找到庞永贵亲属的线索奖励一百块大洋。他要求他的特务队不要干别的事，一心寻找八路机关和首脑以及庞永贵和他的亲属，他要求他的特务队在发现目标后，不要打草惊蛇，要立刻回来报告，然后制订合围计划，和皇军一起一举歼灭八路在塬县的首脑和机关。

在陈纶的皇协军里，有许多士兵都是抓丁抓去的，这些士兵都是忠厚老实的庄稼人，只不过是被陈纶一伙儿裹胁着为日本人卖命。但也有一些地痞混混和兵油子。这些人没有什么政治目的，有奶就是娘，谁给好处就给谁干。皇协军良莠不分人匪混杂，陈纶也分不出个一二三来，他挑选特务主要看他的身手，至于别的什么他不太顾及。这样他的特务队里就不是清一色的顽固分子，也有一些被抓丁的庄稼人。

特务队开始活动了，他们都是庄户人家的打扮，仨俩一伙儿的也有单独一人的，他们拿着陈纶给的钱分散到塬县的各个地方，主要是踩点摸线索。在特务队里有这么一个混混，因为以前在花豹子的山寨当过土匪，所以对这里的地理环境熟悉。花豹子被陈纶剿灭后，这个混混就投奔陈纶参加了保安团。此人姓苟名一镖。苟一镖说名是名说不是名也不是名，要说绰号更确切点。这是因为苟一镖擅长使镖，常常是一镖就送人命，所以这个绰号就成了他的名字。

苟一镖是个财迷，他想拿到找到八路机关的线索奖励三百元现大洋的赏金，就决定铤而走险，到紫金山的花豹子山寨走一遭，也许能找到一些有用的线索。他觉得八路军都在山里活动，中条山太大了，去了那么多弟兄都没得到什么信息，他不想去跑冤枉腿。紫金山没有中条山大，但是个土匪窝，花豹子灭了后是否还有人在那里活动？这里会不会藏有八路的首脑和机关？他觉得皇军和皇协军都把精力放到了中条山的“围剿”上了，紫金山还没去过，自己何不去碰碰运气？苟一镖去了，他化装成一个采药的山民进了山。果然不出他所料，在花豹子山寨他踩到了八路军机关的点，并且从一个小战士那里知道了八路要在这里开年底总结会，而且八路头子庞永贵要作重要讲话。

苟一镖回来了，他把这个重要情报报给了陈纶。而且一直强调他的情报是两个，一是八路机关线索，二是八路头子线索，因此他应该得到五百块的大洋。陈纶觉得这是个很重要的情报，这个情报来得太及时了，他又有本钱在龟土一郎面前逞能了。但细细一想，这么重要的情报，苟一镖咋能得到？别是为了银子日诓我吧？为此他决定再派人去核实，如果是假的就杀了他！那么是真的呢！陈纶想了想，真的也不给他，五百块银元，那可不是个小数，这大头兵小喽啰还不疯了！

那么陈纶为什么不给苟一镖钱呢？这是因为陈纶和郭公鸡一样，都是抠屁股嘬指头的主。他确实派人重去了紫金山，也确实证明了苟一镖的情报真实，还和龟土一郎制订了详细的奔袭合围计划。但就是不理不睬苟一镖，他认为苟一镖就是一个小喽啰一个大头兵，我不奖励你，你能把我怎么样？他把从鬼子那里领来的赏金全都装进了自己的腰包。他们的贪婪，使得自己人不相信自己人。陈纶的贪婪自私使得他的计划泡汤了。

苟一镖受到了冷遇。就是没有功劳也有苦劳呀！提着脑袋得来的情报，原本可以奖励，就是不奖励也许能升迁。几天来陈纶不理不睬他不愿意了，他觉得陈纶耍了他，晾到了一边的滋味不好受，心中有气就约了几个弟兄到酒馆里喝酒，酒过三巡，苟一镖就把持不住自己了，烦闷气愤不服几种情绪绞在一起，一会儿就醉得一塌糊涂，醉酒后的他脑子麻木了，不加思考地把自己如何得到情报，如何报给陈纶，如何受到冷遇一股脑儿说了出来。

常言道：说者无意，听者有心。就在苟一镖酒酣耳热发着牢骚的时候，身边的一个特务坐不住了，他叫霍炎，一个身强力壮的汉子。霍炎是抓丁当的兵，在家是铁匠，常年打铁他的胳膊很有劲，陈纶看上他是他手榴弹扔得远，一出手就在六十米开外，整个一个小钢炮。霍炎不像苟一镖那样替陈纶卖命，他也不想挣那些肮脏的银元，所以他每次出去都是闲逛，他不愿意八路被日本人打败。听到这样绝密的情报，霍炎心里一紧，这可了不得，如果鬼子行动，那可出大事了。

霍炎来到了仙人居，他把这个事情告诉了刘掌柜。刘掌柜觉得事情重大，立即告诉了秀秀，秀秀听了后也觉得事情重大，立即把李医生叫来，她要开一个紧急会议，研究下一步的行动。

“刘掌柜，这个霍炎可靠吗？他为什么给你说呢？”秀秀觉得首先要弄清楚霍炎这个人才能判断情报的真假。

“这个人家里很穷靠打铁为生，那年他到骡马大店给牲口打铁掌，不小心被牲口踢了，整个大腿都肿了。正好我路过骡马大店，看到了躺在地上的霍炎，就扶他来到了李医生的诊所，李医生给他消了炎打了针，才使他的伤口没有恶化。此人憨厚知道报恩，事后他挺感激我，每次进城都来看我，我觉得他不会骗我……”刘掌柜把霍炎的情况说了一下。

“这事我觉得不像骗人，骗人有很多方法，怎么就编出这么个重要的情报，这可是我们的绝密，一般人哪能知道的这么详细。再说霍炎是个老实的铁匠，他能做出违背良心的事？”李医生说。

“那他为什么当了伪军还成了特务呢？”秀秀进一步问。

“据霍炎讲他是抓的丁，因为老婆孩子被陈纶捏在手里。他当特务是陈纶看他手榴弹扔得远的缘故。”刘掌柜说。

“我还是觉得不保险，是否再找人打探一下，事关重大，不能有半点差错。”秀秀强调。

“这样吧，那个特务队长和我能说上话，我看从他嘴里能否掏出一些有用的东西。只是这家伙特别贪财，不花钱可能不好办。”李医生说。

“花点钱倒不怕，你有把握吗？”秀秀问。

“有把握！那次他胸口中弹，是我把他从鬼门关里救了回来，从此他就把我视为救命恩人，我的话他还是听的。”李医生打着包票。

“那好，你马上约他，就在仙人居摆酒，关键是我们要尽快得到这份情报，花多少钱都可以。”秀秀下了决心。

仙人居二楼的雅间，一桌丰盛的酒菜摆在当中，汾酒的香味合着酱肉炒菜的香味满屋飘香。这一大桌子菜看只有两个人在吃。他就是李医生和特务队长。

“李大夫，你今天咋了，好好地请我？”特务队长抿了一口酒说。

“我请你吃饭不是主要的，我是得到了一个消息，有一个发大财的机会，所以才约你……”李医生说。

“发大财……”特务队长压低声音说：“真有机会……”

“就怕你不敢干，那是掉脑袋的事。”李医生也压低声音。

“啥球掉不掉脑袋，今朝有酒今朝醉，管他明日死与活。只要赚钱，老子啥也不怕。”特务队长激动了。

“是这个的事，你敢干吗？”李医生用手指比了个八字。

“你……你和他们……”特务队长瞪着眼看他，“那边的事不能做。”

“看你吓的。”李医生说，“我是一个医生，只管救死扶伤，不管是国民党还是共产党还是日本人，他们都不会为难我，因为谁也保不住啥时候需要我救治，两军交战不杀医生。想想吧，要不是我把你胸口的子弹取出来，你可能早见阎王了……”李医生激他。

“李医生，你的救命大恩我不会忘记。只是和八路做买卖不成……嘿嘿……”特务队长一边吃一边说，还打着哈哈。

“我知道你早就做着军火药品的买卖，所以有这条线索就先想到你，人家出的价可不低。你要不干，我只好再找别人了。”李医生在吊他的胃口。

“李医生，和八路做买卖那是要掉脑袋的，所以得小心。”特务队长说。

“那边说了，价高得很，一次就可能够一辈子的，有了钱，你怕啥？不行就远走高飞，这穷地方有啥活头。”李医生在引导他上套。

“这可不是小事，不知道八路要我怎么做？事成给多少钱？”特务队长妥协了。

“其实很好办，你只要动动嘴就行了，普通的一百元，重要的二百元。你知我知天知地知，悄悄地就把事办了。”李医生说。

“你说的是情报吧，那可不成，我还以为是军火药品呢。情报都是秘密的，很容易暴露的。”特务队长说。

“不是情报能有大价钱！再说双方都有情报部门，谁会怀疑堂堂的特务队长呢？何况你还是陈司令的警卫排长。鸟为食亡人为财死，人不为己天诛地灭，这个乱世道，还是现大洋实惠啊！”李医生往他心里说。

“你是八路的人吧！为什么他们找你？”特务队长还是不放心。

“我是医生，是个中间人，哪边都不靠。有人找我要情报说这能发财，我就想到了你，愿干你就冒点风险，不愿意干，就算我啥也没说，可别因为我多这么一嘴影响你的前程。”李医生将了他一军。

“哪里哪里……”特务队长思考了一下，“我是问能不能兑现……我要的是一手交情报一手拿钱，一次一清不拖不欠。而且……就你我交易，不得把我捅出去。”特务队长动心了。

“这个我能保证，就你我交易，绝不会把你捅出去，要是我把你捅出去，你就用枪打我的脑壳只要情报到手，现过现一律不欠。”李医生给他打包票。

“我有一事不明，这可是个掉脑袋的事，你不是八路，你图个啥？”特务队长动了脑筋。

“不瞒你说，人都有图头，我也是为了钱。我赚的是八路的回扣，与你赚的不相干，各是各。这年头得给自己留条后路，没有钱可玩不转。”李医生幌他。

“话说到这里，咱们成交。我这里现成的就有一个绝密，按照陈司令的奖励得五百元大洋。我卖给你，你给多少钱……”特务队长讨价了。

“只要是绝密。我先给你这个数作定金。”李医生拿出一个布包包，沉甸甸的是一百块大洋，“剩下的明天给你。”

“说话算数！”特务队长摸了摸腰里的枪，下意识地吓唬人。

“如有违约，天打五雷轰！”李医生信誓旦旦，他怕这个主变卦。

“好！我说……”特务队长接过那个布包包，把苟一镖好不容易摸来的情报告诉了李医生，“明天早上皇军的一个小队和皇协军的两个营，要长途奔袭花豹子山寨。他们晚上到达青岭镇，然后和青岭镇一个营的皇协军会合，连夜行动，天亮前完成对花豹子山寨的包围，破晓发起进攻，突击八路军县政府……”

在银器铺李医生把情况给大家一说，大家感到真是太重要了。霍炎没有说假话，特务队长的情报更具体。苟一镖真的潜到了花豹子的山寨。

“我马上回村，把情报告诉刘村长，他还得通知县政府，现在已是晚上了，明天一早鬼子就要行动，时间紧促，马上行动。”秀秀说着就要出门。

“黑天半夜的，你一个女人家不安全，还是我去吧。”秦老板拦住秀秀说。

“还是我去吧，我是联络站的负责人，这么重要的情报，我要亲自报告给刘村长，不能有半点差错。”秀秀有自己去的理由。

“我看秀秀和秦老板一块儿去，路上好有个照应。只是出不了城门，鬼子已经戒严了，不行的话，就翻西城墙，那里地偏墙低没什么危险，就是要多绕几里地。”刘掌柜说。

“绕就绕吧，顾不得那么多了……”秀秀说完就和秦老板走了。

秀秀和秦老板半夜回村，刘大牛就觉得严重。当听完秀秀的汇报后，刘大牛感到的是吃惊。他是下午才从花豹子山寨回来的，县政府开会的事属实，庞永贵讲话的事也属实。这个会议要在年底召开，各个村镇的通知都下去了，转移开会地址和更改会议日期都不可能。县委开这个会的目地，就是要在元旦后春节前，在全县掀起一个抗日的高潮。刘大牛是城关区的领导，参加了县政府的预备会议，他是赶着回来给各村布置任务的，没想到脚刚落地，就得到秀秀的报告，鬼子的鼻子可真灵啊！

刘大牛觉得事情太严重，二话没说领着他们就来到了祠堂。祠堂的厢房聚了一屋子人。原来是强强的小分队住在这里。强强的小分队是和刘大牛一块儿从花豹子山寨回来的，他们的任务就是在年底牵制鬼子，保证县政府会议胜利召开。刘大牛觉得只有强强的小分队能够解决这个问题，所以就带着他们来找强强。强强和金海金洋听了秀秀的汇报后，同样感到事情太重大了。

“花豹子山寨离这里八十里地，五十里丘陵地到青岭镇，还有三十里山地才能到。咱们要立即派人回去汇报，把这情报告诉给县里，好让县里有所准备……现在已是半夜，就是飞也飞不到呀！”强强在分析思考，怎么办才能粉碎敌人的阴谋。

“八十里路最快也要一天半，明天晚上能赶到。敌人明天晚上到青岭镇，连夜包围花豹子山寨，时间太紧，县政府是机关，不是战斗部队，晚上很难行动……要是赶不到鬼子前边，受损失的就是咱们了……”金海说。

“不管咋说，都要派人回去报告这里的情况……时间是来不及，为了争取时间，我们小分队可以在城里骚扰牵制一下鬼子，拖延鬼子行动的时间，能拖延多少是多少，为我们回去报信争取时间。”金洋说。

“咱们小分队这次回来的任务就是牵制鬼子，保证县里会议如期正常召开。没想到的是脚刚落地任务就来了。金洋说的是个好办法，怎么骚扰？怎么牵制？怎么拖延？鬼子这次行动对他们来说也是重大行动，一般的骚扰他会无动于衷，只有打到他的疼处要害他才会改变行动，否则白费力气。”刘大牛说。

“我有个想法大家看看，咱们小分队二十个人，全部进城，目标太大，联络站也不好隐蔽。我想分成两个组，一个组在城外佯攻接应，这个组十四个人都换成长枪，再配一挺机枪。另一个组分别有我和金海金洋各带一个战士共六个人，连夜潜回到县城，我们六人两人一拨分成三拨，一拨袭击鬼子的粮库，一拨袭击皇协军司令部，一拨袭击鬼子的司令部。半夜十二点，我们开始行动，在鬼子的心脏来个三面开花。我们打响以后，城外的机枪和人员要立即开火，形成佯攻的阵势，这样内外开火，叫鬼子顾头顾不着腚，把他们打疼打难受打糊涂，翻天覆地地弄他个一晚上，看鬼子明天怎么出兵……”强强说。

“这个办法不错，以小股精干人员进城袭击，以大部分人员在城外进行佯攻，内外结合搞他一个晚上，这是拖延鬼子的好办法……”刘大牛想了一下说：“袭击后你们怎么出城，要知道这是在城里，是鬼子窝啊……”

“这个问题我也想了，我知道寡不敌众，可能我们都不能生还，但必须这么做！能拖延多长时间就拖延多长时间，就是打到最后一个人，也要想法拖住敌人。至于怎么出城，我们和联络站的秀秀商量，我知道她家有个地道，到时候就靠它了。”强强觉得这一仗很难打，就作了最坏的打算。

“好吧，我同意你们的战斗方案，现在我就回花豹子山寨，把这里的情况报告给县委。”刘村长说。

“回去后告诉四叔，我们能够拖延鬼子行动的时间，但阻止不了鬼子的行动计划，为了保险起见，让县委赶快转移。为了拖延鬼子的行军速度，我建议在青岭镇到花豹子山寨的一线天摆个布袋阵，打鬼子一个伏击，这样就能为县委的转移赢得更多的时间。”强强说。

“好！我一定把你的建议带给县委。也希望同志们灵活机动保全自己。”刘大牛说完就离开了祠堂。

三十八、战火中的洗礼

战事十万火急。

半夜十点，刘村长带着两个民兵去给县委报信。强强和他的小分队来到了西门外。在西门外乱坟岗他们找了一处高地，这里离西城门有一百多米，地势高于西城门，可以看到城上的哨兵和城里的点点星火。小分队的长枪和一挺机枪就布置在这里，居高临下是个很好的阵地。强强带着金海金洋和三个战士，一律的黑衣黑裤，一身的短打扮。他们翻过西城墙来到银器铺，大家在这里检查枪支弹药，准备晚上十二点的行动。

夜里十二点，正当强强他们要对鬼子的三个点发动袭击的时候，刘掌柜来了，他带来了一个出人意料的坏消息。

原来，霍炎刚刚找过他，说特务队长要在天亮前抓李医生，说他是八路的探子，杀了李医生后再去袭击八路县政府。关键时刻出了差错，影响了战斗计划的实施，大家又急又火！特务队长为什么要杀李医生，难道说他暴露了？开战前节外生枝，大伙儿心里很疑惑……

这个特务队长就是个兵油子。不仅嗜财如命而且刁滑奸诈。他过去就经常通过李医生贩卖军火药品，挣了不少的钱。要说交往，他和李医生可以说是无话不谈。李医生就是他的摇钱树。不过过去贩卖军火，贩卖了就与自己无关了，管他东南西北谁用谁不用，我只要得到钱就行了。这次他把情报卖给李医生后，心里总是七上八下觉得不踏实……这事不保险呀！这不是自己出卖自己吗？自己是特务队长肯定要参加行动，八路知道了情报来个埋伏，自己的小命不就完了……想到这儿他后悔了，他脱不了身就等于一百元卖了自己的命。这不行，万万不行！他开始琢磨办法了，他觉得情报已经卖出去了，要是要不回来了，为了保命还是先下手为强。他想出了一条毒计：报告陈纶李医生是八路探子，立即抓捕消灭此人，不仅消除了自己的心病，还能从陈纶那里拿到一笔赏钱。这家伙两头通吃，阴险又毒辣！

“司令，我得到一条可靠线索，这个鱼不小，他是八路的密探……”特务队长故作神秘。

“密探？大鱼？小子，长能耐了，说说看……”陈纶看着他说。

“司令，是真的。此人就是北大街西医诊所的李医生。”特务队长供出了李医生。

“李医生！他是八路的密探？他可是整天给皇军治枪伤的呀！你小子别弄错了……”陈纶不信。

“司令，他真的是密探！我看见他和陌生人来往了，听到他们说要倒腾什么药品军火，还有情报什么的，这个人不除对我们危害极大，明天不就要奔袭八路首脑机关吗，别让这个老鼠坏了我们的汤……”特务队长真是一肚子坏水，他在怂恿陈纶下杀手。

“李医生！这个家伙阴啊！就在我们的眼皮底下。小心无大错，大错不小心。为了明天的行动，就是错杀也无所谓。小子，带着你的特务队，马上把这个李医生抓来，我要审审他，看看他是不是八路的探子。”陈纶看了一下表，已是夜里十一点，打了个哈欠要睡觉。

“司令，你先休息，为了不惊动他，我凌晨三点动手，一定把他抓住！”特务队长的诡计就要实现了，他心里窃喜，“司令，可别忘了小的奖励哟，小的为你马前鞍后也不容易……”

“去吧，奖励少不了你的……”陈纶已躺下了。

陈纶的命令是抓李医生。特务队长比陈纶还黑，他篡改了陈纶的命令，要求特务们杀死李医生，他觉得只有死了才保险，这样他和李医生的勾结也就无人知晓了。行动前，特务队长叫了十个人，恰巧霍炎也在其中，霍炎就是听特务队长布置任务时知道的。他觉得李医生是个好人，不能就这样死在特务队长手里，于是就不顾个人危险找了个机会溜了出来，偷偷地告诉了刘掌柜。

事不迟疑，强强立即调整了部署。三个小组合并为一队，把十二点发起的袭击改为凌晨三点。战斗计划也作了改变，他让刘掌柜一刻也不要耽搁，马上通知李医生转移。他决定利用特务队在城里的大意，埋伏在李医生的诊所打一个伏击。然后再袭击粮库和皇协军司令部和鬼子司令部。原定的三面开花变成了四面开花。

通知李医生转移的任务落到了刘掌柜的身上，要他立刻到李医生的诊所，务必在两点钟前带着李医生转移到银器铺。

刘掌柜看了一下表，时针指向一点半，还有半个小时的时间。好在李医生的诊所就在北大街，离银器铺不远。刘掌柜借着夜幕悄悄地来到李医生的诊所。

“刘掌柜，你怎么来了？”李医生很惊讶。

“李医生，我是接你来了，你赶紧跟我走，你已经暴露了。”刘掌柜拉着他就要走。

“暴露了？我咋暴露了？”李医生不信。

“是特务队长把你告了，赶紧走吧，他们三点来抓你。”刘掌柜说。

“这么说，我白给了他一百块大洋！这个猪狗不如的东西。”李医生骂着。

“这个账，迟早要找他算，眼下是赶紧走。”刘掌柜还是催他。

“诊所这么多东西，咋拿呀？”李医生东看看西看看，啥都舍不得。

“这些都不要了，快走，晚了就来不及了。”刘掌柜拉着他回到了银器铺。

回到银器铺，李医生还在为自己的失误歉疚，大骂特务队长背信弃义。大家不这样认为，不管咋说，李医生的作为还是证明了情报的准确性，这就达到了目的。至于特务队长要杀李医生，这就是斗争的残酷性，对敌斗争的情况是错综复杂的，有些事情就是瞬息万变，要说是错的话，就是低估我们的敌人。

要在城里四面开花，强强六个人确实有点少，再从城外调兵也来不及了。联络站的四个人坐不住了，他们要求参战。

“强强哥，这不行呀，人手太少，要不我们也参战吧。”秀秀提出了建议。

“你们没有打过仗。况且你们也不能暴露，这次就不参战了。”强强说。

“那也不能眼睁睁地看着你们打鬼子，这样我们也坐不住呀，我们的目的不就是拖延敌人吗？人多力量大，枪我们都会使，让我们参加吧。”刘掌柜说。

“这么重要的战斗，我们不能不参加。现在正是用人的时候，我们联络站和你们一块儿去战斗。”李医生说。

“只要是打鬼子，就是我们分内的事，让我们参加吧，我们也要亲手杀几个鬼子！”秦老板这次不含糊。

“既然这样，我答应你们。”强强也感到自己人手不够，四面开花兵力太少。看到大家士气很高，不让参战也确实不行，可是建一个联络站也太不容易了，他不愿意因为参战而让他们暴露。为了满足他们参战的要求，为了他们不在战斗中暴露，他想了想说：“联络站的人员必须换换装，最好戴帽子。战斗打响后，要紧跟我们的战士，听从指挥。你们可是咱们八路的宝啊！如有闪失，我可担待不起。”

“强强哥！我们绝对服从命令听从指挥！能亲手杀鬼子，这是我们盼望已久的事，今天遇上了，我们绝对不会放过。你就放心吧，武器我们都会使，联络站有现成的枪支弹药，我要叫小鬼子知道中国人的厉害。”秀秀说着话，秦老板就抱出了一个包包，里边是四把手枪和四颗手榴弹。

“太好了，你们太厉害了。”强强摸着那些枪说，“你们是有准备的呀！”

“干我们这行的，都要留一手，这是自卫用的，没想到派上了用场，今天拿它真正地参加一次战斗。”秀秀说得很平静。

“好！我没啥说的了，我们一同去战斗，打出我们响水塬儿女的英雄气概来，杀出我们八路的威风来，用我们的战斗拖延鬼子的行动。”强强终于同意了他们的战斗要求。

战斗人员由六人变成了十人。强强重新作了部署。打特务队的伏击没变，这个战斗还是强强他们去打，联络站的四个人等到强强他们回来后，再兵分三路出击。强强和秀秀秦老板一组袭击鬼子司令部，金海和刘掌柜一组袭击皇协军司令部，金洋和李医生一组袭击鬼子的粮库。三方同时打响后，城外的战士开始佯攻，打得越热闹越好。

凌晨两点半，强强他们埋伏到了李医生的诊所。李医生的诊所在北大街一个四合院里，强强和金海藏在李医生的诊室，金洋带着三个战士埋伏在院子周围的房上。时针指向了三点，强强看了看手腕上的表说："时间到了，狗日的就要来了。""来了好啊!"金海抽出背上那把大刀，"先砍两个再说!"

就在这时，大门外响起一阵杂乱的脚步声。"弟兄们，把这个院给我包围起来，仔仔细细给我看好了，一定要抓住李医生，如果逃跑立即开枪……"这是特务队长的声音。

接着就听到一串的脚步声，特务们把小院围了起来。特务队长上去敲门，嘭嘭……嘭嘭……连着敲了两边，大门紧闭院里没有回应。特务队长推了推大门，大门上了闩推不开。特务队长急了喊道："撞门！撞开!"黑天里几个黑影相拥着超大门撞去，只听"哗啦"一声，大门撞开了，几个黑影稳不住身子跌倒在院子里。

"他妈的，这么扫兴。"特务队长嘟哝着跟到院里，"起来，起来，都起来!"

院里的黑影站起来了，几个人围住了诊所，有人喊道："李医生，出来!"

屋里没有回音，特务队长觉得不对劲，就指着身边的两个特务说："你俩，进去搜!"

两个特务提着驳壳枪慢慢地靠近屋门，然后猛一用力推开大门，接着身子就跟了进去，只听得"喀嚓！喀嚓!"两声，两具身子直挺挺地倒回到院里，腔子里还在喷着黑乎乎的血。特务队长凑过来一看，是两具无头的身子。

"啊!"特务队长一声惊呼，"弟兄们，快开枪，里边有人……"接着就甩手打了一梭子，枪声划破夜空尖锐刺耳。特务们"噢"的一声散开，举枪朝屋里扫射，一阵噼里啪啦，门窗被枪弹穿了一个个洞，好在强强金海隐在墙后，他们没有被枪弹伤着。

"给我往里扔手榴弹，炸死他，看来这家伙真是八路!"特务队长明白了，一个医生咋会杀人呢，而且手法娴熟！他觉得自己的判断没有错，就下了命令。

"砰砰砰砰……"没等特务们动手，强强和金海就开始打枪了，一阵"哎哟哎哟"黑影倒下了不少。与此同时，大门外埋伏在周围房屋上的战士们也向特务们开了枪，院里院外又倒下不少黑影。特务队长蒙了，是不是八路进城啦？为啥四面是人而且枪枪毙命！于是他大喊："弟兄们，快撤，是八路来啦！"说完扭头就跑。屋里强强和金海看得真切，两把驳壳枪对着他就是一梭子，只见特务队长身子往上一蹿，怔怔地戳在那里，然后慢慢地扑倒在地，他的身上和头上中了无数的枪弹，乌黑的血流了一地。

诊所这边结束了战斗，十个特务全部被歼。强强和金海从屋里出来，斜刺里突然起来一个人，紧张的强强举枪就要打。

"八路哥！我是霍炎。"站起来的人说。

"霍炎……你是霍炎……好兄弟！"强强走到他跟前。

"我是霍炎，我要跟你们走。"霍炎说。

"你不怕死吗？"强强问。

"我不怕死，怕死就不给你们报信了。"霍炎说。

"好兄弟，没伤着吧。"强强问。

"一进院我就趴在地上，没有伤着。"霍炎说。

"那好，拿着你的武器，我们一起打鬼子。"强强收留了他。

说着话他们出了院子，一行七人回到了银器铺。初战获胜，打死了特务队长，我无一人伤亡。大家心里快活。接着他们乘胜追击，利用鬼子还没缓过神的机会，杀向了鬼子的司令部皇协军的司令部和鬼子的粮库。

这里是鬼子的司令部。这里戒备森严，门口架着机枪。司令部里龟土一郎正在打电话："陈司令，哪里的打枪？为什么打枪？"

"啊！是大佐阁下，小小的事情，不必惊慌。"陈纶躺在床上，说话慢条斯理，"我的特务队的干活，他们去抓一个八路探子，刚才的开火，就是他们打的枪。"陈纶看了一眼表，表针指向三点半。他觉得枪声不响了，可能是特务队长得手了，于是他说："大佐阁下，一会儿八路探子带到，我亲自给你押过去，咱们连夜突审……"

"吆西，陈司令，你的干得好！这是个好兆头，明天我们将乘胜追击！哈哈哈哈……"龟土一郎在电话里笑起来。

"大佐阁下，你就静候佳音，预祝我们明天旗开得胜，踏平紫金山，活捉庞永贵……"陈纶陶醉在自己的设想里。

四面开花已开了一面，鬼子汉奸并没有介意，他们还认为是特务队长得手呢。所以街面上没有乱，这给强强他们创造了潜入三个点的机会。现在就要三面开花了，强强突然有了警悟。他觉得袭扰就是袭扰，不一定非要硬碰硬，主要是打乱敌人的部署，扰乱敌人的视线，延缓敌人的行动。既然是袭扰，就不一定非要牺牲，特别是联络站这些地下工作者参战，更使他觉得保护同志们的重要性，于是他这样给大家说：“同志们，下边三个点都是敌人重兵把守的地方，因此我们不能恋战，如果敌人看出了我们只有十一个人，那我们生还的可能就很小。这一仗我建议这么打，就是尽量地用手榴弹，远距离地投掷，炸着炸不着不要紧，要的是这么个动静。每人两颗手榴弹，扔完就撤，大家要在敌人还没有明白前撤到银器铺，这时城外的小组就会向敌人开火，趁着这个乱劲，我们再想法出城。我们要以最小的代价换取最大的胜利，争取不伤不亡，打一个漂亮的袭击。”强强的要求得到了大家的赞许，乘着首战胜利的喜悦，大家迅速地投入下一步行动。

这是强强这一组。他们隐蔽在鬼子司令部三十米开外的街角，这里能看清鬼子司令部大门。明亮的灯光下，岗楼里的哨兵警惕地看着四周，掩体后边架有机枪，隐约能看见院里还有巡逻队。

“霍炎，从这里扔手榴弹，能扔到院子里吗？”强强问。

“没问题。”霍炎回答。

“那好，一会儿你使劲往院里扔，我再给你两颗，好好过过瘾。”强强说。

“看好吧，一出手六十米，铁匠的胳膊有的是劲，我要炸掉那个老鬼子的司令部。”霍炎说。

“秀秀，秦老板，你们咋样？”强强担心他俩。

“试试吧，能扔到大门口。”他俩回答的不坚定。

“不行的话，把手榴弹给我，你俩打枪。”强强说。

“千载难逢的机会，就让我们扔吧！手榴弹炸鬼子，解解心头之恨！”他俩这次回答的不含糊。

“沉住气，心别慌，拉开线，使劲扔。开始行动！”强强发出了命令。

这时只见霍炎和那位战士跃出街角，右臂抡圆向前猛甩，只听的“嗖嗖嗖”的几声风响，一个个手榴弹跃过鬼子司令部的大门落到了院里，接着就是轰轰轰的爆炸声。强强的手榴弹给了霍炎，他便用驳壳枪向鬼子点射，门口的哨兵被他击毙。

秀秀和秦老板不顺利，他们手上没劲，手榴弹扔不远，扔出的手榴弹都在街上爆炸，根本伤不到鬼子。强强一看这哪行？赶紧要过剩下的两颗，“嗖嗖”地扔了出去，手榴弹在大门口爆炸了，又炸死了几个鬼子。秀秀和秦老板不过瘾，举着驳壳枪向鬼子射击，他们忘记了强强的要求，打了一梭子又一梭子。强强过来了，拉起秀秀和秦老板就撤，霍炎和那个战士在后边掩护，他们安全地回到了银器铺。

金海这组顺利得出奇，他和刘掌柜还有那个战士，隐蔽在城隍庙大门的对面。这里有一个院落，站在院落的房顶，居高临下，手榴弹很容易投到大门里。金海他们不敢怠慢，手起手落，一颗颗手榴弹准确地落到大门里边，炸的皇协军晕头转向，乱哄哄地成了一锅粥。金海他们觉得不解恨，举起驳壳枪一阵射击，门里门外又打死了好些个皇协军。趁着乱劲，金海他们也安全地回到了银器铺。

金洋这组有点麻烦，麻烦是鬼子在粮库周围的巡逻。人无法靠近粮库，手榴弹就扔不进去，在墙外爆炸虽然也有作用，但总没有在粮库爆炸好。金洋就想了个法，让李医生打枪把巡逻的鬼子引走，自己和那个战士凑到墙根，把手榴弹扔进粮库。

李医生跃身跳出，对着鬼子的巡逻队就是一梭子。鬼子的巡逻队号叫着向李医生追去，李医生三转两转，把鬼子越引越远。趁着这个机会，金洋和那个战士把六颗手榴弹扔进了粮库，爆炸声此起彼伏，粮库燃起了熊熊大火。李医生道熟路熟，他甩开了巡逻队又回到了粮库，想想鬼子的兽行，他举起了手中的枪。这时金洋过来了，拉起正打得起劲的李医生，绕过敌人岗哨，和那个战士回到了银器铺。

三个小组会合了，大家都完成了任务，大家都安全地回来了。就在这时西城门的枪声突然响了起来，枪声密集急骤，还有机枪的嗒嗒声。大家知道，这是城外的小组在接应他们。

龟土一郎着急了，他打电话给陈纶："陈司令，怎么回事？我的司令部遭到了袭击……"

陈纶没等他话说完就说道："大佐阁下，我的司令部也遭到了袭击……"

龟土一郎嫌陈纶打断他的电话，抢过话头说："刚才接到报告，粮库也遭到了袭击，而且起了大火。我问你，一夜之间三处遭到袭击，这是怎么回事？还有，你听到了吗，西门还在打枪，难道是八路打过来了？"

这些问题陈纶就没法回答，他就没有操这些心。枪声大乱的时候，他正搂着小老婆在温柔乡里逍遥哩，哪里管得了这些事。可是龟土一郎的电话不能不回，他打着精神说："从枪声上判断，可能是游击队所为，大佐阁下，我马上派人去查。"

龟土一郎不满意陈纶的回答，他厉声说："我命令你，皇协军全部出动，四个城门严加把守，就是把塬县县城翻个底朝天，也要抓住这些个八路！"

城里炸了锅，巡逻的鬼子在街上乱窜，皇协军在挨门挨户搜查。翻西城墙出城已经不可能。可是银器铺也不是久留之地。强强和秀秀秦老板商量一下，决定走地道出城。

秀秀说："地窖下边有个地道直通城里的大沟，进了大沟顺沟往西就能出城。只是这条地道没有用过，不知通不通。"

“不会有事，我父亲修得很结实，只是没用过。今天摊上了，咱就走一遭，说不定还真是金蝉脱壳又一条生路哩。”秦老板说。

“好吧，就走地道。联络站的人要加倍小心，没有事情不要外出。刘掌柜还是回仙人居，秀秀和秦老板还在银器铺。李医生的诊所不能回了，先住在银器铺，如果鬼子搜到这里，就躲到地窖里。霍炎兄弟跟我们走。大家看这样行吗？”强强做好布置征求大家意见。

“行……”大家没有意见。

“那好，时间紧急，马上行动。”强强说完就领着队员们钻进了地窖。

天亮了，塬县县城平日里威严的地方，今日个一片狼藉。弹坑累累墙倒屋塌尸体横陈血迹斑斑。昨夜的四面开花城外打枪，搞的鬼子和皇协军惶惶不安一夜未睡。折腾了半宿，连八路的影子都没见到。陈纶更是自觉倒霉，他的亲信特务队长连同九个弟兄，被杀死在李医生的诊所。他心痛之极愤怒之极，就在他气不打一处来的时候，他被叫到了鬼子司令部。

龟土一郎发怒了，他抽出指挥刀，唰的一下劈了下去，桌子的一个角应声落地：“八格牙路！死了死了的……”他的牛蛋子眼瞪得圆圆的，声嘶力竭地对着陈纶喊：“你的，饭桶！皇协军的，饭桶！”

“大佐阁下，息怒……请息怒……”陈纶知道这次损失严重，他的特务队几乎全歼，鬼子也死了十几个，闹腾了一夜，一个八路也没抓着，他心里也很着急。

“孙猴子钻到了铁扇公主的肚里，这样下去那还了得！陈司令陈县长，你说怎么办？”

“昨天晚上我已采取措施，关闭城门，严查行人，挨家挨户搜查……结果……”

“结果是无一收获！你们这些中国人……说说吧，你的怎样看待这件事？”龟土一郎把刀插回了刀鞘。

“从枪声判断，昨晚还是八路的游击队所为，太君不必惊慌，也不必为他们的袭扰影响我们的行动。我们只要加强夜间巡逻防范就行。既定的作战方案不能变，关键是要打掉八路的首脑机关，这样塬县就会平安无事……”陈纶慢声细语分析着昨晚的情况，他觉得龟土一郎真是小题大做，完全不必被八路的袭扰困惑，袭击八路县政府才是大事。

“原定的方案是今天早上出发，你看闹腾了一夜，士兵们都很疲倦，倦师勿征，长途奔袭是大忌呀！”龟土一郎说。

“倦师勿征是对的。我觉得游击队的袭扰就是不让我们出征，我们不被其所扰，今天我们整顿一下，明早出征，速战速决，不给八路喘息之机。”陈纶说。

“吆西，陈司令，你再详细说说。”龟土一郎觉得自己太不冷静了，他的面前是保定陆军学校的毕业生，他觉得自己有点失态了。

“大佐阁下！原定的计划不能变。特务队没了不要紧。我可以亲自带着皇协军去，太君也可以再增派一个小队去，一个团的皇协军两个小队的皇军，庞永贵的胃口再大也吃不下。”陈纶信誓旦旦。

“吆西！陈司令陈县长，你的真正的军人！”龟土一郎高兴了，“我再给你配一个钢炮小队，三个小队都归你指挥……”

“谢谢大佐阁下！谢谢你的高抬！明天一早我就出发，我就不信剿灭不了庞永贵，消灭不了八路的首脑机关！”陈纶咬着牙说，他的眼睛露出的是冷森森的光。

紫金山，中条山的支脉，位于响水塬的西端。这里是八路军的根据地。抗日战争开始后，共产党就注意到这块地方。独特的三县交界，独特的深山密林，形成了独特的三不管地界。这里集聚着三个县犯事的人，这些所谓的犯事人大多是穷苦百姓，这些人被官府所逼，逃进大山。他们占山为王，修山为寨，打出旗号替天行道与官府作对。庞永贵在回庞家窑之前，就在这里做群众工作。八路军的大旗一打，八路军的主意一出，就得到了山民和这些所谓的土匪的响应。于是那些桀骜不驯的真正的土匪头子走了，那些散兵游勇和地痞混混走了，那些往日的穷苦百姓都集合到八路的旗下，成了一股让鬼子汉奸闻风丧胆的武装力量。花豹子山寨成了八路军县政府的驻地。这里就有八路军的一个军械修理所和一个后方医院。花豹子山寨驻守着八路一个连的兵力。这个连就是庞永贵争取改编过来的那些花豹子手下的兵。连长姓司马名鸣，四十岁左右，原来他是花豹子山寨的二把手，是和花豹子磕过头的拜把子兄弟。司马鸣是涑水南垣人，长得精干利落。也是因为家中爱妻被财主欺侮，一气之下杀了财主一家逃到紫金山。司马鸣仗义疏财施善济贫和花豹子一样，深得山寨大小喽啰的爱戴。花豹子死后，陈纶杀上山寨，他带着残余的喽啰逃到涑水的鸣条岗，在香山寺后的香山庄休养生息，后来涑水的县衙得知他们的消息后，起兵围剿，他又带着他的喽啰们重又回到了紫金山。他们重修了山寨，靠着天险和官府对抗。后来庞永贵来到山寨，他们才知道了山外的情形，知道了日寇在灭我中华，知道了官府的腐败和对日寇的软弱。后来他们被改编为八路，因为人熟地熟方便打游击，就一直驻守在这里。

强强大闹塬县县城，牵制了鬼子的行动，给刘村长回山寨赢得了时间。刘村长一身汗一腿泥赶到花豹子山寨时，已是第二天的下午。庞永贵立即命令司马鸣带着他的连队到一线天埋伏，阻击进犯的鬼子和皇协军。县政府和军械修理所后方医院立即转移，在空了的山寨里，能埋的地方都埋上了地雷。庞永贵在这里布下了一个连环地雷阵，他要叫进犯的敌人有来无回。

这里是一线天。两山夹一道，最宽处能过一辆马车，最窄处只能过一匹马，道长近两百米，两边都是刀切斧砍似的陡崖，陡崖有二三十米高。崖上长满了野树枯草，风吹草摇树摆，一幅凄凉图画……陈纶来到了这里，看着一线天的地势他先酥了。

“这鬼地方，真是养土匪的好地方……”他心里揣摩着叫停了部队，“机枪钢炮往山上打，火力侦察一下。”

“哒哒哒……哒哒哒……”机枪满山遍野无目标的向崖上扫射。“呜……哐！”“呜……哐！”小钢炮也打向崖顶，崖顶冒起了朵朵黑烟……

陈纶拿望远镜往山上仔细地瞅，山上没有人，山上也没有动静。陈纶放心了，这里不能久留，于是他指挥部队快速通过。

山上的司马鸣看得清清楚楚，这个人就是杀死花豹子的凶手，一种复仇的怒火冲天而起：“狗日的，今天叫你有来无回！”也许是过于急躁，也许是没有打伏击的经验，也许是陈纶的部队稀稀拉拉拉的战线太长，二百米距离只能容纳下一小部分敌人，眼看着敌人的尖兵就要走出一线天了，司马鸣不得不开枪了，随着一声“打！”各种武器一起开火，一线天一片火海，鬼子伪军死了一大片。

陈纶一看中了埋伏，赶紧让部队退了回来，指挥着机枪钢炮往山上猛打。这下鬼子伪军有了目标，专门往藏人的地方打。司马鸣的部队伤亡不少。这时，庞永贵的通信员来了，告诉他花豹子山寨已经撤离完毕，要他们不要恋战，赶紧撤出战斗。

陈纶带着他的部队来到了花豹子山寨，他们占领了山寨。但是山寨里一个人也没有，他们得到的是一座空寨。陈纶觉得不对劲了，八路的标语还在，八路的锅灶还有余热，那人呢？这神出鬼没的八路又出什么怪招？一连串的疑问在他心里翻腾……他感到又中了八路的埋伏，于是下令：“放火烧了这个八路窝，烧他个片甲不留……”

就在这时，一声炮响，山寨四周的悬崖上，红旗招展军号嘹亮杀声震天，八路战士犹如天兵天将站在崖顶，一支支黑洞洞的枪口对着寨里的鬼子和皇协军。

“这……这……”陈纶慌神了，他顾不着了衣着风度，帽子歪了，风纪扣开了，话也不连贯了：“弟兄们，撤！快撤！”他的腿软得抬不起来，几个马弁过来抬他。

就在这时，山上传来了庞永贵的声音：“汉奸陈纶听着，你投靠日本人，你屠杀自己的同胞，你卖国求荣，你罪该万死，你死不可赎！”

“你……你……你是谁?”陈纶没了过去的斯文，没了过去的慢条斯理，他声嘶力竭地喊。他想知道说话者，不想这样死在对手手里。

“陈纶，睁大你的狗眼看看吧！我是庞永贵，我就在你的头顶……这里有天然的山体大佛，这里有永不竭涸的山泉，这里是神圣的中国土地，这里是我们生活的家乡。这里不允许日本鬼子烧杀抢掠！这里不允许汉奸卖国贼玷污!”

陈纶抬头往上看，他看到了一处突兀的陡崖上，站着一位英俊的汉子，身体健壮身材笔挺，一身整齐的八路制服，整洁的军帽下泛着红光的国字脸露着威严。

“你……你是庞永贵……”陈纶语无伦次。这个打了多年交道从未谋面的对手竟是这样的潇洒，他自惭形秽但又不愿意束手就策，于是他说：“咱们同饮龙泉的水，咱们同住大沟的两边，说远了，我是皇军的县长，你是八路的县长，我们是各为其主才兵戎相见。咱们生在响水塬长在响水塬。说近了我们是邻居，说亲了我们是兄弟，咱们能不能坐下来在一起谈谈……”陈纶耍起了花招，他想在绝望中找一条出路，就想用亲情老乡来动摇庞永贵。

“陈纶，你不配谈这些。什么乡亲，什么邻居，什么兄弟，想想你的所作所为，你配得上这些称呼吗?你这个鬼子的走狗汉奸，为了升官发财，为了你的万贯家财和千亩良田，你认贼作父，卖国求荣，屠杀了多少塬上的乡亲，你双手沾满了乡亲们的鲜血，你有什么资格和我们谈！告诉你吧，人们不会饶过你，你就是死上一百遍也不为过！你的出路只有一条，放下武器缴械投降，这样，你的士兵还有活路。否则这里就是你们的坟墓!”庞永贵义正严词不容他回旋。

“这……”陈纶环视四周，只见环形的崖顶，八路的红旗迎风招展，八路的战士挺胸举枪，乌黑黑的枪口对着他和他的乱成一片的部队……陡崖后松柏墨绿，松柏后的悬崖峭壁上天然自成一座佛像，佛像在阳光的照射下闪闪发光……

“八格!”鬼子的三个小队长不愿意了，他们抽出指挥刀，指挥着鬼子兵驱赶着皇协军要做垂死挣扎。只听“啪啪啪”三声枪响，庞永贵身边的狙击手开枪了，三个鬼子小队长跌倒在血泊中……

“啊!”陈纶惊叫了一声，看着脚下的鬼子尸体，慌乱地趴倒在地，战战兢兢地吼道：“快……快撤……往山口撤……”

皇协军和鬼子相拥着往山寨外撤，无奈，山寨的出口很狭窄，进出都得上下石台阶，皇协军和鬼子互不想让在这里挤成了一团。就在这时，一声巨响，山门被炸塌了，巨石堵住了出寨的路。司马鸣的那个连队扎住了口袋口，陈纶成了网中的鱼瓮中的鳖，他跑不了了。

八路的军号响了，激昂的军号声在山谷里回荡。战士们开枪了，仇恨的子弹射向了敌人，一时间枪声啪啪如暴雨般倾泻，山寨里的敌人抱头鼠窜……

陈纶被这势如破竹的阵势惊住了，目瞪口呆地看着自己的队伍被消灭，他觉得这太不可能了，一个团的皇协军三个小队的皇军，就这样灰飞烟灭？

陈纶没有回过味来，就听得陡崖上一声巨响，山崩地裂，飞石从天而降，紧接着山寨里一颗一颗的地雷接二连三的爆炸，东躲西藏的鬼子伪军一个个被炸翻，花豹子山寨成了一片火海，一阵鬼哭狼嚎后，山寨安静了。

庞永贵刘村长司马鸣带着战士们打扫战场，在一个石磨前他们找到了陈纶。陈轮的头被石头砸扁了，五官扭曲黑血把脸都遮住了，他的下身没了，只剩下了上半截，白花花的肠子流了一地，那是他踩着了一颗地雷，陈纶面目狰狞死无全尸。

八路军县政府的年底总结大会如期召开。庞永贵也如期在大会上讲了话，在讲话中他特意加了几句，他说："这次能够歼灭三个鬼子小队和皇协军保安团，打掉了铁杆汉奸陈纶，这是塬县抗日军民共同作战的结果，这是塬县抗日军民向八路军塬县县政府年底总结大会献的一份厚礼。这是一次漂亮的战斗，在这次战斗中，秀秀和联络站的同志们功不可没！让我们向他们学习！向他们致敬！更加积极努力地去工作去战斗，去迎接抗战胜利的到来……"

三十九、意外的变故

天有不测风云，人有旦夕祸福。

这话应到了秦老板身上。虽说事情纯属意外，但这件意外却要了秦老板的命。

生活逐渐走向正常的秀秀，在突如其来的变故后又开始了不正常。

每年的初二秀秀都要回娘家，今年还是老样。往年都是当天来当天回，今年她要多住几天，因为杏妮已经三岁，她舍不得这个乖巧的女儿，再加上姥姥姥爷也舍不得秀秀把她带到城里，所以秀秀决定多住几天，好好陪陪自己的宝贝女儿。

当地有个不成文的风俗，初一初二不挑水，初三这天家家都要下沟挑水，俗话叫挑福（水在当地土话叫福），谁家挑的水多，来年谁家福多。因此，初三这天，村里人都下沟挑水。沟底的龙泉也比往日热闹。

坡陡沟深，挑水的人行走在小路上，身子颠簸水桶摇晃，路上点点滴滴洒了不少水。天寒地冻这些水滴在路面上结了冰，小路湿滑不好走。

秀文身体单薄，下沟挑水还是庞永荣的事。第一担水挑回来天已大亮。秦老板刚好起来，看到庞永荣挑水便有些不好意思，他抓起扁担说："我去挑。"

"不行，这活你干不了。"庞永荣拦住他说，"上坡三里地，实桶要一气挑上来，你干不了。"

"别人能行我也能行。"秦老板不服气，心里说，你我同岁，你行我咋不行？

"这上坡路不好歇息，右肩累了换到左肩，左肩累了换到右肩，你会换肩吗？"庞永荣还是担心。

"在城里我也挑水，只是那沟浅，这里沟深，我小心就是了。"秦老板执意要去。他说的挑水是城里那条大沟，沟里打了一眼井，城里人吃水都到那里挑，不过那里的路是用砖铺了台阶的宽路，没有急弯也不陡，不像这里那么难走。

"爹！你就让他去吧，在家也闲着，吃了睡睡了吃，活动活动也好。"秀秀想让父亲歇息一下。

"对！闲着也是闲着，挑水累不着。"秦老板听出秀秀支持他，越发自告奋勇要挑水。

“他爹，你就让他去吧。”春花觉得是女婿的一片心意，不应该辜负。过去有活都是强强和金海金洋他们帮忙，现在他们都出去了，好多事都得自己干，还没有动用过女婿呢？今天他要挑水就叫他挑去，尽尽孝心有啥不好。所以她走出屋子对庞永荣说。

“大家放心好了，挑担水累不着人！”秦老板说完话挑着水桶走了。

秦老板挑着水桶出了门，走了几步有些后悔，后悔自己说大话。上坡三里地，实桶一气挑上来，想到这里他真有些心虚，犹豫着在街上溜达。

“大姐夫，挑水啊！”村里的后生们热情地招呼他。

“挑水去，挑水去。”秦老板把扁担放正，胸脯挺了挺。

“大姐夫，你好孝顺啊！”后生们夸他。

“闲不住，闲不住。”秦老板喏喏着。

“咱们一块儿走吧。”后生们邀他。

“嘿嘿！你们去吧，我……我还约着人呢！”秦老板借口推辞，他是不敢和这些后生比试的。

后生们走了，秦老板觉得有些不妥，第一次下沟挑水他想跟个人。他想起了老二和老三，兜里还有两包香烟，借口给他们烟约他们不成问题。

他拐了个弯来到老二老三的家。老二老三还躺在炕上睡大觉，刘喜儿和任冬梅正催他们哩。秦老板来了，而且是约他们去挑水，正合两个老婆的心思，于是都夸秦老板实诚勤快孝顺，把秦老板说的头大大的脑子晕晕的。

三个人挑着水桶依次走着，风儿不大天气却十分寒冷。田野沟壑一片灰雾茫茫，在地垄沟边，未化的雪结成了一个个硬壳，硬壳上边布满黄灰灰的尘土，间或有动物和人的脚印陷在里边，露出白生生亮晶晶的雪来，一会儿这些白生生亮晶晶的雪就会在风的撕掠下，变成了一个硬窝窝，灰灰的黄黄的，与原来硬壳壳浑然一体没有什么两样。

在一个背风的坎坎下，三个人停了下来。秦老板从衣兜里掏出香烟，抽出两支递给他们：“二叔三叔，歇会儿歇会儿，抽口烟暖暖身子。”

老二老三接过香烟抽着，老二看着秦老板说：“没人的时候就别这么个叫了，怪别扭的，说起来你还比我大呢？”

“那不行，我辈小，该叫啥就叫啥。”秦老板又掏出两包香烟说，“孝敬二位长辈的，拿着！”

“看你，这么贵的东西，自个抽吧。”老三也客气起来。

“拿着慢慢抽。”秦老板说。

“嗳！怪了，你怎么挑水呢？我大哥呢？”老二收好烟说，他觉得奇怪。

“是呀是呀，女婿是客，你怎么挑水呢？”老三也觉得奇怪。

“我自己要挑的，闲着难受，活动活动也好。”秦老板说。

“老大没有说挑水在庞家窑是件大事，一般人到这里是挑不了的。”老二说。

“说啦，上坡三里地，实桶一气挑上来，我就是不理解，啥叫实桶一气挑上来，路上不能歇吗?”秦老板问。

“那是村里人过年闹着玩的，年轻后生吃饱了撑的要比赛，谁能一气挑上来谁就是村里的第一好汉！老大年轻时就能行，那个强强也行，金海金洋也行，能一气挑上来的人不多。”老二说。

“后来就形成了习惯，每年的初三，庞家窑的年轻人都要进行挑水比赛，看看谁最有劲。”老三说。

“身体不强壮不歇上三四回是上不来的。我和老三挑水，哪趟不歇上几回。这沟里有个地方叫‘羊失蹄’，特别是到了十冬腊月，经常出事。那是个二十多米的斜坡坡，只有一米多宽，是在悬崖上开出来的，一边是崖一边是沟，冬天挑水的人多，路上洒的水也多，这些水见风就冻成了冰滴，多了就成了冰坨，整个斜坡坡就成了冰坡坡。有个放羊的老汉赶着羊上坡，在山坡坡上走惯了的羊，在冰坡坡上却站不住了，‘扑通、扑通’一个接一个滑倒，‘咕噜、咕噜’一个接一个滚下崖，当场就死了不少，急得老汉哭呀哭瞎了眼，有人给这地方起了个名字叫‘羊失蹄’，一直叫到现在。因此庞家窑说起挑水那可不是开玩笑，都是当成一件大事。像你这样的城里人，在这儿是挑不了水的。”老二细说着这里的故事。

“回吧回吧，别逞能啦，少挑一担水也没啥。”老三劝秦老板。

“那怎么行！说出去的话泼出去的水，男子汉大丈夫，吐口吐沫砸个坑！回去我这脸上可挂不住。走吧走吧，我的身子骨还能抗得住。”秦老板的固执劲又上来了。

抽完烟他们又上路了。一路上来来往往都是挑水的人，下沟的人说说笑笑相互打趣，上沟的人气喘吁吁挺胸抬头，两手拽着扁担上钩水桶的链子，一步一步往上挪，嘴里哈着白气，头上冒着热气，胡子和眉毛上却结着白霜。

前面就是“羊失蹄”。这里是大沟的半腰腰，下沟的路在这里突然紧缩成窄窄的一条，路面上结满了冰，有人在结冰的路面上洒了土，脚踩的多了，形成一个一个窝窝。人们就小心翼翼地踩着这些窝窝上下。在这里只能一个人通过，下沟的让上沟的，上完了再下，因为在中间是不能错身避让的，弄不好上沟下沟的人都会滑下悬崖，因此这段路十分危险。

过了“羊失蹄”路就好走了，小路成之字形下到沟底。龙泉还是老样子，龙亭上的铜铃被鬼子抢去，没了叮当声，龙庙残垣断臂，黑乎乎的立在泉边，寒风呼呼，泉边那几棵水桶般粗的垂柳，就像几位披头散发的衣衫褴褛的老妇，无动于衷地任由寒风梳理长长的发丝。

装满水往回走全是上坡路，秦老板感到吃力了。老二老三在前边走，两手抓着扁担上两边的铁链，水桶忽悠忽悠随着人的脚步上下颠簸，清清的泉水就在桶里波动，间或有水漾出来，水滴便沿着水桶洒下一路。

秦老板学着他们的样子，用手抓着扁担前后的两条链子，勉强能跟上。不一会儿肩膀就受不了了，他看人家换肩，肩膀一抖，两手一扭，就换过来了。他却换不过来，只得找一块平地停下来换肩，这样一来就慢了许多。等他来到"羊失蹄"，老二老三已经上去了，坐在上边开阔地等他。

秦老板费了好大劲才来到"羊失蹄"，瞅瞅结冰的小路，自感身单力薄，他放下水桶，想匀口气再上羊失蹄。

"等一等！我下去帮你挑。"老三朝下一瞅，看见秦老板摇摇晃晃上来了，赶紧朝他喊。他感觉秦老板已穷其全部的力气，要过"羊失蹄"是很困难的。

"别着急！先歇歇，喘口气再上。"老二也看见了，一边喊一边和老三走下去。

秦老板看他们走来，索性就歇上一会儿。他们点着烟抽着，挑水使出了全身的劲，身子有些汗津津，一停下来反而觉得冷森森。呼呼的寒风刮着，天气有些阴了，如果飘雪花路就更不好走了。抽完一根烟后，他们决定立刻上"羊失蹄"。

"我来挑，我来挑。"老三挑起水桶要走。

"还是我来吧，我能行！"秦老板不示弱，他想完成这件事。

就在这时，有几个后生下沟路过，看到他们争着挑水就打趣地说："庄稼人挑担水算啥？大姐夫，是不是过不了'羊失蹄'？"

"哪里话，哪里话，烟瘾上来了，抽口抽口。"秦老板不愿意别人小看自己。

"我们这里可有一句话，叫男人过不了羊失蹄，女人不让他上炕睡。你知道啥意思吗？……就是说，这个男人是怂人，女人是不喜欢的。大姐夫你是不是怂人，就看你过了过不了"羊失蹄"，可别叫秀秀姐推下炕啊！"后生们哄笑着走了。

秦老板感到耳后一热，脸上腾的一下潮得通红。心里想，我是怂人吗？我不怂！我要自己挑水过'羊失蹄'，叫你们笑话我，要知道姜还是老的辣！秦老板抓过扁担说："二叔三叔，让我挑，我就不信过不了'羊失蹄'！"

"年轻人的话就当放屁！听他干啥？瞎起哄！"老三劝秦老板，"你是第一次下沟挑水，身子骨哪能和庄稼人比，这风啊冰啊的，一旦出事可了不得。"

“就让老三帮你一把吧，过了‘羊失蹄’就好走了。”老二说。

“二叔三叔，别在人前逞能了，村里谁不知道你俩怂！年轻时候不行，年老了就更不行了！”不知为什么，后生们没有走，还在看他们犹豫和争执，七嘴八舌的笑话他们。

“大姐夫，你找人也不找个好人，你那二丈人三丈人是有名的懒汉。游手好闲嘴巴馋，腰松腿软怂包蛋。跟着他们能学个好？还不如跟你老丈人呢，人家可是个硬汉，挑水过羊失蹄，如履平地，谁不佩服啊！”后生们大声说道，“要不，我们帮你挑上去？”

“胡说八道哩，别听他们的！”老二安慰了一句秦老板，挥着手撵他们：“走走！快走！”

“乱嚼舌头！这是‘羊失蹄’……可不敢胡说……走走！”老三对着后生门吼，挥着手撵他们。

“这些个娃，小看人哩。谁让你们帮？我自己挑！”秦老板觉得真没面子，让人家小看了不说，还把二叔三叔搭上。心里窘得慌，一赌气挑起水桶就上了“羊失蹄”。

“说两句就受不了了，还吃味了！算了，走啦走啦……”后生们吆喝着一股风下沟了。

秦老板硬着头皮上了“羊失蹄”，才感到后生们说的话对，没有力气可真是不好过。二十多米路，也就是四五十步吧，没有冰的话也就是一眨眼的事。可结了冰就不是那么回事了，只要一步踩不稳，就有可能滑下去。所以只要到了这里，人们就会高度集中精神，一步一步稳稳地向上走，直到上了坡顶的开阔地，才会放心地停下来歇息。

老二老三一个在前一个在后护着他，慢慢地到了中间，秦老板感到担子越来越重，一个劲地向后出溜，身子有些不稳。老三在后边看见，赶紧叫道：“秦老板！别慌！后边的手拽紧链子，使劲啊别松手。”

“好的好的……”秦老板答应着，重新调整了一下身子，慢慢地迈开了步。他的眼睛不敢往下看，下边灰黄黄的一片似雾非雾，好像没有底似的使人眼晕。又走了几步，秦老板感到腰酸了，挺起的腰慢慢开始弯曲，老二在前边看见了赶紧喊道：“秦老板！挺住，挺住！可不敢弯腰，一弯腰水桶磕到地上就麻烦了，快挺住，马上就到顶了。”

这挑水要求有腰力。特别是上坡，必须挺直腰，抬起头，眼睛往前看。如果你弯腰，前面的水桶必然磕着地面，这一磕地面桶就会翻倒，桶里的水就会泼到地上，正好流到挑水人的脚下。前面的桶里没水后面的桶里有水，前轻后重脚下一滑，扑通一声，挑水的人必摔无疑。所以挑水上坡最忌讳的是弯腰，只要一弯腰就是要出事！此刻，老二看到秦老板腰弯了，急得大叫起来……

老二一叫老三也看到了，惊得他赶紧喊："挺直挺直！不敢弯腰不敢弯腰！"老三嘴有些抖，他感到很害怕，要是摔了，可能砸着他，那他的小命就完了。

秦老板此时已经有些麻木，只感到肩上越来越沉，腰越来越酸，两只手越来越松，他们的话已经听不进去了，一阵眩晕，天旋地转，身子软软地倒了下去……

"天啦！……"老三看得真真切切，眼瞅着人倒了水泼了，扁担水桶叽里咕噜砸下来，瞬间就掉到悬崖下。老三大叫一声，紧贴崖背躲过了一难。

"我的妈呀！这可咋办？"老二在上边，眼睁睁地看着秦老板摔了下去。他知道出事了，这可是大事，这里掉下去，十有八九都活不了，怎么办呀？

"二哥，救人！赶紧救人！"老三走上来，他淋了一身水，衣服上结了一层冰，动一下就咔嚓咔嚓响。

闻讯赶来的人们在悬崖底找到了秦老板。秦老板摔在一块麦地里，这是一块梯田，是在崖底斜坡上开出来的，有丈余宽。秦老板摔下去把地砸了个坑，人窝在里边。他的腰下是那根扁担，扁担已折成两节。

秦老板还有口气，在人们搬动他的时候他喊腰疼，有人回村里搬了块门板，把他放到了门板上抬回了家。村里的老中医来了，他摸了摸脉，翻开眼皮看了看，又用手指在他的脚心抓了抓甩下一句话："准备后事吧。"

秀秀一听不相信，看人也没出血嘛，怎么就叫准备后事呢？她拉住老中医说："咋回事嘛！这人说没就没啦？"

老中医回过身，指着秦老板说："他是内伤，血都窝在肚子里，腰椎断了，脚心都没了知觉，五脏六腑都震坏了，只是一半天的事，一半天的事。"

"就没有办法了吗？求求你，救救他！"秀秀摇着老中医的手恳求。

"没有回天之力了，凡是摔下'羊失蹄'的有几个生还？有的当场就没了气。他这还是好的，能活到现在就不错了。"老中医说完走了。

秦老板的状况急剧而下，天黑时已不会说话，人也一会儿清醒一会儿迷糊。清醒时，他用大拇指和食指比了个圆形后又伸出一个手指，嘴里咿咿啊啊含混不清的张合。起初大家没有主意，比画得多了，才引起大家的注意。

秀秀以为他要吃的，就给他煮了一个鸡蛋，秦老板摇摇头。秀秀又给他拿了一个馒头，秦老板还是摇摇头。这圆圈和一个手指是指什么？大家陷入了迷阵。庞永荣说："再给他拿些圆形的东西，想想平时他爱吃什么，烧饼还是包子，为啥老举一个手指？"

"也许是别的吧？他现在这个样子能吃个啥！"春花觉得他是不是感到自己不好要交代什么："拿张纸取笔来，秀秀，你写你画，看他的反应。"

秀秀拿过笔，在一张纸上写了包子，秦老板摇摇头。秀秀又写了烧饼，秦老板又摇摇头。秦老板还在比画，只是力量越来越弱，幅度越来越小，昏迷的时间越来越长。突然秦老板吐出一口鲜血，眼光也暗淡下来。

“不行！得看，这样下去，好人也受不了。”秀秀擦了擦秦老板嘴上的血，说道，“爹！到郭家庄请医生，不就是多花钱吗！”

“黑灯瞎火的，咋去？就是去了，人家还不一定来呢？大过年的，谁三更半夜的跑？这不是钱不钱的问题。”庞永荣蹲在地下一个劲抽烟。

这时秦老板又缓过来了，他又用手指比了个圆又伸出一个手指。“钱，是不是指钱？”春花突然醒悟，“做生意的人是不是和钱有关系？”

秀秀赶紧写了钱字，秦老板还是摇头。秀秀又写了个银元，秦老板一见点点头。大家一愣：银元！他指的是银元。还是春花说对了，这秦老板有银元交代。秀秀又赶紧写了个“一”，秦老板摇摇头。秀秀在一字后边添了零，秦老板摇摇头。秀秀又在后边添了个零，这就变成了一百了，秦老板看到后点点头，眼睛里流露出的是满意。突然，他紧紧地抓住秀秀的手，嘴里咿呀咿呀嘟哝着，接着又“哇”地吐出一口血，身体一阵痉挛，慢慢地他抓秀秀的手松开了，喉咙里咕噜咕噜地一个劲地倒气，接着两眼猛地一张又慢慢地闭上了……

秦老板死了，一时的争强好胜葬送了他四十七岁的生命。在弥留之际，他向自己心爱的妻子交代了家里的底细。那一百块银元是他给女儿和妻子最后的礼物。也是他对女儿和妻子忠贞不渝的见证。

秦老板死的时候，女儿杏妮不在场。大人们说，那个场面太害怕，不要惊着孩子。郭喜儿和任冬梅她们说，秦老板是恶死，而且是摔在“羊失蹄”，那个地方不干净，别叫孩子染上“脏”。金叶也说不出什么，杏妮才三岁，就没了爹，她觉得孩子太可怜，不仅孩子可怜秀秀也可怜，经过那么多的风风雨雨，他们的心好不容易才合到一起，本该相亲相爱生活的甜甜美美，谁知会出这种意外！真是晴天霹雳……老天咋就不长眼呀！金叶心里难过，又无法劝秀秀，就把杏妮抱到自己家里，她不愿意孩子小小的就受到这样的刺激。

人死了就要下葬，葬在什么地方呢？大家有了不同的意见。老二老三认为，秦老板是女婿，应该葬在男方家。庞永荣认为老二老三说得对，应该葬在男方的主坟里。可是秦老板家的祖坟在哪里大家不清楚，再说人已经死了，再拉回去，往哪儿拉？拉到城里银器铺？什么都不方便，怎么办丧事？就在大家商量来商量去没有主意的时候，秀秀说了话：“他家没有祖坟，他的父母都埋在西门外乱坟岗，那里还有他的前妻和我的大龙，要说拉回去，就只能埋在乱坟岗。”

“不行不行，乱坟岗不去。”春花有自己的想法，“好歹是老庞家的女婿，咱不能丢这个人。”她觉得秀秀的婚姻其实也是明娶暗招，秦老板无亲无故，挣得钱还不都给了老庞家使了，现在人没了但家产还是秀秀的，咱们不能对不起死者啊！

“大嫂说得对，乱坟岗不能去。再说我们也不知道他父母的坟他前妻的坟，咋个埋法？我看不如就葬在自家地里，以后上坟烧纸都好办。”金叶说出自己的看法。

“就这么办吧，葬在自家的地里。”庞永荣最后拍板，坟地就选在塬上平地那棵柿子树下。他和春花有同样的想法，觉得不能对不起秦老板，要不是人家不断地接济，家里的状况还不知咋样呢？说是嫁闺女和招女婿有啥两样！埋在自家的地里咋啦？还落个忠厚名声呢！

秦老板的丧事办得很体面。灵堂就设在庞永荣家门外的打麦场，上好的三寸柏木棺材，请了和尚用了乐人，扎了纸人糊了金山，点了长明灯烧了纸钱，能想到的都做到了。全村人都来帮忙，庞永荣在家里垒了锅灶，请了厨师，流水席招待了三天，秦老板死后风风光光地入了殓下了葬。

死者入土为安，活着的人还要活。

秀秀决定回城去，银器铺不能关门，她和杏妮还要指望它生活。秀秀是个秀外慧中的人，几年来跟着秦老板没少学东西，要说打制人物鸟兽还差点，打制个银首饰银项圈什么的还不成问题。春花和秀秀一同回到城里，是秀秀要母亲去的。因为杏妮还小，需要人照顾。一到家，刘掌柜就过来了，他是来看秀秀的。秦老板意外去世，他是知道的，庞永荣安排人进城置办流水席的食材，都是他帮忙买的。出殡那天他本来要去，可是秀秀不同意，城里还是鬼子的天下，刘掌柜还是日本人的商会会长，她怕出意外。

刘掌柜抱过杏妮，在她的小脸上亲了一口，看到杏妮头上白色的头绳，眼泪便涌了出来：“秦老板啊，你咋就说走就走了呢？你不要老哥哥啦！”

春花赶紧抱过杏妮说：“刘掌柜，别哭了……怨谁呢？谁都不怨，就怨他自个，还叫个秦福，一点福气都没有！”

“大嫂，他可是个好人啊！一辈子谨慎小心与人为善，我们做了几十年的邻居，没见过他和街坊邻居红过脸吵过嘴。我就想不明白，咋好人就没好命呢？好人咋就不长寿呢？”刘掌柜想起秦老板的身世，第一个女人病病歪歪过了二十年，没有给他生个一男半女就撒手西归。好容易找到秀秀，本该甜甜蜜蜜幸幸福福过日子，又赶上世道不好，日本人打中国，风里雨里担惊受怕的过了七年，哪想到挑担水要了他的命！

“他天生的短命，挑担水把命丢了！”秀秀说。

“那是他孝敬你爹，他这个人就爱面子。”刘掌柜说。

“孝敬也好，爱面子也好，你要能干得了啊！这一出事就是大事，以后我和杏妮可咋过?”秀秀说着也抽泣起来。

“刘掌柜！过去的事咱不提啦，提起来让人伤心。说心里话，我们还要谢谢你，你帮了那么大的忙，连口水都没喝，等过了这一段时间，好好请你。”春花说。

“自己人说那些就见外了，这里有十块银元，你们应个急，需要我帮忙就说声话。”刘掌柜掏出银元放到桌子上。

“不要不要。”秀秀推让。

“收下吧，一点小意思。不过，我倒想知道，以后你咋办?”刘掌柜问。

“我想继续打理银器铺，我没有他手艺精巧，但还能做一些活，维持生活还行吧。”秀秀说。

“这也好，熟门熟路好做，手艺不精干中学嘛，买卖讲究个诚信仁义，银器铺这块牌子不倒就是诚信仁义，就是童叟无欺。只要做到这一点，买卖就能做成。”刘掌柜赞成秀秀的想法。

“以后还得刘掌柜多关照，秀秀哪儿做不到你就多指点。”春花还是担心，“这街上女人做买卖的不多，抛头露面的我怕出事。”

“女人做生意的不多但不是没有，秀秀想干就先干着，过一段再说，我就在对门，有啥事我过来。”刘掌柜觉得秀秀不会干得太久，她还年轻不可能独身一辈子。

“真是难为你了，叫我说啥好呢!”春花一想到秀秀独自带个孩子做生意，心里就不是滋味，啥时候是个头啊？这生意场上啥人都有，年纪轻轻的一旦出了事可咋办？她想求刘掌柜再给秀秀找个人，话到嘴边又没有说，她觉得日子太短，提这个不合适。于是话到嘴边又改口说：“后边的路还长着呢，少不了麻烦你。”

“不麻烦不麻烦，我们又不是外人，秀秀的事就是我的事，生意场上我兜着，不管咋说，我们活着的要对得起死去的，让他走得安然。”秦老板也是古道热肠，就怕别人说软话，春花和秀秀两个女人一流眼泪，他就坐不住了，真有些为朋友两肋插刀的豪情。这豪情一来他就有些把持不住，于是口无遮拦把心中的想法兜了出来：“有句话我想说，秀秀还年轻，总不能这样一辈子吧?如果有合适的，改不改嫁?”

“刘掌柜，先别说这些，秦老板尸骨未寒，这不是陷我不仁不义吗?”秀秀也想过这个事，只是办丧葬事情太忙，她没有细考虑。她觉得自己不会守寡一辈子，她和秦老板的结合本身就是个错误，她不会再牺牲自己一回错误一辈子。她甚至觉得秦老板意外的死亡是天意，她不就解脱了吗？不管是招婿入赘还是出门改嫁，父母的既得利益不会受到损失，银器铺还是老庞家的，她牺牲自己用婚姻换来的就是秦老板这份家业。但是她现在不能这样做，她是要尊严要脸面的人，她不愿意别人在背后指指点点。

“哎呀！你看我这张嘴，胡说哩，胡说哩。”刘掌柜已经明白秀秀的意思，指了指自己的嘴，摇着手说。

“我看未必不妥，得提前操心，找个合适的人不容易。”春花觉得没有什么，“人死不能复活，活着的人还要好好的活。不能因为死人绊住手脚，还有个杏妮呢？一个人带着个孩子不容易啊！”

“我也是这么个意思，找人也不是一会儿半会儿的事，哪能说改嫁就改嫁！我只是想了解一下，不守寡的话我就给秀秀操心，这也是对孩子好，也是对秦老板好，秦老板也不愿意看着秀秀不好过吧？”刘掌柜说。

“我现在什么也听不进去，什么好过不好过？我只想清静一下，有啥事咱们以后再说吧！”秀秀觉得头疼，自己的婚姻大事自己做不了主，全是别人在摆布，自己就像一个玩偶，拨到东就是东拨到西就是西。她不想再听他们说什么，只想睡觉。

一觉醒来已经天黑。春花已做好了饭菜，小米稀饭白馒头，炒了个白菜豆腐，放几块五花肉。另外还有一碟酱猪蹄一碟酱牛肉两样凉菜和一壶酒。不用说是对门仙人居的招牌菜。

“你呀，睡的可真沉，足足一下午，饭都热了两次了。刘掌柜打发伙计送了四个菜一壶酒，说是给你接风压惊。快起来吧，洗洗吃饭。”春花怀里抱着杏妮，杏妮睡了。

“头疼好多了。”秀秀接过杏妮放好，在她小脸上吻了一下：“好乖乖，你也困啦？”

“早就困啦，闹着要你，我就抱着她摇啊摇，摇着摇着就睡着了。让她睡吧，咱们吃个安稳饭。”春花盛好饭，拿了两个酒杯说，“喝杯酒吧，乱哄哄的年都没过好。”

秀秀拿起杯子喝了一口：“挺辣的。”

春花也喝了一口：“嗯，真是挺辣的。”

秀秀突然想起了什么，她放下筷子，在炕上的箱子里翻起来。春花不解就问道：“好好的吃饭，你翻腾什么？”

“娘，你忘啦，秦福说的一百块大洋我还没找呢？是真是假找到才知道。”秀秀一边翻一边说。

“那也等吃完饭再找啊！一会儿饭菜又凉了。”春花嫌她性子急。

“不行！找不到吃不下饭。”秀秀把箱子翻了个底朝天。在箱底的角上有个用红布包着的小包：“娘！找见了，真有！是个红包包。”她说。

包包解开了，里边是白花花的银元，数一数整整一百个，春花说："这秦福真够意思。"她觉得秀秀的后半生有这些银元垫底会过得不错。

"娘，你就喜欢钱。"秀秀看着那堆白花花的银元却乐不起来。

"咋啦，你不喜欢钱？有钱能使鬼推磨这是古训啊！如今这世道，没有钱能办成事？"春花说。

"喝酒。"秀秀回到饭桌说，"钱找到了，秦福没有骗我，要不死呀，他还不会给我说。都说我细心，其实我挺粗心，平时咋没有看出来呢？"

"两口子过日子，哪能像防贼一样防着，男人攒私房钱不要紧，关键是不能有外心，他给你攒着，是预防不测呢。"春花在细细地嚼酱牛肉，好像在品味人生。

"看他咽气前那个样，要是猜不着，他会死吗？"秀秀突发奇想地问春花。

"要是真猜不出来，就带到棺材里去了。"喝了酒后，春花觉得头晕，就搬了个枕头，挨着杏妮躺下，不一会儿就打起了呼噜。

秀秀没有睡意，看着那一堆银元，她在想：这钱啊！是好东西也是坏东西，要不是家里需要钱，她怎么能嫁给秦老板？人为财死鸟为食亡，这世上有多少人能抵御住金钱的诱惑？可见这钱呀，真是人人离不开，一分钱难倒英雄汉！没钱你就寸步难行！强强不就是没有钱而不能和自己婚配吗？有人说，钱多是灾？可是人们为什么还为钱奔忙，为钱不顾死活，为钱铤而走险……秀秀纳闷了，不解了……钱这个东西，说它好就好，说它坏就坏，个人有个人的理解。但是不管咋说，这世上的人还是舍弃不得离不开，把钱看得很重很重……因为有了钱就有了一切，常言道有钱能使鬼推磨不就是很好的佐证吗？

秦老板死了，春花和刘掌柜又要给秀秀张罗一个人。经过日月的磨炼，秀秀对社会的认知在不断提高，儿女婚配父母做主，媒妁之言天经地义，这就是母亲和刘掌柜的好心。这种好心真能办成好事吗？现在秀秀认识到了，这种好心就是刘英说的那张网！这张网就是束缚妇女的封建礼教！她觉得母亲和刘掌柜都是出自自己对社会的感知来看待别人的婚姻的，是按照城乡坊间民约俗成的一些陈规陋习来牵线搭桥派对婚配。秀秀叹息！自己和秦老板的婚姻不就是这样造成的吗？他们是满意了，可是女儿却被生活煎熬着过了一年又一年……

面对又一次的婚姻选择，秀秀有了自己的主张，她要挣破这张束缚自己的网！秀秀想起四叔和刘英曾经给自己说的那些话，那些话在她心中激荡奔放，形成了一种不可逆转的情绪和一股无畏的力量。她在心里说："我的事情我自己办，这次我不会听你们的安排了，我一定要找到一个我喜欢的男人，不然的话，我就终身不嫁！"

四十、南门口的蒸馍铺

塬县县城南门口有个蒸馍铺。蒸馍铺不大，是那种小本生意。蒸馍铺的师傅叫吴有根，五十出头，中等个儿，不胖不瘦，光棍一个，他是涑水县北垣洼店镇人。吴师傅的老家盛产小麦，这里的麦子磨出来的面好。特别是那种“头茬面”蒸出来的馍馍尤为筋道好吃。这种好吃的馍馍就叫“北垣馍”。

在涑水这有这么一句话：涑水的煮饼、北垣的姑娘。意思是涑水县有两样好东西，一种是美食，一种是美女。但是，说到北垣姑娘就必须说到北垣馍，因为只有北垣姑娘才能做出正宗的北垣馍，这北垣馍也是涑水美食的一种。一个美女牵出一种美食，这可是涑水一大稀罕！

涑水煮饼是圆球状，为啥不叫煮球而叫煮饼呢？追根寻源这与小麦产区人们的饮食文化有关。千百年前，先人们把用面制作成的食品称之为“饼”。因为“煮饼”是用面做出来的球状物，这里的人们还习惯叫饼而不叫“球”，且“煮饼”比“煮球”好听，所以沿用至今。煮饼说是“煮”其实是“炸”。是把上好的面粉和糖饴合在一起揉成软硬适宜的面，取一小团包以白糖成球状，放置好油中温火慢慢炸之，炸到里边的白糖化了，糖水融到白面中面团略微发黄时捞出，外表再均匀地沾上一层雪白的去皮芝麻就成了。在涑水有个说法，说做煮饼的面必须用北垣的头茬面，做煮饼的水必须是城关西大街那口井的水。那口井只有丈八深，井水微咸，只有用这井里的水和出的面，煮出来的煮饼掰开以后才能拉出一尺多长的细细白丝，甜软香酥，余味无穷。后来这口井边就盖起了“诚一祥”煮饼铺，煮饼也逐渐成了涑水的美食，成为大家走亲访友的馈赠佳品。

北垣的姑娘美在涑水是人人皆知的，这里说的美不仅仅是外在的美，用秀外慧中描述实为妥帖。这里的女子大都淑静端重晓理贤惠，许多外乡人能为娶一个北垣的姑娘而骄傲。女人是水做的，北垣姑娘的美与水有关。北垣是个地名，是指县城北边峨嵋岭上那块高垣。这里人们喜欢称呼它是垣上，这垣上吃的都是几十丈的深井水，井水甘甜，养出的姑娘肤色特别好，白嫩细腻，漂亮标致。衡量北垣姑娘美有三个标准：一是要标致漂亮聪慧贤淑，二是会纺花织布，三是会蒸馍做饭。标致漂亮是天生的，后天不好解决，聪慧贤淑是气质，娘胎里带来的。但其他两样，却是衡量北垣姑娘的硬标准，做母亲的从小就要加以培养训练，也就成了家教女箴的必修课，成了年深岁久的北垣文化和风俗。北垣姑娘的纺花织布，虽有特色但没有达到精致精美，没有形成什么北垣独有独特的特点。但是北垣姑娘做出的蒸馍却形成了北垣独有的特点。不仅非常好吃，而且花样翻新，特别是捏出来的花馍栩栩如生，达到了精致精美的境界，久而久之北垣馍在涞水也就有了名气，名气不小于煮饼。逢年过节请客送礼祝贺唁吊，人们都用北垣馍作为礼物馈赠。看到了吃到了北垣馍就会想到说到北垣姑娘，所以在涞水就有了“涞水城的煮饼、北垣上的姑娘”这个说法。

吴有根的父母在北垣洼店镇开了一个馍铺，馍铺远近闻名的原因，是馍铺的制作工艺精湛。那种独特的幽幽的清醇的香味需要特制的工艺。馍铺的工艺是祖传的它有自己的秘诀，这种秘诀使他们的蒸馍在当地堪称一绝。蒸馍主要是发面，要用发了酵的玉米面饼子作酵母，酵母和着水发面，面发了，要多次加干面揉搓，方言叫折面，折了揉，揉了再折，循环多次，直到去掉酸味变成硬面，然后再揉搓成半圆球状，放到案板上醒，等醒到圆圆的暄暄的再上笼蒸。这时的火要大水要开，拉风箱大火至少三十分钟，然后出笼，一锅光光的，暄暄的，白白的馍馍就会满屋溢香。如果在上边再点个红点，更加映衬出喜庆气氛。

吴有根的手艺是跟母亲学的。吴有根不爱念书，常常是睡在课堂，惹得先生大怒。父母看他不是读书的料，就让他待在家里，没想到他做蒸馍格外得好，比一般的女儿家强了数倍。更可喜的是他跟着母亲学捏花馍，捏的有模有样。什么花鸟草树人物山水，只要他看上一眼，就能捏得活龙活现。逢年过节婚丧嫁娶过寿满月，人们都会到他这里定做花馍。

吴有根捏花馍捏出了名堂，许多女娃慕名来学，其中不乏女子向他示爱，愿意和他结为秦晋之好。在这些女孩子中，有一位财主的大小姐，发誓非吴有根不嫁！这就弄出一场风波，这场风波使吴有根家破人亡险些丢了自己性命。

洼店镇有个姓薛的财主，地广粮多，财大气粗。不仅城里有买卖，而且在西安兰州也有生意。他使着长工养着家丁，城里乡里吃得开，日子过得舒坦滋润。薛财主事事如意应该是心满意足吧？但是他也有遗憾之处，年过四十膝下只有一女，本想再讨一房，谁想到自己在外做生意，在兰州和一烟花女子鬼混，惹下了脏病，没有了这方面的功能。无奈之下，他只有把心事放在女儿身上，培养她读书识字做女工，要求她琴棋书画样样精通。意思再明白不过了，才女配俊郎嘛，他喜欢才高八斗学富五车书香门第出身的乡绅儒士。也喜欢有钱有势官位显赫将相门第出身的富家子弟，他觉得这样家庭这样的人才配做自己的女婿。门当户对相辅相佑珠联璧合完美无瑕，他想把女儿的婚事办成天下第一好婚姻。

薛财主这么做是有原因的，因为他的女儿确实长得漂亮，是一个国香天色的奇美女子。她的肤色细嫩白皙像是奶脂凝之，她的头发乌黑油亮像绸缎披在肩上，她的脸庞像玉盘，玉盘上有柳眉杏眼高鼻小嘴。她的个头不高不矮，身材不胖不瘦，特别是那双小脚，如莲藕似菱角，走起路来颤巍巍飘悠悠，犹如风摆杨柳好似蜻蜓点水。她有一个好听的名字叫石榴。

吴有根捏花馍常常是做寿用的，而做寿用的花馍有寿桃和石榴。薛财主过生日，就差人到吴有根的蒸馍铺定做花馍。吴有根自然很上心，精心捏制了寿桃和石榴，每个寿桃的两边都有两个猴子，意为金猴献桃。每个石榴的两边都有两个仙鹤，意为鹤翔石榴。全都是吉祥长寿的意思。薛财主自然是很高兴，喜喜欢欢地过了个寿。寿桃和石榴就摆放在家里观看，谁知薛石榴一看见这两样花馍，就被它那精致的工艺迷住，特别是那鹤翔石榴，那面捏的石榴本来就惟妙惟俏，再用色彩一涂，就跟真的似的。再加上她的名字叫石榴，就更加爱不释手。谁都不会料到，这个薛家的大小姐竟下了一个大家都很意外的决心，就是要跟吴有根学捏花馍！

薛石榴的决心完全出乎薛财主的意料。琴棋书画艺无止境，要学的多着呢？哪有时间学这些山野乡民的糊口之技！石榴却不这样看，她是女儿家，女儿家不会蒸花馍是要被人笑话的。学学怕什么？艺不压身嘛！薛财主拗不过女儿，石榴便和别的女儿家一样，抽空到吴有根的蒸馍铺学捏花馍。哪知在学的中间，她被吴有根精湛的技艺折服，也被吴有根谦虚温顺的性格折服，慢慢地她爱上了吴有根。

这下可塌了天！不仅薛财主震惊，吴有根一家人也感到不可思议！薛财主不怪自己的女儿却怪吴有根，说是吴有根拐骗他的女儿。这下可不好啦！薛财主差家丁到蒸馍铺打砸了一番，吴有根头破血流地躺了好几天。心想这事就算过去了吧？哪知这个薛石榴又做出了一个大胆的行动，跑到蒸馍铺去看吴有根，而且表示非他莫嫁！这无疑是火上浇油，她的言行给吴家带来的是灭顶的灾难。

“男怕入错行，女怕嫁错郎。”薛财主觉得吴有根是入错了行，虽然他的天资使他在捏花馍这方面有所造诣，但毕竟是下九流的行当，仅仅养家糊口而已，与他堂堂的薛家如何匹对！如果吴有根慧心聪颖刻苦读书为官一方，也许这事还能成。女儿执意要嫁的是一个卖蒸馍的，这在十里八乡绅士贵人中成了笑柄，成了薛家的奇耻大辱！他脸上挂不住了，虽然吴有根并没有也不敢与薛石榴交往，但薛石榴的单相思却使他的父亲下了狠心，为了薛家的名声，为了断了女儿的心思，唯一的办法就是使吴有根在眼前消失！

一个夜黑风高的晚上，吴有根家的蒸馍铺突然着了大火，火势熊熊烧毁了一切。吴有根的父母年事已高行动不便葬身火海，侥幸脱身的吴有根遍体鳞伤，仗着身强力壮逃过一劫。落荒而走的吴有根心里明白，这是薛家在清除给他们抹了黑的吴家。其实再冤枉不过了，吴有根只是跟薛石榴照过几次面，说话都很有分寸，他哪里敢在薛家大小姐面前造次，那不是玩命吗？但是祸水就这么泼向他，仅仅是薛石榴的几句话！这话是疯话？赌气话？还是薛家小姐在父母面前撒娇耍泼说的置气话？不管怎么样，遭灾的还是吴有根一家。这祸厉害呀！家破人亡！这理哪儿讲啊！浑身是嘴也说不清！就在吴有根气急败坏丧失理智决意和薛家一死相拼的时候，有人指点他：那是以卵击石自投罗网！薛家可以告你诬陷绅士，官府可以判你入狱坐牢。唯一的出路就是远走高飞，再也别回到这个是非之地。

吴有根本身就是一介草民，在突然的变故面前已六神无主，三十六计走为上策，这是一般老百姓逃离祸端的办法。他也没有违背这个规律，草草地掩埋好父母后，洒泪出逃。辗转数地，他来到塬县。因为这里的地理环境和家乡一样，饮食习惯也一样，他的蒸馍手艺有了用途，于是就在这里住了下来。因为捏花馍给他带来了灭门之灾，从此他再也不捏花馍。又因为女人的缘故，他差点丢了命，从此他觉得女人就是祸水，终身未娶。日子就这样一年年过去，不知不觉他已到了知天命的年龄。就在他觉着暮气渐尽生活无意日落西山之际，一件意想不到的事情使他的生活又有了起色……

一九四三年的冬天，寒风呼号。像往日一样，天一放亮吴有根就起了床，第一件事就是捅开封了一晚上的煤火炉子。吴有根来到炉子前，正要举起火柱捅炉子，忽然看到炉子边趴着个人，他吃了一惊，连忙问讯，一连问了几声，趴着的人不语，他便用手扒拉了一下，谁知那人却顺势躺了下去，脏兮兮的棉帽子掉了，露出一张同样脏兮兮的脸。脸色蜡黄憔悴像是得了重病。

吴有根有一副好心肠，见不得别人受屈受难。南门这一块本来就穷人多，他又是卖蒸馍的，所以到他这儿讨要的人很多，他都是慷慨给予，反正他独身一人，一人吃饱全家饱，只要蒸馍铺能维持住就行。几十年的行善积德，他有了好名声，许多被他接济过帮助过的人，境遇好转后专程来看他谢他，他只是轻轻一笑："提不得，提不得。"出门不易，谁能无事？他就是逃难逃到这里的，他也得到过许多好心人的救助，所以他也慷慨施舍救助别人。

看到年轻人倒下，吴有根赶忙扶起，用手在鼻子底下一摸，温温的还有口气。吴有根连抱带拖把年轻人弄到炕上，才发现这个人身上滚烫。他没敢耽搁，立刻叫来大夫。大夫看了看说，是重感冒，吃几服药就会好。吴有根按照大夫开的药抓了煎了给他喝，三天过后，年轻人慢慢地好了。

窑外一丝阳光照进来，照在昏睡了三天的年轻人身上。年轻人翻了翻身，眼睛微微张开，慢慢地他看清楚了，他躺在炕上，身上盖着被子，被子上有股脑油味儿。炕是热的，炕头还有药罐和药碗。这是哪里呀？他在努力地回忆，这里没有枪刺没有怒骂没有那挑不动的担子，只有安静，安静中有着温馨……他觉得从没有的舒服，从没有的乏力，身心疲惫的年轻人又迷迷糊糊地睡着了。等他再一次醒来时，已是晚上。油灯的光芒柔和明亮，他看清了被熏得黝黑的窑顶，闻着了久违了的小米粥的清香，他感到肚子饿了，动了动身子。这时一个胡子拉碴的脸凑了过来："醒啦……醒啦……你小子命大……终于活过来啦！"说着就扶起了他。

"大叔，这里是……"年轻人坐直身子，他头晕，赶紧靠在墙上。

"这里是南门的蒸馍铺。小子，你是河南人吧？怎么到这儿来了？"吴有根搬过来炕桌，放到两人面前。他端上来小米粥、蒸馍和白菜熬豆腐，还有一碟油泼辣椒。他掰开馍抹上辣椒。热乎乎暄暄的白蒸馍夹上红红的油泼辣椒，看着就让人开胃。

"大叔，你咋知道我是河南人？"年轻人喝了一口小米粥说，"好长时间没喝过这么好喝的粥了。"说着话就大口喝起来。

"慢着慢着，小口喝，小心烫着。"吴有根不让他喝的太猛，"吃馍吃菜，怕你胃不好白菜熬豆腐养人好消化。"说着给他拿了个蒸馍说："咋知道你是河南人，听口音！我还知道你不是济源人，也不是洛阳郑州人，真正河南啥地方人，就说不清了。"

"大叔，我是河南鹿邑人，我们那儿靠着安徽，所以我说话有安徽的味道。"年轻人边说边吃，他吃得很香甜，好像很久没吃过这么好的东西似的。

"我说呢，在这开蒸馍铺，南来北往的啥人没见过，听口音就能听出个八九不离十，到你这儿就听不出来了，这儿来的河南人大都是济源的，远的还有洛阳郑州开封的，像你说的鹿邑我还是第一次听说呢？靠着安徽，那么远，你咋上这儿来了？"吴有根收拾好碗筷，端上烟盒，他卷了一根喇叭烟，对着油灯抽着，他要弄清楚这个昏睡了三天被他救活了的年轻人的身世。

也许是吃饱了肚子，年轻人的精神好了许多。听到吴有根问就说："大叔，我是个苦力，在鬼子的兵营做挑夫，由于吃了发了霉的高粱，一直拉肚子，前段时间又发高烧又打摆子，鬼子怕我传染就把我赶出来了。我晕晕乎乎地在街上游荡，后来看到你的蒸馍棚子，棚子下边还有个煤火炉子，我那时冷啊，什么也顾不上了，就趴在炉子边取暖，不知不觉就睡着了。"

"你咋当了苦力呢？那可不是人干的活！"吴有根抽了一口烟。

"大叔，你让我给你磕三个头，要不是你救了我，我可能早就喂野狗了。你的救命大恩我终生难忘，如果能变马变牛我就变马变牛来报答你。"年轻人说完就咚咚咚地磕了三个头。

“好啦好啦，我救人不是要你报答，我这个人心软，见不得人受罪。你看，我供着菩萨呢，菩萨普度众生，佛说救人一命胜造七级浮屠，啥叫七级浮屠我也说不清楚，反正是做好事当好人，好人有好报嘛！”吴有根指了指窑中间，在一张黑不溜秋的方桌上，有座观音菩萨的坐像，观音菩萨手持宝瓶柳枝温情脉脉看着前方。坐像的前边摆了些供品，供品前边是香炉，香炉里边香灰溢出，三炷香茬戳在那里。

“我也给菩萨烧个香磕个头。”年轻人说着就下了炕，在观音菩萨像前虔诚地点了三炷香磕了三个头。香雾袅袅，窑洞的气氛有些庄严。

“这个对！人嘛就要有善心。”吴有根有些喜欢这个年轻人。万事善为头，他觉得这个年轻人面善心也善说话也善，知恩图报，是个好孩子。

“我当苦力快一年了。我们一共六个人从老家逃荒到山西，走到济源地面上，被鬼子抓了苦力，东走西走也就走散了，我去过晋城沁水翼城大邑，后来到了塬县。在鬼子兵营，就是会说话的牲口，啥苦干啥，稍不留意就会挨打，吃的都是发了霉的高粱面和豆饼，三天两头死人，死了拉出去一扔，连块席子都不给卷！可怜我那几个老乡不知是死是活。”年轻人一边回忆一边说。

“兵荒马乱的到处打仗，什么事都会发生，算你命大。”吴有根说。

“要不是你老人家救我，我……”年轻人眼泪又流了出来。

“别哭啦，说了半天我还不知道你姓甚名啥多大岁数，家里还有什么人？以后咋办？”吴有根问他。

“说起来话长啦。”年轻人擦了擦眼泪说，“我姓张叫雨生，今年二十六岁，我的家在河南鹿邑县大张庄镇小张庄村。我是跟着奶奶长大的，我不记得我的父亲，奶奶说生我的时候下大雨发大水，父亲为了救我们被大水冲走了。在我三岁的时候，妈妈实在受不了这种苦日子，忍痛把我扔给奶奶改嫁了。奶奶带着我到安徽宿州一带要饭，十五岁那年回到家乡，我给一个地主家当长工，换来一些粮食养活奶奶，就这样过了五年，我也二十岁了，年迈的奶奶却一病不起，三个月后命归西天。这时候村里有位长者，他去过山西。说那里水美土肥物产丰富，不像河南十年九灾，就是要饭也比河南强得多。在他的召唤下，也是向往一个有饱饭的地方，我们六个人去了山西。这一走就是四年，在运河挑过泥，在黄河挖过渠，被坏人讹过，被土匪抢过。好容易到了济源，日本人打进来了，是去还是不去，大家有些犹豫。长者说，不去就是死，费尽千辛万苦，几次死去活来，就是要去山西，眼看就到了，再退回去，家乡啥样谁知道？也许到不了家就死在路上了。他还说，九死一生就在此举，说啥也要到山西。就在大家准备动身时，一群鬼子冲进了我们住的客栈，我们六个人就被抓了苦力。跟着鬼子的部队我们来到了山西，后来就到了塬县……”

灯苗儿一闪一闪，吴有根眼窝里有了泪水。他觉得自己命苦，还有比自己命苦的。眼前的雨生一生下来就在苦水中泡大，他忽然觉得应该让他得到家的温暖。

“大叔，今后到哪里去，我还没想好。河南是回不去也不想回去了，亲人都没了回去干啥？在这里也是举目无亲，但毕竟比河南好，在山坡坡上挖个窑洞洞就能住人，我想好了不走了。”

“你真想留在这儿？”吴有根觉得应该收留他，自己也是孤苦伶仃一个人，年纪已经五十有余，打理蒸馍铺有些力不从心。如果有这么个年轻人做帮手，那就轻松多了，两个苦命人相依为命，也许会过得好一些。

“嗯。”张雨生点点头。

“你愿意跟我学蒸馍吗？”吴有根问。

“愿意！”张雨生回答。

“这是一门容易生活的手艺，学会了发不了大财，但吃喝不愁。这门手艺不难，难的是做生意的路数。主要是童叟无欺质好价低，不求赚多少钱，但求名声好，生意的路子才越来越宽。还有一点，就是要吃苦，这和面揉面揉馍切馍蒸馍卸馍卖馍都得自己干，不能有半点含糊，这可是入口的东西，干净自然不说，必须味道好，味道好就要处处做到，这里边还是有学问的！”吴有根说。

“大叔……不怕……我能吃苦！”

“孩子，我们两个是杏仁碰杏仁，一对苦命人。”吴有根把自己的身世叙述了一遍说，“我孤身一人，你也是孤身一人，我们有缘相逢，是老天爷的安排，是观音菩萨的恩赐，如果你不嫌弃的话，我想收你为养子，教你这门手艺，日后你给我养老送终，继承这份家业，你看咋样？”

“大叔，我漂泊在外几年，受尽了苦难，到哪儿是头啊……我这条命就是你给的，你愿意收我为子，我感谢都感谢不过来，哪敢不愿意？以后你就是我爹，我就是你儿，我一定把你照顾得好好的，延年益寿，长命百岁……”张雨生激动得不知说什么好。

“既然这样，咱们说定了，瞅个好日子，对着观音菩萨起誓，再置办一桌酒席，宴请一下街坊邻居。我要给大家说，我有儿子啦！请神仙保佑我，请街坊给我作证，我不再是孤身一人，我老了有人伺候，死了有人送葬，我这下也有了一个真正的家啦！”吴有根说着说着心里一酸眼泪又流下来了。

“爹！你咋哭了，你一哭我也难受！”张雨生呜咽着叫了声爹。

“孩子，你叫我爹了？我是爹了，这辈子头一次啊，哈哈哈……”吴有根眼里含着泪花高兴得手舞足蹈。

“爹！你就是我的亲爹！我就是你的亲儿！咱们今世永不分离，以后我不姓张改姓吴！”张雨生怕老人不放心脱口说道。

“孩子，多余了，改不改姓都无关紧要，关键是人心对人心，半斤换八两，只要有颗仁爱之心比啥都强。我看的是你聪明懂事，要的是你忠实厚道。关老爷知道吗，讲究的是忠信仁义，就以他为标准吧，忠信仁义一辈子不会错！”吴有根说得很实在。

“爹！我知道了。”张雨生轻声应道。他没有感受过父爱母爱，没有人给他指点过人生的迷津，今天他有一种重逢的感觉，好像父亲回到身边，心里十分温暖。

就这样，张雨生留在了蒸馍铺。街坊邻居都说吴有根有福，老了老了菩萨给他送来了这么好个儿子，说他行善积德得到了好报。吴有根心里乐呀！整天笑嘻嘻的，人也精神了不少。张雨生心灵手巧人勤快能吃苦，很快就掌握了蒸馍的全套技术。慢慢地吴有根不再干力气活，悠然地看着雨生做着一切，心满意足地抽烟喝茶，生活虽然忙忙碌碌琐琐碎碎，但一天又一天过得舒心实在。

蒸馍铺的生意越来越好，每天早上买蒸馍的人络绎不绝，一锅蒸馍早早就卖完了。他们有个规矩不蒸第二锅，因为用酵子发面有个过场，时间短了发不好，蒸出来的馍馍不暄不光不亮不筋道没有咬头还有股酸味，这样的馍馍他们不蒸。

南门蒸馍铺有了故事，茶余饭后，人们传说吴有根拜观音虔诚，观音显灵送给他一个有情有义的儿子。这些传说，流传在平民百姓之间，披上了神秘的色彩，增加了人们的好奇，大家争相来南门卖馍，并不是真的需要馍，而是要看一下蒸馍铺那个观音菩萨送来的漂亮小伙子。

一九四四年，全国抗日战争的形势发生了很大的变化，八路军已开始全面的反攻。形势的变化联络站也失去了作用，秦老板出事后，庞永贵就停止了联络站的工作。这样秀秀就一心打理银器铺，买卖虽然一般，也能维持住一家人的生活。过了一段时间后，秀秀也注重梳妆打扮了，秀秀的变化刘掌柜和庞永荣夫妇都看在眼里，他们在私下里又忙开了，张罗着给秀秀再找个人。刘掌柜连着给秀秀牵了几个线。庞永荣夫妇也给秀秀瞅了几个。因为年龄悬殊秀秀一个都不答应。三番五次后，庞永荣生气丢下一句话：“把你能个够！去找吧，南门口卖蒸馍的年轻，能行吗？”庞永荣的一句气话，却在秀秀心里一振：“坊间都在传说卖蒸馍的后生英俊，我何不去一睹为快！”

昨夜一场春雨，把小城洗得格外的干净。巍峨的中条山湛蓝湛蓝，山顶白云缭绕。秀秀洗漱完毕，对着镜子照了照，她感到很满意。今天她上身穿了一件蓝底紫花的短袖紧身上衣，下身穿了一条黑色的长裙，脚上是一双绣了荷花的兰布鞋，她把乌发高高束起在脑后绾了个发髻，更显得脸盘儿白净，眉眼儿俊俏，模样儿亮丽。这么一收拾，秀秀整个人变了样，比做姑娘时还要有韵味。你看她，高胸细腰丰臀，淡妆素裹，长裙摇曳，好似一朵山花经历了风雨的洗礼，更加清丽妩媚。

秀秀走在街上，空气清新神清气爽，她微笑着跟熟人打着招呼，不一会儿就来到南门口的蒸馍铺。蒸馍铺的门前并不像传说中的那样，生意也很清淡。只是馍笼上的蒸馍鲜亮暄乎一点不假。笼屉后的吴师傅两眼微眯，笑呵呵地打量着前来的秀秀。

“哎哟！银器铺的老板娘，哪阵风把你吹来了。”吴师傅站起身指了指眼睛说：“我说嘛左眼老跳，俗话说：左眼跳财右眼跳灾。这一早上呀，左眼跳个不停，我就猜呀猜，哪个财神到呢？感情是你，老板娘你可是个大财神啊！”吴有根不愧会做生意，几句话说的人舒舒坦坦。

“瞧你说的，什么财神不财神，托你的福，是你的福气把我引来了。”秀秀也不让人，话说的也很中听。大家都在城里做买卖，见面喜欢互相恭维。

“无事不登三宝殿，你是贵客很少到我们这块来，怎么，有事吗？”

“都说你的蒸馍好，我买几个回去尝尝。”

“这话不假，我的蒸馍就两个字‘好吃’，不信你闻闻，麦子的清香味浓着呢？”说着就拿了个馍放到秀秀鼻子下让她闻。

“嗯，不假，好香。”秀秀嗅到一股麦子的清香，甜甜的，这是放了一年后的麦子磨出来的面才有的独特香味。

“那当然了，我的蒸馍铺从来不用刚下来的新麦也不用放置多年的老麦。新麦黏度大，晾晒不当会有青霉味，这样的面不好吃。陈年老麦生虫多土腥味大这样的面也不好吃。只有搁置一年的麦子才有这个味。虽然贵了点赚不了多少，但牌子不能倒，正宗的涞水北垣馍，都是用搁置一年的麦子磨的头茬面，做出来筋道暄乎鲜亮有嚼头，特别是那股新鲜的麦香味，哈哈！别提啦，没有不说好的！所以我做的生意都是回头客，保管你吃了第一回，就有第二回第三回。”吴有根说起他的蒸馍如数家珍。

“那好，我要十个，先尝后买怎么样？”

“什么先尝后买？就你一来，我这儿就蓬荜生辉！难得有你这样的贵客，今天我就破个例，送你十个大蒸馍！”吴有根朝窑里喊了一声：“雨生，拿上好的白纸包十个大蒸馍！”

“好咧！”随着应声雨生从窑里出来，他麻利地从柜子里摸出十张白宣纸，把凉透了的蒸馍一个个包好，放到一个柳条编的篮篮里递给秀秀：“你拿好！”他说话轻声轻气礼貌周到。

“这么讲究？”秀秀第一次看人家卖蒸馍这么细致，心里赞叹。抬头一看，四目相对更为惊奇，这后生国子脸大眼睛方口高鼻脸色红润果然英俊。不由得多看了两眼。

雨生也感到很惊奇，他有些不相信眼前的情景，秀秀的美丽使他震惊，山城里还有这么美的女子？在秀秀大胆的注视下他有些慌乱，从肩上抽下汗巾擦了擦头上的汗就回到了窑里。

“这就是你的儿子？”秀秀问道。

“是呀！河南人，逃荒叫鬼子抓了苦力，有病了被鬼子撵了出来，昏倒在我这炉子边，我救活了他，他就跟了我。不过我也老了，身边也需要个人，两厢情愿就成一家人了。”吴有根回答。

“看样子人不错。”秀秀说。

“是个好孩子。到我这儿满打满算也就一年吧，啥都学会了，基本上不用我操心。这人啊有吃有喝就好，刚来时病病怏怏，现在吃的白白胖胖。”吴有根说。

“他家里还有什么人吗？”秀秀好奇。

“哪有什么人？他父亲在他出生不久下大雨发大水被淹死了，母亲在他三岁时改嫁了，他是跟着奶奶长大的，奶奶去世时他二十岁。唉！也是个苦命人！”吴有根说。

“哟，真是命苦。”秀秀清楚了这个人的背景，还真为他难受，“唉！看着白白胖胖，哪知还是个孤儿，有着一肚子苦水，这世事真难料呀！”

“现在不孤啦……孤儿加孤老头，两孤合在一起就是个家啦，他有爹我有儿……哈哈哈……”吴有根笑得很开心。

看得出吴有根的笑是从心里发出的，秀秀也不愿意再往下说，于是就转了话题：“都说涑水县的北垣人有能耐，今天领教啦，果然不凡，卖蒸馍都卖出了名堂，只听说卖点心的用纸包，卖蒸馍用纸包我还是第一次看到，不过挺好的，干干净净不沾灰不沾尘。”

“不光是不沾灰不沾尘，还不裂口，跟刚出锅一样鲜鲜亮亮。”吴有根补充。

“你这蒸馍可真大，提着都叫人费劲。”秀秀提提篮篮又放下，掂了掂还真有点沉。

“北垣的蒸馍像锅盖，是夸我们的蒸馍大。吃的时候要用刀切成块，再就上白生生的大葱或者红油油的辣椒，那才叫个香！那才叫个美！”吴有根解释完后又朝窑里喊了一声：“雨生，把蒸馍给老板娘送到家。”

“不用不用，我能提动。”秀秀不好意思。

“金枝玉叶的，可别闪了腰崴了脚，还是让小子送过去。”吴有根开玩笑说。

“恭敬不如从命，谁叫我是金枝玉叶呢？”秀秀也有心叫他送，也就半开玩笑地答应了。

张雨生换了件褂子，光头上裹了个白毛巾，提着篮篮跟着秀秀走在街上。他中等偏上的个儿，皮肤白净，脸色红润，步履轻松，浑身散发着青春的气息。秀秀非常喜欢这种久违了的气息，不由得多看了他几眼。雨生感觉到了，以为自己哪儿做得不对，连忙说：“老板娘，咋啦？”

“咋也不咋……我说你不要叫我老板娘好不好？”秀秀不愿意别人这样称呼她。

“那叫啥？”雨生问。

“我有名字叫秀秀，直呼其名叫我秀秀。”秀秀说。

“直呼其名？我不敢，这不礼貌。”雨生说。

“没什么，就这么叫，我不怪你。”秀秀说。

“这……”张雨生犹豫。

“其实你叫的也没错，只是我不愿意听，把人都叫老啦，我还年轻，叫名字多好！”秀秀看他确实厚道老实，就说出了自己的本意。

“嘿嘿……”张雨生觉得有趣笑了一下。

“你笑什么？”秀秀问。

“你说话真逗！人都是长老的，叫还能把人叫老？”张雨生答道。

“你猜我多大？”秀秀问。

“不知道。”张雨生脸一红，走了一路他都是眼看着脚，不敢正眼看秀秀。听到秀秀问他，就抬头打量了她一下，正碰上秀秀那双火辣辣的眼睛，那眼能洞察一切，他觉得自己的心思好像被她看穿了，脸腾的一下红到耳根。

“小伙子还脸红？没和女孩说过话吧。告诉你，我才二十八岁，所以不愿意别人叫我老板娘。”秀秀的直觉告诉他，这是个老实的小伙儿，就把自己的年龄告诉了他。

“二十八岁，属蛇的。”张雨生觉得太巧了，脱口说道：“和我同岁。”

“是吗？”秀秀也觉得奇怪，“你也二十八岁？”

“二十八岁，属蛇的。”张雨生看着她点点头。

“真是无巧不成书，咱俩同岁，那你更不能叫我老板娘啦！”秀秀思忖着：“叫……”

“就叫掌柜的吧？”张雨生打断她的话说，“这个好听。”

“行！男主外女主内，才有了老板和老板娘之称呼，掌柜的一般也是指男人……不过我现在就是掌柜的，名副其实，就叫我掌柜的吧。”秀秀觉得现在她在打理银器铺，应该换个称呼，叫掌柜的受用。

说着话他们回到银器铺。

秀秀倒了茶水款待雨生，她在心里对他有了更好的印象，这种印象不是坊间的传说，不是人们夸张的形容。而是实实在在的一种感受。她觉得眼前这个后生，不仅仅是厚道老实，而且聪慧伶俐，心里泛起一种久违的那种迫切需要得到异性关爱的感觉。

雨生此时也有些心神不安如坐针毡，这位和他同岁的掌柜的是他见过的女人中最让他折服的一位。不仅仅是漂亮，是什么？他也说不清。敬而畏之，有点，敬而远之，不愿，敬而近之，不敢，敬而弃之，不行。哎哟哟！他生平第一次想这个问题，而这个问题使他心慌意乱，手脚有些不听使唤，慌乱中大口地喝了一口茶，没想到茶水有些热，含在嘴里咕噜了几下强忍着咽下，汗水已从脸上流下。

“慢点……”秀秀递过一把蒲扇，她看出雨生的慌乱。

“掌柜的，我回去啦。”雨生的心突突地乱跳，他不知如何是好，他沉不下心，手脚不听使唤，话也不会说了，只得放下茶杯，匆匆地离开了银器铺。

张雨生慌慌张张心神不宁地走了，他的慌慌张张心神不宁秀秀看得真真切切，这真真切切搅得秀秀心里翻江倒海，她控制不住自己，她的心再也平静不了了，情感在内心掀起了波涛巨浪。她在追求自主独立的人生时，鬼使神差遇到了张雨生，有种邂逅重逢似曾相识一见如故一见钟情的感觉，她意识到这种过电似的麻酥才是她需求的或者说是追求的东西。

真是太巧了，父亲的一句气话，却使她找到了自己多年的期望。真是踏破铁鞋无觅处，得来全不费功夫！这是天意？还是缘分？她分不清也不愿意多想。不管咋说，她真真实实地感觉到：这才是心里所想的心里所要的值得她爱的。她要不顾一切地把他抓到手，不管遇到多大的困难，她都不会放弃。

四十一、择婚

张雨生失眠了，他做事心不在焉了。他在想女人，确切地说他在想秀秀。虽然只见过一面，只是送了一次蒸馍，秀秀那双会说话的大眼，那张月亮般的美丽的脸盘，那个长裙摇曳婀娜多姿的身影，都时时刻刻地浮现在他的脑海。

想女人是每个男人到了这个年龄都不能越过的坎。是一个正常男子心理和生理的需求。张雨生也不例外。从小到大，他没有得到过女性的关爱，三岁离母，那种母爱的感觉太渺茫了，那种青年男女间的相互缠绵海誓山盟般的恋爱，对他来说就是海市蜃楼，可想可看而没有条件得到。可以说，他没有接触过女人，更没有得到过女人的爱。他所感觉到的来自女性的爱就是奶奶的爱。奶奶的爱是那种有着痛楚的爱，一种维护生命基本存在的爱，是那种粗糙的原始的人性本能散发出的爱。相依为命的奶奶去世后，他渐渐长大了，也知道了男女之爱。可他觉得像他这样的穷孩子，男欢女爱是奢侈的是妄想的，现实迫使他必须压抑自己的情感，他没有力量娶妻生子，没有力量给妻儿安身之地，没有力量给他们起码的生存环境。在压抑自己情感的同时，他也看到了和他同样的穷人，为组成家庭一次次冒险，冒险的背后是苦上加苦，孩子老婆像巨大的包袱压弯了他们的脊梁，欢乐和喜悦昙花一现，接下来就是为此付出的一辈子穷苦。“一人吃饱全家不饿!”许多穷人不再踏履这条没有出头之日的路子，他们大多是把自己的情感隐抑在心中，殚精竭虑孤独地注视着灯红酒绿的世界，煎熬着自己的灵魂和身体，直到人老去。

张雨生就是抱定了这种决心的人。家和女人就像天上的月亮，可望而不可即。既然可望不可即，他也就死了这份心，没有再想过娶妻生子这一类的事，他想清心寡欲地了却一生。死里逃生来到蒸馍铺，吴有根救他一命还收留了他，他生平第一次感到了父爱，感到了家的温暖。他学会了蒸馍的手艺，有了生活的本钱。但他还是没有想过女人，他愿意就这样本本分分地做生意，陪伴着养父吴有根一直到老。秀秀的出现，实在是出乎他的意料。出乎意料的是他怎么会一见钟情？怎么会一见钟情后就放不下了？情感和欲望不顾一切地从心里迸发，打破了地位身份和财富的界限，就像脱缰的野马在原野里不顾一切地狂奔！就像决堤的洪水在峡谷中横冲直撞势不可当！面对这么一个女人，他有些收不住了。

午夜，雨生睡不着，索性开门来到窑顶。窑顶就是南城墙，年久失修长满了杂草，只有中间还有一条道。雨生来到一块碉楼的地方，这里残存的墙砖较多，地势也高，他在一个台阶上坐下，摇着蒲扇想着心事。

雨生想奶奶了。奶奶是那样的慈祥和蔼，那样疼他爱他，不管弄来什么好吃的，奶奶都先给他吃。二十岁那年，奶奶病倒了，就在弥留之际，奶奶对他说：雨儿，你要娶一房媳妇……媳妇长得好长得孬都不要紧，只要能生娃就行……咱老张家不能断后啊！奶奶说完就咽气了。

秀秀的出现勾起了他对女人的思恋。雨生感到茫然，像站在十字街头，不知该往哪里去。连着几天，张雨生都是在这种思虑中煎熬中度过。他的精神不再专注，经常丢三落四。这些变化吴有根都看在了眼里，他想起几天前秀秀来买蒸馍，是不是她的原因使这个小子心神不宁？如果真是这样，那可是个大事！

又是一个闷热的晚上。

“雨生，你想不想成个家？”吴有根关切地问。

“我和爹过一辈子，不成家。”雨生在吴有根突然的发问下，有些慌乱，口是心非地说了谎。

“想成个家又不是坏事，男大当婚女大当嫁嘛，像你这个年龄后生不想是假的。”吴有根抽了口烟说。

“奶奶死前说过，要我娶妻生子……说张家不能断后……可是现在我不想……”雨生嗫嚅着说出了自己的心思。他是个老实人，不想糊弄自己的干爹，也不想给他老人家找麻烦。

“心中是不是有人了？说给爹听听。”吴有根有意探他的底。

“没有。”雨生不敢说出秀秀，明摆着癞蛤蟆想吃天鹅肉，他怕吴有根笑话。

“没有就好。”吴有根若有所思。街坊们说到男女之事常用一个词，就是“温饱思淫欲”。这人呀一旦吃饱了穿暖了就有了这门心事。男人女人在一起干什么，不就是交媾生子所谓的睡觉生活嘛！可是这些要有前提啊！要有最起码的维持生活条件，还要符合人们的传统习惯和道德观念，最主要的是那个民约俗成的门当户对……他想起自己年轻时被冤枉的事，他要把这个事告诉雨生。

“你知道我为什么一生未娶吗？”吴有根在墙砖上磕了磕烟灰说，“我在二十多岁的时候，就是因为一个女子的单相思，因为两家门不当户不对，因为那个女子和他父亲的置气，因为那个女子一句不靠谱不着调的赌气话，害得我家破人亡流落他乡……”吴有根把自己年轻时的事告诉了雨生。

“原来这样！不然的话，爹也是儿女成群了。”雨生张大嘴巴吃惊地说。

“后来我想通了，干吗这样苦自己，为了男欢女爱为了传宗接代为了不枉来人世一遭，我得娶一房媳妇，我要享受天伦之乐，于是我就拼命地干活，努力地攒钱，好容易攒下了今天这个蒸馍铺，有能力娶妻生子了……但是迟了，一把的年纪了，哪个女人跟你?”吴有根看着张雨生说，“孩子，爹同意你找媳妇，爹不拦你，爹不能让你像爹一样苦了自己。但是找媳妇要找合适的，要找能和咱们过到一起的……”他想起秀秀，觉得应该给他敲敲警钟，于是说道：“娶媳妇要门当户对两厢情愿互相合适才行，可不能心比天高，命比纸薄！套用一句俗话：你是公子的身子奴才的命！要说长相嘛有模有样，要说脑瓜嘛聪明伶俐。可是你是个卖蒸馍的，买蒸馍的是什么？在社会上人家看我们是下九流，钱少位卑没人正眼看你。所以我们找媳妇，眼不能太高了，不能好高骛远，癞蛤蟆吃天鹅肉的事不是咱们这些本分人干的事。咱们要根据自己的情况量力而行……你年纪不小了，也该娶媳妇了，这事就交给爹，爹操心给你找一个。”吴有根婆婆妈妈说了一堆，有同意有支持还有保证，他是用父亲对儿子的真心和态度来对待这件事的。

“不找……不找……娶啥媳妇？我到爹身边不到两年，还没有孝敬爹就给爹找麻烦……我不找!”雨生觉得知恩不报非君子，咋能给老人再增加负担呢？想到这儿他断然拒绝。

“孩子，只要有孝心就行。什么麻烦呀负担呀，咱都不提。咱们要的就是心里舒坦平安过日子……爹有点担心，银器铺的老板娘来铺子里买馍以后，你就有点心不在焉……爹要提醒你，那个女人的娘家是大户人家，她爷爷在当地名气很大，是地面上公认的及时雨宋江宋公明。她的家在城北十里的庞家窑，她的男人是银器铺的秦老板，大年初三下沟挑水摔死了……大家都以为银器铺开不下去了，谁知这女人硬是把银器铺开了起来了……她年纪不大本事不小啊！咱们这个小庙放不下这尊大佛……你可不敢胡思乱想，胡思乱想害人哩……”吴有根觉得要把话给他说透。

“送了一次馍，我就感到这个人不错，她说话好听办事地道对人有礼貌。像个大户人家的闺女。她铺子干净屋里整齐东西排场，是个有本事的人。”雨生夸奖。

“她的确不错！但是她不适合你，不适合我们这样的家！我们两家门不当户不对，你给不了她所需要的，我们也没有能力娶她，她的父母也不会把她嫁给一个卖蒸馍的。你呀！赶紧收了那份心思，好坏与咱无关，本事大小也与咱无关。你现在一定要把心放正！心放正了就不胡思乱想了，不胡思乱想了心就稳了，心稳住了日子就好过了。”吴有根担心雨生真的生出些不切实际的想法来，赶紧堵他的嘴。

“爹，我听你的，其实也没有胡思乱想，只是觉得这个人不错……”雨生还是说了谎。

“孩子，有你这句话，爹就放心了。”吴有根嘴上这么说心里还是不踏实。因为他从雨生的口气中感觉到这个娃娃对秀秀有意思，他得按自己的计划进行了，免得夜长梦多再生出些别的事来。

吴有根是个说一不二的人。他说要给雨生找媳妇绝不是一句空话，他是真上心了。离蒸馍铺不远有个杂货铺，经营杂货铺的是一对四十岁左右的夫妇。男的是个瘸子，精瘦精瘦一把骨头。那年进山贩山货，碰上了土匪，仗着年轻他撒腿就跑。土匪开枪了，一枪就把他撂到了，枪子打折了他的小腿，从此腿拐成了瘸子。因为姓马，大伙儿就称他马瘸子。在山货铺他不当家，当家的是他的婆姨。婆姨姓何名桃，因为长得胖，圆鼓噜噜的，又因为铺子里的山货以核桃为主，顺口了就叫成了“山核桃”。山核桃体胖心宽热心肠爱说话，天南海北从古到今的一些稀罕事，山核桃都能过耳不忘，并且能够加油添醋编成惊险离奇的故事，再绘声绘色地讲给别人听。她这点本事确实有用，山货铺光顾的人很多，有些老客就喜欢听她闲扯，围坐在铺前打发时光。山核桃广揽了人缘还红火了生意，一举两得乐而处之。

没事的时候，吴有根爱到山货铺坐坐，他爱听山核桃说故事。这天，吴有根又来了，他肩上搭了个烟袋，手里端了把茶壶，看到山核桃老远就喊上了：“山核桃，今儿有啥新鲜段了？我可是带着耳朵来啦。”

“吴师傅，哪次没带耳朵？嘿嘿！又端出你的宝贝茶壶，是给我预备的吧！有了你这茶呀，我就有精神啦！就冲这茶，我也得说一段。今天说的是：卖蒸馍爱做善事，得贵子必有后福！要知详情细果，且听我慢慢道来。”山核桃故意逗他。

“别拿我说事了，我要听古代的，说一段杜十娘怒沉百宝箱怎么样？要不来一段母夜叉孙二娘？说酸的，酸的好听！”说着话他就往山核桃胸上瞄。山核桃穿了件无袖的汗衫，两个大奶就像刚出锅的白蒸馍，挤在胸前鼓囊囊一堆。再加上那个鼓囊囊的肚子，随着话音的高低，一身软肉乱颤。那对白蒸馍就更不安分守己了，毫无遮拦地呈现在吴有根眼前。

“嗨嗨！老家伙，守不住啦？”山核桃拉了拉衣襟，遮住露出的奶，用手指在吴有根的头上一戳，“老光棍小光棍，没有女人瞎胡混！怎么着，是不是需要个女人？”

“哪里的话！我是有此心也没此力，老了老了……”吴有根眼睛移过山核桃的胸，又盯上了她的臀说：“这屁股大是不是好生娃？”

“老不正经的，腰粗屁股大，娃娃一大把！女人没有屁股还行？”山核桃叫吴有根说得不好意思，摸了摸自己的大屁股有点莫名其妙。

“别生气，多年的邻居了，你还不知道我。我听你说故事，说到美女就爱说胸高高的，腰细细的，屁股大大的。今儿我就想，要是找女人，该找什么样的好？”吴有根坐到铺子前的小凳子上，他想听山核桃的见解。

“老家伙，让我说着了吧，是不是熬不住了？一把年纪了找什么女人？实在熬不住，花俩钱到妓院泻泻火！胡思乱想找女人，就你那年纪你那蒸馍铺，谁跟你？……你可真是异想天开不知天高地厚！”山核桃快人快嘴，说话也不考虑，连珠炮似的一顿猛轰。

“你个快嘴婆！不问青红皂白，就收拾我，你误会了我的意思了，你知道我要干啥吗？”吴有根不温不火点着烟，凑到山核桃跟前说，“我是想给我那儿子找个媳妇。”

“给你那个干儿子？”山核桃觉得好像听错了又重复了一遍，“那个河南后生张雨生？”

“有什么大惊小怪的！什么干儿子，就是我儿子嘛！”吴有根不愿意听别人说他的儿子是干儿子。

“哎哟哟，你可是个大好人啊！”山核桃目不转睛地看着他，“真好真好，找个媳妇稳住他的心，有男有女再生上一群娃，这才像个家。”

“你这下说对了，雨生也二十七了，老大不小的了，我想张罗着给他瞅一个，早办早算，这么多年也攒了几个钱，好的话再在窑前盖上两间瓦房，过两年他们有了孩子，我就把生意放手给他们，带带孩子享享天伦之乐，你说我想的对不对？”

“真没想到你心眼这么好，老了老了还有一副菩萨心肠，雨生有你这个爹可真有福啊！不过雨生这孩子也不错，也不怕花了冤枉钱。只是这个年纪已经错过择婚的最佳年龄，咱们这儿女十六男十八就结了婚，不知找什么样的才合你的意？”山核桃想知道吴有根有啥打算。

“这下说到正题了。我今儿就是请教你来了，我家雨生该找个什么样的媳妇？”他停顿了一下说：“你爱在故事里说的美女似的女人咱们不想，咱要的是大臀粗腰高胸。大臀好生孩子，腰粗好干活，高胸就是奶大，奶大奶水足好带娃。”吴有根说出了自己的看法。他认为男人和女人结婚，就像动物一样，公母搭配，解决的是性的需求和本能的传宗接代。他没有考虑人的其他需求，他忽略了人的更高的最重要的一个方面，那就是精神需求，就是我们通常说的爱情。他认为自己在办一件天大的好事。

“说的也是，女人光有漂亮的脸蛋也不行，可是像我这样也不好，像个水桶，除了我那个一巴掌拍不出个屁来的马瘸子不嫌弃我，恐怕世上就没人要我了。结婚不光是天黑熄了灯上炕就干那事，结婚要的是感情，两个没有感情的人在一起，能过下去吗？梁山伯和祝英台，七仙女和董咏，白蛇和许仙，讲的不都是男女之间的恋情吗？我看呀，不能光生娃就行，还要对上眉眼，两厢情愿最好。”山核桃不太同意吴有根的看法。

“太多的道理我也不知道，就请你给张罗张罗，有合适的就给娃说。”吴有根觉得山核桃说得有道理。

“不用张罗，我这儿就有一个现成的，是我的一个本家妹妹。”山核桃觉得真是太巧了，她的一个本家妹妹嫁到烟庄，妹夫在日本人“扫荡”时被乱枪打死了，留下一个八岁的小男孩。烟庄是个偏僻的山村，妹妹带个孩子日子过得很艰难。前段时间来这里，有意改嫁，想请姐姐帮忙在城里找个人家，那时候也没有想到吴有根会给雨生说媳妇，今天吴有根一提，她便想到妹妹这档子事。

“胡说啥呢？她是个寡妇。”马瘸子出溜到门口，蔫不叽叽地来了一句。

“你个憋闷子，不说话把你当哑巴啦！”山核桃嫌他多嘴，“去！到一边去。”

“还有个孩子呢！给人家说媒要说实话！”马瘸子说完一瘸一瘸很不情愿地走了。

“怎么回事嘛？你把瘸子赶走了，听话音是个带孩子的寡妇？”吴有根问。

“嗨！这瘸子，关键时候乱放炮。你听我说，我把实情告诉你，行，咱就再给雨生提，不行，就算我没说，怎么样？”山核桃回答。

“我听你的，你说吧。”吴有根心里也有个小九九，像雨生这样大的男人，大都有好几个孩子了，没有结婚的很少，要找大姑娘很难，再说按照他们家的状况，也没有太高的要求，女人愿意嫁过来就不错了，寡妇不寡妇的他不在乎。

“我这个妹妹叫何萍，今年三十岁，十六岁嫁到烟庄，丈夫是个老实巴交的庄稼汉，第二年有了个男孩起名叫小虎。那年鬼子“扫荡”一家人都被杀了，多亏我妹妹带着孩子回娘家躲过了一劫。我这个妹妹是寡妇也有孩子，你合计合计。”山核桃把情况说明了。

“容我想想，容我想想……”吴有根觉得有点问题，“是不是年龄有点大？雨生二十七，大雨生三岁。”

“大三岁好啊！人不是常说吗，女大一不成妻，女大二正可以，女大三抱金砖嘛。女子大一点懂得疼男人是福气，不是事！”山核桃说。

“那我回去给他说说？”吴有根心动了。

“先别急，半年没有见着妹妹了，妹妹有人没有人，我也不清楚，我问好了你再给雨生说。”山核桃说。

“那你就赶紧问，我等你的信。”吴有根挺满意，他感觉这事挺好，要是成了，不就媳妇孙子都有了吗！吴有根美滋滋地回到蒸馍铺。

何萍来了，是马瘸子到烟庄接来的。马瘸子牵着驴，驴背上挎了两个柳条筐，一个筐里放了些铺盖衣物，一个筐里放了些粮食。何萍和小虎跟在驴后头，三十里路他们走了一整天。

“你咋把人接来了？”山核桃把马瘸子拉到一边问。

“我把事跟萍说了，萍愿意就跟着来了。”马瘸子说。

“咋走了一天？把人都等急了。”山核桃过来问何萍。

“起身晚了点。”何萍拉过小虎说，“小虎，叫大姨！”

“大姨！”小虎叫了一声。

“咋不让娃骑驴呢？”山核桃又去问马瘸子。

“驮了些粮食，何萍怕驴使着了不让娃骑。”马瘸子回答。

“萍，那事你同意？”山核桃把妹妹拉到门口问。

“大姐保的媒错不了，所以我就来了。”何萍说。

“这话不假，老头子一辈子没有结婚，老了老了收留了一个河南小伙做儿子，没想到这小伙儿老实勤快，真把老头子当爹看待。前几天老头子找我，提出给他的干儿子说媳妇，说什么两个光棍没有个女人不像个家。我一看这可是个好事，于是就想到了你，只要你同意，我就给人家回话。”山核桃说。

“大姐，我没有什么，只是那男人比我小三岁，我还带个十三岁的孩子，人家嫌弃不？”何萍说出了自己的担心。

“我想不会嫌弃，年龄相差两三岁不是事，小虎不用担心，老头子早就想要个孙子呢！”

“那就给他们回话吧。”何萍说。

早上吴有根上街溜达，看见山货铺前有个女人在扫地。这个女人不是别人，就是何萍。歇了一晚上的何萍很精神，头发梳得光光的，她穿了一件青色的小褂，灰色的裤子，她不是太白也不太黑，圆脸大眼中等身材。吴有根正在琢磨是不是山核桃的妹妹？就见山核桃从门里闪出，人没到声音却先到了：“吴师傅，看啥呢？”

“哦……没看啥……你早啊！”吴有根说。

“眼珠子都掉出来了，还说没看啥！”山核桃不留情。

“那是谁？”吴有根靠近山核桃问。

“我妹妹，你看咋样？”山核桃说。

“不错，挺好！”吴有根回答。

“没骗你吧。”山核桃话音刚落，小虎出来了。

“那是她的娃？”吴有根问。

“是她的娃，十三岁。”山核桃答道。

“不错，挺好！”吴有根说。

“萍的事我做主。你能做了雨生的主吗？”山核桃问。

“咋做不了主，我是他爹呀！”吴有根觉得山核桃小看他。

“那好，既然你没有意见，咱们就把这事定了。你拣个日子，两家在一起吃个饭，何萍就搬过去。”山核桃说。

“结婚是大事，不能太草率，容我合计合计，下午给你口信。”吴有根说。

吴有根背着手，脖子上挂着旱烟袋，迈着四方步回到蒸馍铺。他心里别提多高兴啦。他不仅要当公公而且要当爷爷，雨生有了媳妇，家里有了女人，老少三代一家人你说他能不高兴吗？

张雨生两手粘着面，看到吴有根面带喜色就问：“爹，捡到钱啦？看你喜欢的。”

“嘿嘿！可比捡到钱高兴。”吴有根想给雨生一个惊喜，他要盘算盘算得花多少钱，就是不搞仪式也得里里外外都沾个新吧，毕竟是添丁加口迎娶新人，图的是欢乐喜庆吉祥如意嘛。

山核桃回到山货铺。何萍问她跟谁说话？山核桃告诉她，那就是蒸馍铺的吴有根。

“怎么样？”何萍问。

“他满口答应了。”山核桃说

“我还没见着那个人呢？”何萍说。

“别管那人，只要老头子愿意就行。”山核桃说。

“事是好事，还得两厢情愿。如果那人不愿意，我咋办？总不能赖给人家吧！”何萍说。

“这由不着他，老头子给他花钱娶媳妇，他感恩都感不过来，还敢不愿意？”山核桃总觉得十拿九稳。

“那人咋样？我得看看。”何萍说。

“要看嘛！好办！姐带你到蒸馍铺买俩馍，不就看到了吗？”山核桃说。

吃过早饭，山核桃领着何萍和小虎来到蒸馍铺。山核桃来的时候，蒸馍已快卖完了。爷俩正对坐着吃东西。白白的蒸馍夹上绿绿的韭花，看着就让人嘴馋。

“买俩蒸馍！”山核桃说着话来到爷俩跟前。

“哟！你咋来了？”吴有根一惊，“你家啥时候不蒸馍了？”在他的记忆中，山核桃一家都是自己蒸馍吃，从来没有买过馍。

“咋？你的馍不卖给我？”山核桃说着话把何萍拽到跟前，“都说你家蒸馍好吃，我想让妹妹尝尝。”

“好咧！雨生，拣好的包几个。”吴有根看山核桃在挤眼，立刻明白了咋回事。所以他也故意叫雨生包馍，好叫他俩接触一下。

“小虎，叫爷爷。”山核桃把小虎拉到跟前，小虎一直看蒸馍，他有很长时间没有吃过白馍了。

“快快快！都坐下，吃馍吃馍。这是今年新碾的韭花，掰开夹韭花。”吴有根拿了个蒸馍从中间掰开，夹上韭花递给他们。山核桃接了，吴有根还要掰还要夹韭花，山核桃阻了他：“一个就够，尝尝就行。”

“好吃！”小虎咬了一口说。

“好吃就多吃点。”吴有根感到很满足，他愿意听人说好。

“馍包好了。”雨生把盛蒸馍的篮子放到山核桃面前。

“给我吧。”何萍接过篮子，抬眼看了一下雨生。

“走了……走了……”山核桃招呼着要走人。

“没事多坐会儿，街坊邻居的拆了墙就是一家人。”吴有根一语双关。

“不啦不啦……我家瘸子还等着吃馍呢！”山核桃说完就拉着小虎和何萍一块走了。

吴有根和山核桃说好了下午回话，这姐俩一来，吴有根就知道咋回事了，这是何萍来看雨生了。女方愿意不愿意他不知道，他也不敢贸然回话，他怕女方不愿意了，自己老大的人丢面子。于是就耐着性子等，他想等山核桃先给自己说，行或不行都主动。可是等了一夜，还没见山核桃回话，他就有点沉不住气了，第二天一早，吴有根就早早来到山货铺。

“大叔，早啊！”何萍在门口扫地，一看到他就叫他。

“早……早啊……你姐呢……”吴有根眼往屋里瞟。

“到城门口买菜去了。”何萍回答。

“是……是嘛……”吴有根说着就要往城门口走。

“吴师傅，你来啦。”山核桃正好回来，老远就跟吴有根打招呼。

“她同意不？”吴有根迈着大步凑过去，他急着问山核桃。

“同意！……你是明白人看不出来……”山核桃笑着回答。

“那你咋不早说，让我等了一晚上……我也告诉你，我这边也牢靠了。”吴有根说。

“我咋觉得雨生好像不知道这回事？”山核桃说，“昨天我妹子去了，他好像一点反应都没有。”

“我就没给他说！”吴有根说。

“那咋行？那是两人的事，要对上眉眼，你这事办的悬！”山核桃觉得不应该这样做。

“这无关紧要，关键是我愿意不愿意给他娶。我救了他，收养了他，又给他张罗娶媳妇，全都是为了他好，他是个人，不是畜生，能昧着良心不听我的吗？”吴有根说。

“那也得给人家说！日后两人要在一起过日子，不说咋行！咱可不能干乱点鸳莺没谱的事。”山核桃还是觉得不妥。

“我是要给他个惊喜，你就把心放到肚子里去吧！这门亲事，板上钉钉，牢靠啦！”吴有根打了包票。

“我这妹子呀，绝对是个好媳妇，人勤快心善良，粗活细活拿得起放得下，做饭洗衣缝缝补补里里外外都不含糊，绝对的温顺老实孝顺贤惠，你呀，你这个老头子是前世修来的福，是后世拜观音积的德，是行善做好事应来的命，你苦尽甜来就净等着享福吧！”山核桃嘴可真行，是夸何萍呢还是夸吴有根，不管咋说，她对这门亲事也很满意。

“嘿嘿！你可真会说！不过我也给你说心里话，我是真看上了何萍了，如果雨生不娶何萍，我就收何萍当女儿，这下你的心可以放到肚子里了吧！”吴有根说得很认真，也是他的心里话，能认干儿子就能认干女儿。他觉得认何萍为女儿未曾不可，如果事情真的有意外，最起码这也是一条退路，咱做事要对的起人啊！

四十二、两心相印

公元一九四五年八月十五日，日本天皇宣布无条件投降。

在人们的印象中，塬县县城里的小鬼子在一夜之间消失了，取而代之的是庞永贵的抗日民主政府和抗日游击大队。大街上一下子冒出许多花花绿绿的标语，人们欢天喜地兴高采烈张灯结彩，不同阶层的人们相聚在十字街头，民众在这里集会，学生在这里演讲，青石拱桥上燃起了鞭炮和烟火，大家在庆祝抗战胜利和拥护民主政府，塬县县城在平静中接受了八路军的接管。

县政府还在原来的老县府。庞永贵一身三职：县委书记、县长兼游击大队政委，谭树林是游击大队大队长，何立业是副县长，强强是县武工部部长，刘英是县妇救会会长。金海金洋和侯青山分别任游击大队一中队二中队三中队中队长。县下设四区，刘大牛是城关区区长，司马鸣是紫金山区区长，高志远是芦苇沟区区长，何贵生是中条山区区长。

抗日战争结束后，蒋介石加紧了内战的步伐，想不劳而获地占据抗日军民用鲜血换来的胜利成果。他撕毁了国共合作的协议，发动了新的反共高潮。为了反击蒋介石的阴谋诡计，保证解放战争的顺利进行和取得最后的胜利，彻底摧毁和埋葬蒋家王朝，塬县县政府决定举办全县民兵骨干培训班，讲述革命的形势，揭露反动派的真实面目，树立胜利的信念，开展人民战争，粉碎蒋介石的罪恶阴谋。

这次培训由强强负责。具体分工是，刘英负责形势教育，何立业负责政治教育，强强负责军事教育。考虑到基层民兵大多是文盲，何立业建议利用晚上进行识字。这个建议得到庞永贵的支持，可是教员成了问题。干部中只有刘英和何立业能胜任。刘英不说了，形势教育外她还有妇救会那一摊，再分身很不容易。何立业更不可能，地方工作千头万绪都得他处理，去教识字也没有时间。后来还是强强想了个办法，让秀秀来教，每天抽出一会儿时间，生意教学两不误。这个建议得到了庞永贵的批准，秀秀原来就参加过革命工作，她有觉悟有文化，教识字没有问题。得到了庞永贵的批准后，强强和刘英决定去银器铺，请秀秀当培训班的识字教员。

强强和刘英先到了仙人居，看到人来人往食客不少，就想进去看看。强强那年在银器铺养伤，刘掌柜跑前跑后操了不少心，他一直没有忘记刘掌柜。

"欢迎欢迎。"刘掌柜拱着手从柜台里边走出来。

“你好啊！”强强和刘英问。

“好好！你呢？听说你的腿还不利落？”刘掌柜问强强。

“落下了个病根，天阴下雨这腿就不是自个的。”强强捶了捶右大腿。

“还得谢谢你呢！要不是你冒着危险半夜去找李医生，他这条腿就保不住了。”刘英说。

“遗憾的是没有治彻底。”刘掌柜有些内疚，“多亏秀秀了，白天黑夜守着你。”

“要不是她，我这腿就废啦。”强强说，“不管咋说，还得谢谢你。”

“自己人，一点小事，再说就见外了。”刘掌柜说。

“知恩图报嘛，咱们八路也讲究这个，这是咱中华民族的美德。”刘英说。

“你们都是忙人，能来我这仙人居坐坐我就满意了。坐下，喝杯茶。”刘掌柜把他们让到雅间，招呼小二上茶。

“其实我们就是战友，就是革命同志。你和秀秀都是联络站的地下工作者，我们都参加过打鬼子的战斗。只是塬县解放了，联络站不需要了，你们有饭店有诊所有铺子，也就各干各的事了。如果你愿意，我可以给你在县里谋个职位……”强强喝着茶和他聊着天。

“叫同志叫战友我都愿意，只是年纪大了，还想干一点自己熟悉的事，干了一辈子饭店，就干这个吧，别的不想了。”刘掌柜说。

“你们联络站的几个人都是这样，自食其力不给政府找麻烦。李医生又把他的西医诊所开起来啦，生意还不错。你的仙人居就不用说了，依然顾客盈门。秀秀那个银器铺听说也很好，她的手艺也不赖，都是回头客……”强强说。

“要说这个秀秀啊，真的很能干！”刘掌柜说，“店铺打理的有模有样，这样的女人少有。”

“她才多大年纪啊，带着孩子还要管着铺子，真不容易……”刘英爱怜她。

“说到这儿，有个事还得你们和秀秀说说，秦老板已经走了，开铺子没有男人不行，劝她再找个人吧，年纪轻轻的还能守一辈子寡？”刘掌柜说。

“这确实是个事，寡妇改嫁，政府是支持的，有合适的吗？”刘英插话。

“西街粮油店的吴老板人不错，老婆被日本人捅了，现在是单身。我给搭了个桥，人家愿意。都是做生意的，秀秀父母也愿意，可秀秀不愿意。”刘掌柜说。

“吴老板多大年龄？有没有孩子？”刘英问。

“五十七岁，五个孩子，前三个都结婚了，老四老五和他在一起。”刘掌柜说。

“别说了，你提的这个事不行!”强强打断刘掌柜的话说：“秀秀才二十八岁，他的孩子都比秀秀大，不行!”

“婚姻最起码的要求是，男女要般配，年龄要相仿，不能拣到篮子就是菜!再说这年龄也太大了。”刘英说。

“年纪是大，但这有啥呢？咱看中的是他家的铺子。老头子能活几年，老头子死了这铺子不就是秀秀的吗？从长远看还是不错的，要不秀秀的父母会同意?”刘掌柜有自己的看法，“原来说的秦老板不是过得挺好吗，秀秀一家人都沾光了哩。要不是秦老板出了意外，那小日子也红火着哩。”

“现在是民主政府，民主政府提倡妇女解放婚姻自由，秀秀的事让秀秀自己做主，我们不能光看到人家的铺子人家的钱，我们还要看这门婚事合适不合适，上次是秀秀给秦老板续弦，这次又是秀秀给吴老板续弦，上次大二十岁，这次大三十岁，我说你觉得合适吗?”刘英说话不客气。

“婚姻大事父母做主，那都是过去的老皇历了，秀秀过去就吃了这样的亏，父母顺心了她不顺心。秀秀找对象，最起码要年龄相仿，我们不能再让她受煎熬不痛快。”强强说。

“人为财死鸟为食亡，嫁汉嫁汉穿衣吃饭。城里人没有铺子咋挣钱，没有钱秀秀咋能幸福？再说……要不是嫁给秦老板，秀秀能住在城里能有这个赚钱的铺子吗?”刘掌柜有些不解，他说出了自己心里的想法。

“没有感情的婚姻是没有幸福的，没有合适的就先不要给秀秀找。你的那些想法都太陈旧了，那都是一些封建的糟粕东西，与现在民主政府的要求格格不入，我们劝你还是不要再操这个心了，咱们可不能再一次好心办错事呀!”强强生怕刘掌柜乱点鸳鸯谱，再一次毁了秀秀的人生。所以他的话说得很重。

“刘掌柜，不能再干越俎代庖的事了，越俎代庖会再一次毁了秀秀！秀秀日子不好过你心里也过不去呀？这件事就到此打住吧，你的好心我们也知道，你是为了让秀秀好，可是，这也得秀秀愿意啊！秀秀不愿意咱还提它干啥?”刘英耐心的劝说同时也坚决地回绝了。

“……”刘掌柜愣怔了，他没了言语哑了声。他没有再说什么，两个他喜爱的孩子都说自己不对，难道真的不对了吗？他扪心自问，好像觉察到了自己的不慎重，是呀！世道在变，社会在进步，人们的观念在变，思考问题处理事情也要跟上时代的步伐……老了……老了……他自叹不如，他没有责怪埋怨强强和刘英，在他的心里，这些个年轻人就是英雄好汉，是他从心里佩服信赖的人。所以强强刘英虽然言语有些不恭，他还是接受了。

银器铺开着门，不断有人进进出出，看得出秀秀的银器铺打理得不错。秀秀看到强强和刘英就高兴地喊：“强强哥，刘英姐，哪阵风把你俩吹来啦。”秀秀丢下手里的活，起身把他们让到屋里。

“来了就打扰你的生意了。”强强看秀秀在做戒指就说，“没想到你还学会了这些。”他从心里佩服。

“差远了，我只会做一些用模子的小活。”秀秀说。

“茶好啦，你俩来这里坐。”春花在院里叫他们。强强和刘英来到后院，后院摆了一张小饭桌，饭桌上沏了一壶茶。庞永荣过来说：“刚好我买了点肉，咱们中午吃打卤面，你们看咋样？”

“行，我就爱吃打卤面。”强强不推辞。

“我也爱吃。”刘英笑着说。

“这么热闹，说啥呢？”秀秀收拾完手中的活来到院里。

“说啥，说吃打卤面。”强强说，“坐下坐下，给你说个事。”

“啥事？”秀秀坐到他对面。

“县里要办一个培训班，缺一名文化教员，想请你当教员。”强强说。

“培训班？教员？”秀秀没有听明白。

“培训班是全县民兵骨干培训班，因为民兵都是文盲，就借这个机会扫扫盲，请一个先生教大家识字。”刘英解释说。

“县里没人吗？”秀秀觉得八路里那么多能人还从外面请。

“咱们部队大都是工农干部，识字的不多，教人识字就不在行了。现在只能从地方上请。”刘英说。

“要干多长时间？”秀秀问。

“半个月，刘英讲形势，何立业讲政治。我讲军事，你教识字。识字在晚上进行，不影响你的生意。”强强说。

“影响不影响生意没有啥，只是半个月能教个啥？”秀秀说。

“现在局势不稳，很快就要打仗了，培训的时间不能太长。因为有这个机会，捎带着教大家识字，能识多少算多少，没有任务，主要放在日常常用的字上就行。”刘英说。

“我行吗？没有当过先生。”秀秀觉得自己不会教人识字。

“咋不行？你是才女，教人识几个字没有问题，这事四叔都同意了，大家可是抬举你呀！”刘英鼓励她。

“既然大家相信我，我也不能不识抬举，不就是教人识字吗？再说，还有刘英姐在跟前，我可以随时讨教，要不我就试试吧。”秀秀听出了大家的意思，答应得很爽快。

“这就好啦，你心里有个准备，到时候我来叫你，三十多个人，地点就在县府大院。”强强说。

培训班按照计划开课了，识字课在晚上进行。秀秀嘴上说没问题。真正做起来还是有些慌乱，从来没有在众人面前讲过话，一下子教人识字当先生，还真是不知如何是好。这天下午，她早早地关了铺子在自己屋里做准备。她回忆着念书时老师讲课的情景，模仿着老师的举动和口气，还用手指当笔墙壁当黑板练习写字……教些什么呢？她选了一本《名贤集》，她觉得这本书句式长短不拘，对偶整齐，读起来朗朗上口，很适合扫盲用，其中不少谚语成语，能引起大家识字的兴趣，并且一句一个意思便于解释。做好这些准备后，她就开始着衣打扮，她觉着为人师者，应该衣着整洁大方得体。于是她穿了一件蓝色的上衣，配了一件黑色的裤子。她把头发一左一右梳了两条辫子，辫子搭在背上，辫梢上用红头绳结了两个蝴蝶结，蝴蝶结随着人的脚步一颠儿一颠儿地在腰窝飞舞，白脸黑发红头绳，朴素雅致大方。

刘英来接她，两人一边走一边聊。秀秀说了自己的想法，并拿出书给她看。刘英觉得秀秀真用心。《名贤集》的确不错，用它作为识字课本未必不可。但是时间太紧，那些句子虽然都是故事，听起来很有兴趣，认起来却很费劲，因为都不是常用字。她觉得初学认字，要从常用字认起，想到这儿她说："秀秀，你准备得很好，这些东西怎么用？我有个建议：教识字主要是扫盲，先从我们身边常说常用的教起，比如，大小多少，上下左右，兄弟姐妹，工人农民等等，或者共产党，八路军，民主政府，抗日救国，这些都是口头上的字，大家会说不会认不会写，这样一来学以致用可以起到立竿见影的作用。"

"这就简单多了，我还看书做准备了呢？真是瞎忙活了。"秀秀觉得这样教太简单了。

"你没有瞎忙活，可以在课后写出《名贤集》里的一段话，你像讲故事一样把意思给大家讲一遍，让大家去体会，枯燥的识字不就有意思了吗?"刘英觉得这样教，不仅增强了大家学识字的兴趣，还传承了中华民族优秀的文化，一举两得很好。

教室实际上就是个大空房子，在前边摆了张桌子，桌子后边的墙上钉了块黑板。白天刘英何立业他们在这里讲课，强强的课在一片空地，主要教一些长枪短枪手榴弹地雷的使用，还教一些刺杀格斗武术动作。晚上秀秀在这里教识字，一盏马灯搁在讲桌上，明亮的灯光映在黑板上。灯光下是一片黑压压的看不清眉眼的人头。在一片掌声中秀秀走上讲台，开始教大家认字。她拿起一截粉笔，在黑板上写下了中华民族、抗日救国、共产党、八路军几个字。刚开始她还有点羞涩，念的时候声音还有点发颤，几个轮回下来，她变得自信起来，声音悦耳。接着她又写了几个字：兄弟姐妹，亲戚朋友，上下左右，大小多少。反复念了几遍后，她叫大家一起念，看大家认得的差不多了，她在黑板上写下了这样几句话：单行好事，莫问前程。与人方便，自己方便。善与人交，久而敬之。她说这是《名贤集》头三句话，意思是，只要求自己行善做好事，不要去考虑结果会给自己带来什么好处。给别人行方便，就是对自己行方便。善于和别人交朋友，时间长了就会得到朋友的敬重。在讲完这三句话以后，秀秀又领着大家念了几遍，看大家基本会了，她才宣布下课。

秀秀心花怒放，大家的掌声是对她的肯定。她第一次觉得自己活的很有意义。更没有想到的是庞永贵、何立业、金海、金洋都来听她的课。他们是在开完一个会议后来的，坐在屋子的后边。学员们散了，秀秀一回头看到跟前围着几个人，她以为学员要问什么，就说："哪里没听懂，可以问。"

"没有要问的，只是要夸奖啊！老庞家的女儿不让须眉啊！"庞永贵闪到亮处，满面笑容地看着秀秀，"还弄本《名贤集》，这肚里有墨水呀！挺好，不枯燥，余味无穷，是块当老师的料！"

"四叔，咋是你呀？你来听我的课，羞死人了！"秀秀感到太突然，在四叔面前那不是班门弄斧吗！

"咋啦，四叔就不能来吗？你看看还有谁？"庞永贵摆了一下手，大家靠前走了走。

"呀！你们都来了。"秀秀看见了何立业、金海、金洋，她很惊讶。

"我们都是来学习的，你教的不错啊！以后在我们干部的教育中，也要加强中华民族优秀传统文化教育。《名贤集》不错，对人的道德品质修养很有用。还有《三字经》《千字文》《增广贤文》《弟子规》都是国粹。可以在这些书里选一些名言警句，取其精华去其糟粕，古为今用规范行动，修养我们的精神培育我们的品德。你在识字教学中，融入了传统文化教育，给枯操的识字增加了趣味，值得我们每个人学习。"何立业对秀秀评价很高。

"就是嘛，秀秀姐，你讲得真不错，还有字也写得好看，我们笨手笨脚的恐怕一辈子也不会了。"金海看了看自己的手说。

"好啦，别说这些没用的话，只要有恒心就没有办不成的事。以后要干的事多啦，没有文化可不成，你们都是中队长啦，不识字咋行！从现在起，好好认字，不仅要认得还要理解意思，特别是要会写，在这方面秀秀是你们的老师，好好跟秀秀学。"庞永贵说得很认真，"时间不早了，天晚了夜深了，要保证秀秀的安全。强强，你们每天都要安全地把秀秀送到家。"

强强和刘英送秀秀回家。大街上人已经很稀了，秀秀还沉浸在激动中，凉凉的风拂着发烫的脸。她问刘英："刘英姐，他们也来学识字？我咋不知道？"

"他们来我也不知道。"刘英回答后问："强强，你知道吗？"

"上午四叔问了一下，我说晚上秀秀教识字，他也没说啥，谁知晚上就来了，这是好事，是四叔在支持秀秀的工作。”强强回答。

“秀秀也争气，第一课就博了彩，你看四叔高兴的。”刘英说。

“你俩别夸了，再夸我就不知东南西北了。”秀秀说。

“好啦，咱们说点别的……”强强沉思了一下说：“秀秀，还有个事想问你，以后有什么打算？”强强说。

“什么以后有什么打算呀？”秀秀还沉浸在兴奋中以问带答说。

“就是你的婚事，傻女子！秦老板走了，你还准备守一辈子寡？”刘英说。

“这事呀……”秀秀的心情一下子沉重起来，她思考了一会儿说：“头一次结婚就是我爹妈的主意，你不愿意吧他们就寻死寻活；你愿意吧，就跌进了苦海。秦老板走了，你说该清闲清闲吧，他们又张罗着给你找，找也可以，找个好的也行，谁能想到这一次我父母还和上一次一样，托刘掌柜给我找婆家，这次可比上次还厉害，拣来拣去选定西街粮油店的吴老板，他有五个孩子大我三十岁，你说这是啥事？我爹妈竟然同意了。第一次我迁就了父母，他们满意了，可我掉进了苦海。这一次我不迁就了，世道在变社会在变我也在变，秀文的病已经好了，家里的状况也比以前好多了，我不能再为家庭把我自己卖了。经过这么多事，还有四叔和你们的教导，我已经不是不懂事的小姑娘了，我要为我今后的生活考虑，我要自己找婆家，我要找一个自己喜欢的人。”秀秀说。

“秀秀，你终于觉悟了！”刘英不由得打断秀秀的话，“我和强强支持你！婚姻自由是我们妇女争取解放的头等大事，也是我们推翻封建社会砸烂封建制度的头等大事，妇女要争取解放，首先要争得婚姻自主。民主政府反对买卖婚姻反对父母包办婚姻，提倡一夫一妻，提倡寡妇改嫁，提倡青年男女自由恋爱。你一定要把握住自己，不能再被父母的眼泪左右了自己，秦老板的事已经错过了一次，好容易有了这个机会，你不能再错！人生最美好的十年荒废了，人生能有几个十年？我们要珍惜啊！”刘英特别嘱咐秀秀。

“大叔大婶也不知咋想的？明明是个火炕他们就是要把人往里推，而且推的是自己的女儿，真是财迷心窍鬼迷心窍糊涂到底了。”强强说起这事心里就不高兴。

“他们认为年龄大了好，死的早就能继承人家的铺子，说什么一个铺子就变成两个铺子，人家那些孩子都是傻子？人家那铺子就那么容易给你？真是白日做梦！我简直不敢想象嫁过去的生活会是什么样？”秀秀说，“他和秦老板还不一样，秦老板是孤身一人，没有亲戚，这个可好，五个孩子亲戚一堆，又是本地人坐地户，给人家续弦要人家的家产，那不是白日做梦痴人妄想吗？”

“秀秀动脑筋了，考虑问题全面了，这样做就对了。”强强连着夸了秀秀几句说，“找不下别着急，心急吃不了热豆腐。要不，我们也操心操心，看政府和部队有没有合适的，我们也保个媒，做一次红娘，给秀秀找个合适的人。”

“别忘了，我是个寡妇还带着个孩子，对我女儿不好，我是坚决不同意。”秀秀说。

“还有什么要求尽管说。”刘英问。

“最好是无牵无挂，这样他就会一门心思待我。家产金钱我看得很淡，关键是夫妻恩爱相互关心。有句话说得好，柴米夫妻金子心，相濡以沫到白头。”秀秀有自己的标准。

“我问你，这街坊邻居前庄后村的，你有没有相中的后生？如果有的话，姐给你说媒去。”刘英说。

“说了怕你们笑话，我也是单相思，剃头挑子一头热。”秀秀说。

“谁笑话你？都是兄弟姐妹，不妨说一说，我们给你参谋参谋。”刘英要她说。

“看来秀秀是心中有人了。说说我们给你掂量掂量，省得你一个瞎琢磨。”强强说。

“……这个人……这个人就是南门蒸馍铺的后生，他叫张雨生，二十七岁，和我同岁，是从河南逃荒来的。独身一人，无牵无挂，模样挺俊，说话和气。我一见他就心动……”秀秀犹豫了一下，很不好意思地说出了心中的那个秘密。

“还真有啊……秀秀你可藏得真深。”强强有些惊奇。

“我只是见他心动，都没敢往这方面想，也许是单相思呢。”秀秀的脸儿红了。

“找个机会接触一下，看看人家怎么想的，人家有没有相好的，别弄拧了去。”刘英觉得是一种单相思。

“这好办，伙房正缺一位蒸馍的师傅，请他来帮忙，随便地问问不就知道了？”强强出了个主意。

“我去他那儿买过蒸馍，他干爹说他没有结过婚。”秀秀说。

“没结过婚不等于没有相好的……既然这样，我明天就去，早打听好了心里早踏实。”强强说。

第二天早上，强强就来到南门的蒸馍铺。他看到了那个年轻人，中等偏上的个儿，光着头肩上搭了个白毛巾，脸色白净皮肤光滑，五官端正身体健壮，嗯！是个不错的小伙儿！

强强来到吴有根面前，热情地说：“老师傅，买俩馍。”吴有根抬头看到一个穿军装的人立在面前，赶紧起身说：“老总，你要馍？随便拿随便拿。”

“老师傅，不要慌，什么老总不老总的，咱们八路不兴这个，叫同志就行……我问你，买卖还可以吧?”强强和他拉家常缓解紧张气氛。

“还可以，不打仗了，生意自然就好。”吴有根回答。

“听说你的蒸馍好吃，我是慕名而来，今天一看，果然不假，来买的人不少啊!”强强说。

“这个你没说错，我的馍是正宗的涞水北垣馍。走亲访友大家都带这个，好吃着哩，不信……你拿两个尝尝，保你还要来，我这儿买的都是回头客，老人熟脸的，来不得半点含糊。我的笼屉笼布卸锅就要洗，不能放，洗干净了晾干，没有馊味，下次好用。你要偷懒，笼布上有味，蒸出的蒸馍就有一股怪味，谁还要你的?”吴有根说起蒸馍来就没有完。

“蒸馍还有这些道道?怪不得人家大老远的都来你这，今天我是没有白来。”强强说。

“那当然了，行行出状元嘛，只要你精心做，没有做不好的事。”吴有根说。

“老师傅，跟你商量件事。我是县政府的，县里最近要开会，来的人比较多，要临时开伙，想请你帮我们蒸几天馍，你看行吗?”强强很客气。

“你是县政府的?哎呀，我真是有眼无珠，失迎失迎。”吴有根有点受宠若惊，他朝窑里喊：“雨生，快倒茶，县里的人来啦!”

“不要客气……不要客气……”强强说。

“八路军打日寇，新政府为百姓，没有共产党就没有老百姓的好日子，喝杯茶算啥?”吴有根说。

“茶来了!”一声吆喝，雨生端着茶来到面前，他麻利地用抹布把桌子擦拭了一下，在他们面前放下一杯茶。

“你刚才说什么?需要一个蒸馍师傅?这是我儿子，你看行不行?不行的话，我去。”吴有根想起强强的要求，就推荐雨生。

“太好不过啦!时间就半个月，三十多个人，每天得蒸两锅，一个人行吗?”强强问。

“行行行，三十多个人吃饭，一个人就行。”吴有根说。

“咱们政府有规定，用人不能白用，报酬两块大洋，先搁这儿啦。”强强掏出两块大洋放到桌子上。

“使不得，使不得!自古给政府支差哪有要钱的?”吴有根捡起大洋往强强手里塞，“只要我的蒸馍好就行，我要的是这个名声!”

“那怎么行?这是劳动所得，民主政府不是旧政府，你一定收下。”

就在他们推辞之际，政府的通信员骑着快马赶到。他下了马给强强敬了个礼说：“报告部长，县长要你回去开会!”“知道了，我马上回去。”强强还了个礼。通信员骑马走了，强强转身对吴有根说：“如果方便的话，他现在就跟我走，不过每天晚上都可以回来，有啥事我们再说。”

“你是……”吴有根没有听明白。

“我是县政府武工部部长，你儿子就在我那儿帮忙。”强强说。

“哎哟，是个大官官哩！雨生，快收拾一下，跟部长去。”吴有根痛快地说。

就这样，张雨生来到县政府的伙房帮忙。强强告诉了刘英，刘英要看看这个令秀秀着迷的后生。下午开饭了，大家拿着碗排队打饭，窗口放了一大盆菜，旁边的笼屉放着蒸馍。炒菜的师傅往碗里打菜，蒸馍的师傅就拿两个蒸馍递出去。刘英想和雨生多说两句话，就想出了个办法：“一个馍不够，两个馍吃不了，能给一个半吗？”“没问题！我给你掰开。”雨生说着话就把馍掰开了。“这馍咋没有碱味？”刘英闻了闻问。“这是涑水北垣馍，不放碱。”雨生答话脸上挂着笑容。“小师傅，你是才来的吧，正宗的涑水北垣馍，只有南门蒸馍铺那一家，你这是正宗的吗？”刘英明知故问。“那就是我家的馍铺，我应部长的高抬，到这儿来帮忙，你们吃的蒸馍，就是我蒸的涑水正宗的北垣馍。”雨生说起蒸馍很自豪。“太谢谢你啦，让我们吃到了正宗的涑水北垣馍。”刘英的目的达到了，雨生憨笑诚实的模样给她的印象很好。

强强端着碗过来问：“你感觉咋样？”

“还可以，只是……”刘英有她的顾虑，“一个卖蒸馍的，秀秀的父母能同意？”

“说的是呀！可哪有十全十美的事？这雨生有他的长处，一是没结过婚，二是年龄和秀秀一般大，三是憨厚老实，四是孤身一人。这些都是秀秀要的。我的担心和你一样，就怕秀秀父母不同意。”强强回答。

“下一步咋办呀？”刘英问。

“这是两厢情愿的事，想法让他们进一步接触。”

“咋接触？”刘英问。

“先让雨生晚上去识字，下课后叫雨生送两个蒸馍给秀秀，看他们的反应再说下一步。”强强说。

晚上，秀秀照常来教识字。有了昨天的经历，她更有了自信。今天她在黑板上写下了工人、农民、兄弟、姐妹、男女老少，亲戚朋友几个字。下课之前她又在黑板上写了《名贤集》几句话：敏而好学，不耻下问。居必择邻，交必良友。老实常在，脱空常败。她把意思给大家讲了以后就宣布下课。

强强和刘英照样送秀秀回家，强强拿出两个蒸馍说：“一晚上了，吃点吧。”秀秀接过蒸馍闻了一下说：“咋和南门蒸馍铺的蒸馍一个味？”强强和刘英对笑了一下，刘英说："别管那么多，你说好吃吗?""好吃。"秀秀咬了一口说。"好吃就每天给你送俩，管够!"强强说。

"那可不行，你得给我说清楚，从哪儿弄得馍。"秀秀笑着要把蒸馍还给了强强。

"告诉你吧，你强强哥把南门蒸馍铺的后生请来了，在咱们伙房蒸馍，你每天都可以吃到正宗的涞水北垣馍。"刘英从强强手里拿过馍塞到秀秀手里说。

"是吗?难怪是一个味……刘英姐，你们这是演的哪一出戏?"秀秀觉得他俩有意这么做，心里有些慌乱不知说啥好。

"你不是说喜欢这个人吗?可是我们觉得你们的接触太少，互相不了解，说白了就是买馍说了几句话。我们觉得你们应该互相了解了解，正好厨房人手不够，就让他来帮上几天忙，这样你们就好接触了。"刘英说。

"从表面看，这个人不错，可是他愿意吗?咱们不知道。男女相爱不能剃头挑子一头热，凑这个机会你要和他进一步接触和了解，把双方的情况说透，看他是什么意思。"强强说。

"那咋接触?"秀秀不好意思，"男女偷偷摸摸在一起叫人笑话。"

"这个你就别管了，他是文盲，我叫他晚上跟你识字，下课后叫他给你送蒸馍，一来二去的不就熟了，以后的发展就靠自己了，叫我管都不管了。"强强笑着说。

"刘英姐，你看强强哥……"秀秀抿嘴笑着依偎在刘英的肩上。

"秀秀啊!我们都在为你操心，为你的幸福焦虑，你要有思想准备，像雨生这样的后生，缺的就是家产和钱财，很可能你的父母会以门不当户不对拒绝，真的雨生愿意了，你咋办?能抗住吗?"刘英说。

"真的雨生愿意了，我就跟他过，谁也拦不住，吃糠咽菜我认了，穿好穿坏我不嫌，我要的是两心相印。我是一个女人，不能为父母嫁人，我要为自己的幸福嫁人。"秀秀说得很坚决。

这是第三个晚上，秀秀如约照常来上课，她在黑板上写下了爷爷、奶奶、爸爸、妈妈、哥哥几个字。她向台下注视，看到了那个令她心动的身影。那个人在墙角专心致志地看着她，她心里有一丝慌乱，但没影响她的情绪。在快下课的时候，她又在黑板上写下了《名贤集》里的几句话：三人同行，必有我师。人无远虑，必有近忧。得人一牛，还人一马。心要忠恕，意要诚实。在解释了这些句子的意思后，她宣布下课。

强强和秀秀照常来送秀秀回家。这时雨生走了过来，手里捧着两个蒸馍说："首长，你们要的蒸馍拿来了。"雨生在帮忙时听到大家都这样称呼强强和秀秀，也就这么称呼上了。

“行！还真上道，称呼都改了。”刘英看了一眼强强，“才两天，进步真快！”

“雨生，这蒸馍是给你们老师的。”强强指了指秀秀说，“天晚了，以后每天晚上下课后，给老师拿两个蒸馍，下课很晚，肚子饿了，得吃点东西。”

“行！没问题。”雨生走到秀秀面前说：“掌柜的，不……老师……给你蒸馍。”他有些不好意思，想到第一次见面秀秀要他叫掌柜的，心一慌乱差点叫错了。

“别那么乱叫了，咱俩一般大，就叫我秀秀吧。”秀秀接过蒸馍主动和他搭话。

“叫秀秀，行吗？”雨生觉得不能这样叫，“你是老师，哪能叫老师名字的，不礼貌。”

“能叫能叫，课堂上叫老师，下课了就可以叫名字了。”刘英说。

“不仅可以叫名字，你还可以随时叫秀秀教你识字，你送她蒸馍，她教你识字，你们一路来一路去，啥也不耽误。”强强有意把他俩往一块儿扯。

“强强哥，啥叫一路来一路去的，说的我都不好意思了。”秀秀也有意往这块扯儿。

“首长，老师，你们聊……”三个人围着雨生说话，话意虽有些朦胧，但指向很明确。雨生有些不好意思，有些个慌乱，脸热热的，头蒙蒙的，他有些不知所措，低着头揉着手说，“我还有点事，我先走了。”

雨生紧走慢走，离开他们很远了，他慌乱的心才慢慢平静下来。刚才他在教室看秀秀，灯光下她是那样的美。她会讲话会写字，还会评古论今，把一些平常人事说得头头是道，她觉得她不仅人美心美还特别能干，她是自己心仪的女人！他有些情不自禁，不由得在心里喊：“我喜欢你，喜欢你，非常非常地喜欢你！”

雨生的慌乱强强刘英看在眼里。他们觉得有门，这后生对秀秀有意思。

“今后他每天都给你送馍，你可以和他随便聊随便谈，天南海北古今中外家长里短吃的穿的，有啥说啥，想说啥就说啥，反正是顺路，晚上让他送你回家，省得我俩来回跑了。”强强对秀秀说。

“刘英姐，你看强强哥不管我了。”秀秀心里明白嘴上还埋怨。

“鬼人精！姐还不明白你，你是求之不得呢。”刘英在秀秀肩上拍了一下，“好好把握，我们静候佳音。”

秀秀回到了家里，心里老是想着雨生，想着想着就睡着了。她做了一个梦，一个甜甜的梦。梦见自己嫁给了雨生，两个人相亲相爱，在河边游玩，在花中嬉戏。他们有了一堆孩子，孩子们个个漂亮健康。孩子们结婚了，孩子们又有了孩子。他们都来给老两口祝寿，一群子孙跪在地下，领头的就是杏妮，就在大家磕头作揖的时候，她和雨生高兴地笑了，笑得流出了眼泪……

秀秀和雨生坠入了爱河。他们是在不知不觉中坠入的。坠入得自然坠入得平静，就像是你喜欢的一样东西，心里想着它就想得到它，得到它以后除了心满意足外就会倍加珍惜它，含在嘴里怕化了，捧在手里怕摔了，于是就把它放在心里，用心血来浇灌，期待着它开出一片绚丽的花，结出一串丰硕的果。

这又是一个晚上，下课后雨生照样送来两个蒸馍。雨生多了个心眼，在馍里夹了油泼辣椒，香味直扑鼻孔。秀秀不由得咬了一口："哎哟！真香啊！"

"香！就多吃点。"雨生看着她，"辣，就少吃点。"

"又香又辣呢？"秀秀瞅着他，"那就吃一大口吃一小口？"

"……"雨生没有回答，只是默默地看着她。

"答不上来，罚吃一个蒸馍！"秀秀递过去一个蒸馍。

"你吃，辣椒开胃。"雨生推辞。

"我就让你吃！"秀秀的口气不容拒绝。

"让我吃？……那……我就吃……"雨生接过蒸馍。

"这就对了嘛……"秀秀看着雨生咬了一口蒸馍，心里十分舒坦，她觉得一晚上了他也饿了。

说着话，月亮上来了，圆圆的月亮挂在天空，山城在月光中显得静谧祥和，不知不觉他们来到银器铺，又到分手的时候了，他们都有点难分难舍。

"今儿个农历初几了？"秀秀问。

"今儿个八月十四。"雨生答。

"明天就八月十五了。"秀秀说。

"是咧，八月十五了。"雨生说。

"回吧，不早了。"秀秀说。

"不早了……回……就回……"雨生转过身。

"等一下！"秀秀突然说。

"啥事？"雨生也没有走的意思。

"明天晚上你来家里……"秀秀说完就进了银器铺。

八月十五是团圆节，庞永荣和春花带着杏妮回庞家窑了。

秀秀觉得这正好是个机会，就约雨生明天到家里，她要确定一下他们之间的关系。

第二天晚上雨生没有回家，跟着秀秀进了银器铺。

自从认识秀秀以后，雨生就有一种相见恨晚的感觉。每晚的识字和送馍拉近了他们的距离。在送秀秀回家的路上，他们彼此倾诉了身世，双方有了进一步的了解。他也由此更加深了对秀秀的爱意，这种爱是一种最原始的爱，一个男人对一个女人的彻骨透心的爱。可以说秀秀已占据了他的整个身心，他甚至觉得自己活着就是为了秀秀。可是他又有些自卑，自己是个逃荒的，无家无产，能配上她吗？他觉得秀秀虽然对他很好，可是做夫妻这件事上都还隔着一层纸，没有点破前还是让人感觉到不踏实。这么温馨干净的家，这么美丽能干的女人，能跟自己这个一无所有的穷光蛋吗？虽然有一日不见如隔三秋的感觉，真正见了秀秀又不敢开口。这就是张雨生，一个憨厚老实的穷苦汉子的秉性。

看着雨生有些慌乱的样子，秀秀在心里笑。她喜欢的也就是他这点，老实憨厚英俊健壮的雨生就是她心中的那个人。自从嫁给秦老板后，她接触的都是充满了市侩气息的生意人。那种单纯的朴素的炙热的感情，随着生意场上的周旋都流失了。见到了雨生如同把她拉回到了做姑娘的时候，一种久违了的感觉回到身边，一种新鲜的不能再新鲜的气息裹住了她的灵魂，雨生就像年少时的强强一样牵着她的感觉，她又尝到了初恋时的那种甜蜜。这甜蜜把人搅得夜不能寐。昨天晚上，她有心和雨生多说会儿话，又怕孤男寡女深更半夜在街上长聚惹起闲话，她不想自己的二次婚姻有半点玷污。她想起父母今天要回家，这真是天赐良机，就压抑着自己情感推辞了雨生，为的就是今天能在一起。看到他诚惶诚恐老实巴交的样子，她有一种满足感，这样的男人让人放心。她觉得自己的选择对了。

“坐下吧，看你，都出汗了？”秀秀给他端了一杯茶。

“怎么你一个人，伯父伯母呢？”雨生问。

“今天是八月十五，他们回村了。”秀秀说。

雨生慢慢地坐下，打量着屋子，屋子干净整洁摆放得当还有一股淡淡的清香，第一次到女人住的屋里坐着，第一次和女人近距离说话，而且是半夜，他心里却有些慌慌的。

“咋啦？……”秀秀看着他，“喝口茶吧，看你热的……”她看到他脸上渗出了汗珠。

雨生觉得是梦，是幻境，一个美丽的女人和一个穷苦的河南逃荒小伙儿，半夜里在这个美丽女人的家里，这是真的吗？这可能吗？他心里有些乱乱的。

雨生不说话，秀秀也不知该如何说话，她愣在了那儿，她也无语了。

两人相对坐着，低着头没了话语，没有了话语也不想离开，许久许久就这样沉默着。这沉默就是一种黏合剂，黏住了他们的心，既然黏住了心，那话语不就是多余的了吗？

“该回了……”这是雨生第一次单独和女人相会，银器铺的静谧使他心急，他有些如坐针毡的感觉。温馨的屋里充满着女人的气息，使他有些不知所措。秀秀的热情周到体现的是一个女人的真情。突然得到这真情，反而使雨生坐也不是站也不是，浑身不自在的雨生违心地说了那句话。

“急什么？”秀秀抬起头，两眼定定地看着他，“再坐会儿。”她的目光透露着温情和不可拒绝的坚定。雨生被慑住了，他觉得那目光是那样的透彻明亮，那目光袒露着一个女人对一个男人磊落的心。他的心突然紧跳起来，血骤然涌到头顶，情不自禁地握住了秀秀的手。他感到她的手绵绵的小小的细细的嫩嫩的，驯服而又温存由他捏由他摸，一种从未有的感觉使雨生全身战栗：“我爱你！”他脱口而说，两眼定定地看着秀秀。

秀秀身子一软，绵绵地倒在雨生怀里。这是她听到的她所心爱的人的发自内心的呼喊。以前她渴望强强能这样喊她，可是她没有得到。秦老板这样喊过，可是她没有感觉。今天不一样了，这种期盼她整整等了十年，这十年她由一个姑娘变成了少妇，由少妇变成了一个寡妇。靠着自强和自信，她摒弃了世俗观念的束缚，顽强地寻找着属于自己的自尊和自爱。今天她终于听到了，她感到她可以得到他了。她在感到幸福的时候也感到了一种前所未有的疲劳，她应该歇歇了，这个最好的歇息的港湾就是爱人的怀抱。于是她就倒了下去，嘴里喃喃地说：“我也爱你！”

雨生张开了双臂，紧紧地拥住她。他感觉到了她的呼吸，她的呼吸是急促的，脸色红润，鼻孔一张一合，红红的嘴唇微微张着，露出细细白白的牙，她闭着眼，长长的眼睫毛黑黑一片。雨生不由得心旌乱摇，他有些控制不住自己，慢慢地俯下头，去亲吻她的额她的眉她的鼻她的嘴。猛然间，秀秀张开了眼，两手紧紧地箍住他的脖，他们两个的脸紧紧地贴在一起，嘴巴对着嘴巴，久久没有分开。

好一会儿，他们才互相松开。秀秀坐在雨生的腿上靠在他的怀里，顺从得就像一只乖乖猫……第一次和女人亲密，雨生意犹未尽，他在抚摸秀秀，抚摸她的头发，抚摸她的脸，抚摸她的肩。好奇心支配着他把手探进了秀秀的衣服，秀秀拍了一下他说道：“急啥？”说完起身来到内屋，她平平地躺在炕上，慢慢地解开了衣服……

雨生跟了进来，映入眼帘的是他从来没有见过的一幕。秀秀赤裸裸地躺在炕上。

雨生的大脑一片空白，他的思维麻木了，他的神经绷紧了，他的血在胸中澎湃，他什么也不顾了……情欲的来临就像火山爆发的那一刻，什么力量也控制不住，雨生再也不能够也不会压抑自己了，他不由自主地毫不保留地要痛痛快快释放二十八年积蓄的精力，就像水库打开了闸门，库水倾泻而下，肆无忌悍地毫无顾忌地横冲直撞……

他们又抱在一起，要说刚才是暴风骤雨这次就是和风细雨，他们在慢慢地品味灵魂和身体相互接触的感觉。她感觉到了雨生强悍，感到他抱紧她时筋骨发出的嘎嘎响声。她在享受着充满力量的爱抚。这爱抚使她刻骨铭心终生难忘。

雨生看着眼前这个把一切都给了自己的女人，他觉得有些对不住她。他凭什么得到她？他有什么能耐爱护她？他有什么本事保护她？他有多少金钱养活她？这些他不能不去想……他觉得自己有的就是年轻力壮，有的就是一腔热血！有的就是一种年轻人的豪气！这种精神豪气鼓舞着他，凭着自己的勤劳聪明勇敢和执着，他能够满足秀秀的需求。因此，他对未来充满了希望！他觉得两人相爱，就没有克服不了的困难！他会用生命去呵护她，用毕生的心血和精力给她幸福。他要陪伴她一生，生生死死不分离，就是天塌地陷海枯石烂也不变心。

四十三、包容和接纳

秀秀和雨生好上了，真像人们常说的那样：干柴遇烈火，久旱逢甘露。

两个人一见如故，两颗心就贴到一块儿，他们如胶似漆，他们卿卿我我，他们感到幸福无比，他们离不了分不开了……秀秀把结果告诉了刘英。

“你们好上啦?”刘英问。

“好上啦!”秀秀脸红了。

“都说了啥?”刘英问。

“他说喜欢我，愿意和我过一辈子。”秀秀说。

“还说啥?”刘英问。

“还说不嫌弃杏妮喜欢杏妮。”秀秀答。

“只要他真心对你好，穷不穷的算个啥? 咱们还年轻，可以挣嘛。”刘英想了一下说。

“我也是这么想的，我要的是他对我和杏妮好。”秀秀说。

第二天晚上，强强和刘英请秀秀和雨生到家里吃饭。

“来来来，请坐请坐。”强强热情地招呼，“这次培训班得感谢你俩，一个教识字一个帮蒸馍，我得好好谢谢!”说着话菜摆好了，一共是六个菜：一盘炸花生、一盘炒鸡蛋、一盘猪耳朵、一盘清炖鲤鱼、一盘蒜泥茄子、一盘红烧猪肉。还有一瓶高粱白酒。

“哟! 好香!”秀秀嘴馋，捏了个花生豆放到嘴里。

“雨生，这边坐。”强强让雨生坐在自己对面。他给每人倒了一杯酒，然后说：“这第一杯酒，敬你们两个，表示我们的谢意，干!”

“干!”刘英端起酒杯看着他俩笑着说。

“干!”秀秀和雨生举起酒杯。

强强给大家满上酒，心有感慨：“你们俩的事总算有眉目了，我们心里高兴啊! 来来来! 这第二杯酒，祝福你们自由恋爱，恋爱成功!”

“谢谢强强哥!”秀秀眼里有了泪水。

“谢谢! 谢谢!”雨生抱拳打拱。

强强又给大家满上酒，心里激动：“不容易啊，秀秀总算找到了自己的幸福! 来来来! 这第三杯酒，也是祝福，就是祝福你们白头偕老幸福美满!”

说完大家碰了一下酒杯，四人眼里都有了泪水，四人又都含泪笑了，大家一仰脖咽了下去。三杯酒下肚，大家都感到心里热烘烘的。刘英说：“有缘千里来相会，一个山西人一个河南人，千里迢迢是缘分把你们拉到了一起，这就是天意，有情人终成眷属，希望你们倍加珍惜，好好过日子。”

“你俩都是苦命人。秀秀先前嫁人也是出于无奈，秦老板是个好人，但他不适合秀秀。秀秀爱雨生，是出自内心的爱，不图钱不图势，图的就是雨生这个人。这是一种大胆的行为，冲破了封建制度的束缚。你们的爱刚刚开始，你们可能会遇到这样那样的困难，希望你们同舟共济渡过难关。”强强的话发自内心。

“婚姻自主是我们提倡的，这是妇女解放的必需！但是真正实行起来困难重重。封建制度还很顽固，人们的思想还没解放。你们的事情可能会有麻烦，不知道大叔大婶和吴师傅怎样看待这件事，但是你们一定要有思想准备，要面对这件事情引出的麻烦，要想法把出现的问题解决掉，这样你们的日子才会舒坦平静幸福。”刘英说得很坦诚。

“说到这儿我确实很担心。”强强接过刘英的话头说，“雨生也不是外人了，咱们把话说透，把事挑明，也好想想解决的办法。”他看了看大家说：“刘掌柜给秀秀说了一个人，其实根本就不行，可是大叔大婶愿意，为什么？就是贪图人家有铺子有钱，贪图的是人家的家产。雨生没有这些，大叔大婶会愿意吗？这个我们必须得考虑。还有吴师傅咋想的我们不知道，当前最重要的是要把这个事告诉两边老人，然后才能对症下药。”

“这个很关键，你们相爱不仅仅是你们两个人的事，还有父母亲戚，他们不同意整天吵吵闹闹别别扭扭也不是个事，所以要把方方面面的关系处理好，只有这样，你们才能得到真正的幸福。”刘英感觉到他们会有难题，婆婆妈妈交代没完。

“说句心里话，我没有想到会有今天，做梦都没有想到。按说我们是很不般配的，家庭悬殊不说，我还是一个逃荒来的河南人。我没有念过书，不识字没有文化，从哪方面都配不上秀秀。我们的相爱真像人家说的那样，穷鬼爱上了富家女，癞蛤蟆恋上了白天鹅！所以你们的劝告我很理解，我知道我们会面临许多许多麻烦。但是爱情是至高无上的，我们会真诚地面对这些困难，想方设法解决这些难题，使方方面面都得到满意。我爱秀秀，就是爱她的美丽善良，爱她的吃苦耐劳，爱她的善解人意，爱她不嫌贫爱富。我会用我全部的力量甚至生命来爱秀秀，请强强哥刘英姐放心。”雨生心里激动，既是表态也是表决心把自己心里的话全说了出来。

话不说不明，灯不拨不亮。这才是真正的自由恋爱，没有门第观念，没有父母包办，没有金钱铜臭，没有男尊女卑。秀秀没有说多少话，她只是流眼泪，眼泪汪汪地瞅着大家。强强和刘英是理解她的，毕竟这一切来得太晚了，她苦苦等了十年。

雨生碰了一个钉子，一个大大的钉子。

八月十五后，吴有根准备拾掇窑洞，他要兑现自己给山核桃的承诺，他也确实喜欢何萍，他想在立冬前把何萍娶回来，一家三代欢欢喜喜团团圆圆过个年。

吴有根要拾掇窑洞就要搬箱倒柜，这体力活他有些力不从心，原本不想告诉雨生，现在看来不可能了，说说也好，媳妇是给他说的，迟早都是那么回事。这天他起了个大早，安排雨生少蒸些馍，卖完馍后好抬家具。蒸馍很快就卖完了，吴有根正要跟雨生说事，山核桃和何萍来了。

“吴师傅，萍包了些饺子，刚煮好，还热着呢！”山核桃从何萍提的篮子里取出两个大碗，碗里盛满饺子，“南瓜鸡蛋馅，好吃着呢。”

“使不得……使不得……怎么好麻烦你们呢?”吴有根推让。

“嗨！很快就是一家人了，还见外！”山核桃说。

“不见外，不见外，雨生，过来吃饺子。”吴有根夹起一个饺子放到嘴里，“味道不错，挺香！”“嘿，挺好！”雨生也吃了一个。

“香就多吃一点，蘸点醋更好吃。”何萍从厨房里拿出两个小碟，碟里放有醋。

“嗯！果然不错。”吴有根蘸了点醋吃了说。

“过来过来，问你句话，快立冬啦，啥时办事呢?”山核桃把吴有根拉到门外问。

“把心放到肚里，立冬前后咱们办事，今年萍就在我们这边过年了。”吴有根说。

山核桃和何萍走了，饺子也吃完了。

“你说这萍咋样?”吴有根打着饱嗝问雨生。

“啥咋样?”雨生想了下说，“人家捏得饺子的确好吃。”

“你这娃呀不走脑子，人家为啥给你送饺子？想想！”吴有根接着问。

“为啥?”雨生抓抓头说，“还礼，上次咱们送了她蒸馍，这次她送给咱们饺子。”

“还礼?”吴有根觉得雨生没往这方面想，还不如直截了当告诉他，于是说，“小子，你应该想到，萍就是爹给你说下的媳妇!”

“说下的媳妇?”雨生觉得奇怪，咋没听爹说过呢，于是他问，“给我说下的媳妇?”

“咋啦？不信！爹从来不说空话，没有八九成把握爹还不告诉给你呢！今天就给你一个惊喜，你小子高兴了吧!”吴有根说。

“高兴?”雨生嘟哝了一句，他觉得事情咋这么拧呢?他原本要把他和秀秀的事给爹说一下，哪知爹早就给他操上了心，看样子这桩婚事已经定了，要不人家能上门送饺子?这可怎么办呢?

“小子，从今天起，咱爷俩打起精神，咱先把窑拾掇一下，在外窑给我盘一个炕，你们以后就住内窑，那儿明亮能见到阳光。咱们再把窑的内外上一遍白灰，亮亮堂堂地在立冬前把萍娶过来。明后年咱们在窑外起一座瓦房，你们一家人搬进去，咱们舒舒服服过咱们的小日子。”吴有根越说越高兴，把心里的蓝图描述了一遍。

“爹，这是啥时候的事?我咋不知道?”雨生不想听他啰唆，他心里想的是秀秀，这可咋办?

“你知道管啥用?这是大人的事，该操心的时候大人自然要操心了。听爹的话，咱们把窑里那些东西搬一搬，明天找个匠人先盘炕。”

“爹，你咋一句都不告诉我呢?这突然一下子的，我都没主意了，再说这萍不萍的，我们都没说过话?有点太难为情?”

“告诉你啥?爹还能害你呀?爹看不走眼，那萍是个过日子的人，你娶了她是你的福分。有点生分是吗?处两次就好了，没啥难为情的。”

“那也得我同意啊?”雨生一着急顶了一句。

“你说什么?得你同意?”吴有根第一次被雨生顶嘴，他觉得自己的一片好心被误解了。于是他说:“自古以来婚姻大事父母做主，你同意，你知道个啥?我可是绞尽了脑汁，左比右比才定下来的。萍哪点不好，老实手巧人样儿不错，我觉得就挺好。”

“爹，我知道你为我好，可是……可是……”雨生不知如何开口。

“知道爹为你好就行，爹可没把你当外人，是当亲儿子看待。爹这一辈子攒了点钱，想趁着自己现在还行，把后事安排安排。这第一就是为你娶媳妇，咱们这个家确实需要个女人，缝缝补补浆浆洗洗做饭刷锅老爷们儿手笨。这第二就是传宗接代，我这一辈子光棍没有后代，现在后悔得不行，你也需要有后呀?所以咱们就得娶媳妇，生一大堆娃娃。这第三就是我的年纪越来越大，身体总有不行的那一天，以后身边缺不了人，你是男人还要做生意，不能老守在我身边，有儿媳妇照顾我，咱啥事也不耽误。你说爹考虑得不周全吗?”

“爹，你说的都对，可是为什么找萍呢?”雨生觉得爹想得很周到，他不理解的是爹怎么会看上何萍呢?

“这也是出于家庭的原因。咱们是外来户，谁家的姑娘会给咱们?再说，你已经二十七了，谈婚论嫁的年龄已经过去，这街上还有个门当户对的习俗，不好找呀！那一天我到山货铺串门，闲扯的时候说到给你找媳妇。山核桃提到萍，说她男人被鬼子杀了，她一个人带个孩子在山里没法过，想改嫁到城里。后来马瘸子就到山里把她接来了，我好好地观察了她一段时间，这个人还行，勤快贤惠心眼好。咱们要是娶了她，也就是在危难时拉了她一把，她能对咱们不好吗？雨生啊，你别担心了，这事错不了。”

“爹！萍就是再好，儿子也不能要啦！”雨生觉得再不告诉爹，这事拧得就更厉害了。

“你说啥！不要啦！你不是说胡话吧！”这次是吴有根如雷贯耳。

“我说的是实话，爹，儿子有媳妇啦！”雨生终于说了出来。

“有媳妇啦？”吴有根不相信，“谁？是谁家的姑娘？”他不相信雨生有这本事。

“爹，我给你说实话，我真的有啦，就是银器铺的秀秀！”雨生说。

“银器铺的秀秀？……”真是越怕啥越来啥，吴有根愣在那里。

“本来早就想给你说，又怕你不愿意。今天不说不行了，再不说就弄得更拧了。”雨生说。

“胡说八道满嘴放炮！你这是痴人妄想！”吴有根不相信自己的耳朵，“秀秀，那是你想的吗？银器铺的女老板，塬县县城有名的美人，能跟你这样的穷人？”

“的确是这么回事，我不说谎。”雨生肯定。

“自古婚姻都是媒妁之言父母做主，好我的娃哩，谁是媒人？你是不是昏了头，再说我还没有同意哩你就敢定？你是在说胡话吧！”吴有根觉得不可思议。

“没有说胡话，是真的……我们是自由的，她喜欢我我也喜欢她，就这样，没有媒人。”雨生说。

“没有媒人？自由的？人家父母同意吗？彩礼怎么办？想得太简单了吧！别一时冲动说大话，世上哪有这样的好事？”吴有根认为雨生在说胡话，他觉得那是不可能的事。雨生和何萍那才是一对，都是穷苦人，谁也不嫌谁，于是他又说：“好好和萍处吧，女人都一样，不能只看脸蛋，胡思乱想没有用。”

“爹，你听我说，你的想法都对，你是为我着想，这些我都明白。何萍是个好女子，这个我也知道。可是秀秀真的喜欢我，她说她要嫁给我，这样的大事，我敢胡说吗？”雨生辩解着。

“她说要嫁给你，就嫁给你啦？你也不想想，咱们家有几斤铁，能打几个钉？她就真嫁给你，你敢要吗？咱家这样子，往哪里娶？连个像样的窝都没有？秀秀的家你去过，青砖大瓦房，爹就是把命搭上也盖不起！说你说胡话，你还不信，你自己看看往哪里娶？”

雨生噎住了，原本说服爹反而叫爹给问住了。他确实没有考虑周全，就他家这个样，两间破旧的窑洞，杂乱拥挤堆满了家什，黑乎乎的洞壁，小门小窗贴着发黄的纸，这样的家是无法和秀秀家相比的。

“她是大户人家的孩子，从小衣食无忧，进过学堂念过书，这样的女子能到我们家吗？就算她喜欢你，她能伺候我这个糟老头子吗？人们都说门当户对，你倒好，攀高门楼，你就不想想你怎么下来？攀得越高跌得越重！”

雨生无话可说，看来自己就是欠考虑。一时的冲动考虑的都是脱离现实的理想主义的爱情。真正回到现实，现实是冷酷的，没有适当的经济基础，你是寸步难行的。爹说的这些就是现实，秀秀能接受吗？

“还是按我说的办吧！萍是个居家过日子的女人，是她大姐山核桃做的媒，两家都是做小买卖的，本本分分的男人找本本分分的女人，居家过日子心里踏实。秀秀那边我看就算了，又没有媒人，算个啥事？”

“不行呀！爹！”雨生想起两人在一起的情景，心里就恋恋不舍。他觉得秀秀是动了真爱，不像是逢场作戏。只是两人没有考虑那么多细节，他可以去和秀秀谈谈，把爹的一些想法和担心告诉她，他觉得秀秀不是爹想的那样。

“雨生，爹今天把话给你说明白，秀秀愿意不愿意是她的事，这边同意不同意是我的事。娶萍是板上钉钉子，死活都不能改变！你要是不同意，我就认萍为女儿，我可以再招一个女婿。至于你吗？愿意上哪儿就上哪儿，我们可以脱离父子关系。”吴有根说了狠话，他觉得雨生像是着了魔，好赖话听不进。如果不娶何萍，怎么向山核桃交代？他的老脸往哪里放？他为之煞费苦心的计划就全泡汤了，他的晚年生活又会咋样？他实在不愿意过那种凄苦孤零的日子。

雨生无语，这是硬逼他断了秀秀娶何萍。他觉得这两个女人都好，都不应该受到伤害。爹不是说收何萍为女儿吗？这也许是个好办法。但是自己不能和爹脱离父子关系，那是忘恩负义的事。他想寻找一个两全其美的办法。

窑洞的翻新按计划进行着。不几天新的炕就盘好了，接着就是刷墙上白灰，不到半个月，一切都弄好了。门窗刷了新漆，窗户上糊了新纸，就连那些柜子箱子桌椅板凳都过了遍漆。窑洞变了个样，白白的亮亮的新新的。吴有根心里别提多高兴了，接着他又买了布和棉花，他要给他们做两床里外三新的被褥。还有一件事，就是给何萍扯布做衣服，这个他做不了主，他想给何萍点钱，要她自己去街市上买，看着啥喜欢就买啥。这样他就又来到山货铺。

“吴师傅，这几天没见你，忙啥呢？”山核桃明知故问，她想知道窑洞拾掇得咋样了？

“你三天两头去，还问我干啥？你那点心眼子我知道。”吴有根坐下，“萍呢？”

“找萍干啥？有事给我说。”山核桃横在他面前，“还没过门呢，就甩开我啦？”说完咯咯地笑起来。

“行，给你说，要缝两床被褥，你去干啊？还有，这是五块钱，让萍扯布做衣服，你干啊？”吴有根说。

“我说嘛，一大早喜鹊叫喳喳，是报喜嘛！萍，你过来。”山核桃朝后院叫了声说，“这事，本老婆子不管，叫萍去！”她已经明白事情进展顺利。

“大叔，你来啦。”何萍应声出来，看到吴有根礼貌地叫道。

“大叔麻烦你啦，要缝两床被褥，棉花和布都准备好了，还得叫你去缝。这是五块钱，你看着扯些布做两身衣服，不管咋说咱也得鲜鲜亮亮过门。”吴有根把钱给了何萍又对山核桃说：“家里基本都收拾好了，有空过去看看。”

“看啥嘛，我信你。”山核桃很满意，“萍，带上小虎过去缝吧，别叫大叔来叫你，一家人有啥麻烦不麻烦的。”

自从上次吴有根狠狠地说了雨生一顿后，雨生再没有顶嘴。雨生是个憨厚的后生，他听得出吴有根都是为了他好，就是亲爹亲娘也不过如此，他觉得感恩都感不过来，再惹老人生气就太说不过去了。于是雨生就按照老人的安排忙前忙后，他的沉默吴有根觉得是自己的教训起了作用。他有他的打算，赶紧给他们成亲，生米煮成了熟饭，雨生还怎么去找秀秀？今天他就是去给山核桃个实信，他知道山核桃那个嘴，没有把门的，不到上午整个街上都会知道。他要的就是这个，造成既成的事实，最好能传到秀秀的耳里，他的目的就是让秀秀别再胡思乱想，死了那份不切实际的想法。吴有根的算盘打得能如意吗？

秀秀也碰了壁，而且碰得很厉害。

庞永荣和春花在村里住了七八天，因为惦记着银器铺里的生意，就赶紧回来了。回来的当天，刘掌柜就找来了，因为西街粮油店的吴老板来问了，究竟愿意不愿意，不愿意人家就另择新家了。庞永荣一听急了，他让刘掌柜给吴老板回话，就说村里有事还没有给秀秀说呢，缓一缓就给他个准信。

中午一家人吃饭，庞永荣就把这事提出来了。他说：“刘掌柜刚才过来了，说吴老板问了，秀秀愿意不愿意给他个回话。今天咱们就商量一下，给人家个实信，老拖着也不是个事。”

秀秀只是低头吃饭，她没有吭气，心里却特别反感。春花看秀秀不说话，就知道她不愿意。可是不能守一辈子寡呀？想想吴老板除了年纪大点外，别的都还可以，于是她说：“秀秀，你说一句话呀！愿意还是不愿意？”

“这都是啥时候的事啦，陈谷子烂芝麻的，我早就说过，不愿意！”秀秀没好气，“一个糟老头儿，有啥稀罕的！”

“胡说啥呢？忌讳！说正经的。”庞永荣不愿意听她牢骚。

“好！说正经的。你们提的都不行！这头一条看年龄，年龄相仿可以提，年龄大的就别说了。”秀秀说出了自己的想法，“十七岁听你们的话嫁给了大我二十岁的秦老板，现在又要我嫁给一个棺材瓤子，大我三十岁，有五个孩子，我怎么和他在一起过日子？这是为我好吗？”

“说歪啦，说歪啦。”庞永荣接过话头说，“大有大的好处，棺材瓤子不假，他死了，那份家业不就是你的啦，那个粮油铺是个不小的家产呢？”

“爹！你咋就老想着人家的家产呢？他的五个孩子都是憨憨？就那么好糊弄？我这是嫁人，是去过日子，不是……”秀秀真不想说得难听，“这是干啥呢？和骗人钱财的骗子有啥区别。”

“你说对了，咱嫁给他为了啥？咱得有图头呀！他要是个穷鬼的话，我还懒得理他呢。”庞永荣有他的道理。

“秀秀，你爹说得对。咱家这几年的变化，还不是从你嫁给秦老板开始好起来的，他死了，这银器铺不就是咱家的了。有这个铺子家里的生活就不一样。人活着不就是吃吃喝喝吗？好吃好喝的有了，别的也都有了。别傻了，爹妈还能害你。”春花劝她。

“这能和秦老板比吗？秦老板是孤身一人，这个好，一大家子，亲戚连亲戚，那家你能当吗？那家产你能要吗？你们就不想想，人家那些孩子会把铺子房子给你吗？净想好事了！要照你们想的……那我这一辈子就忙着嫁人吧！死一个嫁一个，给老庞家弄一份家产，老庞家就靠着我嫁人发大财吧！这个吴老板不算大，再找大些的，我好多嫁几次！”秀秀气得不知说啥好。

“又胡说呢！”庞永荣感到秀秀怎么就说不通呢？他说，“也不看看自己的条件，你是个寡妇还带着个孩子，年轻后生谁要你呢？”

“秀秀，你是二婚不好找，有些事就要将就着点，由不习惯到习惯，都不要说气话，死一个嫁一个的多难听。爹妈是为你好，你手头宽裕了，日子不就好过吗？你日子好过了，我们也高兴呀！”春花稳着情绪劝秀秀，她怕丈夫一生气和秀秀闹僵了更不好办。

“爹，妈，你们别劝我了，这事我不同意！”秀秀觉得再说下去没啥意思，就一口回绝了。

“把你能个不够！南门口卖蒸馍的后生年轻，你去找啊！”庞永荣一生气又冒出了这句气话。

前段时间在说吴老板这件事的时候，他就说过这句话气秀秀，就是这句话促使秀秀怀着好奇心去了一趟南门，这趟南门没有白走，引出了秀秀和雨生的一段恋情。秀秀正不好张口说这件事，哪知道庞永荣又旧话重提，刚好给了秀秀一个台阶，她带着气，话也冲口而出：“我就要那个卖蒸馍的后生！我就嫁给他！”

“什么？你说什么？”庞永荣春花一惊，他们觉得自己听错了。

“实话说吧，我和那后生好上了，那个卖蒸馍的河南后生！”秀秀一字一句斩钉截铁。

“你是昏啦还是疯啦？……”庞永荣气得说不出话来。

“这是爹说的呀！南门卖蒸馍的后生，爹的话提醒了我成全了我，那后生真不错，我喜欢他。”秀秀不紧不慢说得坦然。

“啥时候的事？有没有媒人？我和你爹咋一点都不知道呢？”春花着急了。

“前段时间我在培训班教识字，他在伙房蒸馍。后来他跟我学识字，一来二去我们就认识了，我们年龄一般大，我们能说到一块儿，对了，强强和刘英知道，不信去问他们。”秀秀说得很认真。她搬出强强和刘英，就是想用政府的人压压父母的气势。

“天啦！”春花有些晕眩，她对着庞永荣喊，“都是你那张嘴，乌鸦嘴，胡说八道的说出事了吧！……这可咋办呀！”春花埋怨丈夫。

“你！你这孩子……你是放着好日子不过，自找苦吃！”庞永荣对着秀秀吼，“婚姻大事能草率吗？别的先不说，他那个家怎么娶你？你怎么伺候那一老一少？这些你都想了吗？能说到一块儿……能说到一块儿你就嫁给他？你是念过书的人，这些道理能不明白？”庞永荣弄不清秀秀咋会这样做，这不是拿自己的命运开玩笑吗？

“秀秀，听你爹的，你的想法不行！嫁人过日子是一辈子的事，不能赌气用事。你爹说话不好听，但也有他的道理，就是没有道理，也不值得你真的就那样做！听话，那真的不行，年轻不能当饭吃……你要年轻的，咱们再找嘛，哪能要一个穷光蛋！”春花劝秀秀，“咱们这样的人家，姑娘嫁人要明媒正娶，没有媒人就没有这回事，以后不要再理他，我和你爹给你瞅个年轻的，保管叫你满意。”

“秀秀啊，可别犯糊涂……你娘说的对，我们给你找年轻的，吴老板这边不提了，我这就去给刘掌柜回话。”庞永荣妥协了。他赞成春花的想法，眼前首要的是把这件事压下去，稳住秀秀再说。但是得有个规矩，不能由着秀秀的性子来，想到这儿他说：“咱们这个家在村里也是大户人家，银器铺是秀秀的也是老庞家的，秀秀要嫁人铺子不能带走。有这个铺子吃喝就不愁，秀秀要是舍不得铺子，就只能招婿入赘。招婿入赘一般人不愿意，有句话叫‘小子无能随妻改姓’。秀秀不要铺子带着个孩子改嫁，好人家也不好找，这就有些难了。不管再难咱们也不能不挑不拣，这是婚姻大事，还得要父母和媒人全面权衡，这也不是着急的事，人要找个差不多的，事要办得风风光光，老庞家的面子不能丢。”

秀秀没有再说话，她拒绝吴老板的目的达到了，她没有再反驳父母。说真的，她和雨生在一起海誓山盟互述衷肠的时候，就没有往深里考虑，是嫁还是招？嫁怎么嫁？招怎么招？庞永荣这么一说，引起了秀秀的重视，这可是关系到她和雨生能否结合的大事，她不得不考虑了。

秀秀想去找雨生没有机会，父母把她看得很紧，借口买馍是不可能的，她心急火燎又没办法，生意也无心去做，整天懒懒地无精打采看啥也不顺眼。庞永荣和春花知道她的心病犯在哪里，可又不愿意她和雨生交往，就咬着牙挺着，他们觉得秀秀是一时的糊涂，过了这段时间，那股热乎劲过去就烟消云散了。可是秀秀的愁眉苦脸又让他们担心，自从秦老板死了后，秀秀就独自撑起了银器铺，秀秀有个三长两短，这银器铺的生意可咋办？思前想后他们还是百般呵护秀秀，一天三餐好吃好喝伺候着，可是秀秀还是不开心，老两口无计可施只能过一天算一天。

塬县西大街那个城隍庙，日本鬼子占了塬县后，这里曾经是鬼子兵的驻地，后来鬼子全集中到老县府，这里就成了皇协军的驻地。鬼子投降前，这里突然失火，城隍庙被烧得只剩下残垣断壁。后来这里就成了集市。人们在农历的逢三逢八都到这里赶集，熙熙攘攘的集市上，除了做买卖的外，夹杂着一些耍把戏的练武术的卖药的和拉胡琴唱戏的，也很热闹。

今天又是逢集，秀秀想到集市上转转，庞永荣和春花没敢阻拦。

已是深秋，树叶凋零，寒风袭人。城隍庙残垣断壁隐在小商小贩零乱的灰灰的布帐中。风儿吹过，布帐摇曳，庙中那棵古槐飘落下一片片枯黄的叶子。

秀秀脖子上系了一条红毛线的长围巾，漫无目标地在集市上闲逛。她看了一会儿练武的，瞅了一会儿卖狗皮膏药的。秀秀的目光落在这些飘零的树叶上，她的心情就像这些树叶一样，漂泊没有定处。突然，秀秀看到一个熟悉的身影，在对面的一个粮食摊前，雨生正在那儿看麦子。

“雨生！”秀秀喊了一声。

“哦？……秀秀！”雨生回过头，看到秀秀就急急地走了过来。

“你怎么不来找我？”秀秀问。

“出不来呀！”雨生就把事情的全过程说了。

“咋回事呀？我家和你家一样，也是不同意。”秀秀也把事情的全过程说了。

“这见面都难见了，这事可咋办？总不能老这样吧？”雨生说。

“我也不知咋办？”秀秀说，“就想和你商量商量。可我爹娘看得紧，不让我去你那儿。”

“我爹的意思很明白，如果我不要何萍，就和我断绝父子关系，而且要认何萍为干女儿。这几天逼着我拾掇家里，爹要立冬前后办事。我几次走到你那儿又折了回去，我不敢贸然上门，我怕你父母生气。”雨生说。

“也是老天有眼，我心里烦闷到集市上转转，谁想就碰到了你，这就是天意，不让见面还是见了面。这次咱俩一定要好好想想法。”秀秀说。

“是得好好想想，我心里急得跟猴抓的一样，这事不能拖了。”雨生说。

“我有一个办法，关键看你，你要是不在乎，咱们的事就能成。”秀秀想了一会儿说。

“你还不知道我吗？为了你我什么都不在乎！”雨生说。

“我父母不愿意是嫌你穷，娶不起我。就是能娶得起我，他们也不会同意，我嫁了银器铺的生意咋办？……你娶不起我，我也不能嫁出去……你可以招过来呀！招过来做上门女婿，不就没有问题了吗？”秀秀想起爹说的招婿入赘的话，这话给了她办法。

“对呀！我怎么没有想到呢？招婿入赘，一举两得，难题不就解决了吗？我爹要认何萍为女儿，就认吧，以后再招一个上门女婿，我到你家离我家也不远，可以随时尽孝。这个办法不错！”雨生赞同。

“那咱们一言为定，我就去找刘英和强强，让他们做咱们的媒人，向两家老人提亲，这不就是明媒正娶了吗？咱们也来个快刀斩乱麻，立冬前后结婚。”秀秀说。

“行！我听你的。”雨生很痛快。

秀秀找到了刘英和强强，他们一听就非常痛快地答应了。强强说：“我就知道大叔大婶不同意，他们就知道钱钱钱！雨生没有钱他能愿意？招婿入赘……这倒是个办法，雨生无亲无故，招和娶没啥区别，招还省了好多事。如果说娶，两家老人都不同意还真是个事。再说秀秀过去卖蒸馍也不现实，秀秀不动窝，还搞你的银器铺，雨生招过来，给你当个帮手，这办法不错，行！”

“那我们就当当这个红娘。”刘英说。

“容我再想想……”强强想了想说：“要是吴师傅同意了，这雨生真的招过来，蒸馍铺就缺人手了……这也不行……吴师傅刚刚好过的日子又不好过了……看来，吴师傅认何萍做干女儿是步好棋，他也可以招个女婿入赘，这样不就什么问题都解决了吗？”

刘英和强强来到蒸馍铺。吴有根热情地让座让茶。蒸馍铺的两间窑洞已粉刷好，白白的墙壁红红的门窗透着喜气。

“这是干啥呀？”刘英和强强落座后问，“拾掇得干干净净挺喜庆。”

“给儿子娶媳妇嘛！”吴有根脸上堆满了欢喜。

“媳妇呢？”他们又问。

“在炕上缝被子呢。”吴有根指了指里边那间窑洞。他们顺着看去，透过窗户中间那块小玻璃，只见一个女子正在飞针走线。这女子健康强壮肤色红润，五官端正粗眉大眼。

“不错嘛！”强强说，“谁家的姑娘？”

“没走眼吧！是个过日子的，街上山货铺山核桃的妹妹，里里外外一把好手。”看得出吴有根对她很满意。

“雨生同意吗？”刘英问。

“别说了，那小子不知着了什么魔，就是不搭理人家。”吴有根说。

“他为啥不搭理人家？”强强问。

“他说人家大他三岁，咱们这人家还挑什么？”吴有根没有说雨生和秀秀好的事。

“听说雨生有相好的啦，你再给他找，他能愿意吗？”刘英有意往这方面说。

“小孩子家胡说哩。哪是啥相好的，没有媒人牵线没有大人应允，就两孩子自己说好就好？胡来嘛！”吴有根不信这回事，他一直认为雨生是痴人妄想。

“要是有人给他们做媒呢？”刘英进一步问。

“做媒也不行！那女的是银器铺的掌柜，那是多能的一个女人，我们这样的家娶不起呀！我那小子脑子进了水啦，啥高枝都想攀？也不看看自己几斤几两？”吴有根觉得是不可能的事。

“现在我们就给秀秀和雨生说媒来了，他俩自由恋爱咋能不成呢？秀秀不嫌弃雨生，雨生爱秀秀，两个年轻人恩恩爱爱多好啊，我们可不能棒打鸳鸯拆散他们呀！”刘英说。

“什么！你们是说媒来啦？”吴有根愣了一下，他觉得不可思议，这八路干部来说媒？不可能吧？先别管谁来说媒，得先把自己的想法说出来，于是他说：“这门不当户不对的，咱们家这么穷，这水浅养不起大鱼啊！再说秀秀金枝玉叶的，能到我们这寒窑吗？能伺候我这个糟老头子吗？还是萍合适，粗手粗脚的我们能过到一起。要是雨生不听我的话，我只能认萍为女儿了，我不能食言，我已经给山核桃打了包票，在这条街上我还得要这张老脸，丢不起人啊！”吴有根说的是心里话。

“吴师傅，你的想法很有道理。雨生也不愿意离开你，他是个有情有义知恩图报的人。没有你救他，他可能早离开了人世。你倾其所有为他娶媳妇全是为他好，他感谢还感谢不过来呢？可是他心上的人是秀秀，那咋办呢？我这里有个办法，不妨你听听？”刘英说。

“我这心里也有个结呀！秀秀我们是高攀不上，何萍我觉得挺投脾气，雨生我是舍不得，你有办法就快讲出来，只要对大家好我就听你的。”吴有根是个通情达理的人。

“吴师傅，秀秀要嫁过来就要丢掉铺子，丢掉了铺子就没有了生活保证，没了生活保证她的父母也不会同意。唯一的办法就是雨生入赘到秀秀家做上门女婿。这样一来有几个好处，保证了两个年轻人的婚姻自主，免去了娶媳妇大量的花费，雨生离你很近，随时可以照顾你。至于何萍，咱们也不能不管，你可以认她为女儿，伺候在你身边，有合适的再招一个上门女婿，你老的晚年生活还有啥发愁的。”刘英说。

“这样做方方面面都照顾到了，你们几家都是做生意的，这样一来就连成了亲戚，互帮互助的在街面上也有个照应，吴师傅你考虑考虑，看这个办法怎么样?”强强说。

“这个办法倒是挺周全。”吴有根思考了一会儿说，“雨生可以招过去，我们这一家人都不是本地人，有个坐地户的亲戚当然好……啥也不说啦，就是这个命，我认何萍为女儿，我这也是有儿有女了……”吴有根是个直肠子，他觉得这两个八路干部说的有道理，街面上的几个铺子连成了亲戚，真的挺好，离得不远又能互相照应，所以他就答应了。

“那好咱们就这样说定了。”强强说。

“只是，只是秀秀父母愿意吗?”吴有根有他的担心。

“吴师傅，有你这句话就够了，秀秀父母那边我们去说，我这个红娘得两边说话呀!”刘英说，“妇女要解放，首要的是打破封建的婚姻制度，破除门第观念，男女青年自由恋爱，这是民主政府提倡的。吴师傅，你很开明，你成全了他们，就是支持民主政府，就是支持妇女解放，就是做了一件大好事……”刘英说。

“做好事……做好事……行善积德……好心终有好报……”吴有根嘟哝着这几句话。他这一辈子就是按照这几句话行事的。他觉得强强和刘英说得在理，而且还为自己以后的生活作了安排，这新政府的人呀就是好，做的都是行善积德的好事。

单行好事，莫问前程，与人方便，自己方便……

他默念着这几句话燃起三炷香，虔诚地插到观音菩萨面前的香碗里，他要拜拜菩萨，在这一刻，他气定神闲，心里什么事也没了，悠然自得地超脱了人世间的烦恼。世上的事莫强求，强求得来不幸福。他在心里说。

四十四、终成眷属

庞永荣看见强强和刘英心里就有些虚。因为强强家穷，他不允许秀秀嫁给强强。因为有钱，他硬是把秀秀嫁给了秦老板。现在强强居然来给秀秀做媒，是来笑话他还是来压制他？强强现在是政府的人，县武工部部长，要权有权要枪有枪，心高气盛英气逼人，要报复他还不是风箱里逮耗子——来回呱嗒。听完强强和刘英的陈述，庞永荣感到有点不好意思，他完全误会了强强。

强强早已不是过去的强强，他现在是一名革命军人，他的人生观已发生根本的改变。他和刘英一直关注秀秀的婚事，他们觉得不仅要支持秀秀自由恋爱，冲破封建婚姻制度樊篱，而且要帮助他们建立起能够独立生活的家庭，这样才是妇女解放的出路。所以他们在分析了秀秀的婚姻后觉得秀秀的想法是正确的。因为只有雨生招亲到秀秀家，才能保住秀秀这个铺子，秀秀的一技之长才能发挥，庞永荣一家和秀秀的生活就有了保证。这样既保护了秀秀利益，也维护了老庞家的面子。他们了解庞永荣，他是极不情愿秀秀带着铺子嫁人，也不愿意秀秀丢掉铺子嫁人，那样他们就失去了挣钱的基础，这个基础就是这个铺子和秀秀的手艺，说到底他们不愿意秀秀离开他们还是为了钱，为了老庞家的利益。雨生招过来和过去秀秀嫁给秦老板有着异曲同工，相同的是这两个男人都是无亲无故。不同的是秦老板有钱年纪大秀秀不爱他，雨生无钱年纪小秀秀喜欢他。秦老板死了给秀秀留下一个铺子，雨生的到来填补了秀秀感情上的空白。这样铺子还是老庞家的，经济的把握还在老庞家，老庞家没有受到任何损失，平白里还添了个强壮劳力，而且秀秀喜欢，这是多好的一件事呀！强强和刘英的分析合情合理，他们苦口婆心地劝说和一番真心的关怀打破了庞永荣和春花戒备的提防，他们原来的考虑松动了。

庞永荣和春花思考了一会儿说："难得你们给秀秀当媒人，其实呀，我们是舍不得秀秀，舍不得这个维持我们全家生活的铺子，雨生这个后生是个好后生，无亲无故孤身一人，只要他愿意入赘，只要一心一意和秀秀过日子，我们也就没啥说的了。"

"雨生心灵手巧，学啥成啥，以后他给秀秀当帮手，粗活重活交给他，那日子还能错了。"强强说。

"自己的闺女我们心疼，只要她高兴，我们做父母的还能说啥。"庞永荣和春花终于答应了。他们也有考虑，年轻的太不好找了，拖下去也不是个事，秀秀心气儿高，哪有能对上眉眼的？好在她看上了雨生，老庞家平白里多了一个强壮劳力，也是净赚的事。所以也就没再说啥。

说话间过了霜降，再有半个月就要立冬了。吴有根来找山核桃，把事情的缘由给她细细说了一遍，末了他说："实在是对不起了！年轻人的事由不得咱了，强迫的事情不长远，长远的事情不强迫。我来就是给你说一句，我不能说话不算数，我不能对不起你，也不能对不起萍。如果萍愿意，我还是那句话，认萍做闺女！"

"吴师傅，过去我说话多有得罪，心里只是想着把他们的事成了。现在雨生不愿意，我们也不能说啥，你也不要作难，认不认闺女不要紧，就算我没说那句话，我把话收回来。"山核桃说。

"那可不行！不光是说话算数的事，我的确是看上了萍。你想，雨生走了，我一个人咋过？萍过来了，不仅是有了闺女还有了孙子，这就是一家人了，互相帮扶着过日子，就是苦点也是个乐呀！我还有个打算，把这蒸馍手艺传给萍，把咱蒸馍铺搞得红红火火。另外咱们都瞅着点，如果有合适的，咱再给萍招个女婿。反正窑里窑外都收拾好了，铺的盖的都是新的，也不费啥事，你说我的打算咋样？"

"你真是个好人，要不我也不会把萍给你说，其实萍也觉得你好，老在我面前夸你，把萍交给你我也放心。不过这事咱们也来个民主，问问萍同意不同意，萍同意了我是没有意见的。"

"那你就赶紧问问，同意了咱就趁热打铁，萍先过来，然后再办雨生的事，萍权当雨生的姐姐。"吴有根心里着急。

"不用问了，我同意！"不知何时萍来了。她对吴有根说："大叔的一片好心，我心里明白。从今以后，你就是我的亲爹，我就是你的亲闺女。雨生走了有我，蒸馍卖馍我一样能干，咱把蒸馍铺好好开下去，和和美美地过日子。"原来吴有根一来，何萍就知道了，她在门里把事情听了个一清二楚，结不结婚她不在乎，她在乎的是这个家。吴有根的为人处世她看得一清二楚，这个人为了别人能把心掏出来，有这个老人做靠山她觉得踏实，所以她就站出来了，她愿意给他当女儿。

"萍，好闺女！"吴有根眼里涌出泪水，"家里都准备好了，能搬就搬过去……"他泣不成声："小虎呢？我的亲孙子！"

"爷爷……"小虎从后院跑过来，一下子扑到吴有根怀里。

"走吧，跟爷爷回家去。"何萍嚷着小虎。

"回家喽！……"吴有根领着小虎愉快地向家走去，山核桃看着心里一酸，眼珠扑簌簌地落下来。

"好事嘛，哭啥呢？"马瘸子站在山核桃身后，冷不丁来了一句。

"你个死憋闷子，该说的不说，不该说的瞎说，吓人一跳！"山核桃擦了擦眼泪笑着骂了他一句说，"我妹子总算有个家了。"

何萍搬进了吴有根的家，住在里窑，吴有根和雨生住在外窑。山核桃觉着有些平淡，不管咋说也是个喜事，就建议两家在一起吃顿饭。吴有根自然同意，就在家里备了酒菜，两家人欢欢喜喜地聚到了一起。山核桃见面就开玩笑："我这妹子到了你家呀，我都不知该咋称呼了，以后我得改口了称叔了。"她对吴有根说。

"改什么口呀！怎么顺就怎么叫，随你吧，我不在乎。"吴有根笑着答。

"那可不行，以后就是亲戚了，该怎么叫就怎么叫。"山核桃叫大家都落座，反客为主地说，"今天大家都得改口，吃了这顿饭以后就不能胡叫了，得有规矩。"说完她举起酒杯对吴有根说："我带个头，叔！敬你一杯！"

"好好好！"吴有根端起酒盅慢慢地抿了一口说，"真改口啦，好！"他眼里有了泪花，用手指抹了抹："大家都喝，都喝！"

桌上的菜都是何萍做的，吴有根没有插手，他感到了有个女儿的幸福，就说："这些都是萍做的，我可是省心了，来来来，我给萍倒杯酒。"

"爹，免了吧，做饭算啥事。"何萍叫得很亲切。

"那可不行！这酒你一定要喝，喝了这杯酒，咱们就是真正的一家人了，今天的酒饭就是合家饭，你一定要喝！"吴有根说。

"那好，我喝。"何萍咽了一小口，酒的辣味使她直咧嘴，脸儿一下子也红了："不会喝，不会喝，让大家见笑了。"

"哈哈哈哈……"大家都笑起来。

"雨生，你也给萍倒杯酒，对了，得叫姐。"吴有根对雨生说。

"爹，我先给你倒杯酒。"雨生说着就给吴有根满上，双手递上说，"请了，爹！"说完就"扑通"一下跪下："孩儿不孝，今天当着大伙儿的面，孩儿发誓，孩儿不管走到哪里，都不会忘了爹，爹的救命大恩今生今世都报不完！"说完就"嗵嗵嗵"地磕了三个响头。

"哎哟哟，这说到哪里去了，快起来，快起来。"山核桃上前拉他。

"让人家把话说完！"马瘸子拽住山核桃不让她凑前。

"姐，我也给你倒杯酒。"雨生起身给何萍满上双手递上说，"按照爹的意思，原本我们要做夫妻，可是我没有那个福分。"雨生双膝跪地说："以后你就要守着爹鞍前马后地伺候了，你是在替我尽孝，我在这儿谢谢了。"说完就磕了个头。

"哎呀！使不得。"何萍连忙拉他，"说的啥话呀？伺候老人是我们的本分嘛，有啥谢不谢的。”她觉得受不起雨生磕的这个头。

“大家听我说一句，我是个孤儿，我爹不嫌弃收留了我，他比我亲爹还好。爹忙着给我相亲，倾其所有的积蓄为我娶媳妇，爹为我可以说把心都掏出来了。这一切爹都没有给我说，爹的意思是给我一个惊喜。就在这期间我和秀秀好上了，我们是自由的，彼此谁也离不开谁。就在我们为难时，爹又帮了儿子，认萍为女儿，成全了我和秀秀的事。爹的大恩大德我一定要报，姐的贤惠大度我记在心上。爹是我的亲爹，姐是我的亲姐，我给你们磕个头算啥呀!”雨生哭着说完已经是泪流满面。

“看看，说着说着就伤心了。爹这一辈子老了老了才活明白，人要行善积德，好心总有好报，做啥事都不要太要强，顺其自然才好。我们这一家三代四个姓，都是苦命人，我们能聚到一起成一家是缘分是天意，我们就要好好地对待这个家，互相搀扶着在一个屋檐下避风遮雨，吃好吃坏穿好穿坏都无所谓，关键是互相体贴互相关怀。听了雨生一番话，我也放心了。雨生是个孝顺孩子，我相信他能说到做到。秀秀和雨生自由恋爱我是事后知道的，我不愿意做棒打鸳鸯的事就答应了。何萍是我满口应承的，我也不能对不起何萍，家里的一切准备都是为她和雨生结婚准备的，既然雨生要走了，何不把萍接过来认作女儿，这样我不就有儿有女，儿女双全了吗?我在想，我不能亏待了萍，如果有合适的，我也给萍招个女婿，一块打理蒸馍铺，不是也挺好的吗?”

“吴叔说的在理，喝酒!”马瘸子给吴有根端酒。

“喝酒喝酒。”山核桃也十分满意，妹妹有了家，有了维持生活的铺子，打着灯笼都找不着的好事。她心里高兴不由得多喝了两盅，语无伦次了：“吴师傅，不不不，吴叔……吴叔，你老有福气，福如东海……寿比……南山。”

吴有根决定去银器铺一趟，不管咋说孩子们要成亲了，他要见见亲家，商量商量孩子们结婚的事。吴有根是带着雨生去的，他们备了一份礼，两包涞水的煮饼，一吊子五花猪肉，两瓶高粱烧酒，十个自己馍铺的蒸馍。吴有根突然觉得自己高大起来了，有儿有女有尊严不再低人一等。两厢情愿，两家同意，他觉得事情既然这样了，就应该高高兴兴地给孩子们完亲。平日里不讲究的他，今天也注意穿着打扮了。他剃了头刮了脸，光光的头上扣了顶薄毡制成的黑色的礼帽，这帽子不知多长时间了，有些地方已经褪色。他穿了件灰色的棉布制成的长袍，可能也有些时日已经不再平展。他脚上穿了一双新鞋新袜，这是何萍近日才做完的，白棉布的袜子配上黑色的鞋子显得挺精神。雨生今天也按照吴有根的吩咐，穿了一身新衣服，也是何萍的手工。原先吴有根给了何萍五块大洋，让她自己看着扯两身衣服结婚穿。何萍心眼好，就匀出来钱给雨生做了一身。这是一身黑洋布做的衣裤，针脚匀称，雨生一穿还挺合身，没穿过新衣服的他有点舍不得，这边拽拽，那边拽拽，咧着嘴在笑。雨生的头上缠了块白毛巾，白毛巾的角角在头前打了个结，衬着红润的国子脸盘，这么手下捯饬，还真是很漂亮。

庞永荣和春花本来就想见吴有根，又顾及自己的脸面不愿意上人家的门。孩子们的婚事怎么操办总得在一起商量，于是他们就到县政府找强强和刘英。县政府的人告诉他们，强强和刘英都到前线去了。国民党反动派已经开始向我们解放区进攻了，妄图占领八路军浴血奋战从鬼子手里夺回来的地盘。为了粉碎国民党反动派的进攻，塬县就成了中条山解放区的前沿，与盘踞在新田大邑的国民党中央军和阎锡山的顽固军对峙。为了发动群众组织群众武装群众，打一场捍卫解放区的人民战争，县里的干部都到乡下和前线去了，估计近一段时间回不来。从县政府回来，两口子就在一块儿嘀咕：这可怎么办？咱们是女方，总不能腆着脸上男方家说事吧，好像咱们姑娘没人要了，传出去多丢人！就在两口子左右为难之时，吴有根屈膝先登，领着雨生来了。

“亲家！你们好啊！”吴有根未进门就招呼上了。他提着两瓶酒，摇摇摆摆地走在前面。雨生一手提着蒸馍一手提着煮饼和猪肉，笑嘻嘻地跟在后边。

“哟！是你们呀？”秀秀在门口迎着他们，“快，快请坐！”说完转身进了院子：“爹娘，他们来了！”

“谁来啦？”春花应声出来，她领着杏妮，杏妮扎着两个小辫，粉嘟嘟的小脸上，两只大眼看着吴有根和雨生：“是爷爷和叔叔。”声音天真幼稚。

“哟！是你们。”春花有些吃惊，连忙向院里喊：“他爹！有贵客！”喊完又客气地说：“亲家，快进屋，到屋里坐。”

“哟！是亲家呀，快……快坐。”庞永荣从院里过来。

“好啊！大家……都好啊！”吴有根应诺着，“雨生，把礼呈上。”

“你看你，来就来吧，带什么礼。”庞永荣谦让。

“那怎么行！我这是第一次上门，生亲哪能空着手？”吴有根说。

“喝茶喝茶。”春花端过一杯茶放到吴有根面前，茉莉花的香味很浓。

“抽烟抽烟。”庞永荣拿出一包老刀牌香烟，香烟盒里的锡纸亮亮的。

吴有根抽着烟喝着茶坐在太师椅上，庞永荣两口子的热情使他揪着的心平静下来。他环视着屋子，屋子里字画摆设样样俱全，家具柜橱整洁光亮，可以看得出家境殷实生活不错，这可比自家的寒窑好多了，他觉得这是雨生的福。

“叔叔，我要到外头玩。”杏妮甜甜的叫声打断了吴有根的思路，他看见雨生抱起杏妮，把一块冰糖放到她嘴里。

“甜吗？”雨生问。

“甜！”杏妮小嘴乖巧。

“去吧，带杏妮玩去吧。”吴有根知道是秀秀在叫雨生，就顺水推舟给了个台阶。

“下来，下来，别叫叔叔抱。”春花叮咛着，看到雨生喜欢杏妮她心里高兴。

“亲家，我正想给你说呢，孩子的事该办了吧?”庞永荣说。

“我也是为这事来的，何萍我已经认了女儿，身边有人雨生也可以放心了，天气越来越冷，不如在立冬前后给他们办了，也了却一件心事。”吴有根说。

“立冬前后办没有问题。”庞永荣想了想说，“可怎么办呢?”他觉得不管是招亲还是什么，总得有个礼数吧。

“我的意思是怎么简单怎么办，就看你们啦，有什么讲究就说，我一定照办。”吴有根说。

“咱们这儿有讲究，寡妇改嫁不大操大办，寡妇招女婿更不能大操大办，不用乐器不弄响声，男的搬进来就行啦。”春花说。

“那都是些老礼数，意思是没有本事的男人娶不到媳妇，只有到女方落户，这些男人害怕别人嘲笑，结婚那天就悄悄地搬到女方家去。咱们这事一样也不一样，是我们不愿意嫁不是你们不愿意娶，那些老礼数咱们可以参照，二婚招婿动静太大有些招摇过市，撤繁就简是不是这样好些。”庞永荣喝了口茶接着说：“乐器乐人不用了，披红挂绿不用了，宴请亲朋不用了，我这边把一切准备好，新房贴上喜字，门上贴上对联，你们把雨生送过来，咱们两家在一起吃顿饭，这婚不就结了吗?”

“主要是又要打仗了，动静太大了怕有意外。所以就不想用乐人乐器，也不宴请宾客，不举行仪式也就不披红挂绿了。但是新房我们还要布置，对联喜字还要贴，结婚的酒宴还要摆，只是在家里摆，就咱们两家人在一起聚一聚，你看行吗?”春花解释了一遍。

“我赞成我赞成，战乱时期还是不张扬好，那些虚道道都是给外人看的，劳民伤财不说，别再引出事来，这个办法好啊，喜喜庆庆把事办了就行了。”吴有根一听既简单又不失礼节还不乱花钱当然高兴。

“那就这样说定了。”庞永荣拍了板。

“看个日子吧？不能一点都不讲究。”春花觉得日子还要看，图个大吉大利。

“那还得找个先生？谁看得好呢?”吴有根问。

“找啥先生，翻开万年历看看，凑个三六九就行。”庞永荣找出万年历，翻到一九四五年，他看了看说：“就选十月初九，立冬后第五天，现在是十月初二，还有七天。”

“我看行。”春花说：“早办早了。听说前线很吃紧，又要打仗了，结了婚我们也就放心了。”

在两家老人的安排下，秀秀和雨生在十月初九这天结了婚。过场很简单，雨生穿了一身秀秀做的蓝色的长衫，戴了顶黑缎子的瓜皮帽。吴有根和何萍还有山核桃和马瘸子带着小虎把雨生送到秀秀家。庞永荣和春花在家里做了一桌酒饭，吃饭前举行了一个小小的仪式，屋子里摆了秦家祖先的牌位和庞家祖先的牌位，庞永荣和春花净手焚香叩头，接着是秀秀和雨生净手焚香叩头，告知秦家祖先和庞家祖先，银器铺又添了人口，秀秀招婿入赘支撑门面，希望祖先保佑他们吉祥平安。祭完祖先接着拜高堂，雨生和秀秀给庞永荣和春花磕了三个头，接着又给吴有根磕了三个头。接下来就是吃饭，席间要改口，秀秀称呼吴有根为爹，何萍为姐，称山核桃和马瘸子为大姐和大姐夫，并给了小虎一个红包和一副银手镯。吴有根送给秀秀一个十元红包，何萍送给秀秀一个红头巾，山核桃和马瘸子送给秀秀一床红缎子被面。

酒饭吃得很开心，何萍主动地给大家满酒，庞永荣和春花看得真切，这女子不仅端重大方而且还体贴关心人，他们觉得吴有根有福气。山核桃和马瘸子很少在大户人家吃饭，今天他们觉得不别扭，这个家不仅仅是殷实而且通情达理，没有小看他们，他们觉得有这样一门亲戚，虽然是拐弯的亲戚，也很荣幸。吴有根就不用说了，咧着个嘴呵呵地直笑，他满意啊，雨生有了家了，一个不错的家，他那颗不安的心终于安了下来。

晚上，亲戚们都走了，屋里就剩下雨生和秀秀。秀秀松开了头发，灯光下更显得妩媚多姿。雨生觉得自己好像在梦中，从地狱来到了天堂，一切都在转眼间。可能是都喝些酒，秀秀面若桃花肤如凝脂如天仙般的美丽。雨生陶醉了，伸出强壮的双臂把秀秀揽在怀中。他感到了秀秀的气息，秀秀身上焕发出的女人特有的气味，幽幽的似兰花似茉莉似玫瑰似月季，浸透了他的五脏六腑。他真的醉了，呼吸有些急促。恍惚中，他看见了自己的妈妈，那个生他养他到三岁的妈妈，妈妈的模样是那样的模糊，如同梦幻中飘忽不定的影子。他记不起了妈妈的样子，只记得妈妈临走时痛苦的脸色，脸色苍白。他又看见了奶奶，奶奶满头银发颤颤巍巍手拿打狗棍走在大街小巷。奶奶端着要来的饭菜一口一口地喂他，屋檐下的他张着小嘴起劲地嚼，寒风冷雨中奶奶满是皱纹的脸上绽开的是慈祥和蔼的笑容。雨生哭了，泪水像涌泉顺着脸庞流下，滴到秀秀的肩上。秀秀抬起头来，她看到雨生哽咽着强忍悲痛满含泪水的眼，那眼里除了悲痛外还有满含深情的感激。雨生擦了擦眼泪，恭恭敬敬地把秀秀扶到炕沿坐下，他双膝下跪给秀秀磕了个头。

“雨生，这是咋啦？”

“秀秀，你应该受我一拜，没有你，哪有我的今天。”

“你哭了……”

“今天我才觉得像个人，一个男人拥有的我都有了，你说我能不高兴吗？二十多年我就像一只小船，在波涛汹涌的江湖河海漂荡，今天我总算有了一个安全温暖的港湾。秀秀，我太累了，我需要在这个港湾里好好歇息。”

“歇吧，没有人再打搅你，好好歇息吧。”秀秀铺好了炕，一床红缎子龙凤被子铺在炕中，头前是一个长长的双人枕头，他们互相依偎着，抚摸着，渐渐地雨生发出了鼾声，他真的在秀秀温暖的怀抱里睡着了，就像婴儿依偎在妈妈的身边，温馨安全的母爱又一次光顾了他。听着雨生均匀的鼾声，抚摸着他强健的身体，看着窗户上那个大大的红喜字，秀秀的思绪也越拉越远。她觉着自己是在给自己筑一个巢，一个孕育新生命的巢。过去她就像一个鸟儿，让人关进鸟笼，虽然有各种各样的美味佳肴，但没有自由。现在好了，她冲破了樊笼，有了自己的心爱，建筑起了自己的爱巢，她要和他就像那个红红的喜字，手牵手肩靠肩走向永远……慢慢地她也进入了梦乡，匀称的鼾声中他们睡得很甜……

就这样，秀秀和雨生终成眷属。转眼到了新年，秀秀有喜了。

“该歇就得歇，你是有身孕的人，可别累着了肚里的宝宝。”雨生关切地说。

“没那么娇气，三个月啥都不影响，店里的活儿多，我没时间上街，过年的东西你操办。”秀秀说。

“这没问题。豆腐啊肉啊馍啊都弄好了，过两天再炸麻花煮肉过油。”雨生说。

“把礼物准备好，年前到你爹那儿，初二到我家去。结婚到现在，杏妮都跟着姥姥，我也想得慌。给小虎和杏妮买一些好吃的好玩的，大过年的让老人孩子都高兴。”秀秀嘱咐。

腊月二十八，银器铺没啥活，秀秀决定去蒸馍铺走亲戚。雨生挎了个篮子，里边放着一吊猪肉，两条鲤鱼，两瓶酒，一把麻花和一包丸子。秀秀还嫌不够，又从集上买了两只大公鸡。这下雨生两只手都不闲了，一手提篮子一手提公鸡笑呵呵地跟在秀秀身后。秀秀觉得吴有根是个知情达理的老人，在他身上花点钱乐意。雨生觉得秀秀处理事情圆满大方，他本来就想好好谢谢老人，以前一直没有机会，结婚后第一个年，看望老人本身就有报恩的意思，没有想到秀秀想得这么周到。

蒸馍铺的生意早两天就淡下来了，过年啦人们早早就把馍预备下啦。冬天好放，放到大缸里边盖好盖，十天半个月没有问题。蒸馍铺没有生意，何萍就和吴有根在家准备过年的东西。今天他们在煮肉，菜案上何萍正在剁肉馅，看到秀秀和雨生进来，吴有根放下火棍赶忙迎出来："是你们呀！快，进窑，里边暖和！"

"爹！新年好，我们给你拜年来了。"秀秀恭恭敬敬地说。

"爹！这些是孝敬你的。"雨生放下手中的年货。

"哎哟，这么多东西多贵啊！"吴有根嘴上这么说心里高兴。

"爹，这没啥，过年嘛，应该的。"秀秀说着从口袋里掏出一包糖块说："小虎，这是给你的。"

"舅妈，给你拜年了。"小虎扑在地上给秀秀磕了个头。

"今儿个别走了，中午就在这儿吃饭。"吴有根心里高兴，他多年盼望的儿孙绕膝天伦之乐不就在眼前吗？唯一不足的就是没有雨生和秀秀的孩子，他说："你们俩抓紧啊，我可等着抱孙子呢？"

"爹，秀秀有喜啦！"雨生说完呵呵直笑。

"是嘛！那就更该庆祝！小虎，一会儿吃饭你放挂鞭，喜庆喜庆！"何萍拉着着秀秀的手使劲地握着，她从心眼里为他们祝福。

这一天，蒸馍铺开天辟地第一次这样热闹，暖暖的窑里暖暖的气息，何萍秀秀在灶头忙前忙后，雨生吴有根在炕头抽烟聊天，小虎点着香在门外放炮，随着"砰啪"的声声脆响，红红的炮纸散落在白白的雪地上，就像朵朵梅花在严冬中怒放。

正月初二是女儿回娘家的日子，秀秀更看重这一天。由于带的东西太多，再加上秀秀有孕在身，雨生就到车马大店租了一辆带暖棚的马车。

太阳渐渐地升起，大地一片光明。一阵暖风吹来，新鲜而清澈。风里带着微微的湿润，湿润在塬上缓缓滚动。雨生摇着马鞭扬手一甩，"啪"的一声脆响，马车进了村。

初二待女婿庞永荣和春花看得很重。所以马车一停到门口，就赶忙填水烧火，进门第一件事就是吃饺子。

"爹娘，我回来了。"随着叫声秀秀已经进了院子。

"驾……吁……"雨生把马车赶进院里，大包小包的年货抱了下来。

"路上好走吗？"庞永荣问。

"好走。"雨生说。

"姐夫，快上炕。"秀文把炕桌摆好了，上边放着瓜子花生和红枣核桃，还有一壶热热的茶。秀文已经十九岁了，瘦弱的他看起来只有十四五岁。

"娘！"杏妮扑到秀秀怀里，"我好想你。"

"娘也想杏妮。"秀秀抱着杏妮在小脸上亲个不够。

“饺子上来了。”春花把一大盘子饺子端上来，庞永荣给每个人面前摆了个小碟，小碟里倒了些醋和蒜水。饺子馅是羊肉胡萝卜，扑鼻的香味惹人馋，大家围到一起热热闹闹吃起来。

春花拌了四个凉菜，热了一壶酒，摆在堂屋的大桌上，她要丈夫和雨生喝点酒。庞永荣在心里一直拿雨生和秦老板对比，比来比去还是觉得雨生合适，这坐在一起也像爷俩。雨生斟满酒，端起来给庞永荣一杯，然后说：“爹，新年好！”

“好！好！”庞永荣喝了一口，酒暖暖的热热的直抵胸腔。他要的就是这样，一个女婿半个儿嘛，雨生完全把这儿当成了自己的家，这和自己的儿子有啥差别？自己的亲儿秀文身体不行，以后还得指望雨生呢？自己年纪大了，力不从心了，到沟里挑水都觉得吃力了，更别说村南塬上那二十亩好地，春耕夏耕秋收冬藏，都得一个好劳力。这下好了，有了雨生就不发愁了。他越想越美，不由得多喝了几盅。

“少喝点。”春花又给他们端来一盘饺子，“吃吧，凉了就不好吃了。”

“饺子就酒，越喝越有。”庞永荣有点醉，他夹起一个饺子放到嘴里，“知道你们要回来，你娘半夜就起来剁肉拌馅，这馅和平常的也不一样，肉多萝卜少，好吃。”

“好吃。”雨生夹起一个放到嘴里，只觉得满嘴是油，羊肉的香味合着葱和胡萝卜的香味，一丁点的膻味也没有了。他又夹起一个放到嘴里，慢慢地品味，家的温暖家的欢喜完全湮没了他，他体验到爱的每一个细节，每一个细节都给人温暖，这细节就是人性的自然，自然流露的情感是真挚的，是透彻的，是能沁人心脾的。

雨生跟着秀秀把庞家窑转了个遍。别的亲戚不说，就三个叔叔家每天一家也得三天。秀秀也从来没有这样的高兴，雨生就是块招牌，她感到自己的自尊找了回来。她打扮得漂漂亮亮，穿的鲜鲜亮亮，故意在人多的地方走，而且把雨生带在身边，言外之意就是我有了如意郎君，我的郎君年轻漂亮，美女配俊才，我们才是天撮地合的一对。

没事的时候，秀秀把他带到村南那片塬上。那里平展展的田地是他老庞家的。望着那平展展的田地，雨生感触万千，要是自己家里有那么一亩，也不会流落他乡。山西是个好地方啊，这里土地肥沃良田无数，有地就有了一切，地是刮金板呀！

在村南的石牌坊下，秀秀告诉他这是自家立的。并把爷爷庞瑞珩的事情告诉了他。雨生肃然起敬，好一个古道热肠行善积德的爷爷！他觉得秀秀的骨子里有爷爷的精神，爷爷坚忍不拔刚强不阿忠厚善良的品德令人敬佩。

他们也到村北下沟的那个路口。两棵柏树似乎又长大了许多，枝干还是那样斑斑驳驳，墨绿的树冠在塬上展露着顽强的生命色彩。人们照样来来往往下去上来，挑水在这里还是大事。

雨生试着要挑水，秀秀极力推荐，庞永荣也觉得自己力亏就答应了。春花千叮咛万嘱咐，她担心再出事。庞永荣告诉他雨生身强力壮不会出事，他和秦老板不一样，从小受苦受累身板子强壮挑担水算什么！

秀秀和雨生下沟了。就像那年和强强下沟撸槐花一样，秀秀的心情格外愉快，她轻轻地哼起了那首久违了的民歌《憨憨女婿》的第一段《娶媳妇》：

黄土坡坡灰灰驴，
娶媳妇美死了哥哥你。
小妹妹笑脸红艳艳，
小妹妹大眼忽闪闪。
头上戴着大红花，
身上穿着大红袄。
三寸金莲一点点，
杨柳细腰真好看。
哎咳噫哎哟……
手舞足蹈开怀大笑你说他憨不憨

秀秀一边哼一边看雨生，这雨生只顾看沟里的风景了，没有在意秀秀的哼唱，秀秀没有理他，自顾自地唱了第二段《回娘家》：

黄土坡坡灰灰驴，
回娘家乐死了哥哥你。
小妹妹涂脂又抹粉，
小娃娃怀里睡得稳。
猪肉羊肉一吊吊，
花馍油糕一堆堆。
好烟好酒一包包，
麻叶麻花一团团。
哎咳噫哎哟……
提着满头大汗你说他憨不憨？

雨生第一次下沟，什么都新奇。秀秀的歌唱还是没有引起他的在意。秀秀心情正好，没有顾及雨生在意不在意。接着就唱了第三段《元宵节》：

黄土坡坡灰灰驴，

元宵节忙死了哥哥你。
小妹妹打扮赛天仙，
小娃娃笑脸似月盘。
花灯映月满街景，
人来人往他最忙。
元宵圆圆月圆圆，
欢天喜地心里甜。
哎咳噫哎哟……
拉大抱小顾前顾后你说他憨不憨？

秀秀歌喉甜润，这次她放大了声音。歌声在沟里飘荡，引起村民驻足观看。雨生也觉得奇怪，这秀秀咋会唱歌呢？秀秀不理他又唱了第四段《三月天》：

黄土坡坡灰灰驴，
三月天急死了哥哥你。
小妹妹送饭到地边，
小娃娃跟在身后转。
一年之计在于春，
季节来了不等人。
辛勤劳作流大汗，
一人顶做两人干。
哎咳噫哎哟……
起早贪黑受死受活你说他憨不憨？

秀秀唱完了这一段，看着雨生问：“好听吗？”“好听，真好听！”雨生说。“那我就再唱一段。”秀秀笑面如画。说完就放开嗓门唱起了第五段《收麦子》：

黄土坡坡灰灰驴，
收麦子累死了哥哥你。
小妹妹挽袖跟着干，
小娃娃晒成黑蛋蛋。
双手磨出了血泡泡，
汗水湿透了红衫衫。
这可急坏了男子汉，
吹胡子瞪眼往家撵。
哎咳噫哎哟……
没日没夜风吹日晒你说他憨不憨？

歌声在沟里回荡，余音经久不息。雨生停住了脚步若有所思地说：“我只顾听调调了，这才听出了个味，感情是说小两口的事？”“你是听不懂还是装憨呢？我看你呀，真成了憨憨女婿！”秀秀笑着说。“那我就当憨憨女婿！你就是‘小妹妹’，这就是我们的‘小娃娃’啦？”雨生指了指秀秀的肚子。“美的你，憨憨女婿，挑水吧！”秀秀说完闪身走了，一路上都是咯咯的笑声。

龙泉还是老样子，泉眼汩汩泉水翻涌。泉边的老柳树，光秃秃的枝丫有些泛绿，枝枝丫丫上鼓起了点点嫩黄。龙庙已被村民修复，龙庙的铃铛风吹过时“叮当”作响。龙亭上缠满了红布条，红布条随风飘摇，龙庙里有了许多焚香的痕迹。

秀秀和雨生在龙亭前站立良久，四面煌煌的土崖，一眼清澈的山泉，泉边古朴的龙庙，高台镌美的龙亭，溪边小小的石拱桥，这里的一切，给这古老的大沟赋予了生命的灵气和神圣的色彩。

秀秀和雨生肃然起敬，神情严肃地凝视着一切，心里在祈祷：龙王爷呀，龙王爷，保有天下百姓平安幸福！保有我们一家如意吉祥！

秀秀和雨生要回城了，金叶来送行。她嘱咐秀秀爱惜自己的身子，肚里的宝宝重要啊！春花带着杏妮和他们一块儿回城，她说在城里住几天，春耕的时候再回来。雨生说：“爹春耕的时候我回来。”庞永荣听了心里乐开了花：“这娃行！嘴上抹了蜜，说话甜着哩！”

四十五、撤 离

县政府大门前有一个征兵处，强强这两天就在这儿办公，部队急需兵员，他这个武工部长正在这里招兵。

强强招兵的方法很特别，新员要过三关：这第一关就是抱石磨，他找了一个约百十斤的石磨盘，放在一个树墩上，应征者要把它抱起放下，这是考腰力。第二关是提水桶，两手平提两桶水，提起放下这是考臂力。第三关是耍大刀，一把钢刀连着劈十下，钢刀要劈着面前的十个玉米芯，这是考眼力。强强觉得现在社会鱼目混珠，当兵吃粮是许多人的想法，他要为部队招好兵，于是就想了这个法。

每日招兵前，强强都要表演一番。他是一个练武的人，功夫还在，百十斤的石磨盘，他不仅能抱起还能举过头顶。两手平提两桶水能绕场一周。刀劈玉米芯就不用说了，他只要看一下，蒙着眼劈也是刀刀不落空。

招兵处每天都十分热闹，十里八乡的年轻人都来报名，跃跃欲试要在场子里露一手。这一天来了个大汉，此人腰圆膀阔，光头黑脸，黑脸上有一道道疤痕。看完强强的表演后就嚷着要试一试，强强看他生的粗猛，但目光中并没有恶意，就同意他一试。只见他脱掉露着棉花的棉袄，把黑乌乌的裤腰紧了紧，光背走到石磨盘前，双手一使劲提起石磨盘，接着往上一翻手腕，石磨盘轻轻的举过了头顶。“好！”全场一片喝彩声！黑脸大汉并没有放下石磨盘，又连着举了两下才轻轻地放到树墩上。强强看此人力大无比就有意要他提提桶，没想到大汉冒了一句话：“少林寺练功是尖底桶，这平底桶算啥？”说着用两个手指挂起两个水桶平着臂在场子里走了一圈。“好！好样的！”叫好声不绝。强强上前说道：“听话音，兄弟去过少林寺？”

“去过去过，我在那儿学了三年。”大汉说话粗声粗气。

“你是哪村的？叫什么名字？”强强觉得他是个当兵的料。

“我是铁岭关的，叫黑头，听说八路军招兵就来了。”

“叫黑头，好奇怪的名？为啥要当兵？”强强进一步问。

“看见我脸上的疤了吗？这是日本人烧的。狗日的烧了我家三间房，他们就把我绑起来扔到火里，多亏我练过武，烧断了绳子逃了出来，当时满脸都是血泡，伤好了疤就留下了，大家就叫我黑头。”大汉说。

“好啦！黑头，你录取了。”强强说完喊道，“通信员！把他领到后院，换一身大号的衣服。"

"首长！还没有耍大刀呢？"黑头觉得没过瘾。

"以后有你练的，看你这身骨架，扛挺机枪怎么样？"强强在他背上捶了一下说。

"没问题！"黑头挺起脊梁，他整整高出强强一头。

形势越来越紧，国民党调集了一个加强团的兵力，他们要占领塬县县城。为了避开敌人的锋芒，减少不必要的牺牲，县政府和游击大队决定撤出塬县县城。主动撤离就要保护好我们的同志，一些帮助过我们为我们做过事的地方人士也在保护之列。庞永贵给了强强和刘英一个名单，叫他们提前着手，让这些同志和人士在三月份以前必须离开塬县，转移到一个安全的地方。这份地方人士名单中就有刘掌柜李医生和秀秀。

强强和刘英来到仙人居，把情况告诉了刘掌柜。刘掌柜一听就哈哈大笑，他说："感谢你们这样关心我，其实我也料到了，他们不会饶我！"

"抗战时期，你利用自己的特殊身份进行抗日，并且参加了联络站而且还打过仗，你是我们的同志，我们一定要保护你。"强强说，"有情报说，你已上了国民党的黑名单，他们知道你是鬼子的商会会长，也知道你是我们的地下工作者，他们可以堂而皇之地以汉奸处置你，进而达到谁为共产党办事谁就得死的威慑，用心极其险恶，所以我们必须对你进行保护。"强强说得非常坚决。

"其实退路我也想好了，这饭店我也不想开了，它给了我好处也给我惹了祸，自从二赖子把它给了龟土一郎，我就不想要它了，因为它有了血腥沾上了晦气。开了一辈子饭店，盛也是它败也是它，鬼子走了日子好了，心想再好好干几年，哪想到国民党又要来了，内战又打起来了，干脆不干了，回老家过几天清闲日子。"刘掌柜说。

"你的打算我觉得可以，等我们打败了国民党反动派，你再回来办饭店，办一个塬县县城最好的饭店。"强强的话发自内心。

"刘掌柜，这里是一些银元，是给你撤离用的，如果你愿意到西安兰州，可以用它安家做买卖。"刘英把一个布袋递给刘掌柜，"组织上研究了，兑饭店容易暴露意图，饭店暂时保留，人员不动，营业照常，安排一个至亲管理，你和夫人孩子找个借口离开，悄悄地撤离，找一个僻静地方住下，等胜利了再回来。"

"我老家在翼城东面的深山里，那里山高林密道路险峻，与咱们郝家峪一样好藏人。我不去兰州也不去西安，落叶归根人老还乡，我回我的山里去。种豆东篱下，悠然见南山。过一过陶源明说的隐居乡野的闲适生活。如果我再年轻十岁，我就跟你们一块扛枪打仗。这些钱我不要，我到哪里花它去！再说我还有些积蓄，足够我用的了。”刘掌柜同意撤离，就是不愿意拿钱，“打仗需要钱，把它用到最需要的地方！”他说。

“那好，我代表组织感谢你。时间紧迫，你要马上准备，你在县城的目标大，一举一动都会引起敌人的注意，你要秘密地行动，行李不要太多，可以伪装成去新田，中途折向翼城老家。现在是农历三月中旬，只有十天时间，三月底必须离开。”强强嘱咐。

“放心吧！别忘了我也是老江湖了。”刘掌柜说完又哈哈大笑起来，笑声中有点悲情有些依恋还有一种无奈。

强强和刘英来到李医生的西医诊所。李医生这里比较忙，有许多负伤的军人和民兵在这里疗伤，看到强强和刘英他扬扬手中的镊子说：“抱歉！你们先坐会儿。”他在给一个伤员换药，镊子上的纱布沾着血。

日本人投降后，李医生又把诊所开起来了。他觉得小城的人离不开他，在人民政府帮扶下，他重新修整了四合院，粉刷了墙壁门窗，添置了器械和人员，现在他的诊所生意兴隆红红火火。

听完强强说明来意，李医生坦然地说：“医生就是给人看病，有人说这个行当是悬壶救世，有人说官见医生低三品，也有人说医生好啊，医生可以惠及三代人。经过这么多事，我也看出来了，医生只能治病救人，不能救中国，拯救中国还得靠共产党，靠八路军。”

“这是一些银元，你可以找一个可靠的地方，先避避战火，你为抗日做了那么多事，大家不会忘记你。”刘英取出一包银元。

“我不要这些，也不去逃难，自从参加了秘密联络站，自从给八路军搞药品治伤员弄情报，自从那次特务队长带人抓我，我就把自己当成了八路了。这次国民党打内战，企图夺取抗日胜利的果实，这是不道德的不仁义的。我已经下了决心，跟着部队，部队打到哪里我就在哪里为战士们治伤。”李医生说得很诚恳。

“好同志！好医生！”强强和刘英为李医生的行为叫好，他们看到的是一颗滚烫的心。

农历的三月天，正是春耕大忙时节。虽然战争就在眉睫，但也没有挡住村民们春耕的热劲。各村的民兵们在做好备战的同时，积极地帮助村民们春耕春播。“麦收一晌，季误一年”，大家可不愿意误了季节。所以不管战事如何紧张，地还是要种的，只要种上了就有了希望。其实呀，老百姓就是生活在希望中，在他们的心里有一杆秤：只要有共产党和八路军就有希望。八年抗战，穷凶极恶的日本鬼子拥有飞机大炮，都被小米加步枪的八路军打败了，还怕你个蒋介石？大家相信，这次战争共产党八路军一定能够胜利，心里有了这个谱那就踏实多了，大家指望着打败了蒋介石好吃白馍呢！于是墙上也有了这样的口号：共产党八路军全心全意为人民！反内战保政权幸福生活万万年！

秀秀和雨生回到村里，帮助家里春耕春播。强强和刘英赶到村里，通知秀秀赶紧撤离。正好秀秀在家带杏妮，于是他们就把县里的决定给秀秀交代了一遍。

“根据县里的精神，老庞家的人都要撤离。敌人执行的是蒋介石‘宁愿错杀一万，不能漏掉一人’的密示，凡是与共产党八路军有牵连的或者沾点边的都要过堂审讯，叫人人过关、刀刀沾血。有些地方就是对敌人抱有幻想，撤离得不充分，牺牲很大。所以县里要求，必须要做好这方面的工作，能撤离的全部撤离，不给敌人可乘之机。”强强说。

“这可咋办？”秀秀说，“我是一点准备都没有。”

“准备什么呀，拿上钱和衣服就行，越简单越好。”

“到哪里去呀？”秀秀有些为难，“四个月的肚子了……”她摸了摸已经显形的肚子。

“我们考虑了三个方案。”强强说，“第一个方案就是你们跟部队走，部队到哪儿你到哪儿。”

“那怎么行？拖累部队不说，雨生干啥去？”秀秀插话。

“只要愿意跟部队走，这也是一种办法。雨生好说，到炊事班蒸馍。”刘英说。

“第二个方案就是跟自己家亲戚走，到郝家峪去，那里是老根据地，群众基础好。”强强说。

“行，我去找山奶奶。”秀秀说。

“还是不便，敌人肯定要搜山，身子笨笨地咋跑？”刘英感觉不行。

“第三个方案就是你们两个人单独行动，远走高飞，等胜利了再回来。”强强说。

“这个方案最好了，你们在外可以做个小买卖，这内战也不知打到啥时候，也许要在外头住几年，生娃养娃这是最好的办法。”刘英说。

“我也觉得这个方案好。找一个没有熟人的地方，即隐蔽也自由，生娃娃也方便。”强强说。

“这么大的事，我得好好想想。我爹娘和雨生到沟里种谷子，要这样还种它干啥？”秀秀说。

“该种还得种，也许秋上我们就回来了，到那时不就刚好收谷子吗？”强强笑了。

“秀秀，抓紧商量，最晚月底要撤走。”刘英说完就和强强走了。刘英的腰里也别上了小手枪，小手枪用红绸子包着插在枪套里。强强斜挎着一把盒子枪，枪穗是用细牛皮绳编的穗穗，已经磨得黑亮黑亮。院里有两个警卫员，都挎着盒子枪，跟在他们的身后一溜烟地走了。

秀秀在家里坐不住了，她要到沟里去。在沟边的柏树下遇到了金叶。金叶刚从地里回来，看到秀秀就叫："过来过来，四婶给你说句话。"她把秀秀拉到一边说："接到通知了吧，要撤离了，打算怎么办？"

"还没有想好，正要下沟和爹娘商量。"秀秀说。

"你问问你爹，你们去不去郝家峪，去的话我们一块儿走。"金叶说。

"我这就去问，估计我爹还得去郝家峪，"秀秀说。

"那好，商量好了给我个话。"金叶扯下头巾，擦了把汗就急急走了。

三月的大沟是最好看的。谷雨过后沟里就变了样，沟沟坎坎洼洼，桃树梨树杏树，赶着趟儿开花，红的像火，白的像雪，粉的像霞。小草儿从土里钻出来，嫩嫩的绿绿的，有的还顶着黄的红的紫的小小的花。

在一块刚刚犁完的地里，秀秀找到了爹娘和雨生，大家坐在树下小歇。看到秀秀庞永荣说："跑来干啥？人手够了。""有急事。"秀秀就把强强和刘英说的事给他们说了一遍，然后说："他们可是专门从城里来通知的，平时看他们也不带枪，今天都带着枪，还跟着警卫员，看来形势是紧了。"

"小心没大错！不就是再逃一次难吗？情况不紧急，强强和刘英能来？我看这地别种了，咱们准备准备逃难去。"春花一听就没心劲种地了，她说，"打打打，打完了日本鬼子，自己人又和自己人打，这国民党蒋介石还要老百姓活吗？"

"不行，该种还得种！地都犁好了不种干啥？逃荒不逃荒也不在乎这一天半天的。雨生，卸犁换耙，咱把地耙平，种完了再说。"庞永荣和许多庄稼人一样，他们觉得日本鬼子都打败了，蒋介石怕啥？不就跟鬼子'扫荡'一样吗？在山里躲几天，等风头过后再回来收拾庄稼，不种庄稼吃啥？

"好！这巴掌块的地，一会儿就完。娘，你也别着急，爹说的没错，敌人哪能说来就来。咱先安下心稳住神，把这块地种完。"雨生一边说一边换上了耙子，赶着骡子耙地去了。

庞永荣点着一锅烟，吧嗒吧嗒抽着，他凝视着眼前的一切，花红柳绿，莺飞燕舞，春光明媚，万物生长，多么好的日子呀！他不愿意回想可是又不得不回想，那次逃难噩梦般的遭遇，那血淋淋那恐怖森人那不堪回首的一幕幕……他真是不愿意再逃难。

地很快耙好了，庞永荣换下耙装上耧，把一布袋小米种子倒到漏斗里，他是摇耧的好把式。雨生在前头给他牵着骡子，父子俩行走在刚刚犁好耙平的地里，随着“呱嗒呱嗒”的摇耧声，在他们的身后，出现了三条平直的垄行，垄行沿着山势缓缓地变着方向，就像一幅美丽的图画镶嵌在大沟的胸膛上。

晚饭后，又是这个老话题。庞永荣决定，再逃一次难，他觉得四弟的安排没有错，只有保存自己，才能打击敌人。他叫来二弟三弟和金叶，他要召开家庭会议，人多力量大，大家要联起手来，互帮互助渡过这次难关。

庞永荣的堂屋里坐满了人，秀文和秀武姊妹五个秀德弟兄四个还有秀智十一个孩子围在一起嘀嘀咕咕。老二家十九岁的秀武不像他爸爸豆芽菜的身架，可能是取了他妈妈的基因，体格强壮胖乎乎的俨然一个大小伙子。老三家十八岁的秀德眉清目秀，个头不高像个书生。老四家十七岁的秀智个头不亚于秀德，浓眉大眼骨架挺大。人说小子不吃十年闲饭，这老庞家的三个后代，个个摩拳擦掌，听说要逃难一百个不愿意，秀武看大人们不吭气，就沉不住气了，他吼了一句：“逃什么难！来了就和他们打！狗日的，谁怕谁？”他的四个妹妹给他助威：“对！对！不逃难不逃难！”庞永华家的梅兰竹菊四个女娃喊得挺起劲。

“小孩家，知道啥？瞎吼吼。”庞永华抬头瞪了秀武一眼说，“就按大哥说的办吧，咱们一块儿进山，互相好照应。”

“日本人来了咱逃难，国民党来了咱也逃难，啥时候不逃难？”喜儿在一边嘀咕。

“就是嘛，咱们能不能不逃难，地都种好了，荒了多可惜！”任冬梅也不情愿走。

“娘儿们胡说啥呢，不走行吗？等着挨刀！”庞永富说自己的妻子。

“大家都别犹豫了，不走不行，敌人是不会放过我们的。我觉得大哥的办法可行，大家回家准备准备，一半天就走。”金叶觉得时间紧迫不能再犹豫了。

“我说一下安排。”庞永荣说，“我们四家一共是二十三口人，四家四个马车都带上，各家的东西放到各家的马车上，今天晚上大家回家，家里的东西该藏的藏该埋的埋，明天晚上动身。”

“我不走，我要当兵！”秀武在喊。

“我也当兵！”秀德在喊。

“我也当兵！”秀智也喊。

“我，我也当兵！”秀文也喊了一句。

“我们也当兵！”声音嫩嫩的，是老三家的秀哲秀乐秀和三兄弟在喊。

“我们也当兵！”声音尖尖的。是梅兰竹菊四姐妹在喊。

“你们，你们娃们知道啥？听大人的，没错！”庞永荣训斥他们。

“逃有什么用？我们要找四叔去，扛枪打狗日的，不走，就是不走！”秀武说。

“不走，不走！”秀德秀智和秀文跟着喊。

“不走！就是不走！”小孩子们都在喊，屋里乱成一锅粥。

“你们，你们敢顶嘴了？翅膀硬了？我们过的桥比你们走的路都多，自古就是兵匪来了百姓逃难，咋啦？就你们能？扛枪当兵，那是说着玩的，那是把脑袋掖在腰里玩命的事！”庞永荣教训他们。

“就是要把脑袋掖在腰里玩命，才能打败反动派！”秀德蹦出一句，那是他在民兵训练时听到的。

“凡是反动的东西，你不打他就不倒！我爹就是这么说的，我们商量好了，找我爹去找我舅舅去，我们不信国民党比日本鬼子还厉害？”秀智说出的都是大人的话。

“你们大人要逃难就逃难吧，我们小孩当兵去。”秀文身子弱弱但口气不小。

“这……”堂屋里的大人们都愣住了，一时无话……

“哟！都在这儿呢？我说走几家都没人，原来都在这儿。”随着话音强强和刘英还有村长刘大牛进来了。庞永荣把自己的想法给他说了一下，强强听后笑了笑说：“我先更正一下，我们这次是有组织的撤离，不是逃难也不是逃走。日本人来时国民党县政府丢下老百姓逃走了，把老百姓扔在水深火热中，大家是呼天天不应叫地地不灵，群龙无首只得四散而逃，那是逃难！今天不一样了，共产党为大家做主，我们主动撤离是为了减少不必要的牺牲，避开敌人的锋芒采取的一种措施，我们利用一切可利用的手段，保护我们的人不受伤害，所以大家在思想上要重视但不要慌乱。”强强看了一眼庞永荣说：“大叔的想法虽然好但不可取。为什么说想法好呢？这就是一种团结，大家拧在一起和敌人干比一盘散沙单打独斗好，这是一种进步，大家在对敌斗争中学会了团结，俗话说‘一根筷子容易折断，十跟筷子你就折不断’。但是它不适应今天的撤离，你想啊，兴师动众的四辆车二十三个人的队伍，十分不利于隐蔽和保密，安全是不能保证的。再说我们说的撤离有主次有近远有主要目标和次要目标，不是胡子眉毛一把抓。这也不怪大家，都是我没有说清楚，大敌当前，大家有些慌乱不要紧，各村各庄都有这种情况，我们要在战争中学会战争。”

“那我们怎么办呀？”大家问道。

“这就是我要说的第二个问题。我们主力部队走了，但是我们的组织还在，我们的人还在，我们的撤离是为了更好地打回来。我们各村各庄都有民兵，我们要利用游击战保护我们自己，广泛深入地开展全民皆兵的人民战争，把敌人变成聋子瞎子，淹没在人民战争的汪洋大海中。老庞家有它的特殊性，亲戚和亲属是敌人报复的主要对象，为了不使敌人有机可乘，组织上决定你们撤离，撤离的办法有三种。第一是二叔三叔两家，不离开村子，在后沟建立落脚点，由村长和民兵负责你们的安全。第二是大叔和四婶两家，转移到郝家峪去。第三是秀秀两口子，根据她的情况由他们自己决定转移的地方。我要特别的强调的是，村里的群众不能对敌人有丝毫的幻想，要防止敌人狗急跳墙屠杀报复，要像当年打鬼子那样，团结起来组织起来，在村长刘大牛的带领下，巧妙地和敌人周旋，我们村是敌人对付的重点村，不能有丝毫的麻痹。"

"这……这就挺好嘛。"听到这儿郭喜儿喜欢，她是不愿意离开家的。

"是……是挺好。"任冬梅也喜欢这样安排，她也是不愿意离开家的。

"不行！我们要当兵，跟着四叔打老蒋！"秀武秀德和秀智围着强强和刘英说。

"好样的！不愧是老庞家的后代！你们当兵我全收，但是现在不行，现在你们得听我的命令，秀武秀德到刘村长那儿报到，秀智帮母亲带着姥姥姥爷到郝家峪。等打过了这一仗，我来接你们参军！"强强对这几个后生很满意。

第二天，庞永荣一家和金叶一家就撤离了。秀秀和雨生回到城里。对联和喜字的颜色还没有褪，他们却要离开了。郁闷的秀秀突然想找刘掌柜说说话，刘掌柜长久在江湖上走动，他想听听他对局势的分析。

"刘掌柜，刘掌柜！"秀秀一进仙人居就喊。看到店小二在柜台后打瞌睡就问："你家掌柜的呢？"

"走啦！"店小二说。

"到哪儿去了？"秀秀问。

"去新田了，说那儿有大庙会，夫人要逛逛就去了。"店小二说。

"哪天去的？"秀秀又问。

"昨天走的。"店小二揉了揉眼睛说，"过两天就回来啦，有事过两天再说。"

秀秀心里明白了，她要了二斤酱牛肉四个猪蹄和两瓶白酒回家了。

"见着刘掌柜了？"雨生问。

"没有，他走了。"秀秀就把刚才的事说了一遍。

"也是撤离的吧？"雨生知道一些刘掌柜的事。

"我看是，他是个好心肠的人，但愿他平平安安一切顺利！"秀秀想起和刘掌柜多年的交往，临别却不能见上一面，心里很伤感。

"咱们商量一下，到哪儿最合适？"

"晋南最大的城市是潞村。那儿有个很大很大的盐池，有好多人在那儿做工。咱们到那儿去吧，人多好做生意，而且离塬县不远，说回就能回来。"雨生说。

“也只有这样了，到潞村得走几天?”秀秀没有出过门不知咋走。

“从南门走，下坡到木黄镇，接着是涑阳和涑水，过了涑水就到了水头，过了水头就到了潞村。每一段都有三十多里地，就你这身子得走五天。”雨生在卖蒸馍时，和潞村的盐商唠过嗑，说的多了也就记住了。

“咱们去看看爹吧，把这个家交给他看着，转移的事先别说，这样大家都会好受些。”秀秀买好了酒菜想和吴有根吃一顿告别饭。

“还是实话实说，这也不是瞒人的事。”雨生说。

何萍做好了饭，刚刚摆上桌子，秀秀和雨生就来了。她高兴地说：“爹这两天还念叨呢？你们就来啦。”

“爹呢?”雨生问。说着把东西递过去，“再弄两个盘，咱们喝点酒。”

“在我姐那里闲聊呢，小虎去叫了，一会儿就回来。”何萍接过酒肉忙活去了。

“哎哟！好香好香!”吴有根回来了，他衣着整洁人有精神。

“爹!”秀秀喊。

“听说你们回村啦?”吴有根说。

“家里的地种不过来，我们回去帮忙。”雨生答道。

饭间，秀秀和雨生把形势给大家讲了，把政府安排撤离的事给大家说了。

“你们打算撤到哪里?”吴有根问。

“到潞村去，那里盐工多，好做买卖。”秀秀答。

“咋不跟部队呢，跟着部队多保险。”吴有根问。

“我这不是有了吗，挺个肚子咋打仗，还是强强和刘英的主意，找个安静地方做个小买卖，避过风头生了孩子再回来。”秀秀说。

“这就对了，还是政府的人考虑得周全。”吴有根明白了。

“爹，还有一事，我那铺子你给照看着，别让贼给祸害了。”秀秀说。

“放心吧，我老头子干别的不行，看个家还能行。”吴有根说。

第二天一早，秀秀和雨生就动身了，在锁门的一刹那，秀秀的眼泪夺眶而出。走吧走吧，雨生拉着她，他没有更好的语言安慰秀秀，只是简单地重复着这两个字。他们出了南门，南门孤孤地立在崖上，毫无表情地看着他们慢慢地离开。南门西边那块突兀的巨石默默无语，响水塬三个大字像人的心滴着血。秀秀和雨声步履蹒跚，一步一回头，恋恋不舍地离开了他们生活的塬县，天傍黑的时候来到了木黄镇。雨生找了个客栈住下，客栈的老板娘看他们风尘仆仆就问：“这年月，还出门?”

“这不有娃了吗？回家生娃。”秀秀撒了个谎。

“兵荒马乱的路上不太平，你们这样走不行，明天上路换两件破衣服，脸上弄脏点。”老板娘说。

“路上咋不太平？”雨生问。

“都是国民党的兵，好好的就抓人，大姑娘小媳妇更要小心，落到他们手里还有好？”老板娘说。

秀秀和雨生无语，事情到了这一步，前面是祸是福都要闯。

四十六、老二叛变了

国民党军队占领了塬县县城。敌人在全县范围内开始了“清剿”，庞家窑成了“清剿”的重点。

事情来得太突然了，出乎村长刘大牛的意料。一个连的国民军党队，拂晓前包围了庞家窑，石牌楼下放哨的民兵被割喉杀死。

敌人是有目的的，直接扑向了庞家窑的青砖大瓦房。在老大老四家敌人扑了空，在老二老三家，敌人抓到了还在睡大觉的老二老三和他们的婆姨。敌人没有停留，立刻带着老二老三和他们的婆姨回了县城。

庞家窑有了损失，放哨的民兵死了，老二老三夫妇被抓。虽然村民们有准备，但还是死了人抓了人。刘大牛很恼火，一拳砸在桌子上：“都怨我！怨我大意了!”

“我们去救他们。”秀武握着着手中的枪说。

“打吧，救人要紧!”秀德取下了背上的枪。

“救人！咋救？城里那么多国民党的兵，去了就是白白送死。千万不能大意轻敌，你们的父母就是吃了这个亏。”刘大牛阻止他们。

“那咋办！不管啦？”秀武问。

“管！一定要管！首先我们要弄清楚他们关在哪里，然后再想救人的办法。这个我和城里的关系联系一下，尽快地制定一个营救的办法。当前在村里我们要更加严密地防范，再也不能出事啦，防止敌人偷袭最要紧。夜里要加双岗，要动员村民全部撤到后沟去，说不动就强迫他们走。”刘大牛重新作了布置，他不愿意旧戏重演，不愿意看着村民们无辜牺牲。

村长自责是有原因的，按说他再严厉点或者说再霸道点要点二杆子脾气，也许就化险为夷了。就在当天的晚上，刘大牛还到老二老三家，动员说服他们往后沟撤，但是老二老三就是不听他的劝。人常说：听人劝吃饱饭。老二老三不停村长的劝，结果把自己送到了敌人那里。

那天晚上，刘大牛像往常一样检查村里的坚壁清野和撤离工作。他来到老二家，老二家一些生活用品还照旧摆在原位。郭喜儿在油灯下纳鞋底，老二和几个孩子在炕上言谈说笑扯闲篇，生活在他们这里还是老样，没有要打仗要撤离的紧张气氛。

“怎么还不撤！还有闲心在这里聊天？啥时候了还不紧不慢的，赶紧的，晚上不能在家住。”刘大牛看着这一家人不慌不忙，心情焦虑着急：“敌人占了县城，说来就来了，可得小心。”

“不会吧，有那么厉害？”郭喜儿说话轻巧有些个满不在乎，“看你紧张的，坐下歇歇。”

“咱就是个老百姓怕啥呢？”老二随着老婆说，“来来来，抽口烟。”他把烟袋递给他。

“可不敢这样想啊？这是打仗，敌人找的就是你们！”刘大牛推开他的烟袋，看着梅兰竹菊四个女孩耐心地说，“女儿们都这么大了，要是有什么闪失可了不得，咱们不为自己着想，也要为孩子们着想啊！”

要说庞永华和郭喜儿都长得不咋样，可他们的女儿却都长得很出息。白劲随了郭喜儿，瘦劲随了庞永华。大女儿秀梅二八年纪，苗条清纯，已经是大姑娘了。二女儿秀兰十四岁，浑身透露着青春气息，十分好看。三女儿秀竹细眉大眼，十二岁的女娃娃便知打扮，姐姐们的旧衣服穿在她身上，依然好看。四女儿秀菊也十岁了，说话举动渗出的都是美的韵味。

“这……”庞永华看着自己可爱的女儿们犹豫了。

“四个姑娘四朵花，人人见了人人夸。这么好的孩子，你们就不怕她们受到伤害！你们呀，别对敌人抱有幻想啦，赶紧往后沟撤！”刘大牛拿梅兰竹菊说事，目的是让两口子警觉。

“要不，孩子们先走吧！咱俩留下，这么多东西没有藏哩，咋走啊！”郭喜儿想想心动了。

“好吧，我把孩子们带走，这样你们会利索些，你们埋好东西立刻撤走，不能在家里过夜。”刘大牛交代完后就让秀武带着妹妹们进了后沟。

刘大牛来到老三家。老三家和老二家一样基本上没有坚壁清野。十七岁的秀德正和父母上劲，吵得脸红脖子粗。十五岁的秀哲十三岁的秀乐还有十一岁的秀和都站在哥哥一边，拧着脖子和父母吵。

“爹，娘，咱们不能大意，这是打仗，赶紧撤，晚上不能在家里。”秀德在劝说父母。

“村里也这么要求，咱们赶紧撤吧。”秀哲也在劝父母。

“民兵们都走了，咱们也走吧。”秀和也在劝父母。

刘大牛来后，庞永富和任冬梅还是不改主意，他们不顾孩子们的意见，还把自己的想法摆出来让村长评理。

“他们比鬼子还坏？中国人真打中国人？”庞永富问村长。

“后沟窑里少吃没穿的，啥都不方便。”任冬梅说出不走的原因。

“你们可真顽固，还没有孩子们觉悟高。听说过‘农夫与蛇’的故事吗？

农夫把一条冻僵了的蛇，放到怀里给暖活了，蛇不但不报恩，反而把农夫咬死了。你们就是那个农夫，看不透敌人的残忍，还对敌人抱有幻想，这样下去早晚要吃亏，而且要吃大亏！”刘大牛说他们。

“这……好吧……”庞永富答应得不痛快。

“这……行吧……”任冬梅回答得很勉强。

“民兵们要集中，秀德要跟我们一起行动，秀哲秀乐和秀和我们先带走，别让孩子们跟着你们再出啥事，你们抓紧收拾，不能在家里过夜。”刘大牛吩咐说。

“行！我们收拾完就撤。”庞永富看村长和孩子们都这样认真，不再坚持自己的意见。

“唉！说得人心里害怕，这战争把人吓死啦！埋好东西就撤。”任冬梅心里开始打鼓。

刘村长的担心变成了事实，他的说服没有打动老二老三夫妇的心，老二老三夫妇心存侥幸我行我素，收拾完东西后已是下半夜，他们认为一夜没事现在能有啥事，也是劳累的乏了不想走了，鸡叫头遍就在家里睡着了，就这样被拂晓前偷袭的敌人堵在了屋里。

老二老三夫妇被敌人抓走完全是麻痹大意，但是，毕竟是手足同胞，大家不能坐视不管，民兵们叫着嚷着要去救他们。刘大牛阻止了他们的鲁莽，他说：“现在最主要的是冷静，城里有一个团的兵力，敌人巴不得我们去救哩，我们不能和敌人硬碰硬，救人也要有机会，大家一定要克制忍耐，等把城里的情况摸透了再救。”

城里的敌人非常高兴，拂晓偷袭的目的达到了。他们本想把老庞家弟兄四个的家人一块儿兜住，他们梦想落空了，老大老四家里没人。但是他们抓住了老二老三，他们要利用老二老三抓捕庞家老四。

占领塬县县城的是国军的一个加强团。团长姓魏外号小诸葛。他觉得擒贼先擒王，要摧毁共产党在塬县的力量，必须抓住共产党头子庞永贵。所以占领塬县后，他就立刻布置抓捕庞永贵的行动。这次偷袭庞家窑，他知道轻易抓不到庞永贵，但是他的目的还是达到了，老二老三的轻敌大意成了他的阶下囚。

魏团长握着手里的一把紫砂壶，脸上挂着一丝不易察觉的笑容，斜视了一眼身边的李副官说：“你也不要自责了，偷袭庞家窑的目的达到了。”“卑职失职，辜负了团座的厚爱，没有逮住共军头子庞永贵，实在遗憾。”李副官年轻气盛爱面子，团长让他带一个连偷袭庞家窑，他本想立功升职，没想到却扑了空，逮住的只是老庞家的老二老三，他觉得很不值得有些掉面子。

“其实就逮不着庞永贵，共产党塬县县长他能待在庞家窑让我们抓吗？这次行动就是打打他的气势，压压他的威风。掏他的老窝就是震慑共产党的追随者，我们的目的达到了，捎带着还抓住了老二老三，这是天助我也，据我所知，这俩兄弟贪生怕死，我们就要利用他们这个弱点，要他们供出庞永贵的藏身地点，不就可以一网打尽了吗！”魏团长喝了口茶，“塬县大山深沟，到哪儿找去。只要这俩能为我们办事，就省去了不少麻烦，这也是一条捷径啊！”

“我有一事不明白，庞家窑是共产党的老窝，为什么不烧不杀，难道团座还有锦囊妙计。”李副官问。

“问得好！看来你是动了脑筋。共产党不是说老百姓是父母吗？我们一烧一杀正好中了共军的计，我们不烧不杀，体现了国军的慈悲胸怀，把共党的亲属和老百姓区别开来，让大家看明白，跟共产党走没有好下场，这利于我们今后的统治。”魏团长在屋里踱着方步，“至于老二老三，要给予高压施予重刑，迫使他们就范，你可以使用任何方法，只要有一个活口跟了我们，我们就可以事半功倍，明白了吗？”

“明白了，团座。”李副官挺直了腰杆。

老二老三夫妇被关押在县衙的大牢里。牢房里阴气森森，墙壁上有一片一片的暗红的血迹，用作垫身睡觉的麦草散发着呛人的霉味，一盏昏暗的油灯照着四个蜷伏在角落的两对夫妇，他们惊慌恐惧身子发抖。

“这是作下啥孽啊？”郭喜儿哭得嗓子都哑了。整整一天没有人过问他们，她撒泼她骂娘惹来了一个牢头。牢头五十多岁，秃顶驼背，两眼透红眼袋肥大满身酒气，他瓮声瓮气不紧不慢地说：“叫唤个啥呢？这地方叫唤管啥用！省省劲吧，该找你的时候，你躲都躲不过，躲都躲不过……”牢头老汉说完摇摇晃晃走了。

“二嫂。”任冬梅颤声说，“不听村长的话，才落到这个地步，我真的好后悔啊！”这个娇小好看的女人，现在是愁眉苦脸，自从出生到现在，她没有受过什么罪，现在被人捆住塞进牢房，看到那些横眉冷眼的大兵，她害怕的胆都破了，现在她好后悔，后悔的肠子都青了，要不是民兵们集中行动，要不是村长带走了孩子们，那可就全家被抓了：“还好，娃娃们走了。”

“呜呜呜呜……”郭喜儿控制不住又哭起来。一辈子自以为是，总觉得自己聪明，啥事都爱耍个心眼。村长劝大家撤离，就她顶的欢，总觉得后沟没有家里好，没有想到村长前脚刚走后脚敌人就顶上门了，五花大绑被送到这儿，真是叫天天不应叫地地不灵，她觉得是自作自受……

郭喜儿一哭，大家心里更烦。庞永华本来做事没有主意，这下更是没有主意。他的主心骨是郭喜儿，郭喜儿乱了分寸他也就乱了分寸。“哭啥嘛，哭顶个球用！”他第一次对郭喜儿说粗话。成也喜儿败也喜儿，一切都晚了。

“咋办呢?”庞永富坐在霉草上说，“我看咱们这是到头了，咱们是谁呀?是庞永贵的哥哥，共产党头子的亲哥哥……都怨我们自己，没有听刘村长的话。只是可惜呀，没有和敌人拼杀一场，叫人家在家里逮着了，窝囊啊!”

“你说咱们要死啦!”庞永华觉得空气都凝住了。

“我们活不了啦?”郭喜儿和任冬梅也瞪大了眼睛。

“现在我把话说到前头，人活人死一口气，咱们都要有点骨气，不能给老庞家丢脸。过去我们活得糊涂，但是死的时候要死个明白，大家都不要做孬种，死也死得硬朗点。”庞永富站起来走到牢门口，从门上那个只能放进一个碗的方框望出去，牢头老汉坐在油灯下打盹，腰里挂着一串大大的牢门钥匙。门口荷枪实弹站着几个士兵，士兵注视着牢房的一切，戒备森严如临大敌。

“水，老爹，给口水喝。”庞永富向牢头招呼。

“死罪活罪，要水都给。”牢头老汉嘟哝着从方框递进来一碗水。

“老爹，我们的事大吗?”庞永富问。

“大了天啦!”牢头老汉的眉头拧到了一起，“没看见那些大兵吗，寸步不离守在这里。”

“大了天有多大?”庞永富还问。

“小老弟，这里是死牢，站着进来横着出去。”牢头老汉摇摇晃晃走了。

牢房里死一般安静，牢头老汉的话大家听得清清楚楚。郭喜儿肥胖的身子不由自主地抽搐着，上下牙齿碰得咯咯乱响。任冬梅定定地坐在那儿一动不动。庞永华干瘦的身架靠在墙上，两腿发软迈不起步……

“三弟，呜呜呜……我们活不了啦……”庞永华泣不成声。

“二哥，认命吧……我们是自食其果，怨不得别人……”庞永富叹了口气。

第二天一早，李副官带着几个彪形大汉把他们押到了刑讯室。看着眼前落魄惊慌的两男两女，坐在桌子后边的魏团长嘴角动了一下：“跪下!”话音没落，四个人的腿窝窝被人猛踢一脚，“扑通”一下膝盖一软跪倒在地。

“知道为啥抓你们吗?”魏团长问。

“……”四个人不语。

“不说是吗?那好我告诉你们，都是因为庞永贵，是他和国军过不去，是他连累了你们。你们是他的亲哥哥，不抓你们抓谁?”

“……”四个人还是不语。

“妈的，哑巴啦?”李副官气不过了，上来就是两脚。

老二老三被踹翻在地。郭喜儿和任冬梅看自己男人挨打，赶紧扑过去把他们扶起，嘴里喃喃地说：“军爷长官老总，行行好……行行好……他是他，我们是我们，我们都是大大的良民……”女人们语无伦次把鬼子在时的话都说上了。

“大大的良民，说得好。”魏团长走过来，弯腰看着他们说，“我希望你们做大大的良民，只要你们和庞永贵划清界限，一心一意为党国效劳，我们可以既往不咎，还保证你们荣华富贵。这个机会就在眼前，就看你们怎么把握了。”

“……”四个人对看了一下，神情复杂还是没有说话。

“妈的！聋啦！”李副官扬起皮鞭就要打。

“慢着。”魏团长走到四人面前，“只要说出庞永贵在哪里，说出庞永贵的家人在哪里，我们就放了你们。”魏团长指了指周围的刑具：“不说的话，只好用这些东西了，死在这里就像捻死个蚂蚁，无人知晓无人过问。”

“……”四人还是无语。

魏团长回到桌子后边，喝了一口茶点燃一支香烟，他向李副官使了个眼色，背靠着椅子要看下一出戏。

“把他们捆起来！”李副官一声断喝，几个大汉立刻动起手来，顷刻间，老二老三被捆到了十字架形的木柱上。

“再问一句，说还是不说！”李副官走到庞永华跟前，“你是当哥的，你带个头吧。”

“我……我……”庞永华下身一热，屎尿顺着裤腿流了下来。

“二哥，挺住啊！”庞永富闻到一股腥臭，生怕他办下傻事就告他。

“弟兄们，动手！”李副官下了命令。大汉的粗手伸向了喜儿和冬梅，她俩被剥光了衣服，一丝不挂地站在那里。突如其来的变故，两个女人完全没有想到，慌乱地用手遮盖私处，但是，顾此失彼，一阵忙乱后，只得无可奈何地任由人看任由人摸，羞辱使她们恨不得有个地缝钻下去。

“说还是不说！”李副官走到哥俩面前，“不说的话，别怪我下狠手。”

两个赤裸着身子的女人，此时已被打乱了头发。披头散发的女人被大汉们强压着跪倒在地，她们出于本能的挣扎不起任何作用，恐惧和羞辱制服了她们的神经，任人摆布还不敢哭喊。

“你个畜生，有啥事找我，别拿女人说事。”庞永富破口大骂。

“骂得好，我就是要拿你们的女人说事，是你的嘴硬，还是我的脚硬。”李副官朝郭喜儿踢了一脚，郭喜儿仰面朝天倒在地上。李副官又踢了任冬梅一脚，任冬梅也跌翻在地。

“弟兄们，上！”李副官下了命令。

大汉们分成两组，把两个女人仰面朝天成大字压在地上，当着两个男人的面用木棍捅戳她们的私处。突然，郭喜儿挣脱了压制，猛地扑向李副官，在他的脸上狠狠地抓了一把。“砰”的一声枪响，郭喜儿头被打穿了，脸成了血葫芦，一声没吭倒在污血中。任冬梅身体娇小，再加上大汉们的野蛮，一番折磨下来她已经气息微弱，奄奄一息地躺在那里一动不动。李副官怒气未消，摸着脸上几道已经渗出血的伤痕，对着任冬梅的胸就开了枪。任冬梅的胸被打了个洞，血汩汩地往外涌，她睁开眼抬起手指着李副官，身子艰难地动了一下。李副官又朝她的肚子开了一枪，任冬梅身子猛地一挺就再没了动静。

两个女人就这样在两个男人面前被蹂躏被打死，再没有血性的男人，也不可能无动于衷。他们喊他们骂他们哭他们用头磕木桩，但是没人理会他们。最后，男人们昏过去了，头无力地垂下，后脑勺磕破的地方流着血，血从头上滴下来，滴到他们被捆住的双脚上，暗红的血迹在脚下凝成一摊。

“哗……哗……”两桶凉水迎头泼下，两个男人慢慢地抬起头，他们看到一张扭曲了五官的狰狞的脸。李副官恶狠狠地说：“说还是不说，和国军对抗，就是这个下场!”

“你还是人吗？你不是女人生的吗？你没有母亲妻子女儿吗？什么国军，狗屁!”庞永富抬起头，两眼冒火，“噗”的一声，一口污血吐到李副官脸上。李副官用手摸了一把脸，他的脸变得血红，恼羞成怒拔出了手枪，他要打死这个死硬分子。

“慢!”魏团长过来了，“早一点和国军合作，她们也不会死。好好想想吧，合作还是不合作，再给你们一次机会，也是最后一次机会，否则，和她们一个样!”他指了指地上那两具女人的尸体，枪洞白肉污血令人毛骨悚然。

“一派胡言乱语，人都被你们杀了还谈什么合作，呸！别他妈的白日做梦了！少废话，愿杀愿剐随你的便！你大爷要是皱一下眉头，就不是庞永贵的三哥!”庞永富豁出去了，任冬梅死了他也不想活了，大丈夫阳世走一遭，活就要活得硬硬朗朗，爽爽快快地赴死留下英名给后人，也是人生一大快事。

“看来你是吃了秤砣，铁了心啦！要死很容易，但是我们不会让你痛快地死，我们要变着法折磨你，直到你的意志消退主意改变，最后把你变成骷髅变成一堆废肉。我倒要看看，共产党还要你这个行尸走肉干什么?”魏团长说完阴险地一笑，“李副官，大刑伺候。”

李福官从火炉里抽出一个烧得通红的烙铁，他把烙铁在庞永富脸前晃了晃，烙铁的灼热烤的脸生疼。

“说还是不说!”李副官阴着脸。

“去你妈的，大爷不会说!”庞永富拿眼瞪着他。

“吱——”一股焦肉的气味从庞永富的胸脯腾起。“啊——!”庞永富一声尖叫便昏死过去。“哗——!”一桶凉水浇了过来，庞永富又慢慢抬起头：“狗日的！你要遭报应!”说完吐出一大口鲜血，他咬舌自尽了。

半天工夫不到，死了三个人，什么情报也没有得到。魏团长和李副官不明白，共产党的亲属咋就这么强硬呢？他们不能再杀了，杀完了就没有线索了，他们要从庞永华身上突破，这个吓得屙了一裤裆屎尿的干瘦男人成了他们的希望。

软弱的庞永华一辈子没有受过什么罪，眼睁睁看着自己的亲人活生生的死去，看着面前张牙舞爪凶神恶煞般的大汉和李副官黑洞洞的枪口，他的意志和精神彻底垮了，再一次大小便失禁后，他昏了过去……

“哗——！”一桶凉水浇了过来，凉水的刺激使他慢慢醒了过来。庞永华抬起头，他看到李副官那两只瘆人的眼：“看到了吗？与国军对抗没有好下场。我想你不会为庞永贵丢了自己的命吧！共产党给了你什么好处？就是因为你们沾着亲，你的老婆才死了，你在这儿受罪他们知道吗？他们管你吗？别再傻了，只要与国军合作，说出庞永贵藏在哪里，我们就可以既往不咎，你也可以不受皮肉之苦，怎么样？好好想想……”

庞永华的大脑在急速转动，他知道强硬的结果就是被打死。李副官的话他明白，就是要他背叛共产党，就是要他做叛徒。可是一想共产党没有什么不好，鬼子来了，国军仍下老百姓跑了，是共产党领导老百姓打败了日本强盗，要自己背叛共产党，从良心上说不过去。

李副官知道庞永华的症结在哪里？不用重刑他不会就范。于是他又故技重演，从火炉里抽出那把烧得通红的烙铁，烙铁的灼热烤的脸皮刺疼，烤的胸前的衣服冒了烟，庞永华感到胸前的皮在紧肉在烂心在乱颤：“不！不要！我说……”庞永华低下了自己的头颅。

庞永荣一家和金叶一家都住在郝家峪的山奶奶家。这一天，金叶来到磨坊镇，她去找庞柳叶和何贵生了解一下山外的情况。

金叶来到了水磨坊，磨坊边的大柳树披着一头细细的柳丝在微风中摇曳，柳河的水碧波荡漾，河水透彻可以看清河底圆圆的石头和石缝中游动的小鱼。水磨坊已经有了生意，山民们在碾小米和磨麦子。

柳叶和何贵生看到金叶心里一紧，赶紧把她拽到内屋说：“老天爷，你怎么来了？”

“出了什么事？”金叶感到柳叶两口子有些慌乱。

“天塌了，本来要到郝家峪给你们报信，可是特务们跟得紧，就没有去成。没想到你来了，来了就不要乱动，磨坊镇到处都是国军和复仇队，天黑了赶紧离开这里。”柳叶有些紧张。

“怎么回事？你说清楚。”金叶追着问。

“老二叛变了，城里的内线说，他带着复仇队到磨坊镇来了，这两天我这里老有生人，估计我们被监视了。”柳叶把情况说了。

“老二会叛变?”金叶有些不相信。

“国军的一个连偷袭了庞家窑，抓住了老二老三还有二嫂三嫂。二嫂三嫂被敌人蹂躏而死，老三不屈服敌人的酷刑咬舌自尽，老二吓得屙尿了一裤裆，最后投敌叛变。”柳叶把经过说了。

“这个挨千刀的!”金叶咬牙说，“他怎么会叛变呀?”

“现在不是说这个的时候，关键是不能让复仇队发现你，你可是敌人要抓的重点。”柳叶说。

“不要说话了，赶紧藏起来，来人了。”何贵生进来说了声就赶紧出去了。柳叶推开屋角一个柜子，柜子下边有个洞口，她要金叶下去，“这个洞通河边，你先藏在里边。千万不要出来。”

金叶刚刚进洞，就听到一阵脚步声，敌人的复仇队包围了水磨房。

“老总，你们这是……”何贵生的声音。

“刚才进来的女人呢?”是李副官的声音。

“哪有什么女人，是我婆姨。”何贵生说。

“哟!是老总啊，是碾米呀还是磨面。”柳叶从屋里出来说。

“我问你，刚才进来的女人呢?”李副官用枪指着柳叶问。

“哪有什么女人，这是我的家，进进出出都是我。”柳叶回答。

“巧言利舌，哼!我要搜出来就不客气了!”李副官发出了指令，“弟兄们，给我仔细搜，搜出来有赏!”

庞永华躲在这群敌人的后边，他不敢和柳叶照面。自从叛变投敌后，他住到城里，整天以酒为伴，喝得醉醺醺的。他在麻痹自己，苟且偷生后，良心在不断地受到鞭打，他觉得自己不是人，连禽兽都不如，眼睁睁地看着亲人死在敌人手里还要认敌作父，真是不齿人类。几次醉酒后，他给自己找了个理由，就是留着青山在不怕没柴烧，自己这也是没有办法的办法，要是死了还怎么复仇?庞永华简单的自我安慰很快就破灭了，敌人是不会让他安然自得地整天喝酒。李副官找了他，要他详细交代庞永贵的去向和可能藏身的地方，要他交代和共产党有牵连的人和亲属的去向。庞永华知道自己是躲不过去了，苦思冥想后，他记忆里的一个大表姐浮出脑海，这个人就是庞柳叶。庞柳叶和庞永华没有过深的交往，小时候她回过庞家窑几次，当时都是老大庞永荣跑前跑后照料玩耍，庞永华只是跟在屁股后面照过几次面。庞永华不知道庞柳叶和何贵生都是八路，不知道他们的孩子何立业是民主政府的副县长，敌人要他交代，他就想到了庞柳叶，他认为他们住在大山里，把国军支到那里去，支得远远的，国军不去就算了，就是去了，抓住个山民有啥用?也许自己就此了却李副官的纠缠。他为自己的如意算盘叫好。但是敌人并没有那么傻，国军的一个连占领了磨坊镇，李副官带着复仇队秘密地监视着庞柳叶的水磨坊。今天真是凑巧了，一个特务发现金叶进了水磨坊，就告诉了李副官，李副官立刻带着复仇队包围了水磨坊。

庞永华穿着一身灰色的裤褂，戴了顶黑色的礼帽，干瘦的身躯架不住衣服显得很空荡，他的腰是弯的，就像对虾前凹后凸，他的眼是混浊的，眼袋很大，眼眶里老有一汪泪水，泪水时不时地从眼角流出，他也时不时地用手擦一下。李副官来到磨坊镇，自然要把庞永华带来，他们到磨坊镇已经个把月了，庞永华满以为自己的计划实现了，国军竹篮子打水一场空，自己可以交差了，哪知就在这个时候，偏偏金叶撞进了网里，今天是他随着特务监视水磨房，看到金叶若无其事走进自己设计的圈套，他急得就像热锅上的蚂蚁又无可奈何，他没想到事情会是这样，事态的发展出乎他的意料。

何贵生做出了惊天之举。就在敌人集中精力要进屋搜查之机，他迅速地抽出藏在粮仓里的驳壳枪，朝着敌人就是两枪，“啪啪”两个敌人应声倒下，何贵生迅速地向山上跑去，他要把敌人引向另一个方向，好让金叶脱险。

李副官没有想到搜女人真的搜出了共产党，他立刻指挥特务向何贵生开火。子弹像雨点一样压向何贵生，何贵生只得躲在大柳树后向敌人射击。李副官看清了，大柳树后只有何贵生一个人，于是大喊：“弟兄们，抓活的，就一个共产党，谁抓住，官升三级!”敌人号叫着成扇形向何贵生逼进。

柳叶立刻进到屋里，她推开柜子进了地洞，领着金叶在地道里往外走，一直走到柳河边，地道的出口在一个陡崖下，过了河就是大山，这里不在敌人的控制范围内。

柳叶把金叶送过了河，在一个山顶上她要告别金叶重返水磨坊。这时，对岸柳树下突然枪声大作，她们看到何贵生突然跃起，向身边的敌人猛烈开火，敌人接二连三地倒下几个。何贵生扬起驳壳枪又打了几枪，突然枪不响了。

“弟兄们，冲啊！他没子弹啦!”李副官声嘶力竭地喊道。“抓活的……”敌兵围了上去。何贵生头部中弹伤势很重，鲜血把眼睛堵住了，他用手摸了摸，看清了周围都是敌人，他用手指勾住了插在腰里的手榴弹的线环，猛地一拉，只听“轰”的一声，火光中他与敌人同归于尽了。

李副官对庞永华有了新的认识，他认为庞永华提供的情报准确，虽然没有抓住活口，但总算打死了一个共匪，一个多月的努力没有白费，他可以名正言顺地凯旋了。

庞永华随李副官回了城，根据李副官的汇报，魏团长奖励了庞永华。此时的庞永华已经没了退路，他知道自己犯下了十恶不赦之罪，不管是有意无意在客观上都为国民党军队提供了帮助。他每天都酗酒，醉醺醺地过一天算一天。在醉酒中，他的良心彻底丢了，为了邀功也为了能站住脚，他把毒手伸向了庞家窑。

李副官和庞永荣二进庞家窑。庞家窑村沟边有一个窑洞，老百姓叫它暗窑。它处在一个沟坎下边，上边长满了酸枣棵子，窑洞前是一个陡坡，长满了野草，不知内情的人是看不出这里有个窑洞的。这个窑洞在过去是防土匪的，窑里的人只要守住窑门，土匪是进不来的。因为窑洞实际上是在一个悬崖中间，唯一的进出的路就在窑前，而且坡陡沟深，长矛大刀火枪挡在这里，也是一夫当关万夫莫开。

复仇队来了，大伙儿都往沟里跑，慌乱中有几个村妇与家人跑散，只得钻到这个离村最近的暗窑里。复仇队搜查了，崖顶上说话声清清楚楚，过了一会儿崖上没了动静，大家以为复仇队走了，有个怀孕的小媳妇要尿尿，就走了出去。

复仇队并没有走，他们集合在村北那块平地。村北平地与这个暗窑成死角，有百十米远，相互看不见，只有站在平地边沿那两棵柏树下，才能瞅见这里。但是暗窑有酸枣棵子遮盖，人不走出去，一般是发现不了的，小媳妇的尿尿惹出了灭顶大灾。

柏树下，李副官正在拿着望远镜观察沟里的动静，无意中发现了小媳妇。“这里有人！”李副官为意外的发现狂叫，带着复仇队冲了过来。

小媳妇吓坏了，提起裤子就往窑里去。“啪”的一声枪响，小媳妇“哎哟”一声跌倒在窑门口，身体抽搐了一下，再也没有起来，枪子打在头上咕嘟咕嘟冒血，两眼瞪着地死了。

窑里的妇女乱了，有人想出去，但是来不及了。复仇队已经沿着陡坡上来了，明晃晃的刺刀顶着窑门，大家惊慌失措地挤在一起。复仇队没有放过她们，一阵乱刀下去，妇女们死得体无完肢。暗窑里满地血污，惨不忍睹……

在庞永华的指认下，后沟遭到了毁灭性的打击，藏人的窑洞都被破坏了，好在刘大牛早有准备，除了暗窑里的妇女们遭到杀戮，其他人员损失不大，他们撤到了沟里村，民兵自卫队把战线拉得更长，他们在周围几里地都放了哨，防止敌人再一次偷袭。

庞永华的叛变，秀武几乎崩溃了，梅兰竹菊虽然是女儿家，但也感到在人前抬不起头。她们一边哀悼母亲一边为父亲的投敌愤怒。她们怎么也想不到自己的亲爹会叛变投敌？她们更想不到温和的父亲咋像疯狗一样向乡亲们下口，她们觉得有这样一个爹真丢人。

庞永富夫妇牺牲了，他们死得很惨，但是他们没有给老庞家丢人。秀德秀哲秀乐秀和弟兄四个虽然成了孤儿，但是为父母的骨气骄傲。与此同时，他们也为二伯投敌感到气愤。秀武秀德两个大男孩扛起了家庭的重担，在保护好弟弟妹妹的同时，俩兄弟在商量着如何解决这件事。一天晚上，秀武和秀德在石牌坊下又说起了这个事。

“不行，我得去找他，我要阻止他。”秀武很激动，“他要不听我的劝，我就一枪崩了他。”

“你爹在城里，城里到处是国民党的兵，你咋找他？没等你找着他，你就被抓住了。”秀德不同意。

“虎毒不食子，他还真吃我？”秀武不信。

“不是他吃你，是国民党军队等着你上钩。”秀德说。

“我不管这些，我得把他拉回来，也许他是鬼迷心窍，一时糊涂办下的糊涂事。”秀武坚持自己的意见。

“不管是鬼迷心窍还是一时糊涂，他是你爹也是我二伯，我们都是打断了骨头连着筋的亲戚，一笔写不出两个庞字，我也盼着他回来，希望他不要再干亲者痛仇者快的事了，可是他在敌人的窝里，我们去了不是自投罗网吗？”秀德说。

“说得对！”刘大牛来了。老二老三家孩子们的情绪他早已看出来了，老二的叛敌和喜儿冬梅老三的惨死，在孩子们的心灵上产生了很大的波动。他怕孩子们再出什么意外，所以就格外操心，今天晚上没见到秀武秀德，就寻找过来了。果然兄弟俩在说庞永华的事。

“孩子们，你们都是大人了，你们的家要你们撑起来，你们的妹妹弟弟在看着你们，你们一定要拿得起放得下。眼下的斗争是残酷的，形势是错综复杂的，环境是十分险恶的。在这个时候，一定要提高警惕，保持清醒的头脑，不能干出任何出格的冒险的事，你们要听组织的话，只有这样才能保护好自己，才能更有力地打击敌人。”刘大牛循循善诱地开导他们。

“刘大伯，我们听你的，可是话又说回来，我爹是叛徒，我这做儿子的不光彩呀！我就弄不明白，他怎么就会投敌呢？怎么就六亲不认呢？”秀武说。

“答案很简单，你爹就是懦弱就是自私，懦弱自私把他送到了人民的对立面，成了可耻的叛徒。为了活命，他出卖亲人，拿亲人的生命做交易。”刘大牛说。

“刘大伯，现在我们该怎么办？”秀武问。

“你爹是你爹，你是你。你妈死得很惨烈，秀德的父母也死得很惨烈，这笔血债我们一定要清算。你们现在都是孤儿，组织上不会因为有个叛徒的爹而歧视你们，你们在困难面前要学会坚强。你爹的问题已不是你们家庭的问题，争取他挽救他也不是你们小孩子能办成的事。这个问题我们交给组织，我们相信组织一定会处理好这件事。当前，你们一定要当好民兵，保护好我们的村民保护好我们的村子。”刘大牛语重心长地说。

“刘大伯，我爹做了有辱祖宗的事，老庞家的先祖先列不会饶过他。我们小一辈一定以他为教训，听党的话跟党走，在共产党的领导下，做一个合格的民兵，保护好村子保护好村民，坚决打倒国民党反动派!”秀武说。

“刘大伯，请把最艰巨的任务给我们吧，我们要为死去的父母和乡亲们报仇。请告诉四叔和强强哥，我们要参军，要到战斗部队去。”秀德说。

“好孩子，最艰苦的时候已经过去了，县大队已经摆脱了国民党军队的‘围剿’，敌人被我们拖得筋疲力尽顾头顾不着尾，已经陷入了人民战争的汪洋大海。黑暗即将过去，黎明就在前边，孩子们，放下包袱，轻装上阵，打败国民党反动派，为死去的父老乡亲们报仇，我相信你们一定能说到做到!”刘大牛脸上露出了舒展的笑容。

四十七、发生在涑水县的事

秀秀和雨生在涑水落脚了，落脚在涑水县城西大街，并在这里开了个豆腐房。他们住的地方离涑水著名的“诚一祥”煮饼坊不远，他们见到了那口传说中的微咸的专门做煮饼的水井，水井在“诚一祥”大门的东边，井不深约八尺，井口垫有圆口的青石，周围有青石做的围墙，提水的辘轳油光锃亮。

涑水是一个非常富裕的县。涑水河从城南流过，在这里形成了富足的涑水河盆地。这里盛产小麦棉花玉米和谷子，这里还盛产各种各样的蔬菜。有一种蔬菜叫茼蒿，秆粗叶宽味正，深得人们喜爱。据说是受到涑水河得天独厚的滋润才成这一稀罕物，离开了涑水河谷，确切地说，离开了涑水河城南这一地方，茼蒿就是另一个味。据说，潞村有个文人叫管瑜，专门写过一篇赞美涑水茼蒿的文章发表在潞村晚报上。就一斑而窥全面，一种别的地方认为是蒿子的没用东西，到了涑水就成一种美味的蔬菜，可见涑水真是个好地方。

涑水县城的设置也与涑水河有关。涑水县城成四方形，东门南门和西门都在紧挨涑水河的南城墙上，东城墙上和西城墙上没有城门，北城墙的中间有北门。那条塬县到潞村的千年古道就是沿着涑水河过来的，到了涑水城就从东门进去，再从西门出去，然后再沿着涑水河西去。涑水县城的东大街和西大街以南门为界，南门的东边是东大街，南门的西边是西大街。秀秀他们就住在西大街的南边，是一排三间的街面房，房后有个小院，小院的后边就是南城墙，南城墙不高，城墙外头就是涑水河。这南城墙也像防洪堤坝，传说涑水河发大水的时候，它真起到了御洪的作用。有一年，涑水城遇到了百年不遇的洪灾，涑水河泛滥，洪水眼看就要漫到城里，官府驱使监狱的犯人抬土拉沙，紧急时从粮仓里拉来装满黄豆小米的麻袋，用这些东西把东门南门西门封堵住，再大的水县城也安然无恙。涑水河的水甜，城里人使用的都是涑水河的水。从城门出去要绕远路，许多人就从城墙上上下，城墙两边有许多人为的坡坡，所以南城墙看着就不像城墙。南门外有一座六孔石拱桥架在涑水河上，桥的南边有个村子叫南关。大道穿过南关就是涑水盆地，过了涑水盆地就是鸣条岗。鸣条岗是丘陵地带，沟壑深长。鸣条岗的南边就是涑水人说的南塬，南塬过去就是巍巍的中条山。东城墙和西城墙以及北城墙都很高大，城外从涑水河引来的水做成的护城河。北城门高大巍峨，城外有座稷王庙，再往北就是峨嵋岭丘陵地带，这里被涑水人称为半垣。上了峨嵋岭地势一下子变得平坦起来，这里就是涑水人引以骄傲的北垣，美丽漂亮的北垣姑娘和闻名遐迩的北垣馍就出自这里。

秀秀和雨生本来要到潞村，那么怎么会落脚涑水呢？这是因为从木黄镇到涑阳的路上，在路过山底村遇到一个人出了一档子事，这个人和这档子事使他们改变了计划，后来在这个人的帮助下，她和雨生在涑水落了脚。

那天早上，秀秀和雨生离开木黄镇往涑阳赶路。为了安全，秀秀穿了身粗布的灰衣衫，头上顶了块灰色的汗巾，脸上擦了些锅灰，她把自己打扮成了一个怀孕的村妇。大约走了五里地，太阳丈把高的时候，路上的人渐渐多了起来，一个人不前不后老跟着他们。

“老乡，这路上人咋多了呢？”雨生心里生疑故意问他。

“赶集的，前边就是山底村，每月的初五和十五缝大集，十里八村的都去。”被称作老乡的路人回答。

“山底村离涑阳多远？”雨生问。

“还有十里。”路人打量着他们说，“这儿来了好多国军，你带个女人不怕出事？”

“她有娃了，送她回潞村老家。”雨生搪塞着。

“回潞村？还有百十里地，一路都是国军，你们走着去？”路人看了看秀秀说。

“大哥，听你口音，是本地人吧？”秀秀觉得这个人有些特别，就警觉起来。

此人四十多岁，个头不是太高，光头穿着灰色的粗布衣褂，人长得结实。他没拿什么东西，肩上搭了个布褡裢。究竟是干什么的，秀秀心里猜不透。

山底村到了，这是一个依着中条山傍着涑水河的山村。山底村是个大村子，很早的时候这里就有了集日，集日就在村西边的打麦场上，通向村里的大路就在打麦场的中间，小商小贩就在大路两边做生意，各种饭摊小吃摆在空地里。秀秀和雨生还有那个路人坐到一个小饭摊前，各自要了一碗扯面，边吃边聊。

“老弟，以我之见，你们还是别去潞村了。”路人小声说。

“为什么？”雨生问。

“潞村不安全。”路人压低声音，“那里是国民党的老窝，各县的反动势力都集中在那里，去潞村就是去了狼窝。”

“老哥，你咋知道这些？”雨生问。

“别问了，只要不去潞村，到哪儿都行。”路人说。

“老哥，你是不是共产党？”秀秀小声问。

“你说呢？”路人说，“这一带都是国民党军队，你们一定要小心，到了涑阳一定要找平安客栈住宿，那儿安全，老板五十多岁，双姓上官，红脸大眼涑水人。你就说我让你们去住的，他一定接待。对了，我叫赵明，一说他就知道。”

突然，一阵枪声从河边传来，一队国民党军队冲了过来。集市乱了，人们慌乱着收拾东西作鸟兽散。国民党军队成两翼之势要把人们包围起来。赵明一看不对，立刻从褡裢里取出一个小包交给秀秀：“请把这个东西藏好，晚上涑阳见，如果我不在，一定交给平安客栈的上官老板。”

“这是？……”秀秀问。

“别问了。”赵明从腰里摸出把驳壳枪。

“啊！你有枪！你是什么人？”秀秀吃惊。

“还用问吗？”赵明着急地说：“快离开这里，我掩护你们。”说完就向山里跑去，边跑边向国民党兵开枪，他的意图很明显，要把敌人引开。

“抓住他！”国民党兵吼叫着一窝蜂追了过去，枪声砰砰乱响。赵明身手敏捷，在田间山坡跳跃匍匐，时不时地回身射击，枪声响过，围捕的国民党士兵哎哟着不断有人倒下。渐渐地赵明钻进了青山绿树中，一会儿就消失得无影无踪。

秀秀把小包塞到怀里。这时集市已经炸了锅，人们四散而逃，他们趁机离开集市向涑阳赶去。

涑阳平安客栈，一个临街的四合院，客房不多整洁安静。上官老板五十多岁，一个精干利落红脸大眼的老头儿。此时，他一手端着水烟袋一手拿着火绳，坐在门前左右观望。看到秀秀和雨生便抢先说道：“是塬县的客吧，快！快请进！”他领着他们进了院子。

“你是上官老板？”秀秀警惕地问。

“是呀……”上官老板笑着答话。

“你是哪里人？”秀秀看他五十多岁，红脸大眼，与赵明说的基本对上了，但是不放心就又问了一句。

“我嘛……行不改名，坐不改姓，河东涑水人也。”上官老板还是笑着答曰。

“赵明让我们到你这儿住宿……”雨生说。

“知道，知道，快进屋吧。”上官老板打断他的话说。

“赵明给你的小包我们带来了。”秀秀从怀里取出那个小包包说。

“进屋进屋……”上官老板接过小包后把他们领进一间客房。

“欢迎你们，到了这里就是到家啦。”一个熟悉的声音传来，秀秀和雨生抬头望去：“怎么，是你？”他们看见赵明坐在屋里，正笑眯眯地看着他们。

“你不是进山了吗？怎么在这里？”雨生问。

“进山干啥？我也到涞阳，我一个人没有累赘跑得快，就比你们早到了。”赵明说。

晚饭是这两天秀秀和雨生吃得最好最舒服的一顿饭。上官老板炒了四个菜：鱼香肉丝，麻婆豆腐，韭菜鸡蛋，蒜薹木耳。他还拿出一瓶酒招待大家。上官老板的盛情，秀秀和雨生有些意外。赵明看出他们的意思，就说：“看来得把事情说透，不然的话这顿饭吃不下去。”上官老板一笑：“说吧，免得两位塬县的客人生疑。”

“告诉你们吧，我是塬县游击大队的侦察员，我也是两天前离开塬县的。政委庞永贵大队长谭树林交给我两个任务。一是暗中护送你们，二是把一份机密文件送到涞阳联络站。在木黄镇我就注意到你们，在路上闲聊知道你们要去潞村，出于安全考虑就劝说你们不要去潞村。没想到在山底村遭遇了国民党军队，为了掩护你们，我只得开枪引开他们，以便于你们趁机离开。我们的目的达到了，你们平安地到了涞阳，到了这里就是到了家，这里是咱们的秘密联络站，你们说该不该吃该不该喝。”赵明说出了这里的秘密。

“原来这么回事。”秀秀听得着了迷，“第二个任务呢？是不是因为我们影响了你的任务。”

“第二个任务是你帮我完成了。”赵明拿出秀秀带来的小布包说，“打仗就有牺牲，我是害怕文件落到敌人手里，所以就给了你们，是你们帮我完成这个任务的，所以还得谢谢你们呢。”赵明说。

话说到这个份儿上，大家自然格外亲热。饭后，赵明问秀秀和雨生：“你们打算怎么办？潞村是不能去了，回塬县也不现实，要不过黄河到西安？也不行，路途太远不保险。”赵明否定了自己的想法。

“到涞水吧！涞水还平静，这里基本上是八路军中央军晋绥军三方的拉锯地，各方实力混杂，容易藏人。”上官老板出了个主意。

“这个办法不错，正好西大街我大伯哮喘病犯了，你们可以装扮成我家的亲戚去照顾他。我大伯是个孤老头子，从小罗锅终身未娶没儿没女，他有一手做豆腐的手艺，你们跟着他学，把豆腐房开起来，这样就可以遮人耳目光明正大的住下，而且生活也有了保证，真是个好事。”赵明赞成上官老板的主意。

“这个办法确是不错，但是得有个称呼吧！我们以什么身份到你大伯家？”秀秀想了想问。

“我家和我三伯家在塬县，涞水就我大伯一人，你们称呼我爹为二伯，称呼我大伯为大伯，以我三伯家孩子的身份到我大伯家。”赵明把自己家的情况跟他们细说了一下。

赵明老家是涞水鸣条岗黄花岭人，黄花岭就在涞水河谷盆地的南边，离县城六里地。秀秀雨生直呼他的大伯为大伯，他们住进了涞水西大街赵明大伯家。

秀秀雨生生性忠厚善良，把赵明的大伯当作自已亲人对待。老人没有儿女，秀秀雨生的知冷知热使他很感动，也真把秀秀和雨生当作亲儿女看待。不久他便教会了雨生做豆腐，豆腐房重新开张了，秀秀和雨生又弄来几头猪崽几只鸡养了一只黑狗，院里狗吠鸡鸣猪哼又回复了往日的生气，老人乐得直咧嘴，逢人便讲秀秀和雨生的好。

转眼到了秋天，秀秀生了，生了一个男孩，取名天成。她告诉雨生，他们的结合是天意，是老天成就了他们的婚姻。秀秀说："这叫天然自成，就该是这么回事，是老天赐给我们的幸福。"雨生说："这个老天就是共产党就是民主政府，就是四叔强强和刘英。没有他们的关爱帮助，我们冲不破封建婚姻制度的桎梏，冲不破世俗观念封建陋俗的偏见，我们永远走不到一起"秀秀说："你说得对呀，共产党毛主席是咱们的大救星，民主政府和八路军是老百姓的靠山。雨生说，对咧，我总觉得共产党八路军能成气候，打败国民党反动派是自然天成的事，我们的孩子就叫天成。"

转眼到了腊月，天寒地冻青菜不多，豆腐房的生意反倒好了。雨生起劲地做着豆腐，每天鸡叫头遍，他就要起来，先到涞水河挑三趟水，然后开始磨黄豆，磨完黄豆后搭锅填水生火做豆腐，等太阳一竿高时，豆腐就做好了，接着他要喂猪喂鸡，等这些做完后，秀秀也把早饭做好了，吃完早饭后豆腐也就凉的差不多了，这时赵明的大伯便开门卖豆腐。

一天早上，秀秀看见一个干瘦的胡子垃碴的老汉站在门口往里张望。秀秀觉得眼熟定睛一看吃惊不小："二叔，怎么是你？你……你怎么到这儿来了？"

"秀秀，真是你呀！"这个胡子拉茬的老头儿就是庞永华。他穿着一身脏不叽叽的棉衣棉裤，头上戴了一顶灰布棉帽子，帽子的口沿上脏兮兮的有一圈脑油。看到秀秀后他就嚷着要吃的："秀秀，真是你呀。别的先不说，快点，先给我弄点热乎的吃，我冻得快受不了了。"庞永华的腰比以前弯得更厉害了。

"雨生，快把二叔接进去。"秀秀大声向屋里喊。

"二叔，二叔来了。"雨生抱着天成跑出来，"二叔，十冬腊月的你咋来了？"他心里犯着嘀咕还是腾出一只手搀着庞永华进了屋。

"这是你们的娃。"庞永华问，秀秀撤离前就怀孕了，这个他知道。

"我们的娃，叫天成。"秀秀接过话头说，"你是娃的二爷爷。"

"二爷爷……二爷爷……"庞永华嘴里含糊着嘟哝着。

秀秀给他舀了碗豆腐脑。庞永华真饿了，呼呼噜噜喝了两大碗。两碗热乎乎的豆腐脑下肚，庞永华的脸色渐渐红润了。雨生打了盆热水，要庞永华洗洗。庞永华洗了脸，看到桌上还有稀饭和馒头，就又喝了碗稀饭吃了个馒头。这下是真饱了。

“你抽口烟解解乏……”雨生递过来烟袋。“好……好……”庞永华接过雨生递过来的烟袋，嗞嗞地抽了起来。许久他说：“我困了，让我睡会儿觉。”

秀秀虽然急着要知道家里的事，但是顾及他是长辈，只好依他。雨生在炕头给他铺好了铺，庞永荣倒头便睡，一下睡到天黑。

庞永华说是睡觉，其实是搪塞。他闭着眼在想心事。他知道自己作下了孽，秀秀知道后不会饶恕他。可是他现在无路可走，只有糊弄秀秀了。自从磨坊镇那件事情后，魏团长李副官渐渐地对他不感兴趣。为了取得他们的信任，他领着复仇队偷袭了庞家窑，杀了几个村妇捣毁了后沟村民藏人的窑洞，但是价值不大，魏团长李副官要的是抓住塬县共产党的大官，要的是摧毁塬县的共产党组织，他们觉得庞永华榨不出多大油水了，就不再理他不再管他。魏团长李副官的冷漠对庞永华来说可是灭顶之灾，他现在是里外不是人，哪头都靠不着了，思考再三决定离开塬县，流落他乡也许还有条生路。于是他偷偷地溜了，漫无目标地游荡，他并没有多少钱，又吃不了苦，只得像乞丐一样讨吃，晚上就在饭馆的炉子旁过夜。前几天他就到了涞水，无意中在西大街看到了秀秀，他犹豫着见还是不见，他怕秀秀知道他干的那些不可见人的勾当不理他。后来又一想，事情发生在秀秀走了以后，秀秀怎么会知道？他决定试一试运气，他实在太饿了太冷了，如果不找秀秀，他可能被冻死或者饿死。他见到了秀秀，秀秀和往常一样像对待亲人一样对待他，他的心踏实了，这说明秀秀不知道他的事。可是从秀秀的眼神里言谈中，秀秀对他的到来感到蹊跷。怎么回答秀秀的疑惑呢？这是他必须思考和面对的，为了使自己的谎言圆满，他借口睡觉，利用睡觉的机会他要好好思考思考。

秀秀一整天都不踏实，心里乱慌慌的也顾不得照看天成了，惹得天成哇哇大哭。雨生看不下去了，只得放下手中的活去哄他。秀秀心里直犯嘀咕，二叔咋会这样呢？看着二叔衣衫褴褛蓬头垢面，她简直不敢相信这是二叔。二叔在二嫂的照顾下，一辈子衣来伸手饭来张口，虽然不胖但也精干利落干净整齐，虽然本事不大但也能站在人前指手画脚。今日个怎么啦，二叔咋这么落魄？为什么一个人流落到此？二婶和孩子们呢？庞家窑的亲戚呢？四叔和金叶呢？一连串的问题都因二叔的到来给翻腾出来，是不是塬县出了什么事？家里的亲人有什么不测？她不能不想不能不问，满脑子的狐疑就等着二叔开口说话。

晚饭后，一家人坐在炕上拉家常。秀秀问：“二叔，你咋一个人来了？二婶和孩子们呢？咱庞家窑的亲戚呢？”庞永华知道秀秀要问，他已想好了对策，秀秀一问，他先是一皱眉头，接着便流出了眼泪，声音哽咽地说：“不能提啊，不能提！提起来就伤心。”“咋不能提了？是不是家里出了事。”秀秀进一步问。庞永华点点头说：“是家里出了大事。”“二叔，什么大事，快说。”秀秀急切地问。“家破人亡啊！”庞永华哭着说，“你走后，国民党兵就占了塬县，国民党兵的一个连偷袭了庞家窑，他们是去抓你四叔的。四叔不在村里，他们就拿老庞家的人出气。老庞家在村里的就是我和你三叔家，我们也就成了国民党兵抓捕的重点。在后沟我们跑散了，你三叔三婶还有你二婶和孩子们都被抓走了，到了城里就以共产党亲属被复仇队杀害了。我看塬县不能待下去了，就连夜逃了出来，要是我腿慢一点，也许也成了刀下鬼了。”

“三叔三婶和二婶都死了，秀武秀梅秀兰秀竹秀菊五兄妹和秀德秀哲秀乐秀和四兄弟也都死了，我的天呀！……刘村长呢？你咋不找他们？还有村里的民兵，你该找他们呀！”秀秀哭出了声，声音悲切。

“刘村长和民兵，早转移了，到哪儿找？塬县有一个团的国民党兵，到处都是国民党的兵，三十六计走为上策，我是不敢在塬县待了就溜了出来。”庞永华说。

“我爹和金叶他们呢？他们在郝家峪咋样？”秀秀问。

“他们事我不知道，估计不会出什么问题吧。”庞永华隐瞒了他带着国民党兵偷袭磨坊镇的实情。在这件事情上他挺后悔，原本想把复仇队支得远远的，哪知真的伤害了何贵生。现在为了保全自己他只有说谎了。

“二叔，你也别难过了，好在咱们又碰到了一块儿，你就先在这里住下吧，有我吃的就有你吃的，等局势稳定了，咱们还要回去，咱们要跟敌人算账，要给亲人报仇。”秀秀说着又流下了泪水。

庞永华在豆腐房住下了，他给雨生当下手，捎带着喂猪喂鸡做一些杂活。闲时也常常抱着天成在院里在街上玩。但是不管咋样，秀秀却一直想着他说的事，她感觉二叔没有说实话，村长刘大牛不是那种事不关己高高挂起的人。他是共产党员是区长是村长，撤退前组织上给他的任务就是保护村民保护好共产党八路军的家眷亲属，庞家窑老庞家发生这么大的事，他不可能不管。再说了，国民党兵封锁得那么严，二叔怎么能溜出来呢，怎么一个人在外漂泊几个月？雨生觉得秀秀想得多了，有些事就那么巧，也许二叔赶巧了。至于刘大牛关心不关心老庞家的事，他觉得打仗什么情况都会发生，谈不上管不管，可能是顾不过来。

转眼到了年关，赵明回来了。看到屋里有个生人，赵明机智地转了话题：“大伯，生意还好吗？”说着话他向秀秀挤挤眼。“多亏这俩娃，生意好着呢。”赵明的大伯回答。秀秀明白她不愿意暴露身份就说：“大哥，放心吧，我们一定照顾好大伯。”

“这位是……”赵明指了指院里低头干活的庞永华。

“他是我二叔，前几天才来的。”秀秀答。

“那好那好，你们忙吧，雨生呢？告诉他，还欠我一顿酒呢，怎么样，今天没事吧，我可是馋酒了。”赵明又向秀秀挤挤眼睛。秀秀明白了，赵明是有话要对他们说。于是她说：“感谢还感谢不尽呢，一顿酒算啥。雨生出去了，回来我告诉他。你先忙吧，中午涞水饭店见。”“那好，咱们一言为定，不见不散。”赵明说完走了。

赵明的到来，庞永华沉不住气了，他问秀秀：“那人是谁呀？你们挺熟的。”

“二叔，他是大伯的侄儿，我们能在这里落脚多亏了他。那时大伯有哮喘病，生意也停了，他看我是个大肚子，就留我住在这里，但是有一条，房子白住照顾他大伯。后来在我们的伺候下，老人的病好了，无儿无女需要人帮助就留我们住下了。就这样我们在涞水落了脚。雨生说我要生个儿子就要请他喝喜酒，谁知满月的时候他到兰州做生意去了，一去小半年，所以欠他一顿酒。这个人好喝酒，和雨生谈得来，愿意喝酒就喝酒，叫雨生跟着他好好学学做生意，咱也去西安兰州做大买卖！”秀秀为了安住他的心，真的假的瞎编了一段。

涞水饭店二楼的一个雅间。秀秀雨生抱着天成和赵明神情严肃地坐在那儿。大家心里都堵着一口气。刚才赵明带回来的消息使他们震惊。二叔原来是一个投敌的叛徒！由于他的出卖，金叶在磨坊镇差点落入虎口，何贵生为了掩护金叶牺牲了。由于他的出卖，庞家窑几个无辜妇女死在敌人的乱刀之下，而且死得体无完肢。由于他的出卖，庞家窑在后沟建立起来的藏人的地方遭到毁灭。他贪生他怕死他懦弱他为了能够活着，他不顾亲情不顾大义不顾自己的妻子被糟践，完完全全站到敌人的一边，出卖灵魂出卖亲人出卖革命人士。为了不使我们的同志再遭到毒手，塬县民主政府作出决定，要铲除这个叛徒。可是就在大家寻找他的时候，他却在塬县消失了。真是巧得很，赵明回来执行任务，意外地在涞水西大街自己的大伯家发现了他。现在他们在一起商量，就是怎样抓住这个叛徒并且做到万无一失，因为涞水还在国军手里，一旦庞永华投奔涞水的国民党，抓捕的计划就会落空，而且秀秀雨生也会暴露，那样不仅抓不住庞永华，而且我们自身也会暴露。

“我觉得还是先稳住他，不能让他看出一丝的蛛丝马迹，还要他相信我们，就要像往常一样，该怎么还怎么，不能打草惊蛇。”赵明说。

“不知道还好，知道了心里就有了隔阂，要像往常一样不露声色，还真难呀！”雨生说。

“就是再难也不能带到脸上，这是你死我活的斗争，要是庞永华狗急跳墙，寻找涞水的国民党保护，不仅抓不到他而且会暴露你们，你们的生命也有危险。”赵明说。

“唉！真没想到他是这样一个人，二婶死得那样惨，他一点血性都没有，竟然认贼作父和敌人同流合污，这样的人我们怎能和他吃在一起住在一起，我真想一下子把他杀了，他多活一天大家就要多担心一天，世上不能要这样的害人虫！”秀秀心在流血，话说得狠。

“不能鲁莽，庞永华的事已不是你们家族的事，他是民主政府要办的事，民主政府要依法审判他，要依据事实要他认罪服法。我们要配合民主政府抓住他，不能意气用事，这是一个原则。就是再有气也要忍在肚里，小不忍则乱大谋啊！”赵明强调说。

“赵大哥，我们听你的。你说下一步怎么办？”秀秀和雨生说。

“今天的事我感到庞永华有些警觉，咱们第一步要消除他的警觉。你们回去时拿一些酒菜，就说是他没来我送他的，让他充分相信我是买卖人。雨生要和他推杯换盏地喝，让他感到你们的诚心，做到这一步就功成了一多半。秀秀对他还像过去一样，关心他的吃喝穿戴，让他觉得离不开你，这样就把他拴住了。我马上回塬县，汇报这里的情况，最多三天，我一定回来，并且带回民主政府的指示，怎样处理庞永华由政府决定。”

秀秀和雨生回到豆腐房。庞永华见雨生提着大包小包就接了过来。雨生又从怀里掏出一瓶酒，是陕西的西凤酒。雨生说：“赵大哥叫我拿回来的，他说你没有去……很是过意不去……就叫我拿回来。”雨生故意泛着酒意说话有点结巴。

“不敢不敢，我可享用不起。”庞永华放下东西就要到后院去。

“二叔，别忙活了，坐下坐下，叫雨生陪你喝几杯，这个赵大哥就是个实在人，带这么多酒菜，难得他一片好心。”秀秀说着就把大包小包打开，共四样：一个烧鸡，一块牛肉，一斤猪头肉，一只兔子。这些都是下酒的好菜。秀秀把这些东西放到四个盘子里，又取出三个酒杯说：“我把大伯叫过来，大家一起喝。”

庞永华回到桌子边，大伯过来了，大家谦让着坐下。雨生给大家满上酒说：“两位长辈在上，小的敬你们一杯。”“敬不得敬不得！都喝都喝。”大伯拿起酒杯：“他二叔，这俩娃好啊！不是他们，我这哮喘病也好不了，来，我们碰杯，大家心想事成都好啊！”“都好都好……”庞永华应诺着和大家碰杯。“来来来！再满上，不喝对不起赵大哥。”雨生又给大家斟上酒说，“做生意就是赚钱，我也要跟着大哥去做生意，挣大钱，做豆腐累死累活也挣不了两个钱，只能糊口……糊口……”雨生故意装醉：“喝，大家喝……”

“这个没出息的，刚才和赵大哥喝得不少，回家还逞能，两杯就醉了，真是没出息。”秀秀抱着天成搀着雨生让他躺到炕上。其实雨生是假醉，他要提防庞永华故意装醉。

“没事没事，让他睡吧，我们老哥俩好好喝一杯。”大伯说着话和二叔对饮起来。这顿酒喝的痛快，半斤西凤下肚，心里热乎乎的，他们解开了衣服，头上有了汗珠。庞永华本来酒量就不大，碰上这个场合，赵明的大伯死磨硬缠地劝酒，他有些吃不消了，跌跌撞撞地回到炕上就睡着了。

这一觉睡得香，天快亮时他醒了，看到窗外有些发白，原来是下雪了。院里有了响动，那是雨生早起到涞水河挑水。他想起来，可是头有些疼，于是又躺下，这下怎么也睡不着了，过去的事老在心里翻腾，他该怎么办呢？他先想到的是他的婆姨，那个胖胖的管着他爱着他知冷知暖的郭喜儿，他记着她的死，她那白白胖胖的赤裸身子和遭到蹂躏后那双无助的眼睛，她不甘羞辱奋起反抗，天灵盖被枪子钻了个洞，脸成了血葫芦。他又想起何贵生，他不该死呀，都怨自己，为了取得李副官的信任，他把复仇队支到磨坊镇，他不知道金叶会在那里，知道了他也不会这么做，但是事情还是出了，何贵生为了掩护金叶与复仇队同归于尽。他还想到本村的几个妇女，她们死得那样惨，抬头不见低头见的，自己真不该把敌人引向村里，要不是村长刘大牛早有准备，死的人还要多。罪孽呀罪孽，他为自己犯下的罪孽懊悔，自己咋就这么糊涂呢？咋能一步步走向罪恶的深渊呢？他现在不能饶恕自己了，他觉得大家也不会饶恕自己了，因为自己的双手沾满了乡亲们的鲜血。

鸡叫了，喔喔声在院里很响亮。庞永华又一次醒了，但是头疼得更厉害了，他又一次迷糊住了。这次他想到的是一双眼睛，那是魏团长的眼睛，阴险毒辣老谋深算。在他的酷刑威逼下，他低头了，心想只要自己低头就能得到他的好处，哪知魏团长要的不是他低头，而是要的是四弟的头。李副官用枪逼着他，到处找共产党八路军的家眷亲属，他只知道一些肤浅的事，深层的情报是提供不出来的。魏团长看他没有用了，就一脚踢开了他。李副官不再给他钱，就连县衙大院也不让他进了。他无处栖身成了丧家之犬，无奈之下，他溜出塬县，流浪在外地。几个月的漂泊，他不敢见熟人，也不敢见国民党兵，更不敢见八路军，像乞丐一样隐名埋姓乞讨度日。就在他走投无路的时候，无意中遇到了秀秀和雨生，秀秀像往常一样把他当二叔对待，越是这样他越是心亏，只有埋头苦干洗刷自己良心的不安。昨天赵明来了，赵明犀利的眼神使他胆寒，他看出了赵明不是等闲之辈，他觉得自己的事到头了，他要向秀秀和雨生交代，他是一个不齿人类的败类，是老庞家的怂包。他要伏法认罪。活着的时候活的糊糊涂涂，临死了临死了，他算明白了，他觉得对不起乡亲对不起祖宗对不起妻子儿女。

昨晚的一场雪使天地间白皑皑一片。早上天晴了，太阳露出了笑脸，天地间又是白晃晃一片，刺的人睁不开眼。雨生挑完水磨完豆子喂完猪，看到庞永华还没起来，心里纳闷就来到他的炕前。庞永华蜷伏在炕上不停地颤抖。雨生用手一摸，哎呀！他的额头滚烫！昨晚喝得有点多，梦呓中蹬开了被子，再加上变天下雪，庞永华受到了风寒，感冒了发起了高烧。秀秀请来了医生，医生把了脉看了舌苔听了心脏说："没有大碍，偶遇风寒，熬一些姜汤，喝了蒙上被子发发汗保好。"医生给开了三服中药，叫早中晚连服三剂，他说："病人心事太重，心情焦虑再加上喝了点酒，酒是热性，犹如炉火，炉火上心心更焦虑，双火一闷大汗淋漓，又遇风寒，自然高烧不退。治病要治心，他的心病好了，伤风感冒自然好了。劝劝他吧，什么大不了的事，都不要窝在心里，心情开朗病自然会好。"医生絮絮叨叨说的全是实话。

医生的话秀秀自然明白，庞永华的确是心病引起了身病。秀秀按照预先设计好了的计划，要关心他爱护他让他觉得离不开她。秀秀给他做了生姜酸疙瘩汤，里面放了葱丝豆腐丝打了个鸡蛋花调了点香油，一揭锅盖满屋飘香。庞永华满满地喝了一碗，浑身潮热，秀秀给他蒙上被子，一觉醒来浑身汗透，果然到了晚上，他头不疼了身上舒坦了风寒感冒好了。秀秀的关心打动了庞永华的心，他觉得应该向秀秀说实话，这种躲躲藏藏见不得人的生活他过够了，即便是民主政府不能饶恕自己的罪行，那也比国民党兵抓住打死好。他觉得死在自己人手里也算是对死去的乡亲是个交代。

夜深人静了，雪后的风格外的冷，窗棂上的纸噼啪作响。油灯豆样的亮光映得屋里一片昏暗。炕上三个用被子裹着腿的人沉闷着不吭气，只有间或的咳嗽打破沉闷的气氛。庞永华终于向秀秀和雨生说出了实情，他惭愧他后悔他内疚他忏悔，他确确实实知道错了，但是一切都晚了，他所造成的事实是后悔不能代替的。

"你准备怎么办？"秀秀放下吃饱了奶的天成问他。

"还能怎么办，我准备以死谢罪。"庞永华说。

"二叔呀二叔，多亏你知道的事情不多，要不然，四叔都会死在你的手里，你咋那么糊涂啊！"秀秀哭出声来，"自家兄弟一母同胞情同手足，你咋能下得去手？就为了活命，你活得好吗？你能活下去吗？自古讲究忠心耿耿，你这样做不是遗臭万年吗？二叔，叫我说啥好呢？"秀秀哽咽着说不出话来。

"二叔不是人……二叔知道犯了死罪活不成了。但是二叔欣慰，二叔临死前见到了你，你是我从小就喜欢的孩子，你没有嫌弃二叔，收留二叔，给二叔好吃好喝好穿戴，在这里我又找回了做人的尊严，找回了生活的愉快。有你这一段时间的照顾，二叔没有白活，二叔知足了。”庞永华说的是实话。

“二叔，不是秀秀心硬，是你罪不能赦，秀秀不能让你走了，秀秀要把你交给四叔。”秀秀说。

“秀秀，二叔往哪里跑？二叔是看清楚了，国民党反动派是兔子尾巴长不了了，是秋后的蚂蚱蹦跶不了两天了。可惜二叔看不到了。”庞永华后悔做错了事，世上没有卖后悔药的，如果有，他可真的要买几服，然而一切后悔都来不及了。

“二叔，你在我这儿还能住两天，这两天我天天给你做好吃的。赵明大哥回塬县去了，他去请示民主政府，看怎样处理你的事。”秀秀说。

“共产党八路军都是好人，其实我早就看出来赵明不是生意人，他还给我这个犯了死罪的人拿酒菜，他把我当人看我心里服他。我一时鬼迷心窍做错了事，如果要有来世，我一定当共产党八路军，像四弟一样活得堂堂正正明明白白光光荣荣，就是死了也会名留青史，也会得到万民敬仰世代赞颂。”庞永华总算把世事看明白了。

“爷爷在世的时候，疾恶如仇仗义行善，他有美称‘塬县及时雨’，他的孩子应该像他一样流芳百世，我爹做到了，四叔就更不用说了，三叔也说得过去，到了你这儿，却做下了这档子事，以后我们怎么给后人说。”秀秀说。

“二叔贪生怕死罪有应得，二叔对不起父亲，对不起列祖列宗，二叔要是像三弟一样那该多好。现在二叔啥也不说了，二叔只有以死谢罪，这样心里才好受点。我死了后，不进祠堂，不进祖坟，我没脸见列祖列宗和父亲。”

第三天，赵明依约回到涞水，他带回塬县民主政府的指示，依法逮捕庞永华。庞永华没有做任何的反抗，他提了个要求，要再看一眼天成。大家同意了，秀秀抱着天成来到他跟前，庞永华干涸的眼窝涌出了一些泪水，嘴唇颤颤的没有说出一句话。

庞永华被带到一条偏僻山沟执行枪决。他被赵明带来的人用细麻绳给绑了。秀秀求情说，他年纪大身子骨单薄，细麻绳能否捆松一点。来人给了秀秀面子，把细麻绳松了松。

庞永华在临刑前又提了一个要求，他说把枪子全打到脸上，最好是把脸打烂，这样做鬼别人就认不出他了。他可以云游四方，到鬼世界做鬼和尚，劝人行善积德专做好事。赵明同意了他的要求。四个战士对他行刑，四声枪响后，顺从地跪着的庞永华仰面朝天倒在地上，他的脸被枪子打开了花。

赵明在春节前又回到了涞水，他带来了庞永贵金叶和强强刘英的问候，庞永贵表扬她临危不惧大义灭亲。秀秀腼腆地一笑：“羞人呢！我可受用不起。”赵明还告诉了一个好消息，咱们八路军已经改为人民解放军，民主政府改为人民政府。毛主席朱总司令已向全国各个解放区，向全国军民发出命令，打过黄河去！打过长江去！推翻蒋家王朝，解放全中国！

赵明还告诉他们，塬县游击大队已改为塬县独立团。庞永贵领导全县军民已经粉碎敌人的“围剿”，塬县的形势已发生逆转，独立团正寻找战机组织反攻，消灭占领塬县的国民党军队，解放塬县全境。

这些好消息非常振奋人心，秀秀和雨生在涞水待不住了，他们急不可待地要回塬县去，他们要去参加解放塬县的战斗。秀秀把想法告诉了赵明，但是赵明不同意秀秀马上回塬县。他说现在是黎明前的黑暗，国民党反动派在做垂死挣扎，各个县的国民党军队和地方民团如临大敌，严密封锁各个出入要道，严密查处来往行人，这个时候回塬县，危险太大。秀秀争执着一意孤行有些不近人情，赵明只得搬出庞永贵来压她，赵明说：“在涞水，你的安全由我负责，你的行动必须听我的，这是你四叔的命令，你要违抗吗?”四叔是秀秀最敬重的人，四叔的话不能不听。就这样秀秀和雨生没有立刻回塬县，他们在涞水过了一个春节。

四十八、新生活

一九四七年四月四日，晋冀鲁豫野战军第四纵队和太岳军区的部队对中条山一带的国民党军队发起凌厉的春季攻势。春季攻势历时一个月，解放军势如破竹摧枯拉朽，四月七日，垣县全境解放。四月二十六日，涑水全县解放。到五月四日，一举解放了二十二座县城和黄河上的几个重要渡口，整个中条山解放区连成了一片。

这时，赵明来找秀秀，他说，现在条件允许了，庞永贵同意他们回去了，垣县的亲戚们都欢迎他们回去哩！秀秀别提多高兴了，赶紧打点行囊，第二天一早，赵明赶着一辆马车来了，他要送秀秀雨生和他们的儿子天成回垣县。

马车载着秀秀一家在清脆的马蹄声中出了涑水东门。东门楼子罩在一片晨曦中，雄壮巍峨地耸立在涑水河边。秀秀呼吸着涑水河谷潮湿清新的空气，心里突然涌起一股难以割舍的情结，她拍了拍怀里的小儿天成，不由得说了一句："再见了，涑水。"

出了东门后，大路就和涑水河并在了一起，河依着路路傍着河，就像一对情人牵着手难分难舍。涑水河在峨嵋岭和鸣条岗的夹峙下，就像一位纤弱娇小的女子，波光粼粼像条带子蜿蜒地缓慢地向西淌去。而这条千年的古车马大道，就像一位伟岸的多情的男子，缠绵地围绕着它转来转去……

涑水河谷美呀！几乎与岸齐平的河道上，大小不一形态各异的树木不成规则地排列在河的两岸，守卫着浅浅的河道和缓缓的河水。河道两旁不时有片片的芦苇从河岸伸向河里，黄色的沙子簇拥着芦苇白白的根，从河岸铺到河里。不知名的鸟儿飞翔在芦苇丛中，在软软的沙窝里嬉戏打闹。清澈的潺湲的河里不时有鱼儿跃出，溅起的水花划破了平稳的水面。天岚雾气和郁郁葱葱的田地包裹着一个又一个村庄，村庄里升起着袅袅炊烟，炊烟低垂着依偎在花红柳绿间。涑水河流水潺潺，鱼翔浅底，鸟掠水面……涑水河谷地肥水美，田园如画，春意盎然……

一年前的春天，他们就是从这条道上来到涑水的，那时候还是敌占区，田野荒芜人心慌乱乡镇村庄一片萧条。一年后春天，他们又从这条道上回垣县，重新获得解放的这片土地，市井繁荣秩序稳定，人们安居乐业到处都是新气象。

大路上不时走过雄赳赳的解放军战士，军旗猎猎军号嘹亮军容整齐，解放军犹如钢铁的洪流滚滚向前势不可当。村镇道口刷着标语：打过黄河去！打过长江去！打倒蒋家王朝！解放全中国！红色的标语到处都是。在解放军经过的路口，老百姓摆着桌子，桌子上放满了食品，年老的年少的爷爷奶奶姑娘媳妇，争抢着把好吃的一把一把地抓给急急赶路的解放军战士。

马路上车水马龙，解放区生机勃勃，人有精神马蹄急，去年三天的路程今年一天就到了。

塬县县城南门，依然巍峨地屹立在高高的崖上，红墙绿瓦祥云缭绕。它就像一位饱经风霜的老人，立在高处挥着大手，召唤着远走的儿女归来。南门外西侧，那块十丈宽厚五丈高低刻有“响水塬”三个朱红色大字的大青石，依然一柱直抵苍穹。它就像塬上乡亲们的脊梁，厚重坚实挺拔……

秀秀的眼窝湿润了，她仔细地端详着南门，端详着大石柱。心里在喊：响水塬，你的女儿回来了！秀秀嗅到了一股久违的亲亲的家乡的气息，那种塬上特有的土味，混合着春风春雨的湿润，潮潮地甜甜地沁人心脾……

秀秀和雨生先来到蒸馍铺。当马车停在门口时，吴有根瞪大了眼睛：“啊！是你们，你们回来了。”他跌跌撞撞地跑出门。

“爹！”雨生跳下车叫着，“是我们呀，我们回来了。”

“爹！”秀秀也下了车，她指着怀里的天成说，“爹！这是你孙子。”

“孙子……我孙子！”吴有根抚摸着小天成，眼里满是泪水。他哽咽着朝窑里喊：“萍！快出来，你看谁回来了？”

“哟！是你们！”何萍也很吃惊，“真是吉人自有天相，老天保佑，这不好好回来了吗！”她拉着秀秀的手说：“没做梦吧！一年了，你们跑到哪儿去了，爹想你们都想出病了。”

“回来就好，回来就好。”吴有根打断她的话，“别的勿谈，别的勿谈。”

“让我看看娃。”何萍从秀秀怀里接过天成，“这娃真好看，浓眉大眼红脸蛋，长大一定有出息。”

“爹！我想先回家。”秀秀说，“一年多了，也不知道那个家那个铺子咋样了？”

“家里还好，没有什么损失。”吴有根说，“先进屋，吃了饭再回。”

正说着话，山核桃来了。山核桃一见面就喊上了：“我说咋这么热闹，原来是秀秀雨生回来了。”

“大姐，是我们回来了，你可好？”秀秀迎上去问候。

“我倒没啥，活得硬朗着呢，就是你爹，没少受罪……”山核桃嘴快。

“我爹咋啦？”秀秀雨生一听这话，觉得不对劲赶紧问。

“没事没事，都过去了，说他干啥？”吴有根剜了山核桃一眼，嫌她多嘴。

“咋了嘛爹，你不说，我们心里更不好受。究竟出了啥事?”秀秀追问。

“迟早都得知道，晚说不如早说，说了心里干净……”山核桃心里有事放不住，“你爹为了你们的房子铺子，叫国民党的兵给绑了打了……”

“为了我们的房子铺子，被国民党的兵绑了打了？咋回事?”秀秀急着问。

“你们那个家多亏你爹想了个办法才保住了，真是苦了你爹了。”山核桃眼皮红了。

“爹，你说呀，咋回事呢?”秀秀和雨生问。

“房子铺子没受到损失，只是费了些银元，皮肉受了点苦。”吴有根说。

“爹，你花钱了！挨打了!”雨生和秀秀听出了意思。

“唉！也真难为你爹了。”山核桃叹了口气，说出了这件事情的经过。

原来，秀秀和雨生走后的第二天，国民党军队就占领了塬县县城。国民党军队占的是一座经过坚壁清野的空城。为了宣扬国统区的虚假繁荣，国民党军队要求商店要营业，店铺要开门。但是，街面上还是一片萧条，因为商人们大都逃到了外地。国民党军队就想出了个办法，对街面上没有人的铺子商店，谁占住归谁，但是有一条，必须开门营业。城里一下乱了，痞子混混恶霸土棍占商店抢铺子，趁机掠抢主人的财产发国难之财。吴有根知道了这个情况，就在银器铺垒灶生火做起了蒸馍的生意。

世上没有不透风的墙。不知哪个痞子恶棍把吴有根告到国民党军队，说他跟银器铺的老板娘是亲戚，银器铺的老板娘是共军头目庞永贵的亲属。这下不得了了，国民党兵包围了银器铺。

吴有根被绑着押到院子里，李副官亲自审问他：“哼！老家伙，你为什么要占银器铺?”他看着被捆成一团的吴有根冷笑了一声。

吴有根两臂被捆得紧紧的，他看着李副官说：“为什么要占银器铺？为了泄恨！为了报仇!”

“什么什么？泄恨？报仇?”李副官不明白了，他看着吴有根的脸说：“你们不是一伙儿的吗？为谁泄恨？为谁报仇?”

“长官，不问青红皂白就捆我，我怎么给你说！我是按照国军的要求占共军亲属的房子，并且开门营业繁荣市井，没有错啊?”吴有根强忍着疼痛说。

“哼！那我问你，你和这个银器铺的女老板有什么仇？有什么恨？说明白了我就放你，说不明白我就杀你。”李副官拍拍腰里的手枪。

“我们有夺子之仇，弃父之恨……”吴有根脑子飞快地转着，他得利用秀秀和雨生之间的关系把瞎话编圆，国民党兵是有备而来，他要顺着自己的思路来说。

“夺子之仇，弃父之恨，哈哈哈哈，挺有意思！说说看。”李副官站直身子，“给他松绑。”

吴有根抚摸着被麻绳勒出的红道道，抚摸着麻木的双臂说：“长官，我已花甲之年，终身未娶无儿无女。日本人在时，我救了一个身患重病的河南小伙儿，河南小伙儿病好后没有去处就留在我身边，我看他老实忠厚，也是为了日后有人给我养老送终，就认他为干儿子。谁想到，这银器铺的女老板勾搭上了我那干儿子，我那干儿子也真是没有出息，就跟上那女人跑了，你说这不是夺子之仇弃父之恨是啥？国军号召大家占铺子繁荣市井，我就占了这银器铺。心想没了儿子有这份家产也行，比我南门口的蒸馍铺强多了。”吴有根把谎话说完了。

“我问你，那女老板是共军的亲属你知道吗？”李副官问。

“知道，塬县城的人都知道。”吴有根说。

“那你还让你干儿子和她到一块儿？”李副官厉声问。

“这由不得我呀！那女的是个小寡妇，我那干儿子是个光棍，两个人年龄相当，干柴与烈火那不着起来了吗？我那干儿子就没见过女人，连救他命的爹都不要了，但是我不能吃这个哑巴亏，我要占他们的家产。”吴有根为了让敌人相信，把话说得狠了些。

“不管怎么说，你与共军还是沾了点边，占这房子做生意得国军同意，你要保证不与共军来往，还要保证发现共军亲属，必须立即报告。这些能做到吗？”李副官的话有了松动。

“能做到，能做到。”吴有根看李副官没有走的意思，知道这家伙的心思，连忙转过身，从抽屉里取出一个红包包，红包包里是十块大洋，他如数递给李副官：“日子长着呢，以后还请长官多多关照。”

李副官看了看红包包里的银元，对着吴有根说：“你这人还行，知道轻重。”他把银元放到衣兜里吼了句：“弟兄们，撤！”

就这样，吴有根巧妙地保住了秀秀的房子院子和铺子。

吃过晚饭后，大伙儿送秀秀雨生回到了银器铺。银器铺一切照旧，只是在铺子里放了一张桌子，上边有笼屉。吴有根在这里卖蒸馍，给秀秀看家。

赵明赶着马车回到了县政府，过了一会儿，他和强强刘英提着面粉小米来到银器铺。一见面强强就说：“你们总算回来了，回来就是胜利！还有了小娃，我看看，这小子挺壮，又是一条好汉！”他抱着天成转来转去，差点碰到刘英。“小心点！”刘英说道。她身子有些笨行动有些迟缓。

“这是一些米面，你们先应个急。”赵明放下手里的米面说，“先安顿下来，缺啥咱们再置办啥。”

“不用麻烦你们了，啥也不缺。就是缺了，还有我们呢。”吴有根在一边说。

“这里要谢谢大叔。”强强说，“要不是大叔先占住这个房子，就让那些混混土棍给祸害了。”

“为了自己的娃嘛，不说啥，不说啥。”吴有根连连摆手。

“爹为了我们，挨了打花了钱，我们心里也过意不去。当着大伙儿的面，我们给爹磕个头。”秀秀拉着雨生跪在地上就给吴有根磕了个头。

“孩子，一家人怎么说起两家话来了。”吴有根没有防备感到很意外，“快起来，爹生气了。”

“爹，你为了我们什么都不在乎，我们做儿女的一定记住你老人的好处，以后不管遇到什么事，我们都要对你好。”秀秀含泪说。

“知恩图报是中华民族的美德。秀秀能把话说到这里，就说明她是一个孝顺的好儿媳，大家说对吗？”刘英感慨地说，“吴大叔，你有福啊！”

“有福，有福……”吴有根喜滋滋地点着头，“好啦，我们回去了，你们聊，你们聊。”说完他就和山核桃何萍领着小虎走了。

吴有根走了。屋里一下子安静了不少，秀秀和刘英在炕上逗天成。天成仰躺在秀秀的怀里，咯咯地笑个不停。秀秀看着刘英已经显形的身子问：“啥时怀的？啥时候生？有五个月了吧？”

“大概十月生吧。”刘英笑着说。“喜欢男娃还是女娃？”秀秀问。“啥都行！”刘英回答。“依我说你就连着生，就像我一样，有男有女多好。”秀秀说。“行！就按你说的办，多生几个。”刘英抿着嘴笑。

秀秀和雨生回到了庞家窑。在村口石牌坊下他们下了车。石牌坊是太爷爷立的，代表着老庞家的兴盛，每次到这儿，秀秀都思绪万千。

石牌坊默默无语，就像一位饱经霜雨的老人，脸上挂满了沧桑。南塬一百亩好地按照季节应该是麦子灌浆的时候，由于老庞家惨遭变故，老二老三两家的大人都死了，这一百亩土地都没有耕种，肥沃的塬地长满杂草，风儿吹过草儿摇摆一派荒凉。

“是秀秀吗？你回来了！”塬地里出来一个人，身上斜背着一把手枪，腰里扎着皮带，一块羊肚子手巾在额头打了个结，酱铜色的脸上一双大眼炯炯有神。

“刘村长。”秀秀看见村长刘大牛身上沾满了草屑就问，“你这是干啥呢？”

“看这地荒着怪可惜，我就到地里转了转，顺便看看两个孩子？”刘村长脸色凝重好像有心思。

“看看孩子？看谁的孩子？”秀秀不解，“这地里有孩子？”她四处张望。

“不说啦，不说啦，走走走，咱们回家说。”刘大牛转了话题，“哟！这是你们的娃娃，真好看。”

“刘村长，你在打哑谜呀。”秀秀看着刘大牛说，“你就说吧，我刚到家，别让我心里闷着。”

“好吧，我不瞒你啦。”刘大牛指了指地里那棵柿子树说，“我是去看秀武秀德两个孩子，他们的坟就在那儿，这下秦老板不寂寞了。”

“秀武秀德的坟？怎么，他们死了？”秀秀吃了一惊，“和秦老板葬在了一块儿？”

“两个好孩子啊！他们没给老庞家丢脸，他们是庞家窑的好后生！”刘大牛说。

“到底咋回事呀？”秀秀预感到不好就问，“刘村长，你说呀！”

“那还是去年初冬的事。”刘大牛沉思了一会儿，说出了一件十分感人的事来。

庞永华带着国民党兵到庞家窑“清剿”以后，有一段时间敌人没有来。刘大牛利用这个机会，带领民兵组织村民把村里的暗窑夹壁墙和地道修复了，因为天气一天比一天冷，大家在后沟也无法生活，把以前打小鬼子用的那些地道恢复起来，敌人来了可藏可打灵活机动，不必再拖家带口往后沟跑。

那是一个飘着雪花的早晨，寒风呼呼地刮着，人们都还窝在炕上。敌人悄悄地来了，带队的还是李副官。李副官立功心切，他想着庞家窑是庞永贵的老窝，出其不意的袭击，也许能逮住一条大鱼。

村南石牌坊是民兵放哨的地方，今天轮到秀武秀德放哨。根据斗争的需要，民兵放的是暗哨。为了安全也是为了更早发现敌人，民兵的哨位设在离石牌坊不远的一棵树下。前半夜还可以，到了后半夜，天上飘起了雪花，风也跟着刮起来，他俩冻得发抖。“这样不行，你回去取棉衣。”秀武说。“再坚持一会儿吧，天就要亮了。”秀德说。“还早呢，头遍鸡还没叫，把咱俩冻坏了，谁来放哨？去吧，快去快回。”秀武说。

秀德走了，秀武一个人坚持在哨位。风一阵紧一阵，秀武卧在树下，浑身打着哆嗦，手脚有些僵硬，他强迫自己站起来，围着树转圈，企图使自己的身子热起来。

突然，他听到一阵沙沙的脚步声，脚步声轻而急促。“不好，有情况。”秀武一激灵赶紧趴在地上。他看到大路上走来黑压压一群人，这些人在他面前停了下来。只听一个人说道：“长官，庞家窑到了。”“弟兄们，精神点，包围庞家窑，把所有的人都赶到祠堂。”长官下了命令。

秀武明白了，这是一群偷袭的国民党兵。怎么办？他脑子急速在转，唯一的办法就是鸣枪示警，用枪声告诉村民敌人来了。同时他有了一个大胆的想法，利用天黑和地形的遮盖，尽量拖住敌人，能多拖一分钟就多拖一分钟，让村民们多一些时间转移。想到这儿他果断地举起枪，“砰”的一声，他顺手朝黑影里打了一枪，枪声尖锐刺耳，在黎明前的旷野里传得很远。黑影里“哎哟”一声，有人中弹了。没等敌人喘过气，他朝人群里扔了颗手榴弹，“轰”的一声手榴弹爆炸了，红光闪处能看到有几个敌人被炸飞了。

就在这时，石牌坊那边也响起了枪声，秀武知道，那是秀德朝敌人开了火，接着村里响起了锣声，急促的锣声告诉村民赶紧转移。秀武放下心来，他要利用这个机会，好好打死几个国民党兵，替死去的母亲和三叔三婶报仇。“哗”一片枪弹打来，树叶纷纷落下，可以看出敌人是无目标的射击，枪弹散而乱。秀武移了个地方，他没有打枪，枪一响敌人就会知道自己的位置。他有四个手榴弹，扔了一个还有三个，他要用好这三个手榴弹。他看到哪里黑影多就朝哪里扔手榴弹，红光一闪，他看到又倒下几个敌人。尽管他很注意隐蔽，晨曦中他还是暴露了。敌人集中朝他这里开了火，他被压得卧在壕沟里，透过草棵他看到大部分敌人还是朝石牌坊摸去。秀武没给敌人喘气，又朝敌群里扔出了最后两颗手榴弹。敌人的战术改变了，身后这个火力点不消灭，他们是无法前进的。于是枪弹像雨点一样泼过来。好在秀武躲在壕沟里没有被打着。为了和秀德会合，他利用壕沟掩护快速向石牌坊转移。壕沟的尽头离石牌坊还有二十米远，这二十米远是开阔地，此时天已发亮，地上的目标看得清清楚楚。秀武没有退路了，后边一群敌人压了上来，不走就要被他们抓住。于是，他突然跃起，向石牌坊奋力跑去。敌人看到了他，密集的枪弹向他盖去，“哒哒哒哒……”一阵枪声过后，秀武栽倒在地，身上多处涌出了鲜血。秀德着急了，秀武就倒在他的面前两米开外，他要救秀武，他不能看着他死。他朝敌人扔出一颗手榴弹，趁爆炸间隙，迅速地跑到秀武跟前，把秀武拖回到石牌坊。秀武伤势很重，腿被打断了，他比画着说：“秀德，把手榴弹给我，你赶紧撤。”“不行，我不能把你放下，要死一块儿死！”秀德一边打枪一边说。石牌坊后边有民兵修的掩体，在掩体里秀德一枪一个打得正带劲。但是还是寡不敌众，敌人调整了一下，火力便把这里盖住了，他们只有躲在掩体里，稍一露头就会被打中。秀武觉得这样是等死，就催秀德赶紧撤离，哪知秀德根本就不顾他的劝说，说啥也不离开他。就在他伸出头准备打枪时，一颗子弹打中了他的头，秀德头一歪，一声没吭地死了。

这时，村子里响起了枪声。秀武看到那是村长刘大牛带着民兵增援来了。民兵的火力只能延缓敌人的进攻，要打退他们是不可能的。秀武觉得没有必要为他再做牺牲。他解下秀德身上的两颗手榴弹，高声朝村里大喊：“刘村长，不要管我们了，赶紧转移！”说着他瞅准机会，把手榴弹扔了出去。手榴弹在敌群中爆炸，“轰”的一声，炸倒了一片。

敌人压上来了，围住了秀武和秀德。李副官气急败坏的骂了句：“妈的，打了一早上，就两个土八路。”秀武嘲笑地回了他一句：“啥他妈的国军，一堆草包！”“豁了他！”李副官恼羞成怒。“噗噗噗”一阵刺刀捅肉的声音，秀武死在了敌人的刺刀下。

秀秀和雨生抱着天成来到柿子树下，在秦老板的坟边又有了六座坟。

“打日本都没死，倒叫国民党祸害了，死得惨啊！”刘村长说。

“咋没把他们安葬到祖坟里？我爹知道吗？”秀秀问，“咋是六座坟呢？”

老庞家祖坟在沟里，那是一块梯田，视野开阔，可以看到对面的郭家村和沟里的龙泉。梯田成圈椅形状，坟头头南脚北，风水先生说，圈椅形状是天然的宝座，只有贵人才能享用。坟地就是炕，逝去的故人，睡觉时头枕南山脚蹬龙泉是得了龙脉，闲暇时坐在宝座上观山看景是个舒坦。这是帝王将相的生活。这块坟地是风水宝地。必将荫济后代添大福出贵人。

“你二婶三婶和三叔的尸体，是我和民兵偷着从乱坟岗里拉回来的，当时尸体已经腐烂，就先埋在了这里，后来战事紧张就放下了。再后来秀武秀德牺牲也葬在了这里，因为在冬天，敌人三天两头“清剿”，就又放下了。今年春上，老二被枪毙了，他有话不进祖坟，村里人不愿意他在阴间孤苦伶仃，就把他也葬在这里。这六座坟就是老二一家三口，老三一家三口。不迁也好，还能和秦老板做个伴。这事你父亲知道，是他亲自操办的。”刘村长回答。

“秦老板原先就和二叔三叔说得来，这下好了，三人埋到了一块儿，好好说吧……”秀秀停了一下又说：“二叔一时糊涂犯了死罪，死后还得连累大家，还是个糊涂啊！二叔做鬼都不安宁，大家能饶过他这个叛徒吗？还不如把他葬到乱坟岗，做个野鬼图个自在。”秀秀嘟哝。

“也就是个念想，大家都在一起几十年了，总不愿意他做孤魂野鬼，其实也没啥？说白了就是个迷信，在这里也好，清明时候一块儿祭奠，老二在享受家人祭奠的时候，可以好好反省自己，二十年后再做人时一定要做一个铮铮男儿，一个顶天立地的好汉。”刘村长说。

秀秀和雨生回到了家里。七岁的杏妮眨着一双大眼看着秀秀怯生生说：“娘，你还走吗？”秀秀两眼一下子涌出泪水：“娘不走了，娘和杏妮在一起。”“娘，我好想你。”杏妮一下子哭出声来。“好女儿，娘也想你。”秀秀也哭出声来。

庞永荣和春花喜出望外，同样喜出望外的还有秀竹秀菊秀乐秀和。秀文抱起天成说：“叫舅舅，叫舅舅。”秀竹秀菊嚷着说：“叫小姨叫小姨。”秀乐秀和说：“叫小舅叫小舅。”他们轮换着抱着孩子在屋里院里转。春花接过孩子说：

“好俊好俊的大胖小子。”她脸上绽开了一朵花。庞永荣叼着烟袋说：“全家重逢，儿女双全，可喜可贺，可贺可喜。”他的两眼笑成了一道缝。

晚饭十分丰盛，庞永荣特地到郭家村灌了酒割了肉，春花张罗着弄了几个菜。有凉拌猪肝，蒜泥耳丝，辣油猪头，酸辣莲菜四个凉菜。有炒鸡蛋，炒肉丝，炒莴笋，炒韭菜，炒豆腐，炒菠菜六个热菜。庞永荣倒了五杯酒说：“自从日本人来到现在已经十个年头了，我们全家人担惊受怕东躲西藏，几经变故几经离散，今天我们团聚了，来来来，我们都喝一杯酒，为我们家的团聚，为今后的好日子，为我们的小一辈能过上好日子，干杯！”“好，干杯！”大家端起杯子满怀欣喜地干了。

庞永荣又倒了几杯酒，今儿个他高兴，他要喝个痛快。这么一高兴就喝多了，话也稠起来：“你说这个老二，咋就那么没出息，从小就胆小自私，一辈子自己顾自己，老了老了做下这等下贱事，老庞家因他脸上无光啊！”

“老头子，今儿个高兴，咱不说他行吗？”春花不愿意搅了大家的兴致。

“你让我说，不说不痛快！”庞永荣脸涨得通红。

“娘！你就让爹说说吧，不然他憋得慌。”秀秀拦住春花。

“我自以为老三靠不住，他自小投机钻营一肚子花花肠子，没想到，在敌人的酷刑下，看到自己的婆姨被糟践，还有一肚子血性，宁死不屈，没给老庞家丢脸！”庞永荣接着说，“你们知道为什么没让他们进祖坟吗？主要原因是老二老三两口子不听村长劝告，擅自行动造成的，他们是自作自受，要不是村长带走孩子们，秀武姊妹五个秀德弟兄四个，都要遭到祸害，还是要谢刘村长啊！”庞永荣把他俩不听劝告，对敌人存在幻想，不愿意撤离的一些事情告诉了秀秀。

“老话说得好，听人劝吃饱饭！他们不听村长劝，是自己把自己作死了！……老二有话，说无脸进祖坟，不进就不进吧。想想都是兄弟，也是怕他一个人太孤单，就把你二婶还有和她一起死的三婶三叔，还有秀武秀德和他埋在了一起。唉！苦了秀武秀德了，他们本该进祖坟的。”庞永荣叹了口气。

“秀梅秀兰和秀智秀哲在哪儿？咋不见他们？”秀秀关切地问。

“秀梅秀兰参军了，在独立团医院跟李医生学医当护士。秀智和秀哲也参军了，秀哲在独立团当通信员，秀智给谭树林当警卫员。剩下秀竹秀菊和秀乐秀和跟着我一起生活。”庞永荣说。

“那么多娃能顾过来吗？四张嘴哩，再加上秀文和杏花天成，七张嘴哩，全家九口人，你顾得过来吗？”秀秀担心父亲操持不过来。

“加上你们两口，一共十一口人。娃多好啊！你太爷爷你爷爷都盼着儿女成群，现在好了，老二老三夫妇走了，他们不要孩子了，我能不要吗？他们都是老庞家的后代，我还指望着他们光宗耀祖呢！”庞永荣说得好伤感。

庞永贵和金叶回来了。秀智秀哲秀梅秀兰都没有回来，塬县独立团被整编到晋冀鲁豫野战军第三纵队，谭树林带着秀智秀哲秀梅秀兰走了，一同走的还有金海金洋和李医生，金海金洋都是营长，李医生是医院院长。他们渡过了黄河，一直打到了洛阳，后来又打到了南方，成了共和国成立后第一批南下干部。

何立业现在是塬县的县委书记，强强是县长，刘英和高志远是副县长。司马鸣替代强强是武工部部长。庞永贵调中条山专署任专员，金叶随军和他一块儿去。庞永贵在离开塬县前，他要回庞家窑一趟，解放区土改运动已经轰轰烈烈展开，各村各镇的土改如火如荼，唯有庞家窑还没有动静。村长刘大牛给他做了汇报，刘大牛说，老庞家有100亩塬地，加上沟里的零碎地共有110亩地，这些地在四兄弟和父母名下，每家含22亩地，按照政策是中农成分，不在土改分地之列，老庞家的地都是自耕自种没有雇工剥削。主要是老庞家族人缘好，没有什么过错，再加上庞永贵是共产党的大官，秀武秀德又是烈士，大伙儿觉得无法分他们的地，所以土改迟迟没有开展。这次庞永贵回来，主要是和大哥庞永荣商量，老庞家的一百亩好地和四座青砖大瓦房怎么处置，庞家窑的土改不能因为老庞家族停滞不前。

庞永荣和春花热情地接待了庞永贵和金叶。晚饭后，大家坐在屋里聊家常。庞永荣说：“南塬地里的草长疯了，看着叫人心疼，四弟和金叶回来了，咱们合计一下，这地咋种，不能老荒着啊！”

“老二老三两家四十亩再加上我家的二十亩一共六十亩地，咋种呢？”春花算过来算过去，总觉得缺劳力。

“还有我家的四十亩也没有人种了，金海金洋走了，我们也要走了，父母年纪大了，这地也就种不成了。”金叶说。

“四弟这次是高升了，专员要比那县长大多了，管着十好几个县吧。父亲在天之灵该多高兴呀！他老人家在世的时候，就看好四弟，把希望都寄托在四弟身上。四弟也真有能耐，没给老庞家丢脸，当了这么大的官，这才是光宗耀祖啊！”庞永荣感慨地说，“我这脸上老光彩了！走在街上都觉得带劲哩！”

“是呀是呀！我也觉得光彩呢！都说郭家庄风水好，出官人。出得啥官人？那个郭秀才郭县长，为了得龙脉，硬是把龙泉沟改成了郭家沟，结果还是没有得到龙脉，龙泉还是庞家窑的。还有那个郭公鸡的女婿汉奸陈纶，不也是鬼子封的伪县长吗？他和咱四弟斗能斗得过吗？最后还不是死无葬身之地！”春花说。

“大哥，大嫂，共产党不讲这些的。共产党人革命的目的就是为了老百姓都能过上幸福生活。共产党是为劳苦大众谋利益的，共产党的官再大也是为人民服务的。”庞永贵说。

“不管咋说，你都为老庞家争了光，郭家庄出过县太爷，我庞家窑出的官顶他十个县太爷。都说郭家庄风水好，我才不信呢？你们可能不知道，咱家祖坟也是块风水宝地，祖坟的地是圈椅形状，坟头头南脚北，太爷爷在世的时候请风水先生看过。风水先生说，圈椅形状是天然的宝座，只有贵人才能享用。坟地就是炕，逝去的故人，睡觉时头枕南山脚蹬龙泉是得了龙脉，闲暇时坐在宝座上观山看景是个舒坦。这是帝王将相的生活。这块坟地是风水宝地。必将荫济后代添大福出贵人。老四，真让风水先生说着了，我们得了龙脉，我们就出了贵人。你就是那个贵人，大哥也得敬着你哩……”庞永荣说的感慨老泪纵横。

“大哥，你过奖了。四弟就是个普普通通的人，是咱们响水塬庄户人家的儿子，什么贵人不贵人的，四弟不讲这个。父亲一辈子行善积德，他的意思就是接济受苦受难的人，他没有想到改造这个社会，让这个社会上没有受苦受难的人。四弟干的就是这样一件事，改造这个社会，让所有生活在这个社会上的人，都过上平等自由幸福的生活。我记得父亲常说一句话，积善之家必有余庆，积恶之家必有余殃。这就是叫我们做好事做善事。这也是我们共产党人提倡的精神。推翻旧的社会制度，建立新的社会秩序，这就是最大的善事最大的好事。”庞永贵是头一次和大哥说掏心窝子的话。他觉得他讲的话大哥也听到了心里头。

“父亲觉得老庞家能够成为村里的首富，是行善积德修来的，他要自己的子女也行善积德保住这份家产，也希望自己的子女能够为村民服务当好村长。唉！老四，我没出息呀，没能实现父亲的愿望。但我没做下丢人的事……我有些后悔，后悔没有带好老二老三，他们给我们老庞家抹了黑，他们丢了我们老庞家的人。”庞永荣提起两个弟弟就生气。

“二哥咎由自取罪该如此，他死得比鸿毛还轻。秀武秀德是烈士，他们的死比泰山还重。三哥和二嫂三嫂死得很惨，但是他们死得不光彩。他们不是死在杀敌的战场。按说他们不该死，他们不听村长的劝告，他们对敌人存有幻想，他们的大意轻敌使自己付出了沉重的代价，他们的行为引来了杀身之祸。他们自己遭殃了不说，还破坏了村里的统一部署，打乱了村里对敌斗争的计划，并且给村里带来了不该有的损失。”庞永贵说。

“死了死了，一死百了。不说他们了，咱们说说地的事吧。村里土改开始了咱家兄弟四个都划为中农，村长刘大牛找过我，说土改运动开始了，他说土改就是分地主的地，咱村没有地主，不好办，还说老庞家弟兄们闲置的地荒着，太可惜了，听口音是想分这些地。正好四弟回来了，你说说，这土改是咋回事？我们老庞家的地也要分吗？”庞永荣说。

“大哥，这次回来就是要说地的事。解放区搞土改就是要砸烂旧的封建剥削制度，把地主的土地分给没有土地的贫苦农民，把地主的浮财分给缺衣少穿的穷人，这在中国是破天荒的第一次，是共产党从根本上解救穷苦百姓的基本政策。把土地分给穷人，就会极大地鼓舞广大的人民群众，农民有地种就能生产粮食棉花和蔬菜，就能给部队源源不断地提供物质保障。农民有地种了，他们就看到了希望，就会一心一意地支持共产党，就会投身到推翻蒋介石反动统治的斗争中去，这就为我们的解放事业提供了政治保证。现在我们缺兵员，老百姓就会义无反顾把自己的孩子送到部队，我们缺粮食了，老百姓就会忍饥挨饿把粮食送给部队，这一切都是为什么呢？因为老百姓觉得共产党是为老百姓办事的，共产党人流血牺牲是为穷苦大众打天下的，他们拥护共产党支持共产党爱护共产党，共产党才能立于不败之地。所以土地改革是推翻封建剥削制度的一件大事，是劳苦大众当家做主的头等大事，也是打倒蒋家王朝的一件大事。”庞永贵说。

“我们老庞家有一百多亩地，基本上都荒着，我们的地也要分了，是不是这么回事？”庞永荣问。

根据土改政策，中农的地不分，但我们的土地有富余，老二老三和我的地都无人种。如果我们响应共产党的号召，把我们多余土地主动献出，分给没有地种的村民们，村民们就会吃饱肚子，他们会记着我们的好，我想如果爷爷父亲在天有灵，看到我们做了这么一件大善事，他们会为我们高兴的。因为我们顺应了时代潮流，支持了土地改革是在做一件功在千秋的大好事。”庞永贵说。

“地荒着心里怪心疼，你们一走家里就剩下我一家了，秀文还不是全劳力，这一百亩地没有几个强壮劳力是种不成的。现在村里搞土改，我们家要拥护要支持，就从四弟这个角度说，我们也是共产党的人，打日本我们没有含糊过，打国民党反动派我们牺牲了两个后生，这次村里土改咱们不能拖后腿，四弟你是共产党的大官，你懂政策你就看着办吧，我听你的。”庞永荣说。

“大哥相信我，我就说说我的想法。孩子们现在全跟着你，全家十一口人留上十亩地，剩下的全交给村里，由村长刘大牛和土改工作队根据村里的情况分配。你的院子房子留下，二哥三哥的院子房子和父亲留给我的院子房子全部交给村上，你看这样行吗？”庞永贵说。

“十一口人十亩地……我算算……”庞永荣在心里盘算一会儿说，“只要好好侍弄，还是够吃的。”

“房子呢？够住吗？”庞永贵问。

“够啦，还有城里的铺子呢。老四！就这么办。”庞永荣说。

“大哥！你真想通啦？”庞永贵站起来，拉起庞永荣的手说，“一辈子爱地，老了老了没地了，你不心疼？”他怕大哥心里有疙瘩：“不行的话，我们再商量。要不再多留点地……”

“想通啦！爷爷父亲辛辛苦苦弄下的好地，辛辛苦苦地耕作收获，目的就是要过上好日子，他们看不得老百姓受苦受难，仗义疏财济贫济苦又把辛辛苦苦积攒的财物分给了穷人。他们心里装着穷人，但是他们的施舍只是小打小闹，从根本上解决不了问题。共产党好啊！共产党领导的新政府是大手笔，做的是大文章，是从根本上解决穷人的生活问题。这样的好事不就是天下第一大善事吗？这事情我不扯后腿，把地给了穷人我不后悔不心疼……”

庞家窑沸腾了，老庞家的开明仗义使土改运动顺利进行。村民们兴高采烈了，在得到土地的兴奋后，他们没有忘记老庞家人的敦厚善良。村民们敲锣打鼓把一块用红绸包裹着的匾牌挂到庞永荣的家门上，匾牌上有四个烫金大字——开明绅士。

村里人写了一首诗赞颂：

举红旗打日本打老蒋流血牺牲，
建新政男参军女参政积极向前，
搞土改献土地献房屋开明仗义，
老庞家行得端走得正人称人赞！

秀秀和雨生回到了县城，和他们一起回来的还有春花秀文和秀竹秀菊秀乐秀和。秀秀心疼这个身体孱弱的弟弟和四个失去父母的妹妹弟弟，想让他们跟自己一道生活。春花看秀秀带着杏花和天成两个孩子太累，也随着到了城里给他们看孩子。庞永荣留在村里，他是庄稼人，离开了土地就像鱼儿离开了水，他要侍弄好那十亩塬上的好地，他舍不得生他养他的地方，他是靠地生活的庄稼人。

秀秀和雨生商量，他们不准备再开银器铺了，雨生有了手艺他们可以开个豆腐房，秀文正好给雨生搭下手。就这样，他们取下了门上那个挂了几十年的匾牌，重新把屋里屋外院里院外粉刷整理了一番，择了个了良辰吉日，豆腐房在鞭炮声中开业了。

这一年的十月，刘英临盆生了一个大胖小子。

秀秀问：“这娃叫个什么名？”

强强随口说：“看这小子挺壮，就叫壮壮吧。”

刘英笑着说：“太土太土，小名还可以，大名不行。”

秀秀说："刘英姐有文化，你给娃起个名。"

刘英说："现在正面临着全国解放之际，我看就叫解放吧！好记好听有纪念意义。"

强强高兴地竖起大拇指："好！就叫解放，这个名字好！"

秀秀抱着他说："解放！解放！全国就要解放了，你这娃好有福气！"

第二年的春天，秀秀又生了个男孩。

刘英问："孩子起个什么名？"

秀秀说："名字早想好了，他哥叫天成，他叫天亮。"

强强说："这个名字好，有意义。"

雨生说："是天亮时生的。"

刘英笑他："你没有理解秀秀的意思，不是你说的那样。"

雨生纳闷："那是啥意思？"

秀秀说："告诉你吧，是全国就要解放了，你说不是天亮是什么？"

刘英笑着说："黑暗的旧中国就要被推翻了，新中国就要成立了，天真的亮了，秀秀起的名字好，就叫天亮！"

一九四八年的春天，三十一岁的秀秀接到通知，何立业和强强代表塬县人民政府邀请她到县妇联工作。庞永荣从村里来到城里，他和春花照看三个孩子并把秀竹秀菊秀乐秀和送到学堂念书扫盲。新政府万业复兴，各个方面都需要人，他要把他们培养成干大事的人，没有文化可不行。他要让死去的三弟和两个弟媳看到孩子们长大了成人了自立了，他要让他们在九泉之下能够安息，他也要那个死去的不争气的二弟看看，哪个孩子都比他强！

这年秋天，山核桃做媒，一个老实巴交的身体健壮的山妹子嫁给了秀文。对于这个出身贫寒脸上有着雀斑并不貌美的门不当户不对的山里女子，庞永荣和春花没有说啥，一切都是天意。他们不再干那违背孩子们意愿的事了。只要他们对脾气过的来恩恩爱爱一辈子，别的就不好强求了。秀文的婚房就在豆腐房的后院，庞永荣和春花收拾出两间房，粉刷一新，添置了新的生活用品，小两口疼爱有加相敬如宾，大家看在眼里喜在心上，一家人其乐融融好不自在。

这年冬天，刘掌柜从老家来了，他的仙人居也重新开业了。何立业和强强代表塬县人民政府邀请他到县里工作，参政议政或者继续他所熟悉的商会工作。刘掌柜急流勇退，他说，年纪大了，还是干点实事，一辈子给人做饭，就开饭店吧！仙人居旧牌老字号，名声在外誉满塬县，加之菜好肉好酒好，再加之刘掌柜人好，四好一摆，金字招牌，生意自然兴隆，每天门前都是游人如织车水马龙。

何萍招了个女婿，就是那个强强招兵招来的铁塔似的黑脸汉子。这个机枪手在一次战斗中失去了一只眼睛，伤好后无法再留在部队，强强就把他介绍给了何萍，两个人一见钟情就好上了。

吴有根最轻闲了，蒸馍铺留给何萍打理，他没事到处溜达，最爱去的是两个地方，一个是山核桃的山货铺，他爱听她的神吹瞎侃。一个是雨生的豆腐房，他喜欢看他做的豆腐，白白的比他的白蒸馍还招人喜欢。

秀秀和刘英出名了，她们的能耐人人皆知，她们的端重美丽成了塬县一道亮丽的风景，她们的坚强贤惠成了妇女们学习的榜样，她们的传奇故事成了百姓茶余饭后的津津乐道。

刘大牛和庞家窑的乡亲们，把龙泉修缮了一番。雕塑了神像，粉刷了庙堂，修理了龙亭。龙庙红墙绿瓦金光罩顶，龙亭红珠飞檐铜铃叮当。这里依然是庙宇亭台、清溪小桥、荷红柳绿、泉水涟漪……庞家窑的风水宝地——龙泉——神圣美丽。

庞家窑又有十几个青年参军了，村南口的石牌坊扎上了松柏枝，披上了红绸子，一朵朵大红花把石牌坊装扮的庄严美丽神采奕奕。乡亲们在这里敲锣打鼓，村长刘大牛高兴地把这些后生送到了县里。村南塬上那一百亩塬地，庄稼茂盛一片丰收景象。村北口那两棵古柏树，在阳光的照耀下，铁臂虬枝墨叶密扎，蓊蓊郁郁苍劲挺拔……

2015 年 7 月 7 日 16 点 30 分完稿